전쟁과 평화 3

이 도서의 국립중앙도서관 출판예정도서목록(CIP)은
서지정보유통지원시스템 홈페이지(http://seoji.nl.go.kr)와
국가자료공동목록시스템(http://www.nl.go.kr/kolisnet)에서 이용하실 수 있습니다.
(CIP제어번호: CIP2017016968)

세계문학전집
147

Лев Толстой : Война и мир

전쟁과 평화 3

레프 톨스토이 장편소설

박형규 옮김

문학동네

일러두기

1. 톨스토이 탄생 150주년을 기념하여 1978~1981년 모스크바 예술문학출판사에서 발간한 톨스토이 저작집 전22권 중 4~7권을 번역 대본으로 삼았다. *Война и мир*(Л. Н. Толстой. *Собрание сочинений. В 22-х т. т. 4~7. м., Худож. лит., 1979~1981*)
2. 원주 표시가 없는 주석은 옮긴이의 것이다. 소설의 흐름과 밀접한 관련이 있는 주석은 각주로, 작품 이해에 도움을 주는 상세한 주석은 미주로 처리했다.
3. 각 권 서두의 '주요 등장인물'과 말미의 지도는 독자의 이해를 돕기 위해 옮긴이가 넣은 것이다.
4. 외래어의 표기는 국립국어원 외래어 표기법에 준했으나, 일부는 현지 발음이나 관용에 따랐다.
5. 원서의 프랑스어(또는 기타 언어) 부분은 이탤릭체로 처리했고, 강조 부분은 고딕체로 처리했다.
6. 성서의 인용은 공동번역 개정판에 따랐다.

차례 ∎

주요 등장인물

러시아의 인명은 이름, 부칭, 성으로 구성되며 다양한 별칭과 애칭이 있다. 괄호 안의 * 표시는 이름의 프랑스어 표기다.

볼콘스키가家

볼콘스키 공작(니콜라이 안드레예비치[안드레이치] 볼콘스키)

안드레이(안드레이 니콜라예비치[니콜라이치] 볼콘스키, 안드류샤, 앙드레*) 그의 아들.

마리야(마리야 니콜라예브나 볼콘스카야, 마샤, 마센카, 마리*) 그의 딸.

리자(리자베타 카를로브나 볼콘스카야, 리즈 마이넨, 리즈*) '몸집이 작은 공작부인', 그의 며느리.

니콜라이(니콜라이 안드레예비치 볼콘스키, 니콜렌카, 니콜루시카, 코코) 그의 손자.

부리엔(아말리야 예브게니예브나 부리엔, 부리옌카, 아멜리*) 이 집안의 식객, 프랑스 처녀.

베주호프가

베주호프 백작(키릴 블라디미로비치 베주호프)

피예르(표트르 키릴로비치[키릴리치] 베주호프, 키릴, 페탸, 페트루샤, 피에르*) 그의 아들.

카테리나(카테리나 세묘노브나 마몬토바, 카티슈) 그의 조카딸.

로스토프가

로스토프 백작(일리야 안드레예비치 로스토프. 엘리*)

로스토바 백작부인(나탈리야 신시나 로스토바. 나탈리*) 그의 아내.

베라(베라 일리니치나[일리니시나] 로스토바. 베로치카. 베루시카) 그의 장녀.

니콜라이(니콜라이 일리치 로스토프. 니콜라샤. 니콜렌카. 니콜루시카. 코코. 콜랴. 니콜라*) 그의 장남.

나타샤(나탈리야 일리니치나 로스토바. 나탈리*) 그의 차녀.

페탸(표트르 일리치 로스토프. 페트루샤. 페티카) 그의 차남.

소냐(소피야 알렉산드로브나. 소뉴시카. 소피*) 그의 조카딸.

쿠라긴가

바실리 공작(바실리 세르게예비치[세르게이치] 쿠라긴. 바질*)

이폴리트(이폴리트 바실리예비치 쿠라긴) 그의 장남.

아나톨(아나톨 바실리예비치 쿠라긴) 그의 차남.

옐렌(옐레나 바실리예브나 쿠라기나. 롤랴. 헬레네. 엘렌*) 그의 딸.

마리야 드미트리예브나 아흐로시모바 사교계 부인.

바실리 드미트리예비치 데니소프(바샤. 바시카) 경기병 장교, 니콜라이의 친구.

보리스 드루베츠코이(보랴. 보렌카) 안나 미하일로브나의 아들.

빌라르스키 폴란드인, 젊은 프리메이슨.

빌리빈 외교관, 안드레이 공작의 친구.

안나 미하일로브나 드루베츠카야(아네트*) 몰락한 귀족가의 부인.

안나 파블로브나 셰레르(아네트*) 황태후의 여관 女官, 페테르부르크 사교계의 실력자.

알폰스 카를리치 베르그(아돌프) 근위대 장교.

이오시프(오시프) **알렉세예비치 바즈데예프** 프리메이슨의 핵심 인물.

쥴리 카라기나 마리야 공작영애의 친구.

투신 포병 장교.

표도르 이바노비치 돌로호프(페댜) 경기병 장교, 아나톨의 친구.

플라톤(카라타예프, 플라토샤) 농민 보병.

역사상의 주요 인물

나폴레옹(나폴레옹 보나파르트, 1769~1821) 프랑스 황제.

라스톱친(표도르 바실리예비치 라스톱친, 1763~1826) 모스크바 총독.

뮈라(조아생 뮈라, 1767~1815) 프랑스 장군이자 후에 나폴리왕국의 왕, 나폴레옹의 매제.

바그라티온(표트르 이바노비치 바그라티온, 1765~1812) 러시아 사령관.

스페란스키(미하일 미하일로비치 스페란스키, 1772~1839) 알렉산드르 1세 때 개혁을 주도한 정치가.

아락체예프(알렉세이 안드레예비치 아락체예프, 1769~1834) 알렉산드르 1세의 총신으로 군인이자 정치가.

알렉산드르 1세(알렉산드르 파블로비치 로마노프, 1777~1825) 러시아 황제.

쿠투조프(미하일 일라리오노비치 쿠투조프, 1745~1813) 러시아 총사령관.

제1부

1

1811년 말부터 서유럽의 무장 강화와 병력 집결이 시작되었고, 1812년이 되자 수백만의 병력이(수송과 군대 급량을 맡은 자들까지 포함해) 러시아 국경을 향해 서에서 동으로 이동하고, 러시아 병력도 1811년부터 그곳으로 집결하고 있었다. 6월 12일, 서유럽 군세가 러시아 국경을 넘자 전쟁이 시작되고, 즉 인간의 이성과 모든 본성에 위배되는 사건이 일어났다. 수백만의 인간이 세계 모든 재판소의 기록이 몇 세기가 걸려도 모을 수 없을 만큼의 무수한 죄악과 기만, 배반, 절도, 위조지폐 발행, 약탈, 방화, 살인을 범했으나, 이 시기에 그것을 범한 사람들은 그것을 범죄로 보지 않았다.

무엇이 이 희유의 사건을 일으켰는가? 그 원인은 무엇인가? 역사가들은 올덴부르크 대공에게 가해진 모욕, 대륙 봉쇄 불이행, 나폴레옹의 권력욕, 알렉산드르의 완고함, 외교가들의 실책, 기타 등등이 사건의 원인이라고 순진한 확신을 가지고 단언한다.

그렇다면 메테르니히*나 루먄체프 혹은 탈레랑이 알현이나 호화로운 야회 때 좀더 노력하고 좀더 노련하게 통첩을 썼거나, 나폴레옹이 알렉산드르에게 *나의 형제이신 황제, 나는 올덴부르크 대공에게 공국을 반환하는 것에 동의합니다*라고 써보내기만 했어도 전쟁은 없었을 것이다.

당대인들의 눈에 사건이 그렇게 비친 것은 이해가 간다. 나폴레옹이 전쟁의 원인을 영국의 음모라고 생각한 것도(그가 세인트헬레나 섬에서도 말했듯이[1]), 영국 의회의원들이 전쟁의 원인을 나폴레옹의 권력욕이라고 생각한 것도, 올덴부르크 대공이 전쟁의 원인을 자기에게 가해진 횡포라고 생각한 것도, 상인들이 전쟁의 원인을 유럽을 황폐화시킨 대륙 봉쇄 정책이라고 생각한 것도, 고참 병사들과 장군들이 주요 원인은 자신들을 실전實戰에 투입해야 했던 필요성이라고 생각한 것도, 당시 정통왕조주의자들이 올바른 원칙을 회복할 필요가 있었기 때문이라고 생각한 것도, 당시 외교가들이 1809년의 러시아-오스트리아 동맹을 나폴레옹에게 교묘하게 잘 숨기지 못했고[2] 제178호 *각서**가 조악하게 쓰인 것이 모든 사태의 원인이라고 생각한 것도 수긍이 간다. 또한 당대인들이 이 원인들 외에도 무수한 관점에 따라 헤아릴 수 없이 많은 다른 원인을 상상했다는 것도 이해는 가지만, 이 사건의 거

---

* K. W. L. 메테르니히(1773~1859). 오스트리아 정치가, 외상. 1814년 빈회의 의장이 되었다.
** 발라쇼프를 통해 나폴레옹에게 전달된 1812년 6월 13일자 서한. 1부 4장 참조.

대함을 전면적으로 관찰해 그 단순하고도 가공할 뜻을 탐구하려는 우리 후손들에게는 이 원인들로는 충분하지 않다. 나폴레옹의 권력욕이니 알렉산드르의 완고함이니 영국의 교활한 정책이니 올덴부르크 대공이 당한 모욕이니 하는 것 때문에 수백만의 기독교도가 서로 살상하고 괴롭혔다는 것이 우리는 납득이 가지 않는다. 그러한 사정이 살인과 폭행 사실과 어떤 관계인지, 대공이 모욕을 당했다고 왜 수천 명이 유럽의 한쪽 끝에서 몰려와 스몰렌스크와 모스크바 사람들을 죽이고 파멸시키고 그들 또한 살해당했는지가 이해되지 않는다.

우리 후손들, 즉 역사가도 아니고 연구 과정에 매이지도 않은, 따라서 흐리지 않은 명석한 상식으로 사건을 관찰하는 우리에게는 그 원인이 셀 수도 없이 떠오른다. 우리가 원인 탐구에 파고들수록 더 많은 원인이 발견되고, 그 원인들은 하나하나를 뜯어봐도 또 총체로 보더라도 그 자체로는 전부 옳은 것 같기도 하고, 사건의 거대함에 비하면 너무 사소해 거짓 같기도 하고, 또 사건의 원인이라 보기에는 너무 타당성이 없기 때문에(겹치는 다른 원인 없이는) 전부 거짓 같다고 생각되기도 한다. 나폴레옹이 비스와 강 건너편으로 군대를 후퇴시키지 않고 올덴부르크공국 반환을 거부한 것 같은 원인은 일개 프랑스 하사가 재복무를 원했느냐 원하지 않았느냐가 원인이라는 것과 마찬가지인데, 왜냐하면 이 하사가 복무를 원하지 않고 또다른, 제삼의, 수천 명의 하사와 병사가 뒤이어 복무를 원하지 않았다면 나폴레옹의 군대는 그만큼 병력이 줄었을 것이고, 따라서 전쟁을 할 수 없었을지도 모르기 때문이다.

만약 나폴레옹이 비스와 강 건너편으로 후퇴하라는 요구에 화를 내지 않고, 군대에 진격 명령을 내리지 않았다면 전쟁은 없었을 것이고, 하사 전원이 재복무를 원하지 않았더라도 역시 전쟁은 없었을 것이다. 영국의 음모가 없고, 올덴부르크 대공이 없고, 알렉산드르가 모욕을 느끼지 않고, 러시아에 전제 권력이 없고, 프랑스혁명과 뒤이은 독재와 제정시대가 없고, 거슬러올라가 프랑스혁명을 유발한 여러 원인이, 기타 등등이 없었다면 역시 전쟁은 없었을 것이다. 이러한 원인 중 하나만 빠졌어도 아무 일도 없었을 것이다. 그러므로 이 모든 원인ㅡ수십억 가지 원인ㅡ은 사건을 유발하며 우연히 동시에 겹친 것이다. 따라서 사건의 특정한 원인이란 없으며, 일어나야 했기 때문에 일어난 것에 지나지 않는다. 마치 몇 세기 전 인간 무리가 자신과 유사한 자들을 죽이면서 동에서 서로 이동했던 것과 마찬가지로, 수백만의 인간이 자신의 인간다운 감정과 이성을 버리고 서에서 동으로 전진하며 자신과 유사한 자들을 죽여야만 했던 것이다.

사건이 일어나느냐 일어나지 않느냐가 그들의 말 한마디에 달린 것 같았던 나폴레옹과 알렉산드르의 행동도, 제비뽑기나 소집으로 출정한 개개 병사의 행동만큼이나 거의 자의에 의한 것이 아니었다. 나폴레옹이나 알렉산드르(사건을 좌우할 수 있다고 생각되던 사람들)의 의지가 실행되기 위해서는 수많은 상황이 겹쳐야 하고 그중 하나라도 빠지면 사건은 일어날 수 없었기 때문에 그것은 어쩔 수 없는 일이었다. 실행할 힘을 지닌 수백만이, 총을 쏘고 양식과 대포를 운반하는 병사들이, 일개인에 지나지 않는 약한 인간들의 의지의 이행에 동의하고, 복잡하고 다양한 무수한 원인에 이끌려 그 일에 유입되지 않으면 안되기 때문이다.

역사에서 운명론은 불합리한 현상(즉 우리가 그 합리성을 이해하지 못하는 현상)을 설명하기 위해서는 피할 수 없는 것이다. 우리가 역사상의 이러한 현상을 합리적으로 설명하려 할수록 그것은 더욱 우리에게 불합리하고 불가해한 것이 된다.

인간은 누구나 개인적인 목적을 달성하기 위해 자유를 행사하고, 자신을 위해 살고, 자신은 지금 어떤 행위를 할 수도 있고 하지 않을 수도 있다고 전 존재로 느끼지만, 그 행위를 실행하자마자 시간의 흐름 속 어느 시점에서 실행된 그것은 돌이킬 수 없는 것이 되고, 자유를 잃어버리며, 미리 정해진 의미만을 지닌, 역사의 소유가 된다.

인간에게는 양면의 생활이 있는데, 하나는 생활의 흥미가 추상적일수록 자유로워지는 개인적 생활이고, 또하나는 자기에게 정해진 법칙을 좋든 싫든 실행해야 하는 자연력이 행사되는 집단적 생활이다.

인간은 의식적으로는 자기 자신을 위해 생활하지만, 역사적이고 전 인류적 목적 달성을 위해서는 무의식적인 도구 역할을 한다. 일단 실행된 행위는 돌이키지 못하고, 시간의 흐름 속에서 다른 이의 무수한 행위와 합쳐지며 역사적 의미를 띠게 된다. 인간은 사회적 단계의 높은 곳에 설수록, 더 많은 사람과 관계를 맺을수록 다른 사람에 대해 더 큰 권력을 갖게 되고, 또 개개 행동의 숙명과 필연성이 더 명백해진다.

'왕들의 마음은 하느님의 손아귀에 있다.'

왕은 역사의 노예다.

역사, 즉 인류의 무의식적, 전체적, 집단적 생활은 왕의 생활의 매 순간을 자신의 목적을 위한 도구로, 자신을 위해 이용한다.

나폴레옹은 이해, 즉 1812년에 국민이 피를 흘리느냐 흘리지 않느냐는(그가 알렉산드르에게 보낸 서한의 마지막 구절처럼) 자기 마음에 달려 있음을 어느 때보다 절감하고 있었지만, 공동의 목적과 역사를 위해 당연히 성취해야 할 일을 해야 한다는(자기로서는 자유롭게 행동하고 있다고 생각했겠지만) 그 피할 수 없는 법칙에 이때만큼 순종한 적도 없었다.

서쪽의 인간들은 서로를 죽이기 위해 동쪽으로 이동했다. 그리고 원인 합치의 법칙에 따라, 그들의 동조에 이 이동과 전쟁에 대한 수천 가지 사소한 원인이 합치됐고, 그것은 대륙 봉쇄 정책 불이행에 대한 비난, 올덴부르크 대공, 무장된 평화를 얻기 위해(나폴레옹은 이렇게 생각하고 있었다) 기도된 프로이센 출병*, 국민의 기분과 합치된 프랑스 황제의 전쟁에 대한 애정과 습관, 대규모의 준비가 주는 매력, 준비 비용, 이 비용을 메울 이익을 얻으려는 욕구, 드레스덴에서 머리가 마비될 만큼 받았던 환영**, 당대인들의 눈에는 평화 달성을 진심으로 바라고 움직인 것처럼 보이지만 사실은 쌍방의 자존심에 상처만 준 외교 교섭이었으며, 여기에 장래 일어나야 할 사건에 순응하는 그 밖의 무수한 원인이 합치됐던 것이다.

사과는 익으면 떨어진다―왜 떨어지는 것일까? 지구의 인력 때문일까, 줄기가 마르기 때문일까, 태양에 건조되기 때문일까, 무거워지기

---

* 1812년 4월, 나폴레옹은 러시아에 군사적 위협을 가하기 위해 오데르 강을 건너 프로이센으로 군대를 출격시켰다.
** 1812년 5월, 개전 직전 나폴레옹은 한 달 가까이 새로운 동맹자들과 드레스덴에 머물며 날마다 연회에 나갔다.

때문일까, 바람이 흔들기 때문일까, 아니면 밑에 서 있는 사내아이가 먹고 싶어하기 때문일까?

어느 것도 원인은 아니다. 이 모든 것은 생명이 있는, 유기적이고 불가항력적인 사건이 일어날 때의 모든 조건이 일치하는 것에 불과하다. 사과가 떨어지는 것이 세포질의 분해 등등 때문이라고 하는 식물학자나, 내가 먹고 싶어 떨어지라고 빌었기 때문이라고 하는 나무 밑의 사내아이나 다 맞기도 하고 틀리기도 하다. 이와 마찬가지로 나폴레옹이 모스크바에 간 것은 그가 그것을 바랐기 때문이고, 그가 패망한 것은 알렉산드르가 그의 패망을 바랐기 때문이라고 말하는 사람은, 갱도가 뚫려 몇만 푸드나 되는 산이 무너지는 것이 마지막 갱부의 마지막 곡괭이질 때문이라고 말하는 사람처럼 옳기도 하고 옳지 않기도 한 것이다. 역사상의 사건에서 이른바 위인이라 불리는 사람들은 그 사건에 명칭을 부여하는 라벨이며, 원래 라벨이라는 것이 그렇듯 사건 그 자체와는 가장 관계가 적다.

자기 자신에게는 자유로운 것이라 생각되던 영웅들의 모든 행위도 역사적 의미에서 보면 자유로운 것이 아니라 역사의 흐름 전체와 관련되어 있고, 개벽 이전부터 정해져 있었던 것이다.

2

5월 29일에 나폴레옹은 왕자들, 대공들, 왕들, 그리고 황제 한 명까지 포함한 궁정 사람들에 둘러싸여 삼 주가량 체재했던 드레스덴을 떠났다. 출발하기 전 나폴레옹은 자신에게 친절히 대해준 왕자와 왕과 황제에게 감사를 표하고, 자신이 불만을 느낀 왕과 왕자에게는 질책을 하고, 오스트리아 황후에게는 자기 소지품, 즉 다른 왕들에게서 빼앗은 진주와 다이아몬드를 선물하고 부드럽게 껴안고, 그의 역사가의 말에 따르면, 파리에 그의 황후가 있는데도 또 한 명의 황후로 생각되던 그녀—마리 루이즈를 이별의 슬픔 속에 남겨두고 떠나갔는데, 그녀는 이별의 슬픔을 힘겨워했다. 외교가들은 아직 평화의 가능성을 확신하고 그 목적을 위해 진심으로 움직이고 있었고, 나폴레옹 황제는 알렉산드르 황제에게 써보낸 서한에서 그를 *나의 형제이신 황제*라고 부르며 자신은 전쟁을 원하지 않고 영원히 폐하를 경애할 거라고 진심으로 맹세했지만, 그럼에도 그는 몸소 군대로 가 서에서 동으로 군대의 이동을 재촉하는 새 명령을 각 역마다 내렸다. 그는 시동들과 부관들과 호위대에 둘러싸여 육두마차를 타고 포젠, 토른, 단치히, 쾨니히스베르크로 뻗은 가도를 나아갔다. 이들 도시에서는 수천 명이 흥분과 환희로 그를 맞았다.

군대는 서에서 동으로 움직이고, 연신 말을 바꾼 육두마차도 그를 그 방향으로 태우고 갔다. 6월 10일에 그는 군대를 따라잡았고, 빌코비스키의 숲속에 있는 한 폴란드 백작의 영지에 준비된 숙사에서 하루를 묵었다.

이튿날 나폴레옹은 포장마차를 타고 군대를 앞질러 네만 강 근처에 이르렀고, 도강 지점을 시찰하기 위해 폴란드 군복으로 갈아입은 뒤 강변으로 말을 몰았다.

강 맞은편의 카자크들(*les Cosaques*)을 보고, 그 옛날 마케도니아의 알렉산더 대왕이 원정했던 스키타이*왕국을 보듯 제국의 수도인 성도 모스크바를 중심으로 한 광막한 스텝(les Steppes)을 보자, 나폴레옹은 전략상의 고려도 외교상의 고려도 무시한 채 뜻밖에도 진격 명령을 내렸고, 이튿날 군대는 네만 강을 건너기 시작했다.

12일 이른 아침, 네만 강 왼쪽 가파른 언덕에 쳐진 천막에서 나온 그는 빌코비스키의 숲속에서 흘러나와 네만 강에 걸린 세 개의 다리 위를 넘치도록 메운 자기 군대의 흐름을 망원경으로 바라보았다. 군대는 황제가 있다는 것을 알고 눈으로 그를 찾았고, 산 위 천막 앞에서 프록코트를 입고 모자를 쓴 차림으로 시종들로부터 떨어져 서 있는 그를 발견하자 모자를 높이 던져올리며 "황제 폐하 만세!"를 외쳤고, 그때까지 그들을 가리고 있던 거대한 숲에서 끝없이 잇따라 흘러나와 세 개의 다리로 분산되면서 강 맞은편 언덕을 향해 나아갔다.

"드디어 진격이다. 오오! 황제가 몸소 나서신다면 일이 화끈해지겠는걸…… 맙소사…… 저기 황제가 계신다!…… 황제 만세! 저기 봐, 저게 아시아의 스텝이야! 하지만 역시 지저분한 나라야! 잘 있게, 보세, 자넬 위해 모스크바에서 가장 좋은 궁전을 남겨두지. 잘 있게! 행운을 비네…… 자네, 황제를 봤나? 황제 만세!…… 여어! 제라르, 내가 만약 인도 총독이 되면 널 카슈미르 대신을 시켜줄게, 틀림없어. 황제 만세! 만세! 만세! 만세! 악랄한 카자크 놈들, 도망치는 꼴이라니. 황제 만세! 저기 계신다! 자네 보이나? 나는 이렇게 자네를 보는 것처럼 황제를 두 번 봤어. 왜소한 하사가…… 나는 황제가 늙은 병사에게

---

* 기원전 6~3세기에 유라시아에 번영한 이란계 기마 민족.

십자훈장을 달아주시는 걸 봤어…… 황제 만세!……"성격도 사회적
지위도 다양한 늙은이들과 젊은이들의 목소리가 말했다. 모두의 얼굴
에는 오랫동안 기다려온 원정이 시작된 데 대한 기쁨, 회색 프록코트
를 입고 산 위에 서 있는 사람에 대한 환희와 충성의 빛이 한결같이 떠
올라 있었다.

　6월 13일, 나폴레옹 앞에 작은 순종 아라비아말이 끌려나왔고, 그는
말에 올라, 그에 대한 경애를 표현하기에 멈추게 할 수도 없는 귀청이
터질 것 같은 끊임없는 환호성을 분명 참고 들으며 네만 강의 한 다리를
향해 구보로 질주했지만, 가는 곳마다 붙좇는 환호성은 그를 괴롭혔을
뿐만 아니라 군대에 합류한 이후 그를 사로잡고 있던 군사상의 고려에
대한 집중을 흩어놓았다. 그는 보트를 받쳐 지지해놓은 흔들리는 부교
를 건너 강 맞은편으로 간 뒤 갑자기 왼쪽으로 꺾더니 앞에서 달려가
던 군대 사이로 길을 내면서, 행복에 도취되어 감격한 엽기병대*의 선
도를 받으며 코브노 쪽으로 질주했다. 넓은 빌리야 강에 접근하자 그
는 강변에 정렬해 있던 폴란드 창기병대 옆에서 말을 세웠다.

　"비바트**!" 그의 모습을 보려고 밀치락달치락하고 줄을 흩뜨리면서
폴란드 병사들 역시 환희에 차서 소리쳤다. 나폴레옹은 강을 둘러보고
말에서 내려, 강변에 뒹구는 통나무에 걸터앉았다. 무언의 신호를 보
내 망원경을 건네받자, 그는 신이 나서 달려온 시동의 등에 망원경을
얹고 강 맞은편을 보기 시작했다. 그러고는 통나무 사이에 펼쳐놓은
지도의 분석에 골몰했다. 그가 고개도 들지 않고 무슨 말인가 하자, 두

---

* 나폴레옹군에 있었던 병과로 주로 기습을 담당했고, 특등 사수로 구성되었다.
** 만세를 뜻하는 프랑스어 비바(Vivat)를 음차한 것.

부관이 폴란드 창기병 쪽으로 달려갔다.

"뭐지? 뭐라고 말씀하셨지?" 한 부관이 폴란드 창기병들 쪽으로 달려왔을 때 그들의 대열 속에서 이런 소리가 들렸다.

얕은 여울을 찾아 강을 건너라는 명령을 내린 것이었다. 폴란드 창기병대 연대장은 잘생긴 노인인데, 흥분해서 얼굴을 붉히고 말을 더듬으며, 얕은 여울을 찾지 않고 부하들과 강을 헤엄쳐 건너겠다고 부관에게 말했다. 그는 말에 태워달라고 조르는 소년처럼 분명 거절을 두려워하면서도 황제 앞에서 강을 헤엄쳐 건너게 해달라고 허락을 구한 것이었다. 부관은 아마 황제도 이 넘치는 열정을 불쾌히 여기지는 않을 거라고 말했다.

부관이 이렇게 말하자, 콧수염을 기른 노장교는 행복에 겨운 얼굴로 눈을 반짝이고 사브르를 높이 쳐들며 "비바트!" 하고 외치고, 부하들에게 뒤따르라고 호령한 뒤 말에 박차를 가해 강 쪽으로 달려갔다. 그는 망설이는 말을 힘껏 차서 물살이 빠른 깊은 강으로 뛰어들었다. 수백 명의 창기병이 뒤따랐다. 물살이 센 강 한복판은 물이 차고 섬뜩했다. 창기병들은 말에서 떨어져 서로 엉키며 달라붙고, 말 몇 마리가 빠져 죽고, 사람도 익사하고, 또다른 병사들은 안장이나 말갈기에 매달려 필사적으로 헤엄쳤다. 반 베르스타 앞에 건널 수 있는 지점이 있는데도 그들은 통나무에 걸터앉아 그들이 뭘 하는지 거들떠보지도 않는 사람 앞에서 강을 건너려다 익사하는 것을 자랑스러워하고 있었던 것이다. 돌아온 부관이 적절한 때를 노려 황제에 대한 폴란드 병사들의 충성으로 그의 주의를 돌리려 하자, 회색 프록코트를 입은 몸집이 작은 사람은 일어나서 베르티에*를 불러 명령을 내리더니, 그의 주의를 어지럽히는 익사하게 된 창기병들을 이따금 불만스러운 듯 바라보며 함께 걷기 시작했다.

아프리카에서 모스크바의 스텝에 이르는 세계의 곳곳에서 그는 자신의 존재가 언제나 사람들을 놀라게 하고, 자기망각의 무분별로 몰아넣는다 믿었고, 이 신념은 그에게 조금도 새로운 것이 아니었다. 그는 말을 끌고 오게 해 숙사로 돌아갔다.

구조선이 출동했으나 병사는 40명 남짓 익사했다. 대부분은 원래 있던 강변으로 다시 밀려왔다. 강을 헤엄쳐 간신히 건너편 기슭에 기어오른 것은 연대장과 병사 몇 명뿐이었다. 그들이 흠뻑 젖어 물을 뚝뚝 떨어뜨리며 기어올라 나폴레옹이 있던 곳을 감격에 찬 눈으로 바라보며 "비바트!" 하고 외쳤을 때, 그는 이미 그곳에 없었지만 그들은 행복하다고 느꼈다.

그날 밤 나폴레옹은 두 개의 명령 사이에―하나는 러시아에 가지고 들어가려고 준비한 러시아 위조지폐를 되도록 빨리 보내라는 것이고, 또하나는 가지고 있던 서한을 빼앗겨 프랑스군에 내려진 명령 정보를 발각되게 한 작센인 병사를 총살하라는 것이었다―세번째 명령을 내렸는데, 불필요하게 강에 뛰어든 폴란드인 연대장을 나폴레옹 자신이 지휘하는 명예 연대(Légion d'bonneur)로 편입시키라는 것이었다.

신은 파멸시키려는 사람에게서 먼저 이성을 빼앗는다.**

---

* L. 베르티에(1753~1815). 1812~1814년 나폴레옹군 참모본부장.

** Quos (deus) vult perdere, (prius) dementat. 라틴어 경구.

3

한편 러시아 황제는 사열과 기동 연습을 하며 이미 한 달 넘게 빌나에 체류하고 있었다. 모두가 전쟁을 기대했고 황제도 그에 대비하기 위해 페테르부르크에서 왔지만 준비된 것은 아직 아무것도 없었다. 전반적인 작전 계획도 없었다. 제출된 갖가지 계획 중 무엇을 택하느냐 하는 고민은 한 달에 걸친 황제의 총사령부 체류 후 더 심해졌다. 세 군에는 각각 지휘관이 있었지만* 전군을 통괄하는 총지휘관은 없었고, 황제도 이 지위를 맡으려 하지 않았다.

황제의 빌나 체류가 길어질수록 전쟁을 기다리는 데 지쳐 준비는 더욱 지지부진해졌다. 황제의 측근들은 황제가 되도록 유쾌한 시간을 보내고 임박한 전쟁을 잊게 하는 데 노력을 집중하는 것 같았다.

폴란드의 대지주, 조신들, 때로 황제의 주도로 수많은 무도회와 축하연이 열렸고, 6월이 되자 폴란드의 시종무관장이 시종무관 전체의 이름으로 황제를 위한 만찬회와 무도회를 제안했다. 모두 이 제안을 환영하며 받아들였다. 황제도 승낙의 뜻을 표명했다. 시종무관들은 추렴 형식으로 돈을 모았다. 황제가 가장 마음에 들어할 것 같은 귀부인이 무도회의 여주인으로 초대됐다. 빌나 도의 지주 베니히센 백작이 교외의 별장을 제공하고, 6월 13일에 자크레트에 있는 베니히센 백작의 별장에서 무도회와 만찬회와 뱃놀이와 불꽃놀이를 열기로 했다.

나폴레옹이 네만 강 도하를 명령하고 그 전위대가 카자크대를 격퇴

---

* 육군대신 바르클라이 드 톨리, 바그라티온, 기병대 출신 토르마소프(1752~1819) 장군.

해 러시아 국경을 넘은 그날, 알렉산드르는 베니히센의 별장에서 시종무관들이 베푼 무도회에 참석해 저녁 시간을 보내고 있었던 것이다.

즐겁고 화려한 연회였고, 이 방면의 전문가들도 이만큼 미인들이 한곳에 모이는 것은 몹시 드문 일이라고 말했다. 베주호바 백작부인도 황제를 따라 페테르부르크에서 빌나로 온 러시아 귀부인들과 더불어 이 무도회에 참석해, 그 중후한, 이른바 러시아적인 아름다움으로 섬세한 폴란드 귀부인들의 광채를 흐리게 했다. 그녀는 누구보다 돋보였고, 황제의 무도 파트너로 선택되는 영예까지 얻었다.

모스크바에 아내를 두고 온 보리스 드루베츠코이는 그의 말대로 하면 독신자(총각)로서 이 자리에 참석했는데, 그는 시종무관은 아니지만 이 무도회에 상당한 돈을 찬조했다. 보리스는 부호로서 명예를 얻게 되었고, 이제는 남의 비호를 구하기는커녕 높은 지위를 차지한 동년배들과 어깨를 나란히 하고 있었다.

밤 열두시에도 무도회는 계속되었다. 적당한 파트너가 없었던 엘렌은 보리스에게 마주르카를 청했다. 그들은 셋째 조에 들어갔다. 보리스는 금실로 누빈 검은 비단옷 밖으로 드러난 엘렌의 눈부신 어깨를 무덤덤한 눈으로 바라보며 옛친구들에 대해 이야기하고 있었는데, 그러면서도 다른 사람은 말할 것도 없고 자기 자신도 모르게, 같은 홀에 있는 황제에게서 잠시도 눈을 떼지 않았다. 황제는 춤을 추지 않고 문가에 서서 그만이 할 수 있는 다정한 말로 이 사람 저 사람을 멈춰 세우고 있었다.

마주르카가 시작됐을 때, 보리스는 황제의 최측근 중 하나인 시종무관 발라쇼프가 폴란드 귀부인과 대화중인 황제 쪽으로 다가가 궁중 예의도 무시하고 바로 옆에서 멈추는 것을 보았다. 황제는 이야기를 멈추고 의아한 듯 발라쇼프를 바라보았고, 발라쇼프가 이런 행동을 하는데는 그만한 중대한 이유가 있어서일 거라고 깨달은 듯 귀부인에게 가볍게 고개를 끄덕이고 발라쇼프 쪽으로 돌아섰다. 발라쇼프가 말을 꺼내자마자 황제의 얼굴은 놀란 빛을 띠었다. 황제는 발라쇼프의 팔을 잡고 그의 앞에서 양쪽으로 갈라지는 사람들 사이로 3사젠쯤 길을 내며 홀을 빠져나가기 시작했다. 보리스는 황제와 발라쇼프가 나란히 걷기 시작하자 아락체예프의 얼굴에 흥분의 빛이 떠오르는 것을 보았다. 아락체예프는 황제를 곁눈질하고, 빨간 코로 거칠게 숨을 내쉬며 황제가 무슨 말이라도 걸어주기를 바라는 듯 군중 속에서 걸어나왔다. (보리스는 아락체예프가 발라쇼프를 시기하고, 무언가 중대한 보고가 자기를 거치지도 않고 황제에게 전해진 것을 못마땅해한다는 것을 알아챘다.)

그러나 황제와 발라쇼프는 아락체예프를 보지 못한 채 출구에서 불빛이 밝은 뜰로 빠져나갔다. 아락체예프는 칼을 잡고 악의 어린 눈으로 사방을 둘러보면서, 스무 걸음쯤 떨어져 두 사람을 뒤따라갔다.

보리스는 마주르카 한 피겨를 추는 동안, 발라쇼프가 가져온 소식이 무엇인지, 어떻게 해야 그것을 다른 사람들보다 먼저 알아낼 수 있을지 생각하느라 혼란스러웠다.

파트너를 바꿔야 하는 피겨 때, 보리스는 발코니로 나간 것 같은 포토츠카야 백작부인과 추고 싶다고 옐렌에게 속삭인 뒤, 조각나무를 깐 마루를 미끄러지듯이 빠져나가 출구에서 뜰로 달려갔고, 발라쇼프와 함께 테라스에 들어서는 황제를 보자 발을 멈췄다. 황제는 발라쇼프와 출구 쪽으로 걸어왔다. 보리스는 물러날 겨를도 없었던 듯이 당황한 기색으로 공손하게 문설주에 몸을 대고 고개를 숙였다.

　황제는 개인적으로 모욕을 당한 사람처럼 흥분해서 이렇게 말을 끝내려 하고 있었다.

　"선전포고도 하지 않고 러시아에 침입하다니. 무장한 적병이 한 명이라도 내 땅에 남아 있는 한, 나는 강화를 맺지 않을 것이오." 그는 말했다. 보리스가 보기에 황제는 이 말을 한 것이 유쾌하고 자기 생각을 표현한 방식에도 만족하는 듯했지만, 보리스가 이 말을 엿들었다는 것은 못마땅한 것 같았다.

　"누구에게도 알려선 안 되오!" 황제는 얼굴을 찌푸리며 덧붙였다. 보리스는 자기에게 한 말임을 알아채고, 눈을 감고 고개를 더 숙였다. 황제는 다시 홀로 들어가 삼십 분가량 머물렀다.

　보리스는 프랑스군이 네만 강을 건넜다는 것을 누구보다 먼저 알았고, 덕분에 다른 사람들에게는 숨겨진 많은 기밀을 자기는 안다는 것을 몇몇 중요한 인물들에게 증명할 수 있었으며, 이것으로 그들에게 더욱 높은 평가를 받을 수 있는 기회를 잡았다.

　프랑스군이 네만 강을 건넜다는 예상치 못한 소식은, 기대에 어긋났던 빌나 체류가 한 달이나 이어지던 때였고, 더구나 그 장소가 무도회장이었기에 더욱 충격적이었다! 황제는 이 보고를 받은 첫 순간 분노와 모욕감에 휩싸여 후에 유명해진 한 문구를 만들었는데, 그것은 황제 자신도 마음에 들고 또 확실히 그의 감정을 충분히 표현하는 것이었다. 무도회에서 숙사로 돌아온 황제는 새벽 두시에 비서관 시시코프*를 불러 군에 대한 명령과 원수 살티코프 공작**에게 보내는 칙서를 쓰도록 했는데, 무장한 프랑스인이 한 명이라도 러시아 땅에 남아 있는 한 강화를 맺지 않겠다는 문구를 반드시 넣으라고 요구했다.

이튿날 나폴레옹에게 보낼 다음과 같은 서한이 작성되었다.

나의 형제이신 황제여. 나는 폐하에 대한 나의 의무를 준수했지만, 어제 폐하의 군대가 러시아 국경을 넘었다는 보고를 받았고, 또 방금 이 침입에 관해 적은 각서를 페테르부르크의 로리스통 백작***으로부터 받았습니다만, 그것에 의하면 폐하는 쿠라킨 공작이 여권을 청구한 이래 나와는 적대관계라고 생각하고 계신 것 같습니다.**** 그러나 바사노 대공*****이 쿠라킨 공작의 여권 교부를 거절한 근거도 그렇거니와, 우리 대사의 행위가 공격의 동기가 되었다는 것은 전혀 상상도 할 수 없는 일입니다. 그의 행위는 그 스스로도 언명했던 것처럼 나의 명령에 의한 것이 아니었으며, 따라서 나는 그 보고를 받자마자 쿠라킨 공작에게 나의 불만을 표명하고, 종전대로 주어진 책임을 다하라고 명령했습니다. 만일 폐하가 이 같은 오해 때문에 우

---

* A. S. 시시코프(1754~1841). 제독, 작가, 러시아 아카데미 회원. 1812년 스페란스키 실각 뒤 내무대신이 되었다. 전쟁중 칙서나 민중에 대한 격문 등을 작성했다.
** N. I. 살티코프(1736~1816). 법률제정위원회 위원장, 각료위원회 위원장이었다.
*** J. A. 로리스통(1768~1828). 프랑스 정치가, 군인, 외교가. 1811년부터 페테르부르크 주재 프랑스 대사.
**** 파리 주재 러시아 대사 A. B. 쿠라킨(1752~1818)이 외교 교섭에 실패한 뒤인 1812년 4월 29일, 귀국을 위해 여권을 발부해달라고 요청한 일을 말함.
***** H. B. B. 마레(1763~1839). 1811년부터 프랑스 외상.

리 국민의 피를 흘리게 하려던 마음을 되돌리고 러시아 땅에서 군대를 철수하는 데 동의하신다면, 나는 모든 일을 불문에 부칠 것이며, 그럼으로써 상호간의 협정도 가능해질 것입니다. 그러나 그렇지 않을 경우, 나는 우리가 어떤 도발도 하지 않았던 이 공격을 부득이 격퇴할 수밖에 없게 될 것입니다. 인류를 새로운 전화戰禍에서 벗어나게 할 가능성은 아직 폐하의 손에 있습니다.

경백

(서명) 알렉산드르

4

6월 13일 새벽 두시, 황제는 발라쇼프를 불러 나폴레옹에게 보낼 서한을 읽어주고 나서, 이 서한을 직접 프랑스 황제에게 전하라고 명령했다. 황제는 발라쇼프를 보내기 전에, 무장한 적병이 한 명이라도 러시아 땅에 남아 있는 한 강화를 맺지 않겠다는 말을 다시 되풀이했고, 이 말을 반드시 나폴레옹에게 전하라고 명령했다. 황제는 나폴레옹에게 보내는 서한에는 이 말을 적지 않았고, 그것은 강화 교섭의 마지막 시도에서는 적절치 않다는 것을 타고난 기민함으로 느꼈기 때문인데, 그러면서도 발라쇼프에게는 나폴레옹에게 직접 이 말을 전하라고 명령했다.

발라쇼프는 나팔수 한 명과 카자크 두 명을 거느리고 13일에서 14일로 넘어가는 야밤에 출발해, 동틀 무렵 네만 강 이쪽, 프랑스군 전초선이 있는 리콘티 마을에 도착했다. 그는 프랑스군 기마 보초에게 저지당했다.

진홍색 군복을 입고 털이 북슬북슬한 모자를 쓴 프랑스 경기병 하사관이 다가오는 발라쇼프에게 멈추라고 소리쳤다. 그러나 발라쇼프는 바로 말을 세우지는 않고 평보로 전진했다.

하사관은 얼굴을 찌푸리고 욕지거리를 하더니 말의 가슴을 발라쇼프 쪽으로 들이밀며 사브르를 뽑아 들고 러시아 장군에게, 남이 하는 말이 들리지 않는 걸 보니 너는 귀머거리냐고 호통쳤다. 발라쇼프는 이름을 댔다. 하사관은 장교를 부르러 병사를 보냈다.

하사관은 발라쇼프에게는 아랑곳없이 동료들과 자기 연대에 대해 이야기했고, 러시아 장군을 거들떠보지도 않았다.

언제나 최고의 권위와 권력 가까이에 있고, 불과 세 시간 전에도 황제와 대화를 나누었고, 직무상으로도 존경을 받는 데 익숙한 발라쇼프로서는 러시아 땅에서 난폭한 힘이 이토록 적대적이고 자신에게 무례한 것이 놀랄 만큼 기괴했다.

해는 이제 막 먹구름 뒤에서 떠오르기 시작했고, 상쾌한 공기는 이슬을 머금고 있었다. 시골마을로 통하는 길을 따라 가축떼가 몰려나왔다. 들판에서는 종달새가 지저귀면서 마치 물위에 떠오르는 거품처럼 한 마리 한 마리 날아오르고 있었다.

발라쇼프는 마을에서 장교가 오기를 기다리며 주위를 둘러보았다. 러시아 카자크병들과 나팔수와 프랑스 경기병들은 이따금 말없이 서로를 바라보았다.

방금 침대에서 빠져나온 듯한 프랑스 경기병 연대장이 잘 먹인 아름다운 회색 말을 타고, 두 명의 경기병을 거느리고 마을에서 왔다. 장교나 병사나 그들의 말에는 만족과 뽐내는 기색이 역력했다.

아직 원정 초기라 군대는 열병 때와 다름없는 평화로운 행동을 하고 질서정연한 모습을 보였는데, 다만 복장에서 왕성한 전의가 보이고, 전쟁이 시작될 무렵이면 늘 따르는 명랑함과 적극성 같은 것이 느껴지는 정도였다.

프랑스 연대장은 간신히 하품을 참고 있었으나 태도는 정중했고, 발라쇼프의 중요성도 충분히 인지하는 것 같았다. 그는 부하 병사 옆을 지나 발라쇼프를 전초선 안으로 안내했고, 자기가 알기로 황제의 숙사는 멀지 않으니, 그가 바라는 알현은 아마 곧 승낙될 거라고 말했다.

그들은 프랑스 경기병의 말을 매어두는 기둥을 지나고, 자기 연대장에게 경례하면서 러시아 군복을 신기한 듯 바라보는 보초와 병사들 옆을 지나쳐 리콘티 마을 반대쪽으로 빠져나왔다. 연대장은 2킬로미터쯤 더 가면 사단장이 있고 그가 발라쇼프를 목적지까지 안내할 거라고 말했다.

해는 이미 떠올라 선명한 초목 위에서 유쾌하게 빛나고 있었다.

선술집을 지나 산 위로 나섰을 때, 아래쪽에서 일단의 기마대가 보였고, 그 선두에는 깃털 장식이 달린 모자를 쓰고 검은 머리를 어깨까지 드리우고 붉은 망토를 걸친 키 큰 남자가 햇빛에 빛나는 마구를 채운 검정말을 타고, 프랑스인이 말을 탈 때 흔히 그렇듯 긴 다리를 앞으로 죽 내뻗은 자세로 오고 있었다. 남자는 밝은 6월의 태양 아래 깃털 장식과 보석과 금몰을 반짝이며 발라쇼프 쪽으로 구보로 말을 달려 왔다.

팔찌와 깃털 장식, 목걸이, 금몰로 화려하게 꾸미고 연극조의 엄숙한 표정을 띤 기사騎士가 불과 말 두 마리 거리까지 다가왔을 때, 프랑스 연대장 쥘네르가 *"나폴리 왕입니다"* 하고 공손하게 속삭였다. 과연 그는 나폴리 왕으로 불리는 뭐라였다. 왜 그가 나폴리 왕인지는 알 수 없지만 사람들이 그렇게 부르고 그 자신도 그렇게 믿었는데, 그는 전보다 더 무게를 잡고 으스대는 것 같았다. 그는 자신을 나폴리 왕이라고 확신하고 있었는데, 나폴리를 출발하기 전날 아내와 거리를 산책하던 중에 이탈리아인 몇몇이 *"국왕 만세!"* 하고 외치자, 서글픈 미소를 짓고 아내를 돌아보며 *"가엾은 인간들, 이자들은 내가 내일 떠난다는 걸 모르고 있어!"*라고 말했을 정도였다.

하지만 아무리 자신을 나폴리 왕이라고 확신하고, 자기가 남겨두고 온 국민의 슬픔을 동정했다 해도, 그는 최근 다시 군 복무를 명령받은 이래, 특히 단치히에서 나폴레옹을 만나 이 존귀한 처남에게 *"내가 당신을 왕으로 만든 것은 당신이 아니라 내 나름의 방식으로 통치하기 위해서요"*라는 말을 들은 이래, 기꺼이 오랫동안 자신에게 익숙했던 일을 받아들이고, 마치 아주 잘 먹고도 살찌지 않은 말이 수레에 매인 것을 느끼고 멍에 속에서 날뛰듯, 되도록 화려하고 호화스러운 치장을 하고 어디로 왜 가는지도 모르면서 명랑하고 만족스러운 기분으로 폴란드의 도로를 달려온 것이었다.

러시아 장군을 본 그는 어깨까지 드리운 곱슬머리를 사뭇 왕답게 거드름피우며 뒤로 젖히고는 프랑스 연대장을 묻는 듯이 바라보았다. 연대장은 발라쇼프의 임무를 왕에게 정중하게 전했는데, 그의 성을 발음할 수가 없었다.

"드 발-마셰브!" 왕은 (연대장이 발음하지 못하는 난관을 타고난

결단력으로 극복하고) 이렇게 말했다. "뵙게 되어 대단히 기쁩니다, 장군." 그는 왕답게 너그러운 자세로 덧붙였다. 그러나 그가 큰 소리로 빠르게 지껄이기 시작하자 왕의 위엄은 즉시 사라지고 자기도 모르게 타고난 사람 좋은 친숙한 말투로 변했다. 그는 발라쇼프의 말갈기에 손을 얹었다.

"아, 좋군요, 장군, 그런데 아마도 전쟁이 될 것 같습니다." 그는 자신이 판단할 수 없었던 사태를 유감스럽게 생각하는 듯이 말했다.

"전하," 발라쇼프는 대답했다. "폐하도 아시다시피, 우리 황제께서는 전쟁을 바라시지 않습니다." 발라쇼프는 폐하를 여러 가지 칭호로 바꿔 쓰면서 말했는데, 이 칭호가 귀에 익숙지 않은 상대방에게는 연신 되풀이하는 것이 허식처럼 느껴졌다.

므시외 드 발라쇼프의 이야기를 듣는 동안 뮈라의 얼굴은 어리석은 만족으로 빛났다. 그러나 왕위가 그의 언행을 속박했으므로, 즉 왕으로서, 또 동맹자로서 그는 알렉산드르의 사절과 국사를 이야기할 필요를 느꼈다. 그래서 그는 말에서 내려 발라쇼프의 팔을 잡고, 공손하게 대기하고 있는 수행원들로부터 몇 발짝 떨어져, 위엄 있게 말하려고 애쓰면서 그와 함께 왔다갔다 거닐기 시작했다. 그는 나폴레옹 황제가 화가 난 것은 프로이센에서 철병하라는 요구 때문이고, 무엇보다도 그 요구가 온 세상에 알려져 프랑스의 위신이 손상됐기 때문이라고 말했다. 발라쇼프는 그 요구에 모욕을 느낄 만한 것은 전혀 없었다고 말하고, 왜냐하면…… 하고 말하려 했으나, 뮈라가 가로막았다.

"그럼 당신은 전쟁을 선동한 사람이 알렉산드르 황제가 아니라고 생각하십니까?" 그는 갑자기 사람 좋은 순진한 미소를 지으며 말했다.

발라쇼프는 전쟁을 선동한 사람이 나폴레옹이라고 생각하는 이유를 말했다.

"아, 친애하는 장군," 뮈라는 다시금 발라쇼프의 말을 가로막았다. "나는 두 황제가 일을 해결하고, 내게는 본의 아닌 이 전쟁이 되도록 속히 끝나기를 진심으로 바라고 있습니다." 그는 마치 하인이 비록 주인들은 싸우고 있지만 자기들만은 좋은 친구로 지내길 바라는 듯한 어조로 말했다. 그러고는 화제를 돌려 대공의 건강을 묻기도 하고, 나폴리에서 대공과 함께 보낸 재미있고 즐거웠던 추억에 대해 이것저것 묻기도 했다. 그러다 문득 왕의 위엄을 상기한 듯 갑자기 오만하게 몸을 세우고 대관식에라도 선 듯한 자세로 오른손을 흔들며 말했다. "나는 더이상 당신을 붙들지 않겠습니다, 장군, 무사히 임무를 수행하시길 빕니다." 그러고는 수놓인 빨간 망토와 모자 깃털을 펄럭이고 햇빛에 보석을 반짝이면서, 공손하게 그를 기다리는 수행원들 쪽으로 걸어갔다.

발라쇼프는 뮈라의 말로 미루어 자신이 곧 나폴레옹을 만날 수 있으리라 생각하며 다시 말을 몰았다. 그러나 곧 나폴레옹을 만나기는커녕 다음 마을 어귀에서 전초선에서처럼 다부*의 보병 군단 보초에게 저지당했고, 불려 나온 군단장의 부관이 그를 다부 원수가 있는 마을로 안내했다.

---

* L. N. 다부(1770~1823). 프랑스 원수로, 나폴레옹이 벌인 모든 전쟁에 참가해 군단을 지휘했다.

다부는 나폴레옹 황제의 아락체예프 같은 존재였는데, 이 아락체예프는 겁쟁이는 아니지만 역시 지나치게 세심하고 잔인한데다, 잔인하지 않은 방법으로는 자신의 충성을 나타낼 줄 모르는 인간이었다.

자연이라는 유기체 속에 늑대가 필요하듯, 국가라는 유기체의 메커니즘 속에도 이런 인간은 필요하며, 이런 인간이 있다는 것과 그가 국가의 우두머리 가까이에 있다는 것이 아무리 부조리한 것일지라도, 그들은 항상 존재하고, 표면에 나타나며, 그 지위를 유지한다. 직접 척탄병의 수염을 잡아 뽑을 정도로 잔인하면서도 신경이 약해 어떤 위험도 참아내지 못하고, 교육도 받지 못해 미천한 아락체예프 같은 인간이 기사처럼 고귀하고 우아한 성품을 지닌 알렉산드르 옆에서 어떻게 그런 세력을 유지할 수 있었는가 하는 의문도 이 필요성이라는 것으로 비로소 설명되는 것이다.

발라쇼프는 농가의 헛간에서 나무통에 걸터앉아 서류를 검토하는 (그는 회계를 살펴보고 있었다) 다부 원수를 발견했다. 옆에는 부관이 서 있었다. 아마 더 나은 숙사를 찾을 수도 있었겠지만, 다부 원수라는 자는 자신이 우울한 인간일 권리를 갖기 위해 일부러 자신을 가장 우울한 생활환경에 두려는 유형이었다. 이런 유형의 인간은 항상 바삐 움직이고 집요하게 일한다. '당신이 보다시피, 지저분한 헛간에서 나무통에 걸터앉아 일하는데 어찌 인생의 행복 같은 것을 생각할 수 있겠소.' 그의 표정이 이렇게 말하고 있었다. 이런 인간들의 주된 즐거움과 요구란, 활기 넘치는 생활에 부닥쳤을 때, 그것의 코앞에 자신의 우울하고 집요한 활동을 내던지는 것이다. 발라쇼프가 안내되어 왔을 때도 다부는 이 즐거움을 맛볼 수 있었다. 러시아 장군이 들어오자 그는 더욱 일에 몰두하고, 아름다운 아침과 뮈라와 나눈 대화 덕분에 활기를 띤 발라쇼프의 얼굴을 안경 너머로 힐끗 보았을 뿐 일어나지도 않고 심지어 꼼짝도 하지 않으며 더욱 찌푸리고 악의 어린 미소를 지었다.

이런 태도 때문에 발라쇼프의 얼굴에 불쾌한 빛이 떠오른 것을 알아채자 다부는 고개를 들고 무슨 볼일이냐고 차갑게 물었다.

발라쇼프는 다부가 이런 태도를 취하는 것은 자신이 알렉산드르 황제의 시종무관일 뿐만 아니라 나폴레옹을 만나러 온 황제의 대리인임을 모르기 때문이라 생각하고 급히 관위와 임무를 밝혔지만, 그의 기대와는 반대로 다부는 그 말을 듣자 더한층 퉁명하고 거친 태도를 보였다.

"가져온 봉서封書는 어디 있습니까?" 그는 말했다. "이리 주시오, 내가 황제께 보내겠소."

발라쇼프는 황제에게 직접 봉서를 전달하라는 명령을 받았다고 말했다.

"당신네 황제의 명령은 당신네 군대에서나 통하는 것이지 여기서는," 다부는 말했다. "우리가 말하는 대로 따르시오."

그리고 난폭한 힘의 지배 아래 놓여 있다는 것을 러시아 장군에게 더욱 느끼게 하려는 듯 다부는 당직 장교를 부르러 부관을 보냈다.

발라쇼프는 황제의 친서가 든 봉투를 꺼내 탁자(돌쩌귀가 떨어져 튀어나온 문짝을 나무통 두 개 위에 걸쳐놓은 것)에 놓았다. 다부는 봉투를 집어들고 겉봉을 읽었다.

"당신이 내게 경의를 표하건 표하지 않건 그것은 당신의 자유입니다." 발라쇼프는 말했다. "하지만 내가 황제의 시종무관장이라는 영예를 가진 사람인 것만큼은 유념해주길 바랍니다……"

다부는 말없이 발라쇼프를 바라보았고, 발라쇼프의 얼굴에 떠오른 약간의 동요와 곤혹은 그에게 만족감을 주었다.

"합당한 대우는 하겠습니다" 하고 말한 다음 다부는 봉투를 주머니에 넣고 헛간에서 나갔다.

잠시 후 원수의 부관인 드 카스트레가 들어와 발라쇼프를 위해 준비한 방으로 그를 안내했다.

발라쇼프는 그날 헛간에서 원수와 함께 나무통에 걸쳐놓은 널빤지 앞에서 식사했다.

이튿날 다부는 아침 일찍 나와 발라쇼프를 부르더니, 잠시 여기 남아 있다가 명령이 내리면 짐과 함께 이동하게 될 것이며, 드 카스트레 외에는 누구와도 이야기하지 않길 바란다고 말했다.

나흘간의 고독과 지루함, 게다가 얼마 전까지 권력의 세계에 있었기 때문에 더 뼈저리게 느껴지는 예속과 무력감을 자각하면서 발라쇼프는 원수의 짐과 근처 일대를 점령한 프랑스군과 함께 몇 번인가 전진을 거듭한 끝에, 역시 프랑스군이 점령한 빌나로 이끌려 가서 나흘 전 그가 나왔던 바로 그 관문을 지나갔다.

이튿날 황제의 시종 므시외 드 튀렌이 발라쇼프에게 와서 알현을 허락한다는 나폴레옹 황제의 뜻을 전달했다.

발라쇼프가 인도된 집 옆에는 나흘 전까지만 해도 프레오브라젠스키 연대의 보초병이 서 있었는데, 지금은 가슴을 열어젖힌 푸른 군복에 북슬북슬한 털모자를 쓴 프랑스 척탄병 둘과 저격수, 경기병 근위대, 창기병, 그리고 현관 층층대 가까이에 서 있는 나폴레옹의 말과 호위병 루스탕* 주위에서 황제가 나오기만을 기다리는 부관, 시동, 장군 등으로 이루어진 화려한 수행 무리가 늘어서 있었다. 나폴레옹은 알렉산드르가 발라쇼프를 떠나보냈던 빌나의 바로 그 집에서 그를 인견하려 했던 것이다.

6

궁정의 장려함에 익숙한 발라쇼프도 나폴레옹 궁정의 사치와 화려함에 놀랐다.

뒤렌 백작은 많은 장군이 기다리는 대접견실로 발라쇼프를 안내했는데, 시종들과 폴란드 귀족들 중에는 그가 러시아 궁정에서 봤던 사람도 있었다. 뒤로크**는 나폴레옹 황제가 산책을 나가기 전에 러시아 장군을 인견할 거라고 말했다.

몇 분 기다리자 당직 시종이 대접견실에 와서 발라쇼프에게 공손히 절하고는 따라와달라고 청했다.

발라쇼프는 한쪽 문이 서재로 통하는 소접견실로 들어갔는데, 그곳은 러시아 황제가 그를 파견했던 곳이었다. 발라쇼프가 이 분쯤 서서

* 1798년 나폴레옹에게 격파된 이집트 기병대의 근위병으로 나폴레옹은 그를 자신의 호위병으로 삼았다.
** G. 뒤로크(1772~1813). 프랑스 원수.

기다리자 문 저쪽에서 다급한 발소리가 들렸다. 양쪽으로 여는 문이 황급히 열리며 모든 것이 조용해지고 서재에서 굳세고 단호한 또다른 발소리가 들려왔는데, 그것은 나폴레옹이었다. 그는 승마 산책을 위해 몸치장을 막 끝낸 참이었다. 그는 둥그런 배 위에 걸친 하얀 조끼 위에 가슴이 열린 푸른 군복*을 입고 짧은 다리의 살찐 허벅지에 꼭 끼는 흰색 사슴가죽 바지를 입고 기병 장화를 신고 있었다. 짧은 머리는 방금 빗은 듯하고, 넓은 이마 한가운데에 머리털 한줌이 드리워져 있었다. 희고 통통한 목살이 군복의 검정 깃 밖으로 삐져나온 것이 뚜렷이 보이고, 몸에서는 오드콜로뉴 향기가 풍겼다. 아래턱이 튀어나오고, 나이보다 젊어 보이고 살이 찐 얼굴에는 은혜롭고 근엄한 황제다운 환영의 표정이 떠올라 있었다.

그는 발을 뗄 때마다 몸을 떨고 고개를 약간 젖히며 다급히 들어왔다. 넓고 두꺼운 어깨를 쭉 펴고 무의식적으로 배와 가슴을 앞으로 내민 살집 좋은 이 단신短身은 안락하게 살아가는 사십대의 위엄 있고 의젓한 풍채를 하고 있었다. 또한 그는 이날 분명 아주 기분이 좋은 듯했다.

그는 발라쇼프의 겸손하고 정중한 절에 고개를 끄덕여 응답한 뒤 옆으로 다가가 마치 일 분도 아끼는 사람처럼 바로 말문을 열었는데, 그 모습은 할말을 미리 준비할 정도로 자신을 낮추지 않으면서 자신은 언제나 해야 할 말을 훌륭히 할 수 있다고 확신하는 것 같았다.

"안녕하시오, 장군!" 그는 말했다. "귀관이 가져온 알렉산드르 황제의 서한을 받았습니다. 귀관을 만난 것도 대단히 기쁩니다." 그는 커다

---

* 나폴레옹은 공식 석상에서 주로 근위대 척탄병 제복을 입었다.

란 눈으로 발라쇼프의 얼굴을 흘끗 바라보고 곧 눈을 돌렸다.

그는 분명 발라쇼프라는 인물에게는 조금도 흥미를 느끼지 않는 것 같았다. 그가 흥미를 느끼는 것은 *자기* 마음속에서 일어나는 일뿐인 듯했다. 자기 이외의 일은 아무런 의미가 없고, 그것은 세상 모든 일이 자기 의지로 좌우된다고 생각하기 때문이었다.

"나는 전쟁을 원하지 않고 원한 적도 없습니다." 그는 말했다. "그러나 나는 그것을 강요당했던 겁니다. 나는 지금도(그는 이 말에 힘을 주었다) 귀관이 할 수 있는 모든 설명을 기꺼이 들을 생각이오." 그는 이렇게 말하고 러시아 정부에 대한 불만의 원인을 명확하고 간단하게 이야기하기 시작했다.

발라쇼프는 프랑스 황제의 적당히 침착하고 친절한 어조로 미루어 판단하길 그가 평화를 원하며 협상에 임하려 한다고 굳게 믿어버렸다.

"*폐하! 황제, 저의 주군……*" 발라쇼프는 나폴레옹이 말을 끝내고 묻는 듯이 러시아 사신을 보자 미리 준비했던 말을 늘어놓기 시작했지만, 자신에게 고정된 황제의 시선을 보자 당황했다. '당황스러운가보군, 정신 차리시오.' 나폴레옹은 가벼운 미소를 짓고 발라쇼프의 군복과 사브르를 훑어보며 이렇게 말하는 것 같았다. 발라쇼프는 정신을 가다듬고 말하기 시작했다. 알렉산드르 황제는 쿠라킨의 여권 청구를 전쟁의 충분한 이유로 생각하고 있지 않다는 것, 그것은 쿠라킨의 독단적인 행동이지 황제의 동의를 얻은 일이 아니었다는 것, 알렉산드르 황제는 전쟁을 원하지 않으며, 영국과는 아무런 관계도 없다는 것을 말했다.

"아직은 없겠지" 하고 말을 끼워넣고 나폴레옹은 자신의 감정에 지배받는 것이 두려운 듯 얼굴을 찌푸렸고, 고개를 살짝 끄덕임으로써 발라쇼프에게 이야기를 계속해도 괜찮다는 뜻을 알렸다.

발라쇼프는 명령받은 것을 모두 말한 뒤, 알렉산드르 황제는 평화를 원하지만 협상에 들어가기 전 한 가지 조건이 있다고 하셨는데, 그것은…… 하며 머뭇거렸는데, 알렉산드르 황제가 서한에는 쓰지 않았지만 살티코프에게 보낼 칙서에는 반드시 넣으라고 명령하고 또 발라쇼프에게도 나폴레옹에게 전달하라고 명령한 말이 떠올랐던 것이다. '무장한 적병이 한 명이라도 러시아 땅에 남아 있는 한.' 발라쇼프는 그 말을 기억하고 있었지만 어떤 복잡한 감정이 그를 억눌렀다. 그는 그 말을 하고 싶었지만, 할 수 없었다. 그는 머뭇거렸고, 프랑스군이 네만 강 건너편으로 철수하는 것이 조건이라고 말해버렸다.

발라쇼프가 마지막 말을 하며 동요한 것을 눈치챈 나폴레옹은 얼굴을 실룩거리고 왼쪽 장딴지를 규칙적으로 떨기 시작했다. 그는 그 자리에 서서 아까보다 더 높고 성급한 목소리로 말했다. 이야기가 계속되는 동안 발라쇼프는 여러 번 눈길을 떨구고 나폴레옹의 왼쪽 장딴지 떨림을 자기도 모르게 바라보았는데, 그가 언성을 높일수록 떨림은 더욱 심해졌다.

"나도 알렉산드르 황제 못지않게 평화를 바랍니다." 그는 말했다. "평화를 얻기 위해 십팔 개월 동안 온갖 수단을 다한 사람은 내가 아니오? 나는 십팔 개월 동안 설명을 기다렸소. 그런데 협상을 시작한다면서 대체 귀국은 내게 뭘 요구하는 겁니까?" 그는 이마를 찌푸리고 희고 작고 통통한 손을 힘차게 움직여 질문하는 듯한 제스처를 하며 말했다.

"네만 강 맞은편으로의 철수입니다, 폐하." 발라쇼프는 대답했다.

"네만 강 맞은편?" 나폴레옹은 되풀이했다. "지금 당신들은 네만 강 맞은편으로 철수해주길 바라는 겁니까, 그저 네만 강 맞은편으로?" 발라쇼프를 똑바로 쳐다보며 나폴레옹은 되풀이했다.

발라쇼프는 공손히 머리를 숙였다.

사 개월 전에는 포메라니아에서 철수하라고 요구하더니 지금은 네만 강 저편으로 철수하라고 요구한 것이다. 나폴레옹은 휙 돌아서서 방안을 거닐기 시작했다.

"귀관은 협상을 시작하기 전 네만 강 맞은편으로 철수할 것을 요구하지만, 바로 두 달 전에는 오데르 강과 비스와 강에서 철수할 것을 요구했소. 그러면서도 협상하는 데 동의한다고 하는군요."

그는 묵묵히 방의 구석에서 구석으로 걸어갔다가 발라쇼프 앞에서 발을 멈췄다. 그의 왼쪽 다리는 아까보다 더 빠르게 떨리고, 얼굴은 엄한 표정 속에 돌처럼 굳은 듯했다. 나폴레옹도 자기 왼쪽 장딴지가 떨리는 것을 알고 있었다. *왼쪽 장딴지가 떨리는 것은 나의 커다란 특징*이라고 훗날에 직접 말하기도 했다.

"오데르 강과 비스와 강에서 철수하라는 요구는 바덴 공에게라면 몰라도 내게는 안 됩니다." 나폴레옹은 스스로도 정말 의외일 만큼 외치다시피 말했다. "설사 당신들이 페테르부르크와 모스크바를 내놓는다 하더라도 나는 그 조건을 받아들이지 않겠소. 귀관은 내가 전쟁을 시작한 것처럼 말한 것이오? 하지만 먼저 군대로 말을 몰고 들어간 것이 누구입니까? 알렉산드르 황제였소, 내가 아니라. 게다가 협상을 제의한 것은 귀국이오, 귀국은 내게 수백만의 국고를 소비하게 했고, 영국과 동맹을 맺었고, 그러다 자국 상황이 나빠지자 내게 협상을 제의한 것이잖소! 영국과 동맹한 목적은 무엇이오? 영국이 귀국에게 뭘 주었소?" 그는 강화 체결의 이익이나 그 가능성을 논의하는 것이 아니라, 다만 자기 말이 옳다는 것과 자신의 힘을 증명하고 알렉산드르의 잘못과 오류를 증명하기에 급급해 빠르게 말했다.

그의 말의 모두冒頭는 분명 자신의 입장과 유리함을 표명하고, 그럼에도 불구하고 협상의 개시에 응한다는 것을 과시하기 위한 것이었다. 그러나 일단 말을 시작하자 점점 자기 말을 제어할 수 없게 되었다.

그의 발언의 전반적인 목적은 분명 지금으로서는 자신을 치켜세우고 알렉산드르를 모욕하는 것, 말하자면 적어도 처음에는 그도 무엇보다 바라지 않았던 것이 되어 있었다.

"듣자니, 당신들은 터키인들과 강화를 맺었다지요?"[3]

발라쇼프는 긍정하듯 고개를 숙였다.

"강화가 체결되었습니다……" 그는 말하기 시작했다. 그러나 나폴레옹은 말을 계속하게 두지 않았다. 나폴레옹은 마치 말은 자기만 해야 한다고 생각하는 듯, 응석을 받아줘서 버르장머리가 없어진 사람에게서 흔히 보이는 웅변과 억제하기 어려운 초조함을 띠며 이야기를 이어갔다.

"그렇소, 나는 귀국이 몰다비아*와 왈라키아**를 얻지도 못하고 터키인들과 강화한 것을 알고 있소. 나라면 전에 귀국 황제에게 핀란드를

---

* 루마니아 동북부에 있는 지역의 옛 이름. 터키와 제정러시아의 지배를 받았고, 후에 루마니아와 몰도바(Moldova)공화국이 되었다. 볼가 강 근처 모르드바(Mordva)와는 다름.
** 루마니아 남부 평원에 있는 지역.

제공했던 것처럼 그 지방들도 제공했을 것이오. 그렇고말고." 그는 말을 이었다. "나는 알렉산드르 황제에게 몰다비아와 왈라키아를 약속하고 제공했겠지만, 이제 알렉산드르 황제는 그 아름다운 지방을 가질 수 없게 되었소. 그 지방들을 제국에 합병해 러시아를 자기 대代에서 보스니아 만에서 도나우 하구까지로 넓힐 수도 있었을 텐데. 카테리나 여제도 그 이상은 할 수 없었을 것입니다." 나폴레옹은 더욱 열을 올리며 말하고 방안을 걸어다녔고, 틸지트에서 알렉산드르에게 했던 말을 거의 그대로 발라쇼프에게 되풀이했다. "이 모든 건 나의 우정으로 할 수 있었을 일이오…… 아아! 훌륭한 치세, 훌륭한 치세가 되었을 텐데!" 그는 몇 번이나 되풀이하고 발을 멈추더니 주머니에서 금제 담뱃갑을 꺼내 탐하듯 코로 들이마셨다.

"알렉산드르 황제는 훌륭한 치세를 이룰 수 있었을 텐데!" 그는 유감스러운 듯이 발라쇼프를 바라보았고, 발라쇼프가 뭔가 말하려 하자 다시 급히 가로막았다.

"그는 내 우정 속에서 찾지 못한 것을 왜 바라고, 어디서 찾으려 하는 겁니까?……" 나폴레옹은 의아하다는 듯이 어깨를 들먹이며 말했다. "아니, 그는 자신의 주위를 내 원수들로 둘러싸고 싶은 겁니까? 그리고 그들이 누굽니까?" 그는 말을 이었다. "슈타인, 아름펠트, 빈친게로데*, 베니히센 같은 자들⁴⁾입니다. 슈타인은 자기 조국에서 추방당한 배신자, 아름펠트는 건달에 음모자, 빈친게로데는 망명한 프랑스 국민이고, 베니히센이 그나마 좀 군인답긴 하나 그 역시 무능해서 1807년

_____

* 빈첸게로데로도 불렸다.

에도 아무것도 하지 못하고 알렉산드르 황제에게 끔찍한 기억만 안겼을 거요…… 이들이 유능한 인간이라면 쓸모가 있겠지만," 그는 자기 말이 옳다는 것과 자신의 힘(그의 생각에 이 두 가지는 같은 것이었다)을 증명해주는 잇따른 상념들을 간신히 뒤좇듯이 말을 이었다. "그런데 그렇지 않습니다, 그들은 전쟁에도 평화에도 아무 도움이 되지 않는단 말이오. 바르클라이가 그중 가장 유능하다지만, 나는 그의 최초의 행동으로 판단하건대 그렇게 생각할 수 없는 것 같소. 대체 그들은 뭘 하고 있습니까? 그 조신들은 모두 뭘 하고 있습니까! 풀*이 제안하면 아름펠트가 반대하고, 베니히센이 검토하고, 실행을 명령받은 바르클라이는 무엇을 단행해야 할지 몰라 공연히 시간만 보낼 뿐입니다. 오직 바그라티온만이 군인다운 인물입니다. 둔한 사람이지만 그는 경험과 분별력과 결단력을 지니고 있습니다…… 그리고 이 오합지졸에 둘러싸여 당신들의 젊은 황제는 어떤 역할을 하고 있습니까. 그들은 그의 명예를 손상시키고 온갖 사태의 책임을 황제에게 떠넘기고 있습니다. 황제가 사령관이 아니라면, 군대에 있을 필요가 없소" 하고 그는 말했는데, 이는 분명 황제의 면전에 도전장을 던진 것이었다. 나폴레옹은 알렉산드르가 사령관이 되고 싶어한다는 것을 알고 있었다.

"전쟁이 시작된 지 이미 일주일이 되었는데도 당신들은 빌나를 지켜내지 못했잖소. 당신네 군대는 양단되어 폴란드의 시골에서 쫓겨났습니다. 당신네 군대는 탄식하고 있을 거요……"

"그건 반대입니다, 폐하" 하고 발라쇼프는 자신이 들은 말을 떠올릴

---

* K. L. V. 풀(1757~1826). 프로이센 장군이자 군사이론가. 1806년부터 러시아군에 복무하고, 1812년에는 나폴레옹에 대한 작전 계획을 세웠다.

겨를도 없이 그저 그 말의 불꽃만 간신히 뒤좇으며 말했다. "우리 군대는 희망에 불타고 있습니다……"

"나는 모든 것을 압니다." 나폴레옹은 발라쇼프의 말을 가로막았다. "다 압니다. 나의 군대에 대해 알듯 당신네 대대 수까지 정확히 안단 말이오. 당신네 군대는 20만도 안 되지만 나의 군대는 그 세 배입니다. 이것은 맹세해도 좋소." 나폴레옹은 이러한 맹세가 아무 뜻도 없다는 것을 잊은 채 말했다. "나는 말하지만, 내 명예를 걸고 말하지만, 나의 군대는 비스와 강 이쪽에 53만이나 있소. 터키인들은 당신들에게 도움이 되지 않습니다. 귀국과 강화했다는 것이 바로 그들이 아무 쓸모가 없다는 증거지요. 스웨덴, 그들의 숙명은 미치광이 왕들의 지배를 받는 것이오. 그들의 왕이 미치광이였기 때문에 그들은 그를 끌어내리고 다른 왕을 맞았소―베르나도트*를. 그러나 이 왕도 곧 미쳐버렸지, 아무리 스웨덴 사람이라 할지라도 미치지 않고서는 러시아와 동맹을 맺을 리 없기 때문이오." 나폴레옹은 악의에 찬 미소를 짓고 다시 담배를 코로 가져갔다.

발라쇼프는 나폴레옹이 하는 말을 하나하나 반박하고 싶고, 또 반박할 말이 있었으므로 연신 뭔가 말하고 싶은 내색을 했지만, 나폴레옹은 그를 가로막았다. 예를 들어 발라쇼프는 스웨덴 사람들의 광기라는 말을 반박하고 러시아가 편드는 한 스웨덴은 그저 섬에 지나지 않는다고 말하고 싶었으나, 나폴레옹은 화난 듯이 소리쳐 그의 목소리를 덮

---

* 후사가 없는 칼 13세의 계승자로 스웨덴 국회는 프랑스 원수 장 바티스트 베르나도트(1763~1844)를 선출했고, 그는 칼 요한이라는 이름으로 칼 13세의 양자가 되었다. 베르나도트는 친영국, 친러시아 노선을 택했고, 1812년 4월 스웨덴-러시아 동맹을 체결했다.

어버렸다. 나폴레옹은 자기 말이 옳다는 것을 스스로에게 증명하기 위해 그저 말하고, 말하고, 계속 말해야 하는 격분 상태에 휩싸였다. 사절로서의 품위가 떨어지는 것이 두려웠던 발라쇼프는 항변할 필요가 있다고 느꼈지만, 한 인간으로서는 분명 나폴레옹이 빠져 있는 이유 없는 격분 앞에서 심리적으로 위축되었다. 그는 지금 나폴레옹이 하는 말은 전부 무의미하고, 냉정을 되찾으면 스스로 부끄럽게 생각하게 되리라는 것을 알고 있었다. 발라쇼프는 눈을 내리뜨고 서서 나폴레옹의 굵은 다리를 바라보며 상대방의 눈길을 피하려 애썼다.

"그러니 당신들의 동맹국이 내게 무엇이란 말이오?" 나폴레옹은 말했다. "내게도 동맹국이 있소, 폴란드요. 그들은 8만이며 사자처럼 싸우고 있소. 이제 20만이 될 겁니다."

그러고는 자신이 빤한 거짓말을 한 것과, 발라쇼프가 여전히 운명에 순종하는 듯한 자세로 묵묵히 눈앞에 서 있는 것에 더 화가 치밀었는지 휙 돌아서서 발라쇼프의 면전에 바싹 다가가 하얀 두 손으로 힘차고 민첩한 몸짓을 하며 외치다시피 말했다.

"알아두시오, 만일 프로이센을 흔들어 내게 맞서게 한다면, 알아두시오, 나는 그 나라를 유럽 지도에서 지워버릴 겁니다." 그는 적의에 찬 창백한 얼굴을 일그러뜨리고 작은 한 손으로 다른 손을 세게 내리치며 말했다. "그렇소, 나는 당신들을 드비나 강, 드네프르 강 저쪽으로 내몰아서 유럽이 어리석게도 망쳐버린 그 경계를 당신들에 맞서 부활시켜 보이겠소.[5] 그렇지, 그것이 당신네들의 미래 모습이오, 내게서 떨어져나가 당신들이 얻을 이득은 그것뿐이란 말이오." 그는 말하고 살찐 어깨를 떨면서 말없이 여러 번 방안을 왔다갔다했다. 그는 담뱃갑을 조끼 주머니에 넣었다가 다시 꺼내 몇 번인가 코에 대고는 발라쇼프를 마주보며 발을 멈췄다. 그는 잠시 입을 다물고 발라쇼프의 눈을 비웃듯이 똑바로 쳐다보다가 조용한 목소리로 말했다. "그런데 당신네 황제는 참으로 훌륭한 치세를 이룰 수 있었을 것이오!"

발라쇼프는 반박할 필요를 느끼고 러시아측 입장에서는 사태가 그렇게 어둡지만은 않다고 말했다. 나폴레옹은 여전히 비웃듯이 쳐다보며 말없이 있었는데, 그의 말에 귀를 기울이지 않는 것 같았다. 발라쇼프는 러시아에서는 이 전쟁에서 좋은 결과만 예상하고 있다고 말했다. 나폴레옹은 너그럽게 고개를 끄덕였으나 그 표정은 이렇게 말하는 것 같았다. '알고 있소. 그렇게 말하는 것이 당신의 의무니까. 하지만 당신도 그것을 믿지 않으며, 내 말에 설득되었을 겁니다.'

발라쇼프의 말이 끝날 무렵 나폴레옹은 다시 담뱃갑을 꺼내 코에 대고 나서 신호하듯 한 발로 마루를 두 번 찼다. 문이 열리고, 공손히 허리를 굽힌 시종이 모자와 장갑을 황제에게 건네고, 다른 시종은 손수건을 내밀었다. 나폴레옹은 그들을 보지 않고 발라쇼프에게 말했다.

"나를 대신해 알렉산드르 황제에게 전해주시오." 나폴레옹은 모자를 들고 말했다. "나는 전과 다름없이 황제를 신복信服하고, 그를 잘 알고 있으며, 완벽하고 아주 고결한 성품을 높이 평가하고 있다고 말이오. 나는 더이상 당신을 붙들지 않겠소, 장군, 황제에게 드릴 서한은 이따가 주겠소" 하고 나폴레옹은 빠른 걸음으로 문 쪽으로 갔다. 접견실에 있던 모두가 밀려나와 층층대를 달려내려갔다.

7

나폴레옹이 그토록 여러 가지 말을 하고, 분노를 터뜨리고, "나는 더 이상 당신을 붙들지 않겠소, 장군, 서한은 이따가 주겠소" 하고 마지막 냉담함을 보인 뒤였으므로 발라쇼프는 모욕을 당한 사절이자 무엇보다 그의 분노를 목격한 증인인 자신을 나폴레옹이 더이상 보고 싶어하지도, 만나려 하지도 않을 거라 확신했다. 그러나 놀랍게도 발라쇼프는 이날 뒤로크를 통해 황제의 식탁에 초대받았다.

오찬 자리에는 베시에르*와 콜랭쿠르와 베르티에가 있었다.

나폴레옹은 쾌활함과 상냥함으로 발라쇼프를 맞았다. 아침나절의 분노에 대해 자신을 책망하거나 부끄러워하는 표정은 찾아볼 수 없었고, 오히려 발라쇼프를 격려하려 했다. 과오의 가능성은 이미 오래전부터 나폴레옹의 신념 속에 존재하지 않는 것이었고, 그의 생각에 따르면 자신이 하는 행위는 전부 다 선한 것인데, 그것은 그 행위가 선악의 관념에 합치해서가 아니라 그 행위를 한 것이 자신이기 때문이었다.

황제는 말을 타고 빌나의 거리를 산책하며 군중의 열광적인 환영을 받은 뒤라 몹시 기분이 좋았다. 그가 지나온 거리의 창문들에는 양탄자, 깃발, 그의 이름으로 만든 모노그램이 장식되어 있었고, 폴란드 귀부인들은 손수건을 흔들며 그를 환영했다.

오찬 때 그는 옆에 발라쇼프를 앉히고 상냥하게 대했을 뿐만 아니라 그를 자기 조신의 한 사람처럼, 즉 자기 계획에 공명하고 그 성공을

---

* J. B. 베시에르(1768~1813). 프랑스 원수. 나폴레옹의 최측근. 1812년 근위 기병대를 지휘했다.

기뻐하는 사람인 듯이 대했다. 그는 대화중에 모스크바 이야기를 꺼내더니 이 러시아 수도에 대해 발라쇼프에게 이것저것 묻기 시작했는데, 호기심 많은 여행자가 앞으로 방문하려는 새로운 고장에 대해 묻는 것 같았을 뿐만 아니라, 발라쇼프가 러시아인으로서 당연히 이 호기심을 기쁘게 받아들일 거라고 확신하는 듯했다.

"모스크바 인구는 얼마나 되지요? 호수戸數는 얼마나 됩니까? 모스크바를 성도 모스크바라고 부른다는 게 사실이오? 모스크바에는 교회가 얼마나 있소?" 그는 물었다.

그리고 교회가 200개 넘는다는 대답에 그는 이렇게 말했다.

"왜 그렇게 교회가 많습니까?"

"러시아인들은 매우 독실하기 때문입니다." 발라쇼프는 대답했다.

"그러나 수도원과 교회가 많다는 건 언제나 국민들의 후진성을 나타내는 증거지." 나폴레옹은 이 판단을 평가해주길 바라는 듯 콜랭쿠르를 돌아보며 말했다.

발라쇼프는 정중히 프랑스 황제와는 다른 의견을 냈다.

"어느 나라나 각기 고유의 풍습이 있습니다." 그는 말했다.

"그러나 이제 유럽 어디에도 그런 나라는 없소." 나폴레옹은 말했다.

"황송합니다만, 폐하" 하고 발라쇼프는 대답했다. "러시아 이외에도, 스페인에도 역시 많은 교회와 수도원이 있습니다."

최근 스페인에서의 프랑스군 패배를 암시한 발라쇼프의 대답은 그의 말에 따르면 알렉산드르 황제의 궁정에서는 높이 평가되었지만, 나폴레옹의 오찬 자리에서는 문제시되지도 주목도 끌지 못하고 묻혀버렸다.

원수들의 무관심하고 이해가 가지 않는 듯한 표정을 보면 발라쇼프의 어조가 암시한 비꼼의 근거가 무엇인지 이해하지 못하는 것이 분명했다. '설사 무슨 근거가 있다 해도, 우리가 이해하지 못한다면 그것은 비꼰 것이 아니다.' 원수들의 표정은 이렇게 말하고 있었다. 그 대답이 그토록 무시되었기 때문에 나폴레옹은 조금도 알아채지 못했고, 그에게 여기서 모스크바까지 가는 길에 어떤 도시가 있느냐고 순진한 어조로 묻기까지 했다. 식사하는 내내 긴장을 풀지 않던 발라쇼프는 모든 길이 로마로 통하듯 모든 길이 모스크바로 통하고 길도 많지만, 칼 12세가 택했던 폴타바를 경유하는 길*도 있다고 대답했고, 그는 이 성공적인 대답에 만족하면서 자기도 모르게 얼굴을 붉혔다. 발라쇼프가 폴타바라는 마지막 한마디를 마치기도 전에 콜랭쿠르는 페테르부르크에서 모스크바로 가는 길이 불편하다고 말하더니 페테르부르크 시절의 추억을 늘어놓기 시작했다.

　식후에 커피를 마시기 위해 불과 나흘 전까지만 해도 알렉산드르 황제의 서재였던 나폴레옹의 서재로 자리를 옮겼다. 나폴레옹은 세브르산産 찻잔에 든 커피를 마시며 자리에 앉고는 발라쇼프에게 자기 옆의 의자를 가리켰다.

　인간에게는 일종의 식후 기분이라는 것이 있는데, 이것은 어떤 합리적인 이유보다 더 큰 자족감을 주고, 모든 사람을 자기 친구처럼 느끼게 한다. 나폴레옹은 이런 기분에 젖어 있었다. 그리고 자기를 숭배하는 사람들에게 둘러싸여 있는 기분을 느꼈다. 그는 발라쇼프가 오찬

─────────────
* 스웨덴 왕 칼 12세는 1709년 우크라이나를 거쳐 모스크바로 돌파하려다 폴타바 근처에서 표트르 대제에게 패했다.

후에 자기의 친구이자 숭배자가 되었다고 확신했다. 나폴레옹은 유쾌하면서도 약간 비웃는 듯한 미소를 지으며 발라쇼프에게 말을 건넸다.

"듣자니 여긴 알렉산드르 황제가 지냈던 방이라던데. 이상하지 않소, 그렇지 않습니까, 장군?" 이 말은 알렉산드르에 대한 그의 우월함, 즉 나폴레옹의 우월함을 입증하는 것이므로 상대방도 유쾌하지 않을 리 없다고 확신하는 듯이 말했다.

발라쇼프는 어떤 대답도 할 수 없어 묵묵히 고개를 숙이고 있었다.

"그렇지, 나흘 전 이 방에서 빈친게로데와 슈타인이 협의를 했단 말이지." 나폴레옹은 여전히 비웃는 듯한 자신만만한 미소를 지으며 말을 이었다. "내가 이해할 수 없는 것은," 그는 말했다. "알렉산드르 황제가 나의 개인적인 적들을 모두 측근으로 만들었다는 것이오. 나는 그것이…… 이해가 되지 않습니다. 그는 나도 똑같은 행동을 할 수 있다고 생각지 않았단 말이오?" 그는 발라쇼프에게 물었는데, 분명 이 회상이 아직 그의 마음속에 생생히 남아 있는 오늘 아침의 분노로 그를 다시금 몰아넣은 듯했다.

"그렇다면, 나도 그와 똑같이 할 수 있다는 것을 보여주겠소." 나폴레옹은 일어서면서 찻잔을 한쪽으로 밀어놓았다. "나는 독일에서 그의 친척들인 뷔르템베르크와 바덴과 바이마르의 대공*을 모두 쫓아낼 거요…… 그렇지, 쫓아낼 거요. 러시아는 그들을 위해 피난처를 준비해야 할 거요!"

---

* 알렉산드르 황제의 어머니는 뷔르템베르크의 소피아 공주였고(후에 마리야 페오도로브나), 황후 옐리자베타 알렉세예브나(1779~1826)는 바덴의 유력 지방관의 딸이었으며, 여동생 마리야는 작센의 바이마르 대공과 결혼했다.

발라쇼프는 그만 물러가고 싶었고, 그가 하는 말을 듣지 않을 수 없어서 듣고 있을 뿐이라는 것을 표정에 드러내며 고개를 숙이고 있었다. 나폴레옹은 그 표정을 알아채지 못했는데, 발라쇼프를 자기 적의 사절이 아니라 지금은 완전히 자신에게 신복하고, 옛 주인에 대한 모욕을 즐기는 사람으로서 응대하고 있었기 때문이다.

"그리고 알렉산드르 황제는 어째서 군의 지휘를 맡은 것이오? 뭐 때문인가요? 전쟁은 내 직업이지만, 그의 일은 통치이지 군의 지휘가 아니잖소. 그는 왜 그런 책임을 맡은 겁니까?"

나폴레옹은 다시 담뱃갑을 꺼내들고 말없이 몇 번 방안을 왔다갔다 하더니 갑자기 발라쇼프에게 다가가 가벼운 미소를 띠며 그에게 중대할 뿐만 아니라 유쾌한 일이라도 해주려는 듯이 자못 자신에 찬 태도로 마흔이나 되는 러시아 장군의 얼굴로 손을 뻗어 귀를 잡고는 미소를 띤 채 살짝 잡아당겼다.

황제가 귀를 잡아당긴다는 것은 프랑스 궁정에서 최대의 명예이자 최대의 은총이었다.

"자, 알렉산드르 황제의 숭배자이며 조신인 귀관은 왜 아무 말도 하지 않는 거요?" 나폴레옹은 자기 이외의 다른 사람을 숭배하고 그 사람의 조신인 자가 자기 앞에 있다는 것이 그저 우스꽝스럽다는 듯이 말했다.

"장군의 말은 준비됐나?" 발라쇼프의 절에 가볍게 고개를 끄덕인 뒤 그는 덧붙였다.

"장군에게 내 말을 내주게, 멀리까지 가야 하니까……"

발라쇼프가 가져온 서한은 나폴레옹이 알렉산드르에게 보내는 마지막 서한이 되었다. 회담과 관련한 모든 세부 사항이 모조리 러시아 황제에게 전달되었고, 전쟁이 시작되었다.

8

안드레이 공작은 모스크바에서 피예르를 만난 뒤, 가족들에게 볼일이 있다고 말하고 페테르부르크로 갔는데, 실은 꼭 만나야 한다고 생각한 아나톨 쿠라긴 공작을 만나기 위해서였다. 페테르부르크에 도착해보니 그가 수소문하던 쿠라긴은 이미 그곳에 없었다. 피예르가 처남에게 안드레이 공작이 그를 뒤쫓고 있다고 알려주었던 것이다. 아나톨 쿠라긴은 즉시 육군대신의 임명을 받고 몰다비아의 군대로 떠나버렸다.* 한편 안드레이 공작은 페테르부르크에서 전에 그의 상관이자 언제나 그에게 호의를 베푸는 쿠투조프를 만났고, 몰다비아 군대 총사령관으로 임명된 노장군 쿠투조프는 그에게 함께 몰다비아로 가자고 제안했다. 안드레이 공작은 총사령부 소속으로 임명되어 터키로 출발했다.

안드레이 공작은 편지로 쿠라긴에게 결투를 신청하는 건 곤란하다고 생각했다. 다른 새로운 구실 없이 결투를 신청한다면 로스토바 백작영애에게 누를 끼치게 될 뿐이라고 생각했으므로, 그는 직접 쿠라긴을 만나 결투를 할 새로운 구실을 찾으려 했다. 그러나 터키에 주둔중인 군대에서도 쿠라긴은 만날 수 없었는데, 안드레이 공작이 터키에

---

* 몰다비아는 러시아, 서유럽, 터키 간의 전장이었다.

도착한 직후 쿠라긴은 러시아로 돌아갔기 때문이었다. 새로운 나라와 새로운 생활환경에 들어가자 안드레이 공작은 살아가기가 편해졌다. 약혼녀의 배신으로 받은 상처는 남에게 숨기려 할수록 더욱 강하게 그를 괴롭혔고, 행복했던 이전의 생활환경도 괴롭게 느껴졌으며, 전에 그토록 소중히 여겼던 자유와 독립도 괴로운 것이 되고 말았다. 아우스터리츠 전장에서 하늘을 바라보며 처음 생각하게 되었던 이전의 사상 같은 것은 이제 생각조차 하지 않았다. 그 사상은 그후 피예르와 함께 즐겁게 발전시키기도 했고, 보구차로보에서도, 나중에 스위스와 로마에서도 고독을 달래주던 것이었으나, 이제는 무한하고 밝은 지평선을 펼쳐 보여주던 그런 사상을 상기하는 것조차 두려워하고 있었다. 지금 그의 관심을 끄는 것은 과거와는 아무 관련 없는 아주 비근하고 현실적인 이해관계뿐이었으며, 과거를 덮어줄수록 더 탐욕스럽게 그것에 매달렸다. 전에 그의 머리 위에 펼쳐져 있던 드높고 무한한 창공이 갑자기 낮고, 유한하고, 그를 짓누르는 듯한 창공으로 변해버린 것 같았고, 모든 것이 분명하기는 하지만 영원하고 신비로운 것은 아무것도 없었다.

그에게 제시된 일들 중 가장 단순하고 익숙한 것은 군무였다. 그는 쿠투조프의 사령부에서 당직 장군 임무를 맡아 꾸준하고 성실하게 일했고, 일에 대한 그의 열성과 면밀함은 쿠투조프를 놀라게 했다. 터키에서 쿠라긴을 만나지는 못했지만, 그를 뒤쫓아 러시아로 꼭 돌아가야 한다고는 생각하지 않았고, 그러면서도 아무리 세월이 흘러도 그를 만나면, 아무리 그를 경멸하고, 또 그런 자와 다툴 만큼 자신을 낮출 게 못 된다고 아무리 자신을 타일러도, 굶주린 사람이 음식에 덤벼들지 않을 수 없는 것처럼 결투를 신청하지 않을 수 없으리란 것을 스스로 잘 알고 있었다. 모욕을 갚아주지 못했고 증오도 발산되지 못한 채 여전히 가슴속에 남아 있다는 의식은, 안드레이 공작이 터키에서 정신없이 분주하고 어느 정도 공명심에 이끌린 허영에 찬 활동 속에서 만들어낸 인위적인 평온함을 해쳤다.

1812년, 나폴레옹과의 전쟁이 시작됐다는 보도가 부카레스트에 전달되자(쿠투조프는 두 달 동안 밤낮없이 자신의 왈라키아 여자 곁에서 지내고 있었다) 안드레이 공작은 쿠투조프에게 서군西軍으로의 전속을 청원했다. 마치 자신의 나태를 책망하듯 근무에 전념하는 볼콘스키에게 이미 피곤함을 느끼던 쿠투조프는 아주 기꺼이 그를 놓아주었고, 바르클라이 드 톨리 앞으로 의뢰장을 써주었다.

드리사 강변의 진지에 주둔한 서군으로 가기 전인 5월, 안드레이 공작은 가는 길인 스몰렌스크 가도에서 3베르스타밖에 떨어져 있지 않은 리시예 고리에 들렀다. 지난 삼 년간 안드레이 공작의 생활에는 많은 변화가 있었고, 아주 많은 것을 생각하고, 온갖 것을 느끼고 또 보아왔기 때문에(그는 서쪽도 동쪽도 돌아보았다) 리시예 고리에 들어서자 아주 작은 부분에 이르기까지 모든 것이 전반적으로 전과 똑같은 생활의 흐름이 예기치 못한 이상한 놀라움을 주었다. 그는 마법에 걸려 잠이 든 성에 들어가기라도 하듯 집 앞의 가로숫길과 석조 문으로 마차를 몰고 들어갔다. 집에는 예전과 똑같은 차분함, 똑같은 청결함, 똑같은 정적이 깃들어 있었고, 똑같은 가구, 똑같은 벽, 똑같은 소리, 똑같은 냄새, 좀 늙기는 했지만 똑같은 사람들의 수줍은 듯한 얼굴들이 있었다. 공작영애 마리야는 여전히 수줍은 듯하고, 아름답지 않은 노처녀로 인생 최고의 시간을 아무 소득도 기쁨도 없이 두려움과 끝없는 정신적 고뇌 속에서 보내고 있었다. 부리엔은 여전히 행복하게 삶의 매 순간을 즐기고 더없이 행복한 희망에 차서 스스로 만족하며 사는 요염한 처녀였다. 다만 안드레이 공작에게는 그녀가 전보다 좀더 자신감이 생긴 것처럼 보였다. 그가 스위스에서 데려왔던 가정교사 데살은 러시아식 프록코트를 입고 서툰 러시아말로 하인과 이야기를 하고 있었는데, 여전히 전과 다름없이 시야는 좁지만 총명하고 교양 있고 품행 바른 현학적인 교사였다. 노공작의 육체적인 변화라고는 옆쪽 이가 하나 빠진 것이 눈에 띄는 정도였는데, 정신적으로는 예전과 똑같았지만, 세상에서 일어나고 있는 현실 사태에 대한 증오와 불신은 더욱 깊어져 있었다. 니콜루시카만은 알아보지 못할 정도로 부쩍 자라 있었는데, 혈색이 좋고, 검은 고수머리가 구불거리고, 웃고 까불며 몸집이 작은 죽은 공작부인과 똑같이 자기도 모르게 귀여운 윗입술을 추켜올렸다. 마법에 걸려 잠들어 있는 듯한 이 성에서 불변의 법칙에 따르지 않는 건 이 아이뿐이었다. 이처럼 외면적으로는 모든 것이 그대로였지만 그들의 내면적인 관계는 안드레이 공작이 없는 사이 일변해 있었다. 가족들은 서로 반감을 품은 남처럼 두 파로 나뉘었지만, 지금 그의 앞에서는 평소의 생활 방식을 바꾸어 어울렸던 것이다. 한 파는 노공작과 부리엔 양과 건축기사이고, 다른 한 파는 공작영애 마리야와 데살과 니콜루시카와 그 밖에 보모와 유모 전부였다.

안드레이 공작이 리시예 고리에 머무는 동안 가족은 다 같이 식사를 했지만 모두가 어색해했고, 안드레이 공작은 자신이 예외 취급을 받는 손님이고, 모두를 불편하게 하고 있다고 느꼈다. 첫날 저녁식사 때 안드레이 공작은 부지중에 이것을 느끼고 입을 다물었는데, 노공작 역시 그의 부자연스러움을 눈치채고 역시 시무룩해서 입을 다물고 있다가 식사가 끝나자마자 자기 방으로 가버렸다. 그날 밤 안드레이 공작이 위로해줄 생각으로 그에게 가서 젊은 카멘스키 백작*의 전쟁담을 시작하자, 노공작은 갑자기 공작영애 마리야 이야기를 꺼내더니, 미신을 믿는다느니, 그의 말로는 자신에게 진심으로 헌신하는 유일한 사람인 부리엔 양을 싫어한다느니 하며 비난했다.

노공작은 만일 자기가 병에 걸린다면 오로지 공작영애 마리야 탓이고, 그녀가 의도적으로 자기를 괴롭히고 짜증나게 하고, 소공작 니콜라이를 응석둥이로 만들고 바보 같은 이야기나 들려주면서 망치고 있다고 말했다. 노공작은 자신이 딸을 괴롭히고 있다는 것도, 딸의 생활이 몹시 괴롭다는 것도 아주 잘 알고 있었지만, 자신이 딸을 괴롭히지 않을 수 없다는 것, 그리고 그녀가 응당 그 괴로움을 감내하고 있다는 것 역시 잘 알고 있었다. '안드레이 공작은 그걸 알면서 어째서 누이에 대해서는 내게 한마디도 하지 않을까?' 노공작은 생각했다. '도대체 어떻게 생각하고 있을까? 이유도 없이 딸을 멀리하고 프랑스 여자나 가까이하는 악당이나 늙은 바보라고 생각할까? 저애는 몰라, 그러니 설명해줘야 해, 내 이야기를 해줄 필요가 있어' 하고 노공작은 생각했다. 그래서 그는 딸의 어리석은 성격을 견딜 수 없는 이유를 설명했다.

"만약 제게 물으신다면," 안드레이 공작은 아버지를 보지도 않고 말했다(그는 난생처음 아버지를 비난하려는 것이었다). "저는 말하고 싶

---

* N. M. 카멘스키(1778~1881). 러시아 보병 장군. 1810년 몰다비아 군사령관으로 승리를 거뒀다.

지 않지만, 만약 물으신다면, 이 일에 관해 제 의견을 솔직하게 말씀드리겠습니다. 만약 아버지와 마샤 사이에 오해와 불화가 있다 해도 저는 절대 누이를 비난할 수 없습니다. 그애가 아버지를 얼마나 사랑하고 존경하는지 잘 아니까요. 만약 아버지가 물으신다면," 요즘 늘 초조하기 쉬운 상태에 있던 안드레이 공작은 초조함을 느끼며 말을 이었다. "제가 말씀드릴 수 있는 건, 만일 오해가 있다면 그 원인은 그 하잘것없는 여자라는 겁니다. 그런 여자는 누이의 친구가 될 수 없습니다."

노인은 먼저 아들을 바라본 뒤, 안드레이 공작에게 익숙지 않은, 새로 이가 빠진 자리를 보이며 부자연스럽게 미소지었다.

"무슨 친구 말이냐, 이 친구야? 응? 벌써 무슨 이야기를 했나보군! 응?"

"아버지, 저는 재판관이 되고 싶지 않습니다." 안드레이 공작은 성마르고 딱딱한 어조로 말했다. "하지만 아버지가 물어보시니까 말씀드린 거고, 언제든 말씀드렸을 겁니다. 공작영애 마리야가 나쁜 게 아닙니다. 나쁜 건…… 나쁜 건 그 프랑스 여자입니다……"

"판결이군!…… 판결이야!……" 그는 나직한 음성으로 말했으나 안드레이 공작은 그 어조에서 당황한 기색을 느꼈고, 노인은 별안간 벌떡 일어나 소리쳤다. "나가, 나가! 냄새도 남기지 말고!……"

안드레이 공작은 당장이라도 떠나고 싶었지만, 공작영애 마리야가 하루 더 있어달라고 간청했다. 그날 안드레이 공작은 아버지와 만나지 않았고, 노인은 자기 방에 틀어박혀 *부리엔* 양과 티혼 외에는 아무도 옆에 오지 못하게 하고 그저 아들이 떠났는지만 여러 번 물었다. 다음날 출발하기 전에 안드레이 공작은 아들의 방으로 갔다. 어머니를 닮은 고수머리의 건강한 사내아이는 아버지의 무릎에 올라앉았다. 안드레이 공작은 아이에게 『푸른 수염』* 이야기를 들려주기 시작했는데, 끝까지 이야기하기 전에 생각에 잠겨버렸다. 그는 자기 무릎에 앉은 귀여운 아들이 아니라 자기 자신에 대해 생각하고 있었다. 두려운 마음으로 돌이켜보았지만, 그는 자신의 마음속에서 아버지를 화나게 했다는 회한도 (난생처음 말다툼을 한 채) 아버지 곁을 떠나는 데 대한 가책도 찾을 수 없었다. 무엇보다 중요한 것은, 아들을 쓰다듬기도 하고 무릎에 앉히기도 하면서 그가 기대했던 아들에 대한 예전의 부드러운 애정을 아무리 되살려보려 해도 그럴 수가 없다는 것이었다.

"어서, 얘기해줘" 하고 아들은 말했다. 안드레이 공작은 대답 없이 아들을 무릎에서 내려놓고 방을 나갔다.

안드레이 공작이 일상의 일에서 떠나자마자, 특히 자신이 아직 행복했던 때의 생활환경으로 발을 들이자마자 삶의 우울은 전과 같은 힘으로 그를 사로잡았고, 그는 이 회상에서 되도록 빨리 벗어나려고, 되도록 빨리 무슨 일인가를 찾으려고 조급해졌다.

"꼭 떠나야 해요, 앙드레?" 그의 누이가 말했다.

"떠날 수 있으니 감사하지." 안드레이 공작이 말했다. "네가 못 떠나는 건 안타깝지만."

"왜 그런 말을 해요!" 공작영애 마리야는 말했다. "그 무서운 전쟁에 나가는 마당에 왜 그런 말을 해요, 아버지도 저렇게 늙으셨는데! 마

---

* 프랑스 작가 샤를 페로(1628~1703)가 쓴 잔혹한 내용의 동화.

드무아젤 부리엔이 그러는데, 아버지가 오빠에 대해 물으셨대요……"
이 말을 하자마자 그녀의 입술이 떨리고 두 눈에서 눈물이 흘렀다. 안
드레이 공작은 그녀에게서 얼굴을 돌리고 방안을 걷기 시작했다.

"아, 이럴 수가! 이럴 수가!" 그는 말했다. "뭔가, 누군가가, 그런
하찮은 인간조차도 남의 불행의 원인이 될 수 있다니!" 그는 공작영애
마리야가 깜짝 놀랄 만큼 증오에 차서 말했다.

그녀는 그가 하찮은 인간이라고 한 것이 그녀를 불행하게 만든 부
리엔 양만이 아니라 그의 행복을 망쳐버린 그 남자도 가리킨다는 것을
깨달았다.

"앙드레, 오빠에게 한 가지 부탁이 있어요. 꼭 부탁할게요." 그녀는
안드레이 공작의 팔꿈치에 가볍게 손을 대고 눈물을 머금은 반짝이는
눈으로 바라보며 말했다. "난 이해해요(공작영애 마리야는 눈을 내리
떴다). 하지만 불행을 만드는 것이 인간이라고 생각하지 마요. 인간은
그분의 도구예요." 그녀는 눈에 익은 초상화의 한 지점을 바라보는 듯
한 확신에 찬 눈빛으로 안드레이 공작의 머리 조금 위쪽을 바라보았
다. "불행을 내리시는 건 하느님이지 인간이 아니에요. 인간은 그분의
도구이니 인간에게는 죄가 없어요. 만약 누군가 오빠에게 죄를 지은
것 같다 생각되더라도, 잊고 용서해야 해요. 우리에게는 벌을 줄 권리
가 없어요. 그러면 오빠도 용서하는 행복을 알게 될 거예요."

"내가 여자라면 나도 그렇게 했을 거야, *마리*. 그건 여자의 미덕이
야. 하지만 남자는 잊어서도 용서해서도 안 되고, 그럴 수도 없어." 그
는 이 말을 하자 그 순간 쿠라긴을 생각하고 있지 않았는데도 풀지 못
했던 적의가 갑자기 가슴에 솟구쳤다. '마리야가 용서하라고 설득하는

걸 보니, 나는 이미 훨씬 전에 그를 벌했어야 했던 것이다' 하고 그는 생각했다. 그는 더이상 공작영애 마리야에게는 대꾸하지 않고, 군대에 있을(그는 알고 있었다) 쿠라긴과 만나는 그 기쁘고도 증오에 찬 순간을 상상하기 시작했다.

공작영애 마리야는 하루만 더 기다려달라고 청하며, 그가 아버지와 풀지 않고 떠나면 아버지가 얼마나 불행해질지 안다고 말했지만, 안드레이 공작은 자신은 아마 머지않아 군대에서 돌아올 것이고 아버지한 테는 편지를 꼭 쓰겠지만, 지금은 이 이상 머물면 불화만 키울 뿐이라고 대답했다.

"안녕, 앙드레! 불행은 하느님이 내리시는 것이지 인간에게는 결코 죄가 없다는 걸 잊지 마요." 이것이 그가 누이와 작별 인사를 할 때 들은 마지막 말이었다.

'결국 이렇게 되어야 하는 것이다!' 리시예 고리의 집 가로숫길을 마차를 타고 나오면서 안드레이 공작은 생각했다. '저애는, 가엾고 순진한 저 존재는 노망한 노인의 희생물로 남아 있다. 노인은 죄책감을 느끼면서도 자신을 바꿀 수가 없는 것이다. 내 아들은 자라면서 인생을 즐기고 있지만, 다른 모든 사람과 마찬가지로 인생 속에서 속기도 하고 속이기도 할 것이다. 나는 군대에 간다. 왜?—그것은 나도 모른다. 내가 경멸하는 인간을 만나길 바라고, 그자에게 나를 죽이고 비웃을 기회를 주려는 것인지도!' 생활의 조건은 예나 지금이나 똑같지만, 전에는 그것이 서로 굳게 결합되어 있었는데 지금은 모든 것이 뿔뿔이 흩어져 있었다. 그저 무의미한 현상들이 아무 맥락도 없이 안드레이 공작의 눈앞에 꼬리를 물고 나타났다.

9

안드레이 공작은 6월 말에 총사령부에 도착했다. 황제가 있는 제1군은 드리사 강변의 견고한 진지에 배치되어 있었고, 제2군은 제1군과 합류하기 위해 후퇴하고 있었으나, 소문에 의하면 제2군은 프랑스군 대부대 때문에 제1군과 차단되었다고 했다. 모두가 러시아군의 전반적 상황에 불만을 품었지만, 러시아 본토가 침입당할 위험성이나 폴란드 서부 여러 지방에 있던 전선이 앞으로 옮겨질 가능성에 대해서는 아무도 예상하지 못했다.

안드레이 공작은 드리사 강변에서 직속상관이 될 바르클라이 드 톨리를 발견했다. 진지 주변에는 큰 마을이나 부락이 하나도 없어서 군소속의 수많은 장군들과 조신들은 강 양쪽으로 10베르스타에 걸친 몇 개의 작은 마을에서 좀 나은 건물을 골라 분숙했다. 바르클라이 드 톨리의 숙사는 황제의 숙사에서 4베르스타쯤 떨어져 있었다. 그는 무뚝뚝하고 냉랭하게 볼콘스키를 맞아, 황제에게 상주해 배속을 정할 테니 당분간 자기 사령부에 있어달라고 특유의 독일어 악센트로 말했다. 군에서 만나리라 기대했던 아나톨 쿠라긴은 페테르부르크로 돌아가고 없었다. 볼콘스키는 이 사실이 오히려 기뻤는데, 차츰 진행되고 있는 대전의 한복판에 있는 관심사에 사로잡히면서 쿠라긴을 생각할 때마다 느끼는 초조한 기분에서 잠시나마 벗어날 수 있었던 것이다. 처음 나흘 동안은 어디서도 그를 필요로 하지 않았으므로 그는 강화된 진지를 돌아보고, 자신의 지식과 전황에 밝은 사람들의 이야기를 바탕으로 이 진지에 관한 명확한 개념을 얻으려고 노력했다. 그러나 이 진지가 유리한가 불리한가 하는 문제는 안드레이 공작에게는 해결되지 않은 채로 남았다. 그는 아무리 심사숙고한 계획이라도 실전에서는 아무 의미가 없고(그는 아우스터리츠 회전에서 그것을 알게 되었다), 모든 것은 적의 예상할 수 없는 불의의 행동에 어떻게 대처하느냐 하는 것과, 모든 전투를 누가 어떻게 지휘하느냐에 달렸다는 확신을 군사적 경험을 통해 이미 체득했기 때문이다. 안드레이 공작은 이 마지막 문제를 분명히 하기 위해 자신의 지위와 지인들을 이용해 군의 통솔과 그것에 관여하는 인물과 파벌의 성격을 규명하고자 노력했고, 그 결과 전국戰局에 관해 다음과 같은 개념을 얻게 되었다.

황제가 아직 빌나에 있을 무렵, 군은 셋으로 분할되어, 제1군은 바르클라이 드 톨리, 제2군은 바그라티온, 제3군은 토르마소프가 지휘하고 있었다. 황제는 제1군에 있었지만 총사령관의 자격은 아니었다. 명령서에는 황제가 지휘한다는 말은 없고 군과 함께한다고만 쓰여 있었다. 또한 황제 아래에는 총사령관의 사령부가 아니라 황실 사령부가 있을 따름이었다. 황제 아래에는 황실 사령부 참모장 겸 병참대신인 볼콘스키 공작*을 비롯해 장군, 시종무관, 외교관, 그 밖에 여러 외국인이 있었으나 군대의 사령부는 없었다. 이 밖에 보직 없이 황제 전속으로서 전 육군대신 아락체예프, 고참 장군인 베니히센 백작, 황태자 콘스탄틴 파블로비치 대공**, 재상인 루먄체프 백작, 프로이센의 전직 대신 슈타인, 스웨덴 장군 아름펠트, 작전부장 풀, 사르데냐 출신 시종무관 파울루치***, 볼초겐**** 등 많은 사람이 있었다. 이들에게는 군사적

---

* 표트르 미하일로비치 볼콘스키(1776~1852).
** 1779~1831. 알렉산드르 황제의 동생으로, 1812~1813년 근위대를 지휘했다.

임무는 없었지만 그 지위상 영향력을 지니고 있었으므로, 군단장과 총사령관까지도 베니히센이며 대공이며 아락체예프며 볼콘스키 공작이 어떤 자격으로 이것저것을 묻고 조언하는 것인지 이해가 가지 않을 때가 종종 있었고, 또 조언의 형식으로 내려지는 어떤 명령이 그들 개인에게서 나온 것인지 황제에게서 나온 것인지, 또 그것을 실행할 필요가 있는지 없는지 알 수 없을 때도 적지 않았다. 그러나 그러한 것은 표면적인 사정이었고, 황제와 이들이 이곳에 있는 본질적인 의미는 조신의 관점에서(황제 앞에 있으면 누구나 조신이 되어버린다) 누구에게나 분명했다. 그것은 이런 것이었다. 황제는 총사령관의 칭호는 갖지 않았지만 전군의 통솔자이고, 그를 둘러싼 사람들은 그의 보좌관들이었다. 아락체예프는 충실한 실행자요 질서의 수호자요 황제의 호위자였고, 베니히센은 빌나 도의 지주로 이 고장을 대표해 환대를 하는 것 같지만 사실은 조언자로서, 또 언제라도 바르클라이를 대신할 수도 있다는 점에서 유용하고 훌륭한 장군이었다. 대공은 자신에게 유리하기 때문에 여기 와 있었다. 전직 대신 슈타인은 도움이 되는 조언을 하고 알렉산드르가 그의 개인적 자질을 높이 평가했기 때문에 여기 있었다. 아름펠트는 나폴레옹에게 적개심을 품은 자신만만한 장군으로서 늘 알렉산드르 황제에게 영향을 미치고 있었기 때문에 여기 있었다. 파울루치는 의견이 대담하고 단호하기 때문이었다. 시종무관들은 황제가 가는 곳이라면 어디든 따라가야 하기 때문이었고, 마지막으로—가장 중요한—풀은 나폴레옹에 대한 작전을 세우고, 알렉산드르에게 그 작전

***P. O. 파울루치(1779~1849). 프랑스군에 근무하다 1807년 러시아군으로 옮겼다.
****P. F. 볼초겐(1774~1845). 프로이센 장군으로 1807년부터 러시아군에 근무했다.

의 타당성을 믿게 하여 전쟁을 전면적으로 주도하고 있기 때문이었다. 풀에게는 볼초겐이 붙어 있었고, 그는 모든 것을 얕잡아볼 정도로 자신감 넘치고 예민한 탁상이론가인 풀의 생각을 본인보다 훨씬 알기 쉬운 형태로 전달해주었다.

이상 열거한 러시아인과 외국인(특히 완전히 다른 환경에서 활동한 사람 특유의 용기로 매일같이 새롭고 예상치 못한 의견을 제시하는 외국인) 외에도 이류급 인사들이 많았다. 그들은 자신들의 상관이 여기와 있었기 때문에 여기 있었다.

안드레이 공작은 이 거대하고 들뜨고 화려하고 오만한 세계의 갖가지 생각과 의견 속에서 유독 선명하게 두드러지는 다음과 같은 경향과 파派를 알아챘다.

첫번째 파는 풀과 그의 추종자인 전쟁 이론가들로, 전쟁학의 존재를 믿고 그 과학에 불변의 법칙, 즉 측면 행동이니 우회니 기타 등등의 법칙이 있다고 생각하는 무리였다. 풀과 그 추종자들은 가상적인 전쟁 이론이 가리키는 정확한 법칙에 따라 국내 깊숙이 퇴각할 것을 요구하고, 이 이론에 반하는 것은 모두 야만, 무지, 또는 악의로 간주했다. 이파에는 독일의 대공들과 볼초겐, 빈친게로데, 그 밖에 주로 독일인이 속했다.

두번째 파는 첫번째 파와는 정반대였다. 언제나 그렇듯 한쪽에 극단이 있으면, 반대의 극단에도 대표자들이 있었다. 이 파의 사람들은 빌나에 있을 때부터 폴란드로 진격할 것을 요구했고, 사전에 세운 계획들에 구애받지 않을 것을 요구했다. 이 파의 대표자들은 대담한 행동뿐만 아니라 민족주의를 대표하는 자들이었으므로, 논쟁에서도 더더욱 극단으로 치우쳤다. 이들은 바그라티온, 당시 두각을 나타내기 시작한 예르몰로프*, 그 밖의 러시아인들이었다. 그 무렵 예르몰로프에 관한 유명한 농담이 유행했는데, 그가 황제에게 단 하나의 자비를 구하길, 자신을 독일인으로 승격시켜달라고 했다는 것이었다. 이 파의 사람들은 수보로프를 회상하면서, 필요한 것은 생각하거나 지도에 핀을 꽂는 일이 아니라 전투에서 적을 격파해 러시아 땅에 들여놓지 않도록 하고 군의 사기를 떨어뜨리지 않는 일이라고 주장했다.

황제가 가장 신임하는 세번째 파에는 위의 두 파 사이를 조정해보려는 조신들이 속해 있었다. 이들은 아락체예프를 포함한 군인이 아닌 자들이었고, 신념도 없으면서 있는 것처럼 보이려는 사람들이 입 밖에 내는 것을 똑같이 말하고 생각했다. 그들은 전쟁을 하려면, 특히 보나파르테(그들은 다시 보나파르테라고 부르고 있었다) 같은 천재와 전쟁을 하려면 면밀한 고려와 깊은 과학적 지식이 필요한데, 이런 점에서 풀은 천재적이지만, 그와 동시에 이론가들은 이따금 한쪽으로 치우치기 쉽다는 것을 인정하지 않을 수 없으므로 전적으로 신뢰할 필요는 없고, 풀의 반대자들이 하는 말에도, 또 전쟁 경험이 있는 실전가의 말에도 귀를 기울여 모든 의견의 중간을 택해야 한다고 설파했다. 이 파의 사람들은 풀의 계획대로 드리사의 진지를 확보한 다음, 다른 군대의 움직임을 바꿔야 한다고 주장했다. 그러한 방법으로는 어느 쪽 목적도 달성할 수 없는데도 그들은 그것이 더 낫다고 여겼던 것이다.

네번째 파는 황태자 대공을 가장 유력한 대표자로 하는 무리로, 대

---

* A. P. 예르몰로프(1777~1861). 1805~1807년 나폴레옹전쟁에 참가했고, 1808년 제1군 서부군 참모장에 임명됐다.

공은 아우스터리츠에서 맛본 환멸을 잊지 못하고 있었는데, 그는 프랑스군을 용감하게 무찌르려고 사열식에라도 임하듯 철모에 기병복 차림으로 근위대 선두에서 말을 달려 갔으나 뜻하지 않게 제일선에 뛰어들어 전군이 혼란에 빠진 틈에 간신히 빠져나왔던 것이다. 이 파 사람들의 판단에는 진실함이라는 장점과 결점이 함께 있었다. 그들은 나폴레옹을 두려워하고, 그 힘과 자신들의 약함을 인정하고, 솔직하게 그것을 표명했다. 그들은 이렇게 말했다. "이 일로 얻을 것이라곤 슬픔과 수치, 멸망 외에는 아무것도 없다! 이미 우리는 빌나를 버리고 비텝스크를 버렸으니 드리사도 버리게 될 것이다. 우리에게 남은 현명한 결론은 오직 하나, 강화밖에 없으며, 그것은 가능한 한 속히, 페테르부르크에서 쫓겨나기 전에 해야 한다!"

군의 수뇌부에 깊이 박혀 있던 이 견해는 페테르부르크에서도 지지를 받았고, 다른 정치적 이유로 역시 강화를 주장하던 루먄체프 재상의 지지도 받았다.

다섯번째 파는 바르클라이 드 톨리를 인간으로서라기보다 육군대신과 총사령관으로서 신봉하는 무리인데, 그들은 이렇게 말했다. "그가 어떤 인물이든 간에(그들은 항상 이렇게 시작했다), 어쨌든 성실하고 유능하며 그보다 나은 인물은 없다. 전쟁은 지휘의 통일 없이 잘될 리 없으므로 그에게 실권을 주어야 하며, 그는 핀란드에서 발휘했던 역량을 다시금 우리에게 보여줄 것이다.[6] 아군이 전력을 유지하면서 강력하게, 단 한 번의 패배도 겪지 않고 드리사까지 퇴각할 수 있었던 건 오로지 바르클라이 덕택이다. 지금 바르클라이를 베니히센으로 대체한다면 모든 것을 망치고 말 것이다. 베니히센은 1807년에 이미 무능함을 드러내지 않았는가."

여섯번째 파인 베니히센파는 이와는 반대로, 베니히센보다 유능하고 경험 있는 사람은 없으므로 아무리 버둥거리더라도 결국 그에게 돌아오게 될 거라고 말했다. 그리고 이 파의 사람들은 아군이 드리사까지 퇴각한 것은 전부 수치스러운 패배요, 실패의 연속이었다고 주장했다. "실패를 거듭하는 것이 오히려 나을지도 모른다" 하고 그들은 말했다. "적어도 이대로 계속할 수 없다고 깨닫게 될 것이기 때문이다. 필요한 것은 바르클라이가 아니라 이미 1807년에 자신의 진가를 증명해 나폴레옹까지도 인정한 베니히센 같은 인물이며, 그는 우리가 기꺼이 권력을 인정해줄 수 있는 인물이며, 그런 인물은 베니히센밖에 없다."

일곱번째 파는 황제 측근—특히 젊은 황제 주변에 항상 있고, 알렉산드르 황제 옆에 유달리 많았던—의 장군들과 시종무관들이었는데, 그들은 그를 황제로서가 아니라 인간으로서 진심으로, 사리사욕을 떠나, 마치 1805년의 로스토프처럼 열렬히 숭배하고 그에게서 온갖 미덕뿐만 아니라 인간적인 모든 자질을 보는 사람들이었다. 이 사람들은 군의 지휘를 마다한 황제의 겸손에 감격하면서도 이 지나친 겸손을 비난했고, 더없이 숭배해 마지않는 황제가 쓸데없는 자기불신을 버리고 몸소 군의 선두에 나설 것을 공공연히 언명하고, 그의 밑에 총사령부를 설치하고, 필요에 따라 경험 많은 이론가나 실천가와 상의하며 몸소 군을 통솔해야 한다고, 이것만이 군의 사기를 절정으로까지 끌어올릴 수 있다고 말했다.

가장 많은 사람이 있는 여덟번째 파는 수적으로 다른 파들에 비해 99 대 1의 비율로 많았는데, 그들은 평화도, 전쟁도, 공격 작전도, 드리사든 어디든 방어 진지도, 바르클라이도, 황제도, 풀도, 베니히센도, 아무것도 원하지 않고 오직 중요한 한 가지, 즉 자신을 위한 최대의 이익과 만족만 바라는 사람들이었다. 그들은 황제가 있는 사령부를 둘러싼 얽히고설킨 음모의 진흙탕 속에서, 실로 다양한 범위에서, 다른 때 같으면 상상도 할 수 없는 성공을 얻게 될 수 있었다. 어떤 자는 그저 자신의 유리한 지위를 잃지 않으려고 오늘은 풀에 찬성하고 내일은 반대파에 찬성하다가도 모레는 그저 책임을 피하기 위해, 그것이 황제의 마음에만 들었다는 이유로, 아무 의견도 없다고 했다. 그런가 하면 사리사욕을 위해 지난밤 황제가 넌지시 내비쳤던 내용을 큰 소리로 외치고, 황제의 주의를 끌려 하고, 회의 때 자기 가슴을 치고, 반대자에게 결투까지 신청해가며 자신은 언제라도 전체의 이익을 위해 희생할 각오가 되어 있다는 듯이 논쟁을 벌이고 떠들어대는 자도 있었다. 셋째로 또 어떤 자는 두 회의 사이에 반대자가 없는 틈을 노려, 그들에게 거부할 시간조차 없다는 걸 간파하고 자신의 정근精勤 상여금을 일시금으로 타내기도 했다. 넷째로 또 어떤 자는 과중한 일에 시달리는 자신의 모습을 은근슬쩍 황제의 눈에 띄게 했다. 다섯째로 또 어떤 자는 오랫동안 염원한 목적, 즉 황제와의 오찬을 달성하기 위해, 새로 제기된 의견의 옳고 그름을 기를 쓰며 증명하려 하고 다소라도 강력하고 올바른 논증을 하려고 했다.

이 파의 사람들은 모두 돈과 훈장과 관직을 차지하려 했고, 그러기 위해 황제의 총애라는 바람개비만 좇았는데, 이것이 어느 방향을 가리키는 즉시 군대 내 수벌 같은 이 패는 일제히 그 방향으로 날기 시작했고, 그래서 황제는 오히려 방향을 바꾸기가 곤란할 지경이었다. 불확실한 상황, 모든 것에 유달리 불안한 기운을 비추던 두렵고 중대한 위험, 음모와 이기주의와 갖가지 의견과 감정의 소용돌이 속에서, 게다가 이들이 서로 다른 민족이라는 것 때문에, 사욕에 급급한 사람들이 모인 가장 많은 수의 여덟번째 파는 전체의 활동에 심한 갈등과 혼란을 가중시켰다. 무슨 문제가 일어나면, 이 쓸모없는 수벌 무리는 이전 테마의 나팔을 다 불기도 전에 새로운 테마로 날아와 붕붕거리며 진지한 논쟁의 소리를 묻어버리고 흐리게 했다.

안드레이 공작이 군대에 도착한 무렵, 이 모든 파 속에서 또하나의 아홉번째 파가 형성되어 자신들의 목소리를 내기 시작했다. 늙었지만 총명하고 국무 경험이 있는 이들은 모순 대립되는 온갖 의견에는 전혀 동의하지 않고, 황제의 사령부에서 행해지던 모든 것을 이론적으로 관찰해 그 불확실함과 우유부단과 혼란과 약점 등에서 탈출할 방법을 고려할 수 있는 사람들이었다.

이 파의 사람들은 이렇게 생각하고 말했다. 모든 좋지 않은 문제는 주로 황제가 시종무관들을 거느리고 군에 머물러 있는 데서 생긴다, 궁정에서는 편리하겠지만 군대에는 해롭고 모호하고 불안정한 조건적인 관계가 끼어들고 있다. 황제의 본분은 나라를 통치하는 것이지 군의 지휘가 아니다. 즉 이 상태에서 벗어나는 유일한 길은 황제가 조신들과 더불어 군을 떠나는 것이다. 황제가 머물기 때문에 그의 안전을 보장하기 위해 5만의 군대가 마비 상태에 있다. 아무리 무능하더라도 독립된 총사령관이 황제의 존재와 권력에 속박된 유능한 총사령관보다 훨씬 낫다.

안드레이 공작이 드리사 강변에서 무료한 날을 보내던 무렵, 이 파의 주요 대표자 중 한 사람인 국무대신 시시코프는 발라쇼프와 아락체예프의 서명을 얻어 황제에게 서한을 올렸다. 그는 국무 전반에 대한 의견을 상주하라고 했던 황제의 허가를 이용해, 수도의 민중에게 전의를 북돋울 필요가 있다는 구실을 내세우며 황제에게 군을 떠날 것을 진언했다.

황제에 의한 민심의 고무와 조국 방위에 대한 격문(황제가 모스크바에 머묾으로써 강화되었던) 같은 것이, 즉 러시아 승리의 주요 원인이었던 이것이 군에서 황제를 떠나게 하는 구실로 제안되고 받아들여졌던 것이다.

10

바르클라이가 식사 자리에서, 황제가 터키 상황에 관해 여러 가지를 묻기 위해 안드레이 공작을 직접 만나려 하니 저녁 여섯시까지 베니히센의 숙사로 가라고 전했을 때는 그 서한이 황제에게 전해지기도 전이었다.

나중에 오보로 알려지긴 했으나 이날 황제의 숙사에는 러시아군을 위험에 빠뜨리게 될지도 모르는 나폴레옹의 새로운 움직임에 대한 보고가 닿았다. 그리고 이날 아침 미쇼* 대령은 황제와 함께 드리사의 요새를 순시하고, 지금까지 전술상의 걸작으로 반드시 나폴레옹을 격파

---

* A. F. 미쇼 드 보레투르(1771~1841). 1805년 사르데냐군에서 러시아 공병 군단으로 옮겨온 군 기사.

할 수 있으리라 생각되었던 풀의 방어 진지가 실은 전혀 무의미하고 러시아군의 멸망을 초래할 것임을 황제에게 증명해 보였다.

안드레이 공작은 강변에 임한 지주의 작은 저택을 쓰는 베니히센의 숙사로 갔다. 베니히센도 황제도 없었지만 황제의 시종무관 체르니셰프가 볼콘스키를 맞아, 황제는 베니히센 장군과 파울루치 후작을 데리고 현재 그 적절성이 심히 의심되기 시작한 드리사의 방어 진지로, 이날의 두번째 시찰을 나갔다고 말했다.

체르니셰프는 첫번째 방 창가에 앉아 프랑스 소설을 읽고 있었다. 원래 홀이었던 듯한 이 방에는 오르간이 있고 그 위에 융단 같은 것이 쌓여 있었는데, 한구석에는 베니히센의 부관이 쓰는 접이식 침대가 놓여 있었다. 그 부관도 방에 있었다. 분명 연회나 업무로 지친 듯한 부관은 개놓은 이불 위에서 졸고 있었다. 홀에는 문이 두 개 있는데, 정면의 문은 전에 객실이었던 곳으로 통하고 오른쪽 문은 서재로 통했다. 첫번째 문 저쪽에서 독일어와 가끔 프랑스어 말소리가 들려왔다. 전에 객실이었던 곳에 황제의 희망에 따라 군사회의는 아니지만(황제는 애매한 것을 좋아했다) 당면한 난국에 대한 의견을 듣길 바라는 몇몇이 모여 있었다. 군사회의가 아니라 몇 가지 문제에 대해 황제에게 설명하기 위해 소집된 자들의 회의였다. 이 어중간한 회의에 스웨덴의 아름펠트 장군과 시종무관 볼초겐, 나폴레옹이 도망친 프랑스 시민이라고 말한 빈친게로데, 미쇼, 톨, 군대와는 전혀 무관한 슈타인 백작, 끝으로 안드레이 공작이 일찍이 모든 국면의 주요 인물이라고 알고 있는 풀이 있었다. 안드레이 공작은 풀이 자기 바로 뒤에 도착해 잠시 체르니셰프와 서서 이야기하며 객실로 들어갔기 때문에 그를 자세히 관찰할 기회가 있었다.

가장 의상처럼 서툴게 지어진 러시아 장군복을 입은 그를 보자 안드레이 공작은 그를 처음 보지만 낯익은 느낌을 받았다. 그는 안드레이 공작이 1805년에 볼 수 있었던 바이로터나 마크나 슈미트나 그 밖에도 많은 독일인 이론가 장군과 비슷했지만, 그들보다 더 전형적이었다. 안드레이 공작은 이 부류의 독일인들이 지닌 모든 것을 한 몸에 지닌 독일인 이론가를 지금까지 한 번도 본 적 없었다.

풀은 키가 작고 아주 말랐지만 골격이 굵고 어깨와 골반이 넓은, 선이 굵고 건장한 체격을 가지고 있었다. 얼굴은 주름투성이고, 눈은 움푹 들어가 있었다. 머리털은 분명 관자놀이 쪽만 급히 빗은 듯 뒤쪽은 제멋대로 다발로 뻗쳐 있었다. 그는 자기가 들어온 이 큰 방에 있는 모든 것에 두려움을 느끼는 듯 화가 난 표정으로 사방을 둘러보면서 걸어왔다. 그는 어색한 동작으로 군도를 누르면서, 체르니셰프를 향해 황제는 어디 계시느냐고 독일어로 물었다. 그는 되도록 빨리 방들을 지나쳐 가 경례와 인사를 끝내고 자기 자리처럼 느껴지는 지도 앞에 앉아 일을 시작하고 싶은 듯했다. 그는 체르니셰프의 말에 바삐 고개를 끄덕이고, 황제는 그의 이론대로 구축된 진지를 시찰하시는 중이라고 하자 비꼬는 듯한 미소를 지었다. 그는 자신만만한 독일인이 흔히 그렇듯 낮지만 당찬 목소리로 *바보 같은……*이라거나, 혹은 *다 파멸……* 혹은 *모든 일이 엉망이……* 하는 말을 혼자 중얼거렸다. 안드레이 공작은 잘 들리지 않아 지나쳐버리려 했으나, 체르니셰프는 그를 풀에게 소개하면서, 이분은 다행히 전쟁이 끝난 터키에서 오신 안드레이 공작입니다, 라고 말했다. 풀은 안드레이 공작을 본다기보다 머리

너머 앞쪽을 흘낏 보고, 웃으며 말했다. "그 전쟁은 분명 전술에 맞는 것이었겠지요." 그리고 경멸하듯 웃고는 이야기 소리가 들리는 방으로 들어갔다.

원래 빈정거리고 화를 잘 내는 성격의 풀은 이날 자기가 없는 사이에 진지를 시찰하고 감히 그것에 대해 비판했다는 것 때문에 유달리 화가 나 있었다. 안드레이 공작은 아우스터리츠의 기억 덕분에 이 짧은 만남만으로도 그에 대한 명확한 관념을 포착했다. 풀은 부정적이고, 확고부동하고, 순교적이리만큼 자신만만한 독일인 가운데 한 사람이었는데, 왜냐하면 추상적인 관념―과학, 즉 자기가 완전한 진리를 안다는 환상 위에 서서 자신감을 갖는 건 독일인밖에 없기 때문이다. 프랑스인이 자신감을 갖는 건 자기가 지력으로나 육체적으로나, 또 남자는 물론이고 여자에 대해서도 자기가 절대적 매력을 지녔다고 생각하기 때문이다. 영국인이 자신감을 갖는 건 자기가 세상에서 가장 잘 정비된 나라의 국민이므로 영국인으로서 자기가 무엇을 해야 할지 잘 알고 또 자기가 하는 일은 전부 의심의 여지 없이 훌륭한 일이라고 생각하기 때문이다. 이탈리아인의 자신감은 이 민족이 쉽게 흥분하고, 자기도 남도 잘 잊어버린다는 데서 온다. 러시아인의 자신감은 자기는 아무것도 모르고 또 알려고 하지도 않는, 말하자면 무엇인가를 완전히 알 수 있다는 것을 믿지 않는다는 데서 온다. 독일인의 자신감은 그중 가장 나쁘고, 가장 완고하고 또 가장 역겨운데, 독일인은 자기야말로 진리, 즉 과학을 알고 있다고 망상하고, 자기가 생각한 과학을 절대적 진리라고 생각하기 때문이다. 풀도 확실히 그런 인물이었다. 그에게는 과학이, 프리드리히 대왕의 전사戰史에서 자기가 만들어낸 측면 행동이론이라는 과학이 있었으므로, 최근의 전사가 보인 온갖 것이 그에게는 말도 안 되는, 쌍방에서 수많은 오류만 범하는 무의미하고 야만적이고 추악한 충돌일 뿐, 말하자면 그 전쟁들은 이론에 합치되지 않으므로 과학의 연구 대상이 될 수 없는 것이었다.

풀은 1806년 예나와 아우어슈테트*에서 끝난 전쟁의 계획을 세웠던 사람 중 하나였지만, 그는 이 전쟁이 끝난 후에도 자기 이론이 잘못되었다는 증거는 아무것도 보지 못했다. 오히려 그는 자기 이론에 반한 것이 모든 실패의 유일한 원인이라 생각했고, 그렇기에 특유의 쾌활한 조롱기를 띠고 이렇게 말했다. 그러니까 내가 모든 일이 엉망이 될 거라고 말하지 않았습니까. 풀은 이론의 목적, 즉 이론의 현실 적용을 잊을 만큼 자기 이론을 사랑하는 이론가였는데, 이론을 사랑한 나머지 적용하기를 싫어하고, 그것에 대해 알려고도 하지 않았다. 그는 오히려 실패를 더 기뻐하기까지 했는데, 이론에 반한 데서 생긴 실패는 그 이론의 타당성을 증명해줄 뿐이라고 생각하기 때문이었다.

그는 안드레이 공작과 체르니셰프와 이번 전쟁에 관해 몇 마디 나누었는데, 마치 모든 일이 비참한 결과로 끝나리라는 것을 알지만 불만을 느끼지 않는 듯한 표정을 짓고 있었다. 특히 빗지 않아 뻗쳐 있는 다발로 뭉친 뒷머리와 급히 빗은 듯한 관자놀이의 머리가 이것을 웅변해주는 듯했다.

그는 다음 방으로 들어갔고, 곧 그곳에서 그의 낮고 투덜거리는 목소리가 들려왔다.

---

* 프로이센이 나폴레옹군에게 패했던 곳들.

11

　안드레이 공작이 풀을 미처 배웅하기도 전에 베니히센 백작이 다급히 방으로 들어와 볼콘스키에게 가볍게 고개를 끄덕이고 걸음을 멈추지도 않은 채 부관에게 뭔가 지시를 하며 서재로 걸어갔다. 황제가 뒤에서 오고 있었으므로 준비하기 위해 한걸음 먼저 서둘렀던 것이다. 체르니셰프와 안드레이 공작은 현관 층층대로 나갔다. 황제는 피곤한 낯으로 말에서 내리고 있었다. 파울루치 후작이 무슨 말인가 했다. 황제는 왼쪽으로 고개를 기울인 채 열정적으로 지껄이는 그의 말을 불만스러운 표정으로 들었다. 황제는 이야기를 끝내고 싶은 듯 걷기 시작했지만, 잔뜩 흥분해 얼굴이 붉어진 이탈리아인은 예의도 잊고 이야기를 계속하며 뒤따라갔다.

　"이 진지를, 드리사의 진지를 권한 자에게는" 하고 파울루치가 말했을 때, 황제는 층층대를 오르면서 안드레이 공작을 발견하고 낯선 얼굴을 유심히 보았다.

　"폐하, 그자에게는," 파울루치는 이제 참을 수 없다는 듯이 필사적으로 말을 이었다. "드리사의 진지를 권한 자에게는 정신병원이나 교수대, 이 두 가지밖에 없다고 생각합니다." 황제는 이탈리아인의 말을 끝까지 듣지 않고 마치 들리지도 않았던 척했고, 볼콘스키를 알아보자 부드럽게 말을 걸었다.

　"오랜만이오. 다들 모여 있는 곳으로 가서 나를 기다려주시오." 황제는 서재로 들어갔다. 표트르 미하일로비치 볼콘스키 공작과 슈타인 남작이 뒤따랐고, 그들이 들어가자 뒤에서 문이 닫혔다. 안드레이 공작은 황제의 허가를 얻었으므로 터키에서부터 알고 있던 파울루치와 함께 회의가 소집된 객실로 들어갔다.

표트르 미하일로비치 볼콘스키 공작은 황제의 참모장 같은 역할을 하고 있었다. 볼콘스키는 서재에서 객실로 들어가 가져온 지도를 탁자에 펼쳐놓은 후 문제를 제기하고, 모인 사람들의 의견을 구했다. 문제는 어젯밤 보고되었던(나중에 오보로 판명되었다) 드리사 진지를 우회하려는 프랑스군의 행동이었다.

맨 처음 말문을 연 아름펠트 장군은 당면한 난국을 타개하기 위해서는(자기에게도 의견이 있다는 것을 보이고 싶어서라고밖에는 생각되지 않았지만) 페테르부르크 가도와 모스크바 가도에서 벗어난 지점에 완전히 새로운 진지를 구축하고, 그곳에서 군대가 합류해 적을 기다려야 한다고 느닷없이 제안했다. 이 계획은 오래전에 작성한 것이 분명하고 또 제기된 문제에 대한 답이 되지도 않았지만, 지금 이 말을 한 것은 문제에 대한 답이라기보다 이 기회에 자기 계획을 발표한 것 같았다. 이것은 전쟁이 어떠한 성격을 지니게 될지 생각하지 않는다면 다른 안과 마찬가지로 원칙적으로는 실행 가능한 수백만의 제안 중 하나였다. 어떤 자는 그의 의견을 반박하고, 어떤 자는 지지했다. 젊은 톨 대령은 이 스웨덴 장군의 의견에 누구보다 열심히 반박하고, 논쟁 중에 옆 주머니에서 뭔가를 빼곡히 적은 수첩을 꺼내더니 낭독하게 해달라고 청했다. 톨은 이 긴 메모로 아름펠트의 안과도 풀의 안과도 완전히 반대되는 또다른 안을 제출했다. 파울루치는 톨에게 반대하며 전진 공격 안을 제안했고, 그는 이것만이 지금 아군이 빠진 미지의 상태와 함정(그는 드리사 진지를 이렇게 부르고 있었다)에서 우리를 구출할 길이라고 말했다. 풀과, 궁정에서 그의 다리 역할을 하던 볼초겐은 이 논쟁에서 침묵을 지키고 있었다. 풀은 경멸스럽다는 듯이 콧방귀를 뀌며 얼굴을 돌렸는데, 지금 듣고 있는 이런 어리석은 말을 반박하는 천한 짓은 결코 하지 않겠다는 기분을 보이려는 것 같았다. 그는 이 논쟁을 이끌던 볼콘스키 공작이 지명하고 의견을 구하자 다만 이렇게 말했다.

"나한테 물으실 게 있겠습니까? 아름펠트 장군이 후면을 드러내는 훌륭한 진지를 제안하셨잖습니까. 아니면 이 *이탈리아분*이 말씀하신 공격도 좋습니다! 혹은 퇴각. 역시 좋습니다. 왜 나한테 물으시죠?" 그는 말했다. "여러분은 나보다 모든 걸 더 잘 알고 계시잖습니까." 그러나 볼콘스키가 인상을 찌푸리며 자신은 황제의 이름으로 의견을 묻는 거라고 말하자, 풀은 일어나서 갑자기 활기를 띠고 말했다.

"모두들 일을 망치고, 모두들 뒤엉키게 해놓고, 모두들 나보다 더 잘 알고 있다고 하더니 이제 와서 새삼스럽게 내게 어떻게 개선해야 하느냐고 묻는 겁니까? 개선할 건 아무것도 없습니다. 내가 말한 이론에 입각해서 정확히 수행하면 되는 겁니다." 그는 앙상한 손가락으로 탁자를 두드리며 말했다. "도대체 뭐가 곤란하다는 겁니까? 허튼소리입니다, 아이 장난에 지나지 않습니다." 그는 마른 손가락으로 지도를 짚으면서, 어떠한 우연도 드리사 진지의 합리성을 뒤집을 수는 없으며, 모든 것은 예견되어 있으므로, 만약 실제로 적이 우회한다면 적은 반드시 전멸되고 말 거라고 재빠르게 이야기했다.

독일어를 모르는 파울루치는 풀에게 프랑스어로 묻기 시작했다. 볼초겐은 프랑스어가 서툰 자기 상관을 위해 간신히 풀의 말을 뒤따라가며 통역하기 시작했는데, 풀은 이미 일어난 일뿐만 아니라 앞으로 일어날 수 있는 모든 일이 자신의 계획에 예견되어 있으므로 만일 현재 곤란한 일이 일어나고 있다면 그 원인은 만사를 정확하게 수행하지 않은 데 있을 뿐이라고 재빠르게 논증했다. 그는 줄곧 빈정거리는 듯한 미소를 지으며 논증하다가 마침내 비웃듯이 논증을 내던지고 말았는데, 마치 수학자가 이미 한번 증명된 문제를 온갖 방법으로 다시 검증하던 것을 내던지는 것 같았다. 볼초겐은 그의 의견을 대신해 프랑스어로 계속 이야기하며 이따금 풀에게 "안 그렇습니까, 각하?" 하고 물었고, 풀은 싸움 때문에 상기된 사람이 화가 나 자기편에게 그러듯 부하 볼초겐에게 소리를 질렀다.

"그래, 대체 뭘 더 설명하라는 거야?" 파울루치와 미쇼는 프랑스어로 동시에 볼초겐에게 덤벼들었다. 아름펠트는 독일어로 풀을 상대했다. 톨은 러시아어로 볼콘스키 공작에게 설명했다. 안드레이 공작은 말없이 들으며 지켜보고 있었다.

이 모든 사람 가운데 가장 안드레이 공작의 공감을 산 인물은 분노에 불타고, 결연하고, 터무니없이 자기확신에 찬 풀이었다. 그는 여기에 출석한 사람들 가운데 자신을 위해서는 아무것도 원하지 않고 누구에 대해서도 적의를 품지 않으며, 다만 몇 해 동안 고심한 끝에 이룬 이론에 근거해 작성한 계획의 실행을 원하는 사람은 분명 자신뿐이라고 생각하고 있었다. 그의 빈정거리는 듯한 태도는 우스꽝스럽고 불쾌하기까지 했지만 동시에 이상에 대한 무한한 충성은 사람들에게 무의식적인 존경을 불러일으켰다. 또한 풀을 제외한 모든 발언자의 반론 속에는 1805년의 군사회의에서는 볼 수 없었던 하나의 공통점, 지금은

제1부 81

비록 내색하지 않으나 나폴레옹의 천재성에 대한 대공황, 즉 공포가 어느 논박에나 나타나 있었다. 그들에게 나폴레옹은 모든 것이 가능한 것처럼 생각되었고, 어떤 방면으로든 들어올 수 있을 것 같았으며, 나폴레옹이라는 그 두려운 이름은 서로의 예상을 파괴했다. 오직 풀만은 나폴레옹까지도 자기 이론에 반대하는 다른 모든 사람과 똑같은 야만인이라고 보고 있었다. 하지만 안드레이 공작은 그에게 존경뿐만 아니라 연민을 느꼈다. 그에 대한 조신들의 말투로 보나 파울루치가 황제에게 상주한 것으로 보나 더욱이 풀이 띤 절망적인 표정으로 보나 그의 실각이 가까이 닥쳤다는 것은 다른 사람들은 물론 분명 그도 느끼는 것 같았다. 자신감과 독일인 특유의 불만스러운 빈정거림에도 불구하고, 빗어 넘긴 관자놀이의 머리털과 다발로 뭉쳐 뻗친 뒷머리까지도 애처로워 보였다. 그는 흥분과 경멸의 표정으로 그것을 감추고 있었지만, 자기 이론의 정확함을 커다란 무대에서 시험하고 온 세계에 증명할 수 있는 유일한 기회가 사라지려 하는 것에 절망하고 있는 것이 분명했다.

논쟁은 오래 지속되었고, 지속될수록 더욱 격렬해져 노성과 인신공격에까지 이르고 이제 사람들의 발언에서 총체적인 결론을 끌어낼 가능성은 더욱 줄어들었다. 안드레이 공작은 여러 나라 말로 오가는 대화, 예상, 계획과 반박과 노성을 들으며 그들의 모든 말에 그저 놀랄 뿐이었다. 전에 군대에 근무했을 때 종종 머릿속에 떠오르던 상념, 즉 전쟁학이란 존재하지 않고 존재할 리도 없으며, 따라서 이른바 전쟁의 천재라는 것도 절대로 있을 수 없다는 생각이 이제 그에게 완벽한 근거를 갖는 진리로 뚜렷해졌다. '조건과 상황이 분명하지도 일정하지도 않고, 전쟁 당사자들의 힘도 더욱 분명하지 않은 전투에 무슨 이론과 과학이 있을 수 있단 말인가? 아군이건 적군이건 하루 후에 그들이 어떤 상태가 될지 누구도 알 수 없었고, 지금도 알 수 없으며, 게다가 한 부대의 전투력조차 아무도 알 수 없지 않은가. "차단됐다!" 하고 외치고 도망치는 비겁자 대신 "우라!" 하고 외치는 명랑하고 용감한 병사가 선두에 있을 때는 쇤그라벤 전투 때처럼 불과 5천 명의 지대가 3만의 적에 필적할 수도 있다. 그러나 아우스터리츠 전투 때처럼 5만이 8천의 적 앞에서 패주할 수도 있다. 모든 실제적인 문제에서와 같이 아무것도 확정할 수 없고 모든 것이 무수한 상황에 좌우되어 누구 한 사람 알 수 없는 일순간에 그 의의가 정해지고 마는데 거기에 무슨 과학이 있을 수 있단 말인가. 아름펠트는 아군이 차단됐다고 말하고, 파울루치는 프랑스군을 두 포화 사이에 놓았다고 말하며, 미쇼는 드리사 진지 뒤에 강이 있는 것이 불리하다고 하지만 풀은 그것이 유리하다고 말한다. 톨이 어떤 안을 제안하면 아름펠트가 다른 안을 내놓는다. 그것은 모두 좋기도 하고 쓸데없기도 한데, 어느 안이 좋은가 나쁜가는 사건이 일어나야만 판명된다. 왜 사람들은 전쟁의 천재라는 말을 쓸까? 시간 맞춰 건빵을 수송하도록 명령할 수 있고, 오른쪽 왼쪽으로 전진하라고 명령할 수 있다고 과연 천재일까? 천재라는 말은 광휘와 권력에 둘러싸여 있는 군인에게 우매한 대중이 그 권력에 천재라는 어울리지도 않는 성질을 덧붙이고 아첨하며 부르는 것에 지나지 않는다. 내가 아는 훌륭한 장군들은 모두 바보 같거나 얼빠진 자들이다. 가장 훌륭한 장군은 바그라티온이며, 이것은 나폴레옹도 인정했다. 그런데 보나파르트 자신은 어떨까! 나는 아우스터리츠 전장에서 보았던 자기만족에 찬 그 우매한 얼굴을 기억한다. 훌륭한 사령관에게는 특별한 자질 같은 것은 필요하지 않을 뿐만 아니라, 오히려 사랑이니 시정詩情이니 부드러움이니 철학적 탐구에 의한 회의懷疑 같은 가장 고매한 인간의 자질은 없어야 할 필요가 있다. 사령관은 시야가 좁고, 자신이 하는 일이 몹시 중요하다고 확신해야 하며(그렇지 않으면 도저히 견디지 못할 것이다), 그래야만 비로소 용감한 사령관이 될 수 있다. 보통 사람처럼 누군가를 사랑하거나, 동정하거나, 무엇이 옳고 무엇이 그른지 생각하는 것은 금물이다. 그들이 권력자이기 때문에 오래전부터 그들을 위해 천재론이 위조된 것은 이해할 만하다. 그러나 전투의 승리에 기여하는 것은 그들이 아니라 대오 속에서 틀렸다! 혹은 우라! 하고 외치는 자들이고, 이러한 대오 속에서야말로 나는 도움이 되는 존재라는 확신을 가지고 근무할 수 있는 것이다!'

안드레이 공작은 사람들의 의견을 들으며 이렇게 생각했고, 파울루치가 그를 불러서 정신을 차렸을 때는 이미 모두 흩어지고 있었다.

이튿날 사열 때 황제는 안드레이 공작에게 어디서 근무하고 싶은지 물었고, 안드레이 공작은 황제 측근에 머물기를 바라지 않고 실전 부대 근무를 청원했기 때문에 궁정 세계에서 살아갈 길을 스스로 영원히 잃어버렸다.

12

로스토프는 전쟁 개시 전 양친으로부터 편지를 받았는데, 편지에는 나타샤의 병과 안드레이 공작과의 파혼(나타샤의 거절 때문이라고 설명되어 있었다)을 짤막하게 알리며, 퇴직해 집으로 돌아와달라고 쓰여 있었다. 이 편지를 받았지만 니콜라이는 휴가도 퇴직도 청원하지 않고, 나타샤의 병도 파혼도 몹시 유감스럽게 생각하며 양친의 바람을 만족시킬 수 있도록 할 수 있는 모든 일을 다 해보겠다고 써보냈다. 소냐에게는 따로 편지를 썼다.

"사랑하는 내 영혼의 벗이여," 그는 썼다. "내 귀향을 막을 수 있는 건 오직 명예밖에 없습니다. 하지만 전쟁 개시를 앞둔 지금 내가 조국에 대한 의무와 사랑 대신 일신의 행복을 택한다면 모든 전우에게만이 아니라 나 자신에게도 파렴치한이 될 것입니다. 이번이 마지막 이별입니다. 만약 내가 살아남고, 그때도 당신이 날 사랑해준다면, 나는 모든 걸 버리고 내 뜨거운 가슴에 당신을 영원히 끌어안기 위해 당신 옆으로 날아가겠습니다."

사실 로스토프를 붙잡고, 귀향해서 소냐와 결혼하는 것을—그가 약속한 대로—방해하는 것은 전쟁의 개시뿐이었다. 사냥을 하던 오트라드노예의 가을, 크리스마스 주간과 소냐와의 사랑의 추억과 연관된 겨울이 그가 전에 알지 못했던 조용한 귀족 생활의 기쁨과 평안한 미래를 눈앞에 펼쳐 보여주고 있었고, 그 기분은 지금 그를 자주 충동질했다. '훌륭한 아내, 아이들, 우수한 사냥개들—서너 마리씩 무리 지은 열두 무리의 보르조이 사냥개들, 농지 경영, 이웃들, 선거에 의한 근무!' 그는 생각했다. 하지만 지금의 전시에는 연대에 남을 필요가 있었다. 그리고 성격상 그는 필요하면 현재의 연대 생활에 만족하고 그 생활을 자신에게 즐거운 것으로 만들 수도 있었다.

휴가에서 돌아와 동료들의 환영을 받은 니콜라이는 군마 조달을 위해 파견되어 소러시아*에서 스스로도 만족하고 상사도 칭찬한 훌륭한 말들을 구해 왔다. 또한 그는 연대에 없는 동안 대위로 승진했고, 연대가 전시 편제로 증원되자 다시 이전의 기병 중대를 맡게 되었다.

전쟁이 시작되자 연대는 폴란드로 이동했고, 봉급이 두 배로 오르고 새 말이 주어지고 새 장교와 새 병사가 도착했으며, 무엇보다 중요한 것은 개전에 따르는 흥분되고 들뜬 기분이 확산된 것이었는데, 로스토프도 연대 내에서의 유리한 자기 지위를 의식하고 머지않아 이를 버리고 떠나야 하는 것을 알면서도 군무의 즐거움과 흥취에 빠져 있었다.

군은 온갖 복잡한 국가적, 정치적, 전술적 이유로 빌나에서 퇴각했다. 한 발짝 퇴각할 때마다 총사령부 내의 이해와 추측과 감정이 복잡하게 교착했다. 그러나 파블로그라드스키 연대의 경기병들에게는 마침 여름이라는 좋은 계절이었고 양식도 충분했기 때문에 이 퇴각은 무척 간단하고도 편안한 일이었다. 낙심하고 걱정하고 계략을 짜는 건 총사령부뿐이었고 군 하부에서는 어디로 왜 가는지 묻는 사람도 없었다. 만약 퇴각을 유감스러워하는 사람이 있었다면, 익숙해진 숙사를 떠나거나 귀여운 폴란드 아가씨와 헤어져야 하는 정도의 이유 때문이었다. 또 설사 전국이 불리하다는 생각이 떠올랐더라도, 그들은 훌륭한 군인으로서 응당 쾌활해지려고 노력하며 전국 전반이 아닌 당장의 일만 생각하려고 애썼다. 초기에는 폴란드 지주들과 교제하기도 하고, 황제나 고위 지휘관의 사열을 기다리고 그것을 완수하며 그들은 빌나

---

* 우크라이나의 전 이름.

부근에 주둔하고 있었다. 그러나 스벤샤니로 퇴각하고, 가져갈 수 없는 양식은 불태워버리라는 명령이 내렸다. 스벤샤니에 대해 경기병들이 기억하는 것은, 전군이 스벤샤니 주둔지에 붙인 별명처럼 이곳이 '술 취한 숙영지'였다는 것과, 식량 징발 명령을 구실로 말이며 마차, 심지어 폴란드 지주의 집에서 융단까지 징발해 군대로 불만이 쇄도했다는 것이었다. 로스토프가 스벤샤니에 대해 기억하는 것은 이 마을에 들어온 첫날 그의 승낙도 없이 묵은 맥주 다섯 통을 꺼내 과음한 중대의 병사 전원을 단속하지 못했다는 이유로 기병 특무상사를 교체했던 것이었다. 그들은 스벤샤니에서 드리사로 거듭 퇴각하고, 드리사에서 또다시 퇴각해 이미 러시아 국경에 접근하고 있었다.

7월 13일 파블로그라드스키 연대는 처음으로 본격적인 전투에 들어갔다.

전투 전날인 7월 12일 밤에는 비와 우박이 섞인 심한 폭풍우가 몰아쳤다. 1812년 여름에는 대체로 폭풍우가 잦았다.

파블로그라드스키 연대의 2개 기병 중대는 가축과 말에게 마구 짓밟힌, 벌써 이삭이 나온 호밀밭에서 노영하고 있었다. 비는 억수같이 쏟아졌고, 로스토프는 그의 보호를 받는 젊은 장교 일리인과 날림으로 지은 임시 막사 안에 앉아 있었다. 뺨까지 길게 콧수염을 기른 같은 연대의 장교가 사령부에 다녀오는 길에 비를 만나자 로스토프한테 들렀다.

"백작, 나는 사령부에서 오는 길입니다. 라옙스키의 공훈에 대해 들었습니까?" 하더니 그는 사령부에서 들은 살타놉카 전투*의 세부 상황

---

* 1812년 7월 11일 라옙스키 장군의 러시아군과 다부 원수의 프랑스군이 벌인 전투.

을 이야기했다.

로스토프는 빗물이 흘러드는 목덜미를 움츠리고 파이프를 피우며 건성으로 들었고, 이따금 옆에 서서 몸을 웅크리고 있는 젊은 장교 일리인을 바라보았다. 연대에 갓 배속된 이 장교는 아직 열여섯 살의 소년으로, 지금 그와 니콜라이의 관계는 칠 년 전 니콜라이와 데니소프의 관계와 비슷했다. 일리인은 모든 일에서 로스토프를 따라하고, 마치 여자처럼 그에게 흠뻑 빠져 있었다.

남들보다 콧수염이 두 배는 긴 장교 즈드르진스키는 살타놉카의 제방이 러시아의 테르모필레*였다는 것, 이 제방 위에서 라옙스키 장군이 고사古史에 못지않은 역할을 했다고 과장해서 이야기했다. 즈드르진스키는 라옙스키가 두 아들을 무서운 포화 속에서도 제방 위로 끌어내 그들과 함께 공격했다고 말했다.[7] 로스토프는 이 이야기를 듣고도 즈드르진스키의 감격에 맞장구치는 말은 한마디도 하지 않았고, 오히려 반박까지는 아니지만 상대방의 이야기를 부끄러워하는 듯한 모습을 보였다. 로스토프는 아우스터리츠와 1807년의 전투 이래, 자신도 그랬던 것처럼, 전투 장면을 이야기할 때는 반드시 거짓말을 하게 된다는 것을 경험으로 알게 되었고, 둘째로, 전장에서 일어나는 것은 모두 우리가 상상하거나 이야기하는 것과는 전혀 다르다는 것을 알 만큼 경험했다. 그렇기 때문에 즈드르진스키의 이야기가 마음에 들지 않았고, 게다가 뺨까지 콧수염을 기른 얼굴을 상대의 얼굴에 가까이 들이대고 몸을 낮게 굽히고 말하면서 로스토프의 비좁은 막사를 더 갑갑하게 하

---

* 기원전 480년 스파르타 왕 레오니다스가 이끈 스파르타군 300명과 그리스 연합군이 이곳에서 수십만의 페르시아군에게 전멸되었다.

는 즈드르진스키 자체도 마음에 들지 않았다. 로스토프는 묵묵히 그를 바라보았다. '우선, 공격했다는 제방 위는 분명 비좁고 혼란스러웠을 테니 라옙스키가 아들들을 데리고 나아갔다 하더라도 그 주위에 있던 열 명가량을 제외하면 아무에게도 영향을 주지 못했을 것이다.' 로스토프는 이렇게 생각했다. '다른 사람들은 라옙스키가 누구와 어떻게 제방 위를 나아갔는지 봤을 리 없다. 봤다 해도 그렇게 감격했을 리 없다. 자기 생사가 걸린 판에 라옙스키의 다정한 부정 같은 것이 그들과 무슨 상관이었겠는가? 게다가 살타놉카의 제방을 점령하느냐 못하느냐는 테르모필레의 예를 끌어내 설명할 만큼 조국의 운명을 좌우하는 것도 아니다. 그런데 그는 왜 그런 희생을 치르려고 했을까? 대체 자기 아들들을 그곳으로 끌어낼 필요가 있었을까? 나라면 동생 페탸는 물론 일리인도, 남이지만 착한 이 소년까지도 어딘가 엄폐물 뒤에 남겨두려고 애썼을 것이다.' 로스토프는 즈드르진스키의 이야기를 들으며 생각했다. 그러나 그 생각을 입 밖에 내지 않았는데, 이런 일에도 이미 경험이 있었기 때문이다. 그는 그런 이야기가 아군의 명예에 도움이 되므로 그것에 대해 의심하지 않는 척할 필요가 있다는 것을 알고 있었다. 그래서 그렇게 했다.

"그런데 더는 못 참겠습니다." 즈드르진스키의 이야기가 로스토프의 마음에 들지 않는 것을 눈치챈 일리인이 말했다. "양말도, 루바시카도, 엉덩이도 흠뻑 젖었습니다. 어디 피할 데가 있는지 찾아보겠습니다. 비도 좀 멎은 듯하니까요." 일리인은 나갔고, 즈드르진스키도 떠났다.

오 분쯤 지나 일리인이 진창을 철벅거리며 임시 막사로 뛰어왔다.

"우라! 로스토프, 빨리 가요. 찾았어요! 이백 걸음쯤 떨어진 곳에 선술집이 있는데, 벌써 우리 사람들이 들어가 있습니다. 옷이라도 말려요. 마리야 겐리호브나도 있습니다."

마리야 겐리호브나는 연대 군의관의 아내로, 군의관이 폴란드에 있을 때 결혼한 젊고 예쁜 독일 여자였다. 군의관은 재산이 없어서인지 신혼인 젊은 아내와 떨어지기가 싫어서인지 경기병 연대를 따라 어디든 그녀를 데리고 다녔고, 이 군의관의 질투는 경기병 장교들 사이에서 예사로운 농담거리였다.

로스토프는 망토를 걸치고, 라브루시카에게 짐을 가지고 따라오라고 명령한 뒤, 일리인과 함께 진창에 미끄러지기도 하고 잠잠해지는 빗속에서 거침없이 철벅거리기도 하면서 이따금 멀리 번개에 찢기는 저녁 어둠 속을 걸어갔다.

"로스토프, 어디 있습니까?"

"여기. 지독한 번개로군!" 두 사람은 말을 주고받았다.

13

버려진 선술집 앞에 군의관의 포장마차가 서 있고, 선술집 안에는 이미 다섯 명쯤 장교들이 있었다. 금발의 통통한 독일 여자 마리야 겐리호브나는 콥토치카를 걸치고 나이트캡을 쓰고 맨 안쪽 구석에 있는 넓은 벤치에 앉아 있었다. 그녀의 남편인 군의관은 그 뒤에서 자고 있었다. 로스토프와 일리인은 명랑한 환성과 웃음으로 마중받으며 안으로 들어섰다.

"여어! 아주 신이 났군."로스토프는 웃으며 말했다.

"어디서 꾸물거리고 있었나!"

"가관이군! 물이 줄줄 흘러! 우리 객실을 적시지 말아주게."

"마리야 겐리호브나의 옷을 적시면 안 되지"하고 목소리들이 응답했다.

로스토프와 일리인은 마리야 겐리호브나에게 결례되지 않게 젖은 옷을 갈아입을 방을 바삐 찾아다녔다. 두 사람은 칸막이 뒤에서 갈아입으려고 했으나 작은 헛간 같은 그곳에는 장교 셋이 빈 궤짝 위에 촛불 한 자루를 밝혀두고 앉아 카드놀이를 하느라 자리를 내주지 않았다. 마리야 겐리호브나가 커튼 대신 쓰라며 자기 치마를 빌려주자, 로스토프와 일리인은 이 치마를 가리개처럼 치고 짐을 들고 따라온 라브루시카의 손을 빌려 젖은 옷을 벗고 마른 옷으로 갈아입었다.

부서진 페치카에 불을 피웠다. 널빤지를 얻어다 두 안장 위에 건너지른 뒤 언치*를 깔고, 그 위에 작은 사모바르와 여행용 식기 가방과 반쯤 남은 럼주 병을 얹고 나서 마리야 겐리호브나에게 여주인 역할을 부탁하자, 모두 그녀 주위로 모여들었다. 예쁜 손을 닦으라면서 깨끗한 손수건을 내미는 사람도 있고, 축축하다면서 발밑에 웃옷을 깔아주는 사람도 있고, 바람이 들어온다면서 창문에 망토를 걸어주는 사람도 있고, 그녀의 남편이 깨지 않게 그의 얼굴에서 파리를 쫓아주는 사람도 있었다.

"그냥 두세요."마리야 겐리호브나는 수줍고 행복한 미소를 띠며 말

---

* 안장 밑에 까는 방석이나 담요.

했다. "밤을 새운 뒤라 그냥 둬도 잘 잘 거예요."

"안 됩니다. 마리야 겐리호브나." 한 장교가 대답했다. "군의관에게
는 잘 보여야죠. 무슨 일이 일어날지 모르고, 손발을 절단할 때 조금이
라도 가여워해줄지 모르니까요."

컵은 세 개뿐이고 물은 차가 진한지 묽은지 분간이 되지 않을 정도
로 너무 탁했고 사모바르의 물도 여섯 컵 분량밖에 없었으나 손톱이
짧고 별로 깨끗하지도 않은 통통한 마리야 겐리호브나의 손에서 고참
순으로 컵에 물을 받는 일은 유쾌했다. 이날 저녁 장교들은 모두 마리
야 겐리호브나를 사랑하기라도 하는 것 같았다. 칸막이 뒤에서 카드놀
이 하던 장교들까지도 이내 그만두고 마리야 겐리호브나에게 알랑거
리는 모두의 분위기에 휩쓸려 사모바르 쪽으로 옮겨왔다. 마리야 겐리
호브나는 뒤에서 자는 남편이 잠결에 몸을 들썩일 때마다 분명 멈칫하
면서도, 재기 넘치고 예의바른 젊은이들에 둘러싸여 있다는 행복감에
반짝이는 얼굴을 감추지 못했다.

설탕은 충분하지만 숟가락이 한 개뿐이라 따로 저을 수가 없자 마
리야 겐리호브나가 한 사람씩 저어주기로 했다. 로스토프는 컵을 받자
럼주를 붓고 마리야 겐리호브나에게 저어달라고 부탁했다.

"당신은 설탕을 안 넣었잖아요?" 그녀는 자기가 하는 말도 남이 하
는 말도 다 우스꽝스럽고 또 그 말에 무슨 별다른 뜻이라도 있는 것처
럼 연신 싱글거리며 말했다.

"네, 설탕은 필요 없습니다. 그냥 당신이 저어주십시오."

마리야 겐리호브나는 끄덕이고 숟가락을 찾았으나 벌써 누가 가져
가고 없었다.

"손가락도 좋습니다, 마리야 겐리호브나"하고 로스토프는 말했다. "그게 더 좋습니다."

"뜨겁잖아요!" 마리야 겐리호브나는 기쁨에 얼굴을 붉히며 말했다.

일리인은 물이 담긴 물통에 럼주를 한 방울 떨어뜨리더니 마리야 겐리호브나에게 손가락으로 저어달라고 부탁했다.

"이것이 내 잔입니다"하고 그는 말했다. "손가락을 살짝 담가주기만 하면 다 마셔버리겠습니다."

사모바르를 비우자, 로스토프는 카드를 들고 와 마리야 겐리호브나와 킹을 하자고 제안했다. 마리야 겐리호브나와 한편이 될 사람은 제비뽑기로 정하기로 했다. 로스토프가 제안한 이 놀이의 규칙은, 킹이 되면 마리야 겐리호브나의 손에 키스할 권리를 얻고, 꼴찌는 군의관이 깼을 때 그를 위해 새로 사모바르를 준비하는 것이었다.

"좋습니다, 그런데 마리야 겐리호브나가 킹이 되면요?" 일리인이 물었다.

"그녀는 이미 여왕이야! 그녀의 명령은 곧 법이지."

놀이가 시작되자마자 마리야 겐리호브나 뒤에서 갑자기 군의관의 헝클어진 머리가 쑥 올라왔다. 그는 진작부터 깨서 사람들 이야기를 귀담아듣고 있었는데, 그에게는 그들이 하는 이야기도 행동도 전혀 재밌지 않고, 우습지도 유쾌하지도 않은 것 같았다. 그의 얼굴은 슬프고 우울해 보였다. 그는 장교들과 인사도 하지 않고 머리를 긁적이며, 길을 막고 있는 그들에게 나갈 테니 비켜달라고 했다. 그가 밖으로 나가자마자 장교들은 큰 소리로 웃음을 터뜨렸고, 마리야 겐리호브나는 눈물이 나올 만큼 얼굴이 새빨개졌는데 장교들에게는 그 모습이 더 매력적으로 보였다. 군의관이 밖에서 돌아와 아내에게(그녀는 이미 행복한 미소를 거두고 걱정스러운 얼굴로 선고를 기다리며 남편을 바라보고 있었다) 비가 그쳤으니 포장마차로 가서 자지 않으면 짐을 모두 도둑맞을 거라고 말했다.

"그럼 전령을 보내겠습니다…… 두 명!" 로스토프는 말했다. "충분하겠죠, 군의관."

"내가 직접 보초를 서겠습니다!" 일리인이 말했다.

"아니, 여러분, 당신들은 충분히 잤지만 나는 이틀 밤이나 자지 못했습니다" 하고 군의관은 어두운 얼굴로 놀이가 끝나기를 기다리며 아내 옆에 앉았다.

아내를 곁눈질하는 군의관의 어두운 얼굴을 보자 장교들은 점점 더 신이 났고, 웃음을 참지 못하고 웃음이 나올 때마다 급히 뭔가 그럴듯한 구실을 찾으려 했다. 군의관이 아내를 끌어내다시피 해서 포장마차에 들어가버리자, 장교들은 선술집에 남아 젖은 외투를 둘러쓰고 누웠지만 오랫동안 잠이 오지 않았고, 군의관의 화난 표정이며 그 아내의 들뜬 모습을 떠올리며 이야기를 나누기도 하고, 현관까지 달려가 포장마차 안을 살피고 돌아와 알리기도 했다. 로스토프는 몇 번인가 머리까지 외투를 뒤집어쓰고 눈을 붙이려 했지만, 곧 누군가의 말에 홀려 다시 이야기가 시작되었고, 또다시 까닭도 없는 즐겁고 아이 같은 폭소가 터졌다.

14

세시 가까이 아직 아무도 잠을 이루지 못하던 중 특무상사가 오스트로브나 마을로 출발하라는 명령을 가지고 왔다.

장교들은 여전히 이야기를 나누고 웃으면서 급히 준비하고, 또다시 탁한 물로 사모바르를 끓였다. 그러나 로스토프는 차를 기다리지 않고 기병 중대로 갔다. 이미 날이 밝고 있었고, 비가 그치고 구름도 걷혔으나 아직 다 마르지 않은 옷 때문에 유난히 차고 축축했다. 로스토프와 일리인은 선술집에서 나오면서 비로 번들거리는 군의관의 가죽 씌운 포장마차를 새벽 어스름 속에서 바라보았는데, 포장마차 비막이 밑으로 군의관의 두 발이 튀어나와 있고 한가운데에는 베개에 파묻힌 부인의 나이트캡이 보이고 잠자는 숨소리까지 들렸다.

"정말 사랑스러운 여자야!" 로스토프가 같이 나온 일리인에게 말했다.

"어쩌면 저렇게 매력적일까요!" 일리인은 열여섯 살 소년다운 진지한 어조로 대답했다.

삼십 분 후 중대는 정렬을 마치고 길에 서 있었다. "타라!" 호령이 들리자 병사들은 성호를 긋고 말에 타기 시작했다. 로스토프는 선두로 나서서 "전진!" 하고 명령했다. 네 줄로 나란히 선 경기병들은 젖은 길 위에서 말굽 소리와 군도 소리와 나직한 이야기 소리를 울리며, 앞서 가는 보병과 포병 뒤를 이어 자작나무들 사이의 대로로 전진했다.

푸른 기가 도는 보랏빛 조각난 먹구름이 해돋이에 빨갛게 물들면서 바람에 쫓기듯 빠르게 흘러갔다. 점점 밝아졌다. 시골 길가에 반드시 있기 마련인 조글조글한 풀이 어제 내린 비에 젖어 또렷이 보였고, 축 늘어진 젖은 자작나무 가지도 바람에 맑은 물방울을 사선으로 떨어뜨리고 있었다. 병사들의 얼굴도 점점 또렷이 보였다. 로스토프는 옆에서 절대 떨어지지 않는 일리인과 함께 두 줄로 늘어선 자작나무 사잇길 한쪽으로 말을 몰았다.

로스토프는 전투 때 부대의 군마가 아니라 카자크 말을 타는 자유를 스스로에게 허락하고 있었다. 말을 잘 알고 좋아하는 그는 얼마 전 민첩한 돈산産의 큰 밤색 말을 얻었는데, 이 말을 타면 아무도 그를 앞지르지 못했다. 이 말을 타는 것은 로스토프의 즐거움이었다. 그는 이 말과 아침과 군의관의 아내를 생각했고, 눈앞에 닥친 위험에 대해서는 생각하지 않았다.

전에는 전투에 나갈 때마다 무서운 마음이 들었지만, 이제 공포감은 전혀 느끼지 않았다. 그가 공포를 느끼지 않는 것은 포화에 익숙해졌기 때문이 아니라(위험에 익숙해질 수는 없다) 위험에 직면했을 때 마음을 다스리는 법을 터득했기 때문이다. 전투에 나갈 때, 다른 어떤 것보다 흥미가 있다고 생각되는 것, 즉 눈앞에 닥친 위험을 제외한 다른 온갖 것을 생각하는 데 익숙해진 것이다. 군문에 들어와 처음 얼마 동안은 아무리 노력해도, 자신의 소심함을 아무리 나무라도 그럴 수 없었으나, 해가 지나면서 저절로 할 수 있게 되었다. 그는 지금 일리인과 나란히 자작나무 길을 나아가면서, 손에 닿는 잎사귀를 가지에서 뜯기도 하고, 말의 사타구니에 발을 대보기도 하고, 다 피운 파이프를 뒤따라오는 경기병에게 돌아보지도 않고 건네주기도 하면서 마치 그냥 말을 타러 나온 사람처럼 침착하고 여유로웠다. 그는 불안한 듯 마구 지걸이는 일리인의 흥분한 얼굴을 보자 측은한 마음이 들었는데, 공포와 죽음을 예감한 이 기병 기수의 괴로운 심경을 경험으로 잘 알고, 시간 외에는 그를 도와줄 것이 없다는 것도 잘 알기 때문이었다.

구름 뒤에 있던 해가 맑게 갠 띠 같은 하늘에 모습을 드러내자 바람은 마치 뇌우 뒤의 멋진 여름 아침을 감히 망치기 두려운 듯 금세 멈췄고, 빗방울은 이제 수직으로 떨어졌으며, 사위가 고요했다. 해는 더 떠올라 지평선 위에 모습을 드러냈다가 그 위에 길게 늘어진 구름 속으로 숨어버렸다. 몇 분 뒤 해는 구름 한 귀퉁이를 찢고 위로 한층 더 밝은 모습을 나타냈다. 모든 것이 환해지고 반짝거리기 시작했다. 그리고 이 빛에 호응하듯 앞쪽에서 포성이 울려퍼졌다.

얼마나 되는 거리에서 쏘았는지 로스토프가 생각하고 가늠해볼 겨를도 없이, 비텝스크 쪽에서 오스테르만 톨스토이 백작*의 부관이 달려와 가도를 속보로 전진하라는 명령을 전했다.

경기병 중대는 역시 전진을 서두르는 보병과 포병을 우회해 언덕 아래로 달렸고, 주민이 없는 텅 빈 마을을 지나 또다시 언덕을 올라갔다. 말은 땀에 흠뻑 젖고, 병사들은 새빨갛게 상기되었다.

"멈춰, 정렬!" 앞쪽에서 대대장의 호령이 들렸다.

"좌익 앞으로, 평보로 전진!" 앞쪽에서 호령이 떨어졌다.

경기병대는 대열을 따라 진지 좌익으로 가 제일선에 있던 아군 창기병 뒤에서 멈췄다. 오른쪽에는 예비 병력인 아군 보병이 밀집 종대로 정렬해 있고, 그보다 조금 높은 언덕 위 지평선 가까이에는, 깨끗하고

---

* A. I. 오스테르만 톨스토이(1770~1857). 1805~1807년 사단장. 1812년 제1서부군 보병 군단을 이끌었다. 오스트로브나 근처 전투에서 뮈라 군단의 전진을 막았다.

신선한 대기 속에서 비스듬히 비치는 밝은 아침 햇살에 반짝거리는 아군의 대포가 보였다. 전방의 저지대 저쪽에 적의 종대와 대포가 보였다. 저지대에서는 이미 전투가 시작되어 적과 맹렬히 포화를 주고받는 소리가 들려왔다.

이미 오랫동안 듣지 못했던 이 소리를 듣자 로스토프는 아주 유쾌한 음악을 듣는 것처럼 마음이 들뜨기 시작했다. "타락타-타-탕!" 몇 발의 총성이 때로는 느닷없이, 때로는 재빠르게 울려퍼졌다. 다시 주위가 고요해지더니, 곧 누군가가 걸어가며 폭죽을 밟아 터뜨리는 것 같은 소리가 다시 울렸다.

경기병대는 한 시간쯤 그 자리에 서 있었다. 그리고 포격이 시작됐다. 오스테르만 백작은 막료를 데리고 기병 중대 뒤를 지나 잠시 멈춰 연대장과 이야기한 뒤 언덕 위 대포를 향해 말을 몰았다.

오스테르만이 간 뒤 창기병 사이에서 호령이 들렸다.

"종대를 지어, 공격 진형으로!" 전방에 있던 보병은 기병대를 통과시키기 위해 소대를 두 줄로 정렬했다. 창기병은 창에 달린 깃발을 펄럭이며 나아갔고, 왼쪽 기슭에 나타난 프랑스 기병을 향해 속보로 언덕 아래로 달려갔다.

창기병이 언덕을 내려가자마자 경기병은 포병대를 엄호하기 위해 언덕 왼쪽으로 이동하라는 명령을 받았다. 경기병이 창기병이 있던 곳에서 멈췄을 때, 전선에서 날카로운 쇳소리와 휘파람 소리를 울리며 탄환이 날아왔지만, 멀어서 빗나갔다.

오랫동안 듣지 못했던 이 소리는 이전의 포성보다 더욱 로스토프를 기쁘게 하고 고무시켰다. 그는 언덕 위에서 몸을 쭉 펴고 전장을 바라보며 온 마음으로 창기병들과 행동을 함께하고 있었다. 창기병은 프랑스 용기병에게 달려들었고, 주위가 연기에 휩싸이더니 오 분쯤 지나 창기병은 원래 있던 장소에서 좀더 왼쪽으로 재빠르게 물러났다. 밤색 말을 탄 오렌지색 창기병들 사이로도 그 뒤로도 회색 말을 탄 푸른색 프랑스 용기병의 대집단이 보였다.

15

로스토프는 아군의 창기병을 추격하는 푸른색 프랑스 용기병을 사냥꾼의 예리한 눈으로 거의 제일 먼저 발견했다. 창기병과 그를 추격하는 프랑스 용기병은 어지럽게 뒤얽히며 차차 가까워졌다. 언덕 밑에 조그맣게 보이던 사람들이 이제는 충돌하고 쫓고 쫓기면서 손과 사브르를 휘두르는 것까지 분간할 수 있었다.

로스토프는 사냥을 구경하는 듯한 기분으로 눈앞에서 일어나는 일을 바라보고 있었다. 지금 경기병을 이끌고 프랑스 용기병을 공격하면 적은 버티지 못할 것이다. 공격한다면 지금이다, 안 그러면 늦는다 하고 그는 직감적으로 느꼈다. 그는 주위를 둘러보았다. 옆에 선 기병 대위 역시 아래쪽 기병대에서 눈을 떼지 못하고 있었다.

"안드레이 세바스티야니치," 로스토프는 말했다. "우리가 저들을 뭉개버릴 수 있지 않겠습니까……"

"말은 쉽죠," 대위는 말했다. "하지만 실제로는……"

로스토프는 그의 말을 다 듣기도 전에 말에 박차를 가해 중대 앞으로 달려나갔고, 그가 명령을 내리기도 전에, 그와 똑같은 기분을 느끼던 중대 전체가 그를 뒤따라 움직이기 시작했다. 로스토프는 왜 그렇게 했는지 자신도 몰랐다. 사냥에 나갔을 때처럼 생각도 분별도 없이 해버린 것이었다. 그는 가까이에 용기병이 있는 것을, 그들의 말이 날뛰고 대열을 흩뜨리며 달려가는 것을 보았고, 그들이 버티지 못하리란 것을 알았으며, 이 순간을 놓치면 기회는 다시 오지 않으리란 것도 알았다. 탄환이 고무시키듯 날카로운 쇳소리와 휘파람 소리를 울리며 주위에서 날아오고, 말도 흥분해서 앞으로 달려가려 하자 그는 더이상 참을 수 없었다. 그가 말을 차고 호령을 내린 순간, 뒤에서 전개하던 그의 중대가 속보로 달리는 말굽 소리가 들리고 용기병을 향해 언덕을 내려가기 시작했다. 언덕을 내려가면서 속보는 저절로 구보로 바뀌었고, 아군의 창기병과 그들을 쫓는 프랑스 용기병에게 가까워질수록 점점 빨라졌다. 용기병들은 가까이 있었다. 선두에 있던 자는 경기병을 보자 말 머리를 돌렸고, 뒤에 있던 자들은 멈춰 섰다. 로스토프는 도망치는 늑대 앞을 가로막는 기분으로 돈산 밤색 말을 전속력으로 몰아 흩어진 프랑스 용기병들의 진로를 차단하며 질주했다. 한 창기병은 말을 멈춰 세웠고, 한 보병은 말굽에 밟혀 으스러지지 않으려고 땅바닥에 엎드렸고, 기수를 잃은 말 한 마리는 경기병들 속으로 끼어들었다. 프랑스 용기병들은 대부분 달아났고, 로스토프는 그중 회색 말에 탄 자를 골라 뒤쫓았다. 도중에 관목에 부딪혔지만 로스토프의 준마는 그를 태운 채 훌쩍 뛰어넘었고, 안장 위에서 간신히 자세를 바로잡으면서 보니, 수초 안에 자기가 목표로 고른 적을 따라잡을 것 같았다. 프랑스병은 군복으로 보아 장교 같았는데 몸을 굽힌 채 사브르로 회색 말을 치며 달리고 있었다. 로스토프의 말이 장교의 말 엉덩이에 가슴을 들이박자 그 말은 나동그라질 뻔했고, 그 순간 로스토프는 자신도 이유는 모르지만 사브르를 치켜들어 프랑스병을 내리쳤다.

그 순간 로스토프의 활기는 갑자기 사라졌다. 장교는 말에서 떨어졌지만, 팔꿈치 위를 약간 벤 사브르의 타격 때문이라기보다 말이 받은 충격과 공포 때문에 낙마한 것이었다. 로스토프는 말을 세우고, 자기가 쓰러뜨린 자를 확인하기 위해 눈으로 적을 찾았다. 프랑스 용기병 장교는 한 발이 등자에 걸린 채 다른 한 발로 지면에서 풀쩍거리고 있었다. 그는 이내 다음 일격을 예상한 듯 공포에 찬 얼굴을 일그러뜨리며 눈을 가늘게 뜨고 로스토프를 올려다보았다. 흙이 튀어 있고, 창백하고 젊고 금발에, 보조개 같은 것이 파인 턱과 밝고 파란 눈을 가진, 전장 같은 데가 아니라 방안이 더 어울림직한 몹시 평범한 얼굴이었다. 로스토프가 그를 어떻게 할지 결정하기도 전에 이 장교는 외쳤다. "항복!" 그는 서둘러 등자에서 한 발을 빼려 했으나 당황해서 하지 못했고, 두려움에 찬 파란 눈을 떼지 않고 로스토프를 바라보았다. 달려온 경기병들이 그의 한 발을 빼고 안장 위에 태웠다. 경기병들은 여기저기서 용기병과 실랑이하느라 바빴는데, 어떤 자는 다쳐서 얼굴이 피투성이면서도 자기 말을 놓지 않으려 했고, 어떤 자는 경기병을 끌어안은 채 말 엉덩이에 올라타 있었고, 어떤 자는 경기병의 부축을 받아 말에 오르고 있었다. 전방에서는 프랑스 보병이 총을 쏘며 도망치고, 경기병대는 포로들을 데리고 급히 되돌아 달려왔다. 로스토프는 다른 경기병들과 함께 되돌아 달려갔지만, 가슴이 죄는 듯한 불편한 감정을 느끼고 있었다. 그 장교를 포로로 한 것과 그에게 사브르를 내리친 일이 자신에게도 설명할 수 없는 막연하고 혼란한 감정을 불러일으키고 있었다.

오스테르만 톨스토이 백작은 돌아온 경기병을 맞아 로스토프를 불러 치하했고, 그의 용감한 행위를 황제에게 상주해 게오르기 십자훈장을 청원하겠다고 말했다. 로스토프는 오스테르만 백작이 불렀을 때, 자신이 명령도 없이 공격을 시작했던 것을 떠올리고 분명 그 독단적인 행동을 벌하기 위해 부른 거라고 생각했다. 그러므로 오스테르만의 찬사와 포상 약속은 로스토프에게 한층 기쁜 놀라움을 주어야 마땅했지만, 그는 그 막연하고 불쾌한 감정에 정신적인 구역질을 느끼고 있었다. '나를 괴롭히는 것은 대체 뭘까?' 그는 장군한테서 물러나오면서 자신에게 물었다. '일리인인가? 아니다, 그는 무사하다. 내가 무슨 수치스러운 짓이라도 한 걸까? 아니다, 그것도 아니다!' 후회와도 같은 다른 뭔가가 그를 괴롭히고 있었다. '그래, 그렇다. 턱에 보조개 같은 것이 파인 그 프랑스 장교다. 나는 사브르를 치켜든 내 팔이 잠시 멈췄던 것을 똑똑히 기억하고 있다.'

로스토프는 어딘가로 끌려가는 포로들을 보고, 턱에 보조개 같은 것이 파인 그 프랑스인을 보려고 뒤따라 말을 달렸다. 그는 이상한 제복 차림으로 경기병의 예비마를 타고 불안스럽게 두리번거리고 있었다. 팔에 난 상처는 거의 상처라 말할 수 없을 정도였다. 그는 로스토프에게 가장된 미소를 짓고 인사의 표시로 한 손을 흔들었다. 로스토프는 역시 어색하고 왠지 모르게 쑥스러웠다.

그날과 다음날에 로스토프의 친구들과 동료들은 그가 지루한 것도 아니고 화가 난 것도 아닌데 말없이 생각에 골몰해 있는 것을 알아챘다. 그는 술도 내키지 않는 듯이 마셨고, 혼자 있으려고 하며 줄곧 생각에 잠겨 있었다.

로스토프는 뜻밖에도 게오르기 십자훈장을 안겨주었을 뿐만 아니라 용감한 군인이라는 평판까지 가져다준 자신의 빛나는 공훈을 줄곧 생각하고 있었는데, 도무지 이해되지 않는 것이 있었다. '그렇다면 그들은 우리보다 더 두려워하고 있는 것이다!' 그는 생각했다. '그래 영웅적 행동이라는 것이 고작 이 정도의 것이었단 말인가? 내 행동은 조국을 위한 것이었을까? 턱에 보조개 같은 것이 파인 파란 눈의 그가 무슨 잘못을 했단 말인가? 게다가 그 놀라는 모습이란! 내가 죽일 거라 생각했던 것이다. 나는 왜 그를 죽여야 할까? 내 손은 떨렸다. 그런데도 나는 게오르기 십자훈장을 탔다. 모르겠다, 아무것도 모르겠다!'

하지만 니콜라이가 이런 문제를 곱씹으며 무엇이 자기를 그토록 괴롭히는지 아직 분명한 이유를 발견하지 못하는 동안, 흔히 있는 일이지만, 근무상의 행운의 수레바퀴는 그에게 유리한 쪽으로 굴러갔다. 그는 오스트로브나 전투 뒤 승진해 경기병 대대를 맡게 되었고, 용감한 장교가 필요할 때는 언제나 그에게 임무가 주어졌다.

16

나타샤가 병이 났다는 소식을 들은 백작부인은 아직 완전히 낫지 않은 쇠약한 몸으로 페탸와 온 집안 식구를 데리고 모스크바로 왔고, 로스토프가의 모든 사람은 마리야 드미트리예브나의 집에서 그들의 집으로 옮겨가 모스크바에 완전히 정착했다.

  나타샤는 몹시 위중했기 때문에 병의 원인이 된 모든 것이, 즉 그녀
가 벌인 일과 파혼 등이 뒷전으로 밀려나게 된 것은 그녀 자신에게도
양친에게도 오히려 다행이었다. 병세가 심각해 먹지도 자지도 못하고
눈에 띄게 야윈데다가 기침도 멈추지 않아 의사도 위험을 암시할 정도
였으므로, 그녀가 무슨 일을 벌였고 어떤 잘못을 했는지 따질 계제가
아니었다. 그저 나타샤를 도울 방법만 생각해야 했다. 의사들은 각각
오기도 하고 모여서 공동 진료도 했는데, 프랑스어와 독일어와 라틴어
로 다양한 말이 오가고, 서로를 비판하기도 하고 자기들이 아는 온갖
병에 대한 실로 다양한 처방을 내리기도 했지만, 누구 한 사람도 산 사
람이 걸리는 병에 대해 전부 알 수 없는 것과 마찬가지로 나타샤에게
고통을 주는 병을 그들이 전부 이해할 수 없다는 것을, 살아 있는 인간
은 저마다 다른 특질을 가지고 있으므로 언제나 자기만의 특이하고 새
롭고 복잡한 의사가 알 수 없는 병을 가질 수 있으며, 이것은 의학서에
쓰인 폐병이나 간장병, 피부병, 심장병, 신경병 같은 것이 아니라 이들
기관의 질환이 무수히 합쳐진 병일 수 있다는 간단한 생각을 하지 못
했다. 이 간단한 생각이 의사의 머리에 떠오르지 않았던 것은(마치 마
술사가 자기는 마술을 쓸 수 없다고 생각할 수 없는 것과 똑같을 것이
다) 치료는 그들 평생의 일이고, 그것으로 돈을 벌고 있고, 이 일에 인
생에서 가장 좋은 시절을 바쳤기 때문이었다. 그러나 이 생각이 그들
의 머리에 떠오르지 않았던 가장 큰 이유는 그들이 스스로를 도움이 된
다고 굳게 믿고 있고, 또 실제로도 로스토프가 가족 모두에게 도움이 되
었기 때문이다. 그들이 도움이 되었던 것은, 사실 대부분은 유해한 어

떤 약을 병자에게 복용하게 했기 때문이 아니었다(유해 물질은 소량이라 해는 거의 없었다). 그들이 도움이 되고, 필요하고, 없어서는 안 되었던 것은(이것이 돌팔이 의사나 여자 주술사나 동종요법이나 대증요법의가 늘 존재했고 앞으로도 존재하게 될 이유인데), 그들이 병자와 병자를 사랑하는 사람들의 정신적 요구를 만족시켜주었기 때문이다. 그들은 병에 걸린 사람들이 경험하는, 고통의 경감을 기대하고 동정과 뭔가 해주기를 바라는 인간의 영원불변한 요구를 만족시켰다. 상처를 쓰다듬어주길 바라는 것, 어린아이에게서 가장 원시적인 형태로 나타나는 그 요구를 만족시켰던 것이다. 아이는 다치면 아픈 데에 키스해주거나 쓰다듬어주길 바라고 곧 어머니나 유모의 팔로 달려가고, 쓰다듬어주고 키스해주면 이내 괜찮아진다. 아이는 자기보다 힘이 세고 똑똑한 어른이 자신의 고통을 없애주는 법을 모를 거라고 생각하지 않는다. 그래서 괜찮겠지 하는 기대와, 어머니가 그 혹을 만져줄 때 나타나는 동정이 아이를 위로해주는 것이다. 나타샤에게 의사가 유익했던 것도 그들이 아픈 데를 호호 하며 쓰다듬고 키스해주면서, 마부를 아르바트 거리의 약방으로 보내 예쁜 상자에 든 가루약이나 환약을 1루블 70코페이카어치 사오게 해 반드시 두 시간마다, 절대 그보다 빠르지도 늦지도 않게, 끓인 물에 먹기만 하면 곧 낫는다고 믿게 했기 때문이다.

만약 정해진 시간에 환약과 따뜻한 마실 것과 치킨커틀릿 같은 것을 먹어야 한다는, 이것을 지키는 것이 주위 사람들의 일이고 위안이 되는 의사가 처방한 나날의 세세한 주의사항이 없었다면 소냐와 백작과 백작부인은 대체 무엇을 할 수 있었을까? 아무것도 못하고 그저 바라보고만 있었을 것이다. 주의사항들이 더 엄격하고 복잡할수록 주변 사람들에게는 더욱 위안이 되었던 것이다. 나타샤의 병 때문에 수천 루블이 든다, 딸을 위해서라면 수천 루블이 더 들어도 아깝지 않다, 만일 그래도 낫지 않으면 수천 루블을 더 들여서라도 외국에 데려가 공동 진찰을 받게 한다 같은 것을 그가 몰랐다면, 또 메티비에와 펠레르는 몰랐지만 프리즈는 알았고 무드로프는 더 현명하게 잘 진단했다는 것을 소상하게 말할 기회가 없었다면, 백작은 사랑하는 딸의 병을 어떻게 견딜 수 있었을까? 의사의 지시를 잘 지키지 않는다고 아픈 나타샤와 이따금 말다툼이라도 하지 않았다면 백작부인은 대체 무엇을 할 수 있었을까?

"이러면 절대 안 나아." 백작부인은 홧김에 슬픔도 잊은 채 말했다. "의사 말을 안 듣거나 제시간에 약을 안 먹으면! 괜한 소리가 아니야, 언제 폐렴이 될지 몰라" 하고 백작부인은 자신은 물론이고 다른 사람도 잘 모르는 단어를 입 밖에 낸 것에 커다란 만족을 느끼며 말했다. 소냐 역시, 의사의 모든 지시를 정확히 따르느라 처음 사흘 밤은 옷도 갈아입지 못하고, 별로 해롭지는 않은 그 환약을 금색 상자에서 제시간에 맞춰 꺼내려고 밤에도 잠을 자지 못하는 데 기쁨을 느끼지 못했다면 대체 무슨 일을 할 수 있었을까? 나타샤는 어떤 약도 듣지 않고 전부 다 부질없는 일이라고 말하면서도 모두가 자기를 위해 그토록 많은 희생을 한다는 것과 일정한 시간에 약을 먹어야 하는 것에 기쁨을 느꼈고, 지시를 무시하고, 치료를 믿지 않고, 목숨을 아까워하지 않는다는 것을 보여줄 수 있다는 데서도 기쁨을 느꼈다.

의사는 매일 와서 맥을 짚기도 하고, 혀를 들여다보기도 하고, 그녀의 초췌한 얼굴에도 아랑곳없이 병자에게 농담을 하기도 했다. 그가 다른 방으로 가면 백작부인은 부랴부랴 뒤따라 나갔고, 그는 심각한 표정으로 고개를 흔들며 말했다. 아직 위험이 있지만, 이번 약은 효과가 기대되니 좀더 두고봐야 합니다. 이 병은 오히려 정신적인 것입니다. 하지만……

백작부인은 자신에게도 의사에게도 감추려는 듯 그의 손에 금화 한 닢을 쥐여주고, 마음이 놓이는 기분으로 병자에게 돌아왔다.

나타샤의 증세는 잘 못 먹고, 잘 못 자고, 기침을 하고 원기를 되찾지 못하는 것이었다. 의사들은 잠시도 치료를 멈출 수 없다고 말하면서 그녀를 도회지의 답답한 공기 속에 붙들어놓았다. 그래서 1812년 여름에 로스토프가는 시골로 가지 못했다.

쇼스 부인이 수집할 정도로 상당한 양의 병과 상자의 약을 복용했음에도, 또 익숙한 시골생활에서 떨어져 있었음에도 젊음은 마침내 제 것을 차지했다. 슬픔은 지속되는 삶의 인상이라는 껍질에 덮이고, 이제는 전과 같은 고통으로 가슴을 짓누르지 않으면서 서서히 과거가 되기 시작했으며, 나타샤는 육체적으로 회복되어갔다.

17

나타샤는 차차 안정되었으나 쾌활해지지는 않았다. 그녀는 무도회니 마차 드라이브니 음악회니 연극이니 하는 온갖 기쁨의 외부적 조건을 피했을 뿐만 아니라, 그녀의 웃음에서 가슴 저 밑바닥에 서린 눈물이 느껴지지 않은 적은 한 번도 없었다. 그녀는 노래할 수 없었다. 웃으려고 해도, 혼자서 노래하려고 해도 이내 눈물에 목이 메었고, 그것은 후회의 눈물, 다시 돌아오지 않을 순결했던 과거를 회상하는 눈물, 행복할 수 있었을 젊은 시절을 헛되이 망쳐버렸다는 비탄의 눈물이었다. 특히 웃음과 노래는 자신의 슬픔에 대한 모독처럼 느껴졌다. 교태 같은 것은 두 번 다시 생각하지 않았고, 자신을 억제할 필요도 없었다. 그 무렵 그녀는 어떤 남자도 자신에게는 광대 나스타시야 이바노브나와 똑같다고 느꼈고, 그렇게 말하기도 했다. 마음속 수호자가 그녀에게 모든 기쁨을 엄격히 금지했다. 게다가 그 소녀답고, 태평스럽고, 희망에 찬 생활에서 생기던 전과 같은 인생의 다양한 관심도 이제는 없었다. 무엇보다도 괴로우리만큼 자주 떠오른 것은 지난가을의 몇 개월, 사냥, 아저씨, 그리고 오트라드노예에서 니콜라와 함께 보낸 크리스마스 주간이었다. 하루만이라도 그때로 돌아갈 수 있다면, 그녀는 아무것도 아깝지 않을 것이다! 그러나 이미 영원히 끝나버린 일이었다. 모든 기쁨에 대해 자유롭고 개방적인 상태는 두 번 다시 돌아오지 않으리라는 이 무렵의 예감은 틀리지 않았다. 하지만 그녀는 살아가야 했다.

자신은 전에 생각했던 것만큼 훌륭한 인간이 아니며, 오히려 이 세상 누구보다도 훨씬 나쁜 인간이라고 생각하는 것이 그녀에게는 위로가 되었다. 그러나 그것만으로는 아직 부족했다. 그녀는 그것을 알고 있었으므로 자신에게 물었다. '그래 그다음은 뭐지?' 그다음에는 아무것도 없었다. 삶에는 아무 기쁨이 없었고, 삶은 지나가고 있었다. 나타샤는 누구에게도 짐이 되거나 방해가 되지 않으려고 애썼지만, 자신을 위해서는 아무것도 필요하지 않은 것 같았다. 그녀는 가족들도 피했지만, 남동생 페탸만은 괜찮았다. 누구보다 남동생과 함께 있는 것이 좋았고, 그와 단둘이 마주앉으면 가끔 웃는 일도 있었다. 외출도 거의 하지 않았고, 찾아오는 손님 중에서도 오직 피예르 한 사람만 기꺼이 맞았다. 사실 나타샤에게 베주호프 백작보다 더 상냥하고, 더 조심스럽고, 진지한 태도로 대하는 사람은 없었다. 나타샤는 무의식중에 그 상냥한 태도를 느꼈기 때문에 그와 함께 있는 것이 크게 만족스러우면서도, 그것에 감사하지는 않았다. 피예르가 아무리 잘해주더라도 그가 일부러 애쓴다고는 생각되지 않았기 때문이다. 피예르가 모든 사람에게 친절한 것은 아주 자연스러운 일이고, 그래서 그에게 감사할 가치를 찾지 못했던 것이다. 나타샤는 피예르가 때때로 자기 앞에서 당황하거나 어색해한다는 것을 알아챘는데, 특히 그녀를 위해 유쾌한 뭔가를 하고 싶어하거나, 이야기하는 도중 뭔가가 나타샤를 괴로운 회상으로 이끌지는 않을까 걱정할 때 그랬다. 그녀는 알아챘지만, 그것 역시 모든 사람에 대한 그의 친절과 수줍음 때문이라고 생각했고, 그의 그런 면은 자기뿐만 아니라 다른 누구에게도 보이는 것이 틀림없다고 생각했다. 피예르는 나타샤가 지독한 절망에 빠져 있었을 때, 만일 내가 자유로운 몸이라면 무릎을 꿇고 당신의 손길과 사랑을 구했을 거라고 무심결에 말한 이래 나타샤에 대한 자신의 감정을 입 밖에 내지 않았고, 나타샤는 당시 그토록 위로가 되었던 그 말은 우는 아이를 달래려고 하는 온갖 무의미한 말과 분명 똑같은 것이라고 생각했다. 그것은 피예르에게 아내가 있어서가 아니라 쿠라긴에게는 느껴지지 않았던 정신적인 장벽의 힘을 더없이 강하게 느꼈기 때문인데, 그녀는 자기와 피예르의 관계에서는 그녀도 그렇고 그는 더더욱, 사랑은커녕, 그녀도 몇몇 예를 알다시피 남녀 사이의 상냥하고, 자신들을 의식하는, 시적인 일종의 우정이 생기는 것조차 생각해본 적이 없었다.

성 베드로 축일 정진精進 기간이 끝날 무렵, 오트라드노예의 로스토프가의 이웃인 아그라페나 이바노브나 벨로바가 모스크바의 성자들에게 예배드리기 위해 모스크바로 왔다. 그녀는 나타샤에게 정진을 권했고 나타샤는 기꺼이 받아들였다. 의사는 이른 아침의 외출을 금지했지만 나타샤는 뜻을 꺾지 않았고, 그것도 보통 로스토프가 사람들이 집에서 늘 해오던 대로 집에서 세 차례 근행을 하는 정진이 아니라 아그라페나 이바노브나가 해오던 것처럼 일주일 내내 아침, 점심, 저녁 세 번의 근행에 한 번도 빠지지 않는 정진을 하겠다고 했다.

백작부인은 나타샤의 이러한 열성이 마음에 들었고, 약물 치료의 효과가 시원치 않았던 뒤라 내심 약보다 기도 쪽이 더 효과가 있을지도 모른다고 기대하며, 두려운 마음이 들면서도 의사에게는 숨기고 나타샤의 희망을 받아들여 그녀를 벨로바에게 맡겼다. 아그라페나 이바노브나는 새벽 세시에 나타샤를 깨우러 왔으나 그녀는 대부분 이미 일어나 있었다. 나타샤는 아침 근행 시간에 늦잠을 잘까봐 걱정했다. 서둘러 세수하고, 검소하게 가장 좋지 않은 옷에 낡은 만틸라*를 걸치고 상쾌한 바깥공기에 몸을 떨면서 아침놀에 밝고 환해진 인적 없는 거리로 나섰다. 아그라페나 이바노브나의 충고대로 나타샤는 자기 교구가 아니라, 경건한 벨로바의 말에 의하면 아주 엄격하고 숭고한 신앙생활을 하는 경건한 사제가 있다는 교회에서 정진하기로 했다. 교회에는 언제

---

* 머리에서 어깨까지 덮어쓰는 여성용 케이프의 일종.

나 몇 사람밖에 없었고, 나타샤와 벨로바가 여느 때처럼 왼쪽 성가대석 뒤에 있는 성모상 앞에 서서 익숙지 않은 이른 아침 이 시각에 앞에서 타오르는 촛불 빛과 창문으로 스며든 아침 햇살이 비친 성모의 검은 얼굴을 바라보며 예배 소리에 귀를 기울이고 그 의미를 이해하려고 하며 열심히 따르고 있을 때, 위대하고 헤아릴 수 없는 것에 대한 순종이라는 전에 느껴보지 못한 감정이 그녀를 휘감았다. 그것을 깨달았을 때는 고유의 음영을 가진 그녀의 감정이 기도와 하나로 결합되었으나, 이해할 수 없을 때는 모든 것을 이해하길 바라는 건 오만이고 이해할 수도 없으며, 그저 믿고 지금 자신의 영혼을 지배한다고 생각되는 신에게 몸을 맡기면 된다고 생각했고, 그러면 한층 감미로운 기분이 들었다. 그녀는 성호를 긋고, 무릎을 꿇고, 이해할 수 없을 때는 자신의 추악함을 두려워하며 모든 것을, 모든 것을 용서해달라고 자비를 내려달라고 하느님에게 기도했다. 그녀가 가장 열심히 한 기도는 참회 기도였다. 마주치는 사람이라고는 일하러 나가는 석공과 길을 쓸고 있는 문지기 정도이고, 모든 집이 잠들어 있는 이른 아침 시간에 집으로 돌아오면서, 나타샤는 자신의 많은 악덕을 교정해 새 생활, 깨끗한 생활과 행복을 얻을 수 있으리라는 새로운 감정을 느꼈다.

이런 생활을 하는 일주일 동안 이 감정은 나날이 고양되었다. 아그라페나 이바노브나가 늘 기쁜 듯이 말하는 성체(聖體)니 영적 교신이니 하는 행복은 그녀에게는 너무나 위대한 것으로 느껴져서, 자신은 그 축복받은 일요일까지 살아 있을 수 없을 것 같은 느낌이 들 정도였다.

그러나 그 행복의 날은 찾아왔고, 잊을 수 없는 그 일요일에 하얀 모슬린 드레스를 입고 성찬식에서 돌아왔을 때, 나타샤는 몇 달 만에 처음으로 앞으로의 생활을 괴롭게 느끼지 않게 된 차분해진 자신을 느꼈다.

이날 온 의사는 나타샤를 진찰하고, 이 주일 전에 처방했던 마지막 가루약을 계속 복용하라고 말했다.

"아침저녁으로 꼭 복용해야 합니다." 그는 분명 자신의 성공이 매우 만족스러운 듯이 말했다. "다만, 좀더 정확하게 지켜주십시오. 안심하세요, 백작부인." 의사는 부드러운 손바닥으로 솜씨 좋게 금화를 받으면서 농담조로 말했다. "곧 다시 노래하고 뛰어다니게 되실 겁니다. 이번 약은 대단히, 대단히 효과가 있었습니다. 아주 좋아지셨어요."

백작부인은 자기 손톱을 들여다보고 밝은 표정으로 객실로 돌아가면서 여러 번 침을 뱉었다.*

18

7월 초 모스크바에서는 국민에 대한 황제의 격문이 발표됐다느니, 황제가 군대에서 모스크바로 돌아왔다느니 하는 전국에 관한 점점 더 불안한 소문이 퍼졌다. 그리고 7월 11일까지 격문도 포고도 입수되지 않자, 그것에 관해서도, 러시아 상황에 관해서도 과장된 소문이 나돌기 시작했다. 사람들은 황제가 돌아온 것은 군대가 위기에 처했기 때문이라느니, 스몰렌스크가 함락되었다느니, 나폴레옹의 군대는 백만이라느니, 러시아를 구할 길은 이제 기적밖에 없다느니 하고 말했다.

---

* 남의 찬사는 불행을 부른다고 믿기 때문에 그것을 막기 위해 침을 뱉는 미신이 있었다.

7월 11일 토요일에 포고가 도착했으나 아직 인쇄되지 않았고, 로스토프네에 있던 피예르는 이튿날 일요일에 저녁식사 하러 올 때 라스톱친 백작*에게서 포고와 격문을 구해오겠다고 약속했다.

그 일요일에 로스토프가는 언제나처럼 라주몹스키가의 교회 미사에 나갔다. 7월의 무더운 날씨였다. 로스토프가 사람들이 교회 앞에서 마차를 내렸을 때는 벌써 열시였고, 무더운 공기, 행상인들의 외침 소리, 사람들의 밝고 가벼운 옷차림, 가로숫길의 먼지 덮인 나뭇잎, 위병 교대를 하러 가는 대대의 군악 소리와 흰색 바지, 마찻길의 소음과 뜨거운 태양의 눈부신 반짝임 아래 여름의 무기력, 무더운 날 도시에서 특히 강하게 느껴지는 현재에 대한 만족과 불만이 떠돌고 있었다. 라주몹스키가의 교회에는 모스크바 명사들이 모두 모였고, 모두 로스토프가와도 친숙한 사람들이었다(올해는 마치 뭔가를 기다리기라도 하는 듯 이 부유한 가족들이 시골로 내려가지 않고 상당수 모스크바에 남아 있었다). 나타샤는 어머니 주변의 사람들을 헤치며 가는 정복 차림의 하인 뒤를 따라가다가, 한 젊은이가 속삭임이라고 하기에는 너무 큰 목소리로 자신에 대해 이야기하는 것을 들었다.

"저게 로스토바야, 바로 그……"

"무척 야위었군, 그래도 여전히 미인인데!"

그녀는 쿠라긴과 볼콘스키의 이름이 언급되는 것을 들었다. 아니, 그런 것 같았는지도 모른다. 그녀는 언제나, 누구나 자기를 보면 그 사건만 떠올리는 것처럼 느꼈던 것이다. 사람들 앞에 나서면 언제나 그

---

* 라스톱친은 1812년 5월, 모스크바 총독(전시에는 총사령관)에 임명되었다.

랬지만 나타샤는 숨막힐 듯한 괴로움을 느끼면서, 검은 레이스가 달린 연보라색 비단 드레스를 입고 심적 괴로움과 수치심이 강할수록 더 침착하고 당당해지는 여성스러운 걸음걸이로 걸어갔다. 그녀는 자신이 아름답다는 것을 알고 있었고, 그것은 잘못이 아니지만 전처럼 그녀를 기쁘게 하지는 않았다. 오히려 최근에는 그것이 고통스러웠고, 특히 도시의 이런 눈부시고 무더운 여름날에는 더욱 그녀를 괴롭혔다. '다시 일요일, 다시 일주일.' 지난 일요일에도 이곳에 왔었던 것을 생각하며 그녀는 자신에게 말했다. '그리고 생기 없는 똑같은 생활, 전에는 그토록 편히 살 수 있었던 똑같은 환경. 나는 아름답고, 젊고, 게다가 지금은 선량하다. 전에는 나쁜 인간이었지만 지금은 선량하고, 나는 그것을 안다.' 그녀는 생각했다. '그런데도 내 인생의 가장 좋은 시절이 이토록 의미도 없이, 누구를 위해서도 아닌 채 흘러가다니.' 그녀는 어머니 옆에 서서 가까이 있던 지인들과 눈인사했다. 나타샤는 습관대로 부인들의 화장이나 옷차림을 훑어보고, 옆에 서 있던 부인의 *자세*와 좁은 장소에서 팔을 휘둘러 성호를 긋는 무례함에 화가 치밀었으나, 남들의 비난을 받는 자신이 남을 비난한다고 생각하자 또다시 화가 치밀었는데, 기도 소리가 들리자 그녀는 갑자기 자신의 혐오감에 두려워졌고, 또다시 이전의 순결함을 잃어버린 것 같아 소름이 끼쳤다.

단정하고 조용한 노인이 기도하는 사람들의 영혼을 엄숙하게 하고 가라앉히는 듯이 부드럽고 장엄한 태도로 미사를 올리고 있었다. 황제의 문이라고 불리는 제단 한가운데 문이 닫히고, 서서히 막이 내려오더니 그곳에서부터 신비로운 목소리가 나직이 들려왔다. 나타샤는 자기도 모르게 가슴속에 눈물이 차오르고, 기쁘면서도 괴로운 감정이 물결쳤다.

'가르쳐주세요, 저는 어떻게 해야 합니까, 어떻게 살아가야 합니까, 어떻게 하면 영원히, 영원히 회개할 수 있을까요……' 그녀는 생각했다.

부제가 설교단으로 나와 엄지손가락으로 제의 밑에 나온 긴 머리를 가다듬더니, 가슴에 십자가를 대고 엄숙하고 큰 소리로 기도문을 외기 시작했다.

"모두 주께 기도하라!"

'모두가, 온 세계가 함께, 계급의 차별도, 적의도 없이, 형제애로 하나 되어 기도하라' 하고 나타샤는 생각했다.

"하늘의 평화와 우리 영혼의 구원을 위해!"

'천사들과, 우리 머리 위에 사시는 육신 없는 모든 영혼의 평안을 위해' 하고 나타샤는 기도했다.

장병들을 위해 기도할 때, 그녀는 오빠와 데니소프를 생각했다. 바다와 육지를 가는 자를 위해 기도할 때, 그녀는 안드레이 공작을 떠올리고 그를 위해 기도했고, 자신이 그에게 지은 죄를 용서해달라고 기도했다. 우리를 사랑하는 사람들을 위해 기도할 때, 그녀는 아버지와 어머니와 소냐 등 가족을 위해 기도했고, 자신이 그들에게 지은 죄를 새삼 깨닫고 그들에 대한 사랑의 힘을 느꼈다. 우리를 미워하는 사람들을 위해 기도할 때, 그녀는 기도를 하기 위해 자기의 적과 자기를 미워하는 자를 떠올려보았다. 그녀는 채권자들을 비롯해 아버지와 관계가 있는 사람들을 모두 적에 넣었고, 적이나 미워하는 자들을 생각할 때 언제나 떠올리는 사람은 자신에게 너무나 큰 악행을 저지른 아나톨이었는데, 자기를 미워하는 사람은 아니지만 그를 적으로 생각하고 그를 위해 기꺼이 기도했다. 기도할 때만은 안드레이 공작도 아나톨도 단순하고 차분한 마음으로 상기할 수 있었고, 하느님에 대한 두려움과 경건함에 비하면 그들에 대한 감정은 아무것도 아닌 것으로 사라져버렸다. 황족과 종무원*을 위해 기도할 때, 그녀는 고개를 더욱 낮춰 성호를 긋고는 자기가 이해하지 못하더라도 절대 의심해서는 안 되며, 통치권을 지닌 종무원을 사랑하고 그것을 위해 기도해야 한다고 자신에게 말했다.

청원기도가 끝나자 부제는 왼쪽 어깨에서 가슴 주위로 두른, 십자가가 있는 성대에 성호를 그으면서 말했다.

"우리의 몸과 생명을 우리 주 그리스도께 바칩니다."

'제 몸을 당신께 바칩니다.' 나타샤는 속으로 되풀이했다. '하느님, 당신께 저를 맡깁니다.' 그녀는 생각했다. '저는 아무것도 원하지 않습니다, 바라지 않습니다. 제발 가르쳐주십시오, 저는 어떻게 해야 합니까, 제 의지를 어떻게 써야 합니까! 저를 붙잡아주소서, 붙잡아주소서!' 감격에 겨운 초조를 느끼며 나타샤는 성호도 긋지 않고, 가느다란 두 손을 늘어뜨린 채, 당장이라도 눈에 보이지 않는 힘이 자신을 붙들어 미련과 욕망과 비난과 기대와 죄악에서 구해주길 기다리는 듯 중얼거렸다.

백작부인은 기도하는 내내 눈을 반짝이는 딸의 감격한 얼굴을 몇 번이나 돌아보았고, 그녀를 도와달라고 기도했다.

기도 도중, 나타샤가 잘 알고 있는 순서와는 달리 부제가 성령강림

---

* 혁명 전 러시아의 최고 교회 기구.

축일에 무릎을 꿇고 기도할 때 쓰는 작은 의자를 들고 나와 제단 한가운데 황제의 문 앞에 놓았다. 사제가 연보라색 벨벳의 스쿠피야*를 쓰고 나와 머리를 매만지고 버거운 듯이 무릎을 꿇었다. 모두가 그 동작을 따르면서도 이상한 듯이 서로의 얼굴을 바라보았다. 방금 종무원에서 새로운 기도문이 도착했고, 그것은 적의 공격에서 러시아를 구해달라는 내용이었다.

"만군의 주님, 우리 구세주시여" 하고 사제는 또렷하고 과장되지 않은 부드러운 목소리로 읽기 시작했는데, 그것은 슬라브어를 읽을 수 있는 사람만이 할 수 있는, 또 러시아인의 마음에 거부할 수 없는 작용을 하는 목소리였다. "만군의 주님, 우리 구세주시여! 지금 자비와 은혜로써 당신의 온순한 사람들을 지켜주시고, 박애로써 우리의 복원(伏願)을 들어주시고, 우리를 용서하시고, 우리를 불쌍히 여기소서. 당신의 땅을 어지럽히고 온 세계를 황폐화하려는 적은 우리를 향해 칼을 들었고, 이 무법한 무리는 당신의 재산을 부수고, 영광스러운 당신의 예루살렘, 당신이 지극히 사랑하시는 러시아를 파괴하기 위해 당신의 신전을 더럽히고, 제단을 뒤엎고, 우리의 성물을 모욕하기 위해 모인 자들입니다. 주여, 언제까지, 언제까지 이 죄인들은 칭찬받는 것이옵니까? 언제까지 이 죄인들은 불법의 권력을 갖는 것이옵니까?

우리 주 하느님! 당신께 기도하는 우리의 목소리를 들으시고, 당신의 힘으로 고결하고 위대한 우리의 절대군주 알렉산드르 파블로비치를 굳건히 해주시고, 그의 정의와 온화함을 기억하시고, 우리를 지키

---

* 러시아정교회 사제가 쓰는 챙 없는 반구형 모자로, 가톨릭교회의 '주케토'와 같다.

는 알렉산드르의 자비에 답하시어, 당신이 사랑하시는 이스라엘을 그의 손으로 계속 수호하게 하소서. 그의 의지와 계획과 대업을 축복하시고, 당신의 전능한 오른손으로 그의 제국을 굳건히 하시고, 모세가 아말렉에게, 기드온이 미디안에게, 다윗이 골리앗에게 이겼듯 알렉산드르가 적에게 이기도록 해주소서. 당신의 이름으로 일어선 자의 팔에 구리 활을 주시고, 전투할 힘을 지니게 하소서. 무기와 방패로써 우리를 도우시어, 우리에게 악을 꾀한 자는 치욕을 겪고, 바람에 날리는 잿가루처럼 당신의 충실한 군세 앞에서 흩어지게 하소서. 당신의 힘센 천사가 그들에게 굴욕을 주어 쫓아버리도록 하시고, 그물은 어느덧 그들을 덮고, 올가미는 몰래 그들을 잡고, 그들이 당신의 사람들 발밑에 쓰러져 짓밟히게 하소서. 주여! 큰 것이나 작은 것이나 당신이 구할 수 없는 것은 없습니다. 당신은 신이시며, 인간은 당신을 거역할 수 없기 때문입니다.

우리의 아버지이신 주여! 세세대대로 당신의 관대함과 자비를 잊지 마시어, 우리를 당신 앞에서 내치지 마시고, 우리의 부족함을 미워하지 마시고, 당신의 위대한 자비로, 끝없는 관대함으로 우리의 무법과 죄를 책하지 마소서. 우리의 마음을 깨끗이 해주시고, 우리 가슴에 올바른 정신을 일깨우시고, 당신에 대한 신앙과 희망으로 우리를 굳건히 해주시고, 서로에 대한 진실한 사랑으로 우리를 고무하시고, 우리와 우리의 조상에게 주신 부의 바른 수호를 위해 일치된 정신으로 우리를 무장하게 하시고, 불의의 권력에 성스러운 사람들의 운명이 지배되는 일이 없게 하소서.

우리 주 하느님이시여, 당신을 믿고, 당신에게 희망을 걸고, 당신의 자비를 기대하는 우리에게 치욕을 주지 마시고, 좋은 징조를 보이시어 우리와 우리의 신앙을 증오하는 적이 이것을 보고 치욕을 느껴 파멸하게 하시고, 모든 나라가 당신의 이름이 하느님이요 우리가 당신의 사람들임을 알게 하소서. 주여, 이제 우리에게 당신의 자비를 보이시고, 당신의 구원을 주시고, 당신의 자비로 당신의 사람들을 기쁘게 하시고, 우리가 적을 쳐부수고 그들이 당신을 믿는 자의 발밑에 속히 엎드리게 해주소서. 당신은 당신을 의지하는 자의 수호이고 도움이고 승리입니다. 영광이 성부와 성자와 성령께 처음과 같이 이제와 영원히. 아멘."*

나타샤는 마음을 연 상태였기 때문에 이 기도는 그녀의 마음을 크게 울렸다. 그녀는 모세가 아말렉에게 이기고, 기드온이 미디안에게 이기고, 다윗이 골리앗에게 이겼다는 것과 당신의 예루살렘을 파괴한다는 말을 한마디 한마디 들으면서, 온화하고 더없이 부드러운 마음으로 기도했지만, 이 기도로 자신이 하느님에게 무엇을 빌었는지는 스스로도 잘 알지 못했다. 그녀는 올바른 정신과 신앙과 희망으로 마음을 군건히 하고, 사랑의 마음으로 이것들을 고무한다는 데 진심으로 공감했다. 그러나 그녀는 불과 몇 분 전에 적을 사랑하고 그들을 위해 기도할 수 있도록 더 많은 적을 갖기를 바랐던 만큼, 적을 발밑에 짓밟게 해달라고 기도할 수는 없었다. 그렇다고 방금 무릎을 꿇고 낭독된 기도문이 올바른가를 의심할 수도 없었다. 그녀는 사람들이 죄에 대해, 특히 자기 죄에 대해 받는 벌을 생각하고 경건함과 가슴 떨리는 두려움을

---

* 이 기도문은 일반적인 러시아어가 아니라 교회에서 사용하는 슬라브어로 쓰여 있다. 이하 기도문은 대부분 교회 슬라브어로 표기하고 있다.

느꼈고, 모두를 용서하고 그들에게도 자신에게도 삶의 평화와 행복을 내려달라고 기도했다. 그녀는 하느님이 그 기도를 듣고 있는 것만 같았다.

19

피예르가 로스토프네에서 돌아오던 중 감사에 찬 나타샤의 눈빛을 떠올리며 하늘의 혜성을 바라보고 자신에게 새로운 무언가가 계시되었다고 느낀 그날부터, 지상의 모든 것이 공허하고 어리석다는, 그동안 끊임없이 그를 괴롭히던 의문은 더이상 떠오르지 않게 되었다. 전에 무슨 일을 할 때나 머리에 떠올랐던 왜? 무엇을 위해? 같은 무서운 의문은 이제 전혀 새로운 것으로 바뀌었는데, 그것은 또다른 의문도 아니고 이전의 의문에 대한 대답도 아닌 그녀의 모습이었다. 부질없는 이야기를 듣거나 자신이 말을 해도, 인간의 비열함과 무의미함에 관해 읽거나 들어도 전처럼 두려움을 느끼지 않았고, 인생이 짧고 불확실한데 인간은 왜 그렇게 악착을 부릴까 자문하지도 않았으며, 그저 마지막 본 그녀 모습을 떠올리면 모든 의문이 사라졌는데, 그것은 그녀가 그의 머리에 떠오른 의문에 대답해주었기 때문이 아니라, 그녀의 모습이 순식간에 그를 전혀 다른 밝은 정신활동의 영역, 올바른 자도 없고 죄지은 자도 없는 살 만한 가치가 있는 아름다움과 사랑의 영역으로 데려가기 때문이었다. 이 세상의 어떤 추악한 일이 마음속에 떠올라도, 그는 자신에게 이렇게 말했다.

'누군가가 국가와 황제의 재산을 강탈하건, 또 그자에게 국가와 황제가 아무리 높은 명예를 주건 뭐 어떠랴. 그녀는 어제 내게 웃으며 다가와 다시 방문해달라고 말했고, 나는 그녀를 사랑하고 있고, 누구도 이것을 절대 알아채지 못한다.' 그는 생각했다.

피예르는 여전히 사교계에 드나들고 폭음을 하고 게으르고 방심한 생활을 했는데, 로스토프네에서 보내는 시간 이외의 남은 시간도 보내야 했고, 습관과 모스크바에서 알게 된 지인들과의 생활 속으로 불가항력적으로 끌려들어 붙잡혀 있었기 때문이다. 그러나 최근 전쟁의 무대에서 더욱 불길한 소문이 들려오고, 나타샤의 건강이 회복되면서 전과 같은 조심스러운 연민을 불러일으키지 않게 되자, 그는 더욱 자신도 이해할 수 없는 불안에 휩싸이게 되었다. 그는 지금 자신이 놓인 상태가 오래 지속될 리 없고 틀림없이 온 생활을 뒤바꿔버릴 카타스트로프가 온다고 느끼면서, 임박한 파국의 징후를 온갖 것 속에서 찾고 있었다. 피예르는 한 프리메이슨 형제로부터 「요한계시록」에서 인용한, 나폴레옹에 관한 다음과 같은 예언을 들었다.

「요한계시록」13장 18절에 이렇게 쓰여 있다. "바로 여기에 지혜가 필요합니다. 영리한 사람은 그 짐승을 가리키는 숫자를 풀이해보십시오. 그 숫자는 사람의 이름을 표시하는 것으로서 그 수는 666입니다."

그리고 같은 장 5절에는 이렇게 쓰여 있다. "그 짐승은 큰 소리를 치며 하느님을 모독하는 말을 지껄일 입을 받았고, 마흔두 달 동안 세도를 부릴 권세를 받았습니다."

프랑스어 알파벳은 히브리의 계수법처럼 최초의 문자 열 개를 기수로, 그다음의 문자를 십 단위로 매겨보면, 다음과 같은 뜻을 갖는다.

$$a \quad b \quad c \quad d \quad e \quad f \quad g \quad h \quad i \quad k \quad l \quad m \quad n \quad o \quad p$$

$$1 \quad 2 \quad 3 \quad 4 \quad 5 \quad 6 \quad 7 \quad 8 \quad 9 \quad 10 \quad 20 \quad 30 \quad 40 \quad 50 \quad 60$$

$$q \quad r \quad s \quad t \quad u \quad v \quad w \quad x \quad y \quad z$$

$$70 \quad 80 \quad 90 \quad 100 \quad 110 \quad 120 \quad 130 \quad 140 \quad 150 \quad 160$$

이것에 따라 황제 나폴레옹 *L'empereur Napoléon*의 알파벳을 숫자로 바꾸면, 그 합은 666이다*. 따라서 나폴레옹은 「요한계시록」에 예언된 짐승이라는 것이 된다. 또한 이것대로 마흔둘 *quarante-deux*, 즉 이 짐승에게 큰 소리를 치며 하느님을 모독하는 말을 지껄일 수 있는 권세가 주어진 기한을 숫자로 바꿔도 그 합은 역시 666이므로, 나폴레옹 권세의 한계는 그의 나이 마흔두 살까지인 1812년이라는 결론이 나온다. 이 예언[8]은 피예르에게 강렬한 충격을 주었고, 그는 대체 무엇이 이 짐승, 즉 나폴레옹의 권세에 한계를 주는 것일까 자주 자문하게 되었고, 또 이 방법대로 이것저것을 숫자로 바꿔 더해보면서 관심이 가는 문제의 해답을 발견하려고 노력했다. 황제 알렉산드르 *L'empereur Alexandre*는? 러시아 국민 *La nation Russe*은? 하며 답을 내보았으나, 그 합은 666보다 많거나 적었다. 한번은 자기 이름 피에르 베주호프 백작 *Comte Pierre Besouhoff*을 쓰고 계산했으나, 합계는 그 수와 크게 동떨어졌다. 그는 철자를 바꿔 s 대신 z를 쓰기도 하고 *de*나 관사 *le*를 붙여보기도 했지만, 역시 바라던 결과는 얻지 못했다. 그때 문득, 만약 구하고 있는 문

---

* 이 문자만 합하면 661이나, 관사 le의 생략된 'e'까지 포함하면 666이 된다.

제의 답이 그의 이름에 포함되어 있다면, 그 답에는 반드시 국적도 표기되어 있어야 한다는 생각이 떠올랐다. *러시아인 베주호프 Le Russe Besuboff* 라 쓰고 계산해보니 671이었다. 5가 더 많았다. 5는 'e'에 해당하고, *L'empereur*에 생략되어 있던 바로 그 'e'다. 그래서 변칙이기는 하지만 그것처럼 역시 'e'를 생략하고 *L'Russe Besuhof*라고 쓰자, 비로소 기대한 666이라는 답이 나왔다. 이 발견은 그를 흥분시켰다. 「요한계시록」에 예언된 대사건과 자신이 어떻게, 어떤 관계로 결부되었는지는 알 수 없었지만, 결부되었다는 것만은 조금도 의심하지 않았다. 로스토바에 대한 사랑, 반그리스도, 나폴레옹의 침입, 혜성, 666, *l'empereur Napoléon*과 *l'Russe Besuhof*, 이 모든 것은 한데 무르익은 뒤 튀어나와. 그가 모스크바의 하찮은 습관이라는 마법에 갇혀 있다고 느끼는 세계에서 그를 끌어내 위대한 공훈과 위대한 행복으로 데려가줄 것이었다.

기도문이 낭독된 일요일 전날, 피예르는 로스토프가 사람들에게 러시아 국민에 대한 격문과 군대로부터 전해진 최근의 뉴스를 그와 친한 라스톱친 백작에게서 구해온다고 약속했었다. 이튿날 아침 라스톱친 백작에게 간 피예르는 방금 군대에서 도착한 급사와 마주쳤다.

급사는 피예르가 아는 모스크바의 무용가 중 한 사람이었다.

"부탁입니다만, 제 짐을 좀 줄여주실 수 없을까요?" 급사는 말했다. "부모들에게 보내는 편지가 가방에 한가득입니다."

그중에는 니콜라이 로스토프가 아버지에게 보낸 편지도 있었다. 피예르는 그 편지를 집었다. 그 밖에도 라스톱친 백작은 방금 인쇄된 모스크바 시민에 대한 황제의 격문, 최근의 군 명령서, 백작이 만든 새로운 전단*도 피예르에게 주었다. 피예르는 군 명령서를 보다가 부상자와 전사자와 포상자 명단에서 오스트로브나 전투에서 세운 수훈으로 게오르기 4등 훈장을 받은 니콜라이 로스토프의 이름을 발견했고, 같은 문서에서 안드레이 볼콘스키 공작이 추격병 연대장에 임명된 것을 알게 되었다. 피예르는 로스토프가 사람들에게 볼콘스키에 대해 상기시키고 싶지 않았지만, 아들의 포상 소식을 전해 그들을 기쁘게 해주고 싶은 마음을 억누를 수 없었기 때문에 인쇄된 명령서 한 부와 편지를 로스토프가로 보냈고, 격문과 전단과 그 밖의 명령서는 이튿날 식사하러 갈 때 가져가려고 남겨놓았다.

라스톱친 백작과의 대화, 그의 걱정스럽고 다급해 보이는 태도, 군의 악화된 정세를 태평하게 늘어놓는 급사와의 만남, 모스크바에서 발견된 스파이, 가을까지는 러시아의 두 수도에 들어간다는 나폴레옹의 약속이 쓰인 전단이 온 모스크바에 굴러다닌다는 소문, 다음날로 예상되는 황제의 귀환 등 이 모든 것이 그 혜성이 나타난 이래, 특히 전쟁이 시작된 이래 그의 마음속에서 떠나지 않았던 흥분과 기대감을 새로운 힘으로 불러일으키고 있었다.

오래전부터 피예르는 군에 복무하려고 생각했고, 만일 방해가 없다면 실행했을 텐데, 그 방해란 첫째, 영원한 평화와 전쟁의 근절을 주장하는 프리메이슨에 소속된 그는 그 맹세에 구속되었고, 둘째, 군복을 입고 애국심을 설파하는 모스크바의 많은 사람을 보노라면 왠지 그 결정을 내리는 것이 부끄러웠다. 그러나 그가 군대에 복무하려는 의도를

---

* 라스톱친의 글은 『모스크바통보』에 실리고 시민이 많이 모이는 도처에 게시되었고, 연극 포스터처럼 상류층 가가호호로도 배달되었다.

실행에 옮기지 못했던 중요한 이유는, 자신이 666이라는 짐승의 수를 뜻하는 *l'Russe Besuhof*이며, 큰 소리를 치며 모독하는 말을 지껄이는 짐승의 권세에 한계를 고할 위대한 사업에 참가하는 것은 개벽 전부터 정해져 있던 일이고, 따라서 자신은 어떠한 일도 하지 않고 장차 일어날 일을 기다려야 한다는 막연한 생각을 하고 있었기 때문이다.

20

로스토프네에서는 평소 일요일마다 그랬듯 가까운 몇몇과 식사를 하고 있었다.

피예르는 가족하고만 만나기 위해 일찍 도착했다.

이해 들어 피예르는 무척 살이 쪘는데, 만약 큰 키와 굵은 손발이 육중한 몸을 너끈히 지탱할 만큼 튼튼하지 않았다면 분명 보기 흉했을 것이다.

그는 헐떡이고 혼잣말을 중얼거리며 현관 층층대를 올라갔다. 이제 그의 마부는 기다려야 하느냐고 묻지도 않았다. 그는 백작이 로스토프네에 오면 으레 열두시 가까이까지 머문다는 것을 알고 있었다. 로스토프가 하인들이 명랑하게 달려와 백작의 망토를 벗겨주고 지팡이와 모자를 받았다. 피예르는 클럽에서의 습관처럼 지팡이도 모자도 현관방에 맡겨두었다.

그가 로스토프네에서 처음 마주친 사람은 나타샤였다. 그는 현관방에서 망토를 벗을 때 그녀의 목소리 먼저 들었다. 그녀는 홀에서 솔페

지오를 부르고 있었다. 그는 그녀가 병이 든 뒤로 노래를 부르지 않았다는 것을 알고 있었기 때문에 그 노랫소리에 놀라면서도 한편으로는 기뻤다. 그가 조용히 문을 열자, 미사 때 입었던 연보라색 드레스를 입고 방을 거닐면서 노래하는 나타샤가 보였다. 그가 문을 열었을 때 나타샤는 마침 돌아선 채 그가 있는 쪽으로 뒷걸음치고 있었는데, 갑자기 휙 돌아서서 피예르의 살찌고 놀란 듯한 얼굴을 보자 그녀는 얼굴을 붉히며 빠른 걸음으로 다가왔다.

"나는 다시 노래를 시작하려고 해요." 그녀는 말했다. "이것도 공부거든요" 하고 그녀는 변명처럼 덧붙였다.

"역시 훌륭해요."

"와주셔서 정말 기뻐요! 난 지금 너무 행복해요!" 그녀는 피예르가 오랫동안 보지 못했던 예전의 활기를 띠고 말했다. "아세요? *니콜라가 게오르기 십자훈장을 받았어요. 난 오빠가 무척 자랑스러워요.*"

"물론이죠. 그 명령서는 내가 전달했으니까요. 자, 당신을 방해하고 싶지 않으니까" 하고 덧붙이고 그는 객실로 가려고 했다.

나타샤는 그를 멈춰 세웠다.

"백작, 나는 노래하면 안 되는 걸까요?" 그녀는 얼굴을 붉혔지만 눈길은 내리지 않고 묻는 듯이 피예르를 바라보고 있었다.

"아닙니다…… 왜요? 안 되긴커녕…… 그런데 당신은 그걸 왜 내게 묻는 건가요?"

"나도 잘 모르겠어요" 하고 나타샤는 재빨리 대답했다. "하지만 난 당신이 좋아하지 않는 건 하고 싶지 않아요. 난 무슨 일이든, 당신을 믿어요. 당신이 내게 얼마나 소중한 분인지, 내게 얼마나 많은 일을 해주셨는지 모를 거예요!……" 그녀는 이 말에 피예르의 얼굴이 붉어진 것도 알아채지 못하고 더 빠르게 말을 이었다. "그 명령서로 알았지만, 그분, 볼콘스키(그녀는 이 단어를 재빨리 말했다), 그분은 러시아에서 또 군대에 근무하고 계시더군요. 당신은 어떻게 생각하세요?" 그녀는 자신의 의지가 두렵기라도 한 듯 다급히 물었다. "언젠가는 나를 용서하실까요? 나에 대해 나쁜 감정을 품고 있진 않을까요? 당신은 어떻게 생각하세요? 어떻게 생각하세요?"

"내 생각에는……" 피예르는 말했다. "용서니 뭐니 할 것도 없다고 생각합니다…… 만일 내가 그의 입장이라면……" 연상을 더듬어가던 피예르는 문득 언젠가 그녀를 위로하면서 만약 자신이 지금과 같은 모습이 아니라 세상 누구보다 훌륭한 인간이고 또 자유로운 몸이라면 무릎을 꿇고 그녀의 손길과 사랑을 구했을 거라고 말했던 것을 상기했고, 그때처럼 연민과 부드러운 애정이 그를 엄습해 그때 했던 말이 또다시 입 밖으로 나오려 했다. 그러나 그녀는 그 말을 할 틈을 주지 않았다.

"네 당신은, 당신은," 그녀는 당신이라는 단어를 기쁜 듯이 발음하며 말했다. "달라요. 당신보다 친절하고, 관대하고, 훌륭한 사람을 난 몰라요. 그런 사람이 있을 리도 없고요. 그때 당신이 없었다면 나는 어떻게 됐을지 몰라요. 왜냐하면……" 그녀의 눈에 느닷없이 눈물이 비쳤고, 그녀는 몸을 돌리더니 악보를 눈까지 올려 들고 노래하며 다시 홀 안을 거닐기 시작했다.

이때 객실에서 페탸가 뛰어들어왔다.

페탸는 붉고 두툼한 입술에 혈색이 좋은, 나타샤를 빼닮은 잘생긴 열다섯 살 소년이 되어 있었다. 대학 진학을 준비하던 그는 최근 친구 오볼렌스키와 함께 경기병대에 들어가려고 남몰래 결심했다.

페탸는 자기와 이름이 같은* 그에게 이 문제를 상의하려고 뛰어온 것이었다.

그는 자신이 경기병대에 들어갈 수 있는지 알아봐달라고 피예르에게 부탁했었다.

피예르는 페탸가 하는 말을 듣지도 않고 홀 안을 서성거렸다.

페탸는 그의 주의를 끌기 위해 그의 손을 잡아당겼다.

"저, 제 일은 어떻게 될까요, 표트르 키릴리치. 부탁합니다! 당신만이 제 유일한 희망이에요" 하고 페탸는 말했다.

"아아 그렇지, 네 일. 경기병 말이지? 말하지, 말하지. 오늘은 모두 말할게."

"어떤가, 몽 셰르, 어때, 포고문은 가지고 왔나?" 노백작이 물었다. "백작영애는 라주몹스키가의 미사에 가서 새로운 기도문을 듣고 왔다는군. 아주 훌륭했다고 하던데."

"가져왔습니다." 피예르는 대답했다. "황제는 내일 도착하시고…… 임시 귀족회의가 열리고 천 명에 열 명꼴로 징병한다는군요. 참, 축하드립니다."

"그래, 그래, 모두의 덕분일세. 그럼 군으로부터는?"

"아군은 또 후퇴입니다. 이미 스몰렌스크 부근에 있다고 합니다." 피예르는 대답했다.

---

* 피예르와 페탸의 정식 이름은 표트르다.

"야단났군, 야단났어!" 백작은 말했다. "포고문은 어디 있나?"

"격문! 아, 그렇지!" 피예르는 주머니를 뒤졌으나 찾을 수 없었다. 다시 주머니를 하나하나 뒤지다가 마침 들어온 백작부인의 손에 키스하고는, 분명 나타샤가 오기를 기다리는 듯 불안스레 사방을 둘러보았는데, 그녀는 노래를 하고 있지 않았지만 객실에는 오지 않았다.

"아 정말, 모르겠군, 어디다 뒀지?" 그는 말했다.

"어쩜, 늘 그렇게 잊어버리는군요." 백작부인은 말했다.

나타샤는 부드러우면서도 흥분된 얼굴로 들어와 피예르를 말없이 바라보며 앉았다. 그녀가 들어오자마자 흐렸던 피예르의 얼굴은 환하게 빛났고, 여전히 종이를 찾으면서도 계속 그녀를 바라보았다.

"아 이런, 다녀오겠습니다. 집에 두고 왔나봅니다. 분명⋯⋯"

"그럼 식사에 늦으실 거예요."

"아, 마부도 가버렸지."

하지만 소냐가 현관방에 있는 피예르의 모자 속에서 그 종이를 찾아냈는데, 피예르는 그것을 잘 접어 모자 안감 쪽에 끼워두었던 것이다. 피예르는 바로 읽으려 했다.

"아니, 식사를 마친 뒤에 하세." 노백작은 이 낭독에서 커다란 만족을 얻으리라고 예상하는 듯이 말했다.

새로 게오르기 십자훈장을 받은 기사의 건강을 축복하는 샴페인을 곁들인 저녁식사 후에 신신은 그루지야의 한 노공작부인이 무슨 병을 앓고 있다느니, 메티비에가 모스크바에서 사라졌다느니, 사람들이 어느 독일인을 라스톱친에게 데려가 샴피니온*이라고 하자(라스톱친 백작 자신이 그렇게 말했다), 백작이 그자는 샴피니온이 아니라 그냥 독일의 묵은 버섯일 뿐이라며 샴피니온을 석방해줬다는 등의 이야기를 했다.

"잘도 잡는군, 잘도 잡아" 하고 백작은 말했다. "나도 백작부인에게 되도록 프랑스어는 쓰지 말라고 하고 있네. 지금은 그럴 때가 아니니까."

"그런데 들으셨습니까?" 신신은 말했다. "골리친 공작은 러시아인 교사를 고용해서 러시아어를 배우고 있다고 합니다. *거리에서 프랑스어를 쓰는 건 위험해졌거든요.*"

"그건 그렇고, 표트르 키릴리치 백작, 어떤가, 의용병 소집이 시작되면 자네도 말을 타지 않을 수 없겠지?" 노백작은 피예르를 돌아보며 말했다.

피예르는 식사하는 내내 말없이 생각에 잠겨 있었다. 백작이 이렇게 말을 걸자 그는 무슨 말인지 이해가 가지 않는 듯 백작을 바라보았다.

"네, 네, 전쟁에 나가야죠" 하고 그는 말했다. "아닙니다! 제가 군인이라뇨? 하지만 정말 모든 것이 이상합니다, 참으로 이상합니다! 저는 도통 이해가 가지 않습니다. 물론 저는 군대와는 너무도 거리가 먼 취향의 인간이지만, 지금 같은 시대에서는 자신이 뭘 할 수 있을지 누구도 장담할 수 없습니다."

저녁식사 후 백작은 진지한 표정으로 조용히 안락의자에 앉아, 낭독을 잘하는 소냐에게 읽어달라고 청했다.

"우리의 옛 수도 모스크바에 고한다.

적은 대군을 이끌고 러시아 땅에 침입했다. 그는 사랑하는 우리 조

---

* 스파이라는 뜻의 프랑스어 에스피옹(espion)을 양송이버섯(шампиньон)으로 비꼰 것.

130

국을 파괴하려 하고 있다." 소냐는 가냘픈 목소리로 조심스럽게 읽기 시작했다. 백작은 지그시 눈을 감고 이따금 돌발적으로 한숨을 내쉬며 듣고 있었다.

나타샤는 몸을 똑바로 펴고 의아한 눈으로 아버지와 피예르의 얼굴을 번갈아 똑바로 바라보며 앉아 있었다.

피예르는 그 시선을 느끼자 그녀를 보지 않으려고 애썼다. 백작부인은 포고문의 엄숙한 표현 한마디 한마디가 못마땅하고 화가 나는 듯이 고개를 저었다. 그녀는 그 모든 말 속에서 아들을 위협하는 위험이 당장은 사라지지 않으리라는 것만을 느꼈던 것이다. 신신은 조롱하듯 입술을 일그러뜨렸는데, 소냐의 낭독이건 백작의 말이건 또 격문이건 간에 분명 적당한 구실만 잡으면 비웃어주려고 준비하는 것 같았다.

러시아를 위협하고 있는 위험, 황제가 모스크바에, 특히 유서 깊은 귀족계급에게 거는 기대에 관한 낭독을 한 뒤 소냐는 무엇보다 모두가 주의깊게 경청하기 때문에 목소리를 떨며 마지막 구절을 읽었다. "짐은 지체 없이 우리의 수도와 각지에서 적의 진로를 저지하고, 그들이 어디에 나타나더라도 격파하도록 새로이 편성한 민병대의 지휘와 협의를 위해 민중 속에 설 것이며, 적이 우리에게 주려는 패배를 그들에게로 돌릴 것이며, 예속에서 해방된 유럽은 러시아의 이름을 찬양하게 될 것이다!"

"그렇고말고요!" 백작은 젖은 눈을 뜨고, 마치 강한 염산염이 든 병이 코끝에 디밀어지기라도 한 듯 거친 호흡에 몇 번이나 말이 막히면서 외쳤다. "폐하께서 말씀만 내려주시면, 우리는 모든 것을 희생하고, 아무것도 아까워하지 않습니다."

신신이 백작의 애국심을 놀려줄 생각으로 준비한 농담을 꺼낼 겨를도 없이, 나타샤가 자리에서 일어나 아버지에게 달려갔다.

"훌륭하세요, 우리 아빠!" 그녀는 그에게 키스하며 말하고, 기운을 차리면서 되찾은 그 무의식적인 교태를 띠고 다시 피예르를 힐끗 보았다.

"그것 참 애국자로군!" 신신은 말했다.

"애국자가 아니라, 그저⋯⋯" 나타샤는 발끈하며 대꾸했다. "당신에게는 전부 다 우스꽝스러울지 모르지만, 이건 절대 농담이 아니에요⋯⋯"

"농담이라니!" 백작이 되풀이했다. "폐하께서 한 말씀만 하시면 모두가 뒤따르는 거야⋯⋯ 우리는 독일인 따위와는 달라⋯⋯"

"그런데 당신도 알아채셨겠지만," 피예르는 말했다. "여기에 '협의를 위해'라고 쓰여 있잖습니까."

"뭐, 그건 아무래도 상관없네⋯⋯"

이때까지 아무도 주의하고 있지 않던 페탸가 얼굴을 발갛게 붉히며 아버지에게 다가가 거칠기도 하고 가늘기도 한 변성기의 목소리로 말하기 시작했다.

"그럼 이제, 아버지, 확실히 말씀드리겠습니다. 어머니도 부디, 저를 군대에 보내주세요, 견딜 수가 없어서 그래요⋯⋯ 그것뿐이에요⋯⋯"

백작부인은 흠칫하며 눈을 하늘로 치뜨고 손뼉을 치더니 화난 듯이 남편에게로 얼굴을 돌렸다.

"이게 무슨 이야기죠!" 그녀는 말했다.

그러나 백작은 그 순간 흥분에서 깨어났다.

"이런, 이런" 하고 그는 말했다. "용사가 또하나 나왔군! 바보 같은 소리 마라, 공부해야지."

"바보 같은 소리가 아니에요, 아버지. 오볼렌스키가의 페탸는 저보다 어리지만 간다고 하고, 그리고 무엇보다 중요한 건 전 지금 전혀 공부를 할 수 없어요, 이런 때……" 하고 페탸는 말을 멈췄다가, 땀이 날 만큼 얼굴을 붉히며 말을 이었다. "조국이 위험에 처한 이때."

"그만, 그만, 바보같이……"

"하지만 아버지는 모든 것을 희생한다고 말씀하셨잖아요."

"페탸, 입 다물라니까." 백작은 창백해진 얼굴로 막내아들에게 시선을 못박고 있는 아내를 돌아보며 소리쳤다.

"전 말해야겠어요. 표트르 키릴로비치도 그러셨지만……"

"내가 말하지만, 쓸데없는 생각이야, 아직 젖내 나는 아이가 군 복무라니! 자, 자, 내가 똑똑히 말한다" 하고 백작은 쉬기 전에 다시 한번 서재에서 읽으려는 듯 종이를 들고 방에서 나가려고 했다.

"표트르 키릴로비치, 어떤가, 한 대 피우는 게……"

피예르는 난처함을 느끼고 주뼛거렸다. 상냥함 이상을 담은, 새삼 전에 없이 빛나고 활기찬 눈으로 그를 바라보는 나타샤 때문이었다.

"아닙니다, 저는, 돌아가는 편이……"

"왜 돌아가려고, 오늘밤 여기 있겠다고 하지 않았나…… 게다가 요즘은 자주 오지도 않으면서. 저애는……" 백작은 나타샤를 가리키며 상냥하게 말했다. "자네만 있으면 명랑하거든……"

"아, 깜박했습니다…… 꼭 가봐야 하는…… 볼일이……" 피예르는 허둥지둥 말했다.

"그렇다면, 잘 가게" 하고 백작은 완전히 방에서 나갔다.

"왜 가세요? 왜 그렇게 안절부절못하시는 거예요? 왜요?……" 나
타샤는 도전적으로 피예르의 눈을 바라보며 물었다.

'당신을 사랑하기 때문이죠!' 그는 이렇게 말하고 싶었지만 말은 못
하고 눈물이 나올 만큼 얼굴을 붉히고 눈길을 내렸다.

"너무 자주 오지 않는 것이 좋을 것 같아서…… 그러니까…… 아
니, 나는 다만 볼일이 있을 뿐입니다……"

"왜요? 아니에요, 말씀해주세요." 나타샤는 단호하게 말하는 듯하
더니 갑자기 입을 다물었다. 두 사람 모두 놀라고 당황한 채 서로를 바
라보았다. 그는 웃어보려 했지만 고통만 드러낼 뿐 웃을 수 없었고, 말
없이 그녀의 손에 키스하고 나갔다.

피예르는 앞으로 다시는 로스토프네에 가지 않기로 결심했다.

21

페탸는 단호한 반대에 부딪힌 뒤, 자기 방으로 물러가 아무도 들어
오지 못하게 문을 잠그고 비통하게 울었다. 울어서 부은 눈에 우울한
표정으로 차 마시는 자리에 나왔을 때도 모두는 모르는 척했다.

다음날 황제가 돌아왔다. 로스토프가의 하인 몇도 황제를 보러 가
기 위해 외출을 허락받았다. 이날 아침 페탸는 시간을 들여 옷을 갈아
입고, 머리를 빗고, 어른처럼 깃을 매만졌다. 그는 거울 앞에서 얼굴을
찌푸려보기도 하고, 제스처를 취해보기도 하고, 어깨를 움츠려보기도
하고서 모자를 쓰고 누구에게도 말하지 않고 슬그머니 뒷문으로 나갔

다. 페탸는 황제가 있는 곳에 가서 시종인가 누군가에게(페탸는 황제가 언제나 시종들에 둘러싸여 있다고 생각했다) 직접 설명하기로 결심했다. 저 로스토프 백작은 아직 어리지만 조국을 위해 충성하고 싶고, 나이가 어린 것이 충성에 장애가 될 수 없다고 생각하며, 언제라도 준비가 되어 있는…… 시종에게 말할 미사여구는 채비할 때 마음속으로 많이 준비해두었다.

페탸는 자기가 아이이기 때문에 황제를 배알할 수 있다고 믿었고(모두가 그가 어린 것에 놀랄 거라고 생각했다), 그러면서도 정리된 깃과 손질된 머리, 침착하고 유유한 걸음걸이로 어른처럼 보이려 했다. 하지만 크렘린을 향해 꼬리를 물고 몰려오는 군중에 점차 정신이 팔려 어른스러운 침착한 태도를 취하는 것을 잊어버리고 말았다. 크렘린에 다가갔을 무렵에는 오직 사람들에게 떼밀리지 않으려고 위협적인 표정을 지으며 두 팔꿈치를 단단히 허리에 버티고 있었다. 그러나 트로이츠키 문에서는 아무리 단단히 각오했다 하더라도, 그가 어떤 애국적인 목적을 가지고 크렘린으로 가는지 모르는 사람들에게 벽 쪽으로 밀려, 마차가 요란한 소리를 울리며 아치 아래를 통과하는 동안 얌전히 서 있어야 했다. 페탸 옆에는 하인을 대동한 부인과 상인 두 명, 퇴역 군인이 서 있었다. 페탸는 잠시 문 옆에 있다가 마차가 다 지나갈 때까지 참지 못하고 남보다 먼저 나가려고 두 팔꿈치를 움직였는데, 앞에 있던 부인이 먼저 페탸의 팔꿈치에 맞아 화를 내며 소리쳤다.

"이봐요, 도련님, 밀치면 안 되지, 보라고, 모두 서 있잖아. 끼어들지 말라고요!"

"그러면 모두가 끼어든단 말입니다." 하인이 말하고 그 역시 팔꿈치를 휘저으며 페탸를 악취가 나는 문 구석 쪽으로 밀어냈다.

페탸는 온통 땀에 젖은 얼굴을 두 손으로 닦고, 모처럼 집에서 어른처럼 단정하게 정리했지만 땀에 흠뻑 젖어버린 깃을 매만졌다.

페탸는 자기 행색이 별로 좋지 않다는 것을 깨닫고, 이 모습으로 시종에게 가면 여간해서는 황제 앞까지 가게 해주지 않을 거라 걱정했다. 하지만 너무 비좁아 매무새를 고칠 수도, 다른 데로 움직일 수도 없었다. 마차로 지나가는 장군들 중 한 사람은 로스토프가의 지인이었다. 페탸는 그에게 도움을 청하고 싶었으나, 그것은 용기와 어울리지 않는 행동 같았다. 마차가 모두 지나가자 군중이 한꺼번에 몰려나갔고, 페탸도 이미 인파로 가득한 광장으로 밀려나왔다. 광장뿐만 아니라 제방도 지붕도 온통 사람들이 메우고 있었다. 페탸가 광장으로 나서자마자 크렘린 전체에 울려퍼지는 종소리와 즐거운 군중의 목소리가 뚜렷이 들려왔다.

잠시 광장은 여유가 생기는 듯하더니, 갑자기 모두가 모자를 벗고 일제히 앞쪽으로 밀며 나아갔다. 페탸는 숨도 쉬지 못할 만큼 짓눌렸고, 사람들은 외치기 시작했다. "우라! 우라! 우라!" 페탸는 까치발로 서서 밀기도 하고 당기기도 했지만, 주위 사람들 외에는 아무것도 볼 수 없었다.

모두의 얼굴에 공통된 감격과 환희가 떠올라 있었다. 페탸 옆에 서 있는 상인의 아내는 소리내 울며 눈물을 흘렸다.

"아버지, 천사님, 아버지!" 여자는 손끝으로 눈물을 닦으며 중얼거렸다.

"우라!" 사방에서 외쳤다.

군중은 잠시 한곳에 머물렀다가 이내 다시 앞쪽으로 밀려갔다.

페탸는 자신도 잊은 채 짐승처럼 눈을 부라리고 이를 악물고 두 팔을 휘두르며 "우라!" 하고 외쳤고, 이 순간은 그도 마치 남을 죽이기라도 할 것 같은 기세로 돌진했으나, 양옆으로도 짐승 같은 얼굴들이 똑같이 "우라!" 하고 외치며 밀쳐대고 있었다.

'황제란 정말 굉장한 존재다!' 페탸는 생각했다. '안 되겠다, 황제께 직접 청원한다는 건 도저히 불가능해, 너무 무모하다!' 그러면서도 여전히 필사적으로 앞으로 헤치고 나아갔고, 앞에 선 사람들 등 너머로 빈 공간이 보이고, 붉은 나사천을 깔아 만든 통로가 언뜻 눈에 들어왔지만, 이때 군중이 뒤로 무너졌고(군중이 행렬에 너무 가까이 다가서자 앞에 있던 경관들이 떼밀었던 것인데, 황제는 궁전에서 우스펜스키 대성당으로 가고 있었다), 페탸는 불시에 늑골 쪽에 심한 타격을 받고 심하게 짓눌리자 갑자기 눈앞이 캄캄해지며 의식을 잃고 말았다. 정신을 차렸을 때는 흰머리를 묶고 낡아빠진 푸른색 수도복을 입은 교회 집사인 듯한 사람이 한 손으로 그의 겨드랑이를 부축하고 다른 한 손으로 밀려드는 사람들을 막아주고 있었다.

"도련님이 깔렸어!" 교회 집사가 말했다. "대체 이게 무슨 일인가!…… 천천히…… 깔렸어, 깔렸어!"

황제는 우스펜스키 대성당으로 들어갔다. 군중이 다시 평온을 찾자 교회 집사는 숨도 못 쉬는 창백한 페탸를 차르-푸시카* 쪽으로 데려갔다. 몇 사람이 페탸를 동정하자 갑자기 군중이 몰려들어 벌써 그의 주

─────────────────

* '황제의 대포'라는 뜻으로, 크렘린에 전시되어 있는 오래된 대형 대포를 말한다.

위에서 밀치기 시작했다. 가까이 있던 사람들이 그를 돌봐주며 윗옷 단추를 풀어주기도 하고, 포대砲臺에 앉히기도 하고, 그를 깔아뭉갠 사람들을 비난하기도 했다.

"이러다가 깔려 죽을 수도 있겠어. 대체 이게 뭔가! 살인을 하다니! 봐요, 가엾게도 하얀 식탁보처럼 돼버렸어요." 몇 사람의 목소리가 말했다.

페탸는 곧 의식을 차리고 얼굴에 핏기가 돌고 통증도 사라졌고, 이 일시적인 불쾌한 사건 덕에 포대에 자리를 차지하게 되어, 여기라면 분명 환궁하는 황제를 볼 수 있으리라 기대했다. 페탸는 이제 청원 같은 건 생각지도 않았다. 황제를 보는 것만으로 좋았다—그것만으로도 분명 행복할 것이었다!

우스펜스키 대성당에서 근행이 이어지는 동안—황제의 귀환과 터키와의 강화 체결에 대한 감사 기도였다—군중은 조금 흩어졌는데, 크바스나 당밀 과자나 페탸가 유달리 좋아하는 양귀비 씨를 파는 행상이 나타났고, 흔한 잡담도 들려왔다. 한 상인의 아내가 찢어진 숄을 보이며 큰돈을 주고 샀다고 이야기하자, 다른 여자가 요즘은 비단값이 올랐다며 맞장구쳤다. 페탸를 도왔던 교회 집사는 한 관리에게 오늘 주교와 함께 근행하는 것은 누구누구라고 이야기하고 있었다. 교회 집사는 공동 집전이라는 말을 여러 번 했는데, 페탸는 무슨 뜻인지 알 수 없었다. 두 젊은 평민이 호두를 깨물어 먹는 하녀들과 시시덕거리고 있었다. 이 모든 대화에도, 특히 페탸 또래들이 유난히 흥미 있어하는 하녀들의 농담에도 페탸는 관심이 끌리지 않았는데, 그는 여전히 황제와 황제에 대한 자신의 경애를 생각하고 설레면서 높은 포대에 앉아 있었다. 짓눌렸던 고통과 두려움이 환희와 합쳐져 이 순간의 중대함을 더욱 강렬하게 의식하게 하고 있었다.

갑자기 강가에서 포성이 들리자(터키와의 강화 체결을 기념하는 축포였다), 군중은 대포 쏘는 것을 보기 위해 앞다퉈 강가 쪽으로 몰려갔다. 페탸도 가고 싶었으나, 이 도련님을 보호하던 교회 집사가 놓아주지 않았다. 잇달아 포성이 울리는 동안 우스펜스키 대성당에서 장교와 장군과 시종 들이 걸어나오고, 뒤이어 별로 서두르는 기색 없이 다른 사람들이 걸어나오자, 다시 군중이 모자를 벗고, 대포 쏘는 것을 보러 몰려갔던 사람들도 돌아왔다. 마지막으로 제복을 입고 리본을 두른 남자 네 명이 대성당 문에서 나왔다. "우라! 우라!" 군중은 또다시 외쳤다.

"누구죠? 누구예요?" 페탸는 울먹이는 목소리로 사방에 물어보았지만 아무도 대답해주지 않았고, 모두가 온통 마음을 빼앗기고 있었으며, 페탸는 환희에 흘러넘치는 눈물 때문에 뚜렷이 분간할 수는 없었으나 그 가운데 한 명을 집어, 사실 그 사람은 황제가 아니었지만 그를 향해 온갖 감격을 실어 열광적인 목소리로 "우라!" 하고 외쳤고, 내일은 무슨 일이 있더라도 군인이 되겠다고 결심했다.

군중은 황제의 뒤를 따라 달려 궁전까지 배웅하고 흩어지기 시작했다. 시간도 늦었고, 페탸는 아무것도 먹지 못하고 땀에 흠뻑 젖었지만, 집으로 돌아가고 싶지 않았기 때문에 줄기는 했으나 아직 꽤 남아 있는 군중과 더불어 황제가 식사하는 내내 궁전 앞에 우두커니 서서 궁전 창문을 바라보며 뭔가를 기다리고, 황제의 만찬을 위해 정면 현관에 마차를 몰고 들어선 대관들이며 창문에 어른거리는 식탁 시중을 드는 시종들을 부러운 눈초리로 바라보았다.

식사 도중 발루예프가 창 쪽을 돌아보고 말했다.

"사람들은 아직도 폐하를 뵈옵기를 고대하고 있습니다."

식사를 끝낸 황제는 비스킷을 마저 씹으며 일어나 발코니로 나갔다. 페탸가 끼여 있는 군중은 발코니 쪽으로 몰려갔다.

"천사님, 아버지! 우라, 아버지!……" 군중이 외치자 페탸가 따라 외쳤고, 여자뿐만 아니라 페탸를 포함한 심약한 남자들도 행복에 겨워 울기 시작했다. 황제가 들고 있던 비스킷이 깨져 꽤 큰 조각이 발코니 난간으로 떨어지고, 난간에서 땅으로 떨어졌다. 가장 가까이에 서 있던 조끼 입은 마부가 달려들어 그것을 움켜쥐었다. 몇인가가 우르르 그의 옆으로 달려왔다. 이를 본 황제가 비스킷 접시를 가져오라고 해 발코니에서 비스킷을 뿌리기 시작했다.[9] 페탸의 눈에는 핏발이 섰고, 짓눌려 뭉개질지도 모르는 위험에 더욱 흥분하며 그도 비스킷에 달려들었다. 이유는 모르지만 그는 황제가 손수 뿌린 비스킷을 반드시 주워야 하고 질 수 없다고 생각했다. 그는 뛰어들다가 비스킷을 주우려던 노파를 넘어뜨렸다. 하지만 노파는 땅바닥에 넘어져서도 포기하지 않았고(노파는 비스킷을 잡으려고 손을 뻗었지만 닿지 않았다), 페탸는 무릎으로 노파의 손을 밀치며 비스킷을 움켜쥐고 남보다 늦을세라 이미 쉬어버린 목소리로 "우라!" 하고 외쳤다.

황제가 물러가자, 군중도 대부분 흩어지기 시작했다.

"내가 말했잖아, 조금 더 기다리자고. 그래서 그대로 되지 않았나."

여기저기 군중 속에서 기쁜 듯이 이야기하는 소리가 들렸다.

페탸는 더없이 행복했으나, 오늘의 즐거움이 모두 끝나고 이제 집으로 돌아가야 한다고 생각하자 울적했다. 페탸는 크렘린에서 집으로 바로 가지 않고 친구 오볼렌스키를 찾아갔는데, 오볼렌스키는 열다섯 살이지만 입대하려고 생각하고 있었다. 집에 돌아온 페탸는 만약 입대하지 못하게 하면 집을 나가겠다고 단호하고 확실하게 선언했다. 다음날 일리야 안드레이치 백작은 아직 완전히 포기한 것은 아니지만, 페탸를 되도록 안전한 곳에 넣을 방법을 알아보러 집을 나섰다.

22

그로부터 사흘째인 15일 아침, 슬로보츠코이 궁전 주변에 수많은 마차가 늘어서 있었다.

홀은 가득차 있었다. 첫번째 홀에는 제복을 입은 귀족들이, 두번째 홀에는 푸른색 카프탄에 훈장을 단, 수염을 기른 상인들이 있었다. 귀족들이 모인 홀에서는 웅성거림과 움직임이 끊이지 않았다. 가장 중요한 지위의 고관들은 황제의 초상 아래 탁자 옆에 있는 등받이가 높은 의자에 앉아 있었지만, 귀족 대부분은 홀 안을 걸어다니고 있었다.

귀족들은 모두 피예르가 집이나 클럽에서 매일같이 보는 사람들이고 전부 제복을 입고 있었는데, 예카테리나 시대풍의 것, 파벨 1세 시대풍의 것, 그리고 알렉산드르 시대의 새로운 것이 있었고, 보통 귀족 제복도 있었으며, 이 제복들의 공통점은 낯익은 늙은이나 젊은이의 얼굴에 이상야릇하고 몽환적인 뭔가를 부여한다는 것이었다. 특히 눈에 띄는 것은, 눈이 침침하고 이와 머리털이 빠진, 누렇게 지방이 올랐거나 주름투성이에 여윈 노인들이었다. 그들 대부분은 자리에 말없이 앉아 있었고, 돌아다니거나 말을 하며 젊은 사람들과 어울리는 사람도 있었다. 페탸가 광장에서 봤던 군중과 마찬가지로 이들의 얼굴에도 놀랄 만큼 뚜렷한 대조적인 특징이 있었는데, 엄숙한 뭔가에 대한 공통된 기대와 함께, 어제의 보스턴이라든가 요리사 페트루시카라든가 지나이다 드미트리예브나의 건강 같은 일상적인 흥미가 보였다.

피예르는 작아져서 볼품없는 귀족 제복을 불편하게 껴입고 아침 일찍부터 홀에 앉아 있었다. 그는 흥분한 상태였는데, 귀족뿐만 아니라 상인까지도 참석한 이 *삼부회**의 이례적인 집회가 벌써 오래전에 팽개쳐버렸으나 그의 마음속에 깊이 뿌리내려 있는 *사회계약론*과 프랑스 혁명에 관련한 갖가지 사고를 다시 불러일으켰기 때문이었다. 그가 격문 속에서 알아챘던 바와 같이, 황제가 수도로 돌아오는 것은 민중과의 협의를 위해서라고 한 것이 이런 생각을 굳히고 있었다. 그는 이 뜻에서 자신이 오랫동안 기다려오던 중대한 일이 다가오고 있다고 느끼고, 홀을 거닐며 사람들의 표정을 살피기도 하고 이야기에 귀를 기울이기도 했지만, 그의 관심을 붙든 사고의 표현 같은 것은 발견할 수 없었다.

황제의 격문이 낭독되고 감격에 휩싸인 사람들은 이야기를 나누며 흩어졌다. 피예르는 일상적인 화제 외에도, 황제가 들어올 때 대표자들은 어디에 서야 좋을지, 황제 환영 무도회는 언제 시작하고, 또 군郡별로 할지 도 전체로 할지 같은 이야기를 들었는데, 화제가 전쟁과 귀족이 소집된 이유에 미치자마자 이야기는 활기를 잃고 모호해졌다. 모두들 말하는 편보다 듣는 편이 되길 바랐다.

---

* 성직자, 귀족, 평민 대표자로 구성된 프랑스의 신분제 의회.

퇴역 해군 장교 제복을 입은 남자답고 잘생긴 중년이 어느 홀에서 이야기를 하고 그 주위에 사람들이 모여 있었다. 피예르도 그 그룹으로 다가가 귀를 기울였다. 예카테리나 시대풍 관구 사령관 카프탄을 입고 즐거운 미소를 지으며 사람들 사이를 걸어다니던 일리야 안드레이치 백작도 대부분 낯익은 그들의 그룹으로 다가가, 남의 말을 들을 때 으레 짓는 예의 선량한 미소를 지으며 듣기 시작했고, 상대방에게 찬성의 표시로 동의하듯 고개를 끄덕였다. 퇴역 해군 장교는 아주 대담한 의견을 말하는 듯했는데, 듣는 사람들의 표정만 봐도, 피예르가 평소 누구보다 유순하고 조용한 사람으로 알고 있는 사람들이 동의하지 않는 표정으로 물러가기도 하고 반박하기도 하는 것만 봐도 분명해 보였다. 피예르는 그룹 안으로 비집고 들어가 귀기울였고, 이 화자話者는 자유주의자이긴 하나 피예르가 생각하는 것과는 다른 의미의 자유주의자였다. 해군 장교는 노래하는 것 같은 잘 울리는 귀족다운 바리톤 음성으로, '체아예크*, 파이프 좀!' 하듯 r음을 프랑스어식으로 목젖을 울려 발음하고 자음을 생략했다. 그는 무분별하고 권력을 휘두르던 습관이 밴 듯한 목소리로 말했다.

"글쎄, 스몰렌스크 사람들이 황제께 민병대를 제공했다는 게 뭐 어떻단 겁니까. 스몰렌스크를 따라하라는 겁니까? 모스크바의 고귀한 귀족들은 만약 필요하다고 생각되면, 다른 방법으로 황제께 충성을 보여드릴 수 있습니다. 설마 1807년의 민병대를 잊은 건 아니겠죠! 사제

---

* 원래 '급사'를 뜻하는 첼라베크. 뒤에도 계속해서 'ㅁ'이나 'p' 등의 자음을 생략해 발음하고 있다.

놈의 자식*과 도둑놈들 배만 불렸지 않았습니까……"

일리야 안드레이치 백작은 상냥하게 미소지으며 고개를 끄덕였다.

"그리고 대체 우리 민병대가 언제 국가에 도움이 된 적이 있습니까? 없습니다! 우리의 재정을 망쳐놨을 뿐입니다. 징병이 낫습니다…… 당신한테 올 때 그들은 이미 병사도 아니고 농민도 아니고 한갓 불한당일 뿐입니다. 귀족은 목숨을 아까워하지 않고, 우리는 스스로 앞장서서 신병을 인솔하며, 그저 구사이(그는 고수다리**를 이렇게 발음했다)께서 한 말씀만 내리시면 우리 모두 폐하를 위해 죽을 수도 있습니다." 화자는 감격하며 덧붙였다.

일리야 안드레이치 백작은 만족스러운 듯 침을 삼키며 피예르를 툭 밀쳤고, 피예르도 무엇인가 말하고 싶어졌다. 그는 자신이 흥분한 것을 느끼며 무슨 말을 할지 생각지도 않고 성큼성큼 나아갔다. 그가 말하려고 입을 열려던 순간, 화자 가까이에 서 있던 이가 하나도 없는 원로원 의원이 총명해 보이지만 화난 듯한 얼굴로 피예르를 가로막았다. 토론을 이끌고 문제를 다루는 데 자못 익숙한 양 그는 낮지만 또렷한 목소리로 말하기 시작했다.

"나는 이렇게 생각하오, 선생," 원로원 의원은 이가 없는 입을 우물거리며 말했다. "우리가 여기에 모인 건 지금 이 시점에 징병과 민병대 중 어느 쪽이 국가에 유익한가를 논의하기 위해서가 아니오. 우리는 황제 폐하의 격문에 응답하기 위해 소집된 겁니다. 징병이냐 민병대냐 하는 판정은 최고 권력에게 맡기는 것이……"

---

* 스페란스키를 비꼰 것.

** государь(황제).

피예르는 별안간 흥분의 배출구를 발견했다. 그는 귀족계급이 당면한 임무에 대해 이처럼 고지식하고 편협한 견해를 주입하려는 원로원 의원에게 화가 치밀었던 것이다. 피예르는 앞으로 나아가 상대방의 말을 가로막았다. 그는 무슨 말을 할지 자신도 모른 채 이따금 프랑스어를 끼워넣고 러시아어로 딱딱한 표현을 써가며 활기차게 말하기 시작했다.

"실례합니다만, 각하"하고 그는 말문을 열었다(피예르는 이 원로원 의원을 잘 알았지만, 공식적으로 대할 필요가 있다고 느꼈다). "저도 이분에게 동의하지는 않지만……(피예르는 더듬거렸다. *저의 가장 존경하는 반대자*라고 말하고 싶었던 것이다) 이분…… 불행히도 *제가 아직 친해지는 영광을 갖지 못한* 이분에게 찬성하지는 않지만, 저는 귀족계급이 소집된 건 공감과 환희를 표현하는 이외에, 우리가 조국을 도울 수 있는 방책을 심의하기 위해서이기도 하다고 생각합니다. 제 생각에는," 그는 열을 올리며 말했다. "황제께서도 몹시 불만스러워하실 거라고 생각합니다. 우리가 단순히 황제께 농민들을 제공하는 소유자에 불과하고, 또 우리 자신은…… *대포 먹이*가 되는 데 그치고, 우리에게서 아무 조…… 조…… 조언도 구할 수 없다는 걸 알게 되신다면 말입니다."

원로원 의원의 경멸하는 듯한 미소와 피예르의 과격한 의견에 사람들은 그룹에서 멀어졌지만, 일리야 안드레이치만은 해군 장교와 원로원 의원의 연설에 만족했던 것처럼 피예르의 연설에도 만족했는데, 대체로 그는 늘 마지막에 들은 연설에 만족했다.

"제 생각에, 우리는 이 문제를 논하기 전에," 피예르는 말을 이었다.

"우리가 보유한 병력이 얼마나 되는지, 또 부대와 군이 어떤 상태인지 폐하께 여쭙고 알려주시길 간청해야 하며, 그런 연후에……"

그러나 말을 끝마치기도 전에 피예르는 갑자기 삼면으로부터 공격을 받았다. 가장 강경하게 공격한 것은 그의 오래된 지인으로 언제나 그에게 호의를 보여온 보스턴 놀이 친구 스테판 스테파노비치 아프락신이었다. 제복을 입은 스테판 스테파노비치는 제복 때문인지 아니면 다른 이유 때문인지 피예르의 눈에는 전혀 딴 사람처럼 보였다. 스테판 스테파노비치는 갑자기 노인다운 분노한 표정으로 피예르에게 소리를 질렀다.

"첫째, 말해두지만, 우리에게는 폐하께 그런 것을 여쭐 권리가 없으며, 둘째, 설령 러시아 귀족에게 그럴 권리가 있다 해도 폐하께서는 대답하실 수 없소. 군대란 적의 행동에 따라 움직이므로 늘기도 하고 줄기도 하기 때문이오……"

그때 또다른 목소리가 아프락신을 가로막았는데, 전에 피예르가 집시의 집에서 본 적이 있고, 질 나쁜 노름꾼으로 알려져 있는 중키에 마흔 살 안팎의 이 남자도 역시 제복 때문에 딴사람처럼 보였다.

"게다가 논의 같은 걸 하고 있을 때가 아닙니다." 이 귀족이 말했다. "우리는 행동해야 합니다. 전쟁은 러시아에서 벌어지고 있으니까요. 적은 러시아를 멸망시키고, 우리 선조의 무덤을 더럽히고, 처자를 약탈하려 합니다." 귀족은 자기 가슴을 쳤다. "우리 모두 분기해서, 모두 적에게 대항해야 합니다, 황제 아버지를 위해!" 그는 핏발 선 눈을 굴리며 소리쳤다. 찬성하는 목소리들이 군중 속에서 들렸다. "우리는 러시아인이며, 신앙과 왕위와 조국을 지키기 위해서라면 자신의 피도 아끼지 않습니다. 우리가 조국의 아들이라면 헛소리는 그만둬야 하며, 러시아인이 러시아를 위해 어떻게 궐기하는지 유럽에 보여줘야 합니다" 하고 귀족은 외쳤다.

피예르는 반론하고 싶었지만 한마디도 할 수 없었다. 그는 자신의 말이 어떤 뜻을 품고 있는지와는 상관없이, 이 위세 있는 귀족의 목소리만큼 자기 목소리가 사람들의 귀에 잘 들리지는 않는다는 것을 깨달았다.

일리야 안드레이치는 이 무리 뒤쪽에서 찬성하고 있었고, 몇몇은 화자의 말끝마다 그쪽으로 어깨를 돌리며 말했다.

"그렇고말고, 그렇지! 그렇고말고!"

피예르는 돈이건 농민이건 자기 자신이건 기꺼이 희생할 마음이지만 황제에게 협력하기 위해서는 사정을 알아야 한다고 말하고 싶었으나, 말할 수 없었다. 많은 목소리가 동시에 외치고 떠들었으므로 일리야 안드레이치도 그들 모두에게 일일이 고개를 끄덕여줄 겨를이 없었고, 일동은 크게 무리를 짓기도 하고 또 흩어지기도 했지만, 이내 다시 모여 왁자하게 떠들면서 홀의 커다란 탁자 쪽으로 이동했다. 피예르는 아무 말도 할 수 없었을 뿐만 아니라, 모두가 무례하게 그를 가로막기도 하고, 밀기도 하고, 마치 공공의 적처럼 외면했다. 그것은 그들이 그가 한 발언의 의미에 불만을 느껴서가 아니라―그의 연설은 뒤이은 많은 연설로 잊혔다―군중의 흥분에는 구체적인 사랑의 대상과 구체적인 증오의 대상이 필요하기 때문이었다. 피예르는 그 후자가 되었던 것이다. 이 활기찬 귀족 뒤에도 여러 발언자가 있었지만, 다 똑같은 말투였다. 대부분의 이야기는 훌륭하고 기발했다.

『러시아통보』의 발행인 글린카*는, 사람들이 그를 알아보았는데("작가다, 작가다!" 하는 소리가 군중 속에서 들렸다), 지옥은 지옥으로 부쉬야 하며, 번갯불과 우렛소리 속에서 웃고 있는 아이를 본 적이 있지만 우리는 그런 아이가 되어서는 안 된다고 말했다.

"그렇다, 그렇다, 우렛소리가 울리고 있다!" 뒷줄에서 찬성하는 목소리들이 되풀이되었다.

군중은 커다란 탁자로 다가갔다. 그 옆에는 제복에 수장을 두르고 백발에 대머리인 칠십대 귀족들이 앉아 있었는데, 피예르는 이들 대부분이 집에서 광대와 더불어 지내거나 클럽에서 보스턴에 빠져 사는 사람들이라는 것을 알고 있었다. 군중은 여전히 왁자하게 탁자로 다가갔다. 사람들은 밀쳐대는 군중 때문에 의자의 높은 등받이로 밀리면서도 한 사람 한 사람, 때로 두 발언자가 동시에 지껄였다. 뒤쪽에 서 있던 사람들은 발언자가 뭔가 말을 빠뜨렸다는 것을 알아채고 보충하려고 수선을 떨었다. 다른 사람들은 이 열기와 혼잡 속에서 좋은 생각이 없을까 머리를 쥐어짜가며 서둘러 말했다. 피예르와 친숙한 늙은 귀족들은 이 발언자들의 얼굴을 둘러보며 앉아 있었는데, 대부분은 더워서 힘든 표정을 짓고 있었다. 피예르는 자신이 흥분한 것을 느꼈고, 우리는 어떤 일에도 아랑곳하지 않을 것이라는, 이야기의 내용보다 목소리의 울림과 표정으로 나타나는 모두의 공통된 감정이 피예르에게도 전해졌으며, 그는 자기 의견을 철회할 생각은 없었지만 뭔가 잘못한 것처럼 느껴져 변명하고 싶었다.

---

* S. N. 글린카(1776~1847). 러시아 작가. 1806~1824년 러시아에서의 프랑스의 영향에 대항하는 『러시아통보』를 발행했다.

"저는 우리에게 필요한 것이 무엇인지를 알면 희생하는 것도 쉬울 거라고 말했을 뿐입니다." 다른 목소리들을 압도하려고 애쓰면서 그는 말했다.

바로 옆에 있던 노인이 그를 돌아보았지만 곧 탁자 저쪽에서 일어난 외침 소리에 주의를 빼앗겼다.

"그렇소, 모스크바는 함락될 거요! 모스크바가 희생양이 될 겁니다!" 한 사람이 외쳤다.

"그는 인류의 적입니다!" 다른 사람이 외쳤다. "말 좀 합시다…… 여러분, 밀지 마시오……"

23

이때 길을 터준 귀족들 앞으로 장군 제복을 입고 견장을 두르고 날쌔게 눈을 굴리며 빠른 걸음으로 들어온 것은 라스톱친 백작이었다.

"황제께서 곧 오십니다." 라스톱친은 말했다. "나는 방금 거기서 왔습니다. 지금 우리가 처한 상태에서 논의할 것은 아무것도 없다고 생각합니다. 황제께서는 우리와 상인들까지 소집하셨습니다." 그는 말했다. "돈은 몇백만이든 그쪽에서 나올 테고(그는 상인들이 있는 홀을 가리켰다), 우리가 할 일은 민병을 제공하고, 자기 몸을 아끼지 않는 것입니다…… 이것이 우리가 할 수 있는 최소한의 일입니다!"

탁자 앞에 앉은 일부 고관들 사이에서 협의가 시작됐다. 협의는 정숙함 이상의 조용한 분위기로 이어졌다. 어떤 자는 "찬성이오" 하고,

어떤 자는 변화를 주려고 "나도 같은 의견이오" 하고 말했고, 그런 노인다운 음성이 띄엄띄엄 들려오자, 소란했던 뒤였으므로 쓸쓸한 느낌마저 들었다.

모스크바 사람들도 스몰렌스크 사람들을 본떠 농부 천 명당 10명의 민병과 군장 일체를 제공한다는 결의를 적으라고 서기에게 명령했다. 협의하던 사람들은 무거운 짐을 내려놓은 듯이 의자를 덜거덕거리며 일어나 군은 다리를 풀기 위해 상대방의 팔을 끼거나 조용히 이야기를 주고받으며 홀을 걷기 시작했다.

"황제다! 황제다!" 하는 소리가 갑자기 홀 안에 울려퍼지자, 모두 일제히 출구 쪽으로 몰려갔다.

벽처럼 도열한 귀족들 사이의 넓은 통로를 지나 황제는 홀로 들어왔다. 모두의 얼굴에는 경의와 두려움이 섞인 호기심이 떠올랐다. 피예르는 꽤 멀리 서 있어서 황제의 말이 잘 들리지 않았다. 그가 이따금 들은 말에 의하면, 황제는 국가가 직면한 위기와 모스크바 귀족에게 거는 기대에 대해 이야기하고 있었다. 황제의 이야기에 한 목소리가 응답했는데, 방금 열린 귀족회의 결의에 대한 보고였다.

"여러분!" 황제가 떨리는 목소리로 말하자 군중은 잠시 웅성거렸지만 다시 잠잠해졌고, 황제의 듣기 좋고 인간미 있는 감동적인 목소리는 피예르에게도 뚜렷이 들렸다. "나는 러시아 귀족의 열성을 한 번도 의심한 적이 없습니다. 그러나 오늘의 열성은 나의 기대를 넘어섰습니다. 조국을 대신해 감사합니다. 여러분, 행동합시다─시간이 무엇보다 귀중합니다……"

황제는 잠시 입을 다물었고, 군중은 그의 주위로 몰려들기 시작하더니 사방에서 감격 어린 외침 소리가 들렸다.

"그렇다, 무엇보다도 귀중한 것은…… 황제의 말씀이다." 아무것도 들리지 않으면서 모든 것을 자기 나름대로 해석하고 있던 일리야 안드레이치 백작이 뒤쪽에서 흐느끼는 목소리로 말했다.

황제는 귀족이 있는 홀에서 나와 상인들이 있는 홀로 들어갔다. 그리고 거기서 십 분쯤 머물렀다. 피예르도 다른 사람들 틈에 서서, 황제가 감격의 눈물을 글썽이며 상인들의 홀에서 나오는 것을 지켜보았다. 나중에 알게 되었지만, 황제는 상인들에게 이야기를 시작하자마자 눈물이 솟구쳤고, 떨리는 음성으로 간신히 말을 마쳤다. 피예르가 황제를 보았을 때, 황제는 두 상인의 부축을 받으며 나오고 있었다. 한 사람은 피예르에게도 낯이 익은 뚱뚱한 전매인이고, 또 한 사람은 누렇고 야윈 얼굴에 턱수염을 기른 어딘가의 상인 단장이었다. 두 사람 다울고 있었다. 야윈 사람은 눈물만 글썽거렸으나 뚱뚱한 전매인은 아이처럼 흐느껴 울면서 이렇게 되풀이했다.

"생명도 재산도 거두어가십시오, 폐하!"

이 순간 피예르는 오로지, 이제 자신에게는 아무것도 필요 없고 무엇이든 희생하겠다는 각오를 보이고 싶은 욕망만을 느꼈다. 입헌적인 경향을 띠었던 자신의 연설이 마치 비난처럼 계속 떠올랐던 그는 그것을 보상할 기회를 찾고 있었는데, 마모노프 백작*이 일개 연대를 제공한다고 했다는 말을 듣자 즉석에서 천 명의 민병과 그 급여를 제공하겠다고 라스톱친 백작에게 언명했다.

---

* M. A. 드미트리예프 마모노프(1790~1863). 예카테리나 2세 총신의 아들이자 시인, 시사평론가. 프리메이슨과 가까웠다. 마모노프의 연대는 1812년의 전투에 참가했다.

로스토프 노인은 이날의 일을 눈물 없이는 아내에게 전할 수 없었고,
곧바로 페탸의 요청을 수락하고 자신이 직접 그것을 신청하러 갔다.

황제는 다음날 모스크바를 떠났다. 소집됐던 귀족들은 제복을 벗고
다시 각자의 집과 클럽으로 흩어졌고, 탄식을 하면서 민병 모집을 지
배인에게 명했고, 그제야 자신이 한 일에 새삼 놀랐다.

제2부

1

　나폴레옹이 러시아와 전쟁을 시작한 것은 드레스덴에 가지 않을 수 없었기 때문이고, 명예에 눈이 어두워질 수밖에 없었기 때문이고, 폴란드 제복을 입어보지 않을 수 없었기 때문이고, 6월의 아침에 정복욕을 자극하는 유혹을 물리칠 수 없었기 때문이고, 또한 처음에는 쿠라킨, 다음에는 발라쇼프 앞에서 분노의 폭발을 억누를 수가 없었기 때문이다.

　알렉산드르가 모든 교섭을 거부한 것은 개인적으로 모욕을 느꼈기 때문이다. 바르클라이 드 톨리가 더없이 훌륭하게 군을 지휘하기 위해 노력한 것은 자기 의무를 수행하고 위대한 지휘관으로서 명성을 획득하고 싶었기 때문이다. 로스토프가 프랑스군에 진격한 것은 평평한 들판을 마음껏 질주하고픈 욕망을 억누를 수 없었기 때문이다. 또한 이 전쟁에 참가한 수많은 사람도 모두 각자의 본성, 습관, 조건, 목적 등에 따라 행동했다. 그들은 두려워하고, 허영에 차고, 기뻐하고, 분개하고, 생각하고 판단하면서 스스로 자신이 무엇을 하고 있는지 알고 또 그것이 자신을 위한 거라고 생각했지만, 사실은 그들 모두가 의지를 갖지 않는 역사의 도구였으며, 그들에게는 보이지 않았지만 우리에게는 이해가 될 일을 하고 있었다. 그것이 실제로 활동하는 모든 인간에게 주어지는 불변의 운명이고, 인간 사회에서 계급이 높을수록 자유는 줄어든다.

이제 1812년에 행동했던 사람들은 이미 오래전 그 지위를 떠났고, 그들의 개인적인 이해도 흔적도 없이 사라졌고, 당시의 역사적인 결과만 우리 앞에 남았다.

하지만 만약 나폴레옹 지배하의 유럽 사람들이 러시아 땅 깊숙이 들어가 거기서 멸망하는 것이 당연한 것이었다고 가정한다면, 우리는 그 전쟁에 참가한 자들의 자기모순에 찬 무의미하고 잔인한 행동을 쉽게 이해할 수 있게 된다.

섭리는 이 모든 사람이 각자 개인의 목적을 달성하는 동시에 누구 한 사람도(나폴레옹도, 알렉산드르도, 전쟁에 참가했던 다른 사람들도 물론) 기대하지 못했던 하나의 커다란 성과의 실현에 협력하도록 했다.

이제 우리는 1812년에 프랑스군이 파멸한 원인을 명백히 알 수 있다. 나폴레옹의 프랑스군이 파멸한 것은 한편으로는 그들이 겨울 원정 준비도 없이 이미 늦은 때에 러시아 땅 깊숙이 침입했기 때문이고, 또 한편으로는 러시아의 모든 도시가 소각되고, 그들이 불러일으킨 러시아 민중의 적개심으로 생긴 전쟁의 성격 때문이었다는 데 대해서는 누구도 반론을 제기하지 않을 것이다. 그러나 당시에는 최고의 지휘관이 통솔한 세계 최고의 80만 군대가, 수적으로 절반도 되지 않는 경험 없는 지휘관들이 통솔하는 경험 없는 러시아군과 맞붙어 패망할 수도 있다는 것을, 이러한 경과 외에 다른 것은 있을 수 없다는 것을 예측한 (지금은 누구에게나 분명히 보이는) 사람은 아무도 없었고, 누구도 그런 사실을 몰랐을 뿐만 아니라, 오히려 러시아측 노력은 전부가 러시아를 구할 수 있는 유일한 방법을 방해하는 쪽으로 향하고 있었고, 프랑스측에서는 나폴레옹이 아무리 경험이 풍부하고 군사적 천재라 불렸을지라도 여름이 끝날 무렵 모스크바로 나아갔다는 것은, 그야말로 자신들을 파멸시킬 게 분명한 일을 하기 위해 안간힘을 다한 격이었다.

1812년에 관한 역사서를 보면, 프랑스 저자들은 나폴레옹이 전선 확장에 위험을 느끼고 있었다, 결전의 기회를 찾고 있었다, 그의 원수들이 스몰렌스크에서 멈추자고 진언했다는 등의 내용을 즐겨 서술하고, 또 당시 이미 전쟁의 위험을 알고 있었던 것처럼 입증하려 한 다른 논거를 즐겨 인용하고, 러시아 저자들은 나폴레옹을 러시아 땅 깊숙이 끌어들인 스키타이식 전략이 개전 초부터 있었던 것처럼 즐겨 서술하고, 이 전략에 대한 암시를 입증하는 메모나 계획안이나 편지 등을 거론하며 어떤 자는 풀을, 어떤 자는 어느 프랑스인을, 어떤 자는 톨리를, 또 어떤 자는 알렉산드르 황제를 이 계획의 발안자라고 말한다. 그러나 프랑스건 러시아건 간에, 일어난 사건을 예견한 것 같은 암시가 나오는 것은 어쩌다가 사건과 그 암시가 맞아떨어졌기 때문이다. 만약 그 사건이 일어나지 않았다면, 당시 횡행했던 수천수만의 반대되는 암시와 예상이 나중에 사건이 일어나지 않고 틀렸다는 것이 밝혀졌기 때문에 잊혀버린 것과 마찬가지로 잊혀버렸을 것이다. 진행중인 어떤 사건의 결과에 관해서는 늘 수많은 예상이 나오고, 그것이 어떤 결과로 끝나든 '나는 그때 이미 그렇게 될 거라고 말했다'고 하는 사람은 언제나 있는 법인데, 그들은 무수한 예상 중에 정반대되는 일도 행해졌다는 것을 까맣게 잊어버리고 있는 것이다.

나폴레옹이 전선 확장의 위험을 의식했다는 것도, 러시아측 예상도—러시아 땅으로 적을 깊숙이 끌어들이려 했다는—분명 이 부류에 속하고, 따라서 역사가들이 나폴레옹과 측근 원수들에게 그런 복안이 있었다든가 러시아군 지휘관들에게 그런 계획이 있었다고 주장하는 것은 말이 되지 않는다. 모든 사실은 그런 예상과는 완전히 상반된다. 전쟁 동안 러시아는 프랑스군을 러시아 땅으로 끌어들이려 의도한 적이 없었을 뿐만 아니라 프랑스군이 침입한 당초부터 그들을 저지하는 데 전력을 다했고, 또한 나폴레옹은 전선 확장을 두려워하지 않았을 뿐만 아니라 오히려 일보 전진할 때마다 승리로 여기며 기뻐하고 이전의 전쟁 때와는 다르게 결전을 찾는 데 태만했다.

전쟁이 시작되자마자 아군은 양단되어버렸기 때문에 유일한 목표는 군의 연결이었고, 만약 퇴각해서 적을 러시아 땅 깊숙이 유인하는 것이 목표였다면 군의 연결이 도움이 되는 상책일 리 없다. 황제가 군에 있었던 것도 러시아 땅을 한 발짝이라도 더 사수하도록 군을 고무하기 위해서였지 절대 퇴각하기 위해서가 아니었다. 오히려 풀의 계획대로 드리사에 방대한 진지를 구축하고 그 이상의 후퇴는 예상하지 않았다. 황제는 군대가 한 발짝 후퇴할 때마다 총사령관을 힐책했다. 황제에게는 모스크바 소각은 물론이고 적이 스몰렌스크까지 접근한다는 것은 상상도 할 수 없는 일이었으므로, 군이 합류하고 있을 때 스몰렌스크가 점령되어 불타고 성벽 앞에서 대대적인 결전도 없었다는 보고에 분개했던 것이다.

황제가 이렇게 생각했기에, 러시아군 지휘관이나 모든 러시아인에게 아군이 영토 깊숙이 후퇴하는 것은 분개할 일이었다.

나폴레옹은 러시아군을 양단시키고 국내 깊숙이 진격하면서도 결전의 기회를 몇 번이나 놓쳤다. 8월에 그는 스몰렌스크에 있었고, 계속 전진할 것만 생각했는데, 지금의 우리가 볼 때 분명 그것은 그를 파멸에 이르게 했다.

나폴레옹은 모스크바 진격의 위험을 예상하지 않았고, 알렉산드르와 러시아군 지휘관들은 당시 나폴레옹을 유인하기는커녕 오히려 그 반대의 생각을 하고 있었다는 것을 사실은 명백히 말해준다. 나폴레옹을 러시아 땅 깊숙이 유인한 것은 누구의 계획에 의한 것이 아니라(그런 것이 가능하리라고는 아무도 믿지 않았다), 앞으로 무슨 일이 일어날지, 러시아의 유일한 구원이 무엇인지 예상할 수 없었던 전쟁 참가자들의 술책과 목적과 희망이 얽힌 복잡한 게임으로 생긴 일이다. 모든 일은 기대치 않게 일어난다. 군대는 전쟁이 시작되자마자 양단되었다. 아군은 결전을 일으켜 적의 진격을 막겠다는 명확한 목적을 띠고 군을 연결하려 노력했지만, 연결에 힘쓴 나머지 우세한 적과의 전투를 피하며 자기들도 모르는 사이에 예각鋭角을 만들면서 북동쪽으로 퇴각했기 때문에 프랑스군을 스몰렌스크까지 끌어들이고 말았다. 그러나 프랑스 군대가 러시아 2개 군단 사이로 진격해왔기 때문에 각도는 더 예리해졌고, 또한 아군이 더 멀리 퇴각했던 것은 바그라티온이 인기 없는 독일인 바르클라이 드 톨리*를 증오한 나머지(그의 지휘를 받아야 하는데도) 그의 휘하로 들어가지 않으려고 제2군을 지휘하며 가능한 한 합류를 늦추려 했기 때문이다. 모든 지휘관의 주요 목적이 연결이었음에도 바그라티온이 오랫동안 연결을 피한 까닭은, 그는 그 행군이 자기 군대를 위험에 몰아넣을 수 있다고 보았고, 남쪽으로 퇴각하면서 적의 측면과 배후를 위협하고, 왼쪽과 남쪽으로 더 퇴각하는 동안 우크라이나에서 군의 보충을 꾀하는 편이 가장 유리하다고 생각했기 때문이다. 그러나 그가 이런 계획을 생각한 것은 그가 증오하고 또 자신보다 관등도 낮은 독일인 바르클라이에게 복종하고 싶지 않았기 때문이다.

황제가 군에 있었던 것은 사기를 북돋우기 위해서였으나, 그의 존재, 무엇을 결정해야 할지 모르는 무지함, 무수한 조언자의 계획들이 제1군의 행동력을 말살하고, 후퇴하게 만들었다.

처음 예상으로는 드리사 진지에서 퇴각을 멈출 계획이었으나, 총사령관 지위를 노리던 파울루치가 갑자기 맹렬히 알렉산드르를 움직였기 때문에 풀의 계획은 모두 폐기되고 모든 일이 바르클라이에게 위임되었다. 하지만 바르클라이는 황제의 신뢰를 받지 못했으므로 그의 권한은 제한되었다.

군대는 분열되어 지휘 계통이 서지 않았고, 바르클라이는 인기가 없었는데, 이러한 혼란과 분열과 인기 없는 독일인 총사령관으로 인해 한편으로는 망설임과 전투 회피가 나타나고(만약 군이 단결하고 바

---

* 17세기에 리가로 이주한 스코틀랜드 혈통이지만 러시아 사회에서는 그를 '독일인'으로 여겼다.

르클라이가 총사령관이 아니었다면 전투를 하지 않을 수 없었을 것이다), 한편으로는 독일인들에 대한 분노가 점점 격앙되고 애국심이 고무되었다.

마침내 황제는 군을 떠났고, 이 퇴거의 유일하면서도 가장 편리한 구실로 채택된 것은, 국민적 전쟁으로 전개하기 위해 두 수도의 민심을 고무해야 한다는 것이었다. 그리고 황제의 모스크바행으로 러시아 군사력은 세 배 늘어났다.

황제는 총사령관의 권력 통일을 압박하지 않기 위해 군을 떠났고, 앞으로 좀더 결정적인 행동이 있을 거라 기대했지만, 군 수뇌부는 더욱 혼란스러워지고 약화되었다. 베니히센, 대공, 시종무관들의 무리가 총사령관의 행동을 지켜보고 힘을 북돋우기 위해 군에 남아 있었는데, 바르클라이는 이들 황제의 눈의 감시 때문에 점점 더 부자연스러워졌고, 결정적인 행동을 옮기는 데 더욱 신중해져 전투를 피하게 되었다.

바르클라이는 신중한 자세를 고수했다. 황태자는 그것을 배반 행위라고 암시하며 일대 결전을 요구했다. 류보미르스키, 브라니츠키, 블로츠키* 등 시종무관들이 선동하자, 바르클라이는 황제에게 문서를 보낸다는 구실로 폴란드인 시종무관들을 페테르부르크에 파견하거나 하며 베니히센이나 대공을 상대로 공공연한 싸움을 벌였다.

바그라티온이 그토록 원하지 않는데도 결국 아군은 스몰렌스크에서 합류했다.

바그라티온은 마차를 타고 바르클라이의 숙사로 갔다. 바르클라이

---

* 알렉산드르 1세의 측근 장군들.

는 견장을 두르고 나와, 자기보다 관등이 높은 바그라티온에게 보고했다. 바그라티온은 그보다 관등은 높지만 도량의 크기로 보자면 바르클라이를 당할 수가 없었는데, 그래서 더더욱 그의 의견을 받아들이지 못했다. 바그라티온은 황제가 명했듯, 황제에게 직접 보고를 올렸다. 그는 아락체예프에게 썼다. "폐하의 뜻이겠지만, 저는 대신(바르클라이)과 함께 근무할 수 없습니다. 제발 일개 연대라도 좋으니 저를 어디로든 전출시켜주십시오. 총사령부에는 온통 독일인들이라 러시아인은 살 수 없고, 여기에는 어떠한 이점도 없습니다. 저는 황제와 조국에 봉사하고 있다고 생각했지만, 실제로는 바르클라이에게 봉사하고 있었습니다. 솔직히 말씀드리자면, 저는 싫습니다." 브라니츠키 일파, 빈친게로데, 그리고 그와 비슷한 자들의 무리는 두 사령관의 관계를 악화시켜 단결을 더 어렵게 만들었다. 바르클라이는 스몰렌스크 가까이에서 프랑스군을 공격하기로 했다. 한 장군을 진지를 시찰하러 보냈다. 이 장군은 바르클라이를 싫어했으므로 친구인 군단 사령관 숙사로 가 하루를 지낸 뒤 바르클라이에게 돌아와 보지도 않은 전투 예정지를 모든 점에서 비난했다.

이처럼 전투 예정지에 관한 논의와 음모가 진행되고, 아군이 엉뚱한 곳에서 프랑스군을 찾아다니는 사이, 프랑스군은 네베롭스키* 사단과 전면 충돌하게 되었고, 마침내 스몰렌스크 성벽에 육박했다.

아군은 연결망을 구하기 위해 스몰렌스크에서 예상치 못한 전투를 해야만 했다. 전투가 벌어졌다. 쌍방에 수천의 전사자가 생겼다.

---

* D. P. 네베롭스키(1771~1813). 러시아 장군.

황제와 온 국민의 의지에도 불구하고 스몰렌스크는 포기되었다. 게다가 스몰렌스크는 도지사에게 속은 주민들의 손에 소각되고, 파산한 주민들은 다른 러시아인들에게 본보기를 보이며, 그저 자기 손실만 생각하고 적에 대한 증오심을 불태우며 모스크바로 달아났다. 나폴레옹은 더욱 전진하고, 아군은 후퇴하고, 이렇게 나폴레옹을 패망시킬 사건은 일어나고 있었다.

2

아들이 떠난 다음날 니콜라이 안드레이치 공작은 공작영애 마리야를 불렀다.

"그래 어떠냐, 이제 만족하니?" 그는 그녀에게 말했다. "부자간에 싸움을 붙였으니까! 만족해? 넌 다만 그걸 바랐으니까! 만족하겠지?…… 나는 괴롭다, 괴로워. 나는 늙고 약해졌고, 넌 그걸 원했지. 자, 기뻐해라, 기뻐해……" 그뒤 일주일 동안 공작영애 마리야는 아버지를 보지 못했다. 그가 병이 들어 서재에서 나오지 않았던 것이다.

공작영애 마리야는 뜻밖에도 노공작이 병중에 부리엔 양까지도 가까이하지 않는다는 것을 알아챘다. 티혼만 홀로 그의 시중을 들었다.

일주일 후 공작은 서재에서 나와 다시 종전과 같은 생활을 시작했고, 건축과 정원 일에 유달리 매달렸지만, 부리엔 양과의 이전과 같은 관계는 완전히 끊어졌다. 그의 표정이나 공작영애 마리야에 대한 차가운 어조는 이렇게 말하는 것 같았다. '그것 봐라, 너는 나와 그 프랑스 여자의 관계를 꾸며내 안드레이 공작에게 거짓말을 했고 결국 우리 부자를 싸우게 했지만, 나는 너도, 프랑스 여자도 필요 없다.'

공작영애 마리야는 반나절은 니콜루시카 곁에서 공부를 봐주거나 러시아어와 음악을 가르쳐주거나 데살과 잡담을 나누며 보냈고, 나머지 반나절은 책을 읽거나 늙은 유모나 이따금 뒷문으로 그녀를 찾아오는 신의 사람들과 이야기하며 보냈다.

전쟁에 관해서는 공작영애 마리야도 세상 여자들과 같은 생각을 하고 있었다. 전장에 있을 오빠를 걱정했고, 전쟁을 이해하지 못했고, 서로를 죽이는 인간의 잔혹함을 두려워했을 뿐 과거의 모든 전쟁과 다름없어 보이는 이 전쟁의 의미 같은 것은 이해하지 못했다. 언제나 그녀의 말벗이 되어주고 전쟁의 경과에 열심히 관심을 쏟는 데살이 종종 자기 생각을 말해주어도, 그녀를 찾아오는 순례자들이 반그리스도의 침략에 관한 소문을 각기 나름대로 공포를 담아 이야기해주어도, 또 지금은 드루베츠카야 공작부인이 되어 다시 공작영애 마리야와 편지를 주고받기 시작한 쥘리가 모스크바에서 애국심 넘치는 편지를 보내와도, 그녀는 이 전쟁의 의미를 이해하지 못했다.

"나의 다정한 벗이여, 나는 러시아어로 이 편지를 쓰고 있습니다." 쥘리는 썼다. "나는 모든 프랑스인뿐만 아니라 그들의 말까지 증오하게 되어 이제 그것을 말할 수도 들을 수도 없기 때문입니다…… 우리 모스크바 사람들은 그지없이 경애하는 우리 황제 폐하께 모두 열광하고 있습니다.

가엾은 나의 남편은 유대인의 선술집에서 고난과 굶주림을 견디고 있지만, 우리에게 들려오는 소식은 우리를 더욱 북돋워주고 있습니다.

아마 당신도, 두 아들을 끌어안고 '이 아이들과 함께 죽더라도 절대 흔들리지 않을 것이다!'라고 했던 라옙스키 장군의 영웅적인 공훈에 관해 들으셨겠죠. 그리고 과연 아군은 우리보다 두 배나 우세한 적에게 꿈쩍도 하지 않았다고 합니다. 우리도 우리 나름대로 시간을 보내고 있으며, 전시에는 전시의 생활이란 것이 있답니다. 나는 공작영애 알리나와 소피와 함께 일을 하는데, 남편이 살아 있지만 불행한 과부나 다름없는 우리는 린트로 붕대를 만들면서 좋은 이야기를 나누고 있어요. 다만 당신이, 나의 친구 당신이 곁에 없는 것이⋯⋯" 운운.

공작영애 마리야가 이 전쟁의 의미를 전혀 이해하지 못한 이유는, 노공작이 전쟁 이야기를 하지 않고 이 전쟁을 전혀 인정하지 않으며, 식사 때 데살이 전쟁 이야기를 끄집어내면 코웃음을 쳤기 때문이다. 공작의 어조가 너무나 평온하고 자신만만했기 때문에 공작영애 마리야는 별다른 생각 없이 아버지를 믿었던 것이다.

7월 한 달 동안 노공작은 아주 활동적이고 원기가 넘쳤다. 그는 새로 정원을 만들고, 하인들을 위한 건물도 신축했다. 다만 공작영애 마리야가 걱정스러웠던 것은 아버지가 잠을 잘 자지 못하는데다가 서재에서 자던 습관을 바꿔 매일같이 잠자리를 옮기는 것이었다. 때로는 복도에 야전침대를 펴게 하고, 때로는 객실의 소파나 볼테르식 안락의자에 앉아 옷도 벗지 않은 채 *부리엔 양*이 아니라 소년 페트루샤에게 책을 읽게 하고, 어떤 날은 식당에서 자기도 했다.

8월 1일에 안드레이 공작의 두번째 편지가 왔다. 그는 출발한 직후에 보낸 첫번째 편지에서 아버지에게 자신의 실언을 공손히 사죄하고, 전과 다름없는 자애를 베풀어주길 간청했다. 노공작은 상냥한 답장을 하고, 그뒤 프랑스 여자를 멀리했다. 안드레이 공작의 두번째 편지는 비텝스크가 프랑스군에게 점령된 후 그 부근에서, 약도를 덧붙여 간단히 전황을 설명하고 장차 전국의 전망에 대해 쓴 것이었다. 이 편지에서 안드레이 공작은 아버지의 집이 전쟁의 무대에서 가깝고 군의 진로 내에 있다는 위험성을 지적하며 모스크바로 옮길 것을 권했다.

이날 점심식사 때, 프랑스군이 이미 비텝스크에 들어갔다고 데살이 말하자 노공작은 문득 안드레이 공작의 편지가 생각났다.

"오늘 안드레이 공작한테 편지가 왔는데" 하며 그는 공작영애 마리야에게 말했다. "너는 읽었니?"

"아니요, *아버지*." 공작영애 마리야는 놀라며 대답했다. 그녀는 편지가 왔다는 말조차 못 들었으므로 읽었을 리 없었다.

"이번 전쟁에 대해 썼던데." 노공작은 현재의 전쟁 이야기를 할 때 습관적으로 짓는 경멸하는 듯한 미소를 지으며 말했다.

"분명 무척 흥미롭겠는데요." 데살이 말했다. "공작은 무엇이든 알 수 있는 지위에 계시니까……"

"아, 정말 흥미롭겠어요!" 부리엔 양이 말했다.

"가서 가져와주게." 노공작은 부리엔 양에게 말했다. "알겠지만, 작은 탁자 서진書鎭 밑에 있소."

부리엔 양은 기쁜 듯이 벌떡 일어났다.

"아, 아니야" 하고 그는 얼굴을 찌푸리고 소리쳤다. "미하일 이바니치, 자네가 가져오게!"

미하일 이바니치는 일어나 서재로 갔다. 그가 나가자 노공작은 불안한 듯 주위를 둘러보더니 냅킨을 내던지고 직접 갔다.

"제대로 하는 게 아무것도 없어, 그저 어지럽히기나 하지."

노공작이 나가자 공작영애 마리야와 데살, 부리엔 양, 심지어 니콜루시카까지도 말없이 서로 보고만 있었다. 노공작은 미하일 이바니치와 함께 편지와 설계도를 들고 빠른 걸음으로 식당으로 돌아왔지만, 식사를 마칠 때까지 아무도 읽지 못하게 자기 옆에 두었다.

객실로 자리를 옮긴 그는 새 건축 설계도를 펼쳐놓고 응시하면서, 공작영애 마리야에게 편지를 건네 소리내어 읽으라고 했다. 편지를 다 읽은 공작영애 마리야는 의아한 듯 아버지의 얼굴을 바라보았다.

그는 분명 자기 생각에 잠긴 듯 설계도를 보고 있었다.

"어떻게 생각하십니까, 공작?" 데살이 용기를 내어 물었다.

"나! 나 말인가!……" 공작은 마치 불쾌한 잠에서 깬 듯 여전히 설계도에서 눈을 떼지 않고 말했다.

"당연히 있을 법한 이야기입니다, 전쟁의 무대가 이곳에 가까워지고 있다는……"

"하-하-하! 전쟁의 무대라고!" 노공작이 말했다. "내가 늘 말하고 있지만, 전쟁의 무대는 폴란드야. 적은 절대 네만 강에서 더 들어오지 못해."

적은 이미 드네프르 강에 와 있는데 공작이 네만 강 이야기를 하자 데살은 놀라서 바라보았지만, 공작영애 마리야는 네만 강의 위치도 잊어버리고 아버지의 말이 옳다고 생각했다.

"눈이 녹으면 폴란드 늪에 빠져죽을 거야. 그걸 모르는 건 그들뿐이지." 노공작은 1807년의 전쟁을 분명 최근의 일처럼 생각하는 듯이 말했다. "베니히센이 프로이센에 더 빨리 들어가야 했어, 그랬다면 사태는 달라졌을 거야……"

"하지만 공작," 데살이 주저하며 말했다. "편지에는 비텝스크라고 쓰여 있는데요."

"아, 편지에 그런가, 그래……" 공작은 불안한 듯이 말했다. "그렇지…… 그래……" 그의 얼굴은 별안간 어두운 표정을 띠었다. 그는 잠시 입을 다물었다. "그래, 프랑스군이 격파되었다고 쓰여 있었지, 무슨 강이라고 했지?"

데살은 눈을 내리떴다.

"공작은 그런 말은 전혀 쓰시지 않았습니다." 그는 조용히 말했다.

"쓰지 않았다고? 허, 내가 지어낸 말이 아니야." 모두 오랫동안 침묵했다.

"그래…… 그래…… 저, 미하일 이바니치" 하고 그는 문득 고개를 들고 건축 설계도를 가리키며 말했다. "자네는 이걸 어떻게 바꾸려는 건가……"

미하일 이바니치는 설계도로 다가갔고, 노공작은 건물 신축 계획에 대해 이야기한 뒤 화난 듯이 공작영애 마리야와 데살을 힐끗 보고 자기 방으로 가버렸다.

공작영애 마리야는 아버지를 향한 데살의 당황하고 놀란 시선을 보았고, 그의 침묵을 알아챘으며, 아버지가 객실 탁자에 아들의 편지를 잊어버리고 두고 간 것에도 놀랐지만, 데살에게 당황하고 침묵한 이유를 묻기가 두려웠을 뿐만 아니라 그런 것을 생각하는 것조차 두려웠다.

그날 저녁 미하일 이바니치는 노공작이 객실에 잊어버리고 두고 온 안드레이 공작의 편지를 가져오라고 하자 공작영애 마리야에게 왔다.

공작영애 마리야는 편지를 건넸다. 그녀는 불쾌한 기분이 들었지만 미하일 이바니치에게 과감하게, 아버지는 뭘 하고 있느냐고 물어보았다.

"매우 바쁘십니다." 정중하지만 조롱하는 듯한 미소로 공작영애 마리야를 실색하게 만들며 미하일 이바니치가 말했다. "새 건물 때문에 염려가 많으시죠. 책을 좀 읽으시다가 지금은" 하고 미하일 이바니치는 목소리를 낮춰 말했다. "뷰로 앞에서 유언장을 쓰시는 듯합니다."
(최근 공작이 좋아하는 일 중 하나는 죽은 뒤에 남길 문서의 집필이었고, 그것을 유언장이라고 말한 것이다.)

"알파티치를 스몰렌스크로 보내신대요?" 공작영애 마리야는 물었다.

"물론이죠. 그는 아까부터 대기하고 있습니다."

3

미하일 이바니치가 편지를 가지고 서재로 돌아왔을 때, 공작은 안경을 쓰고 빛으로부터 눈을 보호하기 위해 이마에 챙을 두른 채 초를 켜고 뚜껑을 연 뷰로 앞에 앉아 멀찍이 뻗은 한 손에 서류를 들고(그는 이것을 리마르크*라 불렀다) 다소 엄숙하게 읽고 있었는데, 이것은 그가 죽은 뒤 황제에게 제출될 것이었다.

미하일 이바니치가 들어갔을 때 공작의 눈에는 지금 읽는 부분을 썼던 당시를 추억하는 눈물이 고여 있었다. 그는 미하일 이바니치에게

---

* 견해, 논평, 의견 등을 뜻하는 영어 remark를 러시아어로 음차한 것.

편지를 받아 주머니에 집어넣고 서류를 챙긴 뒤, 아까부터 대기하고 있던 알파티치를 불렀다.

종이쪽지에는 스몰렌스크에서 구입할 물품 목록이 적혀 있었고, 그는 문가에서 대기중인 알파티치 곁을 지나 방안을 걸어다니며 지시하기 시작했다.

"우선 편지지네, 알겠나, 여덟 첩 사야 해, 이것이 견본이네…… 견본대로 금테두리가 있는 걸로, 그리고 니스와 봉랍, 이건 미하일 이바니치 메모대로 하게."

그는 방안을 잠시 걷다가 종이쪽지를 들여다보았다.

"그리고 등기登記에 관한 편지는 지사에게 직접 주어야 해."

다음은 새 건물의 문에 달 빗장이었는데, 그것은 반드시 공작이 고안한 형태여야만 했다. 유언장을 보관할 맞춤 상자를 주문하는 일도 있었다.

알파티치에게 지시를 내리는 데만 두 시간 넘게 걸렸다. 공작은 도무지 그를 놓아주지 않았다. 그는 앉아서 생각하다가 눈을 감고 졸기 시작했다. 알파티치는 몸을 조금 움직였다.

"음, 가봐, 가봐, 볼일이 생기면 사람을 보낼 테니."

알파티치는 나갔다. 공작은 뷰로로 다가가 그 속을 들여다보고, 손으로 서류를 만져본 뒤 뚜껑을 닫고, 도지사에게 보낼 편지를 쓰기 위해 탁자 앞에 앉았다.

그가 편지를 봉인하고 일어났을 때는 이미 밤이 깊었다. 그는 자고 싶었지만, 잠은 오지 않고 더없이 불쾌한 망상만 침상에 찾아들리란 것을 알았다. 그는 오늘밤 잠자리를 어디에 준비할지 알리기 위해 티혼을 불러 함께 이 방 저 방을 돌아다니기 시작했다. 그는 구석구석 살피며 걸어다녔다.

전부 다 좋지 않았지만, 그중에서도 서재에 있는 익숙한 소파가 가장 나빴다. 그 소파가 두렵게 생각됐던 것은, 전에 거기 누웠을 때마다 일어났던 이런저런 괴로운 상념 때문인 듯했다. 마음에 드는 곳은 없었지만, 소파가 있는 방 한쪽 구석 포르테피아노* 뒤에서는 아직 자본 적이 없었기 때문에 그나마 괜찮았다.

티혼과 하인이 침대를 가져와 놓기 시작했다.

"그게 아니지, 그게 아니야!" 공작은 소리치고 직접 침대를 구석에서 조금 떼었다가 다시 붙였다.

'자, 드디어 끝냈으니, 이젠 잘 수 있겠군' 하고 생각하고 공작은 티혼에게 옷 갈아입는 것을 맡겼다.

카프탄과 바지를 벗어야 하는 노고에 공작은 얼굴을 찌푸리며 옷을 벗었고, 침대에 무겁게 걸터앉아 누렇게 오그라든 두 발을 내려다보며 생각에 잠긴 듯했다. 그러나 그는 생각에 잠긴 것이 아니라 다리를 들어 침대 위로 몸을 옮기는 고생을 앞두고 머뭇한 것이었다. '아, 참으로 귀찮다! 아, 이 귀찮은 일이 얼른, 얼른 끝났으면 좋겠다, 너희가 날 해방해주면 좋으련만!' 그는 생각했다. 그는 입술을 깨문 채 그 고생을 스무 번 한 끝에 누울 수 있었다. 하지만 그가 눕자마자 침대 전체가 괴롭고 깊은 숨을 내쉬며 밀치는 것처럼 그의 몸 아래서 앞뒤로 규칙적으로 흔들리기 시작했다. 거의 매일 밤 있는 일이었다. 그는 감으려

---

* 피아노의 전 이름.

던 눈을 떴다.

"쉴 수도 없군, 빌어먹을!" 그는 누군가에게 화를 내며 투덜댔다. '그렇지, 그래, 뭔가 중요한 일이 있었어, 뭔가 아주 중요한 것을 잠자리에서 보려고 챙겨뒀었는데. 빗장인가? 아니야, 그건 이미 말했지. 아니, 객실에 있던 거였어. 공작영애 마리야가 무슨 거짓말을 했는데. 데살이―그 바보가―무슨 말을 했어. 주머니에 뭐가 있나―기억나질 않아.'

"티시카*! 저녁식사 때 무슨 얘길 했나?"

"공작과 미하일⋯⋯"

"입 다물게, 입 다물어." 공작은 한 손으로 탁자를 쳤다. "그래! 알았다, 안드레이 공작의 편지다. 공작영애 마리야가 읽었지. 데살이 비텝스크에 관해 무슨 말을 했는데. 지금 읽어볼까."

그는 주머니에서 편지를 꺼내 레모네이드와 나선형의 밀랍 초가 놓인 탁자를 침대 옆으로 끌어당겨 안경을 쓰고 읽기 시작했다. 밤의 정적 속에서 녹색 등피 아래로 비치는 희미한 불빛에 편지를 읽은 후에야 그는 비로소 순간적으로 편지의 의미를 이해했다.

'프랑스군은 비텝스크에 있고, 나흘만 더 전진하면 스몰렌스크에 도착할지도 모른다, 어쩌면 벌써 와 있는지도 모른다.'

"티시카!" 티혼은 벌떡 일어났다. "아니야, 됐어, 됐어!" 그는 소리쳤다.

그는 촛대 밑에 편지를 놓고 눈을 감았다. 도나우 강, 환한 대낮, 갈

---

* 티혼의 애칭.

대, 러시아군 진지들이 떠오르고, 주름 하나 없는 얼굴에 행복하고 쾌활하고 혈색 좋은 젊은 장군인 그가 포툠킨의 아름답게 색칠된 막사로 들어간다. 이 생각을 하자 총신 포툠킨에 대한 불타는 질투심이 그때처럼 그를 강렬히 흥분시킨다. 그는 포툠킨과 처음 만났을 때 나눈 말을 모두 기억한다. 그러자 이번에는 누르스름한 기름진 얼굴에 키가 작고 살찐 부인—어머니 여제 폐하, 그녀의 미소, 여제를 처음 알현했을 때 그녀가 해준 말들이 생생하게 떠오르고, 관대棺臺에 누워 있던 여제의 얼굴, 그 앞에서 여제의 손에 키스하는 자격을 놓고 주보프*와 충돌했던 일이 떠오른다.

  '아아, 그때로 어서, 어서 돌아가고 싶다. 지금 같은 일들은 전부 빨리, 한시라도 빨리 지나가버리고, 그들이 날 놓아주면 좋겠다!'

                                    4

  니콜라이 안드레이치 볼콘스키 공작의 영지인 리시예 고리는 스몰렌스크에서 후방 60베르스타, 모스크바 가도에서 3베르스타쯤 떨어진 곳에 있었다.
  공작이 알파티치에게 지시를 했던 그날 밤 데살은 공작영애 마리야에게 면담을 요청해, 공작이 건강도 좋지 않은데 자신의 안전을 위한 어떠한 조치도 강구하지 않고 있고, 안드레이 공작의 편지에도 분명히

* P. A. 주보프(1767~1822). 예카테리나 2세 만년의 총신.

쓰여 있듯 리시예 고리에 있는 건 안전하지 않으니 그녀가 직접 스몰 렌스크 지사에게 편지를 쓰고 알파티치에게 전달시켜 현재의 상황과 리시예 고리에 닥칠 위험의 정도를 알려달라고 요청해볼 것을 정중하 게 조언했다. 데살이 공작영애 마리야를 대신해 편지를 썼고, 그녀는 편지에 서명하고 알파티치에게 건네며 지사에게 가져가되 위험하면 속히 돌아오라고 일렀다.

모든 분부를 받자 알파티치는 흰 털모자(공작의 선물)를 쓰고, 공작 처럼 지팡이를 짚고, 집안사람들의 전송을 받으며 세 필의 살찐 로운 이 끄는 가죽 씌운 포장마차에 올라탔다.

방울은 비끄러매 속에 종이를 끼워놓았다. 공작이 리시예 고리에서 는 누구도 마차를 탈 때 방울을 울리지 못하게 했기 때문이다. 하지만 알파티치는 먼길을 떠날 때 종과 방울을 울리며 가는 것을 좋아했다. 알파티치의 하인들과 마을 사무소 서기, 사무원, 요리사 하녀들인 검 은 옷과 흰옷의 두 노파, 카자크 옷차림의 심부름꾼 소년, 마부, 그 밖 의 여러 하인이 그를 전송했다.

딸이 그의 등과 엉덩이 밑에 깃털로 속을 채운 사라사 방석을 깔아 주었다. 처제인 노파는 보따리를 몰래 밀어넣었다. 한 마부가 팔을 내 밀어 알파티치를 마차에 태웠다.

"흠, 흠, 온통 여자들뿐이군! 여자들, 여자들!" 알파티치는 공작의 말투처럼 헐떡이며 빠르게 내뱉고 포장마차에 앉았다. 그리고 서기에 게 마지막 지시를 내린 뒤 이번에는 공작을 흉내내지 않고 대머리에서 모자를 벗고 성호를 세 번 그었다.

"이봐요, 무슨 일이 생기면…… 돌아와요, 야코프 알파티치, 제발,

우리를 불쌍히 생각하고요." 그의 아내가 전쟁과 적군의 소문을 암시하며 울먹거렸다.

"여자들, 여자들, 온통 여자들뿐이군!" 알파티치는 아직 파랗게 자라는 곳도 있고 이제 막 두번째 밭갈이한 검은 곳도 있는 노랗게 된 호밀밭을 둘러보며 중얼거렸다. 마차를 타고 가며 그는 올봄에 파종한 보리의 보기 드문 풍작에 감탄하고, 여기저기서 수확되기 시작한 호밀밭의 줄무늬를 열심히 바라보며 파종과 수확 등의 농사일과 공작의 지시 중 잊어버린 것은 없는지 생각했다.

가는 길에 두 번 말을 먹이고, 8월 4일 저녁때 알파티치는 시가로 들어섰다.

알파티치는 도중에 수송 행렬이나 군대를 만나기도 하고 앞질러가기도 했다. 스몰렌스크에 가까워지자 멀리서 총성이 들렸지만 별로 놀라지 않았다. 가장 놀랐던 것은 스몰렌스크에 가까웠을 때, 잘 경작된 귀리밭을 병사들이 분명 말먹이에 쓰려는 듯 베고 있고 군대가 그 밭에 진을 친 광경이었는데, 놀란 것도 잠시뿐 그는 자기 일에 골몰하느라 곧 잊어버렸다.

알파티치는 이미 삼십 년 이상 인생의 모든 관심이 공작의 의지에 맞춰 국한되었고, 한 번도 그 테두리를 벗어난 적이 없었다. 공작의 지시를 실행하는 것과 관계없는 일은 어떠한 것도 그의 관심을 끌지 못했을뿐더러 존재하지 않는 것이나 마찬가지였다.

8월 4일 저녁때 스몰렌스크에 도착한 알파티치는 드네프르 강 건너 가첸스코예 교외 마을에 있는 문지기 페라폰토프가 운영하는 여관 앞에 포장마차를 댔는데, 이 여관은 지난 삼십 년 동안 그가 여기 올 때마다 습관처럼 묵는 곳이었다. 페라폰토프는 십이 년 전 알파티치의 주선으로 공작의 숲을 사 장사를 시작했고, 이제는 도내에 집과 여관과 제분소를 가지고 있었다. 페라폰토프는 검은 머리에 불그스름한 얼굴, 두툼한 입술, 혹 같은 큰 코와 이와 비슷한 혹이 검은 눈썹 위에도 있는, 뚱뚱하고 배가 튀어나온 사십대 남자였다.

페라폰토프는 사라사 셔츠 위에 조끼를 입고, 거리 쪽을 향해 있는 여관 앞에 서 있었다. 그는 알파티치를 보자 다가왔다.

"잘 오셨습니다, 야코프 알파티치. 모두 시가에서 달아나는 판국에 여길 오셨군요." 집주인이 말했다.

"어찌된 일인가, 달아나다니?" 알파티치는 말했다.

"그러니까 바보들이라고 하죠. 모두 프랑스군을 두려워하고 있습니다."

"여자들 호들갑이야, 여자들 호들갑!" 알파티치는 말했다.

"저도 그렇게 생각합니다, 야코프 알파티치. 저는 말합니다, 적을 이 도시에 들여놓지 말라는 명령이 있었으니까 확실하다고 말입니다. 그런데도 농부들은 짐마차 한 대에 3루블이나 달라고 하고 있으니, 정말 하느님도 모르는 놈들입니다!"

야코프 알파티치는 흘려들었다. 그는 사모바르와 말에게 줄 건초를 부탁한 뒤, 차를 충분히 마시고 잠자리에 들었다.

밤새도록 여관 앞길로 군대가 지나갔다. 다음날 알파티치는 도시에 왔을 때만 입는 조끼재킷을 입고 볼일을 보러 나갔다. 날은 맑게 개어 여덟시경부터 이미 뜨거웠다. 곡식을 수확하기에 딱 좋은 날씨라고 알파티치는 생각했다. 교외에서는 이른 아침부터 총성이 들렸다.

여덟시경부터는 총성에 포성까지 들렸다. 거리에는 어디론가 서둘러 가는 사람들과 병사들이 넘쳐났으나 여느 때처럼 삯마차가 다니고, 상인들은 가게 앞에 서 있었으며, 교회에서는 미사를 올리고 있었다. 알파티치는 상점, 관청, 우체국을 거쳐 도지사에게 갔다. 관청에서도, 상점에서도, 우체국에서도 모두 군대며 이미 도시로 쳐들어오는 적군에 대해 이야기하고, 어떻게 해야 할지 서로에게 묻고, 서로를 안심시키려 애쓰고 있었다.

알파티치는 지사의 저택 옆에 많은 사람과 카자크병들, 지사의 전용 마차가 있는 것을 보았다. 현관 층층대에서 알파티치는 귀족 두 명을 보았는데, 그중 한 사람과는 안면이 있었다. 그도 잘 아는 전직 경찰서장이었던 남자가 열을 올리며 말했다.

"이건 농담이 아니야." 그가 말했다. "그래, 혼자라면 상관없지. 혼자라면 힘들어봤자 어떻게든 되겠지만, 가족이 열셋에 가재家財까지 전부 있잖아…… 제기랄, 모든 것을 파멸로 몰아넣고 당국은 무슨 당국인가?…… 흥, 그 도둑놈들 목을 매달아서……"

"자, 그쯤 하게." 다른 한 사람이 말했다.

"들으라고 해, 알 게 뭔가! 어쨌든 우린 개새끼가 아니란 말이야." 전직 경찰서장이 말하고 옆을 보다가 알파티치를 발견했다.

"아, 야코프 알파티치, 무슨 일로?"

"각하의 명령으로 지사님을 뵈러 왔습니다." 알파티치는 공작 이야기를 할 때 언제나 그렇듯 뽐내듯이 고개를 젖히고 한 손을 가슴에 넣은 채 대답했다. "상황을 알아보고 오라고 명령하셨습니다." 그는 말했다.

"그래 좀 알아보게" 하고 지주가 소리쳤다. "짐마차 하나 못 구할 지경이 됐어!······ 그래 저거, 저 소리 들리나?" 총성이 들려오는 쪽을 가리키며 그는 말했다.

"망할, 모두 파멸하게 생겼어······ 도둑놈들!" 그는 다시 말하고 층층대를 내려갔다.

알파티치는 고개를 젓고 층층대를 올라갔다. 응접실에는 상인들, 여자들, 관리들이 서로 마주보며 앉아 있었다. 서재 문이 열리자, 모두 일어나 앞으로 몰려갔다. 문에서 관리가 뛰어나와 한 상인과 이야기하더니 목에 십자가를 건 뚱뚱한 관리에게 따라오라고 소리쳤고, 분명 자기에게 쏠린 사람들의 시선과 질문을 피하듯 다시 문안으로 사라졌다. 알파티치는 앞으로 헤치고 나아갔고, 그 관리가 다시 나오자, 단추를 채운 가슴에 한 손을 넣은 채 편지 두 통을 내밀며 말했다.

"육군 대장 볼콘스키 공작께서 아시 남작께." 그가 무척 엄숙한 말투로 의미심장하게 말하자, 관리는 자기도 모르게 몸을 돌려 편지를 받아들었다. 몇 분 뒤 지사는 알파티치를 불러들여 다급히 말했다.

"나는 아무것도 몰랐고, 그저 상부의 지시대로 해왔다고 공작과 공작영애에게 말씀드려주게, 그리고 이걸······" 그는 알파티치에게 서류 한 장을 내밀었다.

"그렇지만 공작의 건강이 좋지 않으시다니, 모스크바로 가시는 게 좋을 것 같네. 나도 곧 떠날 생각이야. 보고해드리게······" 그러나 지사가 말을 마치기도 전에 먼지를 뒤집어쓰고 땀에 젖은 장교가 문에서 뛰어들어와 프랑스어로 지껄이기 시작했다. 지사의 얼굴에 공포가 떠올랐다.

"가보게." 그는 고개를 끄덕하고 알파티치에게 말하고는 장교에게 뭔가 묻기 시작했다. 알파티치가 지사의 서재에서 나오자, 간절히 무언가를 바라며 겁을 잔뜩 먹은 무력한 시선들이 그에게 집중됐다. 이제 더 가까워지고 더 심해지는 총성에 자기도 모르게 귀를 기울이며 알파티치는 여관으로 걸음을 재촉했다. 지사가 알파티치에게 준 서류에는 다음과 같이 쓰여 있었다.

본인은 스몰렌스크 시가 조금도 위험에 빠지지 않았고, 앞으로도 위험해질 가능성은 전혀 없음을 귀관에게 단언합니다. 본인과 바그라티온 공작은 스몰렌스크 부근에서 합류하기 위해 양쪽에서 진군하고 있고 22일에 합류할 예정이며, 두 군대를 합친 병력으로 조국의 적을 격퇴하고 우리 용감한 부대의 마지막 병사가 쓰러질 때까지, 귀관에게 맡겨진 도의 우리 동포를 수호할 것입니다. 이러한 사실에 의거하여, 귀관이 스몰렌스크 시민들을 안도시킬 수 있는 충분한 명분을 가지고 있다는 것을 주지해주길 바라며, 이처럼 용감한 두 군대에 의해 방위되고 있으므로 승리를 확신하지 않을 수 없습니다. (스몰렌스크 민정 지사 아시 남작에게 보낸 바르클라이 드 톨리의 지령서, 1812년.)

사람들이 거리를 불안스럽게 오갔다.

식기, 의자, 찬장 등을 산더미처럼 실은 짐마차가 끊임없이 집집의 문에서 달려나와 거리를 지나갔다. 페라폰토프의 이웃집에는 짐마차 여러 대가 늘어서 있고, 여자들이 작별 인사를 하며 울고 한탄하고 있었다. 집개가 마차의 말 앞에서 돌며 짖어대고 있었다.

알파티치는 평소보다 빠른 걸음으로 안마당으로 들어가 곧장 자기 말과 마차가 있는 헛간으로 갔다. 자고 있던 마부를 깨워 말을 채우라고 이르고 현관으로 들어갔다. 주인의 방에서 아이들의 울음소리와 여자의 통곡 소리와 화가 난 페라폰토프의 목쉰 고함소리가 들려왔다. 알파티치가 들어갔을 때 요리사 하녀는 현관에서 겁에 질린 암탉처럼 쩔쩔매고 있었다.

"아주머니를 죽도록 때렸습니다!…… 마구 때리고, 질질 끌고 다녔어요!……"

"뭐 때문에?" 알파티치는 물었다.

"피란 가자고 했다고요. 여자니까 당연하죠! 데리고 달아나달라고요, 아이들도 있는 자기를 죽게 내버려두지 말고 데려가달라고요, 모두 달아나는데 우리는 어떻게 할 거냐고 묻지 않았겠어요? 그러니까 대뜸 때렸습니다. 마구 때리고, 끌고 다니고!"

알파티치는 그녀의 말을 듣고 동의하는 듯 고개를 끄덕였지만 더이상은 묻지 않고 그가 사둔 물건들이 있는, 주인 방으로 들어가는 문 맞은편의 자기 방으로 갔다.

"당신은 악당이야, 이 살인자." 이때 여위고 창백한 여자가 갓난애를 안고 머리에 쓴 플라토크가 흘러내린 채 문에서 뛰어나와 안마당 쪽으로 층층대를 내려가며 소리쳤다. 페라폰토프가 뒤따라 나왔지만 알파티치를 보자 조끼와 머리를 매만지더니 하품을 하고는 알파티치를 따라 방으로 들어왔다.

"벌써 떠나시려고요?" 그가 물었다.

그는 물음에 대답하지 않고 주인은 보지도 않은 채 사놓은 물건을 살펴며 여관비로 얼마를 주어야 하는지 물었다.

"계산해보죠! 그런데 지사한테는 들르셨습니까?" 페라폰토프는 물었다. "어떤 결정이 나왔습니까?"

알파티치는 지사가 아무것도 명확하게 말하지 않았다고 대답했다.

"우리 같은 사람이 어찌 피란을 갈 수 있겠습니까?" 페라폰토프는 말했다. "도로고부시까지 짐마차 한 대에 7루블이라는 겁니다. 그러니까 하느님도 모르는 놈들이라고 하죠!" 그는 말했다.

"셀리바노프란 자도 지난 목요일에 와서 군대에 밀가루 한 포대를 9루블씩 받고 팔았답니다. 어때요, 차 한잔 드시겠습니까?" 그는 덧붙였다. 마차 채비를 하는 동안 알파티치는 페라폰토프와 차를 실컷 마시며 곡식 값이며 풍작이며 수확하기에 딱 좋은 날씨 등에 관해 이야기를 나누었다.

"그런데 조용해졌습니다." 페라폰토프는 차를 석 잔 마시고 일어나 말했다. "분명 아군이 이겼을 겁니다. 적은 절대 못 들어오게 한다고 했으니까요. 그러니, 우리가 강한 거죠…… 얼마 전에도 마트베이 이바니치 플라토프 장군이 그놈들을 마리나 강에 몰아넣고 하루 만에 1만 8천 명*을 빠져죽게 했다던데요."

알파티치는 사놓은 물건들을 챙겨 방에 들어온 마부에게 건네고 주인과 계산을 마쳤다. 마당에서 나가는 마차의 바퀴와 말굽과 방울 소리가 문 근처에서 울렸다.

---

* 1812년 7월 7일, 스몰렌스크의 마리나 강에서 플라토프의 카자크 부대가 프랑스군을 급습하는 데 성공했다.

이미 한낮이 한참 지나 거리의 절반은 그늘이 지고 절반은 햇살이 밝게 비치고 있었다. 알파티치는 창밖을 내다보고 문 쪽으로 갔다. 갑자기 멀리서 윙 하는 소리와 뭔가에 부딪치는 이상한 소리가 들리더니 이어 포성과 합쳐진 소리가 울리고 유리창이 흔들렸다.

알파티치가 거리로 나가 보니, 두 사내가 다리 쪽으로 달려가고 있었다. 사방에서 터지는 소리와 명중하는 소리, 거리에 떨어진 유탄이 터지는 소리가 들렸다. 그러나 이 소리는 교외에서 들리던 포성에 비하면 거의 들리지 않는 것이나 다름없어서 주민들의 주의를 끌지 못했다. 이것은 오후 네시가 지나면 130문의 대포로 시가 공격을 개시하라는 나폴레옹의 명령에 따른 포격이었다. 처음에 시민들은 이 포격의 뜻을 알지 못했다.

떨어지는 유탄과 포탄 소리는 처음에는 그저 호기심만 불러일으켰다. 그때까지 헛간 옆에서 울고 있던 페라폰토프의 아내도 울음을 그치고 갓난애를 안고 문 쪽으로 와서 지나가는 사람들을 말없이 바라보며 포성에 귀를 기울였다.

요리사 하녀와 점원도 문 쪽으로 나왔다. 모두 호기심에 들떠 머리 위를 날아가는 포탄을 보려고 애쓰고 있었다. 남자 몇몇이 열띠게 이야기하며 길모퉁이에서 나왔다.

"굉장한 위력이었어!" 한 남자가 말했다. "지붕도 천장도 산산조각 내버렸어."

"돼지처럼 땅을 파헤쳤어." 다른 남자가 말했다. "정말 굉장했어, 덕분에 기운이 번쩍 나던데!" 그는 웃으며 말했다. "뛰어서 비켰기에 망정이지 하마터면 뼈도 못 추릴 뻔했어."

모두 그들에게 다가갔다. 그들은 잠시 걸음을 멈추고, 자기들 바로 이웃집에 포탄이 떨어진 광경을 이야기해주었다. 그동안에도 윙 하고 음침한 소리를 내며 빠르게 날아가는 포탄과 유쾌한 휘파람 같은 소리를 내는 유탄이 머리 위로 날아왔지만, 모두 가까이에는 떨어지지 않고 멀리 날아갔다. 알파티치는 마차에 올랐다. 주인은 문가에 서 있었다.

"뭘 보고 싶은 거냐!" 그는 빨간 치마를 입고 소매를 걷어올린 맨살의 두 팔꿈치를 저으며 이야기를 들으려고 길모퉁이로 걸어가던 하녀를 향해 소리쳤다.

"큰일났다." 그녀는 말하고, 주인의 목소리를 듣자마자 걷어올려 묶은 치맛자락을 내리며 돌아왔다.

그러나 다시 이번에는 훨씬 가까이로, 위에서 아래로 나는 새처럼 윙 하고 날아와 거리 한복판에서 불이 번쩍이더니 폭발하고 거리를 연기로 뒤덮었다.

"망할 년, 대체 뭘 하는 거야!" 주인이 하녀 쪽으로 달려들며 소리를 질렀다.

그 순간 여기저기서 여자들의 애처로운 비명과 겁에 질린 아이의 울음소리가 들려오기 시작하고, 사람들이 새파랗게 질린 얼굴로 말없이 하녀 주위로 몰려들었다. 그중 하녀의 말소리와 신음 소리가 가장 크게 들렸다.

"아이고-오-아아, 이웃님들! 착한 이웃님들! 날 죽게 두지 마세요! 착한 이웃님들!"

오 분이 지나자 거리에는 아무도 없었다. 유탄 파편에 허벅지를 다친 요리사 하녀는 부엌으로 옮겨졌다. 알파티치와 그의 마부, 페라폰토프의 아내와 아이들, 문지기는 지하실에 앉아 귀를 기울이고 있었다. 둔탁한 대포 소리, 윙윙거리는 포탄의 울림, 온갖 소리를 압도하는 요리사 하녀의 가엾은 신음 소리가 잠시도 그치지 않았다. 안주인은 갓난애를 흔들어주고 달래며, 지하실로 들어오는 모든 사람에게 거리에 있던 자기 남편은 어디로 갔느냐고 애처롭게 속삭이듯 물었다. 지하실에 들어온 점원이 그는 사람들과 함께 성당으로 가서 스몰렌스크의 기적의 성화상을 들어내려 한다고 말했다.

해질녘이 되자 포성도 잠잠해지기 시작했다. 알파티치는 지하실에서 나와 문가에서 걸음을 멈췄다. 맑았던 저녁 하늘은 온통 연기로 자욱했다. 높은 하늘에 걸린 낫 같은 초승달이 이 연기 사이로 묘하게 빛나고 있었다. 좀전까지 무시무시하게 울리던 포성이 그친 거리는 정적이 깔린 것 같았고, 이 정적을 깨뜨리는 것은 온 시가에 퍼져가는 사람들의 발소리와 신음 소리, 먼 곳의 비명, 불꽃 튀는 소리뿐이었다. 하녀의 신음 소리는 잦아들었다. 화재로 생긴 시커먼 연기가 두 곳에서 소용돌이치다 흩어졌다. 거리에는 갖가지 제복의 병사들이 파괴된 개미집에서 나온 개미떼처럼 이리저리 걷거나 달려가고 있었다. 알파티치는 그중 몇 명이 페라폰토프의 마당으로 뛰어드는 것을 보았다. 그는 문가로 나가보았다. 어느 연대가 밀쳐대고 당황한 모습으로 거리를 메운 채 퇴각하고 있었다.

"도시가 함락됐습니다. 달아나시오, 달아나시오." 알파티치를 본 장교가 이렇게 외치고, 곧 병사들을 돌아보며 소리쳤다.

"집 마당을 통과해도 좋다!" 그는 소리쳤다.

알파티치는 다시 집으로 가서 마부를 불러 출발하자고 일렀다. 알파티치와 마부를 뒤따라 페라폰토프의 집 안에 있던 사람들도 모두 나왔다. 짙어가는 땅거미 속으로 선명한 연기와 불꽃을 보자, 그때까지 말 없이 있던 여자들이 갑자기 울기 시작했다. 그러자 가락을 맞추듯 거리 저쪽 끝에서도 같은 울음소리가 들렸다. 알파티치는 마부를 도와 마차 밑에 매어놓은 말의 얽힌 고삐와 가죽끈을 떨리는 손으로 풀기 시작했다.

알파티치는 마차를 몰고 문밖으로 나갔을 때, 열어젖혀진 페라폰토프의 상점에서 열 명가량의 병사가 큰 소리로 떠들며 자루와 배낭에 밀가루와 해바라기씨를 퍼담는 것을 보았다. 거리로 나갔던 페라폰토프가 이때 상점으로 들어왔다. 병사들을 보고 소리치려던 그는 갑자기 입을 다물더니 머리를 움켜쥐고 흐느끼듯 웃기 시작했다.

"모두 가져가게, 젊은이들! 악마들 손에 들어가지 않게!" 그는 손수 자루를 집어 거리로 던지며 외쳤다. 놀라서 달아나는 병사들도 있었고, 부지런히 퍼담는 병사들도 있었다. 페라폰토프는 알파티치를 보자 그에게 주의를 돌렸다.

"끝났습니다! 러시아는!" 그는 소리쳤다. "알파티치! 끝났습니다! 내 손으로 불태워버릴 겁니다! 끝났어요……" 페라폰토프는 마당으로 달려갔다.

거리는 온통 퇴각하는 병사들로 끊임없이 북적였기 때문에 알파티치의 마차는 달리지 못하고 기다려야 했다. 페라폰토프의 아내와 아이들도 출발할 수 있기를 기다리며 짐마차에 앉아 있었다.

밤이 깊었다. 하늘에 별이 뜨고 초승달이 이따금 연기에 가려지며 빛나고 있었다. 병사들과 다른 마차 대열에 끼여 천천히 움직이던 알파티치와 안주인의 짐마차는 드네프르 강으로 내려서는 비탈길에서 잠시 멈춰야 했다. 짐마차가 멈춘 교차로와 가까운 골목에서 집과 상점이 불타고 있었다. 불은 이미 꺼져가고 있었다. 약해진 불길이 검은 연기 속으로 수그러드는 듯하더니 갑자기 다시 타올라 교차로에 모여 있는 사람들의 얼굴을 기묘하리만큼 뚜렷하게 비췄다. 사람의 검은 형체가 불길에 아른거리고, 계속되는 불꽃 튀는 소리 사이로 사람들의 목소리와 울음소리가 들렸다. 짐마차에서 나온 알파티치는 길이 트이려면 더 있어야 한다고 생각하고는 불길을 보기 위해 골목으로 꺾어들었다. 병사들이 화재 현장에서 계속해서 왔다갔다하고 있었고, 두 병사와 거친 모직 외투를 입은 남자가 거리 건너편 집에서 타고 있던 통나무를 다른 집으로 끌어 나르고 있었고, 건초 다발을 옮기는 사람도 보였다.

알파티치는 불길에 휩싸인 높은 창고 맞은편에 몰려 있는 큰 무리로 다가갔다. 벽은 온통 불길에 뒤덮이고, 뒤쪽은 파괴되고, 얇은 판자 지붕이 무너지고 대들보가 타고 있었다. 군중은 지붕이 완전히 무너지는 순간을 기다리는 것 같았다. 알파티치도 그것을 기다렸다.

"알파티치!" 어디선가 갑자기 귀에 익은 목소리가 노인을 불렀다.

"나리, 각하." 알파티치는 목소리로 곧 젊은 공작임을 알아채고 대답했다.

망토를 입고 검정말을 탄 안드레이 공작은 군중 뒤에서 알파티치를 바라보고 있었다.

"어떻게 여기 있는 건가?" 그는 물었다.

"각하…… 각하." 알파티치는 말하고 울기 시작했다. "각, 각……

이제 우리는 끝난 겁니까? 아버님께서……"

"어떻게 여기 있는 건가?" 안드레이 공작은 되풀이했다.

이때 불길이 타올라 젊은 주인의 창백하고 수척한 얼굴을 비췄다. 알파티치는 자신이 심부름으로 왔고, 간신히 여기까지 달아났다고 이야기했다.

"어떻습니까, 각하, 우리는 이제 끝났습니까?" 그는 다시 물었다.

안드레이 공작은 대답하지 않고 수첩을 꺼내 한 장 찢더니 한쪽 무릎에 대고 연필로 쓰기 시작했다. 그는 누이에게 썼다.

"스몰렌스크는 함락된다." 그는 썼다. "일주일 후면 리시예 고리도 적에게 점령될 것이다. 바로 모스크바로 떠나라. 언제 출발하는지 우스뱌시에 사람을 보내 기별해라."

쪽지를 써서 알파티치에게 건넨 뒤, 그는 노공작과 공작영애와 아들과 가정교사를 어떻게 보내고 또 어떻게 자기에게 기별을 주는지 말로 가르쳐주었다. 그가 이 지시를 끝내기도 전에 막료를 거느린 참모장이 그에게 말을 달려 왔다.

"당신이 연대장입니까?" 참모장이 귀에 익은 독일식 악센트로 안드레이 공작에게 크게 소리쳤다. "눈앞에서 집에 불을 지르는데 보고만 있습니까? 이게 뭡니까? 대답해보십시오." 베르그가 외쳤고, 그는 지금 제1군 좌익 보병대 참모차장이었는데, 그의 말을 빌리면 아주 좋고 눈에 띄는 지위였다.

안드레이 공작은 그를 힐끗 보고 대답도 없이 알파티치에게 하던 이야기를 계속했다.

"이렇게 말하게. 10일까지는 기다리겠지만 10일에도 기별이 없으면 모든 일을 제쳐두고 내가 직접 리시예 고리로 가야 할 거라고."

"저는, 공작, 제 말은." 상대방이 안드레이 공작임을 알아챈 베르그가 말했다. "명령을 수행해야 하기 때문입니다. 저는 언제나 정확하게 명령을 수행하니까…… 아무튼 죄송합니다." 베르그는 변명하듯 말했다.

불길 속에서 뭔가가 튀기 시작했다. 불길은 잠시 수그러들었다. 지붕 밑에서 검은 연기가 밀려나왔다. 불길 속에서 뭔가가 또다시 무서운 소리를 내며 튀더니, 거대한 것이 무너졌다.

"우와와!" 창고 천장이 무너지는 소리에 응답하듯 군중 속에서 고함이 터졌고, 빵이 타는 것 같은 냄새가 풍겼다. 불꽃이 세차게 피어오르며 주위에 서 있던 사람들의 들뜨고 즐거워 보이면서도 지친 얼굴들을 비췄다.

거친 모직 외투를 입은 사내가 두 손을 들고 고함쳤다.

"굉장하군! 난리가 났어! 여보게들, 굉장해!……"

"저 사람이 주인이야" 하는 목소리가 들렸다.

"자, 자." 안드레이 공작은 알파티치에게 말했다. "내가 말한 대로 전부 전해야 해" 하고는 옆에 서 있는 베르그에게는 한마디도 없이 말을 몰아 골목으로 가버렸다.

5

군대는 스몰렌스크에서부터 퇴각을 계속했다. 적은 그들을 추격했다. 8월 10일, 안드레이 공작이 지휘하는 연대는 리시예 고리로 통하는 가로숫길과 가까운 대로를 지나갔다. 폭염과 가뭄이 삼 주 이상 계속되고 있었다. 하늘에는 매일같이 뭉게구름이 흐르고 가끔 태양을 가리기도 했지만 저녁이 되면 다시 활짝 걷혀 자줏빛 안개 속에 잠겼다. 깊은 밤 축축한 이슬만이 대지를 소생시켰다. 밭에 남은 곡식은 볕에 타서 흩어졌다. 늪도 말라버렸다. 가축들은 볕에 타버린 초원에서 먹이를 찾지 못해 굶주림에 울었다. 다만 밤에는, 숲에 이슬이 있는 동안에는 시원했다. 그러나 군대가 지나가는 도로 주변은 밤이 되어도, 심지어 숲속에도 시원함이라고는 없었다. 마구 짓밟혀 사분의 일* 이상 모래 먼지가 쌓인 도로에는 이슬도 없었다. 날이 새자 곧바로 행군이 시작됐다. 군수품과 대포를 실은 마차는 바퀴통까지 파묻히며 전진하고, 보병은 밤에도 식지 않아 숨막히게 뜨겁고 푹신한 모래 먼지에 발목까지 파묻히며 걸어갔다. 모래 먼지의 일부는 발과 바퀴에 짓이겨지고, 나머지는 둥둥 떠올라 구름처럼 군대를 뒤덮고, 눈과 머리카락, 귓구멍, 콧구멍, 특히 도로를 따라 전진하는 인간과 동물의 폐에 달라붙었다. 해가 높이 떠오르자 모래 먼지도 더 높이 떠올라, 구름이 가리지 않은 해도 이 뜨겁고 미세한 먼지 속에서 육안으로 볼 수 있을 정도였다. 해는 크고 새빨간 공처럼 보였다. 바람 한 점 없었고, 사람들은 꿈쩍도 않는 대기 속에서 헐떡였다. 모두 코와 입을 손수건으로 막고 걸었다. 마을에 닿자 모두 우물로 몰려갔다. 먼저 마시려 다퉜고, 진흙이 드러날 때까지 물을 마셨다.

---

* 1아르신(71.12센티미터)의 사분의 일을 말한다. 즉 약 18센티미터.

연대를 지휘하는 안드레이 공작은 연대의 정비, 병사 후생, 명령 접수 필요 등의 문제로 머리가 꽉 차 있었다. 스몰렌스크의 화재와 포기는 안드레이 공작에게 충격적이었다. 적에 대한 증오라는 새로운 감정은 자신의 슬픔을 잊게 했다. 그는 연대의 일에 골몰하고, 부하 장병들을 세심하게 배려하며 부드럽게 대했다. 연대에서는 그를 우리 공작이라 부르고, 자랑스럽게 생각하고 사랑했다. 그러나 그가 친절하고 부드럽게 대한 것은 연대 부하들이나 티모힌 같은, 말하자면 그에게 완전히 새롭고 환경도 다른 사람들, 즉 그의 과거를 알 리도 이해할 리도 없는 사람들에게뿐이었고, 이전의 지인이나 사령부 동료를 만나면 당장에 신경을 곤두세우고 짓궂게 비웃거나 멸시하는 태도를 취했다. 과거와 결부된 것은 무엇이나 심사를 건드렸기 때문에 그는 이런 과거의 세계에 대해서는 그저 불공평하지 않게 맡은 의무만 다하려고 했다.

그러나 안드레이 공작에게는 모든 것이 어둡고 우울한 빛에 둘러싸인 것처럼 느껴졌고, 특히 8월 6일에 스몰렌스크를 포기한(그의 생각으로는 어떻게든 지킬 수 있었고 또 지켜야만 했던) 후로, 그리고 병중인 아버지가 모스크바로 피란하고 그토록 애정으로 가꾸고 사람들을 살게 했던 리시예 고리를 적의 약탈에 내맡길 수밖에 없었던 후로 그 느낌은 더욱 강렬해졌다. 하지만 그는 연대 덕분에, 일반적인 문제에서 멀리 동떨어진 문제, 즉 연대 일만 생각할 수 있었다. 8월 10일, 그의 연대에 속한 종대가 리시예 고리 근처까지 왔다. 안드레이 공작은 이틀 전에 아버지와 아들과 누이가 모스크바로 떠났다는 기별을 받았다. 그는 리시예 고리에 볼일이 없었지만, 자기 슬픔을 찔러서 곱게 하는 타고난 기질 탓에 리시예 고리에 가보기로 마음먹었다.

그는 말에 안장을 놓으라고 명령하고, 행군 도중 말을 몰아 자신이 태어나고 어린 시절을 보낸 아버지의 영지로 향했다. 늘 열댓 명의 아낙이 이야기꽃을 피우며 빨랫방망이를 두드려 속옷을 빨거나 헹구던 연못가를 지나며 안드레이 공작은 이제 여기에 아무도 없고, 빨래판은 반쯤 물에 잠겨 기운 채 연못 한가운데를 떠다니는 것을 보았다. 안드레이 공작은 초소까지 말을 몰았다. 입구인 석조 문에는 아무도 없고 문은 열려 있었다. 정원의 좁은 길에는 이미 잡초가 무성하고, 송아지와 말이 영국식 정원을 어슬렁거리고 있었다. 안드레이 공작이 온실로 다가가 보니, 유리는 깨지고, 화분의 나무는 일부가 쓰러지고 시들어 있었다. 그는 정원사 타라스를 불러보았다. 대답하는 이는 없었다. 온실을 지나 화분 선반으로 가 보니, 조각된 널판은 완전히 부서지고 자두 열매는 가지째 꺾여 있었다. 늙은 농부(안드레이 공작은 어릴 때 문 옆에서 그를 보았었다)가 녹색 벤치에 앉아 나무껍질로 신을 삼고 있었다.

귀머거리인 그는 안드레이 공작이 다가오는 소리를 듣지 못했다. 그는 노공작이 즐겨 앉던 벤치에 앉아 있었고, 그 옆의 엉망으로 꺾여 시들어버린 목련 가지에 나무껍질이 걸려 있었다.

안드레이 공작은 본채로 다가갔다. 오래된 정원에 있는 보리수 몇 그루는 이미 베여 쓰러지고, 새끼를 거느린 얼룩말이 집 바로 앞에 있는 장미나무들 사이를 걸어가고 있었다. 집의 모든 창문에 창살이 내려져 있었다. 아래층 창문 하나만 열려 있었다. 심부름꾼 소년이 안드레이 공작을 보고 집안으로 뛰어들어갔다.

가족들을 보내고 홀로 리시예 고리에 남아 있던 알파티치는 집에서

『성자전聖者傳』을 읽고 있었다. 그는 안드레이 공작이 왔다는 말을 듣자 안경을 콧등에 걸친 채 옷 단추를 잠그며 집을 나와 빠르게 다가갔고, 말없이 안드레이 공작의 무릎에 키스하더니 울기 시작했다.

이윽고 그는 약한 자신을 돌이켜보고 화가 난 듯 얼굴을 돌리더니 상황을 보고하기 시작했다. 귀중하고 값비싼 것은 모두 보구차로보로 옮겨져 있었다. 곡식도 100체트베르티* 정도 옮겨졌는데, 알파티치의 말에 의하면, 건초와 보기 드문 풍작이었던 봄 파종 곡식은 여물기도 전 파랄 때 베어 군에 징발되었다고 했다. 농민들은 곤경에 빠져 대부분 보구차로보로 옮겨갔고, 극히 일부만 남아 있었다.

안드레이 공작은 그의 말을 끝까지 듣지 않고 아버지와 누이가 언제 떠났는지 물었는데, 이 말은 언제 모스크바로 출발했느냐는 뜻이었다. 알파티치는 보구차로보로 떠난 것을 묻는 줄 알고 7일에 떠났다고 대답했고, 다시 집안일에 대해 한참 이야기한 뒤 그의 지시를 기다렸다.

"영수증을 받으면 군대에 귀리를 내줘도 될까요? 아직 600체트베르티가량 남아 있습니다." 알파티치는 물었다.

'어떻게 할까?' 햇볕에 빛나는 노인의 대머리를 바라보며 안드레이 공작은 생각했고, 알파티치가 상황에 어울리지 않는 질문이라는 것을 알면서도 자신의 슬픔을 씻을 유일한 방법이라 여기며 묻고 있다는 것을 표정으로 알 수 있었다.

"응, 내주게." 그는 말했다.

"정원이 망가진 걸 보셨을 테지만," 알파티치는 말했다. "막을 도리

---

* 러시아의 옛 도량 단위로, 특히 곡물을 잴 때 사용되었다. 부피로 1체트베르티는 약 210리터, 길이로 약 18센티미터에 해당한다.

가 없었습니다. 3개 연대가 통과하고, 머무르고, 더구나 용기병들까지 지나갔으니 말입니다. 나중에 청원하려고 지휘관의 계급과 이름을 적어두었습니다."

"그래, 자네는 어떻게 할 생각인가? 적에게 점령되어도 남아 있을 건가?" 안드레이 공작은 물었다.

알파티치는 안드레이 공작에게로 얼굴을 돌려 뚫어지게 바라보았다. 그리고 갑자기 엄숙한 몸짓으로 한 손을 들었다.

"그분이 저를 보호해주십니다. 그분의 뜻대로!" 그는 말했다.

농부와 하인 무리가 모자를 벗고 안드레이 공작을 향해 초원을 걸어왔다.

"그럼 잘 있게!" 안드레이 공작은 알파티치 쪽으로 몸을 숙이며 말했다. "자네도 될 수 있으면 짐을 챙겨 달아나고, 농부들에게도 랴잔이나 모스크바 교외의 영지로 피란가라고 말해주게." 알파티치는 그의 다리에 매달려 울기 시작했다. 안드레이 공작은 그를 부드럽게 떼어놓고 말을 몰아 구보로 가로숫길을 내려갔다.

화분 선반 옆에는 죽은 사람 얼굴에 앉은 파리처럼 무심하게 앉은 노인이 나무껍질 신의 뒤꿈치를 두드리고 있었고, 두 소녀는 온실 자두나무에서 딴 자두를 치맛자락에 싸서 달려나오다 안드레이 공작과 마주치고 말았다. 젊은 주인을 알아챈 나이 많은 쪽 소녀는 깜짝 놀라 어린 친구의 손을 잡고 떨어져 흩어진 녹색 자두를 주울 겨를도 없이 자작나무 뒤로 숨었다.

안드레이 공작은 자기가 보았다는 것을 모르게 하려고 놀란 듯 급히 시선을 돌렸다. 겁먹은 귀여운 소녀들이 가여웠다. 그는 소녀들을 보는 것이 두려우면서도 너무나 보고 싶었다. 그는 소녀들을 보면서 자신과는 아무런 관계가 없지만 그들의 마음속에도 그와 마찬가지로 마땅하고 인간적인 관심이 있을 거라 생각했고, 그러자 새롭고, 기쁘고, 차분해지는 기분이 들었다. 소녀들에게는 분명 아무에게도 들키지 않고 녹색 자두를 가져가서 먹고 싶은 한 가지 갈망밖에 없을 것이고, 안드레이 공작도 그들과 함께 그 일이 성공하길 바랐다. 그는 소녀들의 얼굴을 다시 한번 보지 않을 수 없었다. 소녀들은 이제 안전하다고 생각했는지 숨었던 곳에서 뛰어나와 먹을 것이 담긴 치맛자락을 붙잡고 아주 새된 목소리로 종알거리며 햇볕에 그을린 맨발로 빠르고 유쾌하게 초원을 달려갔다.

안드레이 공작은 군대가 이동하던 가도의 모래 먼지 속을 벗어나자 다소 상쾌함을 느꼈다. 하지만 리시예 고리에 온 지 얼마 안 돼 다시 가도로 들어섰고, 작은 연못가 둑 옆에서 휴식중이던 자기 연대를 따라잡았다. 오후 한시가 지나 있었다. 모래 먼지 속에서 새빨간 공처럼 보이는 태양이 견디기 어려울 만큼 내리쬐어 검은 옷을 뚫고 등을 태웠다. 여전히 굉장한 모래 먼지가 멈춰서 떠들어대고 있는 군대 위로 자욱이 퍼져 있었다. 바람도 없었다. 안드레이 공작이 둑 위로 올라서자 연못의 진흙 냄새와 상쾌한 기운이 풍겨왔다. 물이 아무리 더러워도 상관없을 만큼 물속에 뛰어들고 싶었다. 그는 함성과 웃음소리가 들리는 연못 쪽을 둘러보았다. 수초가 떠 있는 탁하고 작은 연못은 2체트베르티*쯤 수면이 높아져 둑에서 넘쳐흐르고 있었는데, 손과 얼굴과

---

* 약 40센티미터.

목은 벽돌색이 되고 몸은 하얀 벌거벗은 병사들로 가득했기 때문이었다. 하얀 몸뚱이들이 물속에 던져넣은 붕어들처럼 몸부림치며 웃음소리와 함성을 지르고 있었다. 그 몸부림이 흥겨워 보였고, 그래서 슬프게 느껴졌다.

제3중대의 금발머리 젊은 병사—안드레이 공작도 전부터 알던—는 장딴지에 가죽끈을 잡아매고 성호를 긋고는 신나게 물속에 뛰어들기 위해 뒷걸음질치고, 늘 머리가 헝클어져 있는 가무잡잡한 하사관은 허리까지 물에 담근 근육질의 몸을 떨면서 손목까지만 새까매진 두 손으로 머리에 물을 끼얹었으며 행복한 듯 코를 킁킁거렸다. 서로 물을 끼얹는 소리, 끽끽대는 소리, 외침 소리가 들려왔다.

연못 기슭에나 둑 위에나 연못에나, 사방에 희고 건강한 근육질의 몸뚱이가 있었다. 코가 빨간 장교 티모힌은 둑 위에서 수건으로 몸을 닦다가 안드레이 공작을 보자 쑥스러운 표정을 짓더니, 용기를 내 그에게 말을 걸었다.

"정말 좋습니다, 각하, 당신도 들어가면 좋으실 텐데요!" 그는 말했다.

"더러워." 안드레이 공작은 찡그리며 말했다.

"금방 깨끗이 해드리겠습니다" 하고 티모힌은 옷도 입지 않은 채 병사들을 쫓아내려고 달려갔다.

"공작이 들어가신다."

"누구? 우리 공작?" 하는 목소리들이 들렸고, 모두 어찌나 실망해서 떠들어대는지 안드레이 공작은 그들을 진정시키느라 애를 먹었다. 그는 헛간에서 물을 끼얹는 게 낫겠다고 생각했다.

'고기, 육체, 대포 먹이!' 그는 자기 벗은 몸을 보며 생각했고, 추워 서라기보다 더러운 그 연못에서 몸을 씻는 수많은 육체를 보고 느꼈던 스스로도 이해할 수 없는 혐오와 공포에 몸을 떨었다.

8월 7일, 바그라티온 공작은 스몰렌스크 가도의 자기 숙영지가 있는 미하일롭카에서 다음과 같이 썼다.

친애하는 알렉세이 안드레예비치 백작 귀하
(이 편지는 아락체예프에게 보내는 것이었지만 황제에게 읽히리라 는 것을 알고 있었으므로 그는 한 단어 한 단어를 최대한 숙고했다.)
스몰렌스크를 적에게 내준 것에 대해서는 대신*의 보고가 있었으 리라 생각합니다. 실로 괴롭고, 침통하고, 가장 중요한 거점을 헛되 이 포기했다는 사실에 군 전체가 절망하고 있습니다. 저는 직접 대 신을 만나 논리적으로 설명하고 마지막에는 서면으로도 간청했습니 다만 아무런 동의도 얻지 못했습니다. 제 명예를 걸고 맹세하지만, 그때 나폴레옹은 전에 없던 궁지에 몰려 있었으므로, 그들은 스몰렌 스크 점령은커녕 군의 절반을 잃을 수도 있었습니다. 아군은 유례를 찾아볼 수 없을 만큼 잘 싸웠고, 현재도 싸우고 있습니다. 저는 1만 5천의 병력으로 서른다섯 시간을 버티며 적을 격파했지만, 대신은 열네 시간도 버티지 못했습니다. 부끄러운 일이고 아군의 오점이며, 그런 자는 세상을 살 가치가 없다고 생각합니다. 막대한 손실이 있 다고 보고되었다면 거짓입니다. 많아야 4천 정도이며 그 이상은 아

* 바르클라이 드 톨리.

196

닙니다. 설령 1만이라 하더라도 전쟁이니 불가피한 것입니다! 그 대신 적도 큰 손실을 입었습니다……

이틀 더 버티는 데 얼마만한 노고가 필요했겠습니까? 적어도 적은 스스로 퇴각했을 것입니다. 병사와 말에게 먹일 물이 없었기 때문입니다. 그는 제게 퇴각하지 않겠다고 단언해놓고, 느닷없이 밤중에 퇴각 명령을 보냈습니다. 이런 식이라면 전투는 불가능하며, 우리는 조만간 적을 모스크바까지 인도하게 될 것입니다……

각하가 강화를 고려하신다는 소문이 돌고 있습니다. 지금 강화라니, 당치도 않은 일입니다! 그 많은 희생을 치르고, 그렇게 무모한 퇴각을 한 이 마당에 강화라니요. 만약 그러신다면 각하는 러시아 전체의 적이 되고, 우리 모두는 군복을 입은 것을 수치스러워하게 될 것입니다. 사태가 이렇게 된 이상, 러시아는 싸울 힘이 남아 있는 마지막 병사가 쓰러질 때까지 싸워야 합니다……

지휘는 두 사람이 아니라 한 사람이 해야 합니다. 대신도 아마 내각에서는 유능한 인물이겠지만, 군 지휘관으로서는 부적당할 뿐만 아니라 형편없을 따름인데, 우리는 그런 인물에게 조국의 운명을 맡기고 있습니다…… 솔직히 저는 좌절한 나머지 미쳐가고 있습니다. 불손한 글을 용서하십시오. 강화를 제의하고 군의 통솔을 대신에게 맡기자고 하는 자는, 황제를 경애하지 않고 온 국민의 멸망을 바라는 자입니다. 저는 민병대의 준비가 필요하다고 솔직히 진언합니다. 대신은 지금 매우 교묘한 수법으로 손님을 수도로 인도하고 있기 때문입니다. 전군에게 큰 의혹을 품게 하는 건 시종무관 볼초겐입니다. 그는 우리 편이라기보다 나폴레옹 쪽 인물로, 모든 일에 대해 대신에게 진언한다고 합니다. 저는 그보다 고참이지만 일개 하사처럼 그에게 복종하고 있습니다. 이는 괴로운 일이지만 자애로운 폐하를 경애하기 때문에 복종하는 것입니다. 다만 유감스러운 것은 황제께서 그런 인물에게 명예로운 군의 지휘를 맡기셨다는 것입니다. 이번 퇴각은 피로로 많은 장병을 잃게 했고, 지금 병원에는 1만 5천 명이 넘는 부상자가 수용되었지만, 만약 공격을 했다면 이와 같은 일은 없었으리라고 생각합니다. 우리의 러시아─우리의 어머니─는 과연 뭐라고 말할까요, 대체 우리는 무엇을 이토록 두려워하고, 무엇 때문에 이토록 선량하고 성실한 조국을 적들에게 내맡겨 국민 한 사람 한 사람의 가슴에 증오와 굴욕을 심어주려 하는 것인지, 제발 말씀해주십시오. 무엇을 겁내고 무엇을 두려워하고 있습니까? 대신이 우유부단한 겁쟁이에, 어리석고, 우둔하고, 온갖 단점을 지니고 있더라도 그것은 제 책임이 아닙니다. 전군은 비분강개하고 죽는 순간까지 그를 욕할 것입니다……

6

인생의 갖가지 현상에 대해 무수한 분류가 있지만, 모든 현상에 대해 주가 되는 것이 내용이냐 형식이냐로 분류할 수도 있다. 이러한 분류의 하나로서, 마을, 군, 도, 심지어 모스크바의 생활을 페테르부르크, 특히 살롱의 생활과 대비시켜볼 수 있다. 이 생활은 변하지 않는 것이다.

1805년 이래 우리는 보나파르트와 강화를 맺기도 하고, 싸우기도 하고, 헌법을 제정하거나 개정하기도 했지만, 안나 파블로브나의 살롱과 엘렌의 살롱은 각기 칠 년 전, 오 년 전에 비해 조금도 변함없었다. 안나 파블로브나의 살롱에서는 보나파르트의 성공을 여전히 의심하고 있었고, 그의 성공에도 그에 대한 유럽 황제들의 관대함에도 안나 파블로브나를 대표로 하는 궁정 그룹에게 불쾌와 불안을 주는 것이 유일한 목적인 악의적인 음모가 있다고 보았다. 이와 마찬가지로, 루먄체프까지 이따금 방문해주고 또 그가 보기 드문 총명한 부인으로 여기는 엘렌의 살롱에서는, 1808년과 마찬가지로 1812년에도 위대한 민족과 위대한 인물에 대해 감격하며 이야기하고, 프랑스와의 불화를 유감스럽게 생각하고 있었으며, 이곳에 모이는 사람들은 이 불화는 화해로 끝나야 한다고 보았다.

최근 황제가 군에서 돌아온 후, 상반된 두 그룹—살롱 사이에 동요가 일어나 서로 대립하고 약간의 시위운동도 있었으나, 두 그룹의 경향은 변함없었다. 안나 파블로브나의 그룹에서는 프랑스인 중에서도 골수의 왕당파만 받아들였고, 프랑스 극장에 가면 안 된다, 극단 하나 유지하는 데 일개 군단을 유지하는 비용이 든다는 등의 애국적인 생각을 표명했다. 그들은 촉각을 곤두세우고 전황을 주시하고 아군에게 가장 유리한 소문만 퍼뜨렸다. 루먄체프파와 프랑스파의 엘렌 그룹에서는 적군과 전쟁의 잔인성에 대한 소문은 반박되고, 강화를 위한 나폴레옹의 온갖 시도에 대해 화제에 올렸다. 이 그룹은 황태후가 후원하는 여학교와 황실 부속학교를 카잔으로 소개해야 한다고 너무도 성급한 조치를 주장했던 사람들을 비난했다. 엘렌의 살롱에 모이는 사람들의 말을 빌리면 대체로 이 전쟁의 모든 사건은 머지않아 강화로 끝나게 될 공연한 시위운동으로 간주되었고, 현재 페테르부르크에서 옐렌의 가족처럼 지내게 된(총명한 사람이라면 누구나 그녀의 집에 드나드는 것이 당연하게 생각되었다) 빌리빈이 사태를 해결하는 것은 화약이 아니라 그것을 발명한 사람들이라고 한 의견이 지배적이었다. 이 그룹에서는 황제의 도착과 함께 페테르부르크에 전해진 감격하는 모스크바에 대해 매우 신중하지만 비꼬듯이 아주 영리하게 비웃었다.

안나 파블로브나의 그룹에서는 반대로 그들의 감격에 대해 플루타르코스가 고대 영웅들을 찬양한 것처럼 찬양했다. 여전히 요직에 있던 바실리 공작은 이 두 그룹을 연결하는 고리 역할을 하고 있었다. 그는 사랑하는 벗 안나 파블로브나에게 가기도 하고, 딸의 외교적인 살롱에도 드나들었는데, 두 군데를 끊임없이 왕래하는 동안 혼동해 안나 파블로브나에게 할 말을 옐렌에게 하기도 하고, 그 반대로 하는 경우도 종종 있었다.

황제가 돌아오고 얼마 되지 않아 바실리 공작은 안나 파블로브나의 집에서 전쟁 이야기에 열을 올리던 중 바르클라이 드 톨리를 심하게 비난했는데, 정작 누가 총사령관이 되어야 하느냐고 묻자 마음을 정하지 못하고 우물거렸다. 그때 *굉장한 재사* ∤ㅏ라 불리는 손님이 페테르부르크 민병대 사령관으로 임명된 쿠투조프가 오늘 징병에 관련해 관청에서 회의하는 모습을 보았다고 이야기하고, 쿠투조프야말로 모든 요구를 만족시켜줄 인물이 아닌가 생각한다고 조심스럽게 피력했다.

안나 파블로브나는 슬프게 미소지으며, 쿠투조프는 황제를 불쾌하게 한 것 외에는 한 일이 아무것도 없는 사람이라고 말했다.

"나는 귀족회의에서도 말하고 또 말했습니다만," 바실리 공작이 말을 가로막았다. "아무도 내 말을 듣지 않았습니다. 나는 그가 민병대 사령관이 되면 폐하가 싫어하실 거라고 말했습니다. 누구도 내 말을 들으려 하지 않았다고요."

"불평꾼들뿐이죠." 그는 계속했다. "대체 누구에 대해서입니까? 모든 건 우리가 그 바보 같은 모스크바의 감격을 원숭이처럼 흉내내려 하기 때문입니다." 바실리 공작은 잠시 혼동해서 모스크바의 감격을 조소하는 건 엘렌한테서 해야 하고 안나 파블로브나한테서는 찬양해야 한다는 것을 잊어버렸다. 그는 즉시 고쳐 말했다. "아무튼 쿠투조프 백작같이 러시아에서 가장 늙어빠진 장군이 관청 회의에 참석하다니요, 헛수고가 될 겁니다! 말도 제대로 못 타고, 회의 때 졸기나 하고, 성질도 나쁜 그 사람이 어떻게 총사령관을 한단 말입니까! 그는 이미 부카레스트에서 정체를 드러냈잖습니까!* 새삼스럽게 장군으로서의 그의 자질을 논할 생각은 없습니다만, 대체 이런 시기에 그런 외눈을, 늙어빠진데다 장님인, 말 그대로 장님인 사람을 임명할 수 있겠습니까? 장님 장군이라니 참 훌륭하군요! 그는 아무것도 보지 못합니다. 까막잡기하는 셈이죠…… 아무것도 보이지 않으니까요!"

아무도 이의를 제기하지 않았다.

7월 24일에는 이 말이 전적으로 옳았다. 그러나 29일에 쿠투조프에게 공작 칭호가 내려졌다. 공작 칭호는 그를 밀어내려는 의미인지도 몰랐으므로 바실리 공작의 말이 여전히 옳을 수도 있었으나, 그는 성

---

* 1812년 5월의 러시아-터키 강화 교섭 때 쿠트조프는 전권 대표였다.

급하게 의견을 내놓지 않았다. 그러나 8월 8일에 살티코프 원수, 아락체예프, 뱌지미티노프*, 로푸힌**, 코추베이 등으로 이루어진 위원회가 전황 검토를 위해 소집되었다. 위원회는 패전의 원인을 지휘권의 분열이라고 판단하고, 쿠투조프가 황제의 마음에 들지 않으리라는 것을 알면서도 짧은 협의 끝에 그를 총사령관으로 임명할 것을 황제에게 진언했다. 그리고 그날로 쿠투조프는 전군과 군대가 주둔한 전 지방의 전권 총사령관으로 임명되었다.

8월 9일, 바실리 공작은 안나 파블로브나의 객실에서 다시 *굉장한 재사*와 만났다. *굉장한 재사*는 황태후 마리야 페오도로브나가 후원하는 어느 귀족 여학교의 교장으로 임명되기를 바라고 있었기 때문에 안나 파블로브나에게 아첨을 했다. 바실리 공작은 숙원을 이룬 행복한 승리자처럼 방으로 들어왔다.

"자, 여러분, 중대한 뉴스를 들으셨나요? 쿠투조프 공작이 원수가 됐습니다. 엇갈리던 의견이 일단락되었어요. 나는 정말 기쁩니다, 너무나 기쁩니다!" 바실리 공작은 말했다. "드디어 사람을 찾았습니다." 그는 의미심장하고 엄중한 얼굴로 객실에 있는 모두를 둘러보았다. *굉장한 재사*는 직위를 얻고자 하는 소망에도 불구하고 바실리 공작에게 예전의 판단을 상기시키지 않을 수 없었다. (안나 파블로브나의 객실에 있는 바실리 공작에게나, 역시 이 뉴스를 기꺼이 받아들인 안나 파블로브나에게나 무례한 일이었지만 그는 참을 수가 없었다.)

"하지만 그 사람은 장님이라고 하던데요, 공작." 그는 바실리 공작

---

* S. K. 뱌지미티노프(1744~1819). 당시 경찰청장.
** P. V. 로푸힌(1753~1827). 법률제정위원회 및 각료위원회 의장을 지냈다.

이 한 말을 상기시키며 말했다.

"천만에요, 그는 잘 보입니다." 바실리 공작은 헛기침을 하며 낮은 음성으로 빠르게 말했는데, 그는 지금까지 어려운 문제에 봉착할 때마다 이 음성과 헛기침으로 해결해왔다. "천만에요, 그는 잘 보입니다." 그는 되풀이했다. "게다가 내가 기쁘게 생각하는 것은," 그는 계속했다. "폐하께서 원수에게 전군과 전 지역에 대한 전권을, 지금까지 어떤 총사령관도 가진 적 없는 권력을 주셨다는 겁니다. 전제군주가 한 사람 더 는 셈이지요." 그는 의기양양한 미소를 짓고 말을 맺었다.

"제발 그렇게 되길, 제발 그렇게 되길." 안나 파블로브나가 말했다. 굉장한 재사도 궁정 사회에서는 아직 신참이었으므로 안나 파블로브나에게 잘 보이려고 이 문제에 관한 그녀의 예전 견해를 변호하며 말했다.

"폐하는 쿠투조프에게 그 권한을 주실 때 망설이셨다고 합니다. 소문에는 「조콩드」* 이야기를 들은 아가씨처럼 얼굴을 붉히시며 '황제와 조국은 귀관에게 이 명예를 주노라' 하고 말씀하셨다는 겁니다."

"어쩌면 본심은 그렇지 않았는지도 모릅니다." 안나 파블로브나는 말했다.

"오 아닙니다. 아니에요." 바실리 공작은 열심히 변호했다. 이제 그는 누구에게도 쿠투조프를 양보할 수 없었다. 바실리 공작의 말에 의하면, 쿠투조프는 훌륭할 뿐만 아니라 모두에게 존경받는 인물이었다. "아닙니다. 그럴 리 없어요. 황제는 전부터 그를 높이 평가하고 계셨으

---

* 프랑스 작가 라퐁텐(1621~1695)이 쓴 외설적인 콩트.

니까요." 그는 말했다.

"어쨌든 아무쪼록, 쿠투조프 공작이," 안나 파블로브나는 말했다. "실권을 잡고, 누구도 바퀴에 막대기 꽂는 일은 못하면 좋겠습니다— 바퀴에 막대기 꽂는 일은.*"

바실리 공작은 이 누구가 어떤 사람을 가리키는지 단번에 알았다. 그는 속삭이듯 말했다.

"이건 정말입니다만, 쿠투조프는 황태자가 군대에 계시지 않는다는 전제조건을 요청했던 모양입니다. 그가 황제께 뭐라고 말했는지 아십니까?" 바실리 공작은 쿠투조프가 황제에게 했다는 말을 되풀이했다. "'만약 황태자가 실수를 하시더라도 벌할 수 없고, 공을 세우시더라도 포상을 할 수 없습니다.' 오오! 쿠투조프 공작은 정말 지혜롭습니다, 대단한 기개입니다. 나는 오래전부터 그를 알고 있었습니다."

"이런 이야기도 있던데요." 아직 궁정 사회의 절도를 지니지 못한 굉장한 재사가 말했다. "황제 폐하도 군대에 계시지 않는 것을 전제조건으로 했다는."

그가 말하자 바실리 공작과 안나 파블로브나는 동시에 그에게서 고개를 돌리고, 그의 단순함에 한숨을 내쉬며 한심하다는 듯 서로를 바라보았다.

---

* 방해하다, 재를 뿌리다 등의 뜻을 가진 프랑스 속담.

페테르부르크에서 이런 일이 일어나는 동안 프랑스 군대는 이미 스몰렌스크를 통과하고 차차 모스크바로 접근하고 있었다. 나폴레옹의 역사가 티에르는 다른 나폴레옹 역사가들처럼 자신의 영웅을 정당화하려 애쓰며, 나폴레옹은 본의 아니게 모스크바의 성벽城壁으로 끌려들었다고 썼다. 그는 역사적 사건의 설명을 한 인간의 의지에서 구하려는 다른 모든 역사가와 마찬가지로 옳고, 또한 러시아 지휘관들의 책략에 의해 나폴레옹이 모스크바로 끌려들었다고 하는 러시아 역사가들과 마찬가지로 옳다. 여기에는 과거에 있었던 모든 일을 후에 일어나는 어떤 사건의 준비라고 생각하는 소급(역행)의 법칙 외에도 모든 일을 뒤엉키게 하는 상관성이 있다. 경기에 진 훌륭한 체스 기사는 자신의 패인을 하나의 실수 때문이었다고 진심으로 믿고 승부 초반에서 그것을 찾아보려 하지만, 그는 모든 수에서 같은 실수를 했고, 완전한 수가 하나도 없었다는 것을 잊고 있다. 그가 주목하는 실수는 오직 그에게만 눈에 잘 띄는데, 그건 상대방이 그 실수를 이용했기 때문이다. 이에 비하면 전쟁이라는 승부는, 시대라는 일정한 조건 아래서 하나의 인간의 의지가 생명이 없는 기계를 지배하는 것이 아니라 셀 수 없이 다양한 자의의 충돌에서 발생하는 모든 결과이므로 얼마나 복잡하겠는가?

스몰렌스크를 점령한 나폴레옹은 도로고부시를 지나 뱌지마 부근에서, 그리고 차료보-자이미셰에서 결전하려고 했으나 수없이 많은 사정이 겹쳐 러시아군은 모스크바에서 120베르스타 떨어진 보로디노에 이르기까지는 결전에 응할 수 없었다. 나폴레옹은 뱌지마에서 곧장 모스크바로 진격하라는 명령을 내렸다.

모스크바, 이 위대한 제국의 아시아적 수도, 알렉산드르 치하 제 민족의 성도, 중국의 탑꼴을 닮은 수많은 교회가 있는 모스크바! 이 모스크바는 나폴레옹의 공상을 잠시도 가만두지 않았다. 뱌지마에서 차료보-자이미셰로 행군할 때 나폴레옹은 영국풍으로 꼬리를 짧게 자른 밤색 준마에 올라 근위병, 호위병, 소년 시종, 부관을 거느리고 전진했다. 참모장 베르티에는 기병이 붙잡은 러시아 포로를 심문하기 위해 조금 뒤처졌다. 그는 통역인 를로르뉴 디드비유를 데리고 구보로 나폴레옹을 뒤따라가서 밝은 표정으로 말을 멈췄다.

"뭔가?" 나폴레옹이 말했다.

"플라토프 군단의 카자크가 말하길, 플라토프 군단은 주력군과 합류하고, 쿠투조프가 총사령관으로 임명되었다고 합니다. *무척 영리하고 수다스러운 자입니다!*"

나폴레옹은 미소를 짓고, 그 카자크에게 말을 내주어 자기한테 데려오라고 명령했다. 그는 카자크와 직접 이야기하고 싶었다. 몇 명의 부관이 말을 달렸고, 한 시간 뒤, 전에 데니소프의 농노였다가 로스토프에게 양도된 라브루시카가 병졸 재킷을 입고 프랑스 기병의 말안장에 앉아 술기운이 있는 듯한 유쾌하고 교활한 얼굴로 나폴레옹에게 다가왔다. 나폴레옹은 그에게 옆에서 나란히 따라오라고 명령한 뒤 묻기 시작했다.

"당신은 카자크요?"

"카자크입니다, 나리."

"나폴레옹의 소박한 태도는 이 동양인에게 황제라고 상상하게 하는 것이 전혀 없었으므로, 그는 자기가 상대하는 사람이 누구인지도 모른 채 스스럼없이 전황을 이야기했다." 티에르는 이 일화를 이렇게 썼다.[10] 라브루시카는 전날 술을 퍼마시고 주인의 식사도 준비하지 않아 흠씬 얻어맞고는 닭을 구하러 마을로 보내졌는데, 약탈에 열중하던 중 프랑스군에게 포로로 잡힌 것이었다. 라브루시카는 상스럽고 뻔뻔스러운 하인으로, 무슨 일이든 비열하고 교활하게 해치우는 것을 의무처럼 생각하고 주인을 위해서라면 어떤 일도 할 준비가 되어 있지만, 주인의 악한 생각, 특히 허영심과 편협성을 교묘히 꿰뚫어보는 인간이었다.

나폴레옹 앞으로 다가선 라브루시카는 그가 누구인지 충분히, 자못 쉽게 알아챘지만, 조금도 당황하지 않고 오히려 새 주인에게 봉사하기 위해 진심으로 노력했다.

그는 상대방이 나폴레옹이라는 것을 잘 알았지만, 나폴레옹의 존재도 로스토프나 채찍을 든 특무상사보다 더 그를 당황하게 하지는 못했는데, 그것은 특무상사이건 나폴레옹이건 그에게서 빼앗을 만한 것은 아무것도 없었기 때문이다.

그는 병졸들 사이에 떠도는 소문을 닥치는 대로 지껄였다. 대부분은 사실이었다. 나폴레옹이 러시아인들은 보나파르트를 이길 수 있다고 생각하느냐고 묻자, 라브루시카는 실눈을 뜨고 생각에 잠겼다.

라브루시카 같은 인간들은 어떠한 일에도 늘 꿍수가 있다고 생각하는데, 이때도 역시 그는 미묘한 꿍수를 알아채고는, 얼굴을 찡그리고 입을 다물었다.

"그건 말입니다, 만약 전투가 있다면," 그는 생각에 잠겨 말했다.

"곧 있다면, 그럴 게 확실합니다. 음, 하지만 만약 사흘이 지나도 없으면, 그다음은, 결국 전쟁은 오래갈 겁니다."

이 말은 나폴레옹에게 이렇게 옮겨졌다. "사흘 안에 전투가 벌어진다면 프랑스군이 이기겠지만, 그후는 어떻게 될지 아무도 모른다."를 로르뉴 디드비유는 미소지으며 이렇게 전했다. 나폴레옹은 분명 무척 기분이 좋은 것 같았지만 조금도 웃지 않고, 그 말을 되풀이하도록 명령했다.

라브루시카는 이것을 알아채고 그의 기분을 맞추기 위해 그가 누군지 알면서도 모르는 척 말했다.

"압니다, 당신들 쪽에 보나파르트라는 사람이 있고, 그가 전 세계를 정복했다는 걸, 그런데 우리의 경우에는 사정이 다를 겁니다……" 그는 이렇게 말했는데, 말끝에 왜 뽐내는 듯한 애국심이 튀어나왔는지는 그 자신도 알 수 없었다. 통역은 마지막 부분을 생략하고 나폴레옹에게 전했고, 보나파르트는 미소지었다. "젊은 카자크는 위대한 대화자를 미소짓게 했다"고 티에르는 기록했다. 말없이 몇 걸음 나아가다 나폴레옹은 베르티에를 돌아보고, 이 돈 강의 아들과 이야기하고 있는 사람이 바로 그 황제이고, 승리에 빛나는 불멸의 이름을 피라미드 위에 새긴 황제인 것을 알리면 돈 강의 아들이 어떤 반응을 보일지 보고 싶다고 말했다.

그의 말이 전달되었다.

라브루시카는(나폴레옹이 자기를 놀래주려 하고, 자기가 깜짝 놀랄 거라 생각한다는 것을 잘 알았으므로) 새 주인의 기분을 맞추려고 곧바로 깜짝 놀란 시늉을 하며 눈을 크게 떴는데, 채찍을 맞으러 끌려갈 때 으레 짓던 표정이었다. "나폴레옹의 통역이" 하고 티에르는 썼다. "이 말을 전한 순간, 카자크는 멍하니 말 한마디 하지 못하고, 동방의 스텝을 넘어 그 영명을 떨치던 정복자에게서 눈을 떼지 않고 말을 몰고 갔다. 갑자기 수다스러움은 사라지고, 순진하고, 말없는 경이의 감정으로 변했다. 나폴레옹은 그에게 상을 주고, 마치 새가 태어난 들판으로 새를 놔주듯 그에게 자유를 주었다."

나폴레옹은 자신의 상상을 가득 채우고 있던 모스크바를 마음에 그리며 계속해서 전진했다. 태어난 들판으로 풀려난 새는 동료에게 이야기하려고 실제로 있지도 않았던 일까지 이것저것 미리 궁리하며 전초를 향해 말을 내달렸다. 실제로 있었던 일은 이야기할 생각이 없었는데, 그것은 이야기할 가치가 없는 것 같았기 때문이다. 그는 카자크 부대로 가 플라토프 군단의 지대인 자기 연대의 소재지를 알아내 저녁때 얀코보에서 주둔중인 주인 니콜라이 로스토프를 찾아냈는데, 로스토프는 일리인과 주변 마을을 산책하려고 말에 올라탄 참이었다. 그는 라브루시카에게 다른 말을 내주어 데려갔다.

8

공작영애 마리야는 안드레이 공작이 생각하는 것처럼 모스크바로 피란해 위험 지역을 벗어나 있었던 것이 아니었다.

알파티치가 스몰렌스크에서 돌아온 후로 노공작은 마치 갑자기 꿈에서 깨어난 것 같았다. 그는 각 마을에서 민병을 모집해 무장하도록 명령하고, 총사령관에게 편지를 써서 자신은 끝까지 리시예 고리에 남아 방위하기로 결심했고 러시아 최고참 장군인 자신은 여기서 포로가 되거나 전사하겠지만, 이곳에 대한 방위 수단을 세우느냐 세우지 않느냐는 총사령관의 재량에 맡긴다고 통보했고, 가족들에게도 자신은 리시예 고리에 남겠다고 언명했다.

그는 리시예 고리에 남기로 했지만, 공작영애와 데살과 소공작에게는 보구차로보로 가서 거기서 모스크바로 피란하도록 지시했다. 전에는 방심한 상태였던 아버지가 잠도 자지 않을 만큼 열을 올리며 활동하는 데 놀라 공작영애 마리야는 그를 혼자 남겨두고 떠날 결심이 서지 않아 난생처음 아버지의 지시를 거역했다. 그녀가 떠나지 않겠다고 하자, 공작의 분노가 벼락같이 그녀 위로 떨어졌다. 공작은 그녀에게 해왔던 온갖 불평을 다시 입에 올렸다. 그녀를 비난하려 애쓰며, 너는 나를 괴롭히고, 아들과 다투게 하고, 나에 대해 불쾌한 의심을 품고, 내 생활을 해치는 것을 평생의 일로 삼는다며 몰아붙였고, 떠나든 말든 상관 않겠다며 그녀를 서재에서 쫓아냈다. 그는 그녀에게 너 같은 건 이제 알고 싶지도 않으니 앞으로 눈앞에서 얼씬도 말라고 으름장을 놓았다. 공작영애 마리야는 걱정했던 것과 달리 공작이 그녀를 강제로 보내지 않고 그저 눈앞에 얼씬거리지 말라고만 했다는 것이 기뻤다. 그것이 그녀가 떠나지 않고 집에 남는 것을 아버지가 내심 기뻐하는 증거라는 것을 알았기 때문이다.

니콜루시카가 떠난 다음날 아침, 노공작은 제복을 제대로 갖춰 입고 총사령관을 방문할 채비를 했다. 사륜마차가 대기하고 있었다. 공작영애 마리야는 제복에 훈장을 모두 단 아버지가 집을 나서서 무장한 농민들과 하인들을 사열하러 정원으로 가는 것을 보았다. 공작영애 마리야는 정원에서 울리는 그의 목소리를 들으며 창가에 앉아 있었다. 갑자기 몇 사람이 가로숫길에서 겁에 질린 얼굴로 달려왔다.

공작영애 마리야는 현관 층층대를 내려가 화단 사이를 빠져 가로숫길로 달려갔다. 저쪽에서 민병들과 하인들 무리가 그녀 쪽으로 다가오고 있었는데, 그중 몇 사람이 제복에 훈장을 단 몸집이 작은 노인의 겨드랑이를 붙잡고 있었다. 공작영애 마리야는 그에게 달려갔지만, 보리수 가로수의 그늘 사이로 비쳐드는 작은 고리 같은 햇빛 때문에 그의 얼굴에 생긴 변화를 알아챌 수 없었다. 다만 그녀가 알아챈 것은 이전의 엄격하고 단호했던 표정이 소심하고 순종적인 표정으로 변했다는 것이었다. 그는 딸을 보자 힘없이 입술을 움직여 목쉰 소리로 중얼거렸다. 그가 무엇을 원하는지 알아들을 수 없었다. 그는 사람들에게 들려 서재로 옮겨지고 이즈음 그가 그토록 두려워하던 소파에 눕혀졌다.

이날 밤 곧바로 불려온 의사는 그에게 사혈을 하고, 뇌졸중으로 인한 오른쪽 반신불수라고 진단했다.

리시예 고리에 남아 있는 것은 더욱 위험해졌고, 공작은 쓰러진 다음날 보구차로보로 옮겨졌다. 의사도 함께 갔다.

그들이 보구차로보에 도착했을 때 데살과 소공작은 이미 모스크바로 출발한 뒤였다.

반신불수가 된 노공작은 더 나빠지지도 좋아지지도 않는 상태로 안드레이 공작이 지은 보구차로보의 새 저택에서 삼 주 동안 지냈다.[11] 노공작은 의식이 없는 상태로 시체처럼 누워만 있었다. 그는 눈썹과 입술을 꿈틀거리며 끊임없이 중얼거렸는데, 주위의 일을 의식하는지 못하는지는 알 수 없었다. 다만 확실한 것은 그가 괴로워한다는 것과 뭔가 표현하려 한다는 것이었다. 그러나 그것이 무엇인지는 아무도 몰랐다. 반수 상태 병자의 변덕스러움이었을까, 전국에 관해서였을까, 가족의 사정에 관해서였을까?

의사는 그가 보이는 불안 증세는 육체적인 이유 때문이며 거의 아무 뜻도 없다고 말했지만, 공작영애 마리야는 (그녀가 있으면 그의 불안 증세가 늘 더 심해지는 것도 이 추측을 뒷받침했다) 아버지가 자신에게 하고 싶은 말이 있는 것 같았다. 그는 분명 육체적으로도 정신적으로도 괴로워하고 있었다.

회복할 가망은 없었다. 다른 곳으로 옮길 수도 없었다. 옮기는 노중 죽으면 어떻게 되겠는가? '차라리 끝나버리는 편이 낫지 않을까, 완전히 끝나버리는 편이!' 마리야는 때때로 생각했다. 그녀는 낮에도 밤에도 거의 눈도 붙이지 않고 아버지를 돌봤고, 차마 입에 올리기도 두려운 일이지만, 때때로 회복의 징후가 아니라 임종이 다가온 징후를 발견하길 바라는 마음으로 아버지를 지켜보곤 했다.

그것이 공작영애에게 아무리 기이한 일이었다 해도, 분명 그런 마음이 있었다. 그러나 공작영애 마리야에게 그것보다 더 무서웠던 것은 아버지가 쓰러진 후로(아니 어쩌면 그보다 훨씬 전 그녀가 뭔가를 예기하고 아버지와 함께 남은 때부터였는지도 모르지만) 그녀의 마음속에 잊힌 채 잠들어 있었던 개인적인 희망과 기대가 모두 깨어났다는 사실이었다. 아버지에 대한 두려움이 없는 자유로운 생활에 대한 생각, 사랑이나 결혼생활의 행복도 가능하다는 생각 같은 이미 몇 년 동안 머릿속에 떠오르지도 않던 것들이 악마의 유혹처럼 끊임없이 떠올랐다. 아무리 떨치려 해도 그것이 끝난 뒤 자신이 어떤 생활을 하게 될지 하는 생각이 계속 떠올랐다. 악마의 유혹이었고, 공작영애 마리야도 알고 있었다. 그것에 대한 유일한 무기가 기도라는 것을 알았으므로 그녀는 기도했다. 그녀는 기도하는 자세로 성상을 올려다보며 기도문을 외었지만, 집중할 수 없었다. 그녀는 자신이 지금까지 갇혀서 기도를 최고의 위로로 삼던 정신적인 세계와는 정반대되는 세계, 세속적이고 괴로우면서도 자유로운 활동이 있는 다른 세계에 사로잡혀버렸다고 느꼈다. 그녀는 기도할 수도 울 수도 없었고, 세속의 근심에 사로잡혔다.

보구차로보에 남아 있는 것도 위험해졌다. 프랑스군이 접근해 오고 있다는 소문이 사방에서 들렸고, 보구차로보에서 15베르스타가량 떨어진 마을은 프랑스군의 약탈로 지주의 저택이 황폐화되었다.

의사는 공작을 더 먼 곳으로 옮겨야 한다고 했고, 귀족회장도 공작영애 마리야에게 관리를 보내, 되도록 빨리 떠나라고 권했다. 경찰서장도 보구차로보에 와서 똑같은 권유를 하며 프랑스군이 이미 40베르스타 지점까지 와 있고, 여러 마을에 포고를 뿌리고 다닌다느니, 만약 공작영애가 아버지를 데리고 15일까지 피란하지 않으면 자기는 무슨 일에 대해서도 책임지지 않겠다느니 하고 말했다.

공작영애는 15일에 떠나기로 결정했다. 준비를 하고, 일일이 지시받으려고 오는 모두에게 지시를 하며 하루를 보냈다. 14일에서 15일로 넘어가는 밤에 그녀는 여느 때처럼 옷도 벗지 않고 공작이 누워 있는 방 옆방에서 보냈다. 그녀는 여러 번 깨어, 공작의 신음 소리며 중얼거리는 소리, 침대 삐걱거리는 소리, 공작을 돌려 눕히는 티혼과 의사의 발소리를 들었다. 그녀는 몇 번이나 문가로 가서 귀를 기울였는데, 그는 이날 밤 다른 날보다 더 큰 소리로 중얼거리고 자주 뒤척이는 것 같았다. 그녀는 잠을 이룰 수 없어 몇 번이나 문가로 가 귀를 기울였고, 안으로 들어갈까 하다가 망설였다. 그가 말한 적은 없지만 공작영애는 그가 자신을 두려워하는 표정을 짓는 걸 보면 몹시 불쾌해한다는 것을 본 적도 있고 알고도 있었다. 이따금 공작영애가 자기도 모르게 골똘히 바라보면 그가 불쾌한 듯 외면하는 것을 보았던 것이다. 그녀는 한밤에 난데없이 들어가면 그의 신경을 거스르게 되리라는 것을 알았다.

하지만 그녀는 아버지를 잃는다는 것이 이토록 안타깝고 무섭게 느껴졌던 적이 없었다. 그녀는 그와 함께한 생활을 되새기며, 그의 언동 하나하나에 배어난 자신에 대한 사랑의 표현을 발견했다. 때로는 이런 기억을 떠올리는 동안 그녀의 머릿속에, 그가 죽으면 어떻게 될까, 새롭고 자유로운 생활은 어떻게 되어갈까 하는 악마의 유혹 같은 상상이 끼어들었다. 하지만 그녀는 이런 상상을 혐오를 품고 몰아냈다. 아침이 되어 그가 조용해지자, 그녀는 눈을 붙였다.

그녀는 아침 느지막이 일어났다. 잠에서 깼을 때 흔히 느끼는 솔직한 본심은 그녀에게 아버지의 병이 가장 마음에 걸리는 일이라는 것을 분명히 가르쳐주었다. 그녀는 깨자마자 문 저쪽의 동정에 귀를 기울였고, 그의 한숨과 신음 소리를 듣자 안도의 숨을 내쉬며 여전하다고 자신에게 말했다.

'그럼 어떻게 되면 좋겠단 말인가? 나는 무엇을 원하고 있는가? 나는 그의 죽음을 원하고 있다!' 그녀는 자신에 대한 혐오를 느끼며 속으로 소리쳤다.

그녀는 옷을 갈아입고, 씻고, 기도문을 읽은 뒤 현관 층층대로 갔다. 현관 층층대 앞에 말을 채우지 않은 마차가 서 있고, 짐이 실리고 있었다.

흐리지만 따뜻한 아침이었다. 공작영애 마리야는 자신의 추악한 마음에 섬뜩함을 느끼며 현관 층층대에 서서, 아버지의 방에 들어가기 전에 마음을 정리하려 애쓰고 있었다.

의사가 층층대를 내려와 그녀 쪽으로 걸어왔다.

"오늘은 좀 나으신 것 같습니다." 의사는 말했다. "저는 당신을 찾고 있었습니다. 머리가 맑아지셨는지 하시는 말씀을 조금은 알아들을 수 있습니다. 같이 가보시죠. 당신을 부르십니다⋯⋯"

이 말을 듣자 공작영애 마리야는 가슴이 심하게 두근거리기 시작했고, 창백해지며 쓰러지지 않으려고 문에 몸을 기댔다. 마음이 온통 무섭고 죄 많은 유혹으로 가득한 이때 그를 보고 이야기하고 그의 시선을 받는 것이 괴로우면서 기쁘기도 하고 또 두렵기도 했다.

"가시죠." 의사가 말했다.

공작영애 마리야는 아버지가 있는 침대로 다가갔다. 그는 등을 대고 높이 누워 그물 같은 보랏빛 혈관으로 덮인 작고 앙상한 두 손을 담요 위에 올리고 있었고, 왼쪽 눈은 정면을 향하고 있지만 오른쪽 눈은 옆을 향해 있었으며, 눈썹도 입술도 움직이지 않았다. 온몸이 여위고 왜소해 애처로워 보였다. 얼굴은 바짝 말라 녹아버린 것 같고, 몸도 쪼그라든 것 같았다. 공작영애 마리야는 다가가 그의 손에 키스했다. 그가 왼손으로 그녀의 손을 꼭 잡자, 그녀는 그가 오랫동안 자신을 기다리고 있었다는 것을 알 수 있었다. 그는 그녀의 손을 끌어당겼고, 그의 눈썹과 입술은 성난 듯이 움직이기 시작했다.

그녀는 겁먹은 눈으로 아버지를 바라보며 자신에게 무엇을 원하는지 알아내려고 애썼다. 자세를 바꿔 아버지가 왼쪽 눈으로 자기 얼굴을 볼 수 있게 했고, 그러자 안정이 된 그는 몇 초 동안 그녀의 얼굴에서 눈을 떼지 않았다. 입술과 혀가 움직이고, 소리가 들리고, 두렵고 애원하는 듯한 눈빛으로 그는 그녀를 쳐다보며 이야기하기 시작했지만, 자기 말을 딸이 알아듣지 못할까봐 걱정하는 빛이 역력했다.

공작영애 마리야는 온 주의력을 기울여 아버지를 바라보았다. 혀를 움직이려고 노력하는 희극적인 그의 모습에 공작영애 마리야는 자기도 모르게 눈을 내리떴고, 목구멍까지 치밀어오르는 흐느낌을 간신히 억눌렀다. 그는 같은 말을 여러 번 되풀이했다. 공작영애 마리야는 알아듣지 못했지만, 그가 한 말을 짐작으로 따라하면서 몇 번을 되물었다.

"가가―압…… 압……" 그는 여러 번 되풀이했다……

무슨 소리인지 도무지 알 수 없었다. 의사는 자기가 짐작한 대로 공작의 말을 되풀이하며 공작영애가 두려워하고 있나?가 맞느냐고 물었다. 공작은 고개를 젓고 다시 되풀이했다……

"가슴이, 가슴이 아프다." 공작영애 마리야가 추측하고 말했다. 그는 긍정하듯 신음하더니 그녀의 손을 잡아 정말 아픈 데를 찾으려는 듯이 자기 가슴 이곳저곳을 눌렀다.

"늘 생각한다! 네 일만…… 생각해." 이번에는 자기 말을 알아듣는다고 확신했기 때문인지 전보다 훨씬 알아듣기 쉽고 뚜렷하게 말했다. 공작영애 마리야는 흐느낌과 눈물을 숨기려고 그의 손에 얼굴을 대고 꾹 눌렀다.

그는 그녀의 머리에 손을 대고 움직였다.

"나는 밤새도록 널 불렀다⋯⋯" 그는 말을 내뱉었다.

"그러신 줄 알았으면⋯⋯" 그녀는 눈물을 흘리며 말했다. "전 들어오기가 두려웠어요."

그는 딸의 손을 꼭 쥐었다.

"자지 않았어?"

"네, 자지 않았어요." 공작영애 마리야는 고개를 저으며 말했다. 그녀는 자기도 모르는 사이에 아버지를 따라하며, 같은 말투로, 마치 혀가 잘 움직이지 않는 듯이 그저 몸짓으로 말하려고 했다.

"내 사랑⋯⋯ ─또는─ 내 친구⋯⋯" 공작영애 마리야는 알아듣지 못했지만, 그가 분명 여태까지 한 번도 입 밖에 낸 적이 없는 부드럽고 애정이 넘치는 말을 했다는 것을 그의 눈빛으로 알 수 있었다. "왜 와주지 않니?"

'그런데도 나는 아버지의 죽음을 바라고 있었다!' 공작영애 마리야는 생각했다. 그는 잠시 침묵했다.

"고맙다 애야⋯⋯ 내 딸, 내 친구⋯⋯ 전부 다, 전부 다⋯⋯ 미안하다⋯⋯ 고맙다⋯⋯ 미안하다⋯⋯ 고맙다!" 그의 눈에서 눈물이 흘러내렸다. "안드류샤를 불러다오." 그는 느닷없이 이렇게 말했는데, 이 부탁을 하는 그의 표정은 어딘가 아이같이 겁먹고 의심스러운 빛을 띠었다. 그도 이 부탁이 무의미하다는 것을 아는 것 같았다. 적어도 공작영애 마리야에게는 그렇게 보였다.

"오빠에게 편지를 받았어요." 공작영애 마리야는 대답했다.

그는 놀라고 겁먹은 표정으로 그녀를 보았다.

"그애는 어디 있지?"

"오빠는 군대에 있어요, 아버지, 스몰렌스크에."

그는 눈을 감고 한참 침묵하더니 이윽고 자신의 의문에 답하듯, 그리고 이제 모든 것을 이해하고 상기한 듯 고개를 끄덕이고 눈을 떴다.

"그렇지." 그는 분명한 목소리로 나직하게 말했다. "러시아는 멸망했어! 멸망당했어!" 그러고는 다시 흐느꼈고, 눈에서 눈물이 흘렀다. 공작영애 마리야도 더이상 참지 못하고 아버지의 얼굴을 바라보며 울음을 터뜨렸다.

그는 다시 눈을 감았다. 흐느낌은 멈췄다. 그는 한 손으로 자기 눈가를 가리켰고, 티혼이 알아채고 눈물을 닦아주었다.

이윽고 그는 눈을 뜨고 무슨 말인가 했고, 한참이나 아무도 알아듣지 못하다가 마침내 티혼 혼자만 알아차리고 전했다. 공작영애 마리야는 조금 전 아버지가 말했을 때의 기분을 짐작해 그가 하는 말의 의미를 찾아내려 했다. 그가 하려는 말이 러시아 일인지, 안드레이 공작 일인지, 그녀인지, 손자인지, 아니면 자신의 죽음인지 여러 가지로 생각해보았다. 그랬기 때문에 아버지의 말을 알아들을 수 없었다.

"그 흰 드레스를 입어라, 내가 좋아하는 그것." 그는 이렇게 말하고 있었다.

이 말을 이해하자 공작영애 마리야는 더욱 큰 소리로 울기 시작했고, 의사는 그녀의 팔을 잡아 방에서 테라스로 데려가 마음을 진정시킨 뒤, 떠나보낼 준비를 하라고 말했다. 공작영애 마리야가 방에서 나간 뒤, 공작은 다시 아들에 대해, 전쟁에 대해, 황제에 대해 이야기하며 화가 난 듯 눈썹을 꿈틀거리고 목쉰 소리를 높이기 시작했고, 이렇게 두번째, 그리고 마지막 발작이 일어났다.

공작영애 마리야는 테라스에 서 있었다. 날씨가 개고, 햇살이 밝고 더웠다. 그녀는 아버지에 대한 열렬한 애정 이외에는, 지금 이 순간까지 알지 못했던 그 애정 이외에는 아무것도 이해하지도, 생각하지도, 느끼지도 못했다. 그녀는 정원으로 달려나가, 안드레이 공작이 심어놓은 젊은 보리수 가로숫길을 따라 울면서 연못 쪽으로 달려내려갔다.

"그래…… 나는…… 나는…… 나는. 나는 아버지의 죽음을 바랐다! 그래, 나는 빨리 끝나버리길 바랐다…… 내가 안정되고 싶어서…… 나는 어떻게 될까? 아버지가 돌아가시면 마음의 평화가 다 무슨 소용이겠는가!" 공작영애 마리야는 빠른 걸음으로 정원을 거닐면서 흐느낌이 경련하듯 북받치는 가슴을 두 손으로 누르며 소리내어 중얼거렸다. 정원을 한 바퀴 돌고 다시 집으로 돌아오던 길에 그녀는 자기 쪽으로 걸어오는 *부리엔* 양(그녀는 보구차로보에 머물며 떠나려 하지 않았다)과 낯선 남자를 보았다. 이 고장 귀족회장이 공작영애에게 곧 출발해야 한다고 알리러 온 것이었다. 공작영애 마리야는 잠자코 그의 말을 들었지만 이해할 수 없었고, 그를 집안으로 안내해 아침식사를 권하고 한 식탁에 앉았다. 그러고는 귀족회장에게 양해를 구하고 노공작의 방문으로 다가갔다. 의사가 걱정스러운 얼굴로 나와서 들어가면 안 된다고 말했다.

"돌아가세요, 공작영애, 가십시오, 가십시오!"

공작영애 마리야는 다시 정원으로 나가 연못 옆 언덕 아래의 눈에 잘 띄지 않는 풀밭에 앉았다. 그녀는 자신이 거기서 얼마나 머물렀는지 몰랐다. 좁은 길을 달려오는 여자의 발소리에 그녀는 정신을 차렸다. 일어나 보니 하녀 두냐샤가 분명 자신을 찾으며 달려오는 듯했고, 그녀를 발견하자 겁먹은 듯 발을 멈췄다.

"와주세요, 공작영애…… 공작께서……" 두냐샤는 찢어지는 것 같은 목소리로 말했다.

"지금 갈게, 갈게." 공작영애는 두냐샤가 말을 다 하기도 전에 황급히 말하고 되도록 두냐샤를 보지 않으려 하며 집으로 달려갔다.

"공작영애, 하느님의 뜻이 이루어지려고 하고 있으니, 무슨 일이든 각오하셔야 합니다." 귀족회장이 입구에서 그녀를 맞으며 말했다.

"상관 말아주세요. 그건 거짓말이에요." 그녀는 귀족회장에게 퉁명스럽게 소리쳤다. 의사는 그녀를 막아서려 했다. 그녀는 그를 밀치고 문가로 달려갔다. '어째서 이 사람들은 놀란 얼굴로 나를 막아서려 할까? 나는 아무도 필요 없는데! 이 사람들은 여기서 뭘 하고 있는 걸까?' 그녀는 문을 열었고, 조금 전까지 어둑어둑하던 방안에 환히 비쳐든 밝은 햇살은 그녀를 소름끼치게 했다. 방안에는 여자들과 유모가 있었다. 모두 그녀에게 길을 비켜주려고 침대에서 물러났다. 공작은 여전히 침대에 누워 있었으나, 그녀는 평온한 그 얼굴의 근엄한 표정을 보자 문지방에 멈춰 섰다.

'아냐, 아버지는 죽지 않았어, 그럴 리 없어!' 공작영애 마리야는 이렇게 생각하며 아버지에게 다가가, 자신을 사로잡은 공포를 억누르며 그의 뺨에 입술을 댔다. 그러나 곧 그에게서 물러섰다. 아버지에게 느끼던 사랑의 감정이 일순 사라지며 눈앞에 있는 것에 대한 공포감으로 변했다. '아냐, 아버지는 이제 안 계셔! 그는 없어, 그가 있던 자리에는 나와 아무 인연도 없는 소름끼치는 것이, 왠지 두렵고 오싹하고 혐오스러운 비밀이 있어……' 공작영애 마리야는 두 손으로 얼굴을 감싸고 그녀를 붙들어주고 있던 의사의 팔에 쓰러지고 말았다.

티혼과 의사의 입회 아래 여자들은 전에 그렸던 것을 닦고, 열린 입이 굳어지지 않게 수건으로 머리를 묶고, 다른 수건으로 벌어진 두 다리를 잡아맸다. 그리고 여위고 작은 몸에 훈장을 단 군복을 입히고 탁자 위에 올려놓았다.* 누가 보살펴주었는지 모르겠지만 모든 일이 저절로 이루어진 것 같았다. 밤이 되자 관 주위에 촛불이 켜지고, 관에 덮개가 씌워지고, 마루에 노간주나무 잎이 뿌려지고, 생명이 다한 마른 머리 밑에 인쇄한 기도문이 깔리고, 부제가 한쪽 구석에 앉아「시편」을 낭독했다.

죽은 말 주위에 말들이 떼지어 몰려들어 짓까불기도 하고 콧바람을 불기도 하듯, 객실의 관 주위에 귀족회장과 촌장과 여자들, 손님들과 이 집안사람 여럿이 모여 모두가 주시하고, 겁먹은 듯이 성호를 긋고, 절을 하고, 차갑게 굳어버린 노공작의 손에 키스했다.

9

보구차로보는 안드레이 공작이 정착할 때까지는 지주가 살지 않았던 영지로, 이곳 농민들은 리시예 고리의 농민들과는 완전히 다른 기질을 지니고 있었다. 말투도, 옷차림도, 관습도 달랐다. 이곳 농민들은

---

* 러시아에서는 죽은 자를 탁자에 올려놓는다.

스텝 사람들이라 불렀다. 노공작은 그들이 리시예 고리에 와서 수확을 거들거나 연못이나 도랑을 파면, 작업을 하는 참을성은 칭찬했지만 그들의 야만성은 좋아하지 않았다.

최근에 안드레이 공작이 보구차로보에 정착하면서 쇄신—병원과 학교의 신설, 소작료 경감—을 실행했으나 그들의 기질을 부드럽게 하지는 못했고, 오히려 노공작이 야만성이라고 부른 특질을 강화시켰을 뿐이었다. 그들 사이에는 늘 별의별 막연한 소문들이 떠돌았는데, 농민들이 모두 카자크에 편입된다느니, 개종해야 할 거라느니, 황제의 포고가 있다느니, 1797년 파벨 페트로비치*에 대한 선서라느니(당시 이미 농노해방령이 내렸는데, 그들은 지주들이 이를 거부했다고 말했다), 칠 년 후 표트르 표도로비치**가 황제가 되면 모두가 자유의 몸이 되어 태평무사할 것이라느니 하는 것들이었다. 전쟁과 보나파르트와 침입에 대한 소문은 그들에게 반그리스도니 세상의 종말이니 순수한 자유 같은 막연한 관념과 결부되어 있었다.

보구차로보 주변은 국유지건 지주의 영지건 모두 큰 마을뿐이었다. 이 지방에 거주하는 지주는 극소수이고, 저택의 하인도, 글을 읽거나 쓸 수 있는 사람도 매우 드물었기 때문에 이곳 농민들의 생활에는 오늘날의 사람에게는 원인도 의미도 설명하기 어려운 러시아 국민 생활의 신비로운 흐름이 다른 지방보다 훨씬 강하고 뚜렷하게 나타났다. 그 일례로, 이십 년쯤 전 이 지방 농민들에게 어딘가 따뜻한 강가로 이

---

* 알렉산드르 1세의 부왕.
** 표트르 3세는 1762년에 암살당하고 부인 예카테리나 2세가 즉위했다. 하지만 농부들은 표트르 3세가 아직 살아 있다고 믿고 있었다.

주하는 움직임이 있었다. 보구차로보 농민들을 포함해 수백 명이 갑자기 가축을 팔아버리고 가족과 함께 동남쪽으로 이주하기 시작했다. 새들이 바다 저편 어딘가로 날아가듯 그들도 처자를 데리고 아무도 가본 적 없는 동남쪽 어딘가로 열심히 전진했다. 카라반을 이뤄 가는 사람들, 몸값을 치르고 자유의 몸이 된 사람들, 도망친 사람들이 탈것을 타거나 걸어서 따뜻한 강가로 향했다. 대부분은 시베리아로 추방되는 처벌을 받거나 추위와 굶주림으로 사망했고, 스스로 마을로 되돌아온 자도 적지 않았다. 결국 이 움직임은 별다른 뚜렷한 원인도 없이 시작된 것과 마찬가지로 자연히 가라앉았지만, 그 저류는 여전히 그들 속을 흐르면서, 전처럼 갑작스럽고 기묘하게, 또한 단순하고 자연스럽고 힘차게 나타날 미래의 어떤 새로운 힘으로 집결되고 있었다. 이때, 1812년에 이르러 그 저류가 강력한 작용으로 당장이라도 표면 위로 나타나려 하고 있었다는 것을 이 농민들과 가까이 살고 있던 사람들은 알아채고 있었다.

노공작이 죽기 얼마 전 보구차로보로 온 알파티치는 농민들 사이에 동요가 일어나고 있고, 반경 60베르스타에 걸친 리시예 고리 일대의 농민들이 모두 자기 마을을 카자크의 약탈에 내맡기고 달아난 것과는 반대로, 스텝 지대에 속한 보구차로보에서는 소문대로 농민들이 프랑스군과 내통해 무슨 서류를 얻어 사람들에게 돌리고, 그대로 마을에 남아 있으려고 한다는 것을 알아챘다. 그리고 심복 하인에게 들어보니, 이 마을에서 큰 세력을 지닌 카르프라는 농민이 며칠 전 관청의 짐마차를 따라갔다가 돌아와서, 카자크들은 주민이 달아난 마을에서 약탈을 하지만 프랑스군은 무엇에도 손을 대지 않는다고 이야기했다고

했다. 또다른 농민이 어제 비슬로우호보—프랑스군이 주둔중인 곳—에서 프랑스 장군의 포고를 가지고 왔는데, 그 포고에는 프랑스군이 마을에 들어가더라도 주민들에게는 아무 해를 끼치지 않을 것이며, 마을에 남은 것을 징발한다 하더라도 대가를 지불한다고 쓰어 있었다고도 했다. 그 증거로써 농민은 건초 값으로 받은 선금 100루블 지폐(그는 그것이 위조지폐라는 것을 몰랐다)를 비슬로우호보에서 가지고 돌아왔다.

마지막으로 알파티치는 무엇보다 중요한 것을 알았는데, 보구차로보에서 공작영애의 짐을 운반하기 위해 짐마차를 모으라고 촌장에게 명령했던 바로 그날, 아침 일찍 마을에서 집회가 열리고 그들이 마을을 떠나지 않고 기다리기로 결의했다는 사실이었다. 그동안 시간이 촉박해졌다. 귀족회장은 공작이 사망한 날인 8월 15일에 공작영애에게 와서 위험하니 당장 마을을 떠나야 한다고 강력히 주장했다. 그는 16일 이후로는 무슨 일이 일어나도 책임질 수 없다고 말했다. 그는 공작이 사망한 날 저녁에 돌아갔지만 다음날 장례식에 참석하겠다고 약속했다. 그러나 다음날 그는 오지 않았는데, 그 자신이 직접 입수한 정보에 의하면 프랑스군이 갑자기 진격해 오고 있었으므로, 영지에서 가족과 귀중품을 실어 보내느라 시간이 없었던 것이다.

노공작이 드로누시카라고 불렀던 드론은 벌써 삼십 년이나 보구차로보를 관리해온 촌장이었다.

육체적으로나 정신적으로나 굳건한 농부인 드론은 나이들어 수염으로 뒤덮이긴 했지만, 예순에서 일흔이 되어가는데도 모습은 거의 변함없이 흰머리도 나지 않고 이도 모두 성한, 육십에도 삼십과 똑같이 허리가 곧고 건장했다.

드론도 따뜻한 강가로 이주하는 소동에 참가하긴 했지만, 그후 곧 보구차로보의 관리인 겸 촌장으로 임명돼 이십삼 년간 무탈하게 그 자리를 지켜왔다. 농민들은 주인보다 그를 더 무서워했다. 주인인 노공작도 젊은 공작도, 또 지배인도 그를 존중해 농담처럼 대신이라 불렀다. 오랜 근무 동안 드론은 많이 취한 적도 병으로 드러누운 적도 없고, 며칠 밤을 새우거나 아무리 심한 일을 한 뒤에도 전혀 피로한 기색을 보이지 않았으며, 읽고 쓰지는 못하지만 자기가 판 것은 짐마차 몇십 대가 되더라도 밀가루 대금이나 무게의 계산을 잊은 적이 없고, 그가 보구차로보의 밭 1데샤티나당 수확량을 예상하면, 한 단도 틀리는 법이 없었다.

황폐해진 리시예 고리에서 온 알파티치는 공작의 장례식 날 드론을 불러 공작영애의 마차에 채울 말 열두 마리와 보구차로보에서 가져갈 짐을 실을 짐마차 열여덟 대를 준비하라고 명령했다. 보구차로보의 농민들은 소작인들이기는 하지만 230세대나 있고, 또 별 어려움 없이 살고 있었기 때문에 알파티치는 이 명령을 실행하는 것이 어렵지 않을 거라 생각했다. 그러나 촌장 드론은 그의 명령을 듣고 말없이 눈을 내리떴다. 알파티치는 자기가 아는 농민들 이름을 대며, 그들에게 짐마차를 빌리라고 했다.

드론은 그 농민들의 말은 운송에 사용되고 있다고 대답했다. 그러자 알파티치는 다른 농민들 이름을 들었고, 드론은 그들의 말도 공공의 짐을 운송하고 있거나, 쇠약해져 쓸모가 없거나, 먹이가 없어 죽었다고 했다. 드론에 따르면 짐마차는커녕 승용마차에 쓸 말도 모을 수 없었다.

알파티치는 드론의 얼굴을 주의깊게 바라보며 미간을 찌푸렸다. 드론이 모범적인 농민 관리인이었던 것처럼 알파티치도 지난 이십 년 동안 헛되이 공작가의 영지를 관리해오지 않은 모범적인 지배인이었다. 그는 자기가 부리는 농민들의 요구와 본능을 직감으로 알아채는 능력이 있는 훌륭한 지배인이었다. 그는 드론의 대답이 본인의 생각을 표현했다기보다 보구차로보 마을 전체의 감정을 나타내고 있고, 이 노인도 이미 그 감정에 사로잡혀 있다는 것을 곧 깨달았다. 그러나 그와 동시에 그동안 재산을 축적해 마을의 미움을 사던 그가 두 진영, 즉 주인 쪽과 농민들 사이에 끼여 분명 흔들리고 있다는 것도 잘 알았고, 그래서 알파티치는 촌장의 눈에서 동요를 읽고, 미간을 찌푸린 채 드론에게 다가갔다.

"이봐, 드로누시카, 잘 들어!" 그는 말했다. "쓸데없는 소리 하지 말게. 안드레이 니콜라이치 각하께서 농민들을 모두 피란시켜 절대 적군에게 맡겨두지 말라고 내게 직접 명령하셨단 말일세. 이는 황제의 명령이기도 해. 그러니 남으면 황제 폐하의 반역자가 되는 거야. 알겠나?"

"알겠습니다." 드론은 눈을 들지 않고 대답했다.

알파티치는 이 대답에 만족하지 않았다.

"어이, 드론, 그럼 좋지 않아!" 알파티치는 고개를 저으며 말했다.

"마음대로 하십시오!" 드론은 구슬프게 말했다.

"어이, 드론, 그만둬!" 알파티치는 가슴에서 한 손을 빼내 엄격한 손짓으로 드론의 발밑을 가리키며 다시 말했다. "나는 자네 뱃속을 들여다보는 정도가 아니라 발밑 3아르신까지 볼 수 있어." 그는 드론의 발밑에 있는 마루를 주시하며 말했다.

당황한 드론은 재빨리 알파티치를 바라보고 다시 눈을 내리떴다.

"쓸데없는 소리 집어치우고 농민들에게 전하게, 집을 버리고 모스크바로 떠날 채비를 하고, 내일 아침까지 공작영애 짐을 운반할 마차를 준비하라고. 그리고 자네는 집회에 나가선 안 돼. 알았지?"

드론은 느닷없이 그의 발밑에 엎드렸다.

"야코프 알파티치, 해고해주십쇼! 열쇠를 가져가시고 제발 절 해고해주십쇼."

"그만둬!" 알파티치는 엄하게 말했다. "나는 자네 발밑 3아르신까지 볼 수 있어." 그는 되풀이했고, 이 말을 한 것은 그 자신은 양봉의 명수이고, 귀리 파종 시기를 잘 알고, 이십 년이나 노공작을 흡족하게 모셔와 일찍이 마법사라는 평을 들었는데, 마법사는 인간의 발밑 3아르신까지 들여다보는 능력이 있다고 여겨지는 것을 알았기 때문이다.

드론은 일어서서 무슨 말을 하려 했지만 알파티치가 가로막았다.

"대체 자네들은 무슨 생각을 하고 있나, 응?…… 대체 무슨 꿍꿍이들을 하고 있어? 응?"

"제가 사람들에게 어떻게 하면 됩니까?" 드론은 말했다. "아주 야단났습니다. 저도 똑같은 말을 하고 있습니다만……"

"내 말이 그 말이야." 알파티치는 말했다. "마시고들 있나?" 그는 간단히 물었다.

"아주 야단났습니다, 야코프 알파티치, 두 통째 가져다놓고요."

"그럼, 이렇게 해. 나는 경찰서장한테 갈 테니까 자네는 농민들한테 가서 다들 그만하고 짐마차를 모으라고 말하게."

"알겠습니다." 드론은 대답했다.

야코프 알파티치는 더이상 압박하지 않았다. 그는 오랫동안 농민들을 다스려왔고, 그들을 복종시키는 가장 중요한 방법은 그들이 복종하지 않을지도 모른다고 의심하는 기색을 드러내지 않는 것임을 알고 있었기 때문이다. "알겠습니다" 하는 순종적인 대답을 듣고 야코프 알파티치는 일단 만족했지만, 군대의 협력 없이는 도저히 짐마차를 모을 수 없겠다고 의문을 넘어 거의 확신했다.

저녁때가 되어도 짐마차는 모이지 않았다. 마을 선술집에서 다시 집회가 열리고, 그 자리에서 농민들은 말은 숲으로 놓아주고 짐마차는 제공하지 않기로 결의했다. 알파티치는 이에 대해 공작영애에게는 아무 말도 하지 않았고, 리시예 고리에서 온 말에서 자기 짐을 내리고 그 말을 공작영애 마차에 채우라고 명령하고는 경찰서장에게 갔다.

10

아버지의 장례식 이후 공작영애 마리야는 자기 방에 틀어박혀 아무도 들어오지 못하게 했다. 하녀가 문가로 와서 알파티치가 출발에 대한 지시를 받으러 왔다고 전했다. (이때는 아직 알파티치가 드론과 이야기하기 전이었다.) 공작영애 마리야는 소파에서 몸을 일으켜 닫힌 문 너머를 향해, 자신은 절대 아무데도 가지 않을 테니 조용히 놔두라고 말했다.

공작영애 마리야가 누워 있는 방의 창문은 서쪽을 향해 있었다. 그녀는 소파에 누워 벽을 향한 채 가죽 베개의 단추를 손가락으로 만지작거리고 이것만 바라보며 멍하니 한 가지 생각에 몰두해 있었다. 그것은 죽음은 돌이킬 수 없다는 것과 여태까지 알지 못했지만 아버지의 병중에 나타난 자신의 비열함이었다. 기도를 하고 싶었지만 지금과 같은 심경으로는 하느님을 마주할 용기가 나지 않았기 때문에 할 수 없었다. 그녀는 그 자세로 오랫동안 누워 있었다.

해는 집 반대편으로 지고, 활짝 열어젖힌 창문으로 저녁 햇살이 비스듬히 비쳐들어 공작영애 마리야가 바라보고 있던 모로코가죽 베개 일부를 비췄다. 상념의 흐름이 갑자기 멈췄다. 그녀는 자기도 모르게 몸을 일으켜 머리를 매만지고 일어나서, 활짝 갰지만 바람이 부는 저녁의 냉기를 무의식중에 들이마시며 창가로 걸어갔다.

'그래, 이제는 저녁 풍경을 마음껏 즐겨도 괜찮겠구나! 그는 세상에 없고, 방해할 사람은 아무도 없다.' 그녀는 혼잣말을 하고 의자에 앉아 창턱에 머리를 괴었다.

정원 쪽에서 누군가 상냥하고 나직한 목소리로 그녀를 부르더니 머리에 키스했다. 그녀는 돌아보았다. 검은 옷을 입고 상장을 단 *부리엔* 양이었다. 그녀는 가만히 공작영애 마리야에게 다가와 한숨을 내쉬며 키스하고 갑자기 울기 시작했다. 공작영애 마리야는 그녀를 보았다. 이전의 모든 갈등과 그녀에게 품었던 질투가 떠올랐고, 최근 그녀에 대한 그의 태도가 바뀌어 그녀를 보려고도 하지 않게 되었을 때 자신이 내심 그녀를 비난한 것이 잘못이었다는 생각도 떠올랐다. '그래, 내가, 내가, 아버지의 죽음을 바랐던 내가 남을 비난할 수 있을까!' 공작영애 마리야는 생각했다.

공작영애 마리야는 최근 자신과 멀어졌지만 여전히 자신에게 의지하고 남의 집에서 살아갈 수밖에 없는 부리엔 양의 처지가 분명하게 느껴졌다. 그녀가 가여웠다. 그녀는 묻는 듯한 부드러운 눈으로 상대방을 바라보며 손을 내밀었다. 부리엔 양은 곧바로 울며 공작영애의 손에 키스하고, 공작영애의 슬픔을 이야기하고, 자기도 이 슬픔을 나눠 가진 사람이라고 말했다. 그리고 이 슬픔 속에서 유일한 위안은 공작영애가 이 슬픔을 자신과 나누는 것이라고 말했다. 그녀는 지금까지의 모든 오해는 이 커다란 슬픔 앞에서 당연히 사라져야 할 것이며, 자기는 누구에 대해서도 결백하고, 그분도 분명 자신의 애정과 감사를 보실 거라고 말했다. 공작영애는 그녀의 말을 들었지만 이따금 뜻을 이해하지 못하고 상대방을 바라보며 목소리만 들었다.

"당신의 입장은 이중으로 무서운 거예요, 사랑하는 공작영애" 하고 잠시 침묵하던 부리엔 양이 말했다. "당신은 지금까지 자신의 일에 대해 생각할 수 없었고, 지금도 그렇다는 걸 알지만, 난 당신을 사랑하니까 이것만은 말할게요…… 알파티치가 여기 왔었나요? 그가 떠나는 것에 대해 이야기했죠?" 그녀는 물었다.

공작영애 마리야는 대답하지 않았다. 그녀는 누가 어디로 가야 하는지 알지 못했다. '이런 때 내가 무슨 일을 하고, 무슨 생각을 할 수 있단 말인가? 아무런들 똑같지 않을까?' 그녀는 대답하지 않았다.

"알고 있죠, 사랑하는 마리?" 부리엔 양은 말했다. "알겠지만, 우리는 위험해요, 프랑스군에게 포위되어 있어서 지금 떠나는 건 위험해요. 떠나면 분명 포로가 될 테고, 무슨 일이 일어날지……"

공작영애 마리야는 친구가 하는 말을 이해하지 못하고 바라보기만

했다.

"아아, 나는 어떻게 되든 상관없다는 내 심정을 누구라도 좀 알아주면 좋겠어요." 그녀는 말했다. "물론 나는 무슨 일이 있어도 그분 곁을 떠나고 싶지 않아요…… 알파티치가 내게 떠나는 것에 대해 뭔가 이야기하긴 했지만…… 당신이 그와 이야기해줘요, 나는 아무것도 할 수 없고, 하고 싶지도 않아요……"

"나는 그와 이야기해봤어요. 그는 우리가 내일이라도 떠나길 바라지만, 나는 오히려 지금은 여기 남아 있는 편이 낫다고 생각해요." 부리엔 양은 말했다. "왜냐하면, 그렇잖아요, 사랑하는 *마리*, 도중에 군인들이나 농민 폭도들에게 붙들리면 끔찍한 일을 당할 거예요." 부리엔 양은 주민이 자기 집을 버리지 않는다면 프랑스 당국의 응분의 보호가 있을 거라고 적힌, 일반적인 러시아 종이와 다른 종이에 인쇄된 프랑스 라모 장군의 포고를 손가방에서 꺼내 공작영애에게 건넸다.

"나는 이 장군의 보호를 받는 것이 낫다고 생각해요." 부리엔 양은 말했다. "아가씨에게는 분명 예의를 지킬 거예요."

공작영애 마리야는 종이를 읽었고, 눈물이 말라버린 듯한 흐느낌에 얼굴이 일그러졌다.

"당신은 이걸 어디서 얻었죠?" 그녀는 말했다.

"내 이름을 듣고 프랑스인인 걸 안 게 분명해요." 부리엔 양이 얼굴을 붉히며 말했다.

공작영애 마리야는 포고를 든 채 창가에서 물러나 창백한 얼굴로 방을 나가 안드레이 공작이 쓰던 서재로 들어갔다.

"두냐샤, 알파티치든 드로누시카든 누구든 불러줘!" 공작영애 마리

야는 말했다. "그리고 아말리야 카를로브나*에게는 내 방에 들어오지
말라고 해줘." 부리엔 양의 목소리가 들리자 그녀는 덧붙였다. "빨리
출발해야 해! 빨리 가야 해!" 공작영애 마리야는 프랑스군의 수중에
남게 될지도 모른다는 생각에 섬뜩해하며 중얼거렸다.

'안드레이 공작이 내가 프랑스군 수중에 남겨졌다는 것을 알면 어
떻게 할까! 니콜라이 안드레이치 볼콘스키 공작의 딸이 라모 장군에
게 보호를 구하고 신세를 진다니!' 이 생각은 그녀를 공포로 몰아넣고,
전율하고 얼굴을 붉히게 하고, 지금까지 느껴보지 못한 분노와 긍지의
충동으로 이끌었다. 자기 처지의 괴로움, 무엇보다 굴욕이 모두 똑똑
히 그려졌다. '그들, 프랑스인들은 이 집에 들어올 것이고, 라모 장군
은 안드레이 공작의 서재를 차지하고, 오빠의 편지와 서류를 뒤져 심
심풀이로 읽어댈 것이다. 부리엔 양은 보구차로보의 귀빈으로서 그들
을 맞이할 것이다. 내게는 선심 쓰듯 작은 방 하나를 내줄 것이고, 병
사들은 십자가와 훈장을 뜯어내려고 아버지의 새 무덤을 파헤칠 것이
고, 러시아군에게 이겼다고 내게 자랑하고 내 슬픔을 동정하는 척할
것이다……' 공작영애 마리야는 자신이 아니라 아버지와 오빠의 입
장에서 생각해야 한다고 느끼면서 이렇게 생각했다. 그녀 개인으로서
는 자신이 어디에 남든 자신에게 무슨 일이 일어나든 아무 상관이 없
지만, 그녀는 자신이 죽은 아버지와 안드레이 공작의 대리자라고 느꼈
다. 그녀는 자기도 모르게 그들이 어떻게 느낄지 생각하고, 그 감정을
느끼고 있었다. 그들이라면 이런 상황에서 무슨 말을 하고 어떤 행동

---

* 부리엔의 러시아 이름과 성은 2권에서 아말리야 예브게니예브나로 나오지만, 여기서는
성을 카를로브나로 부르고 있다.

을 할지, 자신도 똑같이 해야 한다고 느꼈다. 그녀는 안드레이 공작의 서재로 가 자신이 처한 상황을 곰곰이 짚어보며 그의 사고 속으로 들어가보려 했다.

아버지의 죽음과 더불어 사라졌다고 생각한 삶의 욕구가 지금까지 알지 못했던 새로운 힘으로 솟구쳐 그녀를 사로잡았다.

그녀는 흥분으로 상기된 채 알파티치, 미하일 이바니치, 티혼, 드론을 불러들이며 방안을 걸어다녔다. 두냐샤도 유모도 하녀들도 모두 부리엔 양의 발언이 어디까지 사실인지에 대해 아무 말도 하지 못했다. 알파티치는 관청에 가고 없었다. 부름을 받은 건축기사 미하일 이바니치는 잠이 덜 깬 눈으로 공작영애 마리야의 방에 나타났지만, 그 역시 아무 말도 하지 못했다. 십오 년 동안 노공작의 말에 자기 의견을 말하지 않고 동의하는 미소로 대답하는 데만 익숙해져 있던 그는 지금도 공작영애 마리야의 질문에 똑같은 미소를 지을 뿐, 그의 대답으로는 확실한 결론을 얻을 수 없었다. 부름을 받은 늙은 시종 티혼은 사라지지 않는 슬픔이 각인된 듯한 까칠하고 바짝 마른 얼굴로 들어와 공작영애 마리야에게 "알겠습니다"라고만 답하고 그녀의 얼굴을 바라보며 간신히 울음을 참을 뿐이었다.

마지막으로 촌장 드론이 방에 들어와 공작영애에게 공손하게 절하고 문지방 옆에서 발을 멈췄다.

공작영애 마리야는 방을 가로질러가 그의 앞에서 멈췄다.

"드로누시카." 공작영애 마리야는 자신이 친구라고 믿어 의심치 않는 사내에게, 매년 뱌지마의 장에 다녀오는 길에 웃는 낯으로 그녀에게 특제 당밀 과자를 가져다주던 바로 그 드로누시카에게 말했다. "드로누시카, 이번 우리에게 그런 불행이 있고 나서……" 그녀는 말을 시작했으나 더이상 잇지 못하고 입을 다물었다.

"우리는 항상 하느님의 뜻대로 움직이죠." 그는 한숨을 쉬며 말했다. 두 사람은 말없이 있었다.

"드로누시카, 알파티치가 어딜 가서 상의할 사람이 없어요. 내게 떠나지 말라고 하는데, 정말 그래야 할까요?"

"왜 떠나지 말라는지 모르겠지만, 마님, 떠나셔도 됩니다." 드론은 말했다.

"적이 근접해서 위험하다는 기예요. 이봐요, 나는 아무것도 할 수 없고, 아무것도 모르겠고, 내 옆에는 아무도 없어요. 나는 오늘밤이나 내일 아침 일찍 떠나고 싶어요." 드론은 잠자코 있었다. 그는 공작영애 마리야를 곁눈으로 보았다.

"말이 없습니다." 그는 말했다. "야코프 알파티치에게도 말씀드렸습니다만."

"왜 없죠?" 공작영애는 물었다.

"모든 것이 하느님이 주신 벌입니다." 드론은 말했다. "군대에 징발되기도 하고 죽기도 하고, 금년은 그렇습니다. 말먹이가 문제가 아니라 사람이 굶어죽을 판입니다! 우리는 사흘이나 먹지 못하고 앉아 있습니다. 깡그리 빼앗겨서 아무것도 남지 않았습니다."

공작영애 마리야는 그의 말을 주의깊게 들었다.

"농민들에게 아무것도 남지 않았다고요? 먹을 것이 없어요?" 그녀는 물었다.

"굶어죽게 생겼습니다." 드론은 말했다. "짐마차가 다 뭡니까……"

"왜 아무 말도 하지 않았죠, 드로누시카? 도울 길이 없는 것도 아니잖아요? 내가 할 수 있는 일이라면 뭐든 할 텐데……" 공작영애 마리야는 자신이 슬픔에 잠겨 있는 이런 순간에도 부유한 자와 가난한 자가 존재하고, 부유한 자가 가난한 자를 돕지 않아도 된다고 생각하는 건 말도 안 된다고 생각했다. 그녀는 지주의 곡식이라는 것이 있고, 이것이 때로 농민들에게 분배되기도 한다는 것을 막연히 알고 있었다. 또 오빠나 아버지가 곤궁한 농민을 구하는 것을 마다할 리 없다는 것도 알았지만, 다만 그녀는 처분하려는 곡식을 농민들에게 나눠주려다 말실수를 하지 않을까 걱정이었다. 그녀는 양심의 가책 없이 슬픔을 잊을 구실이 생긴 것이 기뻤다. 그녀는 농민들의 빈곤 상태와 보구차로보에 지주의 곡식이 얼마나 있는지 드로누시카에게 상세히 묻기 시작했다.

"여기에 지주의 곡식이 있겠죠, 오빠 것이?" 그녀는 물었다.

"나리의 곡식은 고스란히 있습니다." 드론은 자랑스럽게 말했다. "우리 공작께서 팔라고 하시지 않았으니까요."

"그것을 농민들에게 나눠줘요, 필요하면 전부라도 얼마든지. 오빠 대신 내가 허락해요." 공작영애 마리야는 말했다.

드론은 대답하지 않고 깊은 한숨만 내쉬었다.

"농민들에게 그 곡식을 충분히 나눠줘요. 전부 다요. 오빠를 대신해서 내가 명령하는 것이고, 우리 것은 그들의 것이라고 전해줘요. 농민들을 위한 것이라면 아까울 게 없다고요. 그렇게 전해요."

드론은 이런 말을 하는 공작영애를 골똘히 응시했다.

"절 해고해주십시오, 마님, 제발 제게서 열쇠를 거둬가주십시오."

그는 말했다. "이십삼 년이나 섬겨오며 나쁜 짓은 한 번도 하지 않았습니다만, 제발 해고해주십시오."

공작영애 마리야는 그가 무엇을 원하는지, 왜 해고해달라고 하는지 이해할 수 없었다. 그녀는 그의 충성을 한 번도 의심하지 않았고, 그와 농민을 위해서라면 무슨 일이든 할 생각이라고 말했다.

11

한 시간쯤 지나 두냐샤가 공작영애에게 와서, 드론과 농민들이 명령대로 창고 옆에 모였고, 아가씨와 이야기하기를 원한다고 알렸다.

"난 그들을 부르지 않았는데." 공작영애 마리야는 말했다. "난 그냥 농민들에게 곡식을 나눠주라고 드로누시카에게 말했을 뿐이야."

"제발이지, 공작영애 아가씨, 그들을 쫓아보내라고 말씀하시고, 거긴 가지 마세요. 다 거짓말입니다." 두냐샤는 말했다. "야코프 알파티치가 돌아오면 떠나셔야 합니다…… 그리고 아가씨는 절대로……"

"거짓말이라니?" 공작영애는 깜짝 놀라 물었다.

"저는 다 알아요, 제발 제 말을 들어주세요. 유모한테 물어보셔도 돼요. 저들은 아가씨가 내린 떠나라는 명령에 반대하고 있대요."

"무슨 말인지 모르겠구나. 나는 그들에게 떠나라고 명령한 적이 없어……" 공작영애 마리야는 말했다. "드로누시카를 불러줘."

두냐샤의 말이 맞았는데, 곧 드론이 들어와 공작영애의 명령대로 모였다고 말했기 때문이다.

"난 그들을 부르지 않았어요." 공작영애는 말했다. "당신이 말을 잘 못 전했나보군요. 나는 그들에게 곡식을 나눠주라고 했을 뿐이에요."

드론은 대답하지 않고 한숨만 내쉬었다.

"아가씨가 명령하시면 모두 돌아갈 겁니다." 그는 말했다.

"아니, 아니요. 내가 나가보겠어요." 공작영애 마리야는 말했다.

두냐샤와 유모가 말리는데도 공작영애 마리야는 현관 층층대로 나갔다. 드론과 두냐샤, 유모, 미하일 이바니치가 뒤따랐다.

'곡식을 나눠준다니까 내가 그들을 남겨두고, 프랑스군 수중에 팽개치고 혼자 달아나려는 줄 안 것이다.' 공작영애 마리야는 생각했다. '저들을 모스크바 교외 영지로 데려가 매달 곡식을 나눠준다고 약속해야겠어. 앙드레가 내 입장이었다면 더 잘해줬을 거야.' 그녀는 창고 옆 목축장에 모여 있는 군중을 향해 황혼 속을 걸어가며 생각했다.

군중은 모여 웅성거리기 시작하면서 급히 모자를 벗었다. 공작영애 마리야는 옷자락에 발이 휘감기면서 눈을 내리뜨고 그들에게 다가갔다. 늙거나 젊은 수많은 시선과 얼굴이 그녀를 향했지만 공작영애 마리야는 한 사람의 얼굴도 보지 못했고, 순간 그들에게 무슨 말이든 해야 한다고 느꼈으나 어떻게 말해야 좋을지 알 수 없었다. 그러나 자신이 아버지와 오빠의 대리자라는 자각이 힘을 주었고, 그녀는 대담하게 말하기 시작했다.

"여러분이 와주어서 무척 기쁩니다." 공작영애 마리야는 눈을 내리깐 채 심장이 심하게 요동치는 것을 느끼며 말하기 시작했다. "드로누시카에게 여러분이 전쟁으로 모든 것을 잃었다는 말을 들었어요. 이것은 우리 모두의 슬픔이고, 여러분을 도울 수 있다면 나는 어떤 것도 아끼지 않겠습니다. 나는 떠나려고 합니다. 적이 근접해 오고 있어 위험하고…… 때문에…… 나는 나의 친구인 여러분에게 무엇이든 주려고 합니다. 그러니 생활에 곤란이 없도록 이 집에 있는 곡식을 전부 가져가십시오. 내가 곡식을 나눠주는 것이 여러분을 여기 남겨두기 위해서라고 말하는 사람이 있다면, 그건 거짓말입니다. 나는 오히려 여러분이 가재를 전부 챙겨 모스크바 교외의 우리 영지로 피란해주길 바라고, 거기에 가면 여러분의 생활이 곤란하지 않도록 내가 책임지고 돕겠습니다. 여러분에게 집과 식량을 제공하겠습니다." 공작영애는 말을 멈췄다. 군중 속에서는 한숨 소리만 들렸다.

"나는 나 혼자만의 생각으로 이런 말을 하는 것이 아닙니다." 공작영애는 계속했다. "여러분의 좋은 주인이었던 돌아가신 아버지, 나의 오빠, 그리고 그의 아들을 대리하는 것입니다."

그녀는 다시 말을 멈췄다. 아무도 그녀의 침묵을 방해하지 않았다.

"이 슬픔은 우리 모두의 공통된 슬픔이니 함께 나눠야 합니다. 내 것은 곧 여러분의 것이에요." 그녀는 앞에 서 있는 사람들의 얼굴을 둘러보며 말했다.

모든 눈이 똑같은 표정으로 그녀를 쳐다보고 있었으나 그녀는 그 표정의 의미를 알 수 없었다. 호기심인지, 충성인지, 감사인지, 혹은 놀라움과 불신인지 알 수 없는 똑같은 표정이 모두의 얼굴에 떠올라 있었다.

"은혜를 베풀어주셔서 매우 감사하지만, 주인의 곡식을 받을 수는 없습니다." 뒤쪽에서 목소리가 들렸다.

"왜 그렇죠?" 공작영애는 말했다.

아무도 대답하지 않았고, 공작영애 마리야는 군중을 둘러보다가 그녀와 눈이 마주친 사람들이 눈을 내리까는 것을 알아챘다.

"왜 그럴 수 없다는 거예요?" 그녀는 다시 물었다. 아무도 대답하지 않았다.

공작영애 마리야는 이 침묵을 견디기 힘들어 누군가의 시선이라도 붙잡으려고 애썼다.

"왜 아무 말도 하지 않죠?" 그녀는 지팡이를 짚고 바로 앞에 서 있는 노인에게 물었다. "그 밖에 또 필요한 것이 있으면 말해줘요. 내가 모두 해줄게요." 그녀는 노인의 시선을 붙잡고 말했다. 그러나 노인은 화가 난 듯 고개를 푹 수그리고 말했다.

"뭣하러 찬성하겠습니까, 우리는 곡식이 필요하지 않습니다."

"왜 우리가 모든 걸 내던져야 합니까? 찬성하지 않습니다. 찬성하지 않습니다…… 찬성할 수가 없습니다. 안됐지만 우리는 따르지 않겠습니다. 가려면 혼자 가십시오……" 군중 속 여기저기서 목소리가 들렸다. 또다시 모두의 얼굴에 똑같은 표정이 떠올랐지만, 이제는 호기심이나 감사가 아니라 적의에 찬 결의의 표정이었다.

"그래요, 여러분은 모르는군요, 정말이지," 공작영애 마리야는 씁쓸한 미소를 지으며 말했다. "왜 가지 않겠다는 거죠? 내가 여러분에게 살 곳도 먹을 것도 준다고 약속하는데요. 여기 있으면 적이 당신들을 파괴할 거예요……"

그러나 그녀의 목소리는 군중의 목소리에 묻혀버렸다.

"찬성할 수 없습니다, 파괴되더라도 상관없소! 당신의 곡식도 필요 없고, 당신 말에 따를 필요도 없소이다!"

공작영애 마리야는 다시 한번 군중 속에서 누군가의 시선이라도 붙잡으려 애썼지만, 그녀에게 집중하는 시선은 하나도 없었고, 분명 모두 그녀를 피하는 것 같았다. 그녀는 의아하고 불편했다.

"봐, 능란하게 설교하면서 우릴 노예로 끌고 가려는 거야! 저 여자를 따라가면 집도 자유도 뺏기고 노예가 될 거야. 참말로! 곡식이라면 내가 주지, 내 걸 가져가!" 군중 속에서 이런 소리가 들렸다.

공작영애 마리야는 고개를 숙인 채 사람들 속에서 빠져나와 집으로 갔다. 그녀는 내일 떠날 수 있도록 말을 준비하라고 드론에게 거듭 지시하고, 자기 방에 들어가 홀로 생각에 잠겼다.

12

그날 밤 공작영애 마리야는 마을에서 들려오는 농민들의 이야기 소리에 귀기울이며 활짝 열린 창가에 오랫동안 앉아 있었지만, 그들에 대해 생각하지는 않았다. 그녀는 자신이 아무리 생각해봐야 그들의 기분을 이해할 수 없다고 느꼈다. 그녀는 오직 자신의 슬픔만 되새기고 있었지만, 이것도 현실에 대한 걱정 때문에 끊겨 이미 과거의 것이 되어버렸다. 이제 그녀는 추억에 잠길 수도, 울 수도, 기도할 수도 있었다. 해가 지면서 바람도 잠잠해졌다. 조용하고 상쾌한 밤이었다. 열한시가 지나자 사람들의 목소리가 잠잠해지고, 저녁닭이 울고, 보리수 그늘에서 보름달이 보이기 시작하고, 투명한 이슬을 머금은 상쾌한 안개가 피어오르며 마을 위에도 집들 위에도 정적이 깃들었다.

그녀의 머릿속에서는 지금과 가장 가까운 과거, 아버지의 병과 그의 마지막 순간이 꼬리를 물고 떠올랐다. 그녀는 지금 슬픈 기쁨을 느끼며 그 회상에 머물러 있었지만, 아버지의 임종 장면만은 두려움에—그녀는 이렇게 느꼈다—떨쳐냈는데, 이렇게 조용하고 신비로운 밤에는 회상일지라도 그것을 똑바로 바라볼 수 없었다. 이런 광경은 현실 같기도 하고, 과거 같기도 하고, 미래 같기도 할 만큼 아주 뚜렷하고 세세한 데까지 보였다.

그녀의 머릿속에 아버지가 쓰러져 정원에서 부축을 받으며 돌아와 힘없이 혀를 움직이며 무슨 말인가 중얼거리고, 흰 눈썹을 꿈틀대고, 겁먹은 듯 그녀를 바라보았던 순간이 뚜렷이 떠올랐다.

'임종 날 하신 말씀을 그때도 하려고 하셨는지 모른다.' 그녀는 생각했다. '내게 할말을 늘 생각하고 계셨던 거야.' 그녀는 리시예 고리에서의 그 밤, 그러니까 아버지가 쓰러지기 전날 이상한 예감이 들어 아버지의 뜻을 거스르고 옆에 남아 있었던 그 밤이 세세하게 기억났다. 그녀는 잠이 오지 않아 밤중에 까치발로 아래층으로 내려가 그날 밤 아버지가 자고 있던, 꽃이 있는 방 문가로 다가가 아버지 목소리에 귀를 기울였다. 그는 시달린 듯한 피곤한 목소리로 티혼과 이야기하고 있었다. 분명 뭔가 말하고 싶어하는 것 같았다. '그런데 아버지는 왜 나를 부르지 않으셨을까? 왜 티혼의 자리에 나를 있게 하지 않으셨을까?' 공작영애 마리야는 그때도 지금도 이렇게 생각했다. '이제 그는 누구에게도 자신의 마음을 털어놓을 수 없게 되셨다. 그 순간은 그에게도 나에게도 다시 오지 않고, 그때라면 그도 하고 싶은 말을 다 할 수 있었을 것이고, 듣는 사람이 티혼이 아니라 나였다면 다 들어드리고 이해해드렸을 텐데. 나는 그때 왜 방에 들어가지 않았을까?' 그녀는 생각했다. '그랬다면 돌아가신 날 하신 말씀을 그날 하셨을지도 모른다. 그때 티혼과 이야기하면서 아버지는 두 번이나 나에 대해 물으셨다. 틀림없이 내가 보고 싶으셨던 건데, 나는 문밖에 서 있기만 했다. 당신의 마음도 헤아리지 못하는 티혼과 이야기하느라 안타깝고 괴로우셨을 것이다. 기억난다, 아버지는 리자에 대해, 그녀를 산 사람으로 생각하며 티혼에게 말씀하셨다. 아버지는 리자가 죽은 걸 잊고 계셨고, 티혼이 그녀는 죽었다고 말하자 "바보"라고 소리치셨다. 괴로우셨던 것이다. 내가 문밖에서 듣고 있을 때, 아버지는 누워서 신음하며 큰 소리로 "오 하느님!"이라고 하셨다. 나는 그때 왜 들어가지 않았을까? 만약 들어갔다면 내게 뭐라고 하셨을까? 내가 잃을 것이 뭐가 있다고! 그때 내게 그 말을 하셨다면 아버지는 훨씬 홀가분하셨을 텐데.' 공작영애 마리야는 아버지가 임종 전에 했던 그 상냥한 말을 소리내어 말해보았다. "내―사―랑!" 공작영애 마리야는 이 말을 되뇌며 마음을 달래주는 눈물을 흘렸다. 눈앞에 아버지의 얼굴이 보였다. 그것은 그녀가 철든 이래 언제나 먼발치에서 보았던 얼굴이 아니라, 마지막 날 아버지의 말을 들으려고 그의 입 가까이로 몸을 숙이고 잔주름과 세세한 것들까지 모두 들여다보일 때 본 겁먹고 쇠약한 얼굴이었다.

"내 사랑!" 그녀는 되풀이했다.

'그 말을 했을 때 아버지는 무슨 생각을 하셨을까? 지금은 무슨 생각을 하고 계실까?' 문득 그녀의 머릿속에 이런 의문이 떠올랐고, 그 응답처럼 얼굴에 흰 수건이 묶인 채 관 속에 누워 있던 아버지의 표정이 눈앞에 떠올랐다. 그러자 그때 아버지를 만져보고 이것은 아버지가 아니라 신비스럽고 근접할 수 없는 무언가라고 생각했을 때 그녀를 휘감 았던 공포가 다시 그녀를 사로잡았다. 그녀는 생각을 돌려 기도하려 했지만, 아무것도 할 수 없었다. 그녀는 눈을 크게 뜨고 달빛과 그림자 를 바라보고 아버지의 죽은 얼굴이 보이기를 기다렸지만, 집안과 집 위에 깔린 정적은 그녀의 온몸을 꼼짝 못하게 묶고 있는 것만 같았다.

"두냐샤!" 그녀는 속삭이듯 불렀다. "두냐샤!" 그녀는 거친 목소리 로 외치고는 정적을 쫓아내듯 하녀 방으로, 그녀에게 달려오는 유모와 하녀 쪽을 향해 달려갔다.

13

8월 17일, 로스토프와 일리인은 포로가 되었다가 막 돌아온 라브루 시카와 전령인 경기병을 데리고 보구차로보에서 15베르스타쯤 떨어진 숙영지 얀코보에서 말을 타고 출발했는데, 일리인이 새로 산 말도 시 험해보고 근처 마을에 건초가 있는지 알아보기 위해서였다.

보구차로보는 요 사흘간 양군 사이에 끼여 있어 프랑스 전위 부대든 러시아 후위 부대든 쉽게 들어갈 수 있었으므로, 빈틈없는 중대장 로 스토프는 보구차로보에 남아 있는 식량을 프랑스군보다 먼저 이용하 려고 생각했다.

로스토프와 일리인은 기분이 무척 좋았다. 그들은 공작가의 영지이 니 저택에 많은 하인과 예쁜 하녀들이 있을 거라 기대하고 있었고, 보 구차로보로 가는 중에는 라브루시카에게 나폴레옹에 관해 묻고 그의

이야기에 껄껄대기도 하고, 일리인의 새 말을 시험해보기 위해 경주를
하기도 했다.

로스토프는 지금 가고 있는 마을이 누이동생의 약혼자였던 볼콘스
키의 영지라는 것을 전혀 몰랐고, 생각해보지도 않았다.

보구차로보 앞의 언덕에서 로스토프는 일리인과 마지막 경주를 했
고, 일리인을 앞질러 가장 먼저 이 마을의 길로 달려들어갔다.

"당신이 이겼네요." 새빨개진 일리인이 말했다.

"그렇지, 언제나 그래, 초원에서도, 여기서도." 로스토프는 땀에 흠
뻑 젖은 돈산 말을 힌 손으로 쓰다듬으며 대답했다.

"제 것은 프랑스 말입니다, 각하." 라브루시카가 뒤따라오며 말했
는데, 프랑스 말이란 쓸모없는 역마役馬를 가리키는 것이었다. "앞지를
수도 있었지만, 망신시키지 않으려고 그렇게 안 했습니다."

그들은 많은 농민이 무리지어 있는 창고 쪽으로 천천히 말을 몰았다.

농민들 중에는 모자를 벗는 자도 있었지만, 다가오는 기마대를 모자
도 벗지 않고 바라보기만 하는 자도 있었다. 주름투성이 얼굴에 수염
이 엉성하게 난 늙고 키가 큰 두 농민이 선술집에서 나와 웃는 낯으로
가락도 맞지 않는 노래를 불러대며 휘청휘청 장교에게 다가왔다.

"잘 부르는군!" 로스토프는 빙그레 웃으며 말했다. "건초가 있나?"

"하나같이 닮았군요……" 일리인이 말했다.

"아주 즐거……우우……우우우……운 이야기…… 이야기……"
행복한 미소를 지으며 한 농민이 노래를 불렀다.

군중 속에서 한 사람이 나와 로스토프에게 다가왔다.

"당신들은 어느 쪽입니까?" 그가 물었다.

"프랑스군이다." 일리인이 웃으며 대답했다. "여기 이분이 바로 나폴레옹이시다." 그는 라브루시카를 가리키며 말했다.

"고로, 러시아인이란 말이죠?" 한 농민이 되물었다.

"당신네 군대는 여기 많이 있습니까?" 몸집이 작은 다른 농민이 그들에게 다가오며 물었다.

"많지, 많고말고." 로스토프는 대답했다. "그런데 너희는 왜 여기 모여 있지?" 그는 덧붙였다. "축제라도 있는 건가?"

"마을 일로 늙은이들이 모였습니다." 한 농민이 그에게서 물러나며 대답했다.

이때 지주의 저택으로 통하는 길에서 장교들 쪽으로 걸어오는 두 여자와 하얀 모자를 쓴 남자가 보였다.

"분홍색은 내 거다, 손대면 가만두지 않겠어." 일리인이 단호한 표정으로 그들 쪽으로 달려오는 두냐샤를 보며 말했다.

"우리 걸로 합시다!" 라브루시카가 일리인에게 윙크하며 말했다.

"왜요, 예쁜 아가씨, 무슨 일입니까?" 일리인은 싱글거리며 말했다.

"당신들의 연대와 이름을 알아보고 오라고 공작영애께서 분부하셨습니다."

"이분은 기병 중대장 로스토프 백작이시고, 나는 당신의 온순한 하인입니다."

"이……이……야……아……기!" 술에 취한 농민은 하녀와 이야기하는 일리인을 보면서 행복하게 웃으며 노래 불렀다. 두냐샤에 이어 알파티치가 멀리서부터 모자를 벗어들고 로스토프에게 다가왔다.

"방해해서 죄송합니다, 장교님." 그는 공손하지만 이 젊은 장교들을 적이 깔보는 듯한 태도로 한 손을 가슴에 넣고 말했다. "우리 주인은 이 달 15일에 돌아가신 전 육군 대장 니콜라이 안드레예비치 볼콘스키 공작의 영애이십니다만, 이자들의." 그는 농민들을 가리켰다. "이자들의 무지 때문에 곤경에 빠져 당신께서 들러주시길 바라고 있습니다……어떻게 하시겠습니까." 알파티치는 우울한 미소를 지으며 말했다. "잠깐 옆으로 가서서…… 여기서는 좀……" 하고 알파티치는 마치 말에게 꼬이는 말파리처럼 뒤에서 붙따르는 두 농민을 가리켰다.

"여어!…… 알파티치…… 여어! 야코프 알파티치!…… 대단해! 그저 용서해주시게. 대단해! 응?……" 농민들은 즐겁게 웃으며 말했다. 로스토프는 술에 취한 노인들을 보고 씩 웃었다.

"그런데 장교님은 이런 모습이 즐거우신 겁니까?" 야코프 알파티치는 가슴에 넣지 않은 다른 손으로 노인들을 가리키며 침착하게 말했다.

"아니, 별로 즐겁지 않네." 로스토프는 말하고 옆으로 물러섰다. "대체 어떻게 됐다는 거지?" 그는 물었다.

"제 말 좀 들어보십시오, 장교님. 실은 이 마을의 무례한 농민들이 아가씨를 영지에서 내보내지 않으려고 마차에서 말을 떼겠다고 위협하고 있어, 아침부터 짐을 다 싣고도 출발하지 못하고 계십니다."

"그럴 수가 있나!" 로스토프는 외쳤다.

"저는 거짓 없는 사실을 말씀드린 겁니다." 알파티치는 되풀이했다.

로스토프는 말에서 내려 전령에게 고삐를 건네고, 상세한 경위를 물으며 알파티치와 함께 본채 쪽으로 갔다. 사실 어제 공작영애가 농민들에게 곡식을 나누어주겠다고 제의한 것과 드론을 비롯해 모인 농민들에게 이야기한 것이 사태를 완전히 망쳐버렸는데, 드론은 결국 열쇠를 돌려주고 농민들에게 가담해 알파티치가 불러도 나타나지 않았고, 오늘 아침 일찍 공작영애가 출발하려고 마차에 말을 채우라고 명령하자, 농민들은 무리지어 창고로 몰려오더니 사람을 보내, 공작영애를 마을에서 내보내지 않겠다, 가재를 챙겨 떠나지 못하게 하라는 명령이 내렸으니 말을 마차에서 떼겠다고 전했다. 알파티치는 그들을 설득해 보았으나 돌아오는 대답은(카르프라는 자가 주로 대답했고, 드론은 군중 속에서 나타나지 않았다) 공작영애를 내보낼 수 없다, 그런 명령이 내렸으니 공작영애가 남는다면 자기들도 예전과 다름없이 봉사하고 모든 명령에 따르겠다는 것이었다.

로스토프와 일리인이 말을 타고 가도를 달릴 때 공작영애 마리야는 알파티치와 유모의 만류에도 마차를 준비하라고 명령했는데, 기병들이 질주해 오자 프랑스군이라고 생각한 마부들은 달아나버리고, 집안에서는 여자들 울음소리가 들렸다.

"아버지! 아이고 아버지! 하느님이 보내신 사자다." 로스토프가 현관방을 지날 때 감격에 차서 외치는 목소리가 들렸다.

로스토프가 안내되어 갔을 때 공작영애는 어쩔 줄 몰라 무기력한 모습으로 홀에 앉아 있었다. 그녀는 그가 어떤 사람이고, 왜 왔고, 자신이 어떻게 될 것인지 알지 못했다. 그러나 러시아인다운 얼굴과 들어올 때의 모습, 처음 꺼낸 말에서 그가 자신과 같은 사회의 인간임을 알아채자, 그녀는 깊고 빛나는 눈빛으로 그를 바라보며 흥분한 나머지 툭툭 끊기는 떨리는 목소리로 이야기하기 시작했다. 로스토프는 이 만남에 불현듯 소설 같은 뭔가를 연상했다. '의지할 사람 하나 없는 슬픔에 젖은 처녀가, 홀로, 반란하는 난폭한 농민들 속에 남겨져 있다! 그리고 불가사의한 운명이 나를 이곳으로 이끌었다!' 로스토프는 그녀의 이야기를 듣고, 그녀의 얼굴을 바라보며 생각했다. '그녀의 용모와 표정에는 뭐라 말할 수 없는 온화함과 기품이 있다!' 그는 겁먹은 듯한 공작영애 마리야의 이야기를 들으며 생각했다.

이 모든 일이 아버지의 장례식 다음날 일어난 것이라고 말할 때 그녀의 목소리는 떨렸다. 그녀는 얼굴을 돌렸지만, 그의 동정을 사기 위해 그런 말을 꺼냈다고 오해할까봐 깜짝 놀라 걱정하는 눈빛으로 그를 바라보았다. 로스토프의 눈에 눈물이 고였다. 공작영애 마리야는 그것을 알아채고 그녀의 추한 용모를 잊게 할 만큼 빛나는 눈으로 감사를 담아 로스토프를 바라보았다.

"말로 표현할 수가 없습니다, 공작영애. 제가 우연히 여기 들러 당신을 도와드릴 수 있게 된 것을 얼마나 행복으로 생각하는지 말입니다." 로스토프는 일어나며 말했다. "부디 출발하십시오, 만약 제게 호위를 맡겨주신다면, 누구도 당신에게 무례한 짓을 하지 못하도록 한다고 제 명예를 걸고 약속하겠습니다." 그는 마치 황족 부인에게 하듯 공손히 절하고 문을 향했다.

로스토프는 그녀를 알게 된 것을 행복하게 생각하지만 가까워지기 위해 상대방의 불행을 이용하고 싶지는 않다는 마음을 그러한 태도로 보이려는 것 같았다.

공작영애 마리야는 그 태도를 이해하고 존중했다.

"너무나, 너무나 감사합니다." 공작영애는 프랑스어로 말했다. "하지만 모든 일은 오해에 지나지 않고, 누구의 잘못도 아니라고 믿고 싶어요." 공작영애는 와락 울음을 터뜨렸다. "죄송해요" 하고 그녀는 말했다.

로스토프는 이마를 찌푸리고, 다시 한번 공손히 절하고 방을 나갔다.

14

"어때요, 미인이던가요? 아, 형제여, 내 분홍색 아가씨는 매력적입니다, 이름은 두냐샤이고……" 그러나 로스토프의 얼굴을 보자 일리인은 말을 멈췄다. 그는 자신의 영웅인 중대장이 전혀 다른 생각을 하고 있다는 것을 알아챘다.

로스토프는 못마땅한 듯 일리인을 보고 대꾸도 없이 빠른 걸음으로 마을을 향해 걸어갔다.

"두고봐, 본때를 보여주지, 도둑놈들!" 그는 혼잣말을 했다.

알파티치는 달리는 건 아니지만 활주하는 것 같은 빠른 걸음걸이로 로스토프를 겨우 따라붙었다.

"어떻게 결정됐습니까?" 그는 로스토프를 따라붙자 말했다.

로스토프는 발을 멈추더니 주먹을 불끈 쥐고 갑자기 알파티치에게 위협적으로 다가들었다.

"결정? 무슨 결정? 이 영감탱이!" 그는 알파티치에게 소리쳤다. "너는 뭘 보고 있었어? 응? 농민들이 반란을 일으켰는데 그거 하나 처리 못해? 너도 배반자다. 나는 너희 같은 인간들을 잘 알아, 모조리 껍질을 벗겨주지……" 그는 말하고 일껏 축적한 격정을 헛되이 쓰게 될까 두려운 듯 알파티치를 남겨두고 앞으로 나아갔다. 알파티치는 모욕감을 억누르고 활주하는 것 같은 걸음걸이로 로스토프를 뒤따라가며 계속 자기 의견을 말했다. 그는 농민들이 고집을 부리는 상태인데, 이럴 때 군대도 없이 대결하는 것은 현명하지 않으니 우선 사람을 보내 군대를 부르는 편이 어떠냐고 말했다.

"내가 놈들에게 군대가 되어주지…… 내가 놈들과 대결하겠어." 니콜라이는 무분별한 동물적 분노와 그것을 발산하고픈 욕구에 숨을 헐떡이며 의미도 없는 말을 내뱉었고, 무엇을 어떻게 해야겠다는 생각도 없이 무의식중에 빠르고 단호한 걸음걸이로 군중 쪽으로 다가갔다. 그가 군중에게 다가갈수록 알파티치는 그의 무분별한 행동이 어쩌면 좋은 결과를 가져올지도 모른다고 느꼈다. 로스토프의 빠르고 단호한 걸음걸이와 이마를 찌푸린 엄한 얼굴을 바라보며 농민들 역시 똑같이 느꼈다.

경기병들이 마을에 오고 로스토프가 공작영애에게 간 뒤 군중 사이에는 혼란과 의견 분열이 일어났다. 몇몇은 러시아군이 왔으니 공작영애를 놔주지 않는 것을 알게 되면 그들이 화를 낼 거라고 말했다. 드론도 같은 의견이었지만, 그가 이렇게 말하자 카르프와 다른 농민들이 이전의 촌장에게 대들었다.

"너는 오랫동안 이 마을에서 해먹었잖아?" 카르프가 그에게 소리쳤다. "너는 아무래도 상관없겠지! 돈궤를 파내 들고 달아나면, 우리들 집이 파괴되건 말건 네놈한테는 상관도 없잖아?"

"질서를 지키고, 아무도 집에서 나오지 말고, 아무것도 마을 밖으로 들어내지 말라고 포고에 쓰여 있어—그게 전부야!" 다른 사람이 소리쳤다.

"이번엔 네놈 아들 차례였는데, 뚱뚱한 아들놈이 그렇게 가엾더냐." 갑자기 몸집이 작은 노인이 빠르게 외치며 드론에게 대들었다. "우리 반카를 군대에 보냈잖아. 그래, 다 죽으면 그만이야!"

"아무렴, 죽으면 돼!"

"나는 마을의 결의에 반대하는 사람이 아냐." 드론은 말했다.

"아무렴 반대하진 않겠지, 제 배는 채웠으니까!"

키 큰 두 농민이 의견을 이야기했다. 로스토프가 일리인과 라브루시카와 알파티치를 데리고 군중에게 다가서자, 카르프는 손가락을 허리띠에 끼운 채 가볍게 미소지으며 앞으로 나섰다. 드론은 반대로 뒷걸음치고, 군중은 더 조밀하게 다가들었다.

"이봐! 여기 촌장이 누군가?" 로스토프는 빠른 걸음으로 군중에게 다가가며 외쳤다.

"촌장이라고요? 무슨 일인데요?……" 카르프가 물었다.

그러나 그가 말을 마치기도 전에 모자가 날아가고 그의 머리는 억센 일격을 얻어맞고 옆으로 기울었다.

"모자 벗지 못해, 반역자들!" 로스토프는 핏대를 올리며 소리쳤다. "촌장은 어디 있나?" 그는 광포한 목소리로 외쳤다.

"촌장, 촌장을 부르고 계시잖아…… 드론 자하리치, 당신을 부르십니다." 여기저기서 다급하고 공손한 목소리가 들리고, 농민들이 모자를 벗기 시작했다.

"우리는 반란을 일으킨 것이 아닙니다. 질서를 지키고 있습니다." 카르프가 입을 연 순간, 뒤에서 몇 사람이 갑자기 말하기 시작했다.

"노인들이 정한 대로 한 것뿐이고, 당신네들 명령이 너무 많아서……"

"말대답하는 거냐?…… 반역이다!…… 도둑놈들! 배반자들!" 로스토프는 카르프의 먹살을 움켜잡고 자기 목소리 같지 않은 목소리로 마구 소리쳤다. "이놈을 묶어, 묶어라!" 그는 라브루시카와 알파티치 말고는 묶을 사람이 없는데도 소리쳤다.

라브루시카는 카르프에게 달려가 뒤에서 그의 두 손을 붙잡았다.

"산 밑에 있는 우리 부대를 부르시겠습니까?" 그는 외쳤다.

알파티치는 농민들을 향하더니 두 농민을 지명해 카르프를 묶으라고 지시했다. 그들이 군중 속에서 순순히 나와 허리띠를 풀기 시작했다.

"촌장은 어디 있니?" 로스토프는 소리쳤다.

드론이 창백해진 얼굴을 찡그리며 군중 속에서 나왔다.

"네가 촌장이냐? 묶어라, 라브루시카!" 마치 이 명령에 거역은 있을 수 없다는 듯이 로스토프는 외쳤다. 그리고 실제로 두 농민은 드론을 묶기 시작했는데, 드론은 거들듯이 자기 허리띠를 풀어 건넸다.

"모두 내 말 잘 들어." 로스토프는 농민들에게 말했다. "다들 곧장 집으로 돌아가라, 네놈들 목소리가 내 귀에 들리지 않게."

"뭐, 우리가 그렇게 나쁜 짓을 한 것도 아니잖아. 좀 어리석었을 뿐이야. 내가 뭐랬어…… 그런 짓은 무법한 일이라고 했잖아." 서로를 비난하는 소리가 들렸다.

"그래서 내가 말했잖은가." 자기 권력을 되찾은 알파티치가 말했다. "자네들이 잘못했어!"

"우리가 어리석었습니다, 야코프 알파티치." 많은 목소리가 대답했고, 군중은 즉시 흩어져 마을로 돌아가기 시작했다.

묶였던 두 농민은 지주의 저택으로 끌려갔다. 술 취한 두 농민이 그

뒤를 따라갔다.

"아이고, 꼴좋다!" 그중 한 사람이 카르프를 향해 말했다.

"나리들께 감히 그런 말을 해? 넌 무슨 생각을 했던 거냐?"

"바보" 하고 또 한 사람이 맞장구쳤다. "정말 바보야!"

두 시간 후 보구차로보 저택 안마당에는 짐마차 여러 대가 서 있었다. 농민들은 주인의 짐을 부지런히 마차로 실어나르고, 공작영애 마리야의 요청으로 룬두크*에서 풀려난 드론이 마당에서 농민들을 지휘하고 있었다.

"그렇게 쌓으면 안 돼." 키가 크고 얼굴이 둥근 농민이 웃는 얼굴로 하녀에게서 손궤를 받아들며 말했다. "이것도 값비싼 거란 말이다. 그렇게 제멋대로 내던지고 새끼줄로 치면 흠이 나잖아. 난 그런 건 싫다. 모든 일을 규칙에 따라 정직하게 해야지. 그러니 이건 이렇게 거적을 덮고 건초로 싸는 게 중요해. 좋아!"

"책 좀 봐, 책." 안드레이 공작의 책장을 나르던 다른 농민이 말했다. "건드리지 마! 지독하게 무거워, 전부 굉장한 책들이야!"

"그렇지, 쉬지도 않고 쓰셨으니까!" 키가 크고 얼굴이 둥근 농민이 맨 위에 있는 두꺼운 사전을 가리키고 뜻있는 윙크를 하며 말했다.

로스토프는 공작영애에게 친교의 부담을 주고 싶지 않았기 때문에 그녀에게 가지 않고 그녀의 출발을 기다리며 마을에 남아 있었다. 공작영애 마리야의 마차가 저택에서 나오자, 로스토프는 보구차로보에

---

* 덮개가 있는 커다란 나무상자 혹은 벽장.

서 12베르스타쯤 떨어진, 아군이 점령중인 가도까지 배웅했다. 얀코보 마을의 여관 앞에서 그는 정중하게 작별 인사를 하고, 비로소 용기를 내어 그녀의 손에 키스했다.

"별말씀을 다 하십니다." 마리야가 자신을 구출해준(그녀는 그의 행동에 대해 이렇게 말했다) 데 대해 감사하자, 그는 얼굴을 붉히며 대답했다. "어떤 경찰서장이라도 당연히 해드렸을 일이고, 만약 우리가 농민을 상대로 싸우는 것이었다면 이렇게 깊숙이 적을 들어오게 두지도 않았을 겁니다." 그는 부끄러운 듯 화제를 돌리려고 애쓰며 말했다. "저는 당신과 알게 되는 기회를 가진 것만으로도 행복합니다. 안녕히 가십시오, 공작영애, 당신의 행복과 안녕을 기원하며, 더 행복한 상황에서 다시 만날 수 있기를 바랍니다. 저를 부끄럽게 하지 않으시려거든 제발 감사 인사는 하지 마십시오."

그러자 공작영애는 더이상 말하지 않았지만, 감사와 상냥함으로 넘치는 표정으로 그에게 감사의 말을 하고 있었다. 그녀는 감사할 것 없다는 그의 말을 믿을 수 없었다. 그렇기는커녕 그가 와주지 않았다면 자신은 분명히 폭도와 프랑스군에게 피살됐을 거라고 생각했고, 그가 너무나 분명하고 끔찍한 위험을 무릅쓰고 그녀를 구출하려 했다는 데 의심의 여지가 없었으며, 그것보다 더욱 명백했던 것은, 그가 그녀의 상황과 슬픔을 이해해주는 고결하고 숭고한 영혼의 인간이라는 사실이었다. 울어서 눈이 부은 그녀가 자신의 상실에 대해 이야기했을 때 함께 눈물지어주던 그의 친절하고 정직한 눈이 뇌리에서 떠나지 않았다.

그와 작별하고 혼자 남자 공작영애 마리야는 갑자기 눈물이 고이는 것을 느꼈고, 그러자 곧, 처음 있는 일은 아니었지만, 그를 사랑하게 된 것이 아닐까? 하는 묘한 의문이 떠올랐다.

모스크바로 가는 마차에 같이 탄 두냐샤는, 모스크바에 가는 것이 공작영애에게 결코 기쁜 일일 리가 없을 텐데 그녀가 마차 창밖으로 몸을 내밀고 기쁘면서도 애잔한 미소를 짓는 것을 여러 번 보았다.

'내가 그를 사랑한들, 그게 무슨 소용일까?' 공작영애 마리야는 생각했다.

그녀는 영원히 자신을 사랑해주지 않을지도 모르는 남자를 먼저 사랑하게 되었다고 인정하는 건 부끄러운 일이지만 이 일은 절대 아무도 알아채지 못할 것이며, 또 자신이 처음이자 마지막으로 사랑한 상대방을 누구에게도 말하지 않고 일평생 혼자 사랑한다 하더라도 비난받을 일은 없다는 생각으로 스스로를 위안했다.

이따금 그녀는 그의 눈길, 그의 위로하는 마음, 그의 말을 떠올렸다. 그러자 행복이 불가능한 것은 아닐지도 모른다는 생각이 들었고, 두냐샤는 바로 그때 공작영애가 마차 창밖을 바라보며 미소짓는 모습을 보았던 것이다.

'그는 보구차로보에 와야만 했던 거야, 그것도 그런 순간에!' 공작영애 마리야는 생각했다. '그리고 그의 누이는 안드레이 공작을 거절해야 했던 것이고!' 공작영애 마리야는 이 모든 것에서 하느님의 의지를 보았다.

공작영애 마리야가 로스토프에게 준 인상은 무척 유쾌한 것이었다. 그는 그녀를 생각하면 즐거워졌고, 보구차로보에서의 그의 모험을 들은 동료들이 건초를 구하러 갔다가 러시아 제일의 부잣집 딸 중 하나를 낚았다고 놀리면 화를 냈다. 그가 화를 낸 것은, 자기가 호감을 느끼고 있는, 온화한데다 막대한 재산까지 가진 공작영애와 결혼한다면 하는 생각이 의지에 반해 머릿속에 떠오른 것이 한두 번이 아니었기 때문이다. 개인적으로 보면 공작영애 마리야보다 더 나은 신붓감은 바랄 수도 없고, 그녀와 결혼하면 그의 어머니 백작부인을 행복하게 해줄 수 있고 아버지의 재정 문제를 해결할 수 있으며, 심지어 공작영애 마리야까지도 행복하게 해줄 수 있을 거라고 니콜라이는 느끼고 있었다.

하지만 소냐는? 그리고 그 약속은? 이것 때문에 로스토프는 볼콘스키 공작영애 일로 놀림을 받으면 화를 냈던 것이다.

15

전군의 지휘를 맡게 되자 쿠투조프는 안드레이 공작을 떠올리고 그에게 총사령부로 출두하라는 명령을 보냈다.

안드레이 공작은 쿠투조프가 처음 사열을 했던 그날 그 시각에 차료보-자이미셰에 도착했다. 그는 마을로 들어가 총사령관의 마차가 있는 사제관 옆에 말을 세우고 문 옆 벤치에 앉아 공작 각하를 기다렸는데, 지금은 모두가 쿠투조프를 그렇게 부르고 있었다. 마을 뒤쪽 들판에서 군악대 소리와 새로운 총사령관에게 "우라!"를 외치는 수많은 환성이 들려왔다. 안드레이 공작이 있는 데서 열 걸음쯤 떨어진 문 옆에는 쿠투조프 공작의 부재와 청명한 날씨를 향유하는 두 병졸과 전령과 집사가 서 있었다. 가무잡잡하고 콧수염과 구레나룻을 기른 몸집이 작은 경기병 중령이 문으로 말을 몰고 와 안드레이 공작을 힐끗 보고, 여기가 공작 각하의 숙사입니까, 곧 돌아오십니까? 하고 물었다.

안드레이 공작은 자신은 각하의 사령부 소속이 아니며, 다른 곳에서 왔다고 말했다. 경기병 중령은 말쑥한 옷차림의 병졸에게 같은 질문을 했고, 총사령관 소속 병졸은 총사령관 소속 병졸이 장교에게 이야기할 때 하는 일종의 경멸하는 듯한 독특한 어조로 대답했다.

"공작 각하 말입니까? 곧 오실 텐데, 무슨 볼일이십니까?"

경기병 중령은 병졸의 어조에 콧수염 밑에서 쓴웃음을 짓고 말에서 내려 전령에게 고삐를 건넨 뒤 가볍게 절하며 볼콘스키에게 걸어갔다. 볼콘스키는 벤치 옆자리를 조금 비켜주었다. 경기병 중령이 그의 옆에 앉았다.

"당신도 총사령관을 기다리십니까?" 경기병 중령이 말을 걸었다. "다행히, 누구에게나 가까이 대해주시는 것 같더군요. 소시지*들은 야단이거든요! 예르몰로프가 독일인으로 승격시켜달라고 했던 것도 무리가 아닙니다. 앞으로는 러시아인도 말할 수 있게 될 겁니다. 진짜 여태까지는 꼴이 말이 아니었습니다. 퇴각만 거듭했으니까요. 당신도 원정에 참가했습니까?" 그는 물었다.

"다행히도, 했습니다." 안드레이 공작은 대답했다. "퇴각에 참가했을 뿐만 아니라 그 퇴각으로 영지와 태어난 집은 물론 소중한 아버지까지 잃었습니다…… 아버지는 그 슬픔으로 돌아가셨죠. 나는 스몰렌스크 사람입니다."

"네?…… 당신은 볼콘스키 공작이십니까? 만나서 정말 반갑습니

---

* 독일인을 비하한 말.

다, 데니소프 중령입니다, 바시카라는 이름으로 알려져 있습니다만." 데니소프는 안드레이 공작의 손을 잡고 얼굴을 찬찬히 들여다보며 말했다. "그래요, 나도 들었습니다." 그는 동정 어린 목소리로 말하고 잠시 입을 다물었다가 말을 이었다. "이건 스키타이식 전쟁* 같습니다. 제 몸 사리는 인간들에게는, 뭐 그것도 좋겠지만 말입니다. 그런데 당신이 안드레이 볼콘스키 공작 맞습니까?" 그는 고개를 저었다. "정말 반갑습니다, 공작, 당신을 만나서 정말 기쁩니다." 그는 상대방의 손을 잡고 쓸쓸한 미소를 지으며 덧붙였다.

안드레이 공작은 나타샤에게 첫 구혼자 이야기를 들었기 때문에 데니소프를 알고 있었다. 이 회상은 최근 한동안 전혀 생각하지 않았지만 여전히 마음속에 남아 있었던 그 고통스러운 감정으로 그를 달콤하고 아프게 이끌었다. 최근의 스몰렌스크 포기, 리시예 고리 방문, 얼마 전 받은 아버지의 부고와 같은 심각한 인상과 감정을 경험하고 있었기 때문에 그런 회상은 이미 거의 떠오르지 않았고, 떠오르더라도 그에게 이전과 같은 힘을 미치지는 않았다. 데니소프에게도 볼콘스키라는 이름이 불러일으킨 일련의 회상은, 만찬과 나타샤의 노래가 끝난 뒤 자기도 모르게 열다섯 살 소녀에게 구혼했던, 아득하고 시적인 과거였다. 그는 그때의 일과 나타샤에게 품었던 사랑에 자기도 모르게 웃음을 지었지만, 이내 현재 자기 마음을 강렬히 사로잡고 있는 문제로 생각을 돌렸다. 그것은 퇴각할 때 전초에 근무하며 고안했던 전투 계획이었다. 그는 그 계획을 바르클라이 드 톨리에게 제출했었는데, 이번

---

* 스키타이인들은 퇴각을 전술로 삼았다.

에는 쿠투조프에게 제출할 생각이었다. 프랑스군의 전선이 너무 퍼져 있으므로 적의 진로를 차단해 정면에서 공격하는 대신, 아니 그와 동시에 적의 보급선을 공격한다는 것이 계획의 요지였다. 그는 안드레이 공작에게 자신의 계획을 설명하기 시작했다.

"그들은 이 전선 전체를 지탱하지 못합니다. 그건 불가능하죠, 내가 책임지고 그 보급선을 끊겠습니다. 500명의 병사만 주시면 보기 좋게 끊어 보일 겁니다. 정말입니다! 방법은 오직 하나―게릴라전입니다."

데니소프는 일어나 볼콘스키에게 몸짓을 하며 전투 계획을 설명했다. 설명하는 중에 전보다 더 시끄럽고 더 커진 군대의 함성과 군악대 소리가 노랫소리에 합쳐져 열병 현장에서 들려왔다. 마을에서 말굽 소리와 함성이 들렸다.

"돌아오신다." 문 옆에 서 있던 카자크가 소리쳤다. "돌아오신다!"

볼콘스키와 데니소프는 문 쪽으로 다가갔다. 문 옆에는 한 무리의 병사들(의장대)이 정렬해 있었고, 키 작은 밤색 말을 타고 길을 따라오고 있는 쿠투조프가 보였다. 다수의 장군들이 막료로서 뒤따르고 있었다. 바르클라이는 쿠투조프와 거의 나란히 나아가고, 그 뒤와 주위에서도 장교 무리가 달리며 "우라!"를 외치고 있었다.

그의 부관들이 먼저 뜰로 달려들어왔다. 쿠투조프는 자기 몸무게 때문에 기우뚱하며, 측대보*로 걷는 말을 성급하게 차면서 머리에 쓴 하얀 기병 군모(빨간 테두리가 있고 차양이 없는)에 거수해 잇따라 답례했다. 그에게 경례하고 있는 척탄정예병들 가운데 대부분 기병으로 이

---

* 같은 쪽 앞발과 뒷발이 동시에 움직이는 것으로 이 상태에서는 상하로 출렁이는 반동이 거의 없다.

루어진 의장대 옆까지 오자 그는 잠시 말없이 지휘관다운 눈길로 집요하게 바라보고, 주위에 서 있는 장군과 장교 무리를 돌아보았다. 그는 즉시 미묘한 표정을 떠올리며 의아한 듯 어깨를 으쓱했다.

"이렇게 용사들이 모여 있는데 퇴각만 거듭하다니!" 그는 말했다. "자, 이만 실례하겠소, 장군" 하고 덧붙이고 그는 안드레이 공작과 데니소프의 옆을 지나 문 쪽으로 말을 몰고 갔다.

"우라! 우라! 우라!" 뒤에서 외침 소리가 일었다.

안드레이 공작이 보지 못한 사이 쿠투조프는 더 살이 찌고, 피부가 늘어지고, 기름기가 올라 있었다. 그러나 눈에 익은 하얀 애꾸눈, 상처 자국, 얼굴과 몸에 드러난 피로의 기색은 예전과 다름없었다. 그는 제복용 프록코트(가는 가죽끈의 채찍이 어깨에 늘어져 있었다)에 하얀 기병 군모를 쓰고 있었다. 그는 늘컹거리고 흔들거리며 씩씩한 애마에 올라타 있었다.

"휴…… 휴…… 휴……" 그는 안뜰로 들어서며 간신히 들리는 휘파람을 불었다. 그의 얼굴에는 임무를 마친 뒤 한숨 돌리려는 사람 같은 안도의 기쁨이 나타나 있었다. 그는 왼쪽 발을 등자에서 빼자 온몸을 기울여 얼굴을 찌푸리며 겨우 발을 안장 위로 들어올리고, 자기 무릎을 짚고 신음하며 밑에 있던 카자크와 부관의 팔들에 의지해 내렸다.

그는 자세를 가다듬은 다음 실눈으로 주위를 둘러보았고, 안드레이 공작을 힐끗 보았으나 바로 알아보지 못한 듯 물속을 걷는 듯한 걸음걸이로 현관 쪽으로 걸어갔다.

"휴…… 휴…… 휴." 그는 다시 휘파람을 불며 안드레이 공작을 바라보았다. 안드레이 공작의 얼굴 인상은 몇 초 후에야(노인에게는 흔한 일이지만) 겨우 그 개인에 관한 기억에 연결되었다.

"아, 잘 있었나. 공작, 잘 있었나. 여보게, 들어가세……" 그는 다시 주위를 둘러보며 고단한 듯 말하고, 몸무게 때문에 삐걱거리는 현관 층층대를 힘겹게 올라갔다. 그는 단추를 풀고 층층대에 놓인 벤치에 앉았다.

"그래, 아버님은?"

"어제 아버지의 부고를 받았습니다." 안드레이 공작은 짧게 대답했다.

쿠투조프는 놀라서 눈을 휘둥그레 뜨고 안드레이 공작을 바라보더니 모자를 벗고 성호를 그었다. '그의 영혼에 안식을 주소서! 하느님의 뜻이 항상 우리 위에 있나이다!' 그는 가슴 깊이 무거운 한숨을 쉬고 잠시 침묵했다. "나는 그분을 사랑하고 존경했고, 진심으로 애도하네." 그는 안드레이 공작을 끌어당겨 자기 살찐 가슴에 누르며 놓아주지 않았다. 그에게서 떨어지자 안드레이 공작은 쿠투조프의 두툼한 입술이 떨리는 것과 눈에 고인 눈물을 보았다. 그는 한숨을 내쉬고는 일어나기 위해 벤치를 두 손으로 잡았다.

"가세, 내 방으로 가서 이야기하세" 하고 그가 말했을 때, 적에 대해서도 상관에 대해서도 두려움을 모르는 데니소프가 층층대 옆에 서 있던 부관들이 작지만 화난 음성으로 저지하는데도 박차를 울리며 주저없이 층층대를 올라갔다. 쿠투조프는 두 손으로 벤치를 짚은 채 못마땅한 듯 데니소프 쪽을 바라보았다. 데니소프는 성명을 대고, 각하에게 조국의 안녕을 위해 매우 중요한 문제를 보고하겠다고 말했다. 쿠투조프는 피로한 눈으로 데니소프를 바라보며 마땅찮은 몸짓으로 두 손을 벤치에서 떼어 배 위에서 깍지를 끼더니 "조국의 안녕을 위해?

그것이 대체 뭔가? 말해보게"하고 말했다. 데니소프는 아가씨처럼 얼굴이 새빨개져서(이 나이든 수염투성이 술고래의 얼굴이 빨개지자 실로 기묘한 느낌을 주었다) 스몰렌스크와 뱌지마 사이의 적의 보급선을 차단한다는 자신의 계획을 상세하게 설명하기 시작했다. 데니소프는 이 지방에 살았기 때문에 지형도 잘 알았다. 그 계획은 무엇보다 그의 말에 담긴 신념의 힘 때문에라도 의심의 여지 없이 훌륭하게 생각되었다. 쿠투조프는 자기 발밑을 내려다보다가, 이따금 이웃집 뜰을, 마치 거기서 불쾌한 뭔가가 일어나기를 기다리는 듯이 바라보았다. 아니나다를까, 데니소프가 설명하는 도중 그가 바라보고 있던 농가에서 서류 가방을 겨드랑이에 낀 장군 한 명이 나타났다.

"뭔가?"데니소프의 설명을 끊고 쿠투조프는 말했다. "준비됐나?"

"준비됐습니다, 공작 각하."장군은 대답했다. 쿠투조프는 '어떻게 혼자서 모든 것을 할 수 있겠는가'라고 말하는 것처럼 고개를 흔들고 다시 데니소프의 말에 귀를 기울였다.

"러시아 장교의 명예를 걸고 맹세하겠습니다."데니소프는 말했다. "제가 반드시 나폴레옹의 보급선을 끊어놓겠습니다."

"키릴 안드레예비치 데니소프 병참부장과는 어떤 사이인가?"쿠투조프는 말을 가로막았다.

"숙부입니다, 공작 각하."

"오! 내 친구였지"하고 쿠투조프는 유쾌하게 말했다. "좋아, 좋아. 이 사령부에 남아 있게, 내일 이야기하세."그는 데니소프에게 고개를 끄덕이고는 돌아서서 코노브니친*이 가져온 서류에 손을 뻗었다.

"안으로 들어가시면 어떻습니까, 공작 각하."당직 장군이 볼멘소리로 말했다. "계획서도 보셔야 하고 서명하실 서류들도 있습니다." 문에서 나온 부관이 방이 준비됐다고 알렸다. 그러나 쿠투조프는 용무를 다 마친 뒤에 들어가고 싶은 듯했다. 그는 얼굴을 찌푸렸다……

"아니야, 여보게, 이리로 탁자를 가져오라고 이르게, 여기서 볼 테니까." 그는 말했다. "자네는 가지 말고 있게." 그는 안드레이 공작을 돌아보며 덧붙였다. 안드레이 공작은 당직 장군의 보고를 들으며 현관에 남아 있었다.

보고가 이루어지는 동안 안드레이 공작은 입구 문 뒤에서 여자의 속삭임과 비단옷 스치는 소리를 들었다. 몇 번인가 그쪽을 보다가, 분홍색 옷에 연보라색 플라토크를 두른 통통하고 혈색 좋은 아름다운 여자가 접시를 들고, 분명 총사령관이 들어오기를 기다리는 듯 문 안쪽에 서 있는 것을 보았다. 쿠투조프의 부관이 그녀는 집주인인 사제의 아내인데 공작 각하에게 빵과 소금을 바치려는 거라고 안드레이 공작에게 속삭이듯 말해주었다. 남편은 교회에서 십자가를 들고 각하를 맞았고, 아내는 집에서 환영하려는 것이었다…… "아주 예쁩니다." 부관은 빙그레 웃으며 덧붙였다. 쿠투조프는 이 말에 돌아보았다. 그는 데니소프의 이야기를 들을 때처럼, 칠 년 전 아우스터리츠의 군사회의에서 토론을 들을 때처럼 당직 장군의 보고를(보고의 요점은 차료보-자이미셰 진지에 관한 비판이었다) 듣고 있었다. 한쪽 귀에는 해면을 넣고 있었지만, 귀가 있는 이상 듣지 않을 수 없어 들을 뿐이었고, 당직 장군의 보고는 뭐 하나 놀라운 것도 관심을 끄는 것도 없었을 뿐만 아

＊ P. P. 코노브니친(1764~1822). 러시아 장군. 당시 후위대를 지휘했다.

니라. 이미 아는 이야기를 기도문을 끝까지 들어야 하는 것처럼 전부 들어야 하기 때문에 듣는 것에 지나지 않았다. 데니소프가 한 말은 전부 적절하고 현명했다. 당직 장군이 한 말은 더 적절하고 현명했지만, 쿠투조프는 지식이나 두뇌를 멸시하고 뭔가 다른 결정적인 것―지식이나 두뇌에 좌우되지 않는 다른 뭔가를 알고 있는 것 같았다. 안드레이 공작은 총사령관의 표정을 눈여겨보았지만 그 표정에서 포착된 것은 지루함, 문 너머의 여자가 속삭인 말이 무슨 뜻이었나 하는 호기심, 그리고 예의를 지키고 싶은 바람뿐이었다. 쿠투조프가 지식이나 두뇌뿐 아니라 데니소프가 보인 애국심까지도 멸시한다는 건 분명했지만, 그는 자신의 두뇌와 감정과 지식이 아니라(그는 그런 것들을 과시하려 한 적이 없었으므로) 뭔가 다른 것으로 멸시했다. 그는 자신의 연륜과 경험으로 그것들을 멸시하고 있었다. 보고를 들으며 쿠투조프가 내린 유일한 명령은 러시아 군대의 약탈에 관한 것이었다. 당직 장군은 보고의 마지막 서류를 공작 각하에게 내놓고 서명을 요청했는데, 어느 지주의 진정에 의해, 아직 파란 귀리를 베어버린 각 군대 지휘관들에게 벌금을 징수한다는 서류였다.

쿠투조프는 이 말을 듣더니 혀를 차고 고개를 저었다.

"페치카에…… 불에 태워버려! 딱 한 번만 말하겠네, 여보게," 그는 말했다. "이런 건 전부 불속에 던져버리게. 곡식도 마음대로 베고, 나무도 때게 놔두란 말이야. 난 그러라고 명령하지도 허락하지도 않지만, 처벌은 하지 않아. 그건 어쩔 수 없는 일이야. 장작을 패면 나무 부스러기가 날리기 마련이야" 하고 그는 다시 서류를 훑어보았다. "아, 이런 게 독일식 고지식함이지!" 그는 고개를 저으며 말했다.

16

"자, 이제 다 끝났군" 하고 쿠투조프는 마지막 서류에 서명하고 무겁게 몸을 일으켜 희고 통통한 목주름을 펴면서 유쾌한 얼굴로 문 쪽으로 걸어갔다.

사제의 아내는 갑자기 얼굴을 붉히고, 오랫동안 준비했지만 알맞은 시간에 내놓지 못했던 접시를 들었다. 그녀는 공손히 절하며 그것을 쿠투조프에게 바쳤다.

쿠투조프는 눈을 가늘게 뜨고 미소짓더니 한 손을 여자의 턱 밑에 대고 말했다.

"대단한 미인이군! 고맙소, 부인!"

그는 바지 주머니에서 금화를 몇 닢 꺼내 접시에 얹었다.

"어떻소, 지내기는?" 쿠투조프가 그에게 마련된 방으로 향하며 말했다. 사제의 아내는 혈색 좋은 얼굴에 보조개를 짓고 생글거리며 방으로 뒤따라갔다. 부관은 현관에서 기다리는 안드레이 공작에게 나와 아침식사를 권했고, 삼십 분 뒤 안드레이 공작은 쿠투조프의 부름을 받았다. 쿠투조프는 프록코트 단추를 푼 채 안락의자에 누워 있었다. 그는 프랑스어 책을 들고 있다가 안드레이 공작이 들어오자 주머니칼을 끼우고 덮었다. 안드레이 공작이 표지를 보니, *마담 장리스*의 『*백조의 기사*』였다.

"자, 앉게, 앉아서 이야기하세." 쿠투조프는 말했다. "슬픈 일이군, 참으로 슬픈 일이야. 하지만 여보게, 내가 자네의 아버지라는 걸, 또 다른 아버지라는 걸 기억하게……" 안드레이 공작은 아버지의 마지막에 관해, 그리고 리시예 고리를 통과할 때 보았던 것을 아는 대로 쿠투조프에게 전했다.

"그렇게…… 그렇게까지 되었나!" 안드레이 공작의 이야기를 듣고 분명 러시아가 처한 상황을 뚜렷이 파악한 듯 쿠투조프는 갑자기 흥분한 목소리로 말했다. "시간을 주게, 시간을 줘." 그는 적의 어린 표정으로 덧붙이더니 언짢은 이야기는 계속하고 싶지 않은 듯 말했다. "자네를 부른 건, 내 옆에 두고 싶어서야."

"고맙습니다, 공작 각하." 안드레이 공작은 대답했다. "하지만 이제 저는 사령부에는 알맞지 않다고 생각합니다." 그는 미소지으며 말했고, 쿠투조프는 그 미소를 알아챘다. 쿠투조프는 묻는 듯이 그를 바라보았다. "그러나 무엇보다 중요한 건," 안드레이 공작은 덧붙였다. "제가 연대 생활에 익숙해져 장교들과 정이 들었고, 모두가 저를 좋아한다는 것입니다. 연대를 떠나기가 섭섭합니다. 제가 공작 각하와 함께하는 영광을 사양하더라도 그것은 결코……"

현명하고 선량하고 조소하는 듯한 미묘한 표정이 쿠투조프의 살찐 얼굴에서 빛났다. 그는 볼콘스키의 말을 가로막았다.

"유감이군, 나는 자네가 필요한데, 하지만 자네 말이 옳네, 옳아. 인재가 필요한 곳은 여기가 아니지. 조언자야 언제나 많지만 인재는 없거든. 만약 조언자가 모두 자네처럼 연대에서 근무했다면 이렇게 되지도 않았을 거야. 나는 아우스터리츠 이래 자네를 기억하고 있었네…… 기억하지, 기억하고말고, 군기 든 모습을 기억해." 쿠투조프는 이렇게 말했고, 안드레이 공작의 얼굴도 이 회상에 기쁜 듯이 상기되었다. 쿠투조프는 그의 손을 잡아 끌어당기며 뺨을 내밀었고, 안드레이 공작은 또다시 노인의 눈에 고인 눈물을 보았다. 안드레이 공작은 쿠투조프가 눈물이 많고, 유달리 그를 사랑해주고, 그의 상실에 동정을 보이려 하고 가엾이 여긴다는 것을 잘 알았지만, 그에게 아우스터리츠의 기억은 즐겁고 자랑스러운 것이었다.

"자네는 자네의 길을 가게, 신의 가호가 있기를. 나는 아네, 자네의 길이 명예의 길이라는 걸." 그는 잠시 침묵했다. "나는 부카레스트에서도 자네를 보내는 게 서운했지만 자네를 파견해야 했었어." 쿠투조프는 화제를 돌려 터키 전쟁과 체결된 강화조약에 대해 이야기하기 시작했다. "그래, 많은 사람이 비판했지." 쿠투조프는 말했다. "전쟁을 하건 강화를 하건…… 하지만 모든 일이 알맞은 때였어. *기다릴 줄 아는 자에게는 모든 일에 알맞은 때가 찾아온다.* 거기에도 여기 못지않게 조언자는 많았지……" 그는 현재 자신의 마음을 차지한 조언자 문제로 말머리를 돌리며 계속했다. "아아, 조언자들, 조언자들!" 그는 말했다. "그들의 말을 다 들었다면 터키와 강화는커녕 전쟁도 끝내지 못했을 거야. 무슨 일이든 빠른 편이 좋지만, 급할수록 돌아가야지. 만약 카멘스키가 죽지 않았다면* 결국 파멸하고 말았을 거야. 그는 3만의 병력으로 요새를 습격했어. 요새 하나 점령하는 것은 어렵지 않아, 어려운 건 전투에서 이기는 거지. 전투에서 이기기 위해 필요한 건 공격이나 습격이 아니라 인내와 시간이야. 카멘스키는 루스추크에 군대를 보냈지만** 우리는 이 두 가지(인내와 시간)를 가지고 카멘스키보다 더 많

---

* 1811년 3월 쿠투조프는 질병으로 사망한 N. M. 카멘스키의 뒤를 이어 도나우군 총사령관에 임명됐다.
** 1810년 7월 카멘스키가 성과 없이 포위했던 터키의 요새는 9월 러시아군에 점령됐다.

은 요새를 점령했고, 터키군에게 말고기를 먹게 했네." 그는 고개를 저었다. "프랑스군에게도 똑같이 해줄 거야! 내 말을 믿어주게." 쿠투조프는 가슴을 치며 분연히 말했다. "놈들에게도 말고기를 먹여주겠어." 그의 눈은 또다시 눈물로 흐려졌다.

"하지만 싸움을 걸어오면 응전해야 하지 않겠습니까?" 안드레이 공작은 말했다.

"모두가 원한다면 해야겠지, 도리가 없으니…… 하지만 여보게, 이건 정말이야, 인내와 시간, 이 두 용사보다 강한 건 없고, 이 두 가지가 모든 것을 해주지만, 조언자들은 *그런 식으로 보지 않아. 그게 잘못이야.* 누구는 좋다고 하고 누구는 안 된다고 하니, 대체 어떻게 해야 하지?" 그는 대답을 기대하는 듯이 물었다. "그래, 자네라면 어떻게 하라고 하겠나?" 그는 깊고 총명한 빛을 띤 눈을 반짝이며 다시 물었다. "어떻게 해야 하는지 내가 가르쳐주지." 안드레이 공작이 대답하지 않자 그는 말했다. "어떻게 해야 하는지, 내가 어떻게 하고 있는지 가르쳐주지. *의심 속에서는, 여보게.*" 그는 잠시 입을 다물었다. "*몸을 삼가라.*" 그는 잠시 사이를 두었다가 말했다.

"자, 잘 가게, 친구. 나는 자네의 상실을 온 마음으로 함께 느끼고 있고, 자네에게 나는 각하도 공작도 총사령관도 아닌 아버지라는 걸 잊지 말게. 필요한 용무가 있을 때는 나한테 직접 오게. 잘 가게, 여보게." 쿠투조프는 다시 그를 껴안고 키스했다. 그리고 안드레이 공작이 문을 나서기도 전에 진정하려는 듯 한숨을 내쉬고, 읽다 만 *마담 장리스*의 소설 『백조의 기사』를 다시 집어들었다.

어떻게 왜 그렇게 됐는지는 설명할 수 없지만 안드레이 공작은 쿠투조프와 대면한 이후 전황 전체에 대해서도, 또 그것을 맡고 있는 인물에 대해서도 안심하며 연대로 돌아갔다. 이 노인 안에 사적인 것은 조금도 남아 있지 않았고, 마치 욕망들의 습성만, 지성(사건들을 그룹지어 결론을 내리는) 대신 사건의 경과를 차분히 관찰하는 능력만 남은 것처럼 보일수록 안드레이 공작은 모든 일이 마땅히 되어야 할 대로 되어갈 거라 더욱 안심하게 되었다. '그에게는 자기 자신의 것은 아무것도 없다. 그는 아무것도 생각해내거나 계획하지 않는다.' 안드레이 공작은 생각했다. '하지만 그는 모든 것을 듣고, 모든 것을 기억하고, 모든 것을 제자리에 돌려놓고, 유익한 일은 절대 방해하지 않고, 해로운 것은 절대 허용하지 않는다. 그는 자신의 의지보다 강하고 더 중요한 것, 즉 사건의 필연적인 경과를 알고, 그것을 볼 수 있고, 의미를 이해할 수 있고, 그 관점에서 사건에 참가하기를 피할 수도 있고 다른 데로 돌려진 자신의 의지를 꺾을 수도 있다. 그리고 무엇보다도' 하고 안드레이 공작은 생각했다. '그를 신뢰할 수 있는 이유는, 그가 장리스의 소설을 읽고 프랑스 속담을 인용해도 러시아 사람이기 때문이고, "그렇게까지 되었나!"라고 할 때의 목소리가 떨리고 "놈들에게도 말고기를 먹여주겠어!"라고 할 때 울먹였기 때문이다.' 쿠투조프가 총사령관으로 선택됐을 때 궁정의 의견에 반해 국민들에게 나타난 의견 일치와 일반의 찬동은 다소 차이는 있지만 많은 이들이 막연하게 느끼던 이 감정이 토대가 된 것이었다.

17

황제가 모스크바에서 떠난 뒤 모스크바의 생활은 예전과 똑같이 다시 흘러가기 시작했고, 이 생활이 전과 다름없었기 때문에 애국적인 감격과 영광에 찼던 며칠을 상기하기 어려웠을 뿐만 아니라, 실제로 러시아가 위기에 빠졌다는 것도, 영국클럽 회원들이 어떠한 희생도 각오한 조국의 아들들이기도 하다는 것도 도무지 믿어지지 않았다. 황제가 모스크바에 머문 동안 온 도시를 열광하게 했던 감격에 찬 애국심을 상기시키는 것은 오로지 인원과 금전을 기부하라는 요구뿐이었는데, 이 요구는 갑자기 법률적이고 공적인 형태가 되어 아무래도 피할 수 없는 것이 되고 말았다.

닥쳐오는 커다란 위험을 알아챈 사람들에게 흔히 보이는 것처럼, 적이 모스크바로 접근해 오고 있는데도 자신들의 상황에 대한 모스크바 사람들의 생각은 조금도 진지해지지 않고 오히려 더 경박해졌다. 위험이 닥쳐오면 인간의 마음속에서는 으레 두 개의 목소리가 똑같이 강하게 말하기 시작하는데, 하나의 목소리는 위험의 성질을 잘 파악해 벗어날 수단을 강구해야 한다고 무척 이성적으로 말하고, 또하나의 목소리는 모든 것을 예견하고 사건의 전반적인 움직임에서 달아나는 것은 인간의 힘에 부치고 위험을 생각하는 것은 괴롭고 고통스러우니 그것이 눈앞에 닥칠 때까지는 외면하고 즐거운 일만 생각하는 편이 현명하다고 더욱 이성적으로 말한다. 혼자일 때 인간은 대개 첫번째 목소리에 따르지만, 집단사회는 두번째 목소리에 따른다. 지금 모스크바 시민의 경우가 그랬다. 모스크바가 이해만큼 흥겨웠던 적은 오래도록 없었다.

위쪽에 술집과 그 주인인 모스크바 상인 카르푸시카 치기린이 그려진, 술집에서 꽤 취해서는 보나파르트가 모스크바로 쳐들어온다는 소문을 듣고 몹시 화가 나 프랑스인에 대해 닥치는 대로 욕을 퍼붓다가 술집에서 뛰쳐나와 독수리* 아래 서서 모여든 군중에게 열변을 토했던 사내가 그려진 라스톱친의 전단은 바실리 리보비치 푸시킨**의 근작인 제운시와 함께 많이 읽히고 논의의 대상이 되었다.

클럽의 구석방에 모여 이 전단을 읽던 사람들 중 일부는 카르푸시카가 프랑스인들을 조롱하며 그놈들은 양배추로 배가 부풀고, 카샤***로 배가 터지고, 시치****로 질식할 것이다, 모두 난쟁이라 세 놈쯤은 여자 혼자서도 갈퀴로 쓸어버릴 수 있다고 한 말을 유쾌해했다. 또 일부는 이런 말에 동조하지 않고 저속하고 어리석다고 말했다. 라스톱친이 프랑스인뿐만 아니라 모든 외국인을 모스크바에서 추방했고 그중에는 나폴레옹의 스파이와 앞잡이도 끼여 있었다는 이야기도 있었는데, 이 말을 꺼낸 것은 라스톱친이 모스크바에서 외국인을 내보낼 때 했던 신랄한 명구를 써먹기 위해서였다. 외국인들을 바지선에 태워 니즈니로 내보낼 때 라스톱친은 이렇게 말했다. "이 배를 타고 당신들 스스로를 지키고, 이 배가 당신들에게 카론의 배가 되지 않도록 하시오." 어떤 자는 모든 관청이 이미 모스크바에서 옮겨졌다고 이야기하고, 모스크바는 이것만으

---

* 러시아 국기를 뜻함.
** 1779~1830. 대시인 푸시킨의 백부뻘 되는 인물로 역시 시인이었다.
*** 러시아식 곡물 죽.
**** 양배추 수프.

로도 나폴레옹에게 감사해야 한다고 했던 신신의 농담을 덧붙였다. 또 어떤 자는 마모노프가 바친 일개 연대는 값으로 따지면 80만 루블쯤 될 거라느니, 베주호프는 자기 민병에 그 이상 돈을 썼지만 그가 한 가장 훌륭한 일은 몸소 군복을 입고 말을 타고 연대의 선두에 설 결심을 하면서도 구경꾼들에게 자릿값 한 푼 거두지 않은 것이라느니 하는 이야기를 했다.

"당신들은 누구에게나 가차없군요." 쥴리 드루베츠카야가 반지를 잔뜩 낀 가느다란 손가락으로 잘게 뜯어놓은 린트 한 덩어리를 그러쥐며 말했다.

쥴리는 다음날 모스크바를 떠나므로 작별 야회를 열고 있었다.

"베주호프는 우스꽝스럽긴 하지만 무척 선량하고 다정한 분이에요. 그런 독설을 하면 무슨 만족이 있어요?"

"벌금!" 하고 민병 군복을 입은 젊은이가 말했는데, 쥴리가 '나의 기사'라고 부르는 이 젊은이는 그녀와 함께 니즈니로 갈 예정이었다.

모스크바의 많은 사교계와 마찬가지로 쥴리의 사교계에서도 사람들은 러시아어만 쓰기로 하고, 만약 실수로 프랑스어를 쓰면 모금위원회에 벌금을 물기로 했다.

"프랑스어식 표현도 쓰셨으니 한번 더 벌금입니다!" 객실에 있던 러시아 작가가 말했다. "'만족이 있다'라는 표현은 러시아어에는 없으니까."

"정말 당신은 누구에게도 가차없군요." 쥴리는 작가의 말은 무시하고 민병에게 계속 말했다. "독설이라고 한 건 잘못이니까." 그녀는 말했다. "벌금을 낼게요. 진실을 말하는 만족을 위해서라면 얼마든지 더

내도 좋지만 프랑스어식 표현을 쓴 건 제 책임이 아니에요." 그녀는 말하고 작가 쪽을 바라보았다. "나는 골리친 공작처럼 돈과 시간을 들이며 선생을 고용해 러시아어를 배울 수는 없으니까요. 아, 오셨군요." 쥴리는 말했다. "때마침 *quand on**…… 아니, 아니에요." 그녀는 민병 쪽을 돌아보았다. "이건 세지 말아줘요. 태양 이야기를 하면 빛이 보인다더니." 여주인은 우아하게 미소지으며 피예르에게 말했다. "우리는 방금 당신 이야기를 하고 있었어요." 쥴리는 사교계 여성 특유의 화술로, 거짓말을 방편으로 이용하며 말했다. "당신 연대는 분명 마모노프 연대보다 훌륭할 거라고 말이에요."

"아, 우리 연대 이야기는 하지 말아주십시오." 피예르는 여주인의 손에 키스하고 옆에 앉으며 대답했다. "나는 정말 넌더리가 날 지경입니다!"

"하지만 당신이 직접 지휘하시겠죠?" 쥴리는 민병과 교활하고 비웃는 듯한 시선을 교환하며 말했다.

민병도 피예르 앞에서는 아까처럼 독설을 하지 않았고, 피예르의 얼굴에는 쥴리의 미소가 무슨 뜻인지 의아해하는 표정이 떠올랐는데, 명한 구석이 있지만 사람 좋은 피예르의 인품에는 대놓고 조롱하지 못하게 만드는 힘이 있었다.

"아닙니다." 피예르는 크고 뚱뚱한 자기 몸을 내려다보며 대답했다. "이렇다보니 프랑스병이 너무 쉽게 총알을 맞힐 것 같고, 말에 올라탈 수 있을 것 같지도 않으니까요……"

---

* Quand on parle du loup, on en voit la queue. 호랑이도 제 말 하면 온다는 뜻의 프랑스 속담을 말하려 함.

줄리의 사교계에서 차례로 화제에 오른 인물들 중에는 로스토프가 사람들도 있었다.

"그 댁 형편이 몹시 어렵다고 들었어요." 줄리가 말했다. "게다가 백작은 세상물정에 어두우세요. 라주몹스키가 사람들이 그의 저택과 모스크바 근교의 영지를 사고 싶어하는데 질질 끌고 있나봐요. 워낙 비싸게 불러서요."

"아니, 곧 매매될 것 같던데요." 누군가가 말했다. "하기야 이런 때 모스크바에서 뭘 산다는 건 무모한 짓이죠."

"왜요?" 줄리가 말했다. "당신은 모스크바가 위험하다고 생각하세요?"

"아니라면 당신은 왜 떠나시려는 겁니까?"

"나요? 이상한 얘기군요. 내가 떠나는 건 말하자면…… 음, 말하자면, 모두가 떠나기 때문이고, 나는 잔 다르크도 아마조네스도 아니기 때문이죠."

"그럼요, 그렇죠, 그렇죠, 천을 좀더 주시겠어요."

"그가 운영만 잘했다면 빚은 다 갚을 수 있었을 겁니다." 민병은 로스토프 이야기를 이어갔다.

"선량한 노인이지만, 무능한 분이에요. 그런데 그분들은 왜 그렇게 오랫동안 여기 머물러 있을까요? 오래전부터 시골로 가고 싶다고 말씀하셨는데. 나탈리는 이제 건강해졌죠?" 줄리는 교활한 미소를 띠고 피예르에게 물었다.

"그분들은 막내아들을 기다리고 있습니다." 피예르는 말했다. "그는 오볼렌스키 부대의 카자크대에 들어가 벨라야 체르코프*로 갔습니다. 거기서 연대가 편성되었거든요. 그런데 이번에 우리 연대로 옮겨오게 돼, 그가 도착하기만 매일같이 기다리고 있습니다. 백작은 오래전부터 떠나려고 하셨지만 백작부인이 아들이 오기 전까지는 모스크바를 떠나지 않겠다고 하십니다."

"나는 그제 아르하로프 댁에서 그분들을 만났어요. 나탈리는 다시 예뻐지고 쾌활해졌어요. 그녀는 연가를 불렀죠. 정말이지 무슨 일이든 수월하게 지나치는 사람이 있나봐요!"

"뭘 지나친다는 겁니까?" 피예르는 불쾌한 듯 물었다. 쥴리는 미소 지었다.

"아시겠지만, 백작, 당신 같은 기사騎士는 마담 쉬자의 소설에나 존재할 뿐이에요."

"기사라니 무슨 뜻입니까? 왜 그렇죠?" 피예르는 얼굴을 붉히며 물었다.

"어머, 그만하세요, 친애하는 백작, 온 모스크바가 아는걸요. 당신께 맹세하지만, 나는 당신에게 감탄했어요."

"벌금! 벌금!" 민병이 말했다.

"그래요, 좋아요. 무슨 말을 못하겠네요, 정말 답답하군요!"

"온 모스크바가 뭘 안다는 겁니까?" 피예르가 일어나며 화난 듯이 말했다.

"그만하세요, 백작. 당신도 아시면서!"

"난 아무것도 모릅니다." 피예르는 말했다.

"당신이 나탈리와 가깝게 지내시는 걸 알아요. 그래서…… 아니, 나

─────────

＊키예프 도의 작은 마을.

는 늘 베라와 더 친하게 지낸답니다. 그 사랑스러운 베라와!"

"아닙니다, 부인"하고 피예르는 불쾌한 듯한 말투로 계속했다. "나는 절대로 로스토바의 기사 역할을 한 적이 없고, 한 달 가까이 그 댁에 가지도 않았습니다. 하지만 그런 짓궂은 말씀은 이해가 가지 않는군요……"

"변명하는 사람이 범인인 법이죠.*" 쥘리는 미소짓고 린트 천을 흔들며 말했고, 이 말을 끝으로 매듭지으려는 듯 곧바로 말머리를 돌렸다. "그런데 오늘 들었는데요, 그 가엾은 마리 볼콘스카야가 어제 모스크바에 도착했다고 해요. 그녀가 아버지를 잃었단 이야기는 들으셨어요?"

"정말입니까? 그녀는 어디 있죠? 꼭 그녀를 만나고 싶습니다." 피예르는 말했다.

"어젯밤 나와 같이 있었어요. 오늘이나 내일 아침에 조카를 데리고 모스크바 교외의 영지로 가신다던데요."

"그래 어떻습니까, 어떻던가요?" 피예르는 말했다.

"별일은 없고, 침울해 보였어요. 그런데 누가 그녀를 구해줬는지 아세요? 마치 소설 같아요. 니콜라 로스토프. 농민들이 그녀를 포위하고 죽이려 하는 바람에 하인 몇이 다쳤나봐요. 그런데 로스토프가 달려가서 그녀를 구해낸 거예요……"

"또하나의 소설이군요." 민병이 말했다. "확실히 이번 피란은 노처녀들을 결혼시키기 위해 꾸며진 것만 같습니다. 한 사람은―카티슈, 또 한 사람은―볼콘스카야 공작영애."

---

* Qui s'excuse ―s'accuse. 도둑이 제 발 저린다는 뜻의 프랑스 속담.

"나는 그녀가 분명 그 젊은이에게 얼마쯤은 마음이 있다고 생각해요."

"벌금! 벌금! 벌금!"

"하지만 이런 말을 어떻게 러시아어로 할 수 있겠어요?……"

18

집으로 돌아온 피예르는 이날 배달된 라스톱친의 전단 두 장을 받았다.

첫번째 전단에는 라스톱친 백작이 모스크바에서 퇴거하는 것을 금지했다는 소문은 잘못된 것이며, 오히려 귀족 부인들과 상인의 아내들이 모스크바에서 떠나는 것을 환영한다고 쓰여 있었다. 그런다면 "공포도 줄고, 소문도 적어질 것이다"라고 쓰여 있었다. "그러나 그 악당들을 모스크바에 들여놓지 않는다는 것은 나의 목숨을 걸고 보증한다." 이 말로써 피예르는 비로소 프랑스군이 모스크바에 온다는 것을 깨달았다. 두번째 전단에는 아군의 총사령부는 뱌지마에 있고, 비트겐슈타인 백작*이 프랑스군에 이겼다는 것, 또 많은 사람이 무장을 희망하는데, 병기창에 사브르나 권총이나 소총 등의 무기가 준비되어 있고, 주민은 싼값에 입수할 수 있다고 쓰여 있었다. 이미 전단은 여태까지 치기린이 하던 것처럼 농담조가 아니었다. 피예르는 전단을 앞에

---

* P. H. 비트겐슈타인(1768~1842). 1812년 당시 페테르부르크를 방어하던 제1독립군단을 지휘했다. 1812년 7월에는 클랴스티츠 근교에서, 8월에는 폴로츠크 근방에서 프랑스군과 격전을 치렀다.

놓고 생각에 잠겼다. 그가 진심으로 소망하는 동시에 마음속에 무의식적인 공포를 불러일으키던 그 무서운 먹구름이, 분명 그 먹구름이 다가오고 있었다.

'군대에 들어가 전장으로 가야 하는가, 때를 기다려야 하는가?' 피예르는 몇 시간째 이미 백 번이나 자신에게 물었다. 그는 탁자 위에 있던 카드를 들어 카드점을 치기 시작했다.

'만약 점괘가 좋게 나오면,' 그는 카드를 섞어 손에 들고 천장을 올려다보며 자신에게 말했다. '점괘가 좋게 나오면, 그걸…… 무슨 뜻으로 하지?……' 그가 점괘의 해석을 결정하기도 전에, 시재 문밖에서 들어가도 되느냐고 묻는 맨 손위의 공작영애 목소리가 들렸다.

'그러면 내가 군대에 가야 한다는 뜻이다.' 피예르는 자신에게 말했다. "들어와요, 들어와요." 그는 공작영애 쪽을 향해 말했다.

(허리가 길고 화석 같은 얼굴을 한 맨 손위의 공작영애만은 아직도 피예르의 집에서 살고 있었고, 손아래 두 사람은 결혼했다.)

"방해해서 미안해요, 사촌." 그녀는 비난하듯 흥분한 목소리로 말했다. "아무튼 어느 쪽으로든 결정을 해야죠! 대체 어떡할 생각이죠? 사람들은 모두 모스크바를 떠나고, 농민들은 폭동을 일으키고 있다는데. 대체 우리는 왜 남아 있는 거예요?"

"그 반대로, 만사가 좋은 것 같은데요, 누이." 피예르는 여느 때처럼 장난기를 섞어 말했는데, 공작영애의 후원자 역할을 늘 쑥스러워하다 보니 언제부터인가 그런 버릇이 들어버렸다.

"그래요, 만사가 좋군요…… 참으로 좋군요! 오늘 바르바라 이바노브나에게 들었는데 아군이 참 대단한 활약을 하나보더군요. 정말 대단한 명예예요. 게다가 농민들은 완전히 폭도가 되어서 말도 듣지 않고, 우리 하녀까지 제멋대로 굴고 있어요. 이대로 간다면 우리는 얻어맞게 될 거예요. 거리를 나다니지도 못할 거라고요. 그리고 무엇보다 프랑스군이 오늘내일 들어온다는데 대체 우리는 뭘 기다리는 거죠! 한 가지 부탁이 있어요, *사촌*." 공작영애는 말했다. "나를 페테르부르크로 데려가라고 이야기해주세요, 아무리 나라도 보나파르트 아래서는 못 살아요."

"이제 그만해요, 누이, 대체 어디서 그런 정보를 듣는 거죠? 그 반대로……"

"나는 당신의 나폴레옹에게 복종하지 않을 거예요. 다른 사람들이야 마음대로 하라죠…… 당신이 그렇게 해주지 않는다면……"

"아니, 해줄게요, 지금 당장 해주죠."

공작영애는 울분을 터뜨릴 상대가 없는 것이 화가 나는 듯했다. 그녀는 혼잣말을 중얼거리며 의자에 앉았다.

"하지만 당신은 잘못된 소문을 들은 거예요." 피예르는 말했다. "거리는 조용하고 위험은 전혀 없어요. 내가 방금 읽었는데……" 피예르는 공작영애에게 전단을 보여주었다. "백작은 적을 모스크바에 들여놓지 않겠다고, 목숨을 걸고 보증한다고 썼어요."

"아아, 당신의 이 백작은." 공작영애는 화를 내며 말했다. "위선자예요, 사람들을 선동해서 폭동을 일으키게 한 악당이라고요. 이런 바보 같은 전단에, 누구든 상관없으니 수상한 자가 보이면 목덜미를 잡아 경찰로 끌고 가라는(어찌나 어리석은지!) 글이나 쓰는 사람이잖아요! 끌고 가면 명예와 영광을 얻는다고요. 왜 그렇게까지 선동하는 거죠. 바르바라 이바노브나는 잠시 프랑스어를 썼다는 이유로 사람들에게 맞아죽을 뻔했대요……"

"그 정도는 아니에요…… 너무 과장되게 생각하는군요." 피예르는 말하고 카드점을 치기 시작했다.

카드점은 좋게 나왔고, 그런데도 피예르는 군에 입대하지 않고 여전히 불안과 주저와 공포, 동시에 기쁨을 느끼며 인적이 사라진 모스크바에서 뭔가를 기다리고 있었다.

다음날 저녁 공작영애가 모스크바를 떠난 뒤 총관리인이 와서, 피예르가 연대에 피복을 제공하기 위해 필요하다고 한 경비를 마련하려면 영지 하나를 팔아야 한다고 보고했다. 총관리인은 요컨대 이 기부가 피예르의 재정을 파탄 낼 거라고 말한 것이었다. 피예르는 그의 말을 들으며 간신히 미소를 참았다.

"그럼, 팔게." 그는 말했다. "할 수 없지, 이제 와서 안 된다고 할 수도 없으니까!"

모든 정세가, 특히 자신의 사정이 악화될수록 피예르는 유쾌해졌고, 예기해온 파국이 다가오는 것을 더욱 뚜렷이 알 수 있었다. 이미 도시에 피예르의 지인은 거의 남아 있지 않았다. 쥴리도 떠났고 공작영애 마리야도 떠났다. 친한 사람들 중에는 로스토프가만 남아 있었지만, 피예르는 그 집에 가지 않았다.

이날 피예르는 기분 전환도 할 겸 보론초보 마을로 대형 기구氣球를 보러 갔는데, 적을 파괴할 목적으로 레피흐*가 제작한 이 시험용 기구

---

* F. X. 레피흐(1778~1819). 바이에른 태생의 발명가이자 음악가. 1811년 나폴레옹에게 기구로 적을 폭격하자는 제안을 했지만 프랑스에서 추방되어 오스트리아로 갔고,

는 다음날 띄워질 예정이었다. 기구는 아직 완성되지 않았고, 피예르가 듣기로는 황제의 요청으로 제작된 것이었다. 황제는 이것에 대해 라스톱친 백작에게 다음과 같이 썼다.

"레피흐의 기구가 완성되는 대로 성실하고 유능한 인물로 승무원을 편성하고, 쿠투조프 장군에게 전령을 보내 예고하시오. 나는 그에게 이미 통고했습니다.

레피흐에게도 최초의 낙하점에 대해 충분한 주의를 주어 적의 수중으로 잘못 떨어지는 일이 없도록 충고하시오. 그의 동선은 반드시 총사령관의 동선과 일치해야 합니다."

피예르는 보론초보에서 집으로 돌아오는 도중 볼로트나야 광장의 로브노예 메스토** 둘레에 사람들이 모여 있는 것을 보자 마차를 멈추고 내렸다. 프랑스인 요리사가 스파이 혐의로 태형을 받고 있었다. 처형은 이제 막 끝나 집행인이 불그레한 수염을 기르고 파란 스타킹에 녹색 조끼재킷을 입은 채 슬프게 신음하고 있는 뚱뚱한 사내를 처형대에서 풀어주고 있었다. 그 옆에 여위고 창백한 또 한 사내가 있었다. 용모로 보아 둘 다 프랑스인이었다. 피예르는 야윈 프랑스인처럼 겁먹은 두려운 낯으로 군중을 헤치며 나아갔다.

"뭡니까? 누굽니까? 왜 이러는 거요?" 그는 물었다. 그러나 군중—관리, 시민, 상인, 농민, 긴 외투나 짧은 모피 외투를 입은 여자 들—은 로브노예 메스토에서 일어나고 있는 일에 정신이 팔려 아무도 대답해주지 않았다. 뚱뚱한 사내는 일어나 얼굴을 찌푸리고 어깨를 움츠렸

---

* 1812년 알렉산드르에게 서한으로 기구의 효용을 설명했다.
** 둥근 석단으로, 황제가 포고를 내리는 장소, 공개 처형장 등으로 쓰였다.

고, 분명 자신이 아무렇지 않다는 것을 보이려는 듯 주위를 둘러보며 조끼재킷을 입기 시작했지만, 갑자기 입술이 떨리기 시작하더니, 다혈 질인 사람이 흔히 그렇듯 자기 분을 이기지 못하고 결국 울음을 터뜨 렸다. 군중은 큰 소리로 떠들기 시작했는데, 피예르는 그들이 마음속 에서 피어나는 연민을 억누르기 위해 그러는 것 같았다.

"어느 공작 집 요리사라는데……"

"어때, 므시외, 러시아 소스가 프랑스인에게는 너무 시었나…… 이 빨이 흔들리기라도 했나." 프랑스인이 울음을 터뜨렸을 때 피예르 옆 에 서 있던 주름투성이 하급 관리가 말했다. 그는 분명 지기 농담에 대 한 평가를 기다리는 듯 주위를 둘러보았다. 몇몇은 웃고, 몇몇은 또 한 사내의 옷을 벗기고 있는 집행인을 겁먹은 눈으로 바라보고 있었다.

피예르는 코를 킁킁거리고 얼굴을 찌푸리고 급히 몸을 돌려 마차로 돌아갔지만, 마차에 올라서도 쉬지 않고 무슨 말인가를 중얼거렸다. 도중에 그는 여러 번 몸을 떨며 큰 소리를 질렀고, 그럴 때마다 마부는 물었다.

"뭐라고 하셨습니까?"

"어디로 가고 있나?" 피예르는 루뱐카로 나가려 하는 마부에게 소 리쳤다.

"총사령관한테 가라고 하셔서." 마부는 대답했다.

"바보! 망할 놈!" 피예르는 고함치고, 평소에 거의 하지 않는 일이지 만 마부를 꾸짖었다. "집으로 가라고 일렀잖아, 빨리 가, 멍청한 놈. 오 늘 중으로 떠나야 해." 피예르는 혼자 중얼거렸다.

처벌당한 프랑스인과 로브노예 메스토를 둘러싼 군중을 보자 피예르는 더이상 모스크바에 머물러 있을 수 없으며 오늘 중에라도 군대에 가야겠다고 마침내 결정했고, 이것을 마부에게 말했다고 생각했는데, 그렇지 않았더라도 마부는 당연히 알아채야 할 일이라고 느꼈다.

집으로 돌아오자 피예르는 온 모스크바에 모르는 것도 못하는 것도 없는 사람으로 소문난 마부 옙스타피예비치에게 오늘밤 모자이스크의 군대로 갈 테니 자기 승마용 말들을 그곳으로 보내두라고 명령했다. 이 모든 일을 그날로 다 할 수는 없기 때문에 피예르는 옙스타피예비치의 의견대로 교대할 말을 미리 보낼 여유를 주기 위해 출발을 다음 날로 연기해야 했다.

24일에는 궂었던 날씨가 맑게 갰고, 이날 오후 피예르는 모스크바를 떠났다. 밤에 페르후시코보에서 말을 바꿀 때, 피예르는 이날 저녁에 큰 전투가 있었다는 것을 알게 되었다. 페르후시코보에서도 포격으로 땅이 울렸다고 이곳 사람들이 말했다. 어느 쪽이 이겼느냐는 피예르의 물음에는 아무도 대답하지 못했다. (이것은 24일의 셰바르디노 전투였다.) 동틀 무렵 피예르는 모자이스크에 도착했다.

모자이스크의 민가는 모두 군인들이 차지하고 있었고, 피예르의 조마사와 마부가 기다리고 있던 여관에도 빈 객실 하나 없이 장교들로 빼곡했다.

모자이스크에도, 모자이스크 교외에도 가는 곳마다 군대가 주둔하거나 이동하고 있었다. 카자크, 보병, 기병, 수송차, 탄약차, 대포가 어디서나 보였다. 피예르는 빨리 가려고 서둘렀는데, 모스크바에서 점점 멀어지고 군인들의 바다 속으로 더 깊이 들어갈수록 불안감에 휩싸이면서도 전에 없던 새로운 행복감을 맛보았다. 슬로보츠코이 궁전에서 귀환한 황제를 맞았을 때 느꼈던 것과 흡사한, 무엇이든 해야 하고 무엇이든 희생해야 한다는 감정이었다. 지금 그는 인간의 행복을 형성하는 모든 생활의 쾌적함도, 부도, 심지어 목숨까지도 그 무엇에 비하면 기꺼이 내버릴 수 있을 만큼 하잘것없는 것이라는 의식에서 파생한 쾌감을 음미하고 있었다…… 그 무엇이 어떤 것인지는 피예르도 설명할 수 없었고, 누구를 위해, 또 무엇을 위해 모든 것을 희생한다는 데서 특별한 매력을 발견하고 있는지도 알려고 하지 않았다. 무엇 때문에 희생하는지가 문제가 아니라, 희생 그 자체가 그에게는 새로운 기쁨이었던 것이다.

19

24일에 셰바르디노 각면보*에서 전투가 있었고, 25일에는 양군 어느 쪽에서도 단 한 발 발사하지 않았고, 26일에는 보로디노 전투가 시작되었다.

셰바르디노와 보로디노에서 무엇 때문에, 또 어떻게 해서 한쪽이 전투를 걸어오고 다른 한쪽이 응전하게 되었을까? 보로디노 전투는 왜 일어났을까? 이 전투는 프랑스군이나 러시아군에게 아무 의미가 없었다. 이 전투의 직접적인 결과이자 당연한 결과는, 러시아군에게는 모스크바의 파멸(우리가 세상에서 가장 두려워했던 일)이 가까워졌고,

---

* 角面堡. 다각형의 보루로, 여러 방면에 대한 방어와 공격에 적합하다.

프랑스군에게는 전군의 파멸(역시 그들이 세상에서 가장 두려워했던 일)이 가까워졌다는 것이었다. 이 같은 결과가 당시 너무나 명백했는데도 나폴레옹은 이 전투를 걸어오고 쿠투조프는 응전했던 것이다.

만일 양쪽 지휘관이 합리적인 이유에 따라 행동했다면, 2천 베르스타나 깊이 들어가 전군의 사분의 일을 잃을 가능성이 큰 전투를 벌이는 것이 파멸의 길로 가는 것임을 나폴레옹은 명백히 보았을 것이고, 이 전투에 응해 역시 군의 사분의 일을 잃는 모험을 감행한다면 모스크바를 빼앗기게 되리라는 것을 쿠투조프도 명백히 보았을 것이다. 이것은 마치 자기 장기말이 상대방보다 하나 부족하다고 서로 말을 바꿔 없애려 하면 반드시 지기 때문에 해서는 안 되는 것과 마찬가지로, 쿠투조프에게는 수학적으로도 명백한 일이었다.

상대방의 말이 열여섯 개이고 내가 열네 개라면, 나는 상대방보다 팔분의 일 약한 것뿐이지만, 만약 내가 열세 개의 말을 바꿔 없애버린다면, 상대방은 나보다 세 배 강한 것이 된다.

보로디노 전투 전에 아군과 프랑스군의 병력은 약 5 대 6 비율이었으나 전투 후에는 1 대 2, 즉 10만 대 12만이었던 것이 5만 대 10만이 되었다. 그런데도 지혜롭고 경험 풍부한 쿠투조프는 전투에 응했던 것이다. 천재적인 지휘관이라 불리던 나폴레옹이 전투를 걸어오고 전군의 사분의 일을 잃으면서도 점점 더 전선을 확장했기 때문이다. 나폴레옹이 모스크바를 차지하면 빈 점령 때와 마찬가지로 전쟁을 끝낼 수 있다고 생각했다고 말하는 사람이 있다면, 이에 대한 반증은 얼마든지 있다. 나폴레옹 역사가들이 말하듯, 그는 이미 스몰렌스크에서부터 진격을 멈출 생각을 했고, 확대된 자군 전선의 위험도 알고 있었고, 스몰렌스크 이래 러시아 각 도시들이 어떤 상태에서 포기되었는지 보았을 뿐만 아니라, 교섭의 희망을 여러 번 표명했는데도 한 번도 대답을 받지 못했기 때문에 모스크바를 점령한다고 전쟁이 종결되지는 않으리란 것을 알고 있었다.

보로디노에서 전투를 걸거나 응전한 나폴레옹과 쿠투조프는 실로 맹목적이고 무의미한 행동을 했다. 그러나 후세의 역사가들은 세계의 다양한 사건 속 자유의지가 없는 도구 중에서도 가장 노예적이고 자유의지가 없는 존재인 지휘관들을 두고 선견지명과 천재성을 증명할 증거를 교묘하게 지어내 발생한 사실에 끼워맞추고 있다.

고대인들은 우리에게 영웅서사시의 전형을 남겨주었고, 그중에서 역사적 흥미의 전부를 차지하는 것이 영웅이지만, 우리는 그러한 역사가 현대와 같은 인간적인 시대에서는 아무런 의미도 갖지 않는다는 것에 여전히 익숙해지지 못하고 있다.

다음의 질문, 즉 보로디노 전투와 이보다 앞선 셰바르디노 전투는 어떻게 진행됐는가에 대해서는 마찬가지로 아주 명확하고 모두에게 잘 알려져 있으나 잘못된 의견이 존재한다. 모든 역사가가 이 사건을 다음과 같이 묘사하는 것이다.

러시아군은 스몰렌스크에서 퇴각하면서 결전을 벌이기에 가장 유리한 진지를 물색했고, 그것을 보로디노 근처에서 발견했다.

러시아군은 그 진지를 미리 가도(모스크바에서 스몰렌스크로 통하는) 왼쪽에, 도로에서 거의 직각으로, 보로디노에서 우티차에 걸쳐 실제 전투가 일어났던 그 위치에 구축해놓았다.

이 진지 전방에는 적을 관찰하기 위해, 셰바르디노의 구릉에 단단한 전초를 구축했다. 24일에 나폴레옹은 이 전초를 공격해 점령했고, 26일이 되자 보로디노 평원에 있던 러시아군 전체를 공격했다.

역사에는 이런 식으로 기술되어 있지만, 전부 완전히 잘못된 것이며, 문제의 본질을 이해하려는 사람이라면 누구나 쉽게 그 잘못을 알아챌 수 있다.

러시아군은 가장 유리한 진지를 물색하지 않았고, 오히려 퇴각할 때 보로디노보다 훨씬 유리한 많은 진지를 그대로 지나쳤다. 그들은 그 어느 진지에도 머무르지 않았는데, 그것은 쿠투조프가 다른 사람이 선택한 진지를 쓰고 싶어하지 않았기 때문이기도 하지만, 아직 국민전쟁의 요구가 충분히 강력하게 표명되지 않았고, 밀로라도비치가 민병대를 끌고 도착하지 않았고, 그 밖의 무수한 이유 때문이었다. 사실은 이러하다―이전의 다른 진지가 더 견고했고, 보로디노 진지(전투가 벌어진 진지)는 강력하지 않았을 뿐만 아니라 지도 위에 핀으로 짐작해서 가리킬 수 있는 위치에 있는, 러시아제국 내 다른 어떤 장소에 비해서도, 어떤 점에서도 결코 훌륭한 진지라고는 말할 수 없었다.

러시아군은 가도에서 왼쪽으로 직각의 위치에 있는 보로디노 평원(즉 전투가 일어난 장소)에 보루를 쌓지 않았을 뿐만 아니라, 이곳에서 전투가 일어날 수도 있다는 것을 1812년 8월 25일까지 단 한 번도 생각하지 않았다. 그 증거로는 첫째, 25일까지 이곳에 보루가 없었고 25일에야 비로소 보루 공사가 시작되었지만 26일에도 완성되지 않았다는 것이고, 둘째, 셰바르디노 보루의 위치를 들 수 있는데, 전투가 벌어졌던 진지 전방에 있는 셰바르디노 각면보는 아무 가치도 없었다는 것이다. 이 각면보는 대체 무엇 때문에 다른 보루들보다 더 견고하게 구축되었던 것일까? 왜 24일 심야까지 이 보루를 지키려고 갖은 애를 쓰다가 6천의 병사를 잃은 것일까? 적을 정찰하는 것이라면 카자크 척후대로도 충분했을 것이다. 셋째, 전투가 벌어졌던 진지가 예정된 것이 아니고 셰바르디노 보루가 이 진지의 전초 지점도 아니었다는 것에 대한 증거는, 바르클라이 드 톨리와 바그라티온도 25일까지는 셰바르디노 각면보를 좌익이라고 확신하고 있었다는 것, 쿠투조프 자신도 전투 후 흥분한 상태로 쓴 보고서에 셰바르디노 각면보를 진지의 좌익이라고 부르고 있었다는 것이다. 훨씬 뒤 자유로운 상태에서 쓴 보로디노 회전에 관한 보고서에는(아마도 틀릴 리가 없는 총사령관의 과오를 정당화하기 위해) 사실과 다른 괴상한 증언들로 꾸며졌는데, 셰바르디노 각면보가 전초 역할을 했고(사실은 이 보루는 좌익의 최전선의 하나에 지나지 않았다), 실상은 거의 무방비한 장소에서 행해졌던 보로디노 전투가 마치 미리 선정해 방비한 진지에서 행해진 것처럼 쓰였다.

요점은 분명 이러했다. 진지는 가도를 직각이 아니라 예각으로 가로지르는 콜로차 강을 따라 선정되어 좌익은 셰바르디노, 우익은 노보예 마을 근처, 중앙은 콜로차 강과 보이나 강이 합류하는 보로디노에 두고 있었다. 모스크바를 향해 스몰렌스크 가도로 진격중인 적을 저지하려는 군에게 콜로차 강의 엄호를 받는 이 진지가 유리하다는 것은 실제 전투 결과를 제쳐놓더라도, 보로디노 평원을 바라보면 누구든 분명히 알 수 있다.

나폴레옹은 24일에 발루예보를 향해 출발했으나(역사에 쓰인 대로) 우티차에서 보로디노에 걸쳐 러시아군의 진지를 보지 못했고(애당초 진지가 없었으니 눈에 띄었을 리 없다), 러시아군 전초 진지도 보지 못했으며, 러시아군의 후위 부대를 추격하는 동안 러시아군 진지의 좌익, 즉 셰바르디노 각면보를 만났고, 여기서 러시아군에게는 뜻하지 않은 일이었지만, 부대들에게 콜로차 강을 건너게 했다. 그래서 러시아군은 결전에 들어갈 겨를도 없이, 예정했던 진지에서 좌익을 퇴각시켜 보루도 없고 예정에도 없던 무방비한 새 진지를 정했던 것이다.[12) 나폴레옹은 (러시아군 쪽에서 볼 때) 콜로차 강 좌안, 즉 가도의 왼쪽으로 이동해, 그후 전투 장소를 오른쪽에서 왼쪽, 즉 우티차와 세묘놉스코예와 보로디노 사이의 평원으로 옮겼고(이곳은 러시아의 다른 평원에 비해 진지로서의 장점은 아무것도 없었다), 26일의 모든 전투는 이곳에서 벌어졌다. 예정했던 전투와 실제로 일어난 전투의 약도는 대략 다음과 같다.[*]

만약 나폴레옹이 24일 저녁에 콜로차 강으로 이동하지 않고 각면보에 대한 공격 명령을 그날 밤이 아니라 이튿날에 했다면 셰바르디노 보루가 우리 진지의 좌익이 되고 전투도 우리의 예상대로 전개되었으리란 것을 아무도 의심하지 않았을 것이다. 그랬다면 아군은 셰바르디노 각면보, 즉 좌익을 더 완강히 지키고 중앙과 우익에서 나폴레옹군을 공격해 24일에는 강화된 예정 진지에서 결전을 벌였을 것이다. 그러나 좌익에 대한 아군의 공격이 우리 후위 부대의 퇴각, 즉 그리드네보 전투 직후 저녁에 행해져 러시아군 지휘관들은 24일 밤에 개시되는 것을 원치 않았거나 혹은 그럴 여유가 없었기 때문에 보로디노 회전 최초의 주요한 전투는 이미 24일 중에 패배로 끝나고, 그것이 분명 26일의 전

---

[*] 셰바르디노는 원래 러시아군 좌익의 예정 진지였지만 프랑스군이 먼저 차지하고, 그 동쪽이 전투 중심지가 되었다.

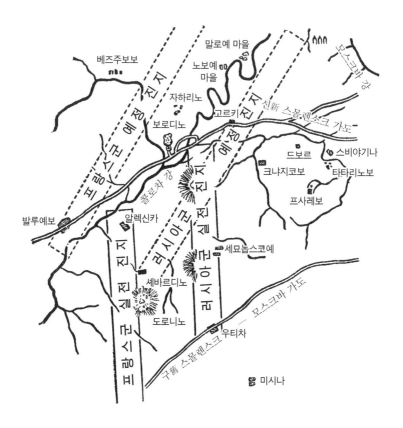

말로예 마을
노보예 마을
베즈주보보
자하리노
보로디노
고르키진지
신新 스몰렌스크 가도
모스크바 강
러시아군 예정진지
프랑스군 진지
쿨로차 강
도브로
크냐지코보
스비야기나
타타리노보
프사레보
발루예보
알렉신카
세묘놉스코예
셰바르디노
러시아군 예정진지
러시아군 현진지
도로니노
모스크바 가도
우티차
구舊 스몰렌스크 가도
프랑스군 진지
미시나

투까지도 패배로 이끈 것이었다.

셰바르디노 각면보를 잃은 뒤 25일 아침, 아군은 좌익에 진지가 없는 것이 판명되었기 때문에 좌익을 후퇴시키고 어디든 적당한 곳에 급히 방어진을 쳐야 했다.

그러나 8월 26일 러시아군은 미완성인 빈약한 보루밖에 없었고, 이러한 불리함은 러시아군 지휘관들이 새로운 현실(좌익 진지의 상실, 그후 전장이 오른쪽에서 왼쪽으로 옮겨졌다는 것)을 인정하지 않고 여전히 노보예 마을에서 우티차까지 길게 이어진 진지에 남아 있었기 때문에 전투중 부득이 군대를 오른쪽에서 왼쪽으로 이동시키게 되면서 배가됐다. 이렇듯 러시아군은 전투 내내, 아군의 좌익에 집중된 프랑스군 전체의 겨우 절반밖에 되지 않는 미약한 병력으로 맞서야 했던 것이다. (우티차에 대한 포니아토프스키*의 행동이나 프랑스군 우익에 대한 우바로프의 행동은 전투의 전체 움직임과는 분리된 것이었다.)

위와 같이 보로디노 전투의 과정은(우리 지휘관들의 과오를 숨기려다 러시아군과 러시아 국민의 명예를 실추시킨) 기록과는 전혀 다른 식으로 전개되었다. 보로디노 전투는 러시아측에서 보자면 선정된 견고한 방어 진지에서 열세한 병력으로 싸웠던 것이 아니라, 셰바르디노 각면보를 잃었기 때문에 프랑스군의 절반밖에 되지 않는 병력으로 방어 진지도 없이 사방이 탁 트인 지형에서, 말하자면 무려 열 시간을 교전해도 승패가 결정되지 않았던 전투였기는 고사하고, 단 세 시간만이라도 군의 완전한 궤멸과 패주를 막는다는 것도 생각조차 할 수 없었던 조건에서 벌인 전투였다.

20

25일 아침 피예르는 모자이스크를 출발했다. 산 정상에서 오른쪽으로 있는 교회에서 예배를 알리는 종이 울리고, 커다란 산에서부터 시

---

* J. A. 포니아토프스키(1763~1813). 폴란드 장군이자, 나폴레옹의 프랑스군에서 폴란드 군대를 이끈 원수.

내로 이어지는 구불거리는 가파른 언덕길을 내려오다 피예르는 마차에서 내려 걷기 시작했다. 그의 뒤에서는 기병 연대가 합창대를 앞장세우고 언덕길을 내려가고 있었다. 맞은편에서는 어제 전투에서 부상당한 병사들을 태운 짐마차 행렬이 올라오고 있었다. 마부인 농민들은 말을 꾸짖고 채찍으로 휙휙 후려치며 짐마차 양쪽을 뛰어 오갔다. 부상병이 서넛씩 앉아 있거나 누워 있는 짐마차들은 포장 대신 자갈을 깔아놓은 가파른 오르막길 위에서 들뛰었다. 누더기로 몸을 감싼 부상병들은 창백한 얼굴에 입술을 깨물고, 이마를 찌푸리고, 가로대를 붙잡은 채 뛰어오르기도 하고, 서로 밀치기도 했다. 그들 대부분이 어린애 같은 호기심 어린 눈으로 피예르의 하얀 모자와 녹색 연미복을 바라보았다.

피예르의 마부는 부상병들을 태운 짐마차를 향해 한쪽으로 비켜 가라고 화난 듯 소리쳤다. 군가를 부르며 언덕길을 내려가던 기병 연대가 피예르의 사륜마차에 다가붙더니 길을 막아버렸다. 피예르는 산을 뚫어 낸 길 가장자리로 달라붙듯 걸음을 멈췄다. 산 사면의 그림자 때문에 햇빛이 이 길까지 닿지 않아 춥고 습했다. 피예르의 머리 위로는 활짝 갠 8월의 아침 하늘이 펼쳐져 있고, 교회의 종소리가 즐겁게 울려 퍼졌다. 부상병들을 태운 짐마차가 피예르 앞 길 가장자리에 멈췄다. 나무껍질 신을 신은 마부가 헐떡이며 짐마차로 달려와서 쇠고리를 끼우지 않은 바퀴 밑에 돌을 괴더니, 멈춰 선 말의 밀치끈을 손보기 시작했다.

마차를 뒤따라온 한 팔에 붕대를 감은 나이든 부상병이 성한 쪽 손으로 짐마차를 붙잡고 피예르 쪽을 돌아보았다.

"어떻습니까, 동포여, 우리는 여기서 죽을까요, 아니면 모스크바까지 갈까요?" 그는 물었다.

피예르는 깊은 생각에 잠겨 있었기 때문에 그 질문을 듣지 못했다. 그는 부상병 일행의 짐마차와 마주친 기병 연대, 그의 앞에 멈춰 선 짐마차를 번갈아 바라보았고, 두 부상병이 앉아 있고 한 부상병이 누워 있는 짐마차를 보자 여기에, 이것 속에, 자신의 마음을 붙들고 있는 문제의 해답이 있을 것 같다는 생각이 들었다. 짐마차에 앉아 있는 한 병사는 볼에 부상을 입은 것 같았다. 머리에 헝겊을 친친 감고 한쪽 볼은 어린애 머리통만큼 부어 있었다. 입과 코는 비뚤어져 있었다. 그 병사는 교회를 보자 성호를 그었다. 또 한 병사는 아직 앳된 금발의 소년 신병인데, 갸름한 얼굴은 거의 핏기 없이 창백하고, 굳어버린 듯한 선량한 미소를 지으며 피예르를 응시하고 있었고, 세번째 병사는 엎드려 있어 얼굴이 보이지 않았다. 기병 합창대가 짐마차 바로 옆을 지나쳤다.

"아아 사라지고 없도다…… 고슴도치 머리 병사여……"

"낯선 땅에 들어와……" 그들은 춤출 때 부르는 군가를 열심히 부르기 시작했다. 이에 가세하듯, 그러나 전혀 다른 명랑함을 띤 금속성의 요란한 종소리가 높은 곳에서 울려퍼졌다. 그리고 또다른 종류의 명랑함을 띤 뜨거운 햇볕이 반대편 사면 꼭대기에 내리쬐고 있었다. 그러나 사면 아래쪽 부상병들이 탄 짐마차와 피예르 옆에서 거친 숨을 내쉬는 말이 있는 곳은 습하고, 흐리고, 쓸쓸했다.

볼이 부은 병사가 화난 듯이 기병 합창대를 바라보았다.

"쳇, 잘난 척은!" 그는 비난하듯 말했다.

"오늘은 병사뿐만 아니라 농민까지 봤습니다! 농민들까지 다 몰려

나온 것 같습니다." 짐마차 뒤쪽에 서 있던 병사가 슬픈 미소를 지으며 피예르에게 말했다. "구별도 안 됩니다…… 온 국민이 나선 것 같으니까요. 한마디로 온 모스크바가 다 나왔습니다. 어쨌든 결판을 내려고 하니까요." 병사의 말은 모호했지만, 피예르는 그가 말하고자 한 것을 이해하고 동의하듯 고개를 끄덕였다.

길이 열리자 피예르는 언덕길을 내려가 다시 마차로 달렸다.

피예르는 낯익은 얼굴을 찾기 위해 도로 양쪽을 살폈지만 보이는 것은 다양한 병과兵科의 낯선 군인들뿐이었고, 그들은 하나같이 피예르의 하얀 모자와 녹색 연미복을 놀란 눈으로 바라보았다.

4베르스타쯤 갔을 때 비로소 아는 사람을 발견한 피예르는 반갑게 그를 불렀다. 그는 간부 군의관 중 한 사람이었다. 젊은 군의관과 포장 마차에 나란히 앉아 오고 있던 그는 피예르를 보자 마부 대신 마부대에 앉은 카자크에게 마차를 멈추게 했다.

"백작! 각하께서 어떻게 이런 데에?" 군의관이 물었다.

"그저 좀 보고 싶어서……"

"그렇죠, 그렇죠, 볼만한 것이 많으니까요……"

피예르는 마차에서 내려 멈춰 서서는 전투에 참가하고픈 자신의 희망을 설명하고 군의관과 이야기를 주고받았다.

군의관은 공작 각하에게 직접 이야기해보는 것이 나을 거라고 조언했다.

"전쟁중에, 이런 어딘지도 모를 곳에서 아무도 모르게 계시면 되겠습니까." 그는 젊은 동료를 바라보며 말했다. "공작 각하는 당신을 아시니 기꺼이 맞아주실 겁니다. 그렇게 하십시오, 백작, 그러십시오."

군의관이 말했다.

군의관은 지쳐 보이고 서두르는 것 같았다.

"그렇게 생각하십니까…… 그런데 한 가지 더 묻겠습니다, 진지는 어디에 있습니까?" 피예르는 물었다.

"진지요?" 군의관은 말했다. "그건 제 담당이 아닙니다. 타타리노보를 지나가보십시오, 그 언덕에서 한창 파고 있습니다. 그 언덕에 올라가면 보일 겁니다."

"거기라면 보인다고요?…… 만약 당신이……"

그러나 군의관은 그의 말을 가로막고 포장마차 쪽으로 걸어갔다.

"안내해드리고 싶지만 제가 실은, 이렇습니다(군의관은 자기 목을 가리켰다*), 군단장의 막사로 달려가던 참입니다. 아군의 상황을 아십니까?…… 아시다시피, 백작, 내일은 전투가 있고, 10만의 병사 중 최소한 2만의 부상이 예상되는 상황이지만, 지금 우리에게는 들것도 침대도 간호병도 군의관도 6천 명에 대응할 정도밖에 없습니다. 짐마차는 만 대가 있지만, 다른 것들도 필요한데, 되는대로 하라는 겁니다."

유쾌하고 놀란 눈으로 피예르의 모자를 바라보던 살아 있는 건강한 병사들, 젊거나 나이든 그 수천 명 중에서 부상과 죽음의 운명에 처할 자가(어쩌면 그가 본 사람들일지도 모르는) 2만이나 된다는 기묘한 생각을 하자 피예르는 섬뜩했다.

'그들은 내일 죽게 될지도 모르는데, 어떻게 죽음 이외의 일을 생각할 수 있을까?' 문득 비밀 연상 같은 것이, 모자이스크 산의 언덕길, 부

---

* 몹시 바쁘다는 뜻.

상병들을 태운 짐마차, 요란한 종소리, 비스듬히 비쳐들던 햇빛, 기병들의 군가 소리가 머릿속에 생생하게 떠올랐다.

'기병들은 전투하기 위해 이동하고, 부상병과 마주치고, 자신들을 기다리는 운명 같은 건 조금도 생각하지 않고 그 곁을 지나며 부상병들에게 윙크를 한다. 그중 2만 명에게 죽음의 운명이 정해져 있는데, 그들은 내 모자를 신기한 듯 바라본다! 이상한 일이다!' 피예르는 타타리노보로 향하며 이렇게 생각했다.

길 왼쪽 지주의 저택에 승용마차 두 대와 푸르곤*, 종졸 무리와 보초들이 서 있었다. 공자 각하의 숙사였다. 그러나 피예르가 도착했을 때 그는 없었고, 참모들도 거의 없었다. 모두 기도회에 간 것이었다. 피예르는 다시 고르키 쪽으로 마차를 몰았다.

언덕길을 올라 마을의 작은 길로 나섰을 때 피예르는 비로소 모자에 십자가를 달고 하얀 루바시카를 입은 농민 민병들을 보았는데, 그들은 땀에 흠뻑 젖은 채 큰 소리로 떠들고 웃어대며 길 오른쪽의 풀이 무성한 언덕 위에서 무슨 일인가 하고 있었다.

삽으로 땅을 파는 사람도 있고, 손수레에 흙을 담아 널빤지 위에서 운반하는 사람도 있고, 아무것도 하지 않고 우두커니 서 있는 사람도 있었다.

장교 두 명이 언덕 위에 서서 지시하고 있었다. 분명 아직까지는 군인이라는 신분을 즐기는 듯한 농민들을 보자 피예르는 또다시 모자이스크의 부상병이 떠올랐고, 온 국민이 나선 것 같다고 했던 병사의 말이

---

* 지붕이 있는 대형 화물마차.

무슨 뜻이었는지도 뚜렷이 알게 되었다. 괴상하고 꼴사나운 장화를 신고, 목은 땀으로 젖고, 벌어진 루바시카 옷깃 사이로 볕에 그을린 쇄골을 드러낸 채 일하는 수염투성이 농민들의 모습은 현재의 엄숙함과 중요성에 대해, 이제까지 보고 들은 어떤 것보다 훨씬 그에게 강력한 영향을 미쳤다.

21

피예르는 마차에서 내려 작업중인 민병들 옆을 지나 언덕으로 올라갔고, 군의관이 말한 대로 거기서는 전장이 보였다.

오전 열한시경이었다. 태양은 약간 왼편으로 기울어 피예르 뒤에 있었고, 높아지는 지형에 따라 원형극장처럼 전개되어 보이는 거대한 파노라마를 깨끗하고 희박한 공기 속에서 밝게 비추고 있었다.

이 원형극장을 절단하듯이 스몰렌스크 가도가 왼쪽 위로 뻗어, 언덕 앞에서 오백 걸음 정도 떨어진 데 나직이 자리잡은 하얀 교회가 보이는 마을(그곳이 보로디노였다)로 빠져나가고 있었다. 가도는 마을 끝 다리를 건너 고개와 사면을 오르내린 뒤 차차 올라가 6베르스타쯤 앞에 보이는 발루예보 마을(지금 나폴레옹이 머무는)에 이르고, 그 마을을 지나 지평선 위로 노랗게 보이는 숲속으로 사라졌다. 자작나무와 전나무 숲속으로 가도 오른쪽 저멀리 콜로츠키 수도원의 십자가와 종탑이 햇빛에 반짝이고 있었다. 푸르스름한 원경 전체에, 숲과 가도의 좌우에 연기가 피어오르는 모닥불과 아군인지 적인지 확실하지 않은 군의 무리가 산재해 있었다. 오른쪽은 콜로차 강과 모스크바 강을 따라 있는 골짜기와 산지이고, 그 골짜기 먼발치에 베즈주보보 마을과 자하리노 마을이 보였다. 왼쪽은 그보다 평탄한 보리밭이었고, 모두 불타고 아직 연기가 나고 있는 세묘놉스코예 마을이 보였다.

피예르의 눈에 들어온 것은 오른쪽도 왼쪽도 너무 어렴풋했기 때문에, 전장의 오른쪽도 왼쪽도 그의 상상에 호응하지는 못했다. 어느 쪽을 보아도 그가 상상한 전장이 아니라 밭과 초원, 군대, 숲, 모닥불 연기, 마을, 언덕, 개울뿐이었고, 아무리 찬찬히 둘러봐도 이 활기찬 토지에 진지 같은 것은 보이지 않았으며, 적군과 아군조차 구별할 수 없었다.

'무언가 아는 사람에게 물어봐야겠다'고 생각하고 피예르는 그의 군인 같지 않은 커다란 덩치를 호기심 어린 눈으로 바라보고 있는 한 장교에게 물었다.

"좀 묻겠습니다만," 피예르는 장교에게 말했다. "저 앞쪽은 무슨 마을입니까?"

"부르디노였나?" 장교는 자신 없는 듯 일행을 돌아보며 물었다.

"보로디노야." 다른 사람이 정정했다. 장교는 말 붙일 기회가 생긴 것이 기쁜 듯 피예르에게 다가왔다.

"저기 아군이 있습니까?" 피예르는 물었다.

"네, 그 앞쪽에는 프랑스군도 있죠." 장교는 말했다. "저기 있습니다. 저기 보이네요."

"어디요? 어디 말입니까?" 피예르는 물었다.

"육안으로 보입니다. 저기, 저기요!" 장교는 강 너머 왼쪽에 보이는 연기를 손으로 가리켰고, 그의 얼굴에는 지금까지 피예르가 수많은 사람에게서 보아온 것과 같은 엄숙하고 진지한 표정이 떠올랐다.

"아, 저건 프랑스군이군요! 그럼 저기는요?……" 그는 군인들이 있는 그 근처 왼쪽의 언덕을 가리켰다.

"저건 아군입니다."

"아, 아군이로군요! 그럼 저기는요?……" 피예르는 골짜기에 보이는 마을 옆에 커다란 나무가 한 그루 있고 모닥불이 피어오르고 뭔가 검은 형체가 보이는 언덕을 가리키며 말했다.

"그것도 그들입니다." 장교는 말했다. (그곳은 셰바르디노 각면보였다.) "어제까지는 아군 것이었지만, 오늘은 그들 것입니다."

"그럼 우리 진지는 어떻게 된 겁니까?"

"진지 말입니까?" 장교는 의기양양한 미소를 띠며 말했다. "그거라면 제가 분명히 말할 수 있습니다, 우리 군의 보루는 모두 제가 만들었으니까요. 저기, 보이시죠, 아군의 중심은 보로디노에 있습니다, 저기죠" 하고 그는 앞쪽 하얀 교회가 보이는 마을을 가리켰다. "저기에 콜로차 강 나루터가 있습니다. 보세요 저기, 보이시죠, 베어낸 건초 다발들이 있는 저지대인데, 저기 다리가 있습니다. 저기가 아군의 중심입니다. 우리 우익은 저기 있고(그는 오른쪽으로 돌아서서, 멀리 보이는 골짜기를 가리켰다), 저기도 모스크바 강이 흐르고, 우리는 저곳에 견고한 세 개의 각면보를 만들었습니다. 좌익은……" 장교는 여기서 말을 멈췄다. "실은 설명하기가 좀 어렵습니다…… 어제까지 우리 좌익은 바로 저 셰바르디노에 있었습니다, 보이시죠, 저기 저 떡갈나무가 있는 데 말입니다, 그런데 지금 아군의 좌익은 뒤쪽으로 물러났습니다―마을과 연기 보이십니까?―저기가 세묘놉스코예인데, 저기에 있습니다" 하고 말하고 그는 라옙스키 언덕을 가리켰다. "아마 저기서는 전투가 없을 겁니다. 그들이 군을 이쪽으로 이동시켰다는 건 속임수입니다. 그들은 분명 모스크바 강 오른쪽을 우회할 겁니다. 뭐, 어디로 오든, 내일 우리 수는 많이 줄어들 겁니다!" 장교는 말했다.

장교가 말하는 동안 나이든 하사관이 다가와 상관의 말이 끝나기를 잠자코 기다리고 있었는데, 이야기가 여기에 미치자 그는 불만스러운 듯 장교의 말을 가로챘다.

"돌망태를 가지러 가야 합니다." 그는 엄하게 말했다.

장교는 내일 병력이 싱덩히 줄어들 거라고 생각하는 건 상관없지만 입 밖에 내서는 안 된다는 것을 깨닫고 적이 당황한 듯했다.

"응, 그렇지, 제3중대를 다시 보내게." 장교는 서둘러 말했다.

"그런데 당신은 누구십니까, 군의관인가요?"

"아닙니다, 나는 다만 좀." 피예르는 대답했다. 그러고는 다시 민병들 옆을 지나 언덕을 내려왔다.

"에잇, 젠장!" 그를 뒤따라오던 장교가 작업중인 민병들 옆을 코를 쥐고 달려 지나치며 말했다.

"온다!…… 운반해 온다…… 오고 있어…… 곧 오겠어……" 갑자기 사람들의 목소리가 들리더니, 장교도 병사도 민병도 모두 가도 앞쪽으로 달려나갔다.

보로디노 마을의 교회 행렬이 언덕길 아래서 올라오고 있었다. 선두의 보병은 모자를 벗고 총을 내린 채 먼지투성이 길을 정연하게 걷고 있었다. 보병 뒤쪽에서 성가대 노랫소리가 들려왔다.

병사들과 민병들은 모자를 벗어들고 피예르를 앞질러 행렬을 맞으러 달려갔다.

"성모님을 모셔왔다! 보호자!…… 이베르스카야 성모님*!"

"스몰렌스크의 성모님**이야!" 다른 사람이 정정했다.

민병들은 마을에 있었건 포대에서 일하고 있었건 일제히 삽을 내던지고 교회 행렬을 맞으러 달려갔다. 먼지투성이 길을 나아가는 대대 뒤에는 제의 입은 사제들이 따르고, 주교 두건을 쓴 노사제가 교구의 온 성직자와 성가대를 이끌고 오고 있었다. 뒤이어 병사들과 장교들이 가장자리가 금속으로 장식된 검은 얼굴의 커다란 이콘을 운반해 왔다. 그것은 스몰렌스크에서 가져온 이래 언제나 군과 함께 이동하고 있는 이콘이었다. 이콘의 앞뒤 주위 할 것 없이 모자를 벗어든 병사들 무리가 걷기도 하고, 뛰기도 하고, 땅에 엎드려 절하기도 했다.

산에 오르자 이콘은 멈췄고, 천을 대고 이콘을 멨던 사람들이 교대하고, 교회 집사가 향로에 불을 켜자 기도가 시작되었다. 작열하는 태양이 머리 위로 바로 내리쬐고, 가벼운 바람이 모자를 쓰지 않은 머리털과 이콘의 리본을 장난치듯 날리고, 열린 공간에 성가가 낮게 울려 퍼졌다. 장교와 병사와 민병 무리가 모자를 벗어들고 겹겹이 이콘을 둘러쌌다. 사제와 부제 뒤 말끔히 정돈된 자리에는 고관들이 서 있었다. 목에 게오르기 십자훈장을 건 대머리의 장군은 사제 바로 뒤에 서서 성호도 긋지 않고(독일인이 분명했다) 기도가 끝나기를 끈기 있게

---

* 1648년 이베리아의 아토스 산에 있던 이비론 수도원의 성모상을 본뜬 것으로, 모스크바 보스크레센스크 문 근처의 작은 교회에 있었다.

** 스몰렌스크의 우스펜스키 대성당에 있던 성모 성상화(聖像畫, 이콘)를 가리킴. 도시에서 후퇴할 때 러시아군이 가져와 군대에 보관했다.

기다렸는데, 러시아인의 애국심을 고무하기 위해 끝까지 들어야 한다고 생각하는 것 같았다. 다른 한 장군은 군대식 자세로 서서 주위를 둘러보며 가슴 앞에서 한 손을 흔들었다. 농민 무리에 서 있던 피예르는 고관들 중 몇몇 아는 얼굴을 발견했으나 그들에게 눈길을 주지 않았고, 그의 모든 관심은 무리 속에서 뚫어져라 이콘을 바라보는 병사들과 민병들의 진지한 표정에 이끌리고 있었다. 먼저 교회 집사들이 지친 듯(이미 스무 번째 기도문을 노래하고 있었던 것이다) 느릿느릿 습관처럼 노래하기 시작했다. "천주의 성모여, 당신의 종들을 재난에서 구하소서." 누사제와 부제가 이어받았다. "우리는 영원한 성채이자 보호자이신 당신에게 의지하나이다." 노래가 시작되자 모두의 얼굴에는 피예르가 모자이스크 언덕길에서 보았고 아침에 만난 많은 이들의 얼굴에서도 종종 보았던, 눈앞에 닥친 절박한 순간의 엄숙함을 의식한 똑같은 표정이 떠올랐고, 사람들은 더 자주 머리를 숙이기도 하고, 머리를 흔들기도 하고, 한숨을 쉬기도 하고, 가슴에 성호를 긋기도 했다.

이콘을 겹겹이 둘러쌌던 무리가 갑자기 흩어지며 피예르를 밀어냈다. 사람들이 다급히 비켜서는 것으로 보아 지위가 아주 높은 누군가가 이콘으로 다가온 것 같았다.

진지를 순찰하던 쿠투조프였다. 타타리노보로 돌아가던 길에 기도회에 들른 것이었다. 피예르는 다른 사람과는 다른 독특한 외양을 보고 그가 쿠투조프라는 것을 알아챘다.

살찐 커다란 몸에 긴 프록코트를 입은 쿠투조프는 등을 약간 굽히고, 모자를 쓰지 않은 백발머리에, 부은 얼굴에 수정체가 유출된 한쪽 눈이 하얗게 보였으며, 물속을 걷는 듯한 예의 걸음걸이로 군중 속으로 들어가 사제 뒤에서 멈춰 섰다. 그는 익숙하게 성호를 긋고, 한 손을 땅에 짚고 무거운 한숨을 내쉬며 백발머리를 숙였다. 쿠투조프 뒤에는 베니히센과 막료들이 있었다. 총사령관의 존재는 고관들의 이목을 끌었지만, 민병들과 병사들은 아랑곳없이 계속 기도를 올렸다.

기도가 끝나자 쿠투조프는 이콘으로 다가가 고개를 깊이 숙여 절하고 무릎을 꿇었는데, 애를 쓰는데도 무겁고 쇠약한 몸 때문에 한참이나 일어서지 못했다. 그의 백발머리는 애를 쓸 때마다 흔들렸다. 간신히 일어서자 그는 어린애처럼 순진하게 입술을 내밀어 이콘에 키스하고, 다시 한 손을 땅에 짚고 절했다. 장군들이 그를 따라했고, 그러자 장교들이, 뒤이어 병사들과 민병들이 흥분한 낯으로 밀어대고 밟아대고 헐떡이고 서로 밀치며 이콘 쪽으로 몰려들었다.

22

피예르는 인파에 밀려 휘청거리며 주위를 둘러보았다.

"백작, 표트르 키릴리치! 당신이 어떻게 이런 곳에?" 누군가 외쳤다. 피예르는 돌아보았다.

보리스 드루베츠코이가 역시 더러워진 무릎을 한 손으로 털고(그 역시 이콘에 키스한 듯했다) 미소지으며 피예르에게 다가왔다. 그는 출정한 군인의 호전적인 분위기를 풍기며 멋지게 차려입고 있었다. 그도 쿠투조프처럼 긴 프록코트를 입고 어깨에 채찍을 늘어뜨리고 있었다.

한편 쿠투조프는 그동안 마을로 가서 가장 가까운 집의 그늘로 들어가, 한 카자크가 달려가 벤치를 들고 오고 다른 카자크가 급히 방석을 간 벤치에 걸터앉았다. 화려한 복장의 많은 막료가 총사령관을 에워쌌다.

이콘은 군중과 함께 앞으로 움직였다. 피예르는 보리스와 이야기하며 쿠투조프에게서 서른 걸음쯤 떨어진 곳에 서 있었다.

피예르는 전투에 참가해 진지를 돌아보고 싶다는 자신의 희망을 말했다.

"그럼 이렇게 하십시오" 하고 보리스는 말했다. "내가 숙사를 제공하겠습니다. 전체가 가장 잘 보이는 곳은 베니히센 백작이 진을 친 곳부터입니다. 나는 그분 소속입니다. 내가 백작에게 보고하겠습니다. 진지를 돌아보고 싶다면 같이 가시죠, 우리는 이제 좌익으로 갈 겁니다. 그리고 돌아와서 우리 숙사에서 묵고, 한판 하시죠. 당신은 드미트리 세르게이치를 아시죠? 그는 저기에 묵고 있습니다." 그는 고르키 마을의 세번째 집을 가리켰다.

"그런데 나는 우익을 보고 싶습니다. 아주 견고하다고 하더군요." 피예르는 말했다. "모스크바 강에서부터 진지를 전부 돌아보고 싶습니다."

"뭐 그건 나중에라도 할 수 있습니다, 중요한 건 좌익이고……"

"그렇군요, 그렇군요. 그런데 볼콘스키 공작의 연대가 어디 있는지 가르쳐줄 수 있습니까?" 피예르는 물었다.

"안드레이 니콜라예비치 말입니까? 이제 그 옆을 지나가니 안내해 드리죠."

"좌익은 어떤 상태입니까?" 피예르는 물었다.

"우리끼리니까 하는 얘기지만, 솔직히 말하자면 아군의 좌익은 그야말로 엉망진창입니다." 보리스는 비밀 이야기를 하듯 낮은 목소리로 말했다. "베니히센 백작의 예상은 완전히 빗나갔습니다. 백작이 예상했던 저 언덕의 방어는 전혀 그런 것이 아니었습니다…… 그러나" 하고 보리스는 말하면서 어깨를 으쓱했다. "공작 각하가 동의하지 않으셨는지, 아니면 중상하는 자가 있었는지 좌우간……" 쿠투조프의 부관 카이사로프*가 피예르 쪽으로 다가왔기 때문에 보리스는 끝까지 말할 수 없었다. "아! 파이시 세르게이치," 보리스는 카이사로프를 돌아보며 짐짓 미소를 지었다. "백작에게 진지에 관해 설명해드리고 있었습니다. 공작 각하께서 프랑스군의 의도를 그토록 정확하게 간파하셨다니 놀랍습니다!"

"좌익 말입니까?" 카이사로프가 말했다.

"네, 그렇죠, 물론입니다. 우리 좌익은 이제 너무나, 너무나 견고합니다."

쿠투조프는 사령부에서 불필요한 인물을 모두 쫓아냈지만, 보리스는 쿠투조프가 실시한 개혁 후에도 총사령부에 남을 수 있었다. 보리스는 베니히센 백작 소속이 되었다. 다른 모든 사람이 그랬듯 베니히센 백작도 젊은 드루베츠코이 공작을 아직 제대로 인정받지 못한 인물로 생각했다.

군 수뇌부는 뚜렷이 두 분파로 나뉘어 있었는데, 쿠투조프파와 베니히센파였다. 보리스는 두번째 파에 속했는데, 쿠투조프에게는 비굴할 정도로 존경을 표하면서도 이제 이 노인은 쓸모없다는 것과 모든 것이

---

* P. S. 카이사로프(1783~1844). 러시아 장군.

베니히센에게 달려 있다는 것을 그만큼 교묘하게 사람들에게 느끼게 하는 자도 없었다. 바야흐로 결전의 순간이, 쿠투조프를 실각시켜 베니히센이 전권을 쥐게 하거나, 설령 쿠투조프가 전투에서 이기더라도 모든 것을 베니히센의 공적으로 느껴지도록 해야 할 결정적 순간이 임박했다. 어쨌든 내일의 전투에는 대대적인 포상이 있을 것이고, 새로운 인물들이 발탁될 것이었다. 그래서 보리스는 이날 하루종일 초조감 속에 고무되어 있었다.

카이사로프에 뒤이어 피예르가 아는 사람 몇몇이 더 곁으로 왔기 때문에, 피예르는 모스크바에 관한 그들의 질문에 대답할 겨를도, 사람들이 하는 이야기에 귀를 기울일 겨를도 없었다. 모두의 얼굴에는 활기와 불안이 감돌았다. 그러나 피예르에게는 이 몇몇의 얼굴에 나타난 흥분의 원인이 개인적인 성공의 문제라고 느껴졌고, 그의 머릿속에서는 여태까지 다른 사람들에게서 봐온, 개인적인 문제가 아니라 보편적인 생과 사의 문제에 대해 말하는 것 같았던 흥분한 표정이 떠나지 않았다. 쿠투조프는 피예르를 발견하고 그의 주위에 모여 있는 사람들 무리를 바라보았다.

"저 사람을 이리 불러오게." 쿠투조프는 말했다. 부관이 공작 각하의 희망을 전하자, 피예르는 벤치로 다가갔다. 그러나 그보다 먼저 한 민병이 쿠투조프에게 다가갔다. 돌로호프였다.

"저자가 어떻게 여기 있습니까?" 피예르는 물었다.

"저자는 끼지 않는 데가 없습니다!" 사람들이 피예르에게 대답했다. "지금 저자는 강등된 상태입니다. 그래서 여기서 만회해야 하죠. 어떤 계획을 내서 밤중에 적의 전선을 습격했습니다…… 대단하긴 합니다!……"

피예르는 모자를 벗고 쿠투조프에게 정중히 고개를 숙였다.

"제가 이 말씀을 드려 공작 각하가 절 쫓아내시든, 이미 알고 있었다고 대답하시든, 전 절대 물러서지 않을 결심을 하고 왔습니다……" 돌로호프는 말했다.

"그래, 그래."

"하지만 만약 제 말이 옳다면, 제가 목숨을 바칠 각오를 하고 있는 조국에 대한 봉사가 될 것입니다."

"그래…… 그래……"

"만일 공작 각하께 목숨을 아끼지 않는 인간이 필요하게 되시면, 절 떠올려주십시오…… 공작 각하께 도움이 되어드릴 수 있을 겁니다."

"그래…… 그래……" 쿠투조프는 웃음을 머금은 한쪽 눈으로 피예르를 바라보며 되풀이했다.

이때 보리스가 궁정인 같은 민첩한 태도로 다가와 총사령관 옆에 있는 피예르와 나란히 서서 지금까지의 이야기를 이어가보려는 듯 자못 자연스러운 태도로 나직이 피예르에게 말했다.

"민병들은 죽음에 대비해 깨끗한 흰 루바시카를 입고 있습니다. 얼마나 영웅적입니까, 백작!"

보리스가 피예르에게 이런 말을 한 것은 분명 공작 각하에게 들려주기 위해서였다. 그는 쿠투조프가 이 말에 주의를 돌릴 것을 알고 있었고, 과연 총사령관은 그에게 얼굴을 돌렸다.

"민병이 뭐 어떻다고?" 그는 보리스에게 물었다.

"공작 각하, 그들은 내일의 죽음에 대비해 흰 루바시카를 입고 있습니다.”

“아아!…… 갸륵하고 세상에 다시없을 국민이다!” 쿠투조프는 말했다. 그는 눈을 감고 고개를 흔들었다. “세상에 다시없을 국민이다!” 그는 한숨을 내쉬며 되풀이했다.

“당신도 화약 냄새를 맡고 싶은 거요?” 그는 피예르에게 말했다. “그래, 기분좋은 냄새지. 나도 당신 부인의 숭배자 중 하나지만, 부인은 건강하신가요? 내 숙사를 편하게 쓰시오.” 그러고는 노인이 흔히 그렇듯 쿠투조프는 자기가 해야 할 말과 행동을 모두 잊은 듯 멍하니 주위를 둘러보기 시작했다.

이윽고 그는 찾고 있던 것이 떠오른 듯 부관의 동생 안드레이 세르게이치 카이사로프*를 손짓으로 불렀다.

“뭐지, 뭐였지, 그 마린**의 시가 어떤 거였지, 어떤 시였지, 뭐였지? 게라코프***에 대해서 뭐라고 했지? ‘너는 군단의 스승이다……’였나, 읊어보게, 읊어보게.” 쿠투조프는 분명 웃고 싶은 것처럼 말했다. 카이사로프는 시를 읊었다…… 쿠투조프는 웃음지으며 시의 박자를 맞추듯 고개를 끄덕끄덕했다.

피예르가 쿠투조프 앞에서 물러나자, 돌로호프가 다가와 그의 손을 잡았다.

“여기서 당신을 만나게 되어 기쁩니다, 백작.” 그는 주위에 사람이

* 1782~1813. 러시아 시사평론가이자 작가. 대학교수. 조국전쟁 초 야전군 인쇄소를 만들어 직접 글을 쓰고 팸플릿 등을 제작했고, ‘러시아인’이라는 신문을 발행했다.
** S. N. 마린(1776~1813). 알렉산드르 1세의 시종무관, 시인. 풍자와 패러디에 능했다.
*** G. C. 게라코프(1775~1838). 알렉산드르 1세의 시종무관이자 사관학교 역사 교수, 애국주의적 작가. 그의 작품은 종종 조롱의 대상이 되었다.

많은데도 결연함과 엄숙함을 띠고 유난히 큰 목소리로 말했다. "우리 중 누가 살아남을지 모르는 내일을 앞두고, 지금까지 우리 사이에 있었던 오해를 내가 유감스럽게 생각한다는 것을 말할 수 있는 기회를 얻어 기쁩니다. 부디 나에 대해 어떤 악의도 갖지 않으시길 바랄 뿐이며, 나를 용서해주십시오."

피예르는 뭐라고 말해야 좋을지 몰라 그저 미소지으며 돌로호프를 바라보았다. 돌로호프는 눈물을 글썽이며 피예르를 껴안고 입을 맞추었다.

보리스가 자기 직속 장군에게 무슨 말인가 속삭이자, 베니히센 백작은 피예르에게 함께 전선을 돌아보자고 권했다.

"꽤 흥미로우실 겁니다." 그가 말했다.

"네, 대단히 흥미롭습니다." 피예르가 말했다.

삼십 분 뒤 쿠투조프는 타타리노보로 떠나고, 베니히센은 피예르가 끼여 있는 막료들을 거느리고 전선을 시찰하러 갔다.

23

베니히센은 고르키에서 가도를 따라 다리 옆으로 내려갔는데, 장교가 언덕 위에서 피예르에게 진지의 중심이라고 알려준 이 다리 부근의 물가에는 강렬한 냄새를 풍기는 베어놓은 건초 다발이 죽 널려 있었다. 그들은 다리를 건너 보로디노 마을로 들어갔고, 거기서 왼쪽으로 꺾어 수많은 군인들과 대포들 옆을 빠져나가 민병들이 호를 파고 있는 높은 언덕으로 올라갔다. 아직 이름이 붙지 않았지만 나중에 라옙스키 각면보, 혹은 언덕 포대 각면보라고 불리게 된 곳이었다.

피예르는 이 각면보에는 별로 주의를 기울이지 않았다. 그는 이곳이 보로디노 평원의 어느 곳보다 가장 기억에 남는 곳이 되리라는 걸 알지 못했다. 일행은 골짜기를 건너 세묘놉스코예 마을로 향했고, 그곳에서는 병사들이 농가와 곡물 건조 창고에 보관되어 있던 통나무를 끌어내고 있었다. 그들은 언덕을 오르내리며 우박을 맞은 듯 황폐해진 호밀밭을 지났고, 포병들이 울퉁불퉁한 밭에 새로 닦아놓은 길을 지나 아직 구축중이던 돌각보†로 나아갔다.

베니히센은 몇 개의 돌각보가 있는 이곳에 말을 세우고 전방(어제까지는 아군의 것이었던)의 셰바르디노 각면보를 바라보기 시작했는데, 말을 탄 몇 명이 보였다. 장교들이 거기에 나폴레옹과 뮈라가 있을 거라고 말했다. 모두 열심히 말 탄 무리를 보았다. 피예르도 어렴풋이 보이는 그들 중에 누가 나폴레옹인지 확인하려고 애썼다. 결국 말 탄 자들도 언덕에서 내려가 사라져버렸다.

베니히센은 다가온 장군에게 아군 전체의 배치에 대해 설명하기 시작했다. 피예르는 임박한 전투의 본질을 이해하기 위해 모든 지력을 집중해 베니히센의 말을 귀담아들었지만, 이 방면에 대한 자신의 지력이 부족하다는 것을 느끼고 실망했다. 그는 아무것도 알아듣지 못했다. 베니히센은 이야기를 멈추더니, 열심히 듣고 있는 피예르의 모습을 알아채고 갑자기 말했다.

---

† 보루의 일종. (원주)

"당신에게는 흥미롭지 않을 것 같은데요?"

"아아, 천만에요, 대단히 흥미롭습니다." 피예르는 그리 솔직하지 않은 대답을 되풀이했다.

일행은 돌각보에서 낮게 우거진 자작나무 숲속의 구불거리는 길로 들어가 왼쪽으로 더 나아갔다. 숲 한가운데서 발이 하얀 갈색 토끼가 튀어나와, 수많은 말굽 소리에 얼이 빠진 듯 한참이나 일행 앞에서 뛰는 통에 모두의 관심과 웃음을 자아냈으나, 몇 사람이 동시에 소리치자 어렵사리 도망쳐 덤불 속으로 몸을 숨겼다. 일행은 2베르스타쯤 더 가서 좌익 방어 임무를 맡은 투치코프* 군단의 일대가 주둔한 초지로 나섰다.

이 최좌익에서 베니히센은 몹시 열변을 토한 뒤, 피예르가 생각하기에는 군사적으로 중요한 의미가 있는 것 같은 명령을 내렸다. 투치코프의 부대가 배치된 앞쪽에는 고지대가 있었다. 이 고지대는 어느 쪽 군도 점령하고 있지 않았다. 베니히센은 그것은 잘못이라고 큰 소리로 말하고, 부근 일대를 지배할 수 있는 언덕을 차지하지 않고 방치한 채 산기슭에 군을 배치하는 건 당치도 않은 일이라고 비난했다. 몇몇 장군도 의견을 같이했다. 그중 한 장군은 군인다운 몹시 격렬한 어조로 이런 곳에 군을 배치한다는 건 도살장에 몰아넣는 것과 다름없다고 말했다. 베니히센은 부대를 언덕 위로 이동시키라고 자기 이름으로 명령했다.

좌익에 내려진 이 명령을 듣자 피예르는 더욱더 군사軍事에 대한 자

---

* P. A. 투치코프(1776~1858). 러시아 장군으로 보로디노 전투의 영웅. 스몰렌스크 퇴각 뒤 전투에서 중상을 입고 포로가 되었다가 1814년에 풀려났다.

신의 이해력을 의심하게 되었다. 산기슭에 군을 배치한 것을 비난하는 베니히센과 장군들의 의견은 충분히 이해하고 공감했지만, 산기슭에 군을 배치하라고 명령한 당사자가 왜 그런 명백하고 서툰 실수를 했는지가 도무지 이해되지 않았던 것이다.

피예르는 이들 부대가 베니히센이 생각했던 것처럼 진지 방어를 위해서가 아니라 복병으로서, 즉 잠복했다가 적이 접근했을 때 불시에 습격하기 위해 보이지 않는 장소에 배치되었다는 것을 몰랐다. 베니히센은 그것을 몰랐기 때문에 총사령관에게 알리지도 않고 독단으로 부대를 이동시켜버린 것이었다.

24

맑게 갠 8월 25일 저녁, 안드레이 공작은 그의 연대 주둔지 끝에 있는 크냐지코보 마을의 무너진 헛간에 팔베개를 하고 누워 있었다. 그는 울타리를 따라 죽 심긴 밑가지가 잘린 삼십 년쯤 된 자작나무들과, 귀리 다발이 흩어져 있는 밭, 병사들의 취사장인 모닥불가에서 연기가 오르는 관목 숲을 부서진 벽 틈으로 바라보고 있었다.

지금의 그의 생활이 아무리 자유롭지 못하고 누구에게도 도움이 되지 않고 괴로운 것이라 할지라도, 역시 안드레이 공작은 칠 년 전 아우스터리츠 회전 전날처럼 흥분과 초조를 느끼고 있었다.

내일의 전투에 관한 명령은 이미 내려졌고 그도 그 명령을 받았다. 더이상 할 일은 없었다. 그러나 아주 단순하고 명백한, 그렇기에 더욱 무서운 어떤 상념이 그를 놓아주지 않았다. 내일의 전투는 분명 여태까지 참가했던 어떤 전투보다 더 무서운 것이 되리란 걸 그는 알고 있었고, 난생처음 자신이 죽을지도 모른다는 생각이 일상생활과는 아무런 관계도 없이, 또 그것이 남에게 어떤 영향을 미칠지에 대한 아무런 고려도 없이, 다만 자기 자신과 자기 마음에 관한 문제로서 생생하고 거의 확실하게, 단순하고도 무섭게 떠올랐던 것이다. 그리고 이 상념의 절정에서 내려다보자, 지금까지 그의 마음을 괴롭히고 지배했던 모든 것은 갑자기 차가운 백색 광선에 비쳐 그림자도 원근도 없고, 윤곽조차 잃고 말았다. 온 인생을 오랫동안 인공적인 조명 아래서 렌즈를 통해 봐온 것 같다는, 마치 환등 같다는 생각이 들었다. 그는 지금 갑자기 렌즈 없이 밝은 대낮의 광선 아래서 서툴게 그려진 그 그림을 보았다. '그렇다, 그렇다, 이것이 나를 흥분시키고 감격시키고 괴롭혀온 그 허상이다.' 그는 환등같이 떠오르는 자기 인생의 주요 장면들을 떠올리고 죽음에 대한 명백한 상념이라는 대낮의 광선 아래서 지금 그것들을 바라보며 자신에게 말했다. '아름답고 신비로워 보였던 그것들은 조잡하고 서툰 그림이었을 뿐이다. 명예, 사회의 안녕, 여자에 대한 사랑, 조국―이 그림들이 나에게 얼마나 위대하고 깊은 의미로 가득찬 것으로 보였던가! 그러나 이 모든 것은 내가 나를 위해 떠오른다고 느낀 아침의 차가운 백색 광선 아래서 그저 단순하고, 흐릿하고, 조잡할 뿐이다.' 특히 주의를 끈 것은 그의 인생에 있었던 세 가지 큰 슬픔이었다. 여자에 대한 사랑, 아버지의 죽음, 러시아의 절반을 점령한 프랑스군의 침입. "사랑!…… 신비로운 힘으로 가득해 보이던 그녀! 나는 그녀를 얼마나 사랑했던가! 나는 내 사랑, 그녀와의 행복에 관해 시적인 계획을 세웠었다. 오 귀여운 소년!" 그는 분노에 차 소리내어 말했다. '그런데 어땠는가! 나는 이상적인 사랑 같은 것을 믿고 내가 없는 일 년 동안 그녀가 당연히 절개를 지킬 거라 생각했다! 우화에 나오는 착한 비둘기처럼 나와 헤어져 있는 동안 그녀가 나만을 생각하며 야윌 줄 알았다. 그러나 이 모든 것이 너무나 단순했다…… 모든 것이 너무나 단순하고, 추악했다!

아버지는 리시예 고리에 생활의 터전을 만들고, 자신의 장소, 자신의 땅, 자신의 공기, 자신의 농민들이라 생각했지만, 나폴레옹이 침입해 아버지의 존재 같은 것은 아랑곳하지 않고 길가에 뒹구는 나뭇조가처럼 밀어냈기 때문에 리시예 고리도, 아버지의 생활도 무너지고 말았다. 공작영애 마리야는 이것은 높은 곳에서 보내신 시험이라고 말한다. 그는 이제 존재하지 않고, 앞으로도 그럴 것인데 도대체 무엇을 위한 시험인가? 결코 존재하지 않을 것이다! 존재하지 않는다! 그렇다면 대체 누구를 위한 시험이란 말인가! 조국, 모스크바의 멸망! 내일은 나 역시 죽을 것이다. 어제 내 귓전에 한 병사가 총을 쏘았던 것처럼 프랑스인이 아니라 우리 편의 손에 죽을지 모르고, 그러면 프랑스 병사들은 내 다리와 머리를 끌어내 악취를 풍기지 못하도록 구덩이에 던져버릴 것이고, 새로운 생활 조건이 만들어지고 사람들은 곧 그것에 익숙해지겠지만, 나는 알 수 없을 것이다, 이미 사라지고 없을 테니까.'

그는 태양에 반짝이는 자작나무 가로수의 꿈쩍도 하지 않는 누래지는 초록 잎과 하얀 나무껍질을 바라보았다. '죽는다, 나는 내일 피살된다, 나는 사라진다…… 이 모든 것이 남는데, 나만 사라진다.' 그는 자신이 세상에 없는 광경을 생생하게 그려보았다. 그러자 빛과 그늘이 있는 저 자작나무도, 뭉게뭉게 일어난 구름도, 모닥불 연기도, 주위의 모든 것이 모습을 바꿔 무시무시하고 위협적인 것으로 보였다. 자기도 모르게 등골이 오싹해졌다. 그는 황급히 일어나 헛간을 걷기 시작했다.

헛간 뒤쪽에서 목소리가 들렸다.

"거기 누군가?" 안드레이 공작은 소리쳤다.

전에 돌로호프의 중대장이었고 지금은 장교 수가 줄어 대대장이 된 빨간 코의 티모힌 대위가 머뭇거리며 헛간으로 들어왔다. 뒤이어 부관과 연대 경리 장교도 들어왔다.

안드레이 공작이 급히 일어나 장교들의 근무 보고를 듣고 몇 가지 명령을 내리고 그들을 돌려보내려 할 때, 헛간 밖에서 귀에 익은 목쉰 소리가 들려왔다.

"빌어먹을!" 뭔가에 부딪히는 듯한 소리와 함께 남자의 목소리가 들렸다.

안드레이 공작이 헛간 밖을 내다보자, 발밑에 굴러다니는 나무토막에 발이 걸려 넘어질 듯 말 듯 하며 피예르가 이쪽으로 오는 모습이 보였다. 안드레이 공작은 자기와 같은 사회의 인간을 만나는 것이 대체로 불쾌했는데, 마지막으로 모스크바에서 경험했던 힘겨운 순간을 떠올리게 하는 피예르는 특히 불쾌했다.

"아, 이게 무슨 일인가!" 그는 말했다. "어떻게 이렇게 만나지? 생각도 못했네."

이렇게 말하는 그의 눈과 얼굴 전체에 냉담을 넘어 적의가 보이는 것을 피예르는 바로 알아챘다. 그는 자못 즐거운 기분으로 헛간으로 다가갔으나 안드레이 공작의 표정을 본 순간 왠지 모르게 주뼛하고 불편한 기분이 들었다.

"제가 온 것은…… 그건…… 저…… 온 것은…… 흥미가 있어서입니다." 이날 몇 번이나 되풀이했던 '흥미'라는 말을 쓰면서 피예르는 말했다. "전투를 보고 싶어서 왔습니다."

"그래, 그렇군. 프리메이슨 형제들은 전쟁에 대해 뭐라고 말하고 있나? 어떻게 해야 전쟁을 방지할 수 있지?" 안드레이 공작은 비웃듯이 말했다. "그래, 모스크바는 어떤가? 우리집 사람들은 어떻지? 이미 모스크바에 도착했나?" 그는 정색하고 물었다.

"도착했습니다. 쥴리 드루베츠카야에게 들었습니다. 제가 찾아가봤는데 만나지 못했습니다. 모스크바 교외의 영지로 떠난 뒤였습니다."

25

장교들이 인사하고 돌아가려 했으나 안드레이 공작은 친구와 단둘이 남기 싫은 듯 그들에게 차를 마시고 가라고 권했다. 벤치와 차를 날라 왔다. 장교들은 피예르의 뚱뚱하고 육중한 몸집을 조금 놀란 듯 바라보며, 그가 모스크바와 돌아본 우군의 배치에 대해 이야기하는 것을 들었다. 안드레이 공작은 잠자코 있었는데, 그의 표정이 너무도 불쾌해 보였으므로 피예르는 볼콘스키보다 오히려 선량한 대대장 티모힌에게 더 말을 걸었다.

"그럼 자네는 군의 배치를 모두 알았단 말인가?" 안드레이 공작이 말을 가로챘다.

"네, 어떻게 말해야 할까요?" 피예르는 말했다. "저는 군인이 아니니까, 완전히 알았다고 할 순 없지만 대체로는 알았습니다."

"그럼 자네가 누구보다 잘 알겠군." 안드레이 공작이 말했다.

"그럴 리가요!" 피예르는 안경 너머로 안드레이 공작을 바라보며 의아한 듯 말했다. "그런데 당신은 쿠투조프가 임명된 것에 대해 어떻게 생각하십니까?" 그는 말했다.

"난 그가 임명되어 무척 기뻤네, 내가 아는 건 그게 전부야." 안드레이 공작은 말했다.

"그럼, 바르클라이 드 톨리에 대해서는 어떻게 생각하십니까? 모스크바에서는 그 사람에 대해 통 알 수 없는 이야기를 하더군요. 당신은 어떻게 생각하십니까?"

"이 사람들에게 물어보게." 안드레이 공작은 장교들을 가리키며 말했다.

피예르는 티모힌을 대할 때 누구나 자기도 모르게 띠게 되는 관용이어린 묻는 듯한 미소를 지으며 그를 바라보았다.

"각하, 공작 각하가 취임하신 후로, 우리는 햇빛을 보고 있습니다.*" 티모힌은 연신 머뭇머뭇 자기 연대장 눈치를 살피며 말했다.

"왜 그렇습니까?" 피예르는 물었다.

"그건, 예컨대 장작과 사료만 해도 그렇습니다. 우리가 스벤샤니에서 퇴각할 때는 나뭇가지 하나, 건초 한 다발에도 손을 대면 안 됐습니다. 우리가 떠나면 모두 적의 손에 들어가는데도 말입니다, 안 그렇습

---

* 공작 각하(светлейший)와 빛(свет)이라는 유사한 두 단어로 익살을 부린 듯함.

니까, 각하?" 그는 공작을 향해 말했다. "그런데도 우리에게 손도 못
대게 했습니다. 우리 연대에서도 장교 둘이 군사재판을 받았습니다.
그런데 공작 각하가 오시자, 이게 간단해졌습니다. 마치 햇빛을 본 것
처럼……"

"전에는 왜 금지했던 겁니까?"

티모힌은 어떻게 대답해야 좋을지 몰라 당황한 듯 주위를 둘러보았
다. 피예르는 같은 질문을 안드레이 공작에게 해보았다.

"적에게 남겨놓을 고장을 황폐화시키지 않으려 했던 거지." 안드레
이 공작은 심술궂은 조롱조의 말투로 말했다. "거기에는 충분한 이유
가 있어. 고장을 황폐화해서도, 군대가 약탈에 익숙해져서도 안 되기
때문이야. 그래, 스몰렌스크에서 바르클라이가 프랑스군이 우리보다
우세하다고 생각한 것도, 그들이 아군을 우회할지도 모른다고 판단한
것도 다 그럴 만했어." 안드레이 공작은 갑자기 찢어지는 듯한 날카로
운 목소리로 말했다. "하지만 그는 우리가 그곳에서 처음으로 러시아
땅을 지키기 위해 싸웠고, 유례없이 우리 군대가 사기충천했다는 것
을, 우리는 꼬박 이틀 동안 프랑스군을 격퇴했고, 이 성공이 우리의 사
기를 배로 높여주었다는 것을 몰랐던 거야. 그가 퇴각을 명령했기 때
문에 모든 노력과 희생이 허사가 되고 말았어. 그는 배반을 생각했던
것이 아니라 될 수 있는 한 잘해보려고 온갖 궁리를 다했지만, 오히려
그것이 좋지 않았던 거야. 즉 그는 독일인들이 그렇듯 만사를 너무 철
저하고 신중하게 고려한 거지. 어떻게 말하면 좋을까…… 그래, 자네
아버님에게 독일인 하인이 있다 치세, 그는 훌륭한 하인이라 무엇을
요구하든 자네보다 훨씬 아버님을 만족시켜주기 때문에 만사를 맡아

318

하지만, 만약 아버님이 빈사의 병에 걸리시면, 분명 자네는 그 하인을 내보내고 익숙지 못한 서툰 손으로라도 아버님을 직접 돌봤을 걸세, 솜씨 좋은 남보다 오히려 자네가 아버님의 마음을 안정시켜드릴 수 있으니까. 바르클라이가 그런 경우였네. 러시아가 건재한 동안은 남도 봉사할 수 있고, 흠잡을 데 없는 대신이 될 수도 있지만, 일단 위기에 처하면 한 핏줄의 사람이 필요해지. 그러니까 자네 그룹에서는 그를 배반자로 본단 말이군! 지금은 배반자라고 비방하지만, 다음에는 잘못된 비난을 부끄럽게 여기고 영웅이니 천재니 하고 꾸며대며 잘못만 키우겠지. 그는 정직하고 아주 빈틈없는 독일인일 뿐이야……"

"하지만 노련한 지휘관이잖습니까." 피예르는 말했다.

"나는 노련한 지휘관이 무슨 의미인지 잘 모르겠는데." 안드레이 공작은 비웃는 듯이 말했다.

"노련한 지휘관은," 피예르는 말했다. "그래요, 그렇습니다, 모든 우연을 예견하는 사람이죠…… 그러니까, 적의 속셈을 꿰뚫어볼 수 있는 사람입니다."

"그런 건 불가능하네." 이미 처음부터 뻔한 일이라는 듯 안드레이 공작은 말했다.

피예르는 놀란 듯 그를 바라보았다.

"하지만," 그는 말했다. "전쟁은 장기 같은 거라고 하잖습니까."

"그렇지," 안드레이 공작은 말했다. "허나 작은 차이가 있네, 장기에서는 말을 하나 움직이는 데도 생각할 시간이 충분하니 시간적 문제를 도외시할 수 있다는 것이고, 또하나는 마는 졸보다 강하고 두 개의 졸은 언제나 한 개의 졸보다 강하지만, 전쟁에서는 때로 일개 대대가 일개 사단보다 강할 수도 있고 일개 중대보다 약할 수도 있다는 거야. 즉 군대의 상대적 힘이라는 건 누구도 알 수 없는 법이지. 내 말을 믿게." 그는 말했다. "만약 사령부의 명령 여하에 만사가 달려 있다면 나도 거기서 명령이나 내리고 있겠지만, 그러지 않고 여기 이 연대에서 이들과 더불어 근무하는 영광을 누리는 것은, 내일의 전투 역시 사령부의 명령이 아니라 우리의 힘에 의해 결정되는 거라고 생각하기 때문일세…… 과거에도 그랬고 앞으로도 그렇겠지만 승리는 절대 진지나 장비나 숫자에 달려 있는 것이 아니야, 특히 진지는 가장 문제가 되지 않는 거야."

"그럼 무엇으로 결정되는 겁니까?"

"감정이지, 내 안에, 이 사람 안에," 그는 티모힌을 가리켰다. "병사들 각자 안에 있는."

안드레이 공작은 놀라서 어리둥절한 눈으로 자기 연대장을 바라보는 티모힌을 흘깃 보았다. 안드레이 공작은 억제하며 침묵하던 좀전과는 달리 지금은 흥분한 것처럼 보였다. 그는 분명 뜻밖에 머릿속에 떠오른 생각을 입 밖에 내지 않을 수 없는 것 같았다.

"전투란 이기려고 굳게 결심한 자가 이기는 법이야. 왜 우리가 아우스터리츠에서 패했을까? 아군과 프랑스군의 손실이 거의 비슷했는데도 우리는 너무 성급히 우리가 졌다고 말했고, 그래서 진 거야. 우리가 그렇게 말했던 것은, 당시 거기서 싸울 필요가 없다고 생각하고 조금이라도 빨리 전장에서 달아나고 싶어했기 때문이네. '졌다―달아나자!' 이러면서 우리는 달아났어. 만약 저녁때까지 우리가 그런 말을 하지 않았다면 어떻게 되었을지 모르지. 그러나 내일 우리는 그런 말을 하지 않을 걸세. 자네는 우리 진지의 좌익이 약하고 우익이 너무 뻗어 있다고 하지만," 그는 계속했다. "전부 쓸데없어, 그런 건 있지 않아. 내일 우리를 기다리는 건 무엇일까? 그건 수억 개의 다양한 우연이고, 이것은 적이 달아나느냐 우리가 달아나느냐, 이쪽을 죽이느냐 저쪽을 죽이느냐에 따라 순간적으로 결정되는 것이며, 지금 하는 일들은 그저 오락일 뿐이야. 자네와 함께 진지를 둘러본 그들은 전체의 움직임에 도움이 되지 않을 뿐만 아니라 오히려 방해를 하고 있어. 그들은 그저 자신의 작은 이해에 사로잡혀 있거든."

"이런 순간에요?" 피예르는 비난하듯 말했다.

"이런 순간에." 안드레이 공작은 되풀이했다. "그들에게는 경쟁자의 발밑에 함정을 파고 십자훈장과 리본을 더 받을 수 있는 중요한 순간 이니까. 그러나 나에게 내일은 10만의 러시아군과 10만의 프랑스군 이 결전하기 위해 집결하고, 이 20만의 인간이 싸우고, 더 치열하게 싸워, 목숨을 덜 아끼는 편이 승리를 거두게 되는 날이야. 자네가 원한다면, 나는 분명히 이야기해두지만, 무슨 일이 있더라도, 수뇌부에 어떠한 혼란이 일어나더라도 우리는 내일 전투에서 이길 거야. 내일은 무슨 일이 있어도 이기겠어!"

"아무러면요, 각하, 정말 그렇습니다." 티모힌은 말했다. "이제 와서 목숨을 아끼다니요! 믿지 않으실지 모르지만 우리 대대 병사들은 보드카도 마시지 않고 있습니다. 지금은 그럴 때가 아니라고 말합니다." 모두 입을 다물었다.

장교들이 일어났다. 안드레이 공작은 그들과 함께 헛간 밖으로 나가 부관에게 마지막 명령을 내렸다. 장교들이 떠난 뒤 피예르가 안드레이 공작에게 다가가 다시 이야기를 시작하려고 했을 때, 헛간 근처 도로에서 세 필의 말이 다가오는 말굽 소리가 들렸고, 안드레이 공작은 소리가 나는 쪽을 힐끗 보고 그것이 카자크를 거느린 볼초겐과 클라우제비츠*라는 것을 알았다. 그들은 대화를 멈추지 않고 안드레이의 옆을 지나쳤고, 피예르와 안드레이는 본의 아니게 그들의 대화를 듣게 되었다.

"전쟁은 넓은 공간으로 옮겨져야 해. 이 의견은 아무리 칭찬해도 과하지 않다고 생각하네." 한 사람이 말했다.

"응, 그렇지." 다른 목소리가 받았다. "목적은 적을 약화시키는 거니까, 개개인의 손실 같은 것에 구애될 순 없지."

"응, 그렇지." 첫번째 목소리가 맞장구쳤다.

"뭐, 넓은 공간으로 옮겨져야 한다고?" 그들이 지나가자 안드레이 공작이 화난 듯 콧방귀를 뀌며 되풀이했다. "그 넓은 공간인 리시예 고리에는 내 아버지와 아들과 누이가 남아 있었네. 그들은 그런 것에는 아랑곳없지. 내가 말한 게 바로 이런 거야. 독일인들은 내일 전투에서 이길 생각을 하고 있지 않아, 되는대로 부숴버리려 할 뿐이지. 저들의 머릿속에는 빌어먹을 하찮은 이론만 있을 뿐 내일을 위해 필요한 유일한 그것—티모힌의 마음에 있는 그것이 없기 때문이야. 그들은 온 유럽을 그에게 넘겨주고 우리를 가르치러 왔단 말일세—참 훌륭한 교사지!" 그는 다시 언성을 높였다.

"그럼 당신은 내일 전투에서 우리가 이길 거라 생각하십니까?" 피예르는 물었다.

---

* C. 클라우제비츠(1780~1831). 프로이센 장군. 1812년 당시 러시아군에 복무했다.

"그럼, 그럼." 안드레이 공작은 건성으로 말했다. "다만 한 가지, 만약 내게 그런 권력이 있다면 하고 싶은 것은," 그는 말을 이었다. "포로를 잡지 않는 거야. 대체 포로란 게 뭐지? 그건 기사도정신이야. 프랑스인들은 우리집을 황폐하게 만들었고, 모스크바를 파괴하러 가고 있고, 매 순간 나를 모욕했고 지금도 모욕하고 있어. 그들은 내 적이고, 내 눈에는 모두 범죄자일 뿐이야. 티모힌도, 군대 모두가 그렇게 생각하고 있어. 우리는 그들을 처벌해야 하네. 그들이 내 적인 이상, 설사 틸지트에서 어떤 이야기가 오가든 우리의 친구가 될 수는 없어."

"그렇죠, 그렇습니다." 피예르는 눈을 빛내며 안드레이 공작에게 말했다. "저도 전적으로, 전적으로 당신 의견에 동감합니다!"

모자이스크의 언덕에 간 이래 온종일 피예르의 마음을 뒤숭숭하게 했던 의문이 이제야 말끔히 풀린 것 같았다. 그는 이번 전쟁과 내일로 다가온 전투의 모든 의미와 중요성을 비로소 이해하게 되었다. 이날 그가 보았던 모든 것, 스치며 본 사람들의 의미심장하고 엄숙한 표정은 그에게는 새로운 빛이었다. 그는 물리학에서 말하는 것처럼, 애국심의 잠열(latente)*을 알게 된 것이었고, 그것은 그가 만난 모두에게 있는 것이자, 그들이 가벼운 기분으로 보일 만큼 침착하게 죽음을 준비하고 있는 까닭을 설명해주는 것이었다.

"포로를 잡지 않는 것" 하고 안드레이 공작은 말을 이었다. "이것만이 전쟁의 성격을 변화시켜 잔혹함을 줄이는 길이야. 사실 우리는 전쟁을 유희처럼 해왔어—매우 나쁜 짓이야. 또 우리는 관대함을 과시

---

* 潛熱, 숨은열.

하려 하지. 하지만 그 관대함과 감상성은 송아지가 도살되는 것을 보고 까무러치는 여자들의 관대함과 감상성 같은 거야. 그 여자들이 피를 보지 못할 만큼 선량한지는 모르겠지만, 소스 친 송아지 고기는 맛있게 먹지 않나. 우리 역시 전쟁의 규칙이니 기사도정신이니 군사軍使 교환이니 불행한 자를 불쌍히 여기라느니 하는 이야기를 들었지. 모두 허튼소리야. 나는 1805년에 그 기사도며 군사 교환이라는 걸 봤지만, 이쪽도 저쪽도 다 사기일 뿐이야. 남의 집을 약탈하고, 위조지폐를 만들고, 최악인 것은 우리의 아이와 아버지를 죽이면서 전쟁의 규칙이니 적에 대한 관대함을 운운한다는 거야. 포로를 잡지 말고 죽이고 지기도 죽음으로 뛰어든다! 나와 같은 고민 끝에 이런 결론에 도달한 자는……"

스몰렌스크가 점령된 이상, 모스크바가 점령되든 점령되지 않든 자신에게는 마찬가지라고 생각하고 있었던 안드레이 공작은 목이 죄는 것 같은 경련을 느끼고 돌연 말을 멈췄다. 그는 말없이 여러 번 걸어다녔는데, 다시 입을 열었을 때는 열병에 걸린 사람처럼 눈을 반짝이고 입술은 떨고 있었다.

"만약 전쟁에 관대함이 없다면, 우리는 지금처럼 목숨을 걸고 싸울 만한 가치가 있을 때만 전쟁을 하게 될 걸세. 그렇게 되면 파벨 이바니치가 미하일 이바니치를* 모욕한 것쯤으로는 전쟁이 일어나지 않을 거야. 그리고 지금과 같은 전쟁을 전쟁이라 하게 되겠지. 그러면 군의 긴장도 지금 같지 않을 거야. 또 그렇게 되면 나폴레옹이 이끌고 있는 베

---

* '아무개가 아무개를'이라는 뜻.

스트팔렌이나 헤센 사람들이* 프랑스인을 따라 러시아에 침입하지도 않을 것이고, 우리도 왜 싸우는지도 모르는 채 오스트리아나 프로이센으로 싸우러 가지 않을 거야. 전쟁은 예의를 차리는 것이 아니라 인생에서 가장 역겨운 것이고, 우리가 이것을 이해해야만 전쟁은 일어나지 않을 걸세. 우리는 엄격하고 엄숙하게 이 무서운 필연성을 다뤄야 해. 요컨대 허위를 버려야 하는 거야, 전쟁은 어디까지나 전쟁이지 절대 장난이 아니니까. 그렇지 않으면 전쟁은 한가하고 경솔한 사람들의 오락거리가 되고 말 걸세…… 군인은 가장 존경받는 계급이지. 그러나 대관절 전쟁이 무엇이고, 군대의 승리에 필요한 것은 무엇이며, 군인 사회의 기풍이란 무엇일까? 전쟁의 목적은―살인이요, 전쟁의 수단은―스파이 행위, 배반과 그 장려, 주민의 황폐, 식량을 얻기 위한 군의 약탈, 강도, 군사상의 계략이라고 불리는 속임수와 거짓말이며, 군인 계급의 기풍이란 자유의 결핍, 즉 규율, 무위, 무지, 잔인, 방탕, 음주지. 그럼에도 불구하고 군인은 최고 계급으로서 모든 사람의 존경을 받는단 말이야. 중국을 제외한 모든 나라의 황제가 군복을 입고, 인간을 더 많이 죽인 자가 더 큰 상을 받고 있어…… 내일이면 사람들은 서로 죽이기 위해 다시 모여 수만 명을 죽이거나 병신을 만들어놓을 거고, 그런 뒤에 많이 죽인 것에 대해(그 수를 부풀리면서까지) 감사 기도를 올릴 것이고, 많이 죽였을수록 공적도 크다고 생각하며 승리를 떠벌릴 테지. 저곳에서 신은 그들을 어떻게 보시고 그 기도를 듣고 계실까!" 안드레이 공작은 날카롭고 비명 같은 목소리로 외쳤다. "아아,

---

* 나폴레옹은 헤센 및 다른 나라들의 영토를 베스트팔렌왕국에 편입하고 아우인 제롬 보나파르트에게 맡겼다. 나폴레옹 군대에는 베스트팔렌 병사가 2만 7천 명 있었다.

여보게, 요즘 나는 사는 것이 괴로워졌네. 너무 많은 것을 알아버렸어. 역시 인간은 선악과를 먹지 말아야 했어…… 그래도, 아주 오래가진 않을 거야!" 그는 덧붙였다. "그런데 자네는 잠을 좀 자둬야 할 거야, 나도 잘 시간이니, 고르키로 가게" 하고 안드레이 공작은 느닷없이 말했다.

"아, 아닙니다!" 피예르는 놀라고 동정 어린 눈으로 안드레이 공작을 바라보며 말했다.

"가게, 가게, 전투 전에는 잠을 자둬야 해." 안드레이 공작은 되풀이했다. 그는 빠른 걸음으로 피예르에게 다가가 껴안고 키스했다. "안녕, 가보게." 그는 소리쳤다. "다시 만나게 될지, 아니면……" 그는 이렇게 말하고 몸을 돌려 헛간 쪽으로 갔다.

날이 이미 어두워져 피예르는 안드레이 공작의 표정이 적의를 띠었는지 부드러웠는지 분별할 수 없었다.

피예르는 안드레이 공작을 뒤따라갈지 숙사로 돌아갈지 망설이며 잠시 말없이 서 있었다. '아니다, 그에게는 그럴 필요가 없다!' 피예르는 속으로 판단했다. '그리고 이것이 우리의 마지막 만남이라는 것을 나는 안다.' 그는 무거운 한숨을 내쉬고 고르키로 돌아갔다.

안드레이 공작은 헛간으로 돌아와 융단 위에 누웠지만 잠이 오지 않았다.

그는 눈을 감았다. 어떤 영상들이 떠올랐다가 다른 영상들로 교체되었다. 그중 한 영상을 기쁜 마음으로 한참 바라보았다. 페테르부르크의 어느 저녁 일이 생생하게 떠올랐다. 쾌활하고 상기된 얼굴의 나타샤가 지난여름 버섯을 따러 갔다가 깊은 숲속에서 길을 잃은 이야기를 그에게 들려주고 있었다. 그녀는 숲속의 인적 없는 장소, 그때의 기분, 거기서 만난 양봉가와 나눈 대화를 두서없이 늘어놓다가 도중에 말을 끊고 말했다. "안 되겠어요, 못하겠어요, 나는 지금 엉뚱하게 말하고 있어요. 아니에요, 무슨 말인지 알아듣지 못하실 거예요." 사실 안드레이 공작은 그녀가 무슨 말을 하고 싶은지 다 이해했고, 그녀에게도 알아듣는다고 안심시키려 했지만, 나타샤는 납득하지 못했다. 나타샤는 그날 자신이 경험했던 열정적이고 시적인 느낌을 남김없이 표현하고 싶은데 말이 뜻대로 되지 않아 불만이었다. "그 노인은 정말 훌륭했어요, 그리고 숲은 너무 어둡고…… 어찌나 착한 분인지…… 아니에요, 잘 이야기하지 못하겠어요." 그녀는 흥분해 얼굴이 빨개진 채 말했다. 안드레이 공작은 그때 그녀의 눈을 보며 지었던 행복한 미소를 다시 지었다. '나는 그녀의 마음을 이해했다.' 안드레이 공작은 생각했다. '이해했을 뿐만 아니라 그 영혼의 힘, 그 성실함, 그 천진난만함을, 그녀의 영혼, 마치 육체에 연결된 듯한 그 영혼을 나는 사랑했다…… 그토록 열렬히, 그토록 행복하게 나는 그녀를 사랑했다……' 이때 그는 문득 자신의 사랑이 어떻게 끝났는가를 상기했다. '그자에게 그런 건 아무것도 필요 없었다. 그자는 그런 것을 보지도 않았고, 이해하지도 못했다. 그자는 그녀를 귀엽고 생생한 처녀로만 보았을 뿐이고, 자신과 그녀의 운명을 단단히 연결시켜야 하는 가치를 확신하지 못했다. 그러나 나는? 그자는 지금도 살아 있고 즐겁게 지낸다.'

안드레이 공작은 누가 불로 지지기라도 한 듯 벌떡 일어나 다시 헛간 앞을 걷기 시작했다.

26

보로디노 회전 전날인 8월 25일, 프랑스 황제의 궁내장관 *므시외 드 보세**와 *파브비에*** 대령이 각각 파리와 마드리드에서 발루예보에 있는 나폴레옹 황제의 숙사에 도착했다.

궁정 제복으로 갈아입은 *므시외 드 보세*는 황제에게 바칠 선물을 먼저 가져다두도록 명령하고, 나폴레옹의 막사 입구에서 가장 가까운 칸막이된 공간에 들어가 나폴레옹의 부관들에게 둘러싸여 이야기를 나누며 상자를 열려고 했다.

*파브비에*는 막사에 들어가지 않고 낯익은 장군들과 대화하며 입구에 서 있었다.

나폴레옹 황제는 아직 침실에서 몸단장을 마무리하고 있었다. 그는 코와 목구멍으로 소리를 울리며, 솔로 그의 몸을 문지르는 시종에게 살찐 등과 털이 더부룩한 기름진 가슴을 번갈아 돌리고 있었다. 또다른 시종은 손끝에 오드콜로뉴 병을 들고 어디에 어떻게 뿌려야 하는지 자기만이 안다는 표정을 지으며 손질이 잘되고 있는 황제의 몸에 뿌렸다. 나폴레옹의 짧은 머리털은 젖은 채 이마에 흩어져 있었다. 얼굴은 붓고 누르스름했지만 신체적인 만족감을 드러내고 있었다. "*더 세게, 좀더⋯⋯*" 그는 몸을 문지르는 시종에게 말하고, 몸을 움츠리기도 하고 신음 소리를 내기도 했다. 어제 전투에서 잡은 포로 수를 보고하러 황제의 침실로 들어온 부관은 용무가 끝난 뒤 물러가도 된다는 허가를

---

* L. F. 보세(1748~1824). 프랑스 작가, 나폴레옹의 상급 시종무관.
** C. N. 파브비에(1782~1855). 프랑스군 총사령부 부관.

기다리며 입구에 서 있었다. 나폴레옹은 얼굴을 찌푸린 채 눈을 치켜 뜨고 부관을 힐끗 보았다.

"포로가 없다." 그는 부관의 말을 되풀이했다. "죽여달라는 건가. 그건 러시아군에게 더 나쁜 일일 텐데." 그는 말했다. "좀더, 더 세게." 그는 등을 구부려 살찐 어깨를 내밀며 말했다.

"좋아! 보세를 불러오게, 파브비에도." 그는 고개를 끄덕이고는 부관에게 말했다.

"네, 폐하." 부관은 막사 밖으로 사라졌다.

두 시종이 급히 황제에게 옷을 입혔고, 그는 푸른 근위 제복을 입고 힘차고 빠른 걸음으로 응접실로 갔다.

이때 보세는 황후가 보낸 선물을 황제가 나오는 정면의 의자 두 개에 놓으려고 바쁘게 손을 움직이고 있었다. 그러나 황제가 뜻밖에 빨리 옷을 다 입고 나타나자 미처 이 깜짝 선물 준비를 마치지 못했다.

나폴레옹은 그들이 무엇을 하고 있는지 단번에 알아챘고, 아직 준비가 끝나지 않은 것을 알았다. 그는 황제를 놀래주려는 그들의 기쁨을 빼앗고 싶지 않았다. 그는 보세를 못 본 척하고 파브비에를 손짓으로 불렀다. 그리고 유럽의 다른 한끝에 있는 살라망카* 부근에서 오직 하나의 생각―황제의 이름을 더럽히지 말아야 한다는 두려움―으로 싸우는 군대의 무용과 충성에 대해 이야기하는 파브비에의 말을 엄하게 찌푸린 표정으로 묵묵히 들었다. 전투 결과는 비참했다. 나폴레옹은 파브비에가 이야기하는 사이사이에 자기가 없으므로 그럴 수밖에 없

* 1812년 7월 22일 프랑스군이 패배한 스페인의 도시.

었다고 생각하는 듯 비꼬는 말을 내뱉었다.

"그건 모스크바에서 벌충해야겠군." 나폴레옹은 말했다. "또 만나세" 하고 그는 말하고, 이때 막 깜짝 선물 준비를 끝마치고 의자에 뭔가를 올려놓고 덮개를 씌우는 드 보세를 불렀다.

드 보세는 부르봉 왕가의 노신이 아니고는 할 수 없는 프랑스 궁정식 절을 하고, 봉투를 내밀며 그에게 다가섰다.

나폴레옹은 쾌활하게 그를 향해 돌아서더니 그의 귀를 잡아당겼다.

"아주 서둘렀군, 고맙소. 그래, 파리에서는 뭐라고 이야기하고 있습니까?" 그는 좀전의 엄한 표정을 갑자기 아주 상냥하게 바꾸며 말했다.

"폐하, 파리는 온통 폐하의 부재를 슬퍼하고 있습니다." 드 보세는 격식에 박힌 대답을 했다. 나폴레옹은 그가 틀림없이 이런 말을, 혹은 이와 비슷한 대답을 하리라는 것을 알았고, 머리가 명료할 때는 이런 말이 빈말이라는 것을 잘 알았지만, 드 보세에게 이 말을 듣자 기분이 좋았다. 나폴레옹은 다시 한번 그의 귀에 손을 대주는 영광을 베풀었다.

"이렇게 먼 여행을 시켜서 안됐소." 그는 말했다.

"폐하! 저는 적어도 모스크바 성문에서 폐하를 알현할 거라 생각했습니다." 보세는 말했다.

나폴레옹은 빙그레 웃으며 무심히 고개를 들어 오른쪽을 돌아보았다. 부관이 금제 담뱃갑을 들고 미끄러지듯이 다가와 바쳤다. 나폴레옹은 그것을 받아들었다.

"그러나 당신에게는 좋은 기회였소." 나폴레옹이 열린 담뱃갑을 코밑으로 가져가며 말했다. "당신은 여행을 좋아하니까, 사흘 후면 모스

크바도 볼 수 있을 거요. 아시아적인 수도를 구경할 수 있게 되리라고
는 당신도 생각 못했을 테지. 이제부터 즐거운 여행을 하게 될 겁니다."

보세는 (여태까지 자신도 모르던) 여행 취미에 대한 황제의 배려에
감사하며 조아렸다.

"아! 저것은 뭔가?" 나폴레옹은 신하들이 덮개를 씌운 무언가를 보
고 있는 것을 알아채고 말했다. 보세는 궁정인다운 민첩한 몸놀림으
로 등을 보이지 않고 반쯤 몸을 돌려 두 걸음쯤 물러서 덮개를 들며 말
했다.

"황후께서 폐하께 보내신 선물입니다."

그것은 제라르*가 그린 선명한 색채의 소년 초상화였는데, 나폴레옹
과 오스트리아 황녀 사이에 태어난 이 아이는 무슨 이유인지 로마 왕
이라 불리고 있었다.

〈시스티나의 마돈나〉**에 그려진 그리스도와 눈매가 비슷한 무척 아
름다운 고수머리의 소년이 빌보케***를 하는 모습이 그려져 있었다. 공은
지구를, 한 손에 든 막대기는 홀笏을 상징하는 것이었다.

막대기로 지구를 관통한 이른바 로마 왕의 모습으로 화가가 무엇을
표현하려 했는지는 명확하지 않지만, 파리에서 이 그림을 본 사람들과
마찬가지로 나폴레옹도 그 비유의 의미를 분명히 알 것 같았고, 꽤 마
음에 들었다.

"로마 왕"하고 그는 우아한 손짓으로 초상화를 가리키며 말했다.

---

* F. 제라르(1770~1837). 프랑스 궁정화가. 주로 초상화를 그렸다.
** 이탈리아 화가 라파엘로의 그림.
*** 막대기와 공 사이에 실을 연결해 공을 공중으로 던졌다 받았다 하는 장난감.

"훌륭하다!" 자유자재로 표정을 바꿀 수 있는 이탈리아인 특유의 재주를 지닌 그는 초상화에 다가서자 생각에 잠긴 상냥한 얼굴이 되었다. 그는 지금 자기가 말하고 행동하는 것이 바로 역사라고 느끼고 있었다. 그래서 지금 자신에게 최선의 행동은, 아들마저 지구로 빌보케를 할 만큼 위대해진 자신이 그 위대함과는 대조적으로 가장 평범한 아버지로서의 상냥함을 보이는 것이라고 느꼈다. 그의 눈은 흐려졌고, 그는 앞으로 걸어나가 의자를 힐끗 돌아보고(의자는 순식간에 그의 발밑으로 옮겨졌다), 초상화를 마주보고 앉았다. 그가 가볍게 손짓하자, 모두가 이 위이이 자신의 감정에 잠길 수 있도록 발끝으로 걸어 물러갔다.

잠시 앉아 있던 그는 자기도 모르게 초상화의 가장 밝은 부분에 살짝 손을 댔다가 일어나더니, 또다시 보세와 당직 장교를 불렀다. 그는 그의 막사 근처에서 숙영중인 구舊 근위대에게서 그들이 숭배하는 황제의 영식이자 후계자인 로마 왕을 보는 행복을 박탈해선 안 된다며 초상화를 막사 앞에 놓으라고 명령했다.

나폴레옹이 배식陪食의 영광을 입은 보세와 함께 아침을 들고 있을 때, 그의 예상대로 초상화를 보러 달려온 구 근위대 장병들의 감격에 찬 환성이 막사 앞에서 들려왔다.

"황제 폐하 만세! 로마 왕 만세! 황제 폐하 만세!" 환성이 들렸다.

아침식사를 마친 나폴레옹은 보세 앞에서 군에 대한 명령을 내렸다.

"간결하고 박력이 있다!" 나폴레옹은 정정 없이 즉각 쓰인 명령문을 직접 읽어본 뒤 말했다. 명령은 다음과 같다.

"병사들이여! 제군이 기다리던 전투가 닥쳐왔다. 승리는 제군에게 달렸고, 우리에게는 승리가 필요하며, 그것은 우리에게 필요한 모든 것과 편안한 숙사를 제공할 것이고, 신속한 조국 귀환을 도울 것이다. 앞서 아우스터리츠, 프리들란트, 비텝스크, 스몰렌스크에서와 같이 행동하라. 후대의 자손들이 오늘날 제군의 공훈을 자랑스럽게 상기하게 하라. 제군 하나하나에 대해 말할 때, 모스크바 근교에서 대전人戰에 참가했던 자라고 말하게 하라!"

"모스크바 근교에서!" 나폴레옹은 이렇게 되풀이한 뒤, 여행을 좋아하는 보세에게 산책을 권하고 막사 밖에 이미 안장을 놓은 말 쪽으로 함께 갔다.

"폐하, 참으로 황송합니다." 보세는 황제의 권유에 이렇게 말했는데, 사실 그는 자고 싶기도 했고, 승마가 서툴러 두렵기도 했다.

그러나 나폴레옹이 이 여행가에게 고개를 끄덕였으므로 함께 가지 않을 수 없었다. 나폴레옹이 막사에서 나오자, 그의 아들 초상화 앞에 모여 있던 근위병들 환성이 더 높아졌다. 나폴레옹은 눈살을 찌푸렸다.

"내려놓게." 그는 품위 있는 우아한 손짓으로 초상화를 가리키며 말했다. "아직 전장을 보여주기는 이르지."

보세는 눈을 감고 고개를 숙이고 깊은 한숨을 내쉼으로써 황제의 말을 이해하고 또 존중한다는 뜻을 보였다.

27

역사가들에 의하면, 8월 25일 이날 나폴레옹은 지형을 시찰하기도 하고, 원수들이 제출한 계획을 검토하기도 하고, 장군들에게 직접 명령을 내리기도 하며 온종일 말을 타고 있었다고 한다.

콜로차 강을 따라 배치된 러시아군의 첫 전선은 격파되었고, 이 전선의 일부였던 러시아군의 좌익은 24일에 셰바르디노 각면보가 점령되자 후방으로 옮겨졌다. 전선의 이곳은 이미 보루도 없고, 강의 원호도 받지 못하고, 전방은 개방된 평평한 장소였다. 프랑스군이 이곳으로 공격해 오리라는 것은 군인이건 아니건 누구에게나 명약관화했다. 그 판단을 내리는 데는 복잡하게 고려할 필요도 없었고, 황제와 원수들이 고민하고 애쓸 필요도 없었으며, 더구나 사람들이 나폴레옹에 대해 줄겨 말하는 이른바 천재라고 하는 특수한 최고의 능력도 전혀 필요하지 않았지만, 후세에 이 사건을 기술한 역사가들과 당시 나폴레옹을 둘러싸고 있던 사람들, 그리고 나폴레옹 자신은 다른 생각을 하고 있었다.

나폴레옹은 평원을 달렸고, 신중하게 지형을 관찰하고, 혼자 납득한 듯 혹은 미심쩍은 듯 고개를 끄떡이고, 주위를 둘러싼 장군들에게 자신의 의사결정을 이끈 깊은 사색의 과정은 말하지 않고 최종 결론만 명령의 형태로 전달했다. 에크뮐 공이라고 불리는 다부가 러시아군 좌익을 우회하면 어떻겠냐고 제안했을 때도 나폴레옹은 그럴 필요 없다고 했을 뿐 이유는 설명하지 않았다. 콩팡* 장군(그는 돌각보를 공격하기로 되어 있었다)이 휘하 사단을 이끌고 숲을 가로지르면 어떻겠냐고 제안했을 때는, 엘힝겐 공이라고 불리는 네**가 숲 통과는 위험하고 사

***

* J. D. 콩팡(1769~1845). 다부 장군 아래서 제5사단을 지휘했다.
** M. 네(1769~1815). 울름 전투에서 공훈을 세워 공의 칭호를 받았다. 보로디노 전투에서 프랑스군 중앙을 지휘했다.

단이 혼란에 빠질 우려도 있다고 주장했는데도 나폴레옹은 그 제안에 찬성했다.

셰바르디노 각면보 전방의 지형을 시찰한 뒤 나폴레옹은 잠시 말없이 생각하더니, 러시아군 보루 공격을 위해 내일 아침까지 포병 2개 중대를 배치할 곳과, 그와 나란히 야전 포대를 배치할 곳을 지시했다.

그 밖에도 몇 가지 명령을 내리고 그는 막사로 돌아갔고, 그의 구술로 작전명령이 작성되었다.

프랑스 역사가들이 절찬해 마지않고 다른 역사가들 또한 깊은 경의를 품고 이야기하는 그 작전명령은 다음과 같다.

에크뮐 공이 포진한 평원에 밤사이 배치될 새로운 포병 2개 중대는 여명과 동시에 전방에 위치한 적의 포병 2개 중대에 포격을 시작할 것.

동시에 제1군단 포병 지휘관 페르네티 장군은 콩팡 사단의 포 30문과, 데세와 프리앙 두 사단의 유탄포를 전부 끌고 진격해 포문을 열고 적의 포병 중대에 유탄을 집중투하할 것. 이때 공격할 포는 다음과 같다.

근위 포병대 24문

콩팡 사단 30문

프리앙과 데세 사단 8문
_____

총 62문

제3군단 포병 지휘관 푸셰 장군은 제3군단과 제8군단의 유탄포 총 16문을 좌익 보루의 포격 명령을 받은 포병 중대 양익에 배치할 것. 이로써 적에 대한 포는 약 40문이 됨.

소르비에 장군은 첫번째 명령에 따라 근위 포병대의 모든 유탄포를 인솔해 적의 보루 좌우 중 한쪽을 공격할 수 있도록 준비할 것.

포격중 포니아토프스키 공작은 마을이 있는 숲으로 이동해 적진을 우회할 것.

콩팡 장군은 숲을 통과해 적의 제1보루를 점령할 것.

이와 같이 전투를 개시한 후 적의 행동에 따라 수시로 명령을 내릴 것.

좌익의 포격은 우익의 포격을 듣고 개시하고, 모랑* 사단과 부왕副王** 사단의 저격병은 우익의 공격 개시를 보는 즉시 집중사격할 것.

부왕은 마을을 점령하고 모랑 사단, 제라르*** 사단과 같은 진도로 각각 세 개의 다리를 건넌 뒤, 두 사단은 부왕의 지휘 아래 각면보로 가서 다른 부대와 함께 전선으로 들어갈 것.

이상의 모든 명령은 가능한 한 예비군을 보전하면서 질서 정연하게(모든 것이 순서와 방법대로) 수행되어야 함.

모자이스크 부근 황제의 숙영지에서, 1812년 9월 6일****

---

* C. A. 모랑(1771~1835). 프랑스 원수.

** 나폴레옹의 의붓아들이자 이탈리아 부왕 외젠 드 보아르네(1781~1824)를 말함.

*** E. M. 제라르(1773~1852). 프랑스 원수.

**** 구력 8월 25일.

극히 애매하고 두서없는 이 작전명령서는 나폴레옹이라는 천재에 대한 종교적 두려움을 제쳐놓고 보자면 네 가지 포인트—네 가지 지시—를 내포하고 있는데, 그중 실행될 수 있는 것은 한 가지도 없었고, 또 실제로도 실행되지 않았다.

작전명령의 첫번째는 나폴레옹이 지정한 장소에 배치된 포병대는, 나란히 배치된 페르네티와 푸셰의 포까지 총 102문의 포문을 열고 러시아의 돌각보와 각면보에 집중포격하라였으나, 이것은 불가능한 일이었다. 왜냐하면 나폴레옹이 지정한 장소에서는 러시아의 보루까지 포탄이 미치지 않았기 때문인데, 가장 가까이 있던 지휘관이 나폴레옹의 명령을 어기고 102문의 포를 앞으로 이동시킬 때까지 헛되이 포탄만 소모했다.

두번째 명령은 포니아토프스키는 마을이 있는 숲으로 이동해 러시아군 좌익을 우회하라였으나, 이것도 실행될 가망이 없었고, 실제로도 실행되지 않았다. 왜냐하면 포니아토프스키가 마을이 있는 숲으로 이동하는 도중 진로를 차단하고 있던 투치코프군을 만나 러시아군 진지를 우회할 수 없었기 때문이다.

세번째 명령은 콩팡 장군은 숲을 통과해 제1보루를 점령하라였으나, 콩팡 사단은 숲을 나오자 나폴레옹이 예상 못했던 적의 산탄 공격을 받고 그 아래서 대열을 정비해야 했기 때문에 제1보루를 점령하지 못하고 격퇴되고 말았다.

네번째 명령은 부왕은 마을(보로디노)을 점령하고, 모랑 사단과 프리앙[*] 사단(이들에게는 언제 어디로 움직이라는 지시가 없었다)과 같은 진도

---

[*] 이하 이 장의 '프리앙'은 모두 '제라르'로 바로잡아야 한다. 작가의 착각으로 보인다.

로 각각 세 개의 다리를 건넌 뒤, 두 사단은 부왕의 지휘 아래 각면보로 가서 다른 부대와 함께 전선으로 들어가라였다.

이해할 수 있는 한도에서, 부왕이 자신에게 주어진 명령을 실행하기 위해 했던 시도로 미루어 이 조리 없는 문구를 판단해보면, 부왕은 당연히 보로디노를 거쳐 왼쪽에서 각면보로 가고, 모랑과 프리앙 두 사단은 동시에 정면에서 진격하게 되어 있었다.

이 모든 것 역시 작전명령의 다른 조항과 마찬가지로 실행되지 않았고, 실행될 수도 없었다. 부왕은 보로디노를 통과한 뒤 콜로차 강에서 격퇴되어 더이상 전진할 수 없었고, 모랑과 프리앙 두 사단도 각면보를 점령하기는커녕 격퇴되었고, 각면보는 전투가 끝날 무렵 이미 기병에게 점령되었기 때문이다(이것은 나폴레옹에게는 예상조차 하지 못한, 전례 없는 일이었을 것이다). 따라서 작전명령은 하나도 실행되지 않았고, 실행될 수도 없었다. 그러나 작전명령에는 전투를 개시한 후 적의 행동에 따라 수시로 명령을 내리라고 했으므로 전투중 나폴레옹이 여러 가지 필요한 명령을 내렸을 거라 생각되지만, 사실은 그렇지 않았고 그럴 수도 없었는데, 전투가 벌어지는 동안 나폴레옹은 멀찌감치 떨어진 곳에 있어(이것은 나중에 알려진 사실이다) 전투의 경과를 알 수 없었고, 전투중 그의 명령은 하나도 실행될 수 없었기 때문이다.

28

보로디노 회전이 프랑스군의 승리로 끝나지 않은 것은 나폴레옹이 코감기에 걸렸기 때문이고, 만일 코감기에 걸리지 않았다면 회전 전이나 도중에 한결 천재적인 명령을 내렸을 것이고, 따라서 러시아는 멸망하고 *세계의 양상은 바뀌었을* 것이라고 많은 역사가는 말한다. 러시아가 표트르 대제라는 한 인간의 의지에 의해 형성되고, 프랑스가 공화국에서 제국이 된 것도 프랑스군이 러시아에 침입한 것도 나폴레옹이라는 한 인간의 의지에 의한 거라고 인정하는 역사가들에게는, 러시아가 강국으로 남을 수 있었던 것이 26일에 나폴레옹이 코감기에 걸렸기 때문이라는 식의 추론 역시 응당한 것이다.

만약 보로디노 회전을 하느냐 안 하느냐 하는 것이 오로지 나폴레옹의 마음에 달려 있고, 어떤 명령도 그의 마음 여하에 달려 있었다고 한다면, 그의 의지의 발현에 영향을 미친 코감기는 분명 러시아를 구제한 원인이라 할 수 있을 것이며, 그렇다면 24일에 나폴레옹에게 방수장화를 신기는 것을 잊었던 시종은 러시아의 구세주인 셈이다. 이런 식으로 생각하면 이 결론은 마치 볼테르가 성 바르톨로메오 학살*이 샤를 9세의 위장병 때문에 일어났다고(자신도 무슨 의미인지 모르고) 농담삼아 말한 결론과 마찬가지로 의심의 여지가 없다. 그러나 러시아의 형성이 표트르 1세 한 사람의 의지에 의한 것이라거나, 프랑스제국의 성립과 러시아와의 전쟁을 나폴레옹 한 사람의 의지에 의한 것이라고 인정하지 않는 사람들에게 이러한 생각은 부정확하고 불합리할 뿐만 아니라 인간의 본질에 반하는 것으로 보인다. 역사적 사건의 원인이 되는 것이 무엇인가라는 질문에 대해서는 또다른 대답이 있는데, 세계

---

* 1572년 8월, 성 바르톨로메오 축일에 파리에서 일어난 신교도 학살 사건.

적 사건의 과정은 하늘이 정하는 것이고 그 사건에 참가한 사람 전체의 의지의 총화에 좌우되는 것이며, 따라서 사건의 과정에 나폴레옹 같은 개인의 영향은 표면적이고 가상적인 것에 불과하다는 것이다.

샤를 9세의 명령으로 결행된 성 바르톨로메오 학살이 그의 의지에 따라 일어난 것이 아니라 그는 명령한 사람에 불과하고, 보로디노 평원에서 있었던 8만의 학살이 나폴레옹의 의지에 따라 일어난 것이 아니라(전투 개시나 진행에 관해 그가 명령을 내렸음에도 불구하고) 그는 명령한 사람에 불과하다는 가정은 얼핏 궤변으로 느껴질 수도 있지만, 우리 중 누구도 위대한 나폴레옹보다 더 위대하지는 못할지라도 결코 그 이하의 인간은 아니라는 자신에 대한 인간적 존엄성이 문제의 이와 같은 해결을 인정하라고 내게 명령하며, 역사적 연구 또한 이 가정을 충분히 뒷받침한다.

보로디노 회전에서 나폴레옹은 누구에게도 총을 쏘지 않았고, 아무도 죽이지 않았다. 그것은 모두 군인들에 의해 수행되었다. 따라서 그는 사람을 죽이지 않았다.

프랑스 병사가 보로디노 회전에서 러시아 병사를 죽이려 한 것은 나폴레옹이 명령했기 때문이 아니라 그들이 원했기 때문이다. 다 떨어진 군복을 입고 행군으로 지치고 굶주린 프랑스인, 이탈리아인, 독일인, 폴란드인으로 이루어진 군 전체가 모스크바로 가는 길을 가로막은 군대를 보았을 때, *마개를 딴 술은 마셔야 한다*고 느꼈던 것이다. 만일 나폴레옹이 전투를 금지했다면, 그들은 나폴레옹을 죽이는 한이 있더라도 그것이 그들에게 꼭 필요한 일이었기 때문에 러시아군과 싸웠을 것이다.

중상을 입거나 죽음의 대상이 될 그들은 모스크바 전쟁에 참가했었다고 자손이 말하게 될 것을 위로로 삼으라는 나폴레옹의 포고를 들었을 때 "황제 폐하 만세!" 하고 외쳤고, 빌보케 막대기로 지구를 찌르는 소년의 그림을 보았을 때도 똑같았고, 아무리 무의미한 말을 들었더라도 그들은 틀림없이 "황제 폐하 만세!" 하고 외쳤을 것이다. 승리자가 되어 모스크바에서 음식과 휴식을 얻기 위해 "황제 폐하 만세!" 하고 외치고 싸우러 나가는 것밖에 남아 있지 않았던 것이다. 따라서 그들이 같은 인류를 죽인 것은 나폴레옹의 명령 때문이 아니었다.

전투의 진행을 지시한 것도 나폴레옹은 아니었다. 왜냐하면 그의 작전명령은 하나도 실행되지 못했고, 전투중에도 그는 눈앞에서 어떤 일이 벌어지는지 몰랐기 때문이다. 따라서 이들이 서로를 죽이게 된 것도 나폴레옹의 의지에 의한 것이 아니라 그와는 관계없이, 전투 전체에 참가한 수많은 인간의 의지에 의해 행해졌던 것이다. 다만 나폴레옹에게는 전투 전체가 자신의 의지에 의해 행해진 것처럼 느껴졌을 뿐이다. 그렇기 때문에 나폴레옹이 코감기에 걸렸느냐 걸리지 않았느냐의 문제는 한 말단 수송병의 코감기 이상의 역사적 흥미를 지니지 못한다.

더구나 코감기 때문에 나폴레옹의 작전명령과 전투중 지시가 종전에 비해 좋지 못했다고 하는 역사가들의 기술은 완전히 잘못됐다는 점에서 8월 26일의 코감기는 더더욱 의미가 없다.

여기에 발췌한 작전명령은 그가 승리를 거둔 전투들에서 내린 작전명령과 비교해도 손색이 없었을 뿐만 아니라 오히려 뛰어났다. 전투중에 내렸다는 명령들도 종전보다 못하지 않고 비등했다. 그러나 이 작전명령과 지시가 그전 것보다 뒤떨어진다고 생각되는 것은 보로디노 회전이 그에게 첫 패전이었기 때문이다. 아무리 훌륭하고 빈틈없는 작전명령이나 지시도 패전하면 매우 졸렬한 것으로 생각되고, 학식이라도 있는 군인들은 보란듯이 그것을 비난하며, 아무리 조악한 작전명령이나 지시도 승리하면 더없이 훌륭한 것으로 여겨지고, 진지한 사람들이 다수의 책을 쓰며 그 조악한 지시의 가치를 증명해 보인다.

아우스터리츠 전투에서 바이로터가 작성한 작전명령은 완벽하게 작성된 명령문의 본보기였지만 사람들은 그것이 완벽하고 너무 상세하다고 비난했다.

보로디노 회전에서 나폴레옹은 권력의 대표자로서 자신의 임무를 다른 여러 전투 때처럼 훌륭하게, 아니 전보다 더 훌륭하게 완수했다. 그는 전쟁의 진행에 불리하게 작용할 일은 전혀 하지 않았고, 조금이라도 더 합리적인 의견에 귀를 기울였고, 당황하지 않았고, 자가당착에 빠지지 않았고, 놀라지 않았고, 전장에서 달아나지도 않으면서 뛰어난 육감과 전쟁 경험을 바탕으로 외관상 우두머리의 역할을 침착하고 합당하게 실행했다.

29

신중했던 두번째 전선 시찰에서 돌아와 나폴레옹은 말했다.

"장기말은 놓아졌다. 승부는 내일 시작된다."

그는 펀치*를 가져오라고 이른 뒤, 보세를 불러 파리 이야기와 황후의 궁정에서 시행하려고 마음먹은 몇 가지 개혁에 관해 말했고, 궁중 관계에 대한 온갖 세세한 일을 정확히 기억해내 궁내장관을 놀라게 했다.

그는 사소한 일에 관심을 보이기도 하고, 보세의 여행 취미를 놀리기도 하며 마치 일에 능숙한 유명한 외과의사가 수술대에 환자가 눕혀지고 고정되는 동안 소매를 걷어올리고 수술복을 입으며 하는 듯이 태평스레 잡담을 했다. '만사는 내 손과 머리에 달려 있고, 분명하고, 확실하게 정리되어 있다. 일단 일에 착수하면 나는 아무도 흉내낼 수 없을 만큼 해치우겠지만, 지금은 농담을 할 수 있고, 내가 농담을 하고 침착할수록 당신들은 나에 대해 자신을 갖고, 안심하고, 내 천재성에 놀랄 것이다.'

두 잔째 펀치를 비운 뒤 나폴레옹은 내일로 다가왔다고 생각하는 일대 결전을 앞두고 쉬기 위해 침실로 갔다.

그는 눈앞에 닥친 큰일에 마음이 쓰여 잠을 이루지 못했고, 밤의 습기 때문에 코감기가 더 심해진 채 세시쯤 큰 소리로 코를 풀며 막사 안의 홀로 나갔다. 러시아군은 후퇴했나? 그는 물었고, 적의 모닥불이 여전히 같은 장소에 있다는 대답을 들었다. 그는 알았다는 듯이 고개를 끄덕였다.

당직 부관이 막사로 들어왔다.

"이봐, 라프**, 자네는 어떻게 생각하나, 오늘 전투가 잘될 것 같나?" 나폴레옹은 물었다.

---

* 단맛이 나는 알코올성 음료.
** 장 라프(1771~1821). 프랑스 장군.

"의심의 여지가 없습니다, 폐하." 라프는 대답했다.

나폴레옹은 그를 바라보았다.

"폐하, 스몰렌스크에서 제게 하셨던 말씀을 기억하실 겁니다." 라프는 말했다. "마개를 딴 술은 마셔야 합니다."

나폴레옹은 눈살을 찌푸리고 두 손으로 머리를 감싼 채 말없이 한참 앉아 있었다.

"불쌍한 군대." 그는 불현듯 말했다. "스몰렌스크 이래 행군으로 너무 수가 줄어버렸어. 운명이란 매춘부야, 라프, 나는 언제나 그렇게 말했지만 지금 그것을 느끼기 시작했네. 그런데 근위대는 어떤가, 라프, 근위대는 별탈 없었지?"

"그렇습니다, 폐하." 라프는 대답했다.

나폴레옹은 사탕* 한 알을 입에 넣고 시계를 보았다. 그는 자고 싶지 않았지만 날이 새기까지는 아직 시간이 많이 남아 있었기 때문에 시간을 죽이려고 명령이라도 내리려 했지만, 명령은 이미 내려지고 실행되고 있었기 때문에 그럴 수도 없었다.

"근위대에 비스킷과 쌀은 배급했나?" 나폴레옹은 엄한 말투로 물었다.

"네, 폐하."

"쌀은?"

라프는 쌀에 관한 황제의 명령도 전달했다고 대답했지만, 나폴레옹은 명령이 실행된 것을 믿지 못하는 듯 불만스럽게 고개를 저었다. 하

---

* 알약을 뜻함.

인이 펀치를 들고 왔다. 나폴레옹은 라프에게도 한잔 주라고 이른 뒤 묵묵히 몇 모금 마셨다.

"맛도 냄새도 모르겠어." 그는 잔에 코를 대고 킁킁대며 말했다. "코 감기 때문에 성가시군. 다들 의학에 대해서들 말하지. 코감기 하나 못 고치면서 의학은 무슨 의학인가! 코르비사르*가 사탕을 줬는데 하나도 듣질 않아. 그들이 뭘 고친다는 거지? 아무것도 못 고쳐. 우리 몸은 살 기 위한 기계야. 그렇게 만들어졌고 거기에 몸의 본성이 있는 거야. 몸 안에 있는 생명은 간여하지 말고 스스로 지키게 하면 되고, 의사가 억 지로 약을 몸에 쑤셔넣는 것보다 훨씬 많은 일을 해. 우리 몸은 일정한 시간 동안만 움직이도록 만들어진 시계 같은 것이고, 시계공도 그것을 열 수 없고, 그저 보이지 않는 상태로 손을 더듬어 다룰 수밖에 없어. 우리 몸은 살기 위한 기계야, 그뿐이야." 나폴레옹은 자기가 즐겨 하는 정의定義의 궤도에 들어선 듯 느닷없이 새로운 정의를 내렸다. "라프, 전쟁의 기술이 뭔지 알고 있나?" 그는 물었다. "그것은 어느 순간에 적 보다 강해지는 거야. 그뿐이야."

라프는 아무 대답도 하지 않았다.

"내일 우리는 쿠투조프와 싸운다!" 나폴레옹은 말했다. "두고봐! 나 는 그가 브라우나우에서 군을 지휘할 때 삼 주 동안 말을 타고 진지를 시찰한 일이 단 한 번도 없었단 걸 기억해. 두고보라고!"

그는 자기 시계를 들여다보았다. 아직 네시였다. 펀치를 다 마셨지 만 잠은 오지 않았고 역시 할 일은 없었다. 그는 일어나 이리저리 걷다

---

* J. N. 코르비사르(1755~1821). 나폴레옹의 주치의.

가 이윽고 두꺼운 프록코트를 입고 모자를 쓰고 막사를 나섰다. 어둡고 축축한 밤이었고, 하늘에서 습기가 내리는 것이 희미하게 느껴졌다. 가까이 프랑스 근위대 쪽에서 모닥불이 희미하게 타고, 러시아 쪽에서도 안개 속으로 어렴풋이 불빛이 보였다. 사방이 고요한 가운데 진지 점령을 위해 이미 행동을 개시한 프랑스군의 웅성대는 소리와 말굽 소리가 뚜렷이 들렸다.

나폴레옹은 막사 앞을 걸어가며 불을 바라보고 말굽 소리에 귀를 기울였는데, 막사 앞을 지키는 털모자를 쓴 근위병이 옆을 지나가는 황제를 발견하고 깜짝 놀라 검은 기둥처럼 부동자세를 취하자, 그는 그 앞에서 멈췄다.

"몇 년부터 근무했나?" 그는 병사에게 말을 걸 때 언제나 그렇듯 짐짓 거칠면서도 친절한 군인다운 어조로 물었다. 병사가 대답했다.

"아! 고참이군! 연대에서는 쌀을 받았나?"

"받았습니다, 폐하."

나폴레옹은 고개를 끄덕이고 그 자리를 떠났다.

다섯시 반에 나폴레옹은 말을 타고 셰바르디노 마을로 향했다.

날이 새기 시작했고, 하늘은 활짝 개어 동녘에 구름 한 조각만 떠 있었다. 타다 남은 모닥불이 아침의 희미한 빛 속에서 꺼져가고 있었다.

오른쪽에서 묵직한 포성이 울리더니 일대의 정적을 깨고 사라졌다. 몇 분이 지났다. 두번째, 세번째 포성이 대기를 흔들고, 오른쪽 가까운 곳에서 네번째, 다섯번째 포성이 울렸다.

첫번째 포성의 메아리가 그치기도 전에 다시 꼬리를 물며 포성이 서로 가로막기도 하고 합쳐지기도 하며 울렸다.

나폴레옹은 막료들을 거느리고 셰바르디노 각면보로 가 말에서 내렸다. 승부가 시작되었다.

30

피예르는 안드레이 공작과 헤어지고 고르키로 돌아와 조마사에게 말을 준비하고 아침 일찍 깨우라고 일러두고는 보리스가 양보해준 칸막이 뒤 한구석에서 곧 잠들었다.

이튿날 아침 피예르가 눈을 떴을 때 농가는 텅 비어 있었다. 작은 창문의 유리들이 흔들리고 있었고, 조마사가 옆에 서서 피예르를 흔들어 깨우고 있었다.

"각하, 각하, 각하⋯⋯" 조마사는 분명 피예르를 깨워줄 마음이 꺾인 듯 보지도 않고 주인의 어깨를 잡고 흔들며 되풀이했다.

"뭐야? 시작했나? 시간이 됐나?" 피예르는 눈을 뜨고 물었다.

"대포 소리를 들어보십시오." 퇴역 병사인 조마사가 말했다. "모두 떠났습니다. 공작 각하도 벌써 지나가셨습니다."

피예르는 황급히 옷을 입고 현관 층층대로 달려갔다. 날은 개어 상쾌하고 이슬이 내려 유쾌해 보였다. 방금 구름 사이로 얼굴을 내민 태양이 구름에 반쯤 굴절된 햇빛을 길 맞은편 지붕 너머 이슬 내린 도로의 먼지 위에, 집집의 벽과 담장의 창문에, 그리고 집 옆에 있는 피예르의 말에 내리비치고 있었다. 밖에서는 대포 소리가 더한층 뚜렷이 들려왔다. 말을 탄 부관이 카자크를 데리고 도로를 달리고 있었다.

"시간이 됐습니다. 백작, 시간이 됐습니다!" 부관이 소리쳤다.

피예르는 말을 끌고 따라오라 이르고 어제 전장을 바라보았던 언덕을 향해 거리를 걷기 시작했다. 언덕 위에 군인들이 떼지어 있고, 참모들의 프랑스어 말소리가 들렸으며, 빨간 줄이 있는 하얀 군모를 쓴 쿠투조프의 백발과 어깨에 파묻힌 듯한 하얗게 센 뒤통수가 보였다. 쿠투조프는 망원경으로 앞쪽의 큰길을 바라보고 있었다.

계단을 딛고 언덕을 올라가면서 앞을 본 피예르는 아름다운 광경에 사로잡혀 발을 멈췄다. 어제 이 언덕에서 도취되어 바라보았던 파노라마였지만 지금은 군대와 초연에 뒤덮여 있고, 피예르의 왼쪽 뒤에서 비치는 밝은 태양의 비스듬한 광선은 맑은 아침 대기 속에서 금빛과 분홍빛이 섞인 관통하는 듯한 빛과 짙고 긴 그림자를 일대에 던지고 있었다. 파노라마 끝에 있는, 마치 황록색 보석에 새긴 듯한 먼 숲은 지평선에 우듬지의 곡선을 그리고, 스몰렌스크 가도가 관통하는 발루예보 저편 숲속은 군인들로 가득했다. 조금 앞에는 황금색 들판과 어린 나무들의 숲이 반짝이고 있었다. 앞과 좌우, 어디에나 군대가 보였다. 모든 것이 활기차고 웅장하고 예상을 초월했지만, 무엇보다도 피예르가 놀랐던 것은 오늘의 전장인 보로디노와 콜로차 강 양쪽 기슭 저지대의 전망이었다.

콜로차 강 상공, 보로디노 마을과 그 양쪽, 특히 보이나 강과 콜로차 강이 합류하는 왼쪽 늪지대에 끼었던 자욱한 안개가 밝은 태양이 떠오르자 엷어지고 투명해지면서 안개 속으로 보이는 모든 것에 매혹적인 색채와 윤곽을 더하고 있었다. 이 안개에 초연이 스며들고, 번개처럼 내리비치는 아침 햇살은 안개와 초연 사이 물위, 이슬 위, 양쪽 강기슭과 보로디노에 밀집한 군대의 총검 위에서 반짝거렸다. 안개 속으로 하얀 교회, 마을의 농가 지붕과 밀집한 병사 집단, 녹색 탄약차와 대포가 보였다. 주변에 퍼진 안개와 초연 때문에 이 모든 건 이동중이거나 움직이는 것처럼 보였다. 안개에 뒤덮인 보로디노 부근 일대의 저지대와 마찬가지로 더 위쪽에도, 특히 왼쪽에도, 숲과 들과 저지대와 언덕 꼭대기에도, 끊임없이 저절로, 허공 속에서 초연의 공이 하나 혹은 여러 개로 뭉쳐지고 간격을 두고 혹은 연달아 솟아올라서 퍼지거나 뭉쳐지는 모습이 온 전선에 걸쳐 보였다.

이 초연과, 이상한 표현이지만 포성이 이 광경의 주된 아름다움을 이루고 있었다.

펙! 하고 느닷없이 둥글고 짙은 연기가 보라색과 회색과 유백색으로 퍼지더니, 일 초 후 쾅! 하는 소리가 울렸다.

'펙-펙!' 하고 두 갈래의 연기가 밀치며 피어올라 합쳐지더니 '쾅-쾅!' 하는 소리가 울려 눈으로 본 것을 뒷받침했다.

피예르가 자신의 눈길을 사로잡았던 짙고 둥근 공 모양의 첫번째 연기를 다시 돌아보았을 때는 이미 같은 곳에 여러 개의 연기 공이 옆으로 흘러가고 있었고, 펙…… (사이를 두고) 펙-펙 하고 서너 개의 연기가 나타나고 다시 같은 사이를 두고 쾅…… 쾅-쾅 하고 아름답고 힘차고 확실한 울림이 뒤따랐다. 연기는 달리는 것처럼 보이기도 하고, 연기는 한곳에 머물러 있는데 숲과 들과 번쩍이는 총검이 달리는 것처럼 보이기도 했다. 왼쪽에서 들과 덤불 위로 커다란 연기가 엄숙한 소리를 울리며 연신 나타나고, 가까이 있는 저지대나 숲에서는 그것이 뭉칠 겨를도 없이 소총의 작은 연기가 일며 작은 반향을 일으켰다. 탕-타-타-탕 하는 소리가 빈번하게 울렸지만 포성에 비하면 고르지 않고 빈약했다.

피예르는 연기, 번쩍이는 총검, 소리와 움직임이 있는 그곳으로 가보고 싶어졌다. 그는 자기가 받은 인상을 다른 사람의 것과 비교해보기 위해 쿠투조프와 막료들을 돌아보았다. 그가 느끼기에는 모두가 그와 똑같은 느낌으로 전장을 바라보고 있었다. 모두의 얼굴에는 피예르가 어제 안드레이 공작과 이야기한 뒤에 완전히 이해하게 된 감정의 잠열(chaleur latente)이 반짝이고 있었다.

"다녀오게, 친구, 잘 다녀와, 그리스도가 자네와 함께하길." 쿠투조프는 전장을 향한 눈을 돌리지 않고 옆에 서 있던 장군에게 말했다.

명령을 받은 장군은 피예르를 지나쳐 언덕 내리막 쪽으로 향했다.

"나루터다!" 한 참모가 어디로 가느냐고 묻자 장군은 차갑고 엄격하게 대답했다.

'나도, 나도 가자' 하고 생각하고 피예르는 장군이 가는 쪽으로 향했다.

장군은 카자크가 끌고 온 말에 올라탔다. 피예르는 말을 붙잡고 있던 자기 조마사에게 다가갔다. 그는 어느 말이 더 순한지 묻고는 말에 올라 갈기를 붙잡고 두 다리를 구부려 발꿈치를 말의 배에 댔고, 안경이 떨어질 것 같았지만 갈기와 고삐에서 손을 뗄 수 없어, 언덕 위에서 바라보는 참모들의 비웃음을 사며 그대로 장군 뒤를 따라 달려갔다.

31

피예르는 장군이 언덕을 내려가 갑자기 왼쪽으로 꺾어들었을 때 그를 놓쳐버리고 앞을 지나던 보병 대열 속으로 빨려들고 말았는데, 앞으로도 가보고 왼쪽 오른쪽으로도 가보며 대열에서 빠져나가려 했으나 어느 쪽에도 한결같이 근심스럽고, 눈에 보이지는 않지만 무언가 분명 중대한 문제에 사로잡힌 듯한 병사들의 얼굴이 보였다. 모두가 이유는 모르지만 자기들을 말로 짓밟으려 하는 하얀 모자를 쓴 뚱뚱한 사내를 불만스럽고 미심쩍은 눈으로 쳐다보았다.

"왜 대대 한가운데서 돌아다니는 거야!" 누군가 그에게 소리쳤다. 또다른 사람이 피예르의 말을 개머리판으로 밀치자, 피예르는 날뛰는 말을 안장 앞쪽을 붙잡고 간신히 억누르며 병사들 앞쪽 널찍한 곳으로 달려갔다.

그의 앞쪽에 보이는 다리 옆에서 병사들이 서서 사격하고 있었다. 피예르는 그쪽으로 다가갔다. 피예르는 자기도 모르는 사이 콜로차 강의 다리까지 온 것이었고, 고르키와 보로디노의 중간에 있는 이 다리는 프랑스군이 전투 초에(보로디노 점령 뒤) 습격했던 곳이었다. 피예르는 앞에 다리가 있고 다리 양쪽에서도, 어제 연기 때문에 알아채지 못했던 건초 다발이 있는 초원에서도 병사들이 무슨 일인가 하고 있는 것을 보았지만, 끊임없이 사격을 하고 있는데도 여기가 바로 전장이라는 생각은 전혀 들지 않았다. 사방에서 울리는 총탄 소리와 머리 위를 날아가는 포탄 소리도 들리지 않았고, 강 건너편에 있는 적들도 보지 못했으며, 가까이에서 많은 사람이 쓰러지고 있는데도 한참이나 알아채지 못했다. 그는 줄곧 미소를 띤 채 주위를 둘러보고 있었다.

"왜 전선 앞에서 말을 타고 돌아다니나?" 다시 누군가 그에게 소리쳤다.

"왼쪽으로 가, 오른쪽으로 비켜……" 그들이 소리쳤다.

피예르는 오른쪽으로 물러서다가 뜻밖에도 라옙스키 장군의 부관인 지인을 만났다. 이 부관은 화난 듯이 피예르를 보았지만 누군지 알아보자 가볍게 고개를 숙였다.

"당신이 어떻게 여기에?" 그는 말하고 앞으로 달려가버렸다.

피예르는 자신이 있을 곳이 아닌 데서 하는 일도 없이 얼쩡거리고 있다는 것을 깨닫고, 방해가 될까봐 부관 뒤를 따라 달렸다.

"여기서는 뭘 하고 있습니까? 당신과 같이 가도 괜찮습니까?" 그는 물었다.

"잠시만요, 잠시만요." 부관은 말하고 초원에 서 있는 뚱뚱한 대령에게 달려가 무엇인가 전하고 나서 피예르 쪽을 돌아보았다.

"여기는 무슨 일로 오셨습니까, 백작?" 그는 웃는 얼굴로 피예르에게 말했다. "여전히 호기심 때문입니까?"

"네, 네." 피예르는 대답했다. 하지만 부관은 말을 돌려 앞으로 나아갔다.

"여기는 아직 나은 편입니다." 부관은 말했다. "좌익의 바그라티온 군대는 굉장한 격전중입니다."

"그렇습니까?" 피예르는 물었다. "거기는 어느 쪽입니까?"

"그럼 같이 언덕으로 갑시다. 우리 쪽에서도 보입니다. 우리 포병 진지는 아직 견딜 수 있을 겁니다." 부관은 말했다. "어떠십니까, 가시겠습니까?"

"네, 함께 가겠습니다." 피예르는 주위를 둘러보고, 자기 조마사를 눈으로 찾으며 말했다. 피예르는 이때 비로소 비틀거리며 걷거나 들것에 실려가는 부상병들을 보았다. 그가 어제 말을 타고 지나갔던 강렬한 냄새를 풍기는 건초들이 한 줄로 늘어선 초원에, 키베르가 벗겨진 채 불편하게 머리를 수그린 한 병사가 건초의 열과 직각으로 쓰러진 채 미동도 하지 않았다. "왜 데려가지 않습니까?" 하고 피예르는 입을 열었지만 그쪽을 돌아본 부관의 엄격한 얼굴을 보자 말을 멈췄다.

피예르는 조마사를 찾지 못해 그대로 부관과 함께 저지대를 지나 라옙스키 언덕으로 말을 몰았다. 피예르의 말은 계속해서 부관의 말에 뒤처졌고, 규칙적인 간격으로 피예르를 추켜올렸다.

"승마가 익숙지 않으십니까, 백작?" 부관은 물었다.

"아닙니다, 괜찮습니다, 왜 그런지 말이 마구 뛰어대는군요." 피예르는 이상하다는 듯이 말했다.

"이런!…… 말이 다쳤군요." 부관은 말했다. "오른쪽 앞다리 무릎 위입니다. 분명 총알에 맞은 겁니다. 축하합니다, 백작" 하고 그는 말했다. "*포화의 세례입니다.*"

그들은 전진하며 귀가 멀 것처럼 포성을 울리는 포병대 뒤쪽 제6군단 사이를 통과해 작은 숲에 도착했다. 서늘하고 조용한 숲에는 가을 향기가 감돌았고, 피예르와 부관은 말에서 내려 언덕으로 걸어올라갔다.

"장군이 여기 계십니까?" 부관은 언덕에 다가가며 물었다.

"방금까지 계시다가 저쪽으로 가셨습니다." 오른쪽을 가리키며 사람들은 대답했다.

부관은 이제 피예르를 어떻게 해야 좋을지 모르겠다는 듯이 돌아보았다.

"걱정 마십시오." 피예르는 말했다. "나는 언덕으로 가보겠습니다, 괜찮겠죠?"

"가보십시오, 거기서는 잘 보이고, 별로 위험하지 않을 겁니다. 곧 당신을 데리러 가겠습니다."

피예르는 포병 진지로 향하고, 부관은 앞으로 나아갔다. 그들은 다시 만나지 못했는데, 훨씬 뒤에 피예르는 이 부관이 이날 한쪽 팔을 잃은 것을 알게 되었다.

피예르가 올라간 언덕은 후에 러시아측에서는 라옙스키 포대 또는 언덕 포대 각면보로, 프랑스측에서는 대각면보, 운명의 각면보, 중앙 각면보로 알려진 곳으로, 수만의 장병이 쓰러진 이곳을 프랑스군은 가장 중요한 거점으로 보고 있었다.

이 각면보는 삼면으로 판 참호가 있는 언덕으로 이루어져 있었다. 참호 둔덕에 뚫은 구멍 사이로 열 문의 대포가 튀어나와 있고, 한창 포격중이었다.

이 둔덕 양쪽에 나란히 놓인 수문의 대포에서도 역시 연방 포격중이었다. 이 포열 조금 뒤쪽에 보병들이 있었다. 피예르는 언덕으로 올라가면서, 수문의 대포가 배치되어 포격하고 작게 참호를 파서 둘러싼 이곳이 전투의 가장 중요한 거점이라고는 전혀 생각지 못했다.

오히려 피예르는 이곳이 (자신이 거기 있기 때문에) 전장에서도 가장 무의미한 곳 중 하나일 거라고 생각했다.

언덕으로 올라간 피예르는 포병 진지를 둘러싼 참호 한끝에 걸터앉아 무의식적으로 행복한 미소를 지으며 주위에서 일어나는 일들을 바라보았다. 때때로 피예르는 여전히 미소를 지으며 일어나, 대포를 장전하기도 하고 움직이기도 하고 자루와 탄약을 가지고 끊임없이 옆을 달려가는 병사들에게 방해가 되지 않도록 주의하며 포병 진지를 돌아다녔다. 이 포병 진지의 대포는 교대로 쉴새없이 쏘아댔고, 굉음이 귀를 먹먹히 울리고 포연이 근처 일대를 뒤덮었다.

엄호하는 보병들에게서 느껴지는 불쾌한 분위기와는 반대로, 다른 이들과 참호로 격리되어 독립한 상태로 일에 몰두하는 포병 진지의 소수 병사들 모두에게서는 공통된 가족적인 활기가 느껴졌다.

군인이 아닌 피예르가 하얀 모자를 쓰고 나타나자, 처음에는 사람들에게 불쾌한 놀라움을 주었다. 병사들은 그의 옆을 지나가며 놀란 듯, 아니 겁을 먹은 기색으로 곁눈질했다. 키가 크고 다리가 길고 곰보인 수석 포병 장교는 맨 끝에 있는 대포 작동을 살피는 척하며 피예르 곁으로 다가와 신기한 듯 바라보았다.

사관학교를 갓 나온 듯한 아주 앳돼 보이는 둥근 얼굴의 젊은 장교는 자기가 맡은 두 문의 포에서 열심히 지시하다가 피예르에게 엄중하게 말했다.

"여보세요, 길 좀 비켜주십시오." 그는 피예르에게 말했다. "여기는 안 됩니다."

병사들은 피예르를 바라보며 못마땅한 듯 고개를 저었다. 그러나 하얀 모자를 쓴 이 남자가 나쁜 짓을 하는 것도 아니고, 그저 참호의 사면에 조용히 앉아 있거나, 겸연쩍은 미소를 지으며 병사들에게 정중히 길을 비켜주거나, 총탄이 빗발치는 포병 진지를 마치 가로숫길이라도 산책하듯 유유히 걸어다닐 뿐이라는 것을 알자, 악의 어린 의심은 차차 그들이 부대에서 주로 기르는 개나 닭이나 염소 같은 동물에 대해 품는 감정과 비슷한 상냥하고 장난스러운 호의로 변했다. 병사들은 이내 속으로 피예르를 가족으로 받아들이고 한패로 생각하며 별명까지 붙였다. 그들은 그를 '우리 나리'라 부르고 그에 대해 이야기하고 상냥하게 웃었다.

포탄 한 발이 피예르에게서 두어 걸음 떨어진 땅에서 터졌다. 피예르는 포탄 때문에 튄 흙을 털며 미소짓고 사방을 둘러보았다.

"무섭지 않습니까, 나리, 정말로!" 어깨가 넓고 얼굴이 빨간 병사가 튼튼해 보이는 흰 이를 드러내며 피예르에게 말했다.

"그럼 자네는 무서운가?" 피예르는 물었다.

"왜 안 무섭겠습니까?" 병사는 대답했다. "이건 뭐 인정사정이 없습니다. 쾅하고 떨어지면 창자가 쏟아집니다. 무섭지 않을 수가 없습니다." 그는 웃으며 말했다.

쾌활하고 상냥한 얼굴의 병사 몇 명이 피예르 옆으로 와서 멈췄다. 그들은 피예르가 다른 사람들처럼 말을 할 거라 기대하지 않았던 듯 이 발견을 기뻐했다.

"우리는 군인이라 그렇지만, 저 나리는 정말 놀라운데! 대단한 나리시군!"

"제 위치로!" 젊은 장교가 피예르 주위에 모인 병사들에게 소리쳤다. 이 젊은 장교는 자기 임무를 수행하는 것이 이번이 처음 아니면 두번째인 듯 보였고, 그래서인지 유달리 명확하게 규칙대로 병사와 상관을 대하는 것 같았다.

우르릉거리는 포성과 소총 소리가 온 전장에 걸쳐, 특히 왼쪽 바그라티온의 돌각보 쪽에서 점점 요란해졌지만, 피예르가 있는 곳에서는 포연 때문에 거의 아무것도 보이지 않았다. 게다가 피예르는 포병 진지의 자못 가족적인(다른 사람들과는 완전히 격리된) 무리에 완전히 시선을 빼앗기고 있었다. 전장의 광경과 포성이 불러일으킨 최초의 무의식적인 흥분은 이제, 특히 초원에 홀로 쓰러져 있던 병사를 본 이래 다른 감정으로 바뀌었다. 그는 이제 참호의 사면에 앉아 주위 사람들의 얼굴을 관찰하고 있었다.

열시까지 이미 스무 명 정도의 병사들이 포대_{砲臺}에서 실려 나가고, 대포 두 문이 파괴되고, 진지에 더 많은 포탄이 떨어지고, 휙휙거리며 먼 곳에서 총탄이 날아들었다. 그러나 포병 진지에 있는 사람들은 그런 것은 염두에도 없는 듯 사방에서 쾌활한 이야기 소리와 농담이 들려왔다.

"잔뜩 찬 거다*!" 휙휙거리며 날아오는 유탄을 보고 한 병사가 소리쳤다. "이쪽이 아니야! 보병 쪽이다!" 유탄이 엄호 부대로 날아가 떨어지는 것을 보고 다른 병사가 웃으며 덧붙였다.

"뭐야, 아는 사인가?" 날아가는 포탄 밑에서 고개를 숙이는 농민을 보고 한 병사가 웃으며 말했다.

몇몇 병사가 보루 옆에 모여 전방의 전투 광경을 지켜보고 있었다.

"산병선도 철수했어, 봐, 뒤로 물러났다." 그들은 보루 너머를 가리키며 말했다.

---

* 작약이나 화학제를 넣어 만드는 유탄의 속이 꽉 찼다는 뜻.

"자기 일들이나 해." 나이든 하사관이 그들을 꾸짖었다. "뒤로 물러난 건 뒤에 볼일이 있다는 뜻이야" 하고 하사관은 한 병사의 어깨를 붙잡고 무릎으로 밀쳤다. 웃음소리가 일었다.

"제5포 앞으로!" 한쪽에서 소리쳤다.

"한번에, 힘을 모아, 배를 끌듯이." 포를 바꾸는 병사들의 즐거운 함성이 들렸다.

"앗, 우리 나리 모자를 날려버릴 뻔했군." 얼굴이 빨간 익살꾼이 피예르를 보며 이를 드러내고 웃었다. "이런, 난리가 났군." 그는 포차 수레바퀴와 어느 병사의 다리에 멎춘한 포탄을 보고 꾸짖듯이 덧붙였다.

"어이, 이 여우 놈들아!" 부상병을 옮기려고 포대로 와서 등을 웅크린 민병을 본 다른 병사가 웃으며 말했다.

"이 죽이 맛없나? 어이, 까마귀 놈들, 뭘 어물거리고 있어!" 병사들이 한쪽 다리가 날아간 병사 앞에서 망설이는 민병들을 다그쳤다.

"간다, 이놈아." 병사들은 농민들의 말투를 흉내냈다. "어지간히 싫은가보구나!"

피예르는 포탄이 떨어지고 사상자가 날 때마다 모두의 활기가 더 타오르고 있다는 것을 알아챘다.

점점 다가오는 먹구름 속에 감춰져 있는 듯한 타오르는 불길의 번개가 (이 사태에 반발하듯) 더욱 빈번하고 더욱 밝게 모두의 얼굴에서 번쩍거렸다.

피예르는 앞쪽 전장을 보지 않았고, 거기서 무슨 일이 일어나는지도 관심이 없었고, 오로지 더욱 타오르는 이 불길을 관찰하는 데만 골몰했는데, 이 불길은 그의 마음속에서도(그가 느끼기에) 타오르고 있었다.

열시에는 포대 앞쪽의 덤불과 카멘카 강가에 있던 보병들이 퇴각하기 시작했다. 그들이 총과 부상병을 싣고 옆을 달려가는 모습이 포대에서 보였다. 막료를 거느린 장군이 언덕으로 올라와 연대장과 잠시 이야기한 뒤 화난 듯 피예르를 곁눈으로 보더니, 포대 뒤쪽에 있는 보병 엄호 부대에게 포화에 맞지 않도록 되도록 엎드리라고 명령하고 다시 내려갔다. 뒤이어 진지 오른쪽에 있던 보병 대열 속에서 북소리와 호령이 들리더니 대열이 전진하기 시작하는 모습이 포대에서 보였다.

피예르는 둔덕 너머로 바라보고 있었다. 한 얼굴이 유독 눈에 띄었다. 군도를 축 늘어뜨린 채 불안스레 사방을 살피며 뒷걸음치는 창백한 얼굴의 젊은 장교였다.

보병 대열은 연기 속에 보이지 않고 길게 끄는 함성과 빈번한 총성만 들렸다. 몇 분 후 그쪽에서 부상자와 들것의 무리가 되돌아왔다. 포대에는 더욱 빈번하게 탄환이 떨어지기 시작했다. 몇몇 사상자는 수습되지 못하고 쓰러져 있었다. 포 주위에서는 병사들이 더욱 분주하고 활기차게 움직였다. 이미 아무도 피예르에게 주의를 기울이지 않았다. 통로에 있다가 두어 번 핀잔을 들었을 뿐이었다. 수석 장교는 얼굴을 찡그리고 큰 보폭으로 포에서 포로 빠르게 뛰어다녔다. 젊은 장교는 얼굴이 더 상기되고 더 열심히 병사들을 지휘했다. 병사들은 탄약을 건네고, 포의 방향을 바꾸고, 포탄을 장전하며 긴장한 모습으로 뽐내듯이 임무를 수행했다. 그들은 마치 용수철을 단 것처럼 뛰어오르며 움직였다.

비구름이 차차 다가왔고, 피예르가 줄곧 주시해온 그 타오르는 불길이 모두의 얼굴에서 번쩍이고 있었다. 그는 수석 장교 옆에 서 있었다.

젊은 장교가 키베르에 손을 대어 경례하며 달려왔다.

"보고합니다. 대령님, 남은 포탄은 여덟 개인데 이대로 포격을 계속합니까?" 그는 물었다.

"산탄散彈이다!" 보루 너머 앞쪽을 바라보던 수석 장교가 대답은 않고 소리쳤다.

갑자기 무슨 일이 벌어졌고, 젊은 장교가 헉 하는 소리를 내지르고 웅크리더니 마치 날아가다 총에 맞은 새처럼 땅바닥에 고꾸라졌다. 피예르의 눈앞에서 벌어진 모든 일이 이상하고, 몽롱하고, 흐릿했다.

포탄은 윙윙거리며 꼬리를 물고 날아와 흉벽胸壁과 병사와 포에 떨어졌다. 피예르의 귀에 지금까지 들어본 적 없던 이런 소리만 들렸다. 포대 오른쪽에서 병사들이 "우라" 하고 외치며 달려갔지만, 피예르에게는 그것이 전진이 아니라 후퇴처럼 생각되었다.

포탄 하나가 피예르가 서 있는 앞 참호 맨 끝에 명중해 사방으로 흙을 튀겼고, 눈앞에 검은 공이 번득하더니 그 순간 뭔가에 부딪혔다. 포대로 들어가려던 민병들은 뒤돌아 달려나갔다.

"모두 산탄을 써라!" 장교가 외쳤다.

하사관이 수석 장교에게 달려가 겁먹은 듯 속삭이는 목소리로(식사 때 주인이 요구한 와인이 다 떨어졌다고 보고하는 집사처럼) 탄약은 이제 없다고 말했다.

"도둑놈들, 뭣들 하고 있어!" 장교는 피예르 쪽을 돌아보며 외쳤다. 수석 장교의 얼굴은 상기된 채 땀에 젖어 있고 찡그린 눈은 번득였다. "예비대로 달려가 탄약함을 가져와!" 그는 화난 듯 피예르를 외면하며 부하 병사에게 소리쳤다.

"제가 가겠습니다." 피예르는 말했다. 장교는 대답도 하지 않고 성 큼성큼 다른 쪽으로 가버렸다.

"사격 중지…… 대기!" 그가 외쳤다.

탄약함을 가져오라는 명령을 받은 병사는 피예르에게 부딪혔다.

"에잇, 나리, 여긴 당신네들이 오실 데가 아닙니다." 그는 말하고 아래쪽으로 달려갔다. 피예르는 젊은 장교가 앉아 있는 곳을 돌아 병사를 뒤따라 달렸다.

포탄이 한 발, 두 발, 세 발 그의 머리 위를 날아가 앞과 옆과 뒤에 떨어졌다. 피예르는 달려내려갔다. '나는 어디로 가는 거지?' 이미 녹색 탄약함이 있는 곳에 왔을 때 그는 문득 생각했다. 그는 뒤로 돌아갈지 앞으로 나아갈지 망설이며 멈춰 있었다. 느닷없는 무서운 충격에 그는 뒤쪽 땅바닥으로 나동그라졌다. 그 순간 커다란 불길의 섬광이 그를 비추더니, 갑자기 고막을 찢는 것 같은 굉음과 폭발 소리와 획획 거리는 소리가 들렸다.

정신을 차려보니 피예르는 땅바닥에 두 손을 짚고 주저앉아 있었고, 옆에 있던 탄약함은 온데간데없었으며, 다 타버린 풀 위에 불에 그슬린 녹색 판자들과 천 조각들이 널려 있고, 말 한 마리가 부서진 끌채를 질질 끌며 그에게서 달려가고 다른 한 마리는 피예르처럼 땅바닥에 쓰러진 채 길고 날카로운 소리로 울고 있었다.

32

피예르는 두려움에 자기도 모르게 벌떡 일어나, 자신을 에워싼 온갖 공포의 유일한 피난처인 포대로 달려갔다.

피예르가 참호에 들어갔을 때 진지에서는 포성이 들리지 않았고, 몇 사람이 뭔가 하고 있었다. 피예르는 그들이 어떤 사람들인지 알아챌 겨를도 없었다. 그에게 등을 돌리고 아래쪽을 향한 자세로 보루에 엎드려 있는 상급 대령을 보았고, 낯익은 한 병사가 팔을 붙잡고 있던 사람들을 뿌리치고 뛰어나가려 하면서 "형제들!" 하고 외치는 것도 보았고, 또 뭔가 기묘한 것도 눈에 들어왔다.

그러나 그는 아직 대령이 전사한 것도, "형제들!" 하고 외친 자가 포로라는 것도, 또 눈앞에서 또 한 병사가 총검에 등을 찔린 것도 알아챌 겨를이 없었다. 그가 참호에 뛰어들려던 순간, 푸른 군복을 입은 깡마르고 누런 땀투성이 사내가 군도를 휘두르고 지껄이며 그에게 덤벼들었다. 그들은 서로를 보지 않고 달려들었는데, 피예르는 본능적으로 충돌을 피하고, 두 손을 내밀어 한 손으로 그(프랑스 장교였다)의 어깨를 잡고 다른 한 손으로 목을 휘어잡았다. 장교는 군도를 놓고 피예르의 멱살을 잡았다.

두 사람은 수초 동안 겁에 질린 눈으로 낯선 상대방의 얼굴을 노려보았고, 자기들이 무엇을 했는지, 무엇을 해야 하는지 얼떨떨한 채 서 있었다. '내가 포로가 된 것인가, 이자가 나의 포로가 된 것인가?' 두 사람 다 이렇게 생각했다. 그러나 프랑스 장교 쪽이 자신이 포로가 되었다는 생각이 강한 것 같았는데, 공포에 사로잡힌 피예르가 자기도 모르게 건장한 팔로 더 강하게 프랑스인의 목을 죄었기 때문이다. 프랑스인이 무슨 말인가 하려 했을 때, 갑자기 두 사람의 머리 바로 위로 포탄이 무섭게 윙윙거리며 스쳐갔고, 프랑스 장교는 피예르가 그의 목이 떨어져나가지 않았나 생각했을 정도로 날쌔게 목을 움츠렸다.

피예르도 고개를 숙이고 두 손을 놓았다. 두 사람은 이미 누가 누구를 포로로 잡았느냐 따위는 안중에도 없이 프랑스인은 포대로 달려가고, 피예르는 자기 발을 붙들 것만 같은 사상자들에게 발이 걸려 휘청거리며 언덕 아래로 달려갔다. 하지만 다 내려가기도 전에 이쪽을 향해 몰려오는 밀집한 러시아 병사들과 마주쳤는데, 병사들은 쓰러지고, 발이 걸려 비틀거리고, 소리치며 즐거운 듯 폭풍처럼 포대를 향해 달려갔다. (이것은 예르몰로프가 자신의 용기와 행운 덕에 이룰 수 있었던 공훈으로 돌린 그 돌격인데, 이때 그는 호주머니에 있던 게오르기 십자훈장들을 언덕을 향해 내던졌다고 한다.)

포대를 점령했던 프랑스군은 도망쳤다. 아군은 "우라" 하고 외치며, 제지하느라 애를 먹을 만큼 포대를 지나 멀리까지 적을 추격했다.

포대에서 포로를 데려왔고 그중 부상당한 프랑스 장군 주위를 장교들이 둘러쌌다. 부상자 무리에는 피예르가 아는 자와 모르는 자, 러시아인과 프랑스인이 있었는데 고통으로 얼굴이 일그러진 그들은 포대에서 걷거나 기거나 들것으로 옮겨졌다. 피예르는 자신이 한 시간 넘게 머물렀던 언덕으로 올라가보았지만, 그를 맞아주었던 가족적인 병사들은 한 명도 찾아볼 수 없었다. 낯모르는 시체가 많았다. 하지만 몇은 알아볼 수 있었다. 그 신입 장교는 참호 끝 핏구덩이에서 여전히 몸을 웅크리고 있었다. 얼굴이 빨간 병사도 여전히 꿈틀거리고 있었지만 아무도 그를 데려가지 않았다.

피예르는 언덕 아래로 달려갔다.

'아니다, 이제 그들은 이런 짓을 그만둘 것이다. 이제 그들은 자기들이 한 짓에 몸서리칠 것이다!' 전장에서 돌아오는 들것의 행렬을 따라 정처 없이 걸으며 피예르는 생각했다.

그러나 초연에 가린 태양은 아직 하늘 높이 떠 있었고 앞쪽, 특히 왼쪽의 세묘놉스코예 마을 부근에서는 연기를 내며 뭔가가 타고 있었고, 총격과 포격의 요란한 소리도 약해지기는커녕 마치 기진맥진한 자가 마지막 힘을 다해 소리치듯 더욱 커져만 갔다.

33

보로디노 회전의 주요한 전투는 보로디노 마을과 바그라티온의 돌각보 사이 약 1000사젠*에 걸쳐 벌어졌다. (이 지역 외에도 한쪽에서는 정오 무렵 러시아군 우바로프 기병대의 양동작전이 행해졌고, 또다른 쪽에서는 우티차 강 뒤쪽에서 포니아토프스키와 투치코프의 충돌이 있었지만, 전장 한복판에서 일어났던 전투에 비하면 두 개의 독립된 소규모 전투였다.) 전투는 보로디노와 돌각보 사이의 숲 근처 평원 양쪽에서, 시야를 가리는 것도 없는 곳에서 지극히 단순하고 아무런 전략도 없이 행해졌다.

---

* 약 2킬로미터.

전투는 수백 문이나 되는 쌍방의 대포 공격으로 시작되었다.

마침내 초연이 온 전장을 뒤덮자, 이 연기 아래서 (프랑스측은) 오른쪽에서 데세와 콩팡의 2개 사단이 돌각보를 향해, 왼쪽에서 부왕의 수개 연대가 보로디노를 향해 진격했다.

돌각보는 나폴레옹이 있던 셰바르디노의 각면보에서 약 1베르스타 떨어져 있었지만, 보로디노는 직선거리로 2베르스타 이상 떨어져 있어 나폴레옹은 거기서 무슨 일이 일어나는지 볼 수 없었고, 특히 안개와 초연이 전 전장을 뒤덮고 있었기 때문에 더욱 그랬다. 돌각보로 향한 데세 사단의 병사들도 돌각보와 그들을 갈라놓고 있는 골짜기로 내려가는 모습까지만 보였다. 그들이 골짜기로 내려가자마자 돌각보의 포격과 총격의 연기가 갑자기 짙어지더니 골짜기 저쪽 솟아오른 곳도 전부 덮어버렸다. 연기 속으로 사람인 듯한 검은 물체가 가물거리고 이따금 총검이 번득였다. 그러나 셰바르디노 각면보에서는 그들이 움직이는 건지 가만히 있는 건지, 프랑스군인지 러시아군인지 알아볼 수가 없었다.

태양은 밝게 떠올라 이마에 손을 대고 돌각보를 바라보는 나폴레옹의 얼굴을 비스듬히 비추고 있었다. 연기는 돌각보 전면에 퍼져 연기가 움직이는 것처럼 보이기도 하고 군대가 움직이는 것처럼 보이기도 했다. 이따금 총성 속에서 외침 소리가 들리기도 했지만 거기서 무엇을 하고 있는지는 알 수 없었다.

나폴레옹은 언덕 위에서 망원경의 작은 원을 통해 연기와 사람을, 때로는 우군을, 때로는 러시아병을 바라보았으나, 다시 육안으로 보면 방금 본 것이 어디에 있는지 알 수 없었다.

그는 언덕을 내려가 그 앞을 이리저리 걷기 시작했다.

이따금 걸음을 멈추고 포성에 귀기울이기도 하고 전장을 보기도 했다.

그가 서 있는 낮은 지대는 물론이고 몇몇 그의 장군이 서 있는 언덕 위에서도, 러시아군과 프랑스군의 전사자, 부상자, 살아 있는 자, 겁에 질린 자, 혼비백산한 자들이 섞이고 엇갈리는 돌각보에서도 그곳에서 무슨 일이 일어나고 있는지 알 길이 없었다. 몇 시간 내내 총격과 포격이 이어지는 가운데 때로는 러시아 병사만, 때로는 프랑스 병사만, 때로는 보병만, 때로는 기병만 보였고, 그들은 나타나자마자 쓰러지고, 쏘아대고, 서로 어떻게 해야 하는지 모른 채 부딪치고, 외치고, 뒤로 도망치기도 했다.

나폴레옹이 파견한 부관과 원수의 전령들만 전황 보고를 위해 전장에서 연달아 그에게 달려왔는데, 보고는 모두 사실과 달랐고, 그것은 격전이 한창일 때 현재 어떤 일이 일어나는지 전하는 것은 불가능하기 때문이고, 많은 부관이 전투 현장에 가지도 않고 남한테 들은 것을 그대로 전했기 때문이며, 게다가 부관이 나폴레옹이 있는 곳까지 이삼 베르스타의 거리를 말을 달려 오는 동안 전황이 달라져 가져온 보고가 이미 부정확한 것이 되어버렸기 때문이다. 부왕이 보낸 부관이 달려와 프랑스군이 보로디노를 점령하고 콜로차 강의 다리를 수중에 넣었다고 보고했다. 군대의 도강을 명령하시겠습니까? 부관이 묻자 나폴레옹은 강 건너편에서 대열을 갖추고 대기하라고 명령했는데, 사실 그 다리는 이 명령을 내렸을 때는 물론이고 부관이 보로디노를 출발한 직후 이미 피예르가 전투 초기에 참가했던 그 전투에서 러시아군에게 탈환되어 소각되었다.

창백하고 겁에 질린 얼굴로 돌각보에서 돌아온 부관이 아군의 공격이 격퇴되고, 콩팡이 부상당하고, 다부는 전사했다고 나폴레옹에게 보고했으나, 프랑스군이 격퇴되었다는 것을 부관이 들었을 때 돌각보는 다른 부대에게 점령된 상태였고 다부는 가벼운 타박상을 입었을 뿐 살아 있었다. 나폴레옹은 이 같은 부득이한 허위 보고를 고려해 명령을 내리고 있었으므로, 그 명령들은 내리기도 전에 이미 실행되었거나 도저히 불가능하기 때문에 실행되지 못했다.

전장에서 가장 가까이 있던 원수들과 장군들도 나폴레옹과 마찬가지로 전투에 직접 참가하지 않고 가끔 포화 밑으로 말을 몰고 가는 것이 고작이었고, 그들은 나폴레옹에게 묻지도 않고 독자적으로 지시를 내리고, 어디서 어디로 사격하라느니, 기병은 어디로 전진하고 보병은 어디로 퇴각하라느니 하며 제각기 명령을 내렸다. 하지만 그들의 명령도 나폴레옹의 명령과 마찬가지로 실행되는 경우는 극히 드물었고, 어쩌다 실행될 뿐이었다. 대부분은 명령과 반대되는 결과를 낳았다. 전진 명령을 받은 병사들은 산탄 사격을 받고 도망쳐 돌아오고, 그 자리에서 대기하라는 명령을 받은 병사들은 갑자기 눈앞에 나타난 러시아군을 보고 퇴각하기도 하고, 돌진하기도 하고, 또 기병대는 말을 달려 도망치는 러시아병들을 명령도 없이 뒤쫓기도 했다. 그렇게 2개 기병연대는 세묘놉스코예의 골짜기를 넘어 돌진하다 산 위에 이르러서야 비로소 말 머리를 돌려 전속력으로 되돌아오기도 했다. 보병들의 행동도 마찬가지였는데, 때로는 명령과 전혀 다른 방향으로 돌진했다. 언제 어디로 포를 움직일지, 언제 보병을 보내 사격을 개시할지, 언제 기병을 보내 러시아 보병을 유린할지 하는 명령은 모두 가장 가까운 각

부대장들에 의해, 나폴레옹은 말할 것도 없고 네나 다부나 뮈라와도 상의 없이 내려졌다. 그들은 명령 불이행이나 독단에 뒤따를 견책도 두려워하지 않았는데, 그것은 전투에서 인간에게 가장 중요한 문제는 자신의 목숨이고, 그 생존이 때로는 달아나는 데, 때로는 전진하는 데 달렸다고 여겨지므로 전투의 열화 속에 있는 인간들은 그때그때의 기분에 따라 행동하게 되기 때문이었다. 사실 전진이건 후퇴건 이 모든 움직임은 정세를 호전시키지도 바꾸지도 못했다. 그들의 습격과 돌격은 서로에게 거의 아무런 피해도 입히지 못했고, 피해와 사상은 인간들이 뛰어다니던 곳곳으로 가리지 않고 날아오던 포탄과 총탄에 의해 발생했다. 그들이 포탄과 총탄이 날아오는 지역에서 벗어나면, 후방에 있던 지휘관들은 곧바로 그들을 정비하고 군규에 복종시켜 그 군규의 힘으로 그들을 다시 포화 속으로 되돌려보냈지만, 그들은 다시금 (죽음의 공포에 사로잡혀) 군규를 잊어버리고 우발적인 군중심리에 휩쓸려 우왕좌왕했다.

34

나폴레옹의 장군들인 다부와 네와 뮈라는 포화의 소용돌이에 가까이 있으면서 때로는 그 속에 들어가기도 하고, 정연한 대군을 여러 번 그 속으로 몰아넣기도 했다. 그러나 그들은 이전의 온갖 전투에서 늘 있었던 상황과는 반대로, 기대했던 적의 퇴각 보고를 듣지 못했을 뿐만 아니라, 정연했던 대군은 두려움에 빠져 혼란한 무리로 그곳에서 되돌아왔다. 장군들은 다시 군을 재편성했지만 인원은 갈수록 줄어들 뿐이었다. 정오 무렵 뮈라는 증원을 요청하기 위해 나폴레옹에게 부관을 보냈다.

나폴레옹이 언덕 기슭에 앉아 펀치를 마시고 있을 때, 뮈라의 부관이 달려와 만약 지금 폐하께서 일개 사단을 보내주시면 러시아군을 궤멸할 수 있습니다 하고 말했다.

"증원?" (뮈라의 머리처럼) 긴 검정머리가 물결치는 아름다운 소년 부관을 바라보며 나폴레옹은 그 말을 이해할 수 없다는 듯 엄격하면서도 놀라움을 띠고 물었다. '증원이라니!' 나폴레옹은 생각했다. '군의 태반을 이끌고 가서 별다른 방비도 없는 러시아군의 허약한 일익을 공격하는 데 증원 요청이라니!'

"나폴리 왕에게 전하시오." 나폴레옹은 엄격하게 말했다. "아직 정오 전이고, 나는 아직 장기판이 뚜렷이 보이지 않는다고. 가시오……"

긴 머리의 아름다운 소년 부관은 모자에서 손을 떼지도 않고 무거운 한숨을 내쉬더니 사람들을 죽이고 있던 곳으로 다시 달려갔다.

나폴레옹은 일어나 콜랭쿠르와 베르티에를 불러 전쟁과는 아무 관계도 없는 이야기를 하기 시작했다.

나폴레옹의 흥미를 끌기 시작한 이야기를 하던 도중, 막료를 데리고 땀에 흠뻑 젖은 말을 타고 언덕을 향해 달려오는 장군의 모습이 베르티에의 눈에 들어왔다. 벨리아르였다. 그는 말에서 내리자 빠른 걸음으로 황제에게 다가와 대담하게도 큰 소리로 증원의 필요성에 대해 증명하기 시작했다. 그는 황제가 일개 사단을 더 보내준다면 러시아군을 반드시 궤멸하겠다고 자신의 명예를 걸고 맹세했다.

나폴레옹은 어깨를 움츠렸을 뿐 대답은 없이 계속 걸었다. 벨리아르는 자기 주위를 둘러싼 막료 장군들과 큰 소리로 활기차게 이야기하기 시작했다.

"당신은 너무 흥분했소, 벨리아르." 나폴레옹은 달려온 장군에게 다시 다가가며 말했다. "포화가 한창일 때는 자칫 실수하기 쉬운 법이지. 가서 다시 한번 보고, 나한테 오시오."

벨리아르가 아직 시야에서 사라지기도 전에 다른 방향에서 전장으로부터 새로운 전령이 달려왔다.

"*뭔가, 또 무슨 일인가?*" 나폴레옹은 계속된 방해에 짜증이 난 사람처럼 말했다.

"*폐하, 대공이⋯⋯*" 부관이 말하기 시작했다.

"증원을 바라는 건가?" 나폴레옹은 성난 몸짓을 하며 말했다. 부관은 그렇다는 듯이 고개를 수그리고 보고하기 시작했지만, 황제는 그를 외면하고 두어 걸음 물러나더니 다시 돌아와 베르티에를 불렀다. "예비대를 보내야겠지." 그는 양손을 조금 펼치며 말했다. "누구를 보내면 되겠습니까, 당신은 어떻게 생각하시오?" 그는 나중에 자신이 *내가 독수리로 키워준 새끼거위*라고 부른 베르티에에게 말했다.

"*폐하, 클라파레드 사단을 보내시면 어떻겠습니까?*" 모든 사단, 연대, 대대를 외워 기억하는 베르티에가 말했다.

나폴레옹은 고개를 크게 끄덕였다.

부관은 클라파레드 사단으로 말을 몰았다. 그리고 몇 분 뒤, 언덕 뒤쪽에 있던 젊은 근위대*가 있던 자리에서 이동하기 시작했다. 나폴레옹은 말없이 그쪽을 바라보고 있었다.

"아니," 그는 갑자기 베르티에를 돌아보며 말했다. "클라파레드를 보낼 수는 없소. 프리앙 사단을 보내시오."

클라파레드 사단 대신 프리앙 사단을 보낸다고 해서 장점은 없었고, 오히려 지금 클라파레드를 남겨두고 프리앙을 보내면 공연히 시간만 잡아먹는 불리한 결과를 부를 것이 뻔했는데도 이 명령은 그대로 실행되었다. 나폴레옹은 처방한 약으로 환자를 더 악화시키는 의사 역할을, 평소에 잘 이해하고 비판해온 그 역할을 자기 군대에 하고 있다는 것을 자각하지 못했다.

프리앙 사단도 다른 부대와 마찬가지로 전장의 초연 속으로 사라졌다. 사방에서 부관들이 달려와 약속이라도 한 듯 똑같은 말을 했다. 러시아군이 아직도 진지를 지키고 있고 지옥의 불을 퍼붓고 있어 프랑스군이 고전하니 증원을 요청한다는 것이었다.

나폴레옹은 접의자에 앉아 생각에 잠겨 있었다.

아침부터 배고픔을 느끼던, 여행을 좋아하는 므시외 드 보세가 폐하에게 다가가 공손히 절하고 아침식사를 권했다.

"이제 폐하께 전승을 축하드려도 좋지 않을까 싶습니다." 그가 말했다.

나폴레옹은 말없이 고개를 가로저었다. 이 부정은 승리에 관한 것이지 아침식사와는 무관하다고 생각한 므시외 드 보세는, 아침식사를 해도 좋을 때 그것을 방해할 이유는 이 세상에 없습니다 하고 익살스럽고 공손한 말투로 말했다.

---

* 구 근위대와 함께 나폴레옹의 친위대를 구성했다.

"물러가시오······" 나폴레옹은 별안간 침울하게 말하고 얼굴을 돌려버렸다. 보세 씨의 얼굴에 유감과 후회와 열광이 뒤섞인 기쁨의 미소가 스쳤고, 그는 헤엄치는 듯한 걸음걸이로 다른 장군들 쪽으로 물러갔다.

나폴레옹은 무턱대고 돈을 걸지만 언제나 승부에서 이기던 운좋은 노름꾼이 어쩌다 승부의 갖가지 우연성을 계산에 넣고 덤벼들었는데 수를 생각할수록 더욱 뚜렷이 자신이 지리라는 것을 느끼는 것처럼 답답한 기분을 경험하고 있었다.

군대도 이전과 똑같고, 장군들도 같고, 전투 준비도 같고, 작전명령도 같고, 선전포고도 간결하고 힘이 있었고, 그 자신도 변함없을 뿐만 아니라 이전에 비해 경험이 훨씬 풍부해지고 노련해진 것도 알았고, 적도 아우스터리츠와 프리들란트 때와 똑같았지만, 무시무시한 기세로 쳐들었던 팔이 마법에 걸리기라도 한 것처럼 맥없이 내려왔다.

승리의 영광을 거두게 해준 지금까지의 전법, 즉 한 지점에 대한 집중포화, 전선 돌파를 위한 예비대 돌격, 철의 사람들로 이루어진 기병대 공격 같은 것을 이미 모두 썼는데도 승리는커녕 장군들의 전사니 부상이니 증원이니 러시아군의 격파는 불가능하다느니 군대가 혼란에 빠졌다느니 하는 똑같은 보고만 사방에서 들려온 것이다.

이전에는 두어 번 명령을 내리고 두어 마디 판에 박힌 말을 하면 원수들과 부관들이 밝은 얼굴로 축하하러 달려와 수개 군단의 포로, 적의 독수리기와 군기 다발, 대포들과 수송차를 전리품으로 보고하고, 뮈라가 수송차를 접수하기 위해 기병을 파견해달라고 청원했었다. 로디, 마렝고, 아르콜레, 예나, 아우스터리츠, 바그람 등에서의 전투가 그러했다.[13) 그런데 지금 그의 군대에서는 기묘한 일이 일어나고 있었다.

돌각보를 점령했다는 보고가 있었지만 나폴레옹은 이 전투가 과거의 모든 전투와는 전혀 다르다는 것을 알아챘다. 그는 자기가 느낀 감정을 전투 경험이 풍부한 주위의 모든 이가 똑같이 느끼고 있다는 것도 알아챘다. 모두의 얼굴에 수심이 어려 있었고, 모두가 서로의 눈길을 피했다. 보세 혼자만 지금 일어나는 사태의 의미를 이해하지 못하고 있었다. 나폴레옹은 자신의 오랜 전쟁 경험을 통해, 쉬지 않고 여덟 시간이나 온갖 노력을 했는데도 아직 공격군에게 승리가 돌아오지 않는 전투가 무엇을 의미하는지 알고 있었다. 이것이 패전이나 다름없다는 것, 지금과 같은 큰 위기 상황일 때는 아주 사소한 우연이 그와 그의 군대를 멸망시킬 수도 있다는 것을 알고 있었다.

지금까지 승리를 거둔 전투가 하나도 없고, 두 달 동안 군기도 대포도 군단도 노획하지 못했던 이 기묘한 러시아 원정 전체를 샅샅이 되새겨보고, 주위 사람들의 수심 어린 얼굴을 바라보고, 러시아군이 아직도 버티고 있다는 보고를 들었을 때, 그는 마치 꿈처럼 두려운 기분에 사로잡혀 자신을 파멸시킬지도 모르는 온갖 불행의 가능성에 대해 떠올려보았다. 러시아군이 좌익을 공격해 올지도 모른다, 중앙을 돌파할지도 모른다, 유탄流彈에 자신이 쓰러질지도 모른다. 전부 가능한 일이었다. 여태까지는 어느 전투에서나 성공의 가능성만 생각했으나, 지금은 불행한 우연이 수없이 떠오르고, 그는 그 모든 것을 예상하고 있었다. 마치 꿈속에서 악한에게 습격을 당해 팔을 높이 쳐들고 일격으로 악한을 때려눕히리라 믿고 힘껏 휘둘렀는데, 팔이 걸레처럼 맥없이 떨어져버린 듯한 피할 길 없는 파멸의 공포가 무력한 인간을 사로잡았던 것이다.

러시아군이 프랑스군의 좌익을 공격하고 있다는 보고는 나폴레옹의 마음에 이러한 공포를 불러일으켰다. 그는 언덕 기슭에서 접의자에 앉아 두 팔꿈치를 무릎에 괸 채 말없이 고개를 숙이고 있었다. 베르티에가 그에게 다가가 전황을 확인하기 위해 전선을 시찰해볼 것을 제안했다.

"뭐? 뭐라고?" 나폴레옹은 물었다. "좋소, 말을 끌고 오라고 이르시오."

그는 말을 몰고 세묘놉스코예로 향했다.

나폴레옹이 말을 타고 간 지역 일대에는 초연이 천천히 피지고 있었고, 그 속에 말과 사람이 홀로 혹은 한 덩어리로 핏구덩이에 쓰러져 있었다. 이토록 좁은 장소에 이토록 많은 시체가 있는 무서운 장면은 나폴레옹도 그의 부하 장군들도 처음 보는 것이었다. 열 시간 동안 끊임없이 귀를 울리고 있는 포성(마치 활인화活人畵의 반주 같은)은 이 광경에 특수한 의미를 더하고 있었다. 나폴레옹은 세묘놉스코예의 공지로 올라가 초연 속으로 낯선 색의 군복을 입은 병사들의 대열을 보았다. 러시아군이었다.

러시아군은 세묘놉스코예와 언덕 뒤쪽에 밀집해 있었고, 그들의 포는 잠시도 쉬지 않고 울렸으며 전선은 초연으로 뒤덮여 있었다. 그것은 이미 전투가 아니었다. 러시아측에서나 프랑스측에서나 하등의 쓸모도 없는 연속적인 살상이 이어지고 있을 뿐이었다. 나폴레옹은 말을 멈추고 조금 전 베르티에가 깨버렸던 명상에 다시 잠겼고, 자기 눈앞과 주위에서 벌어지는 일, 여태까지 자신이 지휘하고 좌우한다고 여겼던 전투를 억제할 수 없다는 것과, 실패의 결과로서 이 전투는 그에게 불필요하고 무서운 것으로 여겨졌다.

나폴레옹을 향해 말을 달려 온 장군이 구 근위대를 참가시킬 것을 제안했다. 나폴레옹 옆에 서 있던 네와 베르티에는 서로 눈짓을 하며 이 장군의 무의미한 의견을 비웃었다.

나폴레옹은 고개를 숙이고 오랫동안 침묵했다.

"프랑스에서 800리외*나 떨어진 곳에서 내 친위대를 파멸시킬 순 없소." 그는 이렇게 말하고 말을 돌려 셰바르디노 쪽으로 돌아갔다.

35

쿠투조프는 오늘 아침 피예르가 보았던 그 장소에서 융단을 씌운 벤치에 무거운 몸을 파묻듯이 앉아 백발의 머리를 떨구고 있었다. 그는 아무 지시도 내리지 않았고, 다른 사람의 제의에 동의하거나 반대할 뿐이었다.

"그래, 그래, 그렇게 해주게" 하고 그는 이런저런 제의에 대답하기도 하고, "그래, 그래, 자네가 좀 보고 오게" 하고 측근에게 말하기도 하고, 혹은 "아냐, 그럴 필요 없네, 조금 기다려보는 게 좋겠어" 하고 말하기도 했다. 그는 그저 보고를 듣고 부하의 요청이 있을 때만 명령을 내렸는데, 보고를 들으면서 보고의 내용이 아닌 보고자의 표정이나 말투에 관심을 기울이는 것 같았다. 그는 죽음과 싸우는 수십만의 인

---

* 프랑스의 옛 거리 단위로, 1리외는 약 4킬로미터.

간을 단 한 사람이 지휘할 수 없다는 것을 다년간의 군사 경험과 노인의 지혜로 이해하고 있었고, 또한 전투의 운명을 결정하는 것은 총사령관의 명령도, 군대가 배치된 장소도, 대포나 전사자 수도 아니라는 것을, 그것은 이른바 사기라고 불리는 포착하기 어려운 힘이라는 것을 잘 알고 있었으므로 그 힘을 주시하고 자신의 힘이 미치는 범위에서 그것을 지도하고 있었던 것이다.

대체로 쿠투조프의 표정에 나타난 것은 집중되고 냉정한 주의력, 늙고 쇠약한 몸의 피로를 간신히 버티게 하는 듯한 긴장감뿐이었다.

오전 열한시에는 프랑스군에게 점령되었던 돌각보를 다시 탈환했지만 바그라티온 공작이 부상당했다는 보고가 들어왔다. 쿠투조프는 깜짝 놀라 고개를 저었다.

"표트르 이바노비치* 공작에게 가서 자세한 사정을 듣고 오게." 그는 한 부관에게 말하고 뒤쪽에 서 있던 뷔르템베르크 대공**에게 이렇게 말했다.

"전하께서 제1군***을 지휘해주실 수 있겠습니까."

대공이 출발하고 얼마 되지 않아 아직 세묘놉스코예에 도착하기도 전에 대공의 부관이 돌아와 대공이 증원을 요청한다고 공작 각하에게 보고했다.

쿠투조프는 얼굴을 찌푸리고 도흐투로프에게 제1군을 지휘하라는

─────────────

* 바그라티온의 이름과 부칭.
** A. F. 뷔르템베르크(1771~1833). 마리야 페오도로브나 황태후의 남동생, 쿠투조프의 막료.
*** 실제로는 제2군이었다.

명령을 내렸고, 대공에게는 이 중대한 순간에 대공이 없으면 아무것도 할 수 없으니 다시 돌아오라는 말을 전하기 위해 전령을 보냈다. 뮈라 가 포로로 잡혔다는 보고*를 듣고 막료들이 쿠투조프에게 축하를 하자, 그는 빙그레 웃었다.

"기다리시게, 기다리시게들." 그는 말했다. "전투에 이겼으니 뮈라 를 포로로 잡은 것쯤이야 별로 대단한 일도 아니잖나. 어쨌든 기뻐하 는 건 조금만 기다리시게." 그러면서도 그는 부관을 보내 이 소식을 각 부대에 전달하도록 했다.

좌익에서 달려온 셰르비닌**이 프랑스군이 돌각보와 세묘놉스코예 를 점령했다고 보고하자, 쿠투조프는 전장의 포성과 셰르비닌의 표정 으로 좋지 않은 소식임을 알아채고 다리를 쭉 뻗듯 일어나 셰르비닌의 팔을 붙잡고 한쪽으로 데려갔다.

"당신이 다녀와줘야겠소, 친구." 그는 예르몰로프에게 말했다. "무 슨 수가 없겠는지, 가서 보고 와주게."

쿠투조프는 러시아군 진지의 중앙인 고르키에 있었다. 나폴레옹이 아군의 좌익에 가한 공격은 수차례 격퇴되었다. 중앙에서도 프랑스군 은 보로디노에서 더 전진할 수 없었다. 또한 우바로프의 기병대는 좌 익에서 프랑스군을 패주시켰다.

두시가 지나자 프랑스군의 공격은 멈췄다. 쿠투조프는 전장에서 돌 아오는 사람들의 얼굴이나 주위에 서 있는 사람들의 얼굴에서 극도로

---

* 이는 오보였고 실제로는 보나미 준장이 포로로 잡혔다.
** A. A. 셰르비닌(1791~1876). 러시아 병참 부대 장교. 톨의 부관. 카이사로프의 야전 인쇄소 일에 참가했다.

긴장된 표정을 알아보았다. 쿠투조프는 이날의 예상 밖의 성공에 만족했다. 그러나 노인의 체력은 그를 저버렸다. 그는 몇 번인가 떨어질 듯 머리를 낮게 수그리고 졸기 시작했다. 이때 그를 위해 식사가 준비되었다.

점심을 먹고 있을 때, 어젯밤 안드레이 공작 옆을 지나가며 전쟁은 넓은 공간으로 옮겨져야 한다고 말했던 시종무관 볼초겐이 쿠투조프를 찾아왔는데, 그는 바그라티온이 몹시 싫어하는 인물이었다. 볼초겐은 좌익의 전황을 보고하기 위해 바르클라이가 파견한 것이었다. 신중한 바르클라이 드 톨리는 패주하는 부상병 무리와 혼란에 빠진 후방 부대를 목격하고 모든 상황을 고려한 끝에 전투는 패했다고 단정하고 이를 총사령관에게 보고하기 위해 심복을 보냈던 것이다.

쿠투조프는 구운 닭고기를 간신히 씹으며 유쾌하고 작아진 눈으로 볼초겐을 바라보았다.

볼초겐은 무례하게 두 다리를 뻗으며 비웃는 듯한 미소를 띠고 군모 챙에 살짝 손을 댄 채 쿠투조프에게 걸어왔다.

볼초겐은 공작 각하를 짐짓 약간 무례한 태도로 대했는데, 아무리 러시아인들이 이런 쓸모없는 노인을 우상시한다 해도 교양이 높은 군인인 자신은 그의 정체를 잘 알고 있다는 것을 보이려는 것이었다. '이 노신사(독일인들은 쿠투조프를 이렇게 불렀다)는 천하태평이군.' 볼초겐은 이렇게 생각하고, 쿠투조프 앞에 놓여 있는 접시를 엄한 눈으로 일별하고는 바르클라이의 명령대로, 또 자신이 보고 이해한 대로 좌익의 전황을 노신사에게 보고하기 시작했다.

"아군 진지의 거점이 모두 적의 수중에 들어갔으나 군대가 없어 격퇴할 방법이 없고, 병사들이 패주하고 있지만 도저히 제지할 수 없습니다" 하고 그는 보고했다.

쿠투조프는 씹던 입을 멈추고, 마치 무슨 말을 하는지 이해가 가지 않는다는 듯 의아한 눈으로 볼초겐을 바라보았다. 볼초겐은 노신사가 동요한 것을 눈치채고 엷은 웃음을 띠며 말했다.

"저는 제가 본 것을 공작 각하께 숨길 권리가 없다고 생각하고 사실 그대로를 보고했습니다…… 군은 완전히 혼란에 빠졌습니다……"

"당신이 봤소? 당신이 봤소?……" 쿠투조프는 벌떡 일어나 볼초겐한테 다가서며 미간을 찌푸린 채 소리쳤다. "당신이 어떻게 그런…… 어떻게 감히!" 그는 떨리는 두 손으로 위협하는 듯한 몸짓을 하고 목이 메어 소리쳤다. "친애하는 귀관께서 나에게 어떻게 그런 말을 할 수 있으신지요. 당신은 아무것도 모르는 거요. 바르클라이 장군에게 이렇게 전하시오, 그의 보고는 틀렸다. 전황의 진상은 총사령관인 내가 훨씬 더 잘 안다."

볼초겐은 반박하려고 했지만, 쿠투조프가 가로막았다.

"적은 좌익에서 격퇴됐고, 우익에서도 패했소. 친애하는 귀관께서 제대로 보지 못했다면, 알지도 못하는 일에 대해 함부로 말하지 마시오. 바르클라이 장군한테 돌아가서, 내일 적을 공격한다는 내 확고한 생각을 전하시오." 쿠투조프는 엄하게 말했다. 모두 침묵했고, 노장군의 헉헉거리는 가쁜 숨소리만 들렸다. "적은 도처에서 격파됐고, 나는 하느님과 우리 용감한 군대에 감사하고 있소. 적은 패했고, 내일은 성스러운 러시아 땅에서 쫓아버릴 거요." 쿠투조프는 성호를 그으며 말하더니 갑자기 솟구친 눈물을 흘리며 흐느꼈다. 볼초겐은 어깨를 움츠리고 입술을 일그러뜨리고는 노신사의 자아도취에 놀라 잠자코 옆으로 물러섰다.

"그래, 저기 왔군, 나의 영웅." 쿠투조프가 언덕 위로 올라오는 검은 머리가 아름다운 뚱뚱한 장군을 보며 말했다. 하루종일 보로디노 전장의 중요 지점에 있었던 라옙스키였다.

라옙스키는 아군은 각자의 자리를 굳건히 지키고 있고, 프랑스군은 이미 공격할 기력을 잃었다고 보고했다.

이 말을 듣자 쿠투조프는 프랑스어로 말했다.

"그럼 당신은 다른 사람들처럼 우군이 퇴각해야 한다고 생각하지 않는다는 겁니까?"

"천만의 말씀입니다, 각하. 승패를 판가름하기 어려울 때는 끈기 있는 쪽이 승리자가 되는 법입니다." 라옙스키는 대답했다. "그리고 제 생각에는……"

"카이사로프!" 쿠투조프는 부관을 불렀다. "여기 앉아서 내일의 명령을 쓰게. 그리고 자네는," 그는 또 한 부관에게 말했다. "전선을 돌면서 내일은 우리 쪽에서 공격한다고 알리게."

쿠투조프가 라옙스키와 이야기하며 명령을 내리는 동안 바르클라이에게 다녀온 볼초겐은 육군 원수의 명령을 서면으로 확인하고 싶다는 장군 바르클라이 드 톨리의 뜻을 전달했다.

쿠투조프는 볼초겐을 보지도 않고 그 명령을 써주라고 했는데, 이전 총사령관이 개인적 책임을 회피하기 위해 문서를 받아두려 하는 것도 지극히 당연한 일이었다.

보통 사기라고 불리며 전쟁의 중추신경을 이루는 하나의 기분, 전군에 걸쳐 유지되는 막연하고 신비로운 이 연결에 의해, 쿠투조프의 말과 내일 있을 전투에 대한 명령은 군의 구석구석으로 동시에 전해졌다.

그의 말과 명령이 이 연결의 마지막 사슬까지 그대로 전달된 것은 아니었다. 군 여기저기 말단에서 그들이 서로 전한 말 중에는 쿠투조프의 말과 전혀 다른 것도 있었지만 그가 한 말의 참뜻은 올곧이 전해졌고, 그것은 쿠투조프의 말이 결코 책략에서 나온 것이 아니라 총사령관의 마음에나 러시아인 개개인의 마음에나 모두 똑같이 깃들어 있는 감정에서 흘러나온 것이었기 때문이다.

지쳐서 동요하던 장병들은 내일 아군이 적을 공격한다는 소식을 듣고 자기들이 알고 싶어하던 것을 군 최고부로부터 확인받자 갑자기 마음의 위로를 받고 분발하게 되었다.

36

안드레이 공작이 속한 연대는 예비대로 돌려졌고, 예비대는 한시가 될 때까지 세묘놉스코예 후방에서 맹렬한 포화를 받으며 아무 일도 하지 않고 대기하고 있었다. 200명 이상의 병사를 잃은 연대는 한시가 지나 세묘놉스코예와 언덕 포대 중간에 있는 짓밟힌 귀리밭으로 전진 명령을 받았는데, 그곳은 그날 하루 수천의 장병이 전사하고, 한시가 지나서는 수백 문의 적의 포가 더한층 격렬하게 집중포화를 퍼붓던 곳이었다.

연대는 여기서 꼼짝도 하지 못하고 제대로 발사해보기도 전에 삼분의 일의 병사를 잃었다. 전방, 특히 오른쪽의 아직 사라지지도 않은 초연 속에서 포성이 울리고, 전면 일대를 뒤덮은 신비스러운 연기 속에서 쉭쉭 하고 빠르게 울리는 포탄과 천천히 울리는 유탄이 끊임없이 날아왔다. 때로는 휴식이라도 주듯 십오 분쯤 포탄과 유탄이 모두 머리 위로 날아가버리기도 했지만, 때로는 일 분 동안 수명의 병사를 연대에서 날려 보내고 연방 전사자를 끌어내고 부상자를 나르기도 했다.

새로 포탄을 맞을 때마다 아직 죽지 않은 자가 살아남을 가능성은 점차 줄어들었다. 연대는 대대별로 종대를 짓고 서로 삼백 보 간격을 두고 내기하고 있었지만, 모두 똑같은 감정에 사로잡혀 있었다. 모두 하나같이 말이 없고 우울했다. 간혹 대열 속에서 이야기 소리가 들렸지만 포탄이 떨어지는 소리와 들것! 하고 외치는 소리가 들릴 때마다 곧 잠잠해졌다. 연대의 병사들은 연대장의 명령으로 대부분의 시간 동안 땅바닥에 앉아 있었다. 키베르를 벗어 정성껏 주름을 잡았다 폈다 하는 자도 있었고, 마른 진흙을 손바닥으로 부숴 총검을 닦는 자, 견대의 가죽을 잡고 쇠고리를 고쳐 매는 자, 각반을 조심스레 풀어 신발을 다시 신는 자, 들에 난 잡초로 작은 집을 짓는 자도 있었다. 베어들인 밭에 있는 짚으로 뭔가를 만드는 자도 있었다. 모두가 그런 일에 열중한 것 같았다. 누가 다치든 죽든, 들것이 줄지어 가든 우군이 퇴각해오든, 초연 사이로 적의 대군이 보이든 아무도 그런 것에는 주의를 돌리지 않았다. 다만 포병과 기병이 전진하거나 우군의 보병이 움직이는 것이 보이면 사방에서 격려하는 말이 흘러나왔다. 그러나 무엇보다도 이들의 주의를 끈 것은 전투와는 아무 상관도 없는 전혀 엉뚱한 것들이었다. 정신적으로 지친 이들은 이 같은 흔해빠진 일로 주의를 돌려 휴식을 취하는 듯했다. 포병 중대가 연대의 정면으로 지나갔다. 탄약차를 끌던 부마가 탄약차를 매단 줄에 발이 휘감겼다. "어이, 부마 좀 봐!…… 발을 빼줘! 쓰러진다…… 허어, 저게 안 보이나!" 온 연대의 대열에서 하나같이 외치는 소리가 들렸다. 그리고 꼬리를 곤두세운 조그마한 갈색 개가 모두의 주의를 끌었는데, 어디서 나타났는지 알 수 없는 개는 불안한 듯 빠르게 부대 앞을 달려가다 갑자기 가까이에 떨어진 포탄에 기겁해 비명을 내지르고 꼬리를 만 채 옆으로 달아났다. 온 연대에 폭소와 환성이 일었다. 그러나 이러한 위안은 몇 분밖에 지속되지 않았고, 벌써 여덟 시간도 넘게 아무것도 먹지 못하고 아무것도 하지 않는 상태로 계속 죽음의 공포 앞에 있었으므로 사람들은 모두 창백했고, 얼굴을 찡그리고 있었다.

안드레이 공작도 연대의 모든 사람과 마찬가지로 창백하고 우울한 얼굴로 뒷짐을 지고 고개를 숙인 채 귀리밭 옆 풀이 자란 두둑을 왔다 갔다하고 있었다. 이제는 할 일도, 명령할 것도 없었다. 모든 일이 저절로 굴러가고 있었다. 전사자는 전선 밖으로 끌어내지고, 부상자는 운반되고, 대열은 축소됐다. 병사들은 도망쳤다가도 이내 급히 되돌아왔다. 처음에는 안드레이 공작도 병사들의 사기를 북돋우고 그들에게 모범을 보이는 것이 의무라 생각하며 대열을 걸어다녔지만, 이윽고 그들에게 새삼 가르칠 것은 아무것도 없다는 것을 깨달았다. 자기도 모르는 사이 그도 병사들과 마찬가지로 자신이 놓인 상황의 공포를 보지 않으려고 모든 노력을 기울였다. 그는 발을 끌고, 풀 밟는 소리를 내고, 장화에 앉은 먼지를 내려다보며 풀밭을 걸어다녔고, 풀을 벤 인부들이 남겨놓고 간 발자국을 밟으려고 크게 걸음을 내딛기도 하고, 한 두둑에서 다음 두둑까지 몇 걸음인지 세어보고 몇 번을 왕복해야 1베르스타가 되는지 계산해보기도 하고, 두둑에 핀 쑥꽃을 따 손바닥으로 비빈 후 코를 쏘는 향긋하고 쓴 강렬한 냄새를 맡아보기도 했다. 어제 했던 사색은 하나도 머리에 남아 있지 않았다. 그는 아무 생각도 하지 않았다. 지친 귀로 여전히 같은 소리를 들으면서 날아오는 포성과 낮은 포격 소리를 분간하기도 하고, 질리도록 봐온 제1대대 병사들 얼굴을 바라보기도 하며 기다리고 있었다. '온다…… 또 이쪽이다!' 자욱한 연기 속에서 다가오는 소리를 들으며 그는 생각했다. '하나, 또 하나! 또! 떨어졌다……' 그는 걸음을 멈추고 대열을 둘러보았다. '아니다, 날아갔다. 아, 이번에는 떨어졌군' 하고 생각하며 그는 열여섯 걸음으로 저쪽 두둑까지 닿으려고 되도록 발을 크게 떼며 다시 걷기 시작했다.

피융 하더니 명중했다! 그에게서 다섯 걸음쯤 떨어진 곳의 마른 흙이 파헤쳐지며 포탄이 묻혔다. 자기도 모르게 등골이 오싹했다. 그는 다시 대열을 바라보았다. 많은 이가 날려간 것 같았고, 제2대대 옆에 사람들이 잔뜩 모여 있었다.

"부관," 그는 소리쳤다. "뭉쳐 있지 말라고 명령하게." 부관은 명령을 수행하고 안드레이 공작에게 다가왔다. 반대쪽에서 대대장이 말을 타고 다가왔다.

"조심해!" 겁에 질린 병사의 외침이 들리나 싶더니 마치 땅에 내려 앉는 새처럼 유탄 하나가 안드레이 공작에게서 두어 걸음 떨어진 대대장의 말 옆에 둔탁한 소리를 내며 떨어졌다. 공포를 나타내는 것이 좋은지 나쁜지 생각할 겨를도 없는 듯 말은 콧김을 내뿜고 대대장을 흔들어 떨어뜨릴 듯이 몸을 곤추세우고 옆으로 뛰어 물러났다. 말의 공포가 사람들에게도 전해졌다.

"엎드려!" 땅바닥에 엎드린 부관이 소리쳤다. 안드레이 공작은 망설이며 서 있었다. 유탄이 연기를 뿜으며 밭과 쑥이 우거진 풀밭 가장자리에 엎드려 있던 부관과 안드레이 공작 사이에서 팽이처럼 돌고 있었다.

'정말 이것이 죽음이라는 걸까?' 안드레이 공작은 풀과 쑥과 뱅뱅 도는 검은 공에서 피어오르는 연기의 흐름을 전혀 새롭고 부러움이 깃든 눈으로 바라보며 생각했다. '나는 죽을 수 없다. 죽고 싶지 않다. 나는 삶을 사랑하고, 이 풀과 땅과 공기를 사랑한다……' 그는 이렇게 생각하면서도 모두가 자기를 지켜보고 있다는 것을 상기했다.

"부끄럽지 않나, 장교!" 그는 부관에게 말했다. "그런……" 그는 말을 끝맺지 못했다. 그 순간 폭음과 함께 창틀이 부서지는 듯한 소리가 들리고 코를 찌르는 화약 냄새가 끼치더니, 안드레이 공작은 옆으로 날려가 한 손을 쳐든 채 가슴으로 바닥에 떨어졌다.

장교 몇이 그에게 달려왔다. 배 오른쪽에서 피가 쏟아져 풀밭에 커다란 얼룩이 퍼졌다.

부름을 받고 들것을 가져온 민병들은 장교들 뒤에서 걸음을 멈췄다. 안드레이 공작은 엎드린 자세로 얼굴을 풀밭에 묻은 채 헐떡이며 괴로운 듯 숨을 쉬고 있었다.

"뭘 멍청히들 서 있어, 이리 와!"

농민 민병들이 다가와 그의 어깨와 다리에 손을 댔지만, 그가 고통스럽게 신음하자 서로의 얼굴을 보다가 도로 손을 놓았다.

"태워, 태워라. 어차피 마찬가지야!" 누군가가 외쳤다. 농민들은 다시 그의 어깨를 잡고 들것에 태웠다.

"아아, 이런! 맙소사! 어떡해야 하지?…… 배를 맞았어! 다 틀렸어! 아아, 이런!" 장교들 사이에서 이런 소리가 들렸다. "귓전을 아슬아슬하게 스쳐갔어." 부관이 말했다. 농민들은 들것을 어깨에 메고 자기들이 밟아 다져놓은 좁은 길을 따라 허둥지둥 붕대소로 향했다.

"발을 맞춰서 걸어야…… 엉! 농민 놈들아!" 발이 맞지 않아 들것이 흔들리자 농민들의 어깨를 붙잡아 세우며 한 장교가 말했다.

"내 발에 맞춰, 그래, 흐뵤도르, 어이, 흐뵤도르." 앞에 선 농민이 말했다.

"그래 그렇게, 잘했어." 뒤쪽의 농민이 발이 맞자 기쁜 듯이 말했다.

"각하이신가? 응? 공작님이?" 뛰어온 티모힌이 들것을 들여다보며 떨리는 목소리로 말했다.

안드레이 공작은 눈을 뜨고 머리를 깊이 파묻은 들것 속에서 자신에게 말을 건네는 사람을 흘낏 보더니 다시 눈을 감았다.

민병들은 안드레이 공작을 수송차와 붕대소가 있는 숲으로 실어갔다. 붕대소라고 해봐야 자작나무 숲 가장자리에 천막 세 개를 쳐놓은 것에 지나지 않았고, 천막 자락은 걷어올려져 있었다. 숲속에 수송차와 말이 흩어져 있었다. 말들이 사료 자루에 든 귀리를 먹고 있고, 참새들이 몰려와 떨어진 낟알을 쪼아먹고 있었다. 까마귀들은 피냄새를 맡고 초조하게 울어대며 자작나무 위를 날아다녔다. 천막 주위에는 2데샤티나가 넘는 지역에 걸쳐, 갖가지 옷차림을 한 피투성이 사람들이 눕거나 앉거나 서 있었다. 부상병 주위에는 우울하고 풀죽은 표정의 담가병*들이 서 있었다. 질서를 담당하던 장교들은 그들을 거기서 쫓아

내려고 부질없이 애쓰고 있었는데, 그들은 장교의 말도 듣지 않고 들 것에 기대서서 이 광경이 품은 어려운 뜻을 이해해보려는 듯 눈앞에서 벌어지는 일을 열심히 지켜보고 있었다. 천막에서는 악쓰는 듯한 울음 소리와 애처로운 신음 소리가 들렸다. 이따금 거기서 간호병이 물을 가지러 달려나와서는 다음에 들여보낼 사람을 지정하고 갔다. 부상병 들은 천막 앞에서 차례를 기다리며 목쉰 소리를 내고, 신음하고, 울고, 외치고, 욕하고, 보드카를 달라고 아우성쳤다. 헛소리를 하는 자도 있 었다. 안드레이 공작은 연대장이라서 아직 붕대도 하지 못한 다른 부 상병들을 타고 넘어 한 천막 가까이로 옮겨졌고, 내려져 지시를 기다 렸다. 안드레이 공작은 눈을 떴지만 주위에서 무슨 일이 일어나고 있 는지 한참 동안 이해하지 못했다. 풀밭과 쑥과 밭과 빙빙 돌던 검은 공 과 삶에 대한 애착이라는 열정적인 충동만 떠올랐다. 몇 걸음 떨어진 곳에서는 검은 머리에 붕대를 감은 키가 훤칠하고 잘생긴 하사관이 나 무옹이에 기대서서 큰 소리로 이야기하며 사람들의 주의를 끌고 있었 다. 그는 머리와 다리에 총탄을 맞았다. 그의 주위에 부상자와 담가병 이 떼를 지어 서서 열심히 듣고 있었다.

"우리가 호되게 때려부쉈더니 놈들이 전부 내동댕이치고 달아났어, 아무튼 왕까지 잡았다고!" 하사관은 흥분한 검은 눈을 번득이고 사방 을 둘러보며 소리쳤다. "그때 예비대만 와줬더라도 한 놈도 남김없이 없애버렸을 텐데, 그래 솔직히 말하면⋯⋯"

안드레이 공작은 말하는 사람을 둘러싼 다른 모든 사람과 마찬가지

---

* 들것으로 사람이나 물건을 나르는 병사.

로 반짝이는 눈으로 그의 얼굴을 쳐다보며 위로받는 기분을 느꼈다. '그러나 이제는 모든 것이 마찬가지다' 하고 그는 생각했다. '저기에는 무엇이 있을까? 그리고 여기에는 무엇이 있었던 걸까? 왜 나는 삶과 헤어지는 것이 그렇게도 쓰라렸을까? 이 삶에 내가 이해하지 못했던, 그리고 지금도 이해할 수 없는 뭔가가 있었던 것이다.'

37

피투성이가 된 에이프런을 두르고 작은 두 손에도 온통 피가 묻은 군의관이 새끼손가락과 엄지손가락으로 잎담배를 집고(더럽히지 않으려고) 천막에서 나왔다. 군의관은 고개를 들어 사방을 둘러보기 시작했지만 시선은 부상자들이 아니라 그 위쪽에 못박혀 있었다. 분명 그는 조금이라도 쉬고 싶은 것 같았다. 그는 잠시 고개를 좌우로 움직인 뒤 한숨을 쉬고 시선을 내렸다.

"자, 이제 하지" 하고 그는 안드레이 공작을 가리키는 간호병에게 대답하고, 천막 안으로 들이라고 명령했다.

차례를 기다리던 부상병들 속에서 불평하는 소리가 일었다.

"역시 저세상에서도 나리들만 편히 사나보군." 한 사람이 말했다.

안드레이 공작은 옮겨져 간호병이 방금 뭔가를 씻어내 깨끗해진 수술대에 눕혀졌다. 안드레이 공작은 천막 안에 있는 것들을 하나하나 분별할 수 없었다. 사방에서 들려오는 고통스러운 신음 소리와 허벅지와 복부와 등의 심한 통증으로 정신이 혼미했기 때문이다. 주위의 모

388

든 것은 그의 눈에 피투성이로 드러난 인간의 육체라는 하나의 전체적인 인상으로 융합되었고, 몇 주 전 무덥던 8월의 어느 날 스몰렌스크 가도의 더러운 못을 가득 메우고 있었던 그것처럼 보였다. 그렇다, 그때와 똑같은 육체, 똑같은 *대포 먹이*였고. 그것은 이미 그때 마치 오늘을 예고하듯 그의 마음에 공포를 불러일으켰었다.

천막 안에는 수술대가 세 개 있었다. 두 개에는 사람이 있었고 안드레이 공작은 세번째 수술대에 눕혀졌다. 잠시 혼자 남겨진 그는 다른 두 수술대에서 행해지는 일을 무심코 보았다. 옆의 수술대에는 타타르인이 걸터앉아 있었는데, 옆에 내던져진 군복을 보니 카자크 같았다. 네 명의 병사가 그를 붙잡고 있었다. 안경을 쓴 군의관이 그의 근육이 발달한 갈색 등 한 곳을 절개하고 있었다.

"우, 우, 우!……" 타타르인은 돼지처럼 신음 소리를 내다가 갑자기 광대뼈가 불거지고 가무잡잡한 들창코의 얼굴을 젖히고 하얀 이를 드러내며 몸부림치더니 귀를 찢는 듯한 길고 날카로운 비명을 지르기 시작했다. 여러 사람이 모여 있는 또다른 수술대에는 몸집이 크고 살이 찐 남자가 머리를 젖히고 반듯이 누워 있었다(안드레이 공작은 그의 곱슬머리, 머리의 색깔과 모양이 이상하게도 눈에 익었다). 간호병 몇 명이 그의 가슴을 덮치듯 눌렀다. 하얗고 살찐 커다란 그의 한쪽 발은 열병 환자처럼 여러 번 빠르고 지속적으로 경련을 일으켰다. 남자는 경련하듯 울부짖고, 흐느껴 울었다. 두 군의관은—한 사람은 창백한 얼굴로 떨고 있었다—그의 빨개진 한쪽 다리에 묵묵히 무엇인가를 했다. 타타르인의 수술을 마친 안경 쓴 군의관은 외투를 걸쳐주자 손을 닦으며 안드레이 공작에게 다가왔다.

그는 안드레이 공작의 얼굴을 힐끗 보고 급히 고개를 돌렸다.

"옷을 벗겨! 뭘 멍청히 서 있어?" 그는 화난 듯이 간호병에게 소리쳤다.

간호병이 소매를 걷어붙인 손으로 다급히 단추를 풀고 옷을 벗길 때, 안드레이 공작은 맨 처음의 먼 유년 시절이 떠올랐다. 군의관은 상처 위로 몸을 구부려 만져보고 무거운 한숨을 내쉬었다. 그러고는 누군가에게 신호를 했다. 복부의 심한 통증에 안드레이 공작은 의식을 잃고 말았다. 그가 정신을 차렸을 때는 부러진 허벅지 뼈들을 빼내고, 살점을 도려내고, 상처에 붕대를 감은 상태였다. 그의 얼굴에 물이 끼얹어졌다. 안드레이 공작이 눈을 뜨자마자 군의관은 몸을 굽혀 말없이 그의 입술에 키스하고 황급히 자리를 떠났다.

고통을 견디고 나자 안드레이 공작은 오랫동안 느껴보지 못했던 행복감을 느꼈다. 지금까지 살아오면서 가장 좋고 가장 행복했던 까마득한 어린 시절이, 유모가 옷을 벗겨주고 작은 침대에 눕혀주고 자장가를 불러주고, 그는 베개에 머리를 파묻은 채 살아 있다는 의식만으로도 행복하다고 느꼈던 그 시절이 과거가 아니라 현재의 일처럼 머릿속에 떠올랐다.

머리 모양이 안드레이 공작의 눈에 익었던 부상병 주위에서 군의관들이 바쁘게 움직이고, 사람들이 그를 일으키고 진정시켰다.

"보여줘…… 오오오오오! 오! 오오오오오!" 울부짖는 소리와 겁에 질리고 고통에 짓눌린 신음 소리가 단속적으로 들려왔다. 안드레이 공작은 이 신음 소리를 듣자 울고 싶어졌다. 아무 영예도 없이 죽어가고 있기 때문인지, 아니면 삶과의 이별이 괴롭기 때문인지, 아니면 다시는 돌아오지 않을 어린 시절의 회상 때문인지, 아니면 자신도 괴로워하고 다른 사람들도 괴로워하고 또 눈앞에서 한 남자가 그토록 비통하게 신음하고 있기 때문인지, 어쨌든 그는 어린애처럼 선량하고 거의 기쁨에 가까운 눈물을 흘리며 울고 싶어졌다.

간호병은 장화를 신은 채 절단된 피투성이 한쪽 다리를 그 부상병에게 보여주었다.

"오! 오오오오오!" 그는 여자처럼 흐느꼈다. 부상병 앞에 서서 그의 얼굴을 가려주던 군의관은 물러갔다.

"오 이런! 이게 어떻게 된 일일까? 저자가 왜 여기 있는 걸까?" 안드레이 공작은 혼잣말을 중얼거렸다.

그는 방금 한쪽 다리가 절단되고 피로에 지쳐 울고 있는 불행한 남자가 아나톨 쿠라긴임을 알아챘다. 사람들이 아나톨을 부축하며 물을 권했지만, 부은 입술이 떨려 컵의 가장자리를 붙잡지 못했다. 아나톨은 크게 흐느껴 울었다. '그래, 그다. 그렇다. 나와 이 남자는 괴로운 인연으로 단단히 이어진 것 같구나.' 안드레이 공작은 눈앞의 사실을 아직 뚜렷이 이해하지 못한 채 이렇게 생각했다. '대체 내 유년 시절과 내 인생은 저 남자와 무슨 관계였을까?' 그는 자신에게 물었지만 답을 찾지 못했다. 문득 순수하고 사랑에 넘치던 그 세계에 있었던 예기치 못한 새로운 추억 하나가 안드레이 공작의 마음에 떠올랐다. 1810년에 무도회에서 처음 본 그녀, 목과 팔이 가늘고 당장이라도 환희로 타오를 것만 같은 겁먹은 듯하면서도 행복한 얼굴을 하고 있던 나타샤가 떠올랐고, 그러자 그의 마음속에서는 그녀에 대한 사랑과 그리움이 어느 때보다 생생하고 강렬하게 되살아났다. 그는 지금 울어서 부은 눈에 넘쳐흐르는 눈물 속으로 멍하니 자기를 바라보는 이 남자와 자신 사이에 전에 존재했던 관계를 상기했다. 안드레이 공작은 모든 것을 상기했고, 그러자 이 남자에 대한 감격스러운 연민과 사랑이 그의 행복한 가슴을 가득 채웠다.

안드레이 공작은 더이상 참지 못하고 인간과 자신에 대한, 인간들과 자신의 미망迷妄에 대한 상냥한 사랑으로 가득찬 눈물을 흘리기 시작했다.

'연민, 형제에 대한 사랑, 사랑하는 사람에 대한 사랑, 우리를 증오하는 자에 대한 사랑, 적에 대한 사랑―그렇다, 이것이야말로 하느님이 지상에 설파하신 사랑이고, 공작영에 마리야가 가르쳐주었지만 이해하지 못했던 사랑이다. 그래서 나는 삶에 미련이 있었던 것이고, 만약 내가 살 수 있다면 이것이야말로 내게 남은 유일한 것일 것이다. 그러나 이제는 이미 늦었다. 나는 그것을 알고 있다!'

38

시체와 부상병으로 뒤덮인 전장의 처참한 광경은 머릿속의 답답한 느낌, 스무 명 가까이 되는 친숙한 장군들의 전사와 부상 소식, 지금까지 힘찼던 자신의 팔이 무력해졌다는 의식과 더불어 나폴레옹에게 뜻하지 않았던 인상을 주었고, 그는 언제나 자신의 정신력을 시험하며 (그는 그렇게 생각했다) 전사자와 부상자를 점검하기를 즐겼지만, 이 날만은 전장의 처참한 광경이 자신의 공적과 위대함의 기반이라 생각하던 정신력을 압도해버렸다. 그는 급히 전장을 떠나 셰바르디노의 언덕으로 돌아갔다. 흐릿한 눈, 빨간 코, 잠긴 목, 누렇게 부은 침통한 얼굴로 그는 무의식중에 포성을 들으며 눈을 내리뜨고 접의자에 앉아 있었다. 그는 병적인 우울에 빠져 자신이 주동자이면서도 이미 자신이 통제할 수 없는 이 전투의 종결을 기다렸다. 개인으로서의 인간적인 감정이 오랫동안 그가 봉사해오던 생활의 인공적인 환영을 짧은 순간이나마 이겨버렸다. 그는 전장에서 봐온 괴로움과 죽음을 몸소 느끼고 있었다. 머리와 가슴의 무거운 기분이 자신에게도 괴로움과 죽음이 닥칠 수 있다고 생각하게 했다. 이 순간 그는 모스크바도, 승리도, 영예도 바라지 않았다. (더이상 무슨 영예가 필요하단 말인가?) 지금 그가 원하는 것은 휴식과 평안과 자유뿐이었다. 그러나 세묘놉스코예의 고지로 가자, 포병 대장이 크냐지코보 앞에 밀집한 러시아군에게 포화를 집중하기 위해 이 고지에 수개의 포진을 펴자고 진언했다. 나폴레옹은 동의하고 그 포격의 성과를 보고하라고 명령했다.

부관이 와서 황제의 명령대로 200문의 포를 러시아군에게 돌렸지만 러시아군은 여전히 버티고 있다고 보고했다.

"우리 포화가 계속 그들을 쓰러뜨리고 있지만, 그래도 그들은 버티고 있습니다." 부관은 말했다.

"*더 얻어맞고 싶은 건가!……*" 나폴레옹은 잠긴 목소리로 말했다.

"네, 폐하?" 부관은 그 말이 잘 들리지 않아 되물었다.

"*더 얻어맞고 싶은 건가*" 하고 나폴레옹은 이마를 찌푸리고 목쉰 소리로 되풀이했다. "*더 두들겨주시오.*"

그의 명령 없이도 이미 그가 바라는 대로 수행되고 있었고, 그는 모두가 그의 명령을 기다리고 있다고 생각했기 때문에 명령한 것뿐이었다. 이렇듯 그는 다시 전과 다름없는 어떤 위대함의 환영들이 있는 인공적인 세계로 돌아가 (탈곡기의 도르래를 돌리는 말이 자신을 위해 뭔가를 하고 있다고 생각하듯) 다시금 자신에게 주어진 가혹하고 슬프고 괴로운, 비인간적인 역할을 순순히 수행하기 시작했다.

그리고 이 사건에 참가했던 누구보다 무겁게 온갖 사태의 모든 무게를 짊어진 이 사람의 이성과 양심이 흐려졌던 것은 이날 이 순간만이 아니며, 그는 평생의 마지막 날까지도 선善을, 아름다움을, 진실을, 자기 행위의 뜻을 이해하지 못했는데, 그것은 아무리 이해하려고 해도 그의 행위는 너무나도 선과 진실에 반하고, 모든 인간적인 것에서 동떨어져 있었기 때문이다. 그는 세상의 절반으로부터 찬양받은 자신의 행위를 부정할 수 없었기 때문에 진실과 선, 모든 인간적인 것을 포기할 수밖에 없었다.

전사자와 부상자가 가득한(그는 그것을 자신의 의지에 의한 것이라고 생각했다) 전장을 돌아보고 그들을 바라보며 프랑스병 한 명에 러시아병 몇 명꼴인지 헤아려보고, 프랑스병 한 명에 러시아병 다섯 명꼴이라고 스스로를 기만하면서까지 기뻐할 이유를 찾아내려 했던 것도 이날만의 일은 아니었다. 5만 구의 시체가 쌓여 있기 때문에 전장은 *장엄했다*라고 파리로 편지를 보낸 것도 이날만의 일은 아니었으며, 세인트헬레나 섬의 고독의 정적 속에서조차 그는 자신이 이룬 위업을 기술하는 데 남은 시간을 바칠 작정이라고 말하며 이렇게 썼다.

"러시아 전쟁은 현대에서 가장 평판이 좋은 전쟁이 될 것이다. 상식과 참된 이익을 위한 전쟁이요, 만인의 평화와 안전을 위한 전쟁이었

으며, 순전히 평화를 사랑하는 보수적인 전쟁이었다.

그것은 우발적인 사건을 종결시키고 평화의 토대를 닦는다는 위대한 목적을 위한 전쟁이었다. 만인의 복지와 번영의 길에 새로운 지평, 새로운 사업이 열리게 한 전쟁이었다. 유럽 체제의 기반은 잡혀 있었고, 의심의 여지 없이 문제는 그것을 어떻게 조직하느냐에 있었다.

이러한 중대한 제 문제에 만족하고 어디에서나 안정이 되었다면 나도 독자적인 회의와 신성동맹[14]을 가질 수 있었을 것이다. 그것은 나의 생각을 훔친 것이다. 위대한 군주들의 회의에서 우리는 각자의 이해를 가족적으로 검토하고, 서기書記가 주인에게 하듯 우리도 국민들과 상의했을 것이다.

이렇듯 유럽은 가까운 시일에 사실상 동일민족을 형성하고, 누가 어디를 여행하더라도 항상 공통된 조국에 있다고 느끼게 됐을 것이다. 모든 강은 만인의 항로가 되고, 바다는 공해가 되고, 방대한 상비군은 다만 군주들의 근위대 정도로 축소되리라고 나는 선언했을 것이다.

위대하고 강하고 아름답고 평화롭고 영광스러운 조국 프랑스로 돌아가면서, 나는 그 국경의 영구불변을 선언하고, 장래의 모든 전쟁은 단순히 방어전일 뿐이며, 새로운 영토 확장은 모두 반국가적인 것이라고 선언했을 것이다. 나는 내 아들을 제국의 통치에 참가시켜 나의 독재를 종식하고 그의 입헌정치를 시작하게 했을 것이다.

파리는 세계의 수도가 되고, 프랑스인은 다른 모든 국민의 부러움을 샀을 것이다!……

그리고 나의 여가와 여생은 내 아들이 제왕 교육을 받는 동안 황후와 함께 시골의 진솔한 부부처럼 직접 말을 몰고 국내 방방곡곡을 방문하며 국민의 소리를 듣고, 부정을 바로잡고, 전국 곳곳에 기념물을 세우고, 은혜를 베푸는 데 쓰였을 것이다."

미리 정해진 섭리에 따라 모든 국민의 형리刑吏라는 슬프고도 자유롭지 못한 역할을 맡게 된 그는, 자기 행위의 목적이 모든 국민의 복지였고, 자신은 수백만의 운명을 지배했기 때문에 권력으로 은혜를 베풀 수 있다고 스스로를 설득했던 것이다!

"비스와 강을 넘은 40만 중에" 하고 그는 러시아 전쟁에 관해 계속 썼다. "절반은 오스트리아 사람, 프로이센 사람, 작센 사람, 폴란드 사람, 바이에른 사람, 뷔르템베르크 사람, 메클렌부르크* 사람, 스페인 사람, 이탈리아 사람, 나폴리 사람이었다. 또 실제로 우리 제국군의 삼분의 일은 네덜란드 사람, 벨기에 사람, 라인 강가의 주민, 피에몬테 사람, 스위스 사람, 제네바 사람, 토스카나 사람, 로마 사람, 제32사단과 브레멘, 함부르크 등의 주민들로 이루어져 있었고, 그중 프랑스어를 쓰는 사람은 겨우 14만에 지나지 않았다. 러시아 원정에 프랑스가 치른 희생은 5만 명 이하였다. 러시아군은 빌나에서 모스크바로 퇴각할 때 여러 전투에서 프랑스군의 네 배나 되는 병력을 잃었고, 모스크바의 화재는 10만의 러시아인을 숲속에서 추위와 굶주림으로 죽게 했으며, 마지막으로 모스크바에서 오데르 강으로 이동할 때 러시아군은 역시 계절의 혹독함으로 큰 피해를 입고 빌나에 도착했을 무렵에는 겨우 5만, 칼리시에서는 1만 8천도 되지 않았다."

그는 러시아와의 전쟁이 자기 의지에 의해 일어났다고 생각했기 때

---

* 당시 발트 해 연안의 공국.

문에 일어난 사건의 무서움도 그에게는 충격을 주지 못했다. 그는 대담하게도 이 사건의 모든 책임을 자신이 졌고, 그의 흐려진 이성은 수십만이나 되는 전사자 중 프랑스 사람이 헤센 사람과 바이에른 사람보다 적었다는 사실로 자신을 정당화했다.

39

수만의 인간이 다비도프가와 국유 농민의 밭과 초지에 갖가지 군복을 입은 갖가지 모습으로 시체가 되어 누워 있었는데, 그곳은 수백 년 동안 보로디노와 고르키, 셰바르디노, 세묘놉스코예 마을의 농민들이 때가 되면 추수하고 가축을 기르기도 하던 곳이었다. 붕대소마다 약 1데샤티나에 걸친 땅과 초원에 피가 배어 있었다. 온갖 부대의 부상병들과 성한 병사들 무리가 모두 겁먹은 얼굴로 한쪽은 모자이스크로, 또한쪽은 발루예보를 향해 휘청거리며 퇴각하고 있었다. 피로와 굶주림에 지친 채 그저 상관을 따라 전진하는 무리도 있었고, 제자리에 남아 사격을 계속하는 무리도 있었다.

전에 그토록 활기차고 아름다웠던 온 전장에는 아침 햇살에 총검이 번뜩이고, 초연 때문에 습기와 연기가 안개처럼 자욱하고, 초석과 피의 이상하고 시큼한 냄새가 감돌았다. 먹구름이 몰려와 전사자와 부상자와 겁에 질린 병사, 녹초가 된 자, 의심하는 자들 위로 잔비를 뿌리기 시작했다. 비는 마치 이렇게 말하는 것 같았다. '이제 충분하다, 충분하다, 인간들아. 그만둬라…… 정신 차리란 말이다. 대체 뭘 하고

있는 것이냐?'

음식도 휴식도 없이 지쳐버린 쌍방의 병사들 모두의 마음에 아직도 더 서로 죽여야 하나라는 의문이 피어나고, 어느 얼굴에서나 동요의 빛이 보였으며, 모두의 마음에서 똑같은 질문이 고개를 들기 시작했다. '왜, 누구를 위해서 나는 죽이고, 죽임을 당해야 할까? 죽이고 싶은 자는 죽여라, 하고 싶은 대로 해라, 그러나 나는 더이상은 싫다!' 저녁이 될 때까지 이 기분은 모두의 마음속에서 여물어갔다. 그들 모두가 당장이라도 자기들이 해온 일에 겁을 집어먹고 전부 내팽개치고 마음 내키는 대로, 달아날 것만 같았다.

그러나 전투가 끝날 무렵에는 자신들의 행위에 두려움을 느끼고 기꺼이 멈춰야 한다고 생각하면서도 알 수 없는 신비스러운 힘에 지배되고 있었다. 그랬기 때문에 세 명에 한 명꼴로 살아남은 포병들은 땀에 젖고 화약과 피를 뒤집어쓴 채 지치고 발이 걸려 휘청거리고 헐떡이면서도 열심히 탄약을 나르고, 장전하고, 조준하고, 화승에 불을 붙였고, 여전히 양쪽에서는 포탄이 화살처럼 빠르게 사정없이 날아가고, 인간의 육체를 부수고, 여전히 인간들의 의지가 아니라 인간들과 세계들을 지배하는 자의 의지에 의해 행해지는 무서운 사태가 벌어지고 있었다.

혼란에 빠진 러시아군의 배후를 본 자는 프랑스군이 조금만 더 분발하면 러시아군은 전멸할 거라고 말했을 것이고, 프랑스군의 배후를 본 자는 러시아군이 조금만 더 노력하면 프랑스군은 멸망할 거라고 말했을 것이다. 그러나 프랑스군도 러시아군도 그 노력을 하지 않았고, 전투의 불꽃은 천천히 타들어가고 있었다.

러시아군이 그 노력을 하지 않았던 것은 그들 쪽에서 먼저 프랑스군을 공격한 것이 아니었기 때문이다. 전투 초반에는 모스크바 가도를 차단하고 모스크바를 지켰지만 전투가 끝나갈 무렵까지도 그들은 여전히 그 장소에서 버티고 있었다. 그러나 러시아군의 목적이 프랑스군을 격퇴하는 것이었다 하더라도, 러시아군의 모든 부대가 격파되어 손실이 없는 부대가 하나도 없었고, 자기 위치를 지키고는 있지만 전군의 절반을 잃었기 때문에 그들은 그 마지막 노력을 할 수 없었을 것이다.

　프랑스군은 이전 십오 년 동안의 전승한 기억과 나폴레옹의 필승에 대한 확신이 있었고, 전장의 일부를 점령한데다 병력은 사분의 일*을 잃었을 뿐 아직 온전한 2만의 근위병이 있다는 의식도 있었기 때문에 그 노력을 쉽게 할 수도 있었다. 게다가 프랑스군은 처음부터 러시아군을 진지에서 격퇴할 목적으로 공격했고, 전투 전과 마찬가지로 러시아군이 모스크바 가도를 막고 있는 한 목적을 이룰 수 없을 뿐만 아니라 그들의 모든 노력과 희생이 수포가 되고 말기 때문에 당연히 그 분발을 했어야 했다. 그러나 프랑스군은 그 노력을 하지 않았다. 일부 역사가는 나폴레옹이 온전히 남아 있던 구 근위대를 투입했더라면 이 전투에서 이겼을 거라고 말한다. 하지만 나폴레옹이 자신의 근위대를 투입했더라면 하고 말하는 것은, 가을이 봄이었더라면 하고 말하는 것과 마찬가지다. 그것은 있을 수 없는 일이다. 나폴레옹이 자신의 근위대를 투입하지 않았던 것은 그가 원치 않았기 때문이 아니라 투입할 수 없었기 때문이다. 프랑스군 장군도, 장교도, 병사도 모두가 그것이 불가능하다는 것을 알았고, 군대의 저하된 사기가 그것을 허용하지 않았

─────────────

* 2만 8천 명 이상.

기 때문이었다.

무시무시한 기세로 쳐들었던 팔이 맥없이 떨어져버리는 마치 꿈속과 같은 기분을 맛보았던 것은 비단 나폴레옹만이 아니었고, 전투에 참가했든 하지 않았든 프랑스군의 모든 장군과 병사는 (이보다 십분의 일의 노력으로도 적을 패주시켰던) 이전의 전투와는 달리, 군의 절반이 상실되고 전투가 끝나가는데도 개전 초기와 똑같이 완강히 버티는 적에게 공포를 느꼈다. 공격하는 프랑스군의 정신력은 소진되었다. 러시아군은 보로디노에서 막대기에 헝겊을 잡아맨 군기라는 것을 얼마나 노획했느냐, 또는 각 군대가 점령했거나 현재 점령한 장소의 면적 등으로 결정되는 승리가 아니라, 적에게 상대방의 정신적 우월함과 적자신의 무력함을 확신시키는 정신적 승리를 거두었던 것이다. 프랑스의 침입군은 질주하다가 치명상을 입고 미쳐 날뛰는 짐승처럼 자신들의 파멸을 직감했지만 멈출 수 없었고, 병력이 반으로 준 러시아군이 퇴각하지 않을 수 없었던 것도 그와 마찬가지였다. 그러한 충격 이후 프랑스군은 러시아군에게 몰려 그대로 모스크바까지 들어가게 되었고, 러시아군이 새로운 노력을 하지 않더라도 프랑스군은 보로디노에서 입은 치명상으로 인해 많은 피를 흘리며 거기서 사망할 수밖에 없었다. 보로디노 회전의 직접적인 결과는, 나폴레옹이 아무 이유 없이 모스크바에서 도망쳐 스몰렌스크 구 가도로 퇴각한 것, 50만 침입군의 파멸, 정신적으로 강력한 적에게 보로디노에서 처음으로 굴복당한 나폴레옹 치하 프랑스의 멸망이었다.

제3부

1

운동의 절대적 연속성이란 인간의 이성으로는 이해할 수 없다. 어떠한 운동이건 인간이 임의대로 선택해 검토할 때, 그 운동의 분할된 단위만을 이해할 수 있을 뿐이다. 그리고 동시에, 이 연속적 운동을 단편적 단위들로 분할하는 데서 인간의 오류 대부분이 발생한다.

아킬레우스는 거북보다 열 배나 빨리 걸을 수 있지만 앞서가는 거북을 절대 앞지르지 못한다는 고대인들의 유명한 궤변이 있는데, 이는 아킬레우스가 거북과 자기 사이의 거리를 나아가는 동안에도 거북은 그 거리의 십분의 일을 나아가고, 아킬레우스가 그 십분의 일을 나아가는 동안에도 거북은 그 백분의 일을 나아가는 것이 무한히 계속된다는 것이다. 이 문제는 고대인들에게는 풀기 어려운 것으로 생각되었다. 이 무의미한 해답(아킬레우스는 절대 거북을 앞지를 수 없다)은 아킬레우스의 운동도 거북의 운동도 끊임없이 계속되고 있는데 그 운동을 단편적 단위로 멋대로 가정함으로써 생긴 것이다.

운동의 단위를 더욱 작게 줄인다 해도 문제의 해결에 접근할 뿐이지 절대 해결에는 도달할 수 없다. 무한소無限小의 수와 그 십분의 일의 급수級數까지 고려하고, 그 기하급수의 합을 구해야만 비로소 해결에 도달하게 되는 것이다. 수학의 새로운 분야는 무한소를 다루는 방법을 터득했고, 지금은 다른 더 복잡한 운동의 문제에 대해서도, 해결하기 어려웠던 문제에 대해서도 답을 주고 있다.

고대인들이 몰랐던 이 새로운 수학의 분야는 운동의 문제를 검토할 때 무한소의 수량, 즉 운동의 중요한 조건(절대적 연속성)이 재현될 수 있는 수를 인정하게 해, 연속적 운동 대신 별도의 운동 단위를 규명할 수 있도록 하므로 인간의 이성이 저지를 수밖에 없는 불가피한 오류를 정정해준다.

역사상의 운동 법칙을 연구하는 경우에도 마찬가지다.

인류의 운동은 무수한 인간의 자의에서 발생해 끊임없이 행해지는 것이다.

이 운동의 법칙을 파악하는 것이 역사의 목적이다. 그러나 인간 자의의 총화인 연속적 운동의 법칙을 파악하기 위해 인간의 이성은 임의적인 단편적 단위를 허용해버린다. 역사 연구의 첫번째 방법은 일련의 연속된 사건 중 몇 개를 임의 선택해 그것을 별도로 관찰하는 것인데, 하나의 사건은 항상 다른 사건에서부터 연속해서 발생되는 것이기 때문에 어떠한 사건이든 시작이라는 것은 없고, 있을 수도 없다. 두번째 방법은 황제나 사령관 같은 개인의 행동을 인간 자의의 총화로서 관찰하는 것인데, 인간 자의의 총화는 절대 일개 역사적 인물의 활동 속에 나타나는 것이 아니다.

역사학은 진보하면서 관찰을 위해 더욱더 작은 단위를 취급하고 이 방법으로 진리에 접근하려 한다. 그러나 역사가 아무리 작은 단위를 다루더라도, 다른 것에서 분리된 단위를 인정하는 것, 어떤 현상의 시작을 인정하는 것, 모든 인간의 자의가 한 역사적 인물의 활동 속에 나타난다고 인정하는 것 자체가 오류라는 것을 우리는 느낀다.

역사의 결론이 어떻든 비평가가 별다른 노력을 하지 않더라도 먼지처럼 흔적도 없이 소멸해버리는 것도, 그 관찰이 크든 작든 단편적 단위를 추출해서 한 것이기 때문이고, 취급된 역사상의 단위가 언제나 임의적인 것이라면 비판도 언제나 그럴 권리를 갖는다.

관찰을 위해 무한소의 단위—역사의 미분, 즉 인간들의 동질의 욕구를 인정하고, 적분(이 무한소들의 합)의 방법을 터득했을 때 비로소 우리는 역사의 법칙을 이해할 수 있다는 기대를 갖게 되는 것이다.

19세기의 첫 십오 년 동안 유럽에서는 수백만의 인간이 이상한 운동을 전개했다. 사람들은 일상을 버리고 유럽의 끝에서 끝으로 쇄도해 약탈하고, 서로 죽이고, 득의양양하거나 절망하고, 생활의 모든 흐름이 수년 동안 일변해 치열한 운동이 되고, 그것이 처음에는 고조되었다가 이내 쇠퇴해갔다. 이 운동의 원인이 무엇이었고, 어떠한 법칙에 의해 전개되었던 것일까? 인간의 이성은 묻는다.

역사가들은 그 물음에 대한 답으로, 파리 시내 한 건물에 모인 수십 명*의 말과 행동을 혁명이라는 말로 부르고, 나폴레옹과 그에게 호의

나 적의를 품었던 몇몇 인물의 상세한 전기를 제공하고, 그중 일부가 다른 사람들에게 준 영향을 이야기하며 이런 것의 결과로 운동이 일어났고, 그것이 그 법칙이라고 말한다.

그러나 인간의 이성은 이러한 설명을 믿기를 거부할 뿐만 아니라 설명의 방법도 옳지 않다고 단언하는데, 이 설명으로는 가장 약한 현상이 가장 강한 현상의 원인으로 간주되어버리기 때문이다. 인간 자의의 총화가 혁명과 나폴레옹을 낳았고, 그것을 견딘 것도 파멸시킨 것도 자의의 총화였던 것이다.

'그러나 침략이 있을 때마다 침략자가 있었고, 혁명이 있을 때마다 위대한 인물이 있었다'고 역사는 말한다. 분명 침략자가 나타날 때마다 전쟁이 있었다고 인간의 이성은 대답하지만, 그러나 이것이 침략자가 전쟁의 원인이라거나 한 인물의 개인적 활동 속에서 전쟁의 법칙을 발견할 수 있다는 증거가 되지는 않는다. 내가 시계를 볼 때마다 바늘이 열시를 가리키고 있고 이웃 교회에서 예배를 알리는 종이 울리기 시작한다고 나에게 내 시곗바늘의 위치가 종의 운동의 원인이라고 결론지을 권리가 있는 것은 아니다.

내가 증기기관차의 운동을 볼 때마다 언제나 기적이 울리고, 밸브가 열리고, 차바퀴가 움직인다고 나에게 기적과 차바퀴의 움직임이 증기기관차 운동의 원인이라고 결론지을 권리가 있는 것은 아니다.

농민들은 늦봄에 찬바람이 부는 건 떡갈나무의 싹이 트기 때문이라고 하고, 사실 매년 봄 떡갈나무가 싹을 틔울 무렵이면 찬바람이 불어

---

* 도미니크회 수사들의 도서관 건물에 있던 자코뱅 클럽을 가리킴.

온다. 나는 떡갈나무가 싹을 틔울 무렵에 왜 찬바람이 부는지는 모르지만, 바람의 힘은 싹의 영향 밖에 있으므로 농민들의 그런 설에는 동의할 수 없다. 나에게는 온갖 생활 현상에 내재한 여러 조건의 우연적 일치가 보일 뿐이고, 시곗바늘과 증기기관차 밸브와 차바퀴와 떡갈나무 싹을 아무리 많이 관찰하더라도 종의 운동의 원인도, 증기기관차 운동의 원인도, 봄바람의 원인도 나는 알 수 없다는 것을 깨달을 뿐이다. 이것을 위해서는 관찰의 시점을 완전히 바꿔 증기와 종과 바람의 운동 법칙을 연구해야 하는 것이다. 역사도 이와 마찬가지여야 한다. 그리고 그 시도는 이미 행해지고 있다.

역사의 법칙을 연구하기 위해서는 관찰 대상을 완전히 바꿔 황제들과 대신들과 장군들은 내버려두고 대중을 이끈 무한히 작은 동질의 요소들을 연구해야 한다. 이 방법으로 인간이 얼마만큼 역사의 법칙을 이해하는 데 도달할 수 있을지는 말할 수 없겠지만, 역사의 법칙을 이해하는 방법이 이것뿐이라는 것은 명백하고, 지금까지 역사가들이 여러 황제와 지휘관과 대신의 활동을 기술하고 그들의 활동에 관한 고찰을 기술하는 데 소비한 노력의 백만분의 일도 이 방법에 쏟지 않았다는 것 역시 명백하다.

2

유럽 열두 민족의 군대가 러시아로 돌진했다. 러시아 군대와 국민은 충돌을 피해 스몰렌스크로 퇴각하고, 스몰렌스크에서 보로디노로 퇴각했다. 프랑스군은 계속 속력을 키우며 운동의 목표인 모스크바로 쇄도했다. 그들이 목표에 가까워질수록 마치 낙하하는 물체가 지면에 가까워질수록 속도가 증가하듯 속력이 붙었다. 후방에는 수천 베르스타에 걸친 굶주린 적지가 있었고, 전방에는 목표까지 겨우 수십 베르스타를 남겨놓았을 뿐이었다. 나폴레옹군의 병사들 모두가 그것을 느끼고 있었고, 진격은 속력만으로 행해지고 있었다.

퇴각이 거듭될수록 러시아군 안에서는 적개심이 더 맹렬히 타올랐고, 퇴각하는 동안 집중되고 커져갔다. 보로디노에서 충돌이 있었다. 양군 모두 붕괴되지는 않았지만, 마치 한 개의 공이 더 큰 속력으로 굴러온 다른 공에 부딪히면 반드시 뒤로 튕겨나듯, 러시아군은 충돌이 있자 이내 필연적으로 물러났고, 힘차게 굴러온 공은 필연적으로(그 충돌로 완전히 힘을 잃었지만) 앞으로 좀더 굴러갔다.

러시아군은 120베르스타 떨어진 모스크바 후방까지 퇴각했고, 프랑스군은 모스크바까지 도달하자 정지했다. 그후 오 주 동안 전투는 한 번도 없었다. 프랑스군은 움직이지 않았다. 치명상을 입은 짐승이 출혈로 쇠약해지고 상처를 핥듯이 그들은 아무것도 하지 않고 오 주 동안 모스크바에 머물렀고, 아무런 이유도 없이 별안간 퇴각해 칼루가 가도로 돌진했고(게다가 말로야로슬라베츠*의 전투에서 승리해 다시 전장을 점령한 뒤였는데도), 전투 한 번 없이 더욱 속도를 올려 스몰렌스크로, 스몰렌스크를 넘어 빌나를 넘어 베레지나로, 그리고 계속 퇴각했다.

---

* 모스크바의 서남쪽 약 200킬로미터 지점에 있는 도시.

8월 26일 밤에는 쿠투조프도 러시아군 전체도 보로디노 전투에서 이겼다고 확신하고 있었다. 쿠투조프는 황제에게 그렇게 써보냈다. 쿠투조프가 적을 격멸하기 위해 새 전투 준비를 명령한 것은 결코 누군가를 속이기 위해서가 아니라, 전투 참가자라면 누구나 믿었던 것처럼 그도 적이 패했다고 믿었기 때문이다.

그러나 그날 밤부터 다음날에 걸쳐 군의 절반을 잃었다는 전대미문의 소식이 잇따라 보고되자 새로운 전투는 물리적으로 불가능하다는 것이 판명되었다.

아직 정보도 모이지 않고, 부상자도 수용되지 않고, 탄약 보충도 되지 않고, 전사자 수도 밝혀지지 않고, 전사한 지휘관의 후임도 임명되지 않은 상황에서 제대로 먹지도 자지도 못한 병사들이 다시 전투를 시작한다는 건 불가능한 일이었다.

그와 동시에 전투 다음날 아침 프랑스군은(거리의 제곱에 반비례하듯 증가된 운동의 속력으로) 벌써 저절로 러시아군 쪽으로 몰려왔다. 쿠투조프는 다음날 공격할 작정이었고, 전군도 그러길 바라고 있었다. 그러나 공격은 하려는 생각만으로는 충분하지 않고 그것을 수행할 수 있는 가능성이 있어야 하는데, 그것이 없었다. 한 행정 퇴각할 수밖에 없었고, 그후에도 다시 한 행정, 또다시 한 행정을 퇴각했고, 마침내 9월 1일 군대가 모스크바에 접근했을 무렵에는 군의 사기는 충천했지만, 사세事勢가 모스크바 후방으로 퇴각하도록 요구했다. 그래서 군대는 다시 한 행정, 즉 마지막 행정을 퇴각해 모스크바를 적에게 내주고 말았다.

우리가 서재에서 지도를 보며 나라면 이런저런 전투에서 어떻게 지휘했을까 궁리하는 것처럼 전쟁과 전투 계획이 지휘관에 의해 작성된다고 생각하는 사람들에게는 자연히 다음과 같은 의문들, 즉 왜 쿠투조프는 퇴각할 때 이렇게 행동하지 않았을까, 왜 그는 필리*에 도착하기 전에 진지를 점령하지 않았을까, 왜 모스크바를 포기한 뒤에 곧 칼루가 가도로 퇴각하지 않았을까 하는 등등의 의문이 떠오를 것이다. 이런 생각에 익숙한 사람들은 언제나 모든 총사령관의 활동의 배후에 있는 불가피한 조건을 잊었거나 혹은 모르는 것이다. 사령관의 행동은 우리가 서재에 편안히 앉아 지도를 보며 일정 수의 적군과 아군을 상정하고, 어느 일정 위치에서 일어난 전투를 분석한다며 일정한 시점에서부터 공상하는 것과는 완전히 딴판이다. 총사령관은 우리가 어떤 사건을 고찰할 때 공상하듯 사건의 시작이라는 조건에 놓이는 일은 절대 없다. 총사령관은 항상 움직이고 있는 일련의 사건 속에 있으므로 어떠한 순간에도 현재 일어나고 있는 사건의 의미 전체를 고려할 수 없다. 사건은 눈에 보이지 않게 시시각각 자체의 의미로 조각되어가고, 그 사건의 잇따른 연속적인 조각 과정의 모든 순간에 총사령관은 복잡한 놀이, 음모, 걱정, 의존성, 권력, 계획, 조언, 위협, 기만 한가운데서 계속 제출되고 자주 모순되는 무수한 질문들에 대답해야만 하는 것이다.

학식 있는 군인들은 우리에게 쿠투조프는 필리로 가기 훨씬 이전에 군을 칼루가 가도로 옮겨야 했고, 더욱이 그런 계획을 제안한 자도 있었다고 정색하며 말한다. 그러나 총사령관 앞에는 언제나, 특히 긴박한 상황일 때는 하나가 아니라 반드시 수십 개의 계획이 동시에 제출

---

* 모스크바 교외의 마을로, 1812년 9월 1일 이곳에서 작전회의를 열어 퇴각을 결정했다.

된다. 그리고 전략과 전술에 입각한 그 계획들은 서로 모순되기 마련이다. 총사령관의 일은 그 제안들 가운데 하나를 택하기만 하면 되는 것으로 보일지도 모른다. 그러나 그는 그것조차 할 수 없다. 사건과 시간이 기다려주지 않기 때문이다. 이를테면 28일에 칼루가 가도로 옮겨야 한다는 제안이 있었고 그때 밀로라도비치의 부관이 말을 달려 와 지금 곧 프랑스군과 전투를 개시할 것인지 퇴각할 것인지 물었다고 하자. 그는 그 자리에서 즉시 명령을 내려야 한다. 그리고 퇴각 명령은 칼루가 가도로의 전환을 방해한다. 부관에 이어 병참부장이 식량을 어디로 운반해야 할지 묻고, 야전병원장은 부상병을 어디로 옮겨야 할지 묻고, 페테르부르크에서 온 급사는 모스크바 포기 가능성을 인정하지 않는다는 황제의 친서를 내놓고, 총사령관의 경쟁자이자 늘 그를 함정에 빠뜨리려 노리는 자는(이런 인간은 반드시 있으며, 한 사람이 아니라 몇 사람씩 있다) 칼루가 가도로 옮기려는 계획과 정반대되는 새로운 안을 내놓고, 총사령관의 체력은 수면과 영양 보충을 요하고, 포상에서 제외된 유력한 장군이 푸념하러 찾아오고, 주민은 보호를 애원하고, 지형 정찰에 파견됐던 장교는 돌아와 그전에 파견됐던 장교와 반대되는 말을 하고, 적의 상황에 대한 척후와 포로와 정찰했던 장군의 설명이 각각 다르다. 총사령관의 모든 행동에 뒤따르는 이 같은 불가피한 조건을 이해하지 못하거나 잊어버린 사람들은, 예컨대 우리에게 필리에서의 군의 상황을 설명하면서 총사령관은 9월 1일에 모스크바를 포기할 것이냐 방위할 것이냐 하는 문제에 대해 자유로이 결정을 내릴 수 있었다고 가정하지만, 실제로 모스크바에서 5베르스타 떨어진 지점에 있던 러시아군의 상황에서는 그것이 문제도 되지 않았다. 그렇

다면 그 문제는 언제 결정되었을까? 그것은 드리사에서도, 스몰렌스크
에서도 결정되었지만, 가장 뚜렷이 느껴진 것은 24일의 셰바르디노와
26일의 보로디노 전투였고, 보로디노에서 필리까지 퇴각하는 동안 매
일, 매시간, 매분 결정되고 있었다.

3

러시아군은 보로디노에서 퇴각해 필리에 있었다. 진지 시찰을 나갔
던 예르몰로프가 육군 원수에게 돌아왔다.

"이 진지에서는 싸울 수 없습니다." 그는 말했다. 쿠투조프는 깜짝
놀라 쳐다보며 다시 한번 말해보라고 했다. 그가 되풀이하자, 쿠투조
프는 그에게 손을 내밀었다.

"손을 내보시게." 쿠투조프는 맥을 짚기 위해 그의 손을 뒤집으며
말했다. "여보게, 자네는 건강이 좋지 않은 것 같군. 지금 자신이 한 말
을 생각해보시게."

쿠투조프는 도로고밀롭스카야 관문에서 6베르스타 떨어진 포클론
나야의 언덕에서 마차를 내려 길섶 벤치에 걸터앉았다. 많은 장군이
그의 주위로 모여들었다. 모스크바에서 온 라스톱친 백작도 이 무리에
있었다. 이 화려한 일행은 몇 그룹으로 나뉘어, 진지의 장단점과 군의
위치, 예상되는 계획, 모스크바의 상태 등 전반적인 군사 문제에 관해
논쟁하고 있었다. 그런 목적으로 소집되지 않았고 그런 이름이 붙지
도 않았지만 모두가 이것을 군사회의라고 느끼고 있었던 것이다. 화제

는 모두 공통된 문제 범위에 머물러 있었다. 누군가는 개인의 소식을 전하기도 하고 묻기도 했지만, 작은 목소리로 속삭이다 이내 다시 공통된 문제로 옮겨갔고, 이들 사이에서는 농담도, 웃음도, 미소조차 보이지 않았다. 분명 모두가 고조된 그 자리의 공기를 유지하려 노력하는 것 같았다. 어느 그룹이나 자기들끼리 이야기하면서도 되도록 총사령관 가까이에(그가 앉은 벤치는 이 그룹들 중심에 있었다) 있으려 하고 그에게 들리도록 이야기했다. 총사령관은 주위의 이야기를 들으며 이따금 되묻기는 했지만, 그 자신이 이야기에 끼지는 않고 의견을 말하지도 않았다. 대개의 경우는 어느 그룹의 이야기를 듣고서―자신은 그런 이야기를 듣고 싶었던 것이 아니라는 듯―고개를 돌렸다. 어느 그룹에서는 선택한 진지에 관해 이야기하며 진지 그 자체보다 그것을 선택한 사람들의 지능을 비판하고, 어느 그룹에서는 과실이 이미 전부터 있었고 전투는 그저께 있었어야 했다고 주장하고, 또 어느 그룹에서는 방금 스페인 군복 차림으로 도착한 프랑스인 크로사르에게 들은 살라망카 전투 이야기를 하고 있었다. (이 프랑스인은 러시아군에서 근무하는 독일의 어느 왕자와 함께 사라고사의 포위전*을 분석하고, 그것처럼 모스크바를 지킬 수 있었다고 주장했다.) 네번째 그룹에서는 라스톱친 백작이 자기는 모스크바 민병대와 더불어 수도의 성벽 밑에서 죽을 각오를 하고 있지만, 그래도 자신의 지위가 애매한 것은 유감이 아닐 수 없다며, 만약 자기가 이것을 일찍 알았다면 다른 방법도 있었을 텐데…… 라고 말하고, 다섯번째 그룹은 자기들의 전략적인 판

---

* 사라고사는 1808~1809년에 두 차례 프랑스군에게 포위되어 두 달 이상을 버텼으나 1809년 2월에 점령되었다.

단의 심오함을 자랑하며 군이 앞으로 취해야 할 방향에 대해 이야기했다. 여섯번째 그룹은 아무 의미도 없는 말을 지껄였다. 쿠투조프의 얼굴은 더욱 걱정스럽고 비통한 빛을 띠었다. 쿠투조프는 이 모든 대화에서 단 한 가지 사실, 즉 문자 그대로 모스크바 방위는 실제적 가능성이 없다는 것을, 설령 어느 무모한 사령관이 전투 명령을 내리더라도 부질없이 혼란만 일으킬 뿐 전투는 있을 수도 없을 만큼 가능성이 없다는 것을 깨달았는데, 왜냐하면 최고 지휘관들이 모두 이 진지를 가망이 없다고 인정할 뿐만 아니라 모두가 이 진지가 포기된 후에 일어날 일에 대해서만 논쟁하고 있었기 때문이다. 도저히 불가능하다고 생각하는 전장에 지휘관이 어떻게 자기 군대를 투입하겠는가? 하급 지휘관과 병사들(그들도 판단할 줄 안다) 역시 이 진지를 가망 없다고 생각하는데, 패배를 확신하면서까지 전투에 나갈 리 만무하다. 아무리 베니히센이 이 진지의 방어를 주장하고 다른 사람들은 아직 심의하고 있다고 해도, 이 문제는 이미 그 자체로서의 의미를 잃고 논쟁과 음모의 구실밖에 되지 않았다. 쿠투조프도 이것을 알고 있었다.

베니히센은 진지를 선정한 뒤 러시아적인 뜨거운 애국심을 드러내며(쿠투조프는 얼굴을 찌푸리지 않고는 그것을 들어줄 수가 없었다) 모스크바 방위를 주장했다. 쿠투조프는 베니히센의 속셈이 훤히 들여다보였는데, 방위에 실패할 경우에는 싸우지도 않고 보로비요비 고리까지 군을 철수시킨 쿠투조프에게 책임을 전가하고, 성공할 경우에는 자기 공으로 돌리며, 자기의 주장이 거부될 경우에는 모스크바 포기의 죄를 모면하겠다는 심산이었다. 그러나 지금 이러한 음모 문제는 노인의 관심을 끌지 못했다. 오직 하나의 무서운 질문이 그의 마음을 사로

잡고 있었다. 더욱이 이 질문에 대한 해답을 그는 아무에게서도 듣지 못했다. 그에게 문제란 이런 것뿐이었다. '정말 내가 나폴레옹을 모스크바까지 오게 한 걸까? 대체 내가 언제 그런 일을 했을까? 이것은 언제 결정된 걸까? 내가 플라토프에게 퇴각 명령을 내린 어제였을까, 아니면 내가 졸면서 베니히센에게 지휘를 하라고 명령했던 그제 밤이었을까? 아니면 더 전일까?······ 대체 언제 이 무서운 일이 결정되었을까? 모스크바는 포기해야만 한다. 군대는 퇴각해야 하고, 그 명령을 내려야 한다.' 이 무서운 명령을 내리는 것은 그에게 군의 지휘권을 버리는 것과 같다고 여겨졌다. 그는 권력을 좋아하고, 그것에 익숙할 뿐만 아니라(그는 터키에서 근무할 때 프로조롭스키 공작을 향한 존경을 보고 초조감을 느꼈었다), 자신에게는 러시아를 구제해야 할 사명이 있으며, 그렇기 때문에 황제의 뜻까지 거스르며 민중의 의지로 총사령관에 선출되었다고 확신하고 있었다. 이 곤란한 조건 아래서 군의 수뇌가 될 수 있는 자는 자기 한 사람뿐이며, 불패의 나폴레옹을 적으로서 두려워하지 않는 자는 이 세상에 자기 한 사람뿐이라고 확신했기 때문에 그는 자신이 내려야 할 명령을 생각하고 무서움을 느꼈던 것이다. 그러나 결정을 내려야 했기에, 너무도 산만해지기 시작한 주위의 대화를 중지시켜야 했다.

그는 고참 장군들을 불렀다.

"*내 머리가 좋든 나쁘든, 그것 말곤 의지할 것이 없네.*" 그는 벤치에서 일어나 말하고 자기 마차가 있는 필리로 말을 몰았다.

4

안드레이 사보스티야노프라는 농민의 넓고 훌륭한 집에서 두시에 회의가 열렸다. 농민 대가족의 남자들, 여자들, 아이들은 현관 건너편 그슬린 딴채에 비좁게 모여 있었다. 안드레이의 손녀인 여섯 살 말라샤만 안채의 난로 위에 남아 있었는데, 공작 각하는 이 아이를 귀여워해 차 마실 때 설탕 덩어리를 주기도 했다. 아이는 잇따라 방으로 들어와 성상 밑에 있는 넓은 벤치에 앉는 장군들의 얼굴과 제복과 십자훈장을 겁을 내면서도 재미있는 듯 바라보고 있었다. 말라샤가 속으로 할아버지라고 부르는 쿠투조프는 그들에게서 떨어져 혼자 난로 한쪽 어두운 구석에 앉아 있었다. 그는 접의자에 깊숙이 앉아 줄곧 신음 소리를 내며 프록코트의 단추를 풀었지만, 그래도 목을 죄는 것 같은 칼라는 바로잡았다. 잇따라 들어온 장군들이 육군 원수에게 다가갔다. 육군 원수는 어떤 사람과는 악수를 하고, 어떤 사람에게는 고개만 끄덕였다. 부관 카이사로프가 쿠투조프 정면에 있는 창문의 커튼을 젖히려 하자 쿠투조프는 화난 듯이 손을 내저었고, 카이사로프는 공작 각하가 얼굴을 보이기 싫어한다는 것을 알아챘다.

농가의 전나무 탁자에 지도와 작전 계획서와 연필과 서류 등이 놓여 있고 그 둘레에 많은 사람이 모여 있었기 때문에 종졸은 벤치 하나를 더 가져와 옆에 놓았다. 나중에 온 예르몰로프와 카이사로프와 톨이 이 벤치에 앉았다. 성상 바로 밑 상석에 앉은 바르클라이 드 톨리는 게오르기 훈장을 목에 걸고 있고, 넓은 이마와 대머리가 구별되지 않는 얼굴은 병자처럼 창백했다. 그는 이미 이틀 동안 열병을 앓았고, 이때도 오한과 동통이 있었다. 그 옆에는 우바로프가 앉아 다급한 몸짓을 하며 작은 목소리로(모두가 이렇게 말했다) 바르클라이에게 뭔가 이야기하고 있었다. 몸집이 작고 뚱뚱한 도흐투로프는 눈썹을 치켜세우고 두 손을 배 위에 포갠 채 주의깊게 듣고 있었다. 다른 한쪽에는 오스테르만-톨스토이 백작이 눈을 반짝이며 이목구비가 뚜렷한 넓은 얼굴을 한 손에 괴고 앉아 생각에 잠겨 있었다. 라옙스키는 초조한 표정으로 관자놀이의 검은 머리를 습관적인 제스처로 앞방향으로 말면서 쿠투조프와 현관문을 번갈아 바라보고 있었다. 코노브니친의 견실하고 잘생기고 선량한 얼굴은 상냥하고 교활한 미소로 반짝이고 있었다. 말라샤와 시선이 마주친 그는 눈짓으로 아이를 미소짓게 만들었다.

일동은 진지를 새로 시찰한다는 구실을 내세워 혼자 맛있는 식사를 한 베니히센을 기다리고 있었다. 그들은 네시부터 여섯시까지 그를 기다리며 회의를 시작하지 않고 작은 목소리로 잡담을 나누었다.

베니히센이 방에 들어서자 쿠투조프는 구석에서 일어나 탁자로 다가갔는데, 탁자 위 촛불 빛이 얼굴에 비치지 않을 정도로만 갔다.

베니히센은 '싸우지도 않고 러시아의 신성한 고도를 포기할 것인가, 그렇지 않으면 방위할 것인가?' 하는 문제로 회의를 시작했고, 오랫동안 일동의 침묵이 이어졌다. 모두가 얼굴을 찌푸린 가운데 침묵 속에 쿠투조프의 화난 듯한 신음 소리와 기침 소리만 들렸다. 모두의 눈이 그를 향했다. 말라샤도 할아버지를 보고 있었다. 그와 가장 가까이 있던 소녀만이 그의 얼굴이 주름투성이가 되고 당장 울음을 터뜨릴 것같이 변하는 것을 보았다. 그러나 그것은 오래 계속되지 않았다.

"러시아의 신성한 고도!" 그는 갑자기 노기등등한 목소리로 베니히센의 말을 되풀이하며 그 위선적인 말투를 지적했다. "실례지만, 장군, 그 질문은 러시아 사람에게는 의미가 없습니다(그는 무거운 몸을 앞으로 기울였다). 그런 문제는 제기할 수도 없고, 의미도 없는 문제입니다. 여러분을 모이게 한 건 군사적인 문제입니다. 그건 이렇습니다. '러시아의 구원은 군에 있다. 응전하여 군과 모스크바를 잃는 위험을 무릅쓸 것이냐, 그렇지 않으면 싸우지 않고 모스크바를 내놓을 것이냐?' 나는 이 문제에 관해 여러분의 의견을 듣고 싶습니다."(그는 다시 안락의자 등받이에 등을 기댔다.)

토론이 시작되었다. 베니히센은 아직 승부에 졌다고 생각하지 않았다. 필리에서 방어전을 시도하는 것은 불가능하다고 말하는 바르클라이와 다른 사람들의 의견을 인정하면서도 그는 러시아적인 애국심과 모스크바에 대한 애정을 드러내며, 밤중에 군대를 우익에서 좌익으로 이동시키고 이튿날 적의 우익에 일격을 가하자고 제안했다. 의견은 구구하게 갈려 찬반 논쟁이 일어났다. 예르몰로프, 도흐투로프, 라옙스키는 베니히센의 의견에 찬성했다. 수도 포기 전에 희생을 치러야 한다는 감정에 지배된 탓인지, 혹은 개인적 고려 때문인지 어쨌든 이 장군들은 이 회의에서, 지금의 불가피한 사태를 바꿀 수 없다는 것과 모스크바는 이미 포기된 것이나 다름없다는 것을 이해하지 못했다. 다른 장군들은 그것을 이해하고 있었으므로 모스크바 문제는 잠시 제쳐놓고 퇴각할 방향에 대해 이야기했다. 앞에서 일어나는 일에서 눈을 떼지 않던 말라샤는 이 회의의 의미를 다르게 이해하고 있었다. 소녀에게는 이 회의가 다만 '할아버지'와, 소녀가 '옷자락이 긴 사람'이라 부르는 베니히센의 개인적인 싸움으로 비쳤다. 그들이 대화하며 서로 적의를 드러내는 것을 보고 소녀는 내심 할아버지 편을 들었다. 대화 도중 소녀는 할아버지가 베니히센에게 던진 재빠르고 교활한 눈초리를 알아챘고, 이윽고 할아버지가 옷자락이 긴 사람에게 무슨 말인가 해서 그를 꼼짝 못하게 하자 기뻤는데, 베니히센은 갑자기 얼굴을 붉히고 화난 듯이 방안을 서성거렸다. 베니히센에게 이런 영향을 끼친 것은 한밤중에 군을 우익에서 좌익으로 이동시켜 프랑스군 우익을 공격하자는 제안의 득실에 관해 쿠투조프가 침착하고 조용한 음성으로 내놓은 의견이었다.

"나는, 여러분," 쿠투조프는 말했다. "백작의 계획에 찬성할 수 없습니다. 적과 가까운 곳에서 군을 이동하는 것은 항상 위험하며, 전사戰史가 이를 증명합니다. 예를 들면…… (쿠투조프는 적당한 예를 찾으면서, 밝고 순박한 눈으로 베니히센을 바라보며 생각에 잠긴 것 같았다.) 그렇지, 그 프리들란트 전투, 그건 백작도 잘 기억하리라 생각합니다만…… 그것이 성공적이지 않았던 이유도 너무 가까운 거리에서 아군이 진형을 바꿨기 때문입니다……" 그뒤 잠시 흐른 침묵은 일동에게 매우 길게 느껴졌다.

토론은 다시 시작되었으나 종종 중단되고, 이제 더는 할말이 없는 것처럼 느껴졌다.

그렇게 토론이 중단됐을 때, 쿠투조프는 무슨 말을 하려다 무거운 한숨을 내쉬었다. 모두 그를 돌아보았다.

"자, 여러분! 요컨대 항아리가 깨지면 그 대가는 내가 지불해야 합니다." 그는 말했다. 그리고 천천히 일어나 탁자로 다가갔다. "여러분, 나는 여러분의 의견을 들었습니다. 찬성하지 않는 분도 있겠지만 나는

(그는 말을 끊었다), 황제와 조국이 맡긴 권한으로 나는, 퇴각을 명령합니다."

이윽고 장군들은 장례식이 끝나고 헤어지는 사람들처럼 엄숙하고 말없이 흩어지기 시작했다.

몇몇 장군은 회의 때와 전혀 다른 어조로 총사령관에게 나지막이 무슨 말인가를 전했다.

한참 전부터 저녁식사에서 식구들이 기다리고 있던 말라샤는 난로의 움푹한 데를 맨발로 딛고 조심조심 내려와서 장군들 다리 사이를 빠져 문밖으로 나갔다.

장군들이 돌아간 뒤에도 쿠투조프는 오랫동안 탁자에 팔꿈치를 괴고 앉아 그 무서운 문제에 대해 골몰했다. '대체 언제, 대체 언제 모스크바 포기가 최종적으로 결정되었을까? 이 문제를 결정지은 일은 언제 일어났고, 대체 누구의 책임일까?'

"이것은, 이것은 예기치 않았던 일이다." 밤이 꽤 이슥해서 방으로 들어온 부관 시네이데르에게 그는 말했다. "이건 예기치 않았던 일이야! 생각지도 않았어!"

"쉬셔야 합니다. 공작 각하." 시네이데르는 말했다.

"어림도 없지! 그놈들도 터키 놈들처럼 말고기를 먹게 될 거야." 쿠투조프는 대답은 하지 않고 두툼한 주먹으로 탁자를 치며 외쳤다. "꼭 먹게 해주지, 다만……"

5

바로 이때 쿠투조프와는 대조적으로, 군대가 싸우지 않고 퇴각하는 것보다 더 중대한 일, 즉 모스크바를 포기하고 도시를 소각하는 일에서 주도자로 여겨지던 라스톱친은 전혀 다른 행동을 하고 있었다.

이 사건—모스크바 포기와 소각—은 보로디노 전투 후 군대가 싸우지 않고 모스크바 후방으로 퇴각한 것과 마찬가지로 불가피한 일이었다.

러시아인이라면 누구나 논리가 아니라 우리와 우리 선조 속에 깃든 감정으로 그 사태를 예언할 수 있었을 것이다.

스몰렌스크를 비롯한 러시아 모든 도시와 마을에서는 라스톱친 백작과 그의 포고와는 관계없이, 모스크바에서와 똑같은 일이 일어나고 있었다. 민중은 태평하게 적을 기다리고, 폭동을 일으키거나 동요하지 않고, 누구를 찢어발기는 일도 없이, 가장 어려운 순간에 자신이 해야 할 일을 찾을 수 있는 힘을 스스로 느끼며 조용히 운명을 기다렸다. 그리고 적이 접근해 오자마자, 부유한 자들은 재산을 버리고 떠나고, 가난한 자들은 머물러서 남아 있는 것들을 태우고 부숴버렸다.

그래야 하고, 언제나 그래야 한다는 의식이 러시아인들의 마음속에 그때도 지금도 존재했다. 이런 의식과 더불어 모스크바가 점령되리라는 예감이 1812년 러시아 모스크바 사회에 존재했다. 7월에서 8월 초에 모스크바에서 사람들이 떠나기 시작한 것은 그 증거였다. 집과 재산 태반을 버리고 가져갈 수 있는 것만 가지고 피란한 사람들도 잠열(latent)의 애국심으로 행동한 것이며, 그 애국심은 미사여구 혹은 조국을 구하기 위해 어린아이를 죽인다거나 하는 부자연스러운 행동으로 나타나는 것이 아니라 눈에 띄지 않게, 단순하게, 유기적으로 나타나는 것이며, 따라서 언제나 가장 강력한 결과를 낳는다.

"위험에서 달아나는 것은 수치이며, 모스크바에서 달아나는 것은 겁쟁이뿐이다." 그들은 이런 말을 들었다. 라스톱친도 포고 전단에 모스크바에서 달아나는 건 부끄러운 일이라고 주장했다. 그들은 겁쟁이라는 오명을 쓰는 것도 달아나는 것도 부끄러웠지만, 다른 길이 없다는 것을 알았기에 여전히 달아났다. 그들은 왜 달아났을까? 라스톱친이 점령지에서 나폴레옹이 자아낸 공포를 이용해 그들을 겁주었을 거라 생각되지는 않는다. 달아날 준비를 하고 먼저 달아난 것은 부유하고 교양이 높은 사람들이었고, 그들은 빈과 베를린이 무사하다는 것도, 나폴레옹이 그 도시들을 점령했을 때 주민들이 이 매력적인 프랑스인과 잘 지냈다는 것도 잘 알고 있었고, 게다가 당시 러시아 남자들, 그리고 특히 여자들은 프랑스인을 좋아했다.

그들이 달아난 것은 러시아인에게 프랑스인이 지배하는 모스크바가 좋은가 나쁜가가 문제가 아니었기 때문이다. 프랑스인의 지배를 받는다는 건 있을 수 없는 일이고 최악의 사태였다. 그들은 보로디노 회전 전부터 달아날 준비를 하고 있었는데, 전투 후 방위에 대한 황제의 격문이 있었고, 이베르스카야 성모 이콘을 받들고 출정하겠다는 모스크바 총사령관*의 언명도 있었고, 프랑스군을 반드시 격멸할 수 있다는 기구氣球가 만들어지고 라스톱친이 전단에 별의별 말을 써댔음에도

---

* 사태가 긴박해지자 1812년 7월부터 모스크바 총독은 총사령관으로 불렸다.

불구하고 보로디노 전투 이후 더욱 당황하며 달아났다. 그들은 싸워야 할 의무는 군에게 있고, 군이 싸우지 못한다고 자기들이 여자와 하인을 데리고 트리 고리로 가서 나폴레옹과 싸울 수는 없으며, 재산을 함부로 버리는 것은 너무 아깝지만 물러날 수밖에 없다는 것을 알고 있었다. 그래서 그들은 물러났고, 주민에게 버림받고 전화에 희생된 (포기된 목조의 대도시는 당연히 불탈 수밖에 없었다) 거대하고 부유한 수도의 위대한 의미는 생각지도 않고 자신을 위해 떠났지만, 그들이 그렇게 물러남으로써 비로소 러시아 국민들에게 최고의 영예로 영원히 기억될 위대한 사건이 일어나게 되었다. 이미 6월경에 자신은 보나파르트의 종이 아니라는 막연한 의식을 품고, 라스톱친 백작의 명령으로 발이 묶일까 두려워하며 흑인 하인과 광대들을 데리고 모스크바에서 사라토프 마을로 떠난 귀부인들은, 이렇게 함으로써 러시아를 구해낸 위업에 자못 간단히, 그러나 진정으로 동참하게 되었다. 라스톱친 백작은 떠나는 사람들을 모욕하고, 관청을 옮기고, 아무 소용도 없는 무기를 술 취한 폭도들에게 주고, 성상을 들어내고, 아브구스틴*에게 성골과 이콘 반출을 금지하고, 모스크바 전역에 있는 자가용 짐마차를 전부 징발하고, 레피흐의 기구를 136대의 짐마차로 운반하고, 모스크바를 소각한다고 암시하는가 하면, 자기 집을 태우겠다고 말하고 다니고, 프랑스군에게 성명서를 보내 자기가 지은 양육원을 파괴한 것을 신랄하게 비난하고, 모스크바 소각의 명예를 스스로 도맡았다가 곧 그것을 부정하고, 스파이를 모조리 잡아오라고 시민들에게 명령했다

---

* 모스크바 대주교.

가 그것을 실행한 민중을 오히려 견책하고, 프랑스인들을 추방하면서
도 모스크바에서 프랑스 주민들의 중심이던 오베르-샬메 부인은 그냥
두고 이렇다 할 죄도 없는 늙은 우체국장 클류차료프*를 체포해 유형을
명령하고, 프랑스군과 싸워야 한다며 민중을 트리 고리로 집합시켜 그
들에게 살인을 시켜놓고 정작 자신은 뒷문으로 달아나고, 모스크바의
불행을 견딜 수 없다고 말하면서도 자신이 이 사건과 관련돼 있다는
내용의 시를 앨범에 프랑스어로 적기도 했다†. 결국 이 사내는 현재
일어나고 있는 사태의 뜻을 이해하지 못하고 그저 자신이 무슨 일인가
를 해 사람들을 놀라게 하고, 애국적이고 영웅적인 행위를 하고 싶었
을 뿐이며, 모스크바 포기와 소각이라는 엄숙하고 불가피한 사건 앞에
서 마치 어린애처럼 날뛰며 그 자신까지도 휩쓸려가던 국민적인 거대
한 흐름을 자신의 작은 손으로 가속시키거나 저지하려 했던 것이다.

6

옐렌은 조신들을 따라 빌나에서 페테르부르크로 돌아오자 난처한
입장에 처했다.

옐렌은 페테르부르크에서 국가의 최고 지위 중 하나를 차지하고 있

---

* F. P. 클류차료프(1751~1822). 러시아 작가, 프리메이슨의 핵심 인물. 반정부운동을
했다는 명목으로 관직을 박탈당하지만 후에 대법원 판사를 지냈다.

† *J suis né Tartare. Je voulus être Romain. Les Français m'appelèrent barbare. Les
Russes―Georges Dandin.* 나는 타타르인으로 태어났다. 나는 로마인이 되고 싶었다.
프랑스인들은 나를 미개인이라고 부른다. 러시아인들에게는―조르주 당댕이다. (원주)

는 어느 고관의 특별한 비호를 받았다. 그리고 빌나에서는 젊은 외국 왕자와 친밀해졌다. 페테르부르크로 돌아오자 고관도 왕자도 빌나에 있었고, 서로 그녀에 대한 권리를 주장했기 때문에 그녀는 어느 쪽에게도 상처를 주지 않고 양쪽과 친밀한 관계를 유지해나가야 하는, 지금까지 그녀의 경력에서 경험한 적 없는 새로운 난관에 봉착하게 되었던 것이다.

다른 여자에게는 어렵고 심지어 불가능하다고 여겨지는 일이었지만 더없이 총명한 여성이라는 명성을 공연히 누리는 것이 아닌 베주호바 백작부인에게는 다시 생각해볼 필요도 없는 일이었다. 만일 그녀가 자신의 행동을 감추고 교활하게 그 거북한 상태에서 빠져나가려고 했다면 자신의 죄를 의식하게 되어 일을 그르쳤을지도 모르지만, 그와 반대로 옐렌은 하고 싶은 것은 뭐든 할 수 있는 큰 위인처럼 자신을 곧바로 자신이 진심으로 믿는 정의의 자리에 올려놓고, 다른 모든 사람을 죄의 자리로 밀어내렸다.

젊은 외국 인사가 처음으로 용기를 내 그녀를 책망하자, 그녀는 아름다운 얼굴을 도도하게 쳐들고 반쯤 몸을 돌려 당당하게 말했다.

"그것이 남성의 이기주의이고 잔인함이에요! 전 다른 건 기대도 하지 않았어요. 한 여자가 당신들의 희생물이 되어 괴로워하는데 이게 그 보답인가요. 전하, 당신은 대체 무슨 권리로 제 우정과 감정까지 알려 하시는 건가요? 그분은 제게 아버지 이상이셨던 분이에요."

그 인사가 무슨 말을 하려 했다. 옐렌이 가로막았다.

"네, 그래요," 그녀는 말했다. "저에 대한 그분의 감정이 전부 아버지 같은 거라고 할 수는 없지만, 그렇다고 그게 그분의 방문을 막을 이유가 되진 못해요. 저는 남자들처럼 배은망덕하지 않으니까요. 알아주세요, 전하, 제 마음속 모든 감정에 관해서는 하느님과 양심에게만 책임을 지겠어요." 그녀는 풍만하게 솟은 아름다운 가슴에 한 손을 대고 하늘을 바라보며 말을 맺었다.

"하지만 제 말을 들어보십시오, 제발."

"저와 결혼해주세요. 그러면 저는 당신의 노예가 되겠어요."

"그건 불가능합니다."

"당신은 저와 같은 신분으로 떨어지고 싶지 않은 거예요, 당신은……" 옐렌은 울면서 말했다.

그 인사는 그녀를 달래기 시작했고, 옐렌은 눈물을 글썽이며(자신을 망각한 듯이) 자신의 결혼을 방해하는 건 아무것도 없다, 그런 예도 있었다(당시에는 그런 예가 드물었지만, 그녀는 나폴레옹과 다른 명사들 이름을 들었다), 자신은 결코 지금 남편의 아내였던 적이 없으며, 희생물일 뿐이라고 말했다.

"하지만 법과 종교가……" 왕자는 이미 포기한 듯이 말했다.

"법, 종교…… 이런 일도 할 수 없다면 그건 대체 뭐 때문에 만들어진 거죠!" 옐렌은 말했다.

중요한 인사는 이런 간단한 판단도 자기 머리에 떠오르지 않는 것을 이상하게 여기고, 가까이 지내는 예수회 수도사들에게 조언을 구했다.

며칠 뒤 옐렌은 카멘니 섬에 있는 자기 별장에서 종종 여는 화려한 어느 연회에서 눈처럼 하얀 머리에 반짝이는 검은 눈을 가진 *짧은 옷의 예수회 교도*인* 매력적인 중년 므시외 드 조베르를 소개받았는데, 그는 조명이 비치고 음악이 흐르는 정원에서 하느님과 그리스도와 성

426

모 신심에 대한 사랑, 오직 하나이고 진실한 종교인 가톨릭교가 주는 현세와 내세의 위안에 대해 옐렌과 오랫동안 이야기했다. 옐렌은 감동했고, 그녀와 *므시외 드 조베르*의 눈에는 몇 번인가 눈물이 맺히고 목소리가 떨렸다. 한 신사가 옐렌에게 춤을 청하는 바람에 미래의 *양심의 지도자*와 하던 대화는 중단되었지만, 다음날 저녁 므시외 드 조베르는 혼자 옐렌을 찾아왔고, 그후로 자주 그녀 집에 드나들게 되었다.

어느 날 그는 백작부인을 교회당으로 데려가 제단 앞에 무릎을 꿇게 했다. 중년의 매력적인 프랑스인은 그녀의 머리에 두 손을 얹었고, 나중에 그녀가 말했듯, 이때 그녀는 상쾌한 바람 같은 것이 마음속으로 불어들어오는 것을 느꼈다. 그녀는 그것이 은총이라는 설명을 들었다.

그런 다음 긴 옷의 수도원장이 안내되어 왔고, 그는 그녀의 고해를 듣고 그 죄를 사했다. 다음날 그녀의 집으로 두고 쓰라는 전갈과 함께 성찬이 든 상자가 보내졌다. 며칠 뒤 옐렌은 자신이 가톨릭교에 들었고, 머지않아 교황이 이 일을 알게 되면 무슨 서류를 보내올 거라는 말을 듣고 만족해했다.

이 시기에 그녀는 자신과 자신 주위에서 일어난 모든 일, 그토록 영리한 많은 이가 자신에게 아주 기분좋고 세련된 방식으로 기울여준 관심, 지금 자신을 감싼 비둘기 같은 청결함(이 무렵 그녀는 줄곧 하얀 리본이 장식된 흰 드레스를 입었다) 등 모든 것이 만족스러웠으나, 그것 때문에 자신의 목적을 잊어버리는 일은 없었다. 언제나 교활한 일에서는 어리석은 인간이 영리한 인간을 속여 넘기는 법이지만, 옐렌도

* 사제는 긴 옷을 입었다.

이 모든 말과 수고의 목적이 오직 자신을 가톨릭교로 이끌어 돈을 얻어내려는 것(그녀는 그런 암시를 받았다)임을 알아채고, 돈을 내기 전에 자신이 남편에게서 해방될 수 있는 다양한 방법을 강구해달라고 주장했다. 그녀 생각에 모든 종교의 의의는 요컨대 어느 정도의 품위를 유지하면서 인간적인 욕망을 만족시키는 데 있었다. 그녀는 이런 목적을 가지고 어느 날 고해 신부와 이야기하면서, 결혼이 자신을 얼마나 구속하느냐는 질문에 답해달라고 집요하게 요구했다.

두 사람은 객실 창가에 앉아 있었다. 황혼 무렵이었다. 창가에는 꽃향기가 감돌았다. 옐렌은 어깨와 가슴이 비치는 흰 드레스를 입고 있었다. 깨끗하게 면도한 살찐 볼, 굳게 다문 보기 좋은 입매에 영양 상태가 좋아 보이는 수도원장은 무릎 위에 흰 손을 공손히 깍지 끼고 옐렌 옆에 앉아 입가에 가벼운 미소를 띠며 그녀의 아름다움에 감탄한 부드러운 눈으로 이따금 그녀의 얼굴을 바라보며, 두 사람의 마음을 붙잡고 있는 문제에 대한 자신의 생각을 침착하게 말했다. 옐렌은 초조한 미소를 띠고 상대방의 곱슬곱슬한 머리와 반질하게 면도한 거무스름한 살찐 볼을 바라보며, 새로운 화제로 옮겨가길 기다리고 있었다. 그러나 수도원장은 분명 상대방의 아름다움을 노골적으로 즐기면서도 자신의 교묘한 화술에 도취되어 있었다.

양심의 지도자의 논법은 이러했다. 당신은 자신이 하려고 마음먹은 것의 의미를 모른 채 한 남자에게 아내로서 정조를 맹세했기 때문에, 상대방은 결혼의 종교적 의미를 믿지 않고 결혼했기 때문에 종교 모독의 죄를 범한 것이다. 이 결혼에는 당연히 가져야 할 이중의 의미가 없다. 그럼에도 당신은 당신의 맹세에 속박당하고 있었다. 당신은 그것을 저버렸다. 그럼으로써 당신은 무엇을 했는가? 용서받을 죄일까, 죽어야 할 죄일까? 용서받을 죄다. 당신에게는 악의가 없었기 때문이다. 만약 지금 당신이 아이를 가질 목적으로 다시 결혼한다면, 당신의 죄는 용서될 것이다. 하지만 여기서 문제는 두 개로 나뉘는데, 첫째는……

"하지만 제 생각에는," 싫증이 난 옐렌은 예의 매혹적인 미소를 띠며 갑자기 말했다. "참된 종교에 들었으니 거짓된 종교가 제게 부과한 것에 속박당할 필요는 없지 않을까요."

양심의 지도자는 콜럼버스의 달걀이 이토록 간단히 눈앞에 튀어나오자 깜짝 놀랐다. 그는 제자의 예상치 못한 급속한 진보에 감탄했지만, 자기가 공들여 쌓은 논증의 건물을 포기할 수는 없었다.

"서로 잘 생각해봅시다, 백작부인." 그는 미소를 띠며 말하고 이 영적인 딸의 견해를 반박하기 시작했다.

7

옐렌은 종교적 관점에서 보면 지극히 간단하고 쉬운 문제이나, 그녀의 지도자들이 이 문제를 어려워하는 것은 속세의 권력자가 어떻게 볼 것이냐를 두려워하기 때문임을 깨달았다.

그렇기 때문에 옐렌은 사교계에서도 이 문제에 대한 사전 준비를 해둘 필요가 있다고 판단했다. 그녀는 늙은 고관의 질투심에 불을 질러놓고, 자신을 차지할 방법은 결혼밖에 없다고 첫 구애자에게 했던 말을 똑같이 했다. 늙은 고관도 첫번째 젊은 인사처럼 남편이 살아 있는

데 결혼하자는 그녀의 제안에 놀랐지만, 처녀의 결혼과 마찬가지로 아주 간단하고 자연스러운 일이라는 옐렌의 확고한 신념에 마음이 움직였다. 만약 옐렌이 동요하거나 부끄러워하거나 감추려는 기색을 조금이라도 보였다면 분명 실패했을 테지만 그녀는 조금도 감추거나 부끄러워하지 않았을 뿐만 아니라, 오히려 아주 단순하고 순박하게 자신의 친구들(이는 페테르부르크 전체를 뜻하는 것이었다)에게 왕자와 고관에게 청혼을 받았는데, 자신은 이 둘을 똑같이 사랑하기 때문에 어느 한쪽을 슬프게 하는 것이 괴롭다고 말했다.

곧바로 온 페테르부르크에 퍼진 소문은 옐렌이 남편과의 이혼을 원한다가 아니라(만약 이렇게 소문이 퍼졌다면 불법이라며 많은 사람이 반대했을 것이다) 모두의 관심의 대상이던 불행한 옐렌이 둘 중 어느 쪽과 결혼할지 망설이고 있다였다. 이제 문제는 이것이 어느 정도까지 가능한지가 아니라 어느 쪽과 결혼하는 것이 유리한지, 궁정에서는 이것을 어떻게 보는지였는데, 분명 개중에는 이 문제의 꼭대기까지 다다르지는 못하더라도 그 의도를 결혼의 신성함에 대한 모독이라고 보는 완고한 자들도 있었지만, 그들은 수가 적은데다 침묵을 지켰기 때문에 대부분은 옐렌에게 찾아든 행복과 선택에 주의를 기울이고 어느 쪽이 유리한지에만 관심을 가졌다. 그들은 남편이 살아 있는데 재혼하는 것이 좋은가 나쁜가 하는 문제에 대해서는 입 밖에 내지도 않았는데, 이 문제는 나와 당신보다 훨씬 현명한(사람들이 말하듯) 사람들에 의해 분명 해결이 난 문제일 것이고, 그러니 그 해결에 대해 의심하는 건 자신의 어리석음과 사교계 생활의 서투름을 폭로하는 것이 되기 때문이었다.

다만 올여름 페테르부르크로 한 아들을 만나러 온 마리야 드미트리 예브나 아흐로시모바만은 여론과 반대되는 자기 생각을 서슴지 않고 표명했다. 마리야 드미트리예브나는 무도회에서 옐렌을 만나자 그녀를 홀 한가운데서 불러세우고 모두가 숨죽인 가운데 타고난 거친 음성으로 말했다.

"당신네들은 요즘 남편이 살아 있는데도 결혼을 하는가보더군. 이봐요, 그 새로운 걸 생각해낸 사람이 당신이라고 생각하는 건가? 부인, 미안하지만 선수를 뺏겼어. 그런 일은 오래전부터 있었어. 어디서나…… 그렇게들 하고 있어." 마리야 드미트리예브나는 말하면서 버릇이 된 위협하는 듯한 몸짓으로 폭이 넓은 옷소매를 걷어올리고 엄한 눈으로 사방을 둘러보며 방을 가로질러 걸어갔다.

사람들은 마리야 드미트리예브나를 무서워했지만, 페테르부르크에서 그녀는 어릿광대 취급을 받고 있었기 때문에 그녀가 했던 말 중에 난폭한 말만 귀담아듣고 그 말에 요점이 담겨 있다 생각하고는 그 말을 되풀이하며 서로 수군거렸다.

요즘 자기가 한 말을 자주 잊어버리고 같은 말을 백 번씩 되풀이하게 된 바실리 공작은 딸을 만날 때마다 이렇게 말했다.

"옐렌, 너한테 할말이 있다." 그는 딸을 한쪽으로 데려가 손을 잡아당기며 말했다. "내가 어떤 계획을 들었는데…… 너도 알 거다. 그래, 사랑하는 내 딸, 나는 아버지로서 기쁘다…… 너는 고통을 잘 참았으니까…… 하지만 얘야…… 너는 네 마음이 시키는 대로 하면 된다. 내가 해줄 충고는 그것뿐이다" 하고 그는 언제나처럼 흥분을 감추며 딸의 볼에 자기 볼을 대고는 물러갔다.

가장 총명한 사람이라는 명성을 잃지 않고 있던 빌리빈은 옐렌의 사심 없는 친구, 화려한 여성 옆에 항상 붙어 있지만 절대 애인 역할로 돌아서지 못하는 남자 친구 중 하나였는데, 어느 날 빌리빈은 친한 사이끼리의 작은 모임에서 친구 옐렌에게 이번 일에 대한 자기 생각을 털어놓았다.

"이봐요, 빌리빈(옐렌은 빌리빈 같은 친구들에게는 언제나 성으로 불렸다)," 그녀는 말하고 반지를 낀 하얀 손을 그의 연미복 소매에 댔다. "나를 여동생이라고 생각하고 말해줘요. 나는 어떻게 해야 할까요? 두 사람 중 누가 좋을까요?"

빌리빈은 눈썹 위에 주름을 잡고 입가에 미소를 띤 채 생각에 잠겼다.

"뭐 홍두깨 같은 질문도 아닙니다, 당신도 알다시피," 그는 말했다. "나는 당신의 진정한 친구로서 이미 그 문제를 생각해봤죠. 아실 겁니다. 만약 전하(젊은 남자 쪽)와 결혼한다면" 하고 그는 한 손가락을 꼽았다. "당신은 다른 한 사람의 아내가 될 가능성을 영원히 잃게 되며, 게다가 궁중에서 불만스럽게 여길 겁니다. (당신도 알다시피 거기에는 친척관계가 얽혀 있으니까요.) 그러나 만약 노백작과 결혼한다면, 당신은 그의 말년을 행복하게 해줄 수 있을 것이고, 게다가 고관의 미망인이 되면…… 왕자와 결혼하기에도 신분상 어울리지 않을 것이 없습니다." 빌리빈은 말하고 이마의 주름을 폈다.

"당신은 역시 진정한 친구예요!" 옐렌은 얼굴을 빛내며 다시 한번 그의 소매에 손을 대고 말했다. "하지만 나는 두 분을 모두 사랑하고 있어서 어느 쪽도 슬프게 하고 싶지 않아요. 두 분을 행복하게 해드릴 수 있다면 목숨이라도 바칠 수 있어요."

빌리빈은 그런 슬픔은 자기로서도 도와줄 수 없다는 듯이 어깨를 추썩여 보였다.

'대단한 여자군! 뻔뻔스럽다는 건 이런 걸 두고 하는 말일 거야. 동시에 세 남자의 아내가 되려 하다니.' 빌리빈은 생각했다.

"그렇지만 당신의 남편은 이 일을 어떻게 생각하죠?" 그는 이런 순진한 질문을 해도 단단히 굳어진 자신의 명성이 나빠질 일은 없다고 생각하고 말했다. "그는 동의할까요?"

"아아! 그이는 날 많이 사랑해요!" 왜 그런지 피예르도 자기를 사랑하고 있다고 생각하는 옐렌이 말했다. "그이는 날 위해서라면 무엇이든 해줘요."

빌리빈은 이제 말할 명구를 예고하듯 이마에 주름을 잡았다.

"이혼까지도 말이죠." 그는 말했다.

옐렌은 웃음을 터뜨렸다.

계획되고 있는 이 결혼의 합법성을 의심하던 사람 중에는 옐렌의 어머니인 쿠라기나 공작부인도 있었다. 그녀는 늘 딸에 대한 부러움으로 괴로워하고 있었는데, 이번에는 부러움의 대상이 지금 공작부인의 마음에 가장 가깝게 생각되는 것이었기 때문에 그러한 생각과 타협할 수가 없었다. 그녀는 살아 있는 남편과 이혼하고 다른 남자와 재혼하는 것이 과연 가능한지 러시아인 사제에게 상의해보았는데, 사제는 불가능하다고 말하며 남편을 버리고 재혼하는 것의 가능성을 정면에서 부정하는 복음서의 한 구절을 보여(사제에게는 그렇게 보였다) 그녀를 기쁘게 했다.

반박의 여지가 없을 것 같은 이러한 논증으로 무장한 공작부인은 딸과 단둘이 만날 생각으로 아침 일찍 딸을 찾아갔다.

어머니의 반대를 듣자 옐렌은 부드러우면서도 비웃는 미소를 지었다.

"여기 확실하게 쓰여 있잖니. 이혼한 여자를 아내로 얻는 자는……"
노공작부인은 말했다.

"아아, 엄마, 그런 시시한 말씀은 하지 마세요. 아무것도 모르시네요. 제 입장에서는 의무가 있어요." 옐렌은 러시아어로 자기 문제를 말할 때는 늘 불명확한 느낌이 들었기 때문에 프랑스어로 말했다.

"하지만, 얘야……"

"아아, 엄마, 어째서 이해를 못하시는 거예요? 관면寬免 권리를 가지신 신부님이……"

이때, 옐렌의 집에서 기식하는 말벗인 부인이 방에 들어와, 전하가 홀에서 옐렌을 기다리고 있다고 전했다.

"싫어요, 만나고 싶지 않다고 전해주세요, 약속을 지키지 않으셔서 제가 화가 났다고요."

"백작부인, 어떤 죄라도 용서는 있는 법입니다." 얼굴과 코가 긴 금발의 젊은 남자가 들어오며 말했다.

노공작부인은 공손히 일어났다가 앉았다. 젊은 남자는 그녀에게 주의를 돌리지 않았다. 공작부인은 딸에게 가볍게 고개를 끄덕이고 헤엄치듯 문으로 걸어갔다.

'그렇지, 저애 말이 옳아.' 전하의 출현으로 모든 신념이 무너져버린 노공작부인은 생각했다. '저애가 옳아, 그런데 나는 왜 다시 돌아오지 않을 젊은 시절에는 그걸 몰랐을까? 이렇게도 간단한 것을.' 노공작부인은 마차에 오르며 생각했다.

8월 초에 엘렌의 문제는 완전히 정해졌고, 그녀는 남편(그녀가 자신을 무척 사랑한다고 생각하는)에게 편지를 써 자신은 NN과 결혼하고 싶고, 유일하고 진실한 종교에 입교했으며, 이 편지를 가져간 사람이 전하는 이혼에 필요한 일체의 수속을 이행해주길 바란다고 알렸다.

"그리고 당신에게 신성하고 전능한 하느님의 가호가 있길 빌어요, 당신의 친구 엘렌."

이 편지는 피예르가 보로디노 전장에 있는 동안 그의 집으로 전달되었다.

8

보로디노 전투가 거의 끝날 무렵, 라옙스키 포대에서 또다시 달려내려온 피예르는 병사 무리와 더불어 골짜기를 따라 크냐지코보를 향해 붕대소까지 걸었는데, 피를 보고 비명과 신음 소리를 듣자 병사 무리 속으로 끼어들어 발길을 재촉했다.

지금 그가 진정으로 바라는 단 하나는, 오늘 하루를 지내며 받은 무서운 인상을 한시라도 빨리 떨쳐버리고 일상의 환경으로 돌아가 자기 침대에서 조용히 잠드는 것이었다. 그는 일상의 환경으로 돌아가면 자기가 목격하고 경험한 것을 모두 이해할 수 있을 거라 느꼈다. 그러나 일상의 환경은 이제 존재하지 않았다.

그가 걸어가는 가도에는 포탄과 총탄이 휙휙 지나지는 않았지만, 주위의 광경은 전장과 조금도 다르지 않았다. 괴롭고, 지치고, 때로는 이상하리만큼 무관심한 표정의 얼굴이 있고, 똑같은 피, 똑같은 군복, 멀어지긴 했지만 여전히 공포를 불러일으키는 포성과 찌는 듯한 무더위와 먼지도 마찬가지였다.

모자이스크의 큰길을 따라 3베르스타쯤 걸어가다 피예르는 길가에 주저앉았다.

황혼이 땅에 내리고, 대포의 굉음도 잠잠해졌다. 피예르는 팔꿈치에 기대 누워 어둠 속에서 옆을 지나가는 그림자를 보며 그대로 한참 있었다. 끊임없이 무서운 소리를 내며 포탄이 자기에게 날아오는 것 같은 기분이 들었고, 그는 몸을 떨며 일어났다. 거기서 얼마나 있었는지 알 수 없었다. 한밤중에 병사 셋이 나뭇가지를 끌고 와 그의 옆에 자리를 잡고 불을 피우기 시작했다.

병사들은 피예르를 곁눈질하며 불을 피우고, 냄비를 얹어 안에 건빵을 부숴 넣고 돼지비계를 넣었다. 기름진 음식의 기분좋은 냄새가 연기 냄새와 섞였다. 피예르는 몸을 일으키고 한숨을 내쉬었다. 병사들은(세 명이었다) 피예르에게 눈길도 주지 않고 자기들끼리 먹으며 이야기를 나눴다.

"당신은 어느 부대에서 왔나?" 한 병사가 갑자기 피예르에게 물었고, 이 물음에는 분명 피예르도 생각하고 있었던 것, 즉 먹고 싶다면 줄 수도 있지만 단 네가 착실한 인간인가? 하는 물음에 답한다면, 이라는 뜻이 담겨 있었다.

"나? 나 말인가?······" 피예르는 병사들이 가깝게 느끼고 이해하기 쉽도록 가능하면 신분을 낮춰 말해야겠다고 생각하며 말했다. "나는 실은 민병 장교인데 우리 부대는 여기 없네, 전투중에 부하를 잃어버렸어."

"저런!" 병사 한 명이 말했다.

다른 병사가 고개를 저었다.

"어떤가, 원한다면 먹게, 잡탕이야!" 처음의 병사가 말하고 나무숟가락을 핥더니 피예르에게 내주었다.

피예르는 불 옆에 앉아 잡탕을 먹기 시작했고, 냄비에 든 음식은 지금까지 먹어본 어떤 요리보다 맛있는 것 같았다. 병사들은 냄비 위로 몸을 숙이고 커다란 나무숟가락으로 연신 게걸스럽게 퍼먹는, 불빛에 비친 그의 얼굴을 말없이 바라보았다.

"당신은 이제 어디로 가나? 말해보게!" 또다른 사람이 물었다.

"모자이스크로 가네."

"당신은, 그럼 귀족인가?"

"응."

"이름이 뭔가?"

"표트르 키릴로비치."

"그래, 표트르 키릴로비치, 같이 가세, 우리가 데려다주지."

칠흑 같은 어둠 속에서 병사들은 피예르와 함께 모자이스크를 향해 걷기 시작했다.

모자이스크에 도착해 도시의 가파른 언덕길을 오르기 시작했을 때는 벌써 저녁닭이 울었다. 피예르는 자기가 묵는 여관이 언덕 기슭에 있다는 것도, 이미 그 앞을 지나친 것도 잊고 병사들과 걷고 있었다. 만약 그를 찾아 도시 여기저기를 다니다가 여관으로 돌아가던 그의 조마사와 언덕길에서 마주치지 않았다면(그만큼 그는 멍한 상태였다) 아마 떠올리지도 못했을 것이다. 조마사는 어둠 속에서 흰 모자를 보고 피예르를 알아보았다.

"각하." 그는 말했다. "이제 포기하려던 참이었습니다. 왜 걷고 계십니까? 어디로 가시려고요. 이리 오십시오!"

"아아, 그래." 피예르는 말했다.

병사들은 멈췄다.

"뭐야, 부하를 찾았나?" 그중 한 병사가 물었다.

"그럼, 잘 가게! 표트르 키릴로비치라고 했지? 잘 가게, 표트르 키릴로비치!" 다른 병사들이 말했다.

"잘 가게들" 하고 말하고 피예르도 조마사와 여관으로 향했다.

'저 사람들에게 돈을 줘야겠다!' 피예르는 주머니에 손을 대며 생각했다. '아니, 안 주는 게 좋아.' 다른 목소리가 그에게 속삭였다.

여관은 빈방 없이 모두 손님으로 들어차 있었다. 피예르는 뜰로 나가 외투를 뒤집어쓰고 자기 포장마차 안에 누웠다.

9

피예르는 머리를 대자마자 금세 깊이 잠이 드는 것 같았는데, 갑자기 마치 현실처럼 뚜렷하게 꽝 꽝 꽝 하는 포성과 신음 소리와 비명, 쿵 하고 포탄 떨어지는 소리가 들리고, 피와 화약 냄새가 진동하면서 두려움과 죽음의 공포가 그를 덮쳤다. 그는 깜짝 놀라 눈을 뜨고 외투

밑에서 고개를 들었다. 뜰은 모든 것이 고요했다. 종졸이 문가에서 문지기와 이야기하며 진창을 절벅절벅 걷고 있을 뿐이었다. 머리 위 판자 처마 아래 어두운 안쪽에서 그가 움직이는 소리에 놀란 비둘기 몇 마리가 날개를 쳤다. 이 순간 뜰 안은 피예르에게 평화와 기쁨을 주는 여관다운 강렬한 냄새와 건초와 비료와 타르 냄새로 가득했다. 검은 두 처마 사이로 별이 총총한 맑은 하늘이 보였다.

'아아, 이제 다시 그런 일은 없을 것이다.' 피예르는 외투를 뒤집어쓰고 생각했다. '오, 끔찍한 공포, 나는 왜 그토록 부끄럽게 공포에 떨었을까? 그런데 그들은…… 그들은 최후까지 흔들림이 없고 침착했다……' 그는 생각했다. 피예르의 머릿속에 떠오른 그들이란 병사들이었다. 포대를 지키던 병사들, 그에게 먹을 것을 준 병사, 이콘에 기도를 올리던 병사들이었다. 그들은, 피예르가 지금까지 알지 못했던 이상한 그들은 그의 머릿속에서 다른 사람들과는 명확하게 구분되었다.

'병사가 되자, 무조건 병사가 되자!' 피예르는 잠이 들며 생각했다. '그 공동생활 속으로 들어가 그들을 그렇게 만든 것을 체득해야 한다. 하지만 이 몸에 붙어 있는 쓸모없고 악마 같은 외면적인 인간의 모든 짐을 떨치려면 어떻게 해야 할까? 내게도 그럴 수 있었던 때가 있었다. 나는 내가 원하는 대로 아버지한테서 벗어날 수도 있었다. 돌로호프와 결투한 후에만 해도 군인이 될 기회가 있었다.' 피예르의 머릿속에 돌로호프에게 결투를 신청했던 클럽의 만찬회와 토르조크에서 만났던 은인이 불현듯 떠올랐다. 성대한 만찬장도 떠올랐다. 영국클럽에서 열린 만찬이었다. 식탁 끝에 낯익고 친숙하고 소중한 사람이 앉아 있었다. 그렇다, 그 사람이다! 은인. '그는 이미 죽지 않았는가?' 피예르는 생각했다. '그렇다, 죽었다. 그러나 나는 그가 살아난 것을 몰랐다. 그가 죽은 것은 실로 유감이었지만, 다시 살아나서 참으로 기쁘다!' 식탁 한쪽에 아나톨과 돌로호프와 네스비츠키와 데니소프, 그 밖의 사람들이 앉아 있고(꿈속이지만 피예르의 마음속에서는 그가 그들이라고 부른 사람들처럼 이들의 범주도 뚜렷이 구분되었다), 이들은 아나톨이고 돌로호프고 할 것 없이 큰 소리로 외쳐대고 노래도 불렀지만 그 외침 속에서 줄곧 이야기하는 은인의 목소리가 들려오고, 그 소리는 전장의 포성처럼 의미심장하고 쉴새없이 이어졌지만, 만족과 위안을 주었다. 피예르는 은인이 하는 말을 알아듣지 못했지만(사상의 범주 또한 꿈속이지만 뚜렷했다), 선(善)에 대한 이야기나 그들처럼 될 수 있다는 말을 하고 있다는 것은 알고 있었다. 그들은 단순하고 선량하고 의연한 낯으로 사방에서 이 은인을 둘러싸고 있었다. 그들 모두가 선량하지만 피예르에게는 눈길도 주지 않았고, 그를 알지도 못했다. 피예르는 그들의 주의를 끌고 뭔가 말하고 싶었다. 몸을 일으켜보니 다리가 노출되어 있고 찼다.

그는 부끄러운 마음이 들어 외투가 떨어져 드러나 있는 다리를 손으로 가렸다. 외투를 바로잡으며 잠시 눈을 떴다. 같은 처마, 기둥, 뜰이 보였고, 지금은 모든 것이 푸른빛을 띠고 이슬인지 서리에 덮여 반짝이고 있었다.

'날이 새고 있다.' 피예르는 생각했다. '그러나 그런 건 문제가 아니다. 나는 은인의 이야기를 끝까지 듣고 이해해야 한다.' 그는 다시 외투를 뒤집어썼지만 만찬장도 은인도 보이지 않았다. 말로 명확하게 표현된 사상이 있을 뿐이었고, 그것은 누가 말했거나 피예르 자신이 생각한 것이었다.

피예르는 그후 그 사상을 상기할 때마다 그것이 이날의 인상으로 환기된 것인데도 누군가 자기에게 말해준 거라고 확신하게 되었다. 현실에서는 절대로 이렇게 생각하고 표현할 수 없다고 생각했다.

'전쟁이란 인간의 자유가 하느님의 계율에 따르는 가장 어려운 복종이다.' 어떤 목소리가 말했다. '소박함은 하느님에 대한 순종이다. 하느님에게서 벗어날 수 없다. 그렇기에 그들은 소박한 것이다. 그들은 말하지 않고, 행동한다. 한 말은 은이고, 하지 않은 말은 금이다. 죽음을 두려워하는 자는 아무것도 가질 수 없다. 죽음을 두려워하지 않는 자가 모든 것을 갖는다. 고통이 없다면 인간은 자신의 한계를 모를 것이고, 자기 자신을 모를 것이다. 가장 어려운 것은(피예르는 꿈속에서 이런 생각을 한다기보다 들었다) 모든 것의 의미를 마음속에서 하나로 결합하는 것이다. 모든 것을 결합한다?' 피예르는 자문했다. '아니다, 결합이 아니다. 사상은 결합할 수 있는 것이 아니며, 이 모든 사상을 연결하는 것이 필요하다! 그렇다, 연결해야 한다, 연결해야 하는 것이다!' 피예르는 자기가 표현하고 싶었던 것이 이 말로써 표현되고, 자기를 괴롭히던 문제가 완전히 해결됐다고 느끼고 마음속 깊이 감격하며 혼잣말을 되풀이했다.

"그렇다, 연결해야 한다, 연결해야 할 때다."

"매야 합니다, 매야 할 시간입니다, 각하! 각하." 누군가가 되풀이했다. "매야 합니다, 맬 시간입니다……"*

_____

* 러시아어 연결하다(сопрягать)와 매다(запрягать)는 비슷한 소리로 발음된다.

그것은 피예르를 깨우는 조마사의 목소리였다. 태양은 정면에서 피예르의 얼굴을 비췄다. 그는 뜰 한가운데 있는 우물 옆에서 병사들이 야윈 말에게 물을 먹이고 짐마차가 잇달아 문을 나서는 지저분한 여관을 보았다. 피예르는 혐오를 느끼며 고개를 돌리고, 눈을 감고 다시 마차 좌석에 급히 누웠다. '아니다. 나는 이런 것은 싫다. 보고 싶지도 이해하고 싶지도 않다. 나는 다만 꿈에서 계시된 것을 이해하고 싶을 뿐이다. 일 초만 더 있었다면 모든 것을 깨달을 수 있었는데. 어떻게 해야 할까? 연결한다 하더라도 그 모든 것을 어떻게 연결한단 말인가?' 꿈속에서 보고 생각했던 것의 의미가 모두 무너져버리자 피예르는 섬뜩함을 느꼈다.

조마사와 마부와 문지기의 말에 의하면, 한 장교가 프랑스군은 모자이스크로 다가오고 있고 아군은 퇴각중이라는 보고를 가져왔다고 했다.

피예르는 일어나서 마차 채비를 하고 뒤따라오라고 명령한 뒤 도시를 가로질러 걸어갔다.

군대는 약 만 명의 부상병을 남긴 채 출발했다. 이 부상병들은 뜰과 창문에서도 보이고 거리에도 떼를 지어 있었다. 부상병들을 옮기기로 한 짐마차들 주위 거리에서 외치는 소리와 욕하는 소리, 때리는 소리가 들렸다. 피예르는 뒤따라온 자기의 포장마차에 그와 안면이 있는 부상당한 장군을 태우고 모스크바까지 함께 갔다. 도중에 피예르는 처남과 안드레이 공작의 죽음을 알게 되었다.

10

30일에 피예르는 모스크바로 돌아왔다. 관문 근처에서 그는 라스톱
친 백작의 부관을 만났다.

"우리는 당신을 백방으로 찾고 있었습니다." 부관은 말했다. "백작
이 꼭 뵙고 싶어하십니다. 아주 중요한 용건인데 당신이 지금 곧 와주
시기를 바라십니다."

피예르는 집에 들르지도 않고 곧장 삯마차를 잡아타고 총사령관에
게 갔다.

라스톱친 백작은 이날 아침 소콜니키에 있는 자기 교외 별장에서 막
돌아온 참이었다. 백작의 집은 현관방도 응접실도 출두 명령을 받았거
나 지시를 받으러 온 관리들로 가득차 있었다. 바실치코프*와 플라토프
는 이미 백작을 만나, 모스크바 방위는 불가능해졌고 결국에는 넘어갈
거라고 보고했다. 시민들에게는 비밀이었지만 관청의 모든 관리와 부
서장들은 모스크바가 적의 수중에 넘어가리란 것을 라스톱친 백작만
큼이나 잘 알고 있었다. 그래서 그들은 책임을 면하기 위해 자기가 맡
고 있는 부서를 어떻게 처리할지 물어보기 위해 총사령관을 찾아온 것
이었다.

피예르가 응접실에 들어갔을 때, 군에서 파견된 급사가 백작의 방에
서 나오고 있었다.

급사는 집중되는 질문에 절망적으로 한 손을 내젓고 홀을 가로질러

---

* I. V. 바실치코프(1777~1847). 보로디노 전역에서 라옙스키 휘하 보병 사단을 지휘했다.

갔다.

피예르는 응접실에서 차례를 기다리는 동안, 방에 있는 늙고 젊은 문무관들과 높고 낮은 지위의 관리들을 피곤한 눈으로 둘러보았다. 모두가 불만스럽고 불안해 보였다. 피예르는 그의 지인 한 명이 끼여 있는 관리들 그룹으로 다가갔다. 그들은 피예르에게 인사하고 대화를 계속했다.

"일단 발송하고 다시 회수해도 나쁠 건 없을 것 같은데, 이런 상태에서는 무슨 일이 일어나도 책임을 질 수 없으니까."

"하지만 여기 이렇게 쓰여 있잖나." 다른 사람이 손에 든 인쇄물을 가리키며 말했다.

"그건 상관없어. 사람들에게는 그런 게 필요하니까." 처음의 사내가 말했다.

"그게 뭡니까?" 피예르는 물었다.

"새 전단입니다."

피예르는 그것을 받아들고 읽기 시작했다.

"공작 각하는 지금 오고 있는 부대와 조금이라도 빨리 합류하기 위해 모자이스크를 통과해 적이 습격할 수 없는 견고한 곳에 진을 치셨다. 이 도시에서는 그곳으로 48문의 포와 포탄을 보냈고, 공작 각하는 마지막 피 한 방울을 흘릴 때까지 모스크바를 사수하고 시가전도 불사할 거라고 언명하셨다. 형제들이여, 관청이 폐쇄되었다고 걱정하지 마라. 그것은 일의 정리가 필요하기 때문이며, 우리는 그 악당을 심판하게 될 것이다! 때가 되면 내게는 도시와 농촌의 용사가 필요해질 것이다. 나는 이삼일 전에 소집을 외칠 것이며, 지금은 그럴 필요가 없기 때문에 침묵하는 것이다. 도끼도 좋고 사냥창도 나쁘지 않지만, 가장 좋은 것은 삼지三枝 갈퀴다. 프랑스병은 호밀 다발보다도 가볍기 때문이다. 내일 오후에 나는 이베르스카야 성모님을 받들고 부상병들이 있는 예카테리닌스카야 병원으로 갈 것이다. 성수를 뿌리면 그들은 금세 회복될 것이고, 나 역시 전에는 한쪽 눈이 아팠지만, 지금은 두 눈으로 잘 보고, 건강하다."

"내가 군인들한테 듣기로는" 하고 피예르는 말했다. "시내에서는 절대 전투를 할 수 없다고 하고, 게다가 진지는……"

"그래요, 우리도 지금 그 이야기를 하고 있습니다." 처음의 관리가 말했다.

"그런데 이건 또 무슨 뜻입니까, 전에는 한쪽 눈이 아팠지만 지금은 두 눈으로 잘 본다는 것이?" 피예르는 물었다.

"백작의 눈에 다래끼가 났었습니다." 부관이 웃으며 말했다. "사람들이 백작이 어떠신지 알고 싶어한다고 하니까, 백작은 몹시 걱정하셨습니다. 그나저나 백작," 부관은 갑자기 미소를 띠고 피예르를 보며 말했다. "당신 집안에 무슨 문제가 생겼다던데, 혹시 들으셨습니까? 백작부인이……"

"아무 말도 못 들었는데요." 피예르는 대수롭지 않게 물었다. "무슨 말을 들었습니까?"

"아닙니다, 뭐 흔한 소문이겠죠. 얼핏 들었을 뿐입니다."

"대체 무슨 말을 들었습니까?"

"실은 말입니다." 부관은 여전히 미소를 띠고 말했다. "당신 아내인 백작부인이 외국에 갈 준비를 하신다더군요. 아마 뜬소문이겠지만……"

"그럴지도 모르죠."피예르는 멍하니 주위를 둘러보며 말했다. "그런데 저 사람은 누굽니까?" 피예르는 깨끗하고 푸른 나사의 긴 카프탄을 입고 눈처럼 희고 커다란 턱수염에 같은 색 눈썹을 가진, 혈색이 좋은 키 작은 노인을 가리키며 물었다.

"저 사람이요? 상인입니다. 술집 주인 베레샤긴이죠. 당신도 선전문 사건은 들으셨겠죠?"

"아아, 저 사람이 베레샤긴이군요!"피예르는 노상인의 단호하고 침착한 얼굴에서 반역의 표정을 찾아보려 했다.

"저 사람은 본인이 아닙니다. 선전문을 쓴 자의 아버지입니다." 부관은 말했다. "아들은 감옥에 갇혀 있고, 아무튼 좋지 않습니다.*"

훈장을 단 노인과 목에 십자가를 건 독일인 관리가 대화중인 그들에게 다가왔다.

"실은 말입니다"하고 부관은 이야기하기 시작했다. "좀 복잡한 이야기입니다. 그 선전문이 나타난 것은 벌써 두 달 전이죠. 백작은 보고를 받았습니다. 그리고 조사하라고 명령하셨습니다. 가브릴로 이바니치가 조사해보니, 그 선전문은 예순세 명의 손을 거친 것이었습니다. 한 사람한테 가서 누구에게 받았나? 하고 묻고, 그 사람을 찾아가 다시 누구에게 받았나? 하고 물어 마침내 베레샤긴의 이름까지 나온 겁니다…… 별로 배운 것도 없는 젊은 상인, 흔해빠진 건방진 애송이입니다." 부관은 웃으며 말했다. "그에게도 누구에게 받았느냐고 묻긴 했

---

* 베레샤긴은 함부르크신문에 실린 나폴레옹의 편지와 연설 등을 러시아어로 번역해 시중에 뿌린 반역죄로 무기징역을 받고 수감되었다가, 프랑스군이 모스크바에 진입한 9월 2일에 성난 라스톱친이 민중에게 내주어 살해되었다.

습니다만, 이쪽은 그가 누구에게 받았는지 이미 알고 있었습니다. 그가 받았을 만한 사람이라곤 우체국장밖에 없으니까요. 그런데 두 사람 사이에 약속이 있었던 것 같습니다. 누구한테 받았느냐고 묻자, 자기가 썼다고 했습니다. 위협도 하고 달래도 봤지만 자기가 썼다고 계속 우겼습니다. 그래서 백작에게 보고했습니다. 백작은 그를 불러냈습니다. '이걸 누구한테 받았나?'—'제가 썼습니다.' 그래요, 당신도 백작을 아시잖습니까!" 부관은 자랑스러운 듯이 유쾌한 미소를 지으며 말했다. "무섭게 화를 내셨습니다. 글쎄 생각해보십시오, 끝까지 뻔뻔하게 거짓말을 하고 고집을 부렸으니 말입니다!⋯⋯"

"아! 백작은 클류차료프라고 자백시키려 했던 거군요, 알겠습니다!" 피예르는 말했다.

"전혀 그렇지 않습니다." 부관은 놀라며 말했다. "클류차료프는 그렇지 않아도 죄를 짓고 추방당한 사람이거든요. 그러나 어쨌든 백작은 몹시 화를 내셨습니다. '네가 어떻게 썼단 말이냐?' 하시며 탁자에 있던 '함부르크신문'을 집어드셨습니다. '자, 봐라. 이건 네가 직접 쓴 게 아니라 번역한 것이다. 게다가 서툴러, 너 같은 바보는 프랑스말도 제대로 모르니까.' 그런데 어땠는지 아십니까? '아닙니다, 저는 신문 같은 건 전혀 보지 않습니다, 제가 썼습니다.'—'만약 그렇다면 너는 반역자이니 재판에 회부하겠다. 그러면 너는 교수형이야. 말해, 누구에게 받았나?'—'저는 신문 같은 건 전혀 보지 않습니다, 제가 썼습니다.' 그는 끝까지 우겼습니다. 백작은 그의 아버지까지 불러냈습니다만 그래도 그는 우겼습니다. 그래서 재판에 넘겨져 징역을 선고받았나 봅니다. 지금 그 아버지가 탄원하러 온 겁니다. 그러나 겉만 번지르르

한 애송이입니다! 흔한 장사치 아들로 멋이나 부리고 여자나 꾀고 어디서 무슨 강의를 주워듣고 떠들고 다니는, 그런 젊은 녀석입니다! 아버지는 카멘니 다리 옆에서 술집을 하는데, 그 녀석이 그 술집에 있던, 한 손에 왕홀을 들고 또 한 손에 권표權標*를 든 하느님이 그려진 커다란 그림을 며칠 동안 집에 가져다가 무슨 짓을 했는지 아십니까! 넋 빠진 화가를 찾아가서⋯⋯"

11

이 새로운 이야기 도중 피예르는 총사령관의 부름을 받았다.

피예르는 라스톱친 백작의 서재로 들어갔다. 피예르가 들어갔을 때 라스톱친은 얼굴을 찌푸리고 한 손으로 이마와 눈을 문지르고 있었다. 키 작은 남자가 무슨 말을 하다가 피예르가 들어가자 입을 다물고 나가버렸다.

"아! 안녕하십니까, 위대한 용사여." 남자가 나가자마자 라스톱친은 말했다. "당신의 위업에 대해서는 들었습니다! 그러나 용건은 그것이 아닙니다. 친애하는 백작, 우리끼리 하는 말이지만, 당신은 프리메이슨이죠?" 라스톱친 백작은 마치 그것은 좋지 않지만 봐주겠다는 듯한 어조로 엄격하게 말했다. 피예르는 잠자코 있었다. "친애하는 백작, 나는 잘 알고 있고, 프리메이슨에 여러 부류가 있다는 것도 압니다만, 당

---

* 또는 보주(寶珠). 십자가를 얹은 황금의 구(球)로 왕권을 상징한다.

신이 인류를 구하는 척하며 러시아를 멸망시키려는 부류가 아니길 바랍니다."

"그렇습니다. 저는 프리메이슨입니다." 피예르는 대답했다.

"그래요, 그렇군요, 친구여. 당신은 스페란스키와 마그니츠키 두 사람이 마땅히 보내질 곳으로 보내진 것을 모르지 않을 테죠, 클류차료프도 같은 꼴이 되었고, 솔로몬 성전을 세운다는 명목으로 조국의 성전을 파괴하려 했던 자들 역시 같은 꼴이 되었습니다. 거기에는 그럴 만한 충분한 이유가 있었다는 걸 알 테고, 나도 이곳 우체국장이 해로운 인물이 아니었다면 추방하지 않아도 되었을 겁니다. 그런데 이번에 들자니, 당신은 그자가 이 도시를 떠날 때 마차를 빌려주고 그자의 서류까지 받아서 보관하고 있다고 하더군요. 나는 당신을 아끼기 때문에 나쁘게 대하고 싶지 않고, 또 내가 당신보다 나이가 갑절은 많으니 아버지처럼 충고합니다만, 그런 사람들과는 일절 관계를 끊고, 당신도 되도록 빨리 이곳을 떠나는 게 좋을 겁니다."

"그런데 백작, 대체 클류차료프의 죄는 무엇입니까?" 피예르는 물었다.

"그건 내가 알고 있을 일이지, 당신이 내게 물을 일이 못 됩니다." 라스톱친은 소리쳤다.

"그가 나폴레옹의 선전문을 뿌렸다고 하지만, 확실한 증거는 없지 않습니까." 피예르는 (라스톱친의 얼굴을 보지 않고) 말했다. "그리고 베레샤긴도……"

"그것이 문제요." 라스톱친은 갑자기 눈살을 찌푸리고 피예르의 말을 가로막으며 더 크게 소리쳤다. "베레샤긴은 반역자, 배신자이니 처벌받아 마땅합니다." 라스톱친은 모욕당한 기억을 떠올린 사람처럼 열띤 증오를 띠며 말했다. "하지만 오늘 당신을 부른 건 내 일을 상의하고 싶어서가 아니라 당신에게 충고를 하고, 원한다면 명령을 주기 위해서입니다. 클류차료프 같은 패와는 관계를 끊고 이곳에서 떠나시오. 누가 그런 생각을 가졌든 나는 그 머릿속에서 바보 같은 생각을 뽑아버릴 거요." 그는 아무 죄도 없는 베주호프에게 호통친 것을 깨달은 듯 다정하게 피예르의 손을 잡고 덧붙였다. "우리는 지금 공통의 재난의 전야에 있기 때문에, 나도 나를 찾아오는 자들에게 일일이 상냥하게 대해줄 겨를이 없습니다. 때로는 어지러울 지경입니다! 자! 그건 그렇고, 친구여, 당신은 무엇을 할 생각입니까, 당신 개인으로서는?"

"별것 없습니다." 피예르는 여전히 눈을 내리깔고 생각에 잠긴 듯한 표정 그대로 대답했다.

백작은 눈살을 찌푸렸다.

"친구로서 하는 충고입니다, 친애하는 백작. 되도록 빨리 떠나시오. 듣는 자에게 구원이 있습니다! 그럼 잘 가시오. 친구여, 아, 그렇지" 하고 그는 문 안쪽에서 피예르에게 소리쳤다. "백작부인이 예수회 신부들의 마수에 걸려들었다는 게 사실입니까?"

피예르는 아무 대답도 하지 않고, 지금까지 누구도 보지 못한 잔뜩 찌푸린 화난 얼굴로 라스톱친의 집에서 나왔다.

그가 집에 도착했을 때는 이미 날이 어두워져 있었다. 이날 저녁 그의 집으로 여덟 명쯤 찾아왔다. 위원회 서기, 그가 기부한 대대의 대령, 지배인, 집사, 그리고 뭔가를 부탁하러 온 사람들이었다. 모두 피예르에게 볼일이 있었고 그가 직접 해결해야 하는 것들이었지만 피예르는 뭐가 뭔지 전혀 모르고 관심도 없었으므로 어느 문제에 대해서도 그들에게서 해방될 수 있는 대답만 하고 있었다. 마침내 혼자가 되자 그는 아내의 편지를 뜯어서 읽어보았다.

'그들—포대의 병사들, 안드레이 공작은 전사했다…… 그 노인…… 소박함은 하느님에 대한 순종이다. 고민해야 한다…… 모든 것의 뜻…… 연결해야 한다…… 아내가 결혼하려 한다…… 잊고, 이해해야 한다……' 그는 침대로 가서 옷도 벗지 않고 쓰러져 곧 잠이 들었다.

다음날 눈을 뜨자, 집사가 들어와 베주호프 백작이 떠났는지 아니면 떠날 준비를 하고 있는지 알아보기 위해 라스톱친 백작이 파견한 경관이 와 있다고 알렸다.

피예르에게 용무가 있는 사람들이 열 명쯤 객실에서 기다리고 있었다. 피예르는 황급히 옷을 갈아입고는 기다리는 사람들에게 가는 대신 뒷문 계단을 내려가 집을 빠져나갔다.

그때부터 모스크바 함락 최후의 그날까지 온갖 방법을 동원해 피예르를 찾았으나 베주호프가 사람 누구도 그를 보지 못했고, 그가 있는 곳을 알지도 못했다.

12

로스토프가 사람들은 9월 1일, 즉 적군이 모스크바에 들어오기 전날까지도 도시에 남아 있었다.

페탸가 오볼렌스키의 카자크 연대에 입대해 이 연대가 편성되고 있던 벨라야 체르코프로 떠난 뒤, 백작부인은 두려움에 사로잡혔다. 아들 둘이 모두 전장에 나가 자기 품에서 떠나버렸고, 오늘내일 중 어느 쪽이, 아니 어쩌면 그녀가 아는 부인이 세 아들을 잃은 것처럼 둘 다 전사할지도 모른다는 생각이 이번 여름 처음으로 잔인하리만큼 뚜렷하게 떠올랐던 것이다. 그녀는 니콜라이를 불러들이려고도 해보았고, 직접 페탸가 있는 곳으로 가거나 그를 페테르부르크에서 근무하게 해보려고 궁리했지만 모두 불가능하다는 것을 깨달았다. 페탸의 연대가 이동하거나 그가 다른 실전 부대로 전속하지 않는 한 페테르부르크로 돌아올 가능성은 없었다. 니콜라이는 공작영애 마리야와 만난 일에 대해 소상히 적은 마지막 편지 이후 아무 소식도 보내오지 않았고, 어느 군대에 있는지조차 알 수 없었다. 백작부인은 잠을 이루지 못했고, 겨우 잠이 들어도 아들들이 전사하는 꿈을 꾸었다. 여기저기 상의하고 이야기해본 끝에 백작은 마침내 백작부인을 안심시킬 방법을 찾아냈다. 오볼렌스키 연대에 있는 페탸를 모스크바에서 편성되고 있던 베주호프의 연대로 전속시킨 것이다. 페탸가 군에 복무하는 것은 변함없지만, 이 전속으로 백작부인은 한 아들이라도 자기 보호 아래서 볼 수 있다는 위안을 얻게 되었고, 다시는 페탸를 품에서 놓지 않으려고 하면서 절대로 실전에 나가지 않을 부서에 배치되길 바랐다. 백작부인은 니콜라만 위험 속에 있을 때는 이 장남을 다른 자식들보다 더 사랑한다고 생각했지만(양심의 가책을 느낄 만큼), 공부를 싫어하고 툭하면 집안 물건을 망가뜨리고 모두를 진저리치게 했던 장난꾸러기 페탸가, 명랑한 검은 눈에 생기 있고 혈색 좋고 이제 겨우 볼에 솜털이 나기 시작한 들창코의 폐탸가 어떤 전쟁을 하고, 그것을 재미있는 일로 여기는 어른들, 무섭고 잔인한 남자들이 있는 곳으로 가버리자 어머니는 자신이 이 아이를 어떤 자식보다 더 사랑한다고 느끼게 되었다. 기다리던 폐탸가 모스크바로 돌아오는 날이 가까워올수록 백작부인의 불안은 더 커졌다. 살아서는 이 행복을 맛보지 못할 것 같았다. 소냐뿐만 아니라 사랑하는 나타샤와 남편이란 존재까지도 백작부인을 괴롭혔다. '이 사람들에게는 아무 볼일 없어, 폐탸 외에는 아무도 필요 없어!' 하고 그녀는 생각했다.

8월 말 로스토프가는 니콜라이의 두번째 편지를 받았다. 군마 징발을 위해 파견된 보로네시에서 쓴 것이었다. 이 편지도 백작부인을 안심시키지는 못했다. 한 아들이 위험에서 벗어난 것을 알자 그녀는 폐탸가 더 걱정되기 시작했다.

이미 8월 20일부터 로스토프가의 지인들은 거의 다 모스크바를 떠났고, 모두들 백작부인에게도 최대한 빨리 떠나라고 설득했지만, 그녀는 자신이 가장 사랑하는 보배인 폐탸가 돌아올 때까지는 이 말을 들으려고도 하지 않았다. 8월 28일에 폐탸가 돌아왔다. 열여섯 살의 장교는 자기를 맞아주는 어머니의 병적이리만큼 열렬한 애정이 마음에 들지 않았다. 그녀는 이제 다시는 아들을 품에서 놓지 않겠다는 결심을 감추고 있었지만 폐탸는 알아챘고, 어머니에게 이끌려 감상에 젖거나 마음이 약해질까 걱정했기 때문에(그는 내심 그렇게 생각하고 있었다) 어머니를 피하고 냉정하게 대하며, 모스크바에 있는 동안은 항상 특별한, 거의 사랑에 가까운 형제애를 느끼는 나타샤하고만 가까이 지냈다.

백작의 습관적 태평함 때문에 8월 28일까지도 출발 채비는 전혀 되지 않았고, 집안의 모든 것을 실어나르기 위해 랴잔과 모스크바 영지에서 부른 짐마차는 30일에야 겨우 도착했다.

8월 28일에서 31일에 걸쳐 모스크바 시 전체는 혼잡과 동요에 휘말렸다. 보로디노 회전에서 다친 수천 명의 병사가 매일같이 도로고밀롭스카야 관문으로 실려 들어와 모스크바 시중으로 흩어지고, 주민과 가재를 잔뜩 실은 수천 대의 짐마차가 다른 관문으로 빠져나갔다. 라스톱친의 전단이 뿌려졌지만 아랑곳없이, 혹은 그것 때문에 정반대되는 온갖 기괴한 소문들이 시중에 퍼졌다. 도주 불가 명령이 내려졌다고 주장하는 자가 있는 반면, 각 교회의 이콘이 반출되고 모든 시민이 강제로 퇴거되고 있다는 자도 있었고, 보로디노 전투 뒤에 또다시 전투가 벌어져 프랑스군이 격멸되었다는 자가 있는 반면, 러시아군이 전멸했다는 자도 있었고, 어떤 자는 모스크바 민병이 사제들을 앞세워 트리 고리로 진격하고 있다고 하고, 어떤 자는 아브구스틴 대주교에게 퇴거 금지 명령이 내렸다느니, 배반자들이 잡혔다느니, 농민들이 폭동을 일으켜 피란민을 약탈하고 있다느니 하고 수군거렸다. 그러나 이것은 소문에 지나지 않았고 실제로는 피란하는 자도 남아 있는 자도(모스크바 포기가 결정되었던 필리에서의 회의가 열리기도 전이었는데) 모두 말은 하지 않았지만 모스크바는 무조건 함락되므로 되도록 빨리 달아나 자신들의 재산을 지켜야 한다고 느끼고 있었다. 모든 것이 갑자기 단절되고 일변할 거라고 느꼈지만 9월 1일까지는 아무 변화도 일어나지 않았다. 마치 형장으로 끌려가는 죄인이 곧 죽을 것을 알면서도 여전히 사방을 둘러보고 모자를 매만지는 것처럼, 모스크바 주민들도 지금까지 습관처럼 익숙했던 조건적인 생활 관계가 모두 무너지는 멸망의 시간이 가까워진 것을 알면서도 여느 때와 같은 일상생활을 계속하고 있었다.

모스크바가 점령되기 전 사흘 동안, 로스토프가 사람들은 모두 저마다의 잡다한 일들로 바빴다. 가장인 일리야 안드레이치 백작은 연방 마차를 타고 시중을 돌아다니며 여기저기에 퍼진 소문을 수집해 왔고, 집에 있을 때는 출발 준비에 관한 막연하고 성급하고 표면적인 지시를 내렸다.

백작부인은 가재 정리를 감독하며 누구에게나 불만을 품었고, 자기에게서 달아나려는 페탸를 줄곧 쫓아다녔는데, 페탸가 언제나 나타샤와만 붙어 지내자 딸에게 질투를 느꼈다. 소냐만이 짐을 꾸리는 일에 대해 실질적인 지시를 하고 있었다. 하지만 요즘 그녀는 유난히 침울하고 말이 없었다. 공작영애 마리야에 대해 쓴 *니콜라의 편지*를 받았을 때 백작부인이 공작영애 마리야와 *니콜라의* 만남은 신의 섭리가 분명하다고 기쁜 듯이 소냐 앞에서 이야기했기 때문이다.

"나는 조금도 기쁘지 않았어." 백작부인은 말했다. "볼콘스키와 나타샤가 약혼했을 때 말이야. 하지만 니콜린카*가 공작영애와 결혼해주기를 전부터 바랐고, 또 그런 예감도 있었지. 그렇게만 된다면 얼마나 좋을까!"

소냐는 그녀의 말이 옳고, 로스토프가의 가세를 회복하는 유일한 길은 부유한 영양과의 결혼밖에 없으며 공작영애야말로 가장 적합한 상

---

* 니콜라이의 애칭.

대라고 생각했다. 그러나 너무도 쓰라렸다. 슬프지만, 아니 오히려 그렇기 때문에 소냐는 가재 정리와 짐 꾸리기 같은 가장 힘든 일을 도맡아 하루하루 온종일 바쁘게 일했다. 백작도 백작부인도 시킬 일이 생기면 그녀를 불렀다. 페탸와 나타샤는 소냐와는 달리 도움이 되기는커녕 집안사람들이 질리도록 방해만 했다. 하루종일 집안을 뛰어다니는 소리, 외침 소리, 까닭도 없이 깔깔거리는 소리가 들렸다. 두 사람이 웃고 기뻐하는 데 딱히 이유가 있는 건 아니었고, 마음이 들뜨고 마냥 즐거웠기 때문에 모든 일이 다 기쁨과 웃음의 이유가 되었다. 페탸가 즐거웠던 것은 집을 나갔을 때는 아이였지만 훌륭한 젊은이(모두가 말하듯이)가 되어 돌아왔고, 지금 집에 있고, 근일 내 전투에 참가할 가망이 없었던 벨라야 체르코프를 떠나 곧 전투가 벌어질 것 같은 모스크바로 왔고, 무엇보다 언제나 그의 기분을 좌우하는 나타샤가 쾌활했기 때문이었다. 나타샤가 쾌활했던 것은 너무 오랫동안 슬픔에 잠겨 있었는데 지금은 그 슬픔의 원인을 상기시키는 것도 없고 건강해졌기 때문이었다. 게다가 그녀에게는 감탄해주는 사람이 필요한데(다른 사람의 감탄은 마치 차바퀴에 기름이 필요하듯 그녀라는 기계를 원활하게 움직이는 데 없어서는 안 되는 것이다) 페탸는 그녀에게 감탄해주었기 때문이다. 그러나 무엇보다 두 사람이 즐거웠던 큰 이유는 전쟁이 모스크바에서 벌어질 거라는 것, 관문 근처에서 전투가 있을 것이고 무기가 분배되었다는 것, 모두 어디론가 달아나고 피란하기도 하는 것, 즉 언제나 인간에게, 특히 젊은이들에게 무엇보다 즐겁고 뭔가 범상치 않은 일이 일어나고 있기 때문이었다.

13

8월 31일 토요일, 로스토프가에서는 집안이 발칵 뒤집히는 소동이 벌어졌다. 모든 문이 활짝 열리고, 모든 가구가 실려 나가거나 위치가 바뀌고, 거울과 액자도 모두 떼어졌다. 방마다 트렁크와 건초와 포장지와 밧줄이 뒹굴었다. 짐을 옮기는 농민들과 하인들이 무거운 걸음걸이로 조각나무 세공이 된 마루를 걸어다녔다. 뜰에는 농민들의 짐마차가 들어차 있었는데, 이미 짐을 싣고 밧줄을 쳐놓은 것도 있고 아직 비어 있는 것도 있었다.

수많은 하인과 짐마차를 가져온 농민들의 이야기 소리와 발소리가 뜰과 집안에 울려퍼지고 있었다. 백작은 아침부터 어디론가 나갔다. 번잡함과 소음에 두통이 난 백작부인은 식초를 적신 천을 머리에 감고 새로이 소파가 놓인 방에 누워 있었다. 페탸는 집에 없었다(그는 민병 부대에서 실전 부대로 옮기려는 생각을 품고 친구를 찾아갔다). 소냐는 홀에서 크리스털 식기와 사기그릇 싸는 일을 지시하고 있었다. 나타샤는 옷과 리본과 스카프가 흩어져 있는 엉망이 된 방에 앉아 낡은 야회복을 든 채 마룻바닥에 눈을 못박고 꼼짝도 않고 있었는데, 그 옷은 그녀가 처음 페테르부르크의 무도회에 갈 때 입었던(이미 유행이 지난) 것이었다.

나타샤는 모두가 정신없이 바쁜데 자기만 아무것도 하지 않는 것이 미안해 아침부터 몇 번이나 일에 손대보려 했으나 아무래도 내키지가 않았는데, 그녀는 진심으로 전력을 쏟는 일이 아니면 할 수 없는 천성을 가졌고, 사실 일을 잘하지도 못했다. 그녀는 사기그릇을 싸는 소냐를 도와주려고 옆에 서 있다가 곧 그만두고 자기 짐을 챙기러 방으로 갔다. 처음에는 옷과 리본을 하녀들에게 나누어주는 일이 즐거웠지만 남은 물건들을 치우려니 싫증이 났다.

"두냐샤, 이거 좀 치워줄래, 내 사랑? 응? 응?"

두냐샤가 다 해주겠다고 기꺼이 약속하자, 나타샤는 마룻바닥에 앉아 낡은 야회복을 든 채 지금 그녀의 마음을 사로잡아야 할 것과는 동떨어진 생각에 잠겼다. 생각에 잠겼던 나타샤를 끌어낸 것은 옆의 하녀 방에서 들려오는 하녀들의 이야기 소리와 뒤쪽 현관 계단으로 급히 달려가는 그녀들의 발소리였다. 나타샤는 일어나 창밖을 보았다. 거리에는 부상자를 태운 마차들의 긴 행렬이 멈춰 있었다.

하녀, 하인, 창고 관리인, 유모, 요리사, 마부, 마차 기수장, 주방 심부름꾼이 문 옆에서 부상자들을 바라보고 있었다.

나타샤는 하얀 손수건을 머리에 쓰고 양끝을 두 손으로 가볍게 누르며 거리로 나갔다.

전에 창고 관리인이었던 노파 마브라 쿠지미니시나는 문 옆에 모여 있는 사람들에게서 떨어져 거적을 덮어놓은 짐마차로 다가가더니 그 안에 누워 있는 창백한 젊은 장교와 이야기했다. 나타샤는 손수건 양끝을 누른 채 몇 걸음 다가가 창고 관리인 이야기를 들으며 머뭇머뭇 걸음을 멈췄다.

"아이고, 그럼 모스크바에 아는 사람이 아무도 없단 말씀인가요?" 마브라 쿠지미니시나가 말했다. "어느 집에라도 들어가면 편해지실 텐데…… 우리집이라도 어떠십니까. 주인들께서 곧 떠나시거든요."

"글쎄요, 허락해주실까요." 장교는 힘없는 목소리로 말했다. "저분이 대장인데…… 물어봐주시겠습니까" 하고 그는 짐마차 대열을 따라 거리를 돌아오고 있는 뚱뚱한 소령을 가리켰다.

나타샤는 놀란 눈으로 부상당한 장교의 얼굴을 들여다보고 즉시 소령 쪽으로 달려갔다.

"부상당하신 분들을 우리집에 머물게 해도 괜찮을까요?" 그녀는 물었다.

소령은 미소지으며 군모 챙에 손을 올렸다.

"누구한테 볼일이 있습니까, 맘젤*?" 그는 실눈을 뜨고 웃음지으며 말했다.

나타샤는 침착하게 다시 물었고, 여전히 손수건 양끝을 누르고 있었지만 그녀의 표정이나 태도가 자못 진지해 보이자 소령은 미소를 거두고 어느 정도까지 허락할지 스스로에게 묻는 듯 생각하더니 마침내 긍정적으로 답했다.

"아, 그래요, 물론입니다. 괜찮습니다." 그는 말했다.

나타샤는 가볍게 고개를 숙인 뒤, 장교 위로 몸을 구부려 안타까운 동정의 빛을 띠고 장교와 이야기하는 마브라 쿠지미니시나 옆으로 돌아갔다.

"괜찮대요, 저분이 그러셨어요, 괜찮대요!" 나타샤가 속삭였다.

장교의 포장마차가 로스토프네 안뜰로 들어가고, 부상자를 태운 마차 수십 대도 주민들의 권유로 포바르스카야 거리의 몇몇 집으로 들어가 현관 앞 마차 대는 곳에 멈췄다. 나타샤는 일상의 생활 조건에서 벗

---

* 마드무아젤의 약어.

어나 새로운 사람들과 접촉하는 것이 마음에 드는 듯했다. 그녀는 마브라 쿠지미니시나와 함께, 될 수 있는 대로 많은 부상자를 자기 집으로 들이려고 노력했다.

"우선 나리께 말씀드려야겠습니다." 마브라 쿠지미니시나가 말했다.

"괜찮아요, 괜찮아요, 어차피 마찬가지예요! 우리가 하루만 객실로 옮기면 돼요. 방을 전부 내줘도 괜찮아요."

"아이고, 아가씨, 그런 생각을 하시다니요! 별채든 독신자 방이든 아기방이든 일단은 여쭤봐야죠."

"그럼 내가 여쭤볼게요."

나타샤는 집으로 뛰어들어가 문이 반쯤 열린 소파가 있는 방으로 발끝으로 걸어갔고, 방안에서는 식초와 호프만 물약[*] 냄새가 진동했다.

"주무세요, 엄마?"

"아, 잠이 다 뭐냐!" 졸고 있던 백작부인이 눈을 뜨며 말했다.

"엄마, 내 사랑" 하고 나타샤는 어머니 앞에서 무릎을 꿇고 그녀의 얼굴에 자기 얼굴을 가까이 대며 말했다. "죄송해요, 용서해주세요, 이젠 절대 깨우지 않을게요. 전 마브라 쿠지미니시나의 부탁으로 왔어요, 부상당한 장교들을 데려와도 될까요? 그들은 아무데도 갈 곳이 없대요, 분명 허락해주시겠죠……" 나타샤는 숨도 쉬지 않고 말했다.

"무슨 장교? 누굴 데려온다고? 무슨 소린지 통 모르겠구나." 백작부인은 말했다.

나타샤는 웃었고, 백작부인도 희미하게 미소지었다.

---

[*] 독일 의학자 프리드리히 호프만이 만든 진정제의 일종.

"허락해주실 줄 알았어요…… 그럼 그렇게 말하고 올게요" 하고 나타샤는 어머니에게 키스하고 일어나 문 쪽으로 갔다.

그녀는 좋지 않은 소식을 가지고 돌아온 아버지와 홀에서 마주쳤다.

"너무 넋 놓고 있었어!" 백작은 자기도 모르게 울컥하며 말했다. "클럽도 폐쇄되고 경찰도 떠나버렸다."

"아빠, 부상당한 사람들을 집에 데려와도 괜찮겠죠?" 나타샤는 그에게 물었다.

"물론이지, 괜찮고말고." 백작은 건성으로 대답했다. "그런 건 문제도 아니지만, 이제부터는 부질없는 일에는 상관하지 말고 짐 꾸리는 걸 도와주면 좋겠다. 가야 해, 가야 한다, 내일 출발이다……" 백작은 집사와 하인들에게도 같은 명령을 내렸다. 점심식사 때 돌아온 페탸는 새로운 소식을 전했다.

그의 말에 따르면, 오늘 크렘린에서 사람들이 무기를 점검했고, 라스톱친의 전단에는 결전 이삼일 전에 소집한다고 쓰여 있었지만 내일 시민들은 무기를 들고 트리 고리로 갈 것이며, 최종 명령이 나오고 일대 결전이 벌어질 거라고 했다.

백작부인은 이런 이야기를 하는 아들의 즐거운 듯한 상기된 얼굴을 초조와 공포를 품고 바라보았다. 만약 그녀가 이 전쟁에 나가지 말아달라고 한마디라도 꺼낸다면(그녀는 그가 눈앞에 닥친 이 전투를 기뻐하는 것을 알고 있었다) 아들은 분명 남자의 의무니 명예니 조국이니 하며 무의미한 고집을 부릴 것이고, 반대라도 하면 오히려 일을 망칠 것 같았기 때문에 그녀는 그전에 여기를 떠나 페탸를 자기들의 호위자 겸 보호자로 데려가야겠다고 생각하고 그에게는 아무 말도 하지 않았고, 식사가 끝나자 백작을 불러 한시라도 빨리, 가능하면 오늘밤에라도 떠나게 해달라고 눈물로 애원했다. 지금까지 너무도 대담해 보이던 그녀는 갑자기 여성스러운 무의식적인 사랑의 기교를 쓰면서 만약 오늘밤에 떠나지 못한다면 자신은 두려움에 죽을 것 같다고 말했다. 과장이 아니라 지금 그녀는 모든 것이 두려웠다.

14

　딸한테 다녀온 쇼스 부인은 먀스니츠카야 거리에 있는 주류 거래소 앞에서 자신이 본 것을 이야기해 백작부인의 공포를 더욱 부채질했다. 그녀는 그 거리로 집으로 돌아오던 중 주류 거래소 앞에 있던 취한 무리 때문에 길이 막혔다. 그녀는 삯마차를 잡아타고 골목을 돌아 집으로 왔고, 마부의 말에 의하면, 군중이 주류 거래소의 큰 술통을 부수고 있었던 것인데, 그렇게 하라는 명령이 있었다는 것이었다.

　식사를 마친 로스토프가 사람들은 모두 감격 어린 분주한 마음으로 짐을 꾸리고 출발할 채비를 했다. 노백작도 갑작스레 일에 착수해 식사가 끝나자마자 뜰과 집안을 계속 오가면서, 바삐 일하는 하인들에게 괜히 소리치며 더욱 재촉했다. 페탸는 뜰에서 지시를 하고 있었다. 소냐는 서로 모순되는 지시를 내리는 백작 때문에 무엇을 어떻게 해야 할지 어리둥절해 있었다. 하인들은 외치고 다투고 떠들어대며 집안과 뜰을 뛰어다녔다. 나타샤는 무슨 일에든 열중하는 성격대로 갑자기 일에 착수했다. 처음에는 그녀가 짐을 꾸리는 일에 끼어들자 모두가 불신의 눈으로 받아들였다. 다들 그녀의 말을 농담으로 받아들이고 귀담아듣지 않았지만, 그녀가 끝까지 고집스럽게 자기 말을 듣도록 요구하고, 따르지 않으면 화를 내고, 곧 울듯하기까지 하자, 마침내 모두 그녀를 믿게 되었다. 그녀가 열심히 노력해서 사람을 움직이는 힘을 얻은 첫 성과는 융단을 꾸리는 일이었다. 백작의 집에는 비싼 고블랭*과 페르시아 융단이 있었다. 나타샤가 일을 시작했을 때 홀에는 뚜껑이 열린 두 개의 궤짝이 있었는데, 하나에는 사기그릇이 가득 들어 있고 다른 하나에는 융단이 들어 있었다. 사기그릇들은 탁자 위에도 잔뜩 쌓여 있었고, 창고에서도 계속 운반되고 있었다. 새로운 세번째 궤짝이 필요해 하인들이 가지러 갔다.

"소냐, 잠깐만, 모두 여기에 넣자." 나타샤가 말했다.

"안 됩니다, 아가씨, 벌써 해봤습니다." 식당 하인이 말했다.

"아니요, 잠깐만요, 부탁이에요." 나타샤는 궤짝에서 종이에 싼 접시들과 대접들을 꺼내기 시작했다. "접시는 이 융단 속에 넣어야 해요." 그녀는 말했다.

"융단은 아직 세 궤짝에 넣을 만큼 있습니다." 식당 하인은 말했다.

"잠깐 기다려봐요." 나타샤는 재빨리 요령 있게 골라내기 시작했다. "이건 필요 없어." 그녀는 키예프산 접시를 골라내며 말했다. "이건 필요하니까 융단 속에." 그녀는 작센산 접시를 골라내며 말했다.

"그냥 내버려둬, 나타샤. 이제 그만, 우리가 넣을게." 소냐가 나무라듯이 말했다.

---

* 다양한 색실로 무늬를 짠 장식용 벽걸이 천을 이르는 프랑스어.

"아이고, 아가씨!" 집사가 말했다. 하지만 나타샤는 물러서지 않고 물건을 다 꺼낸 뒤, 안 가져가도 될 만한 볼품없는 국산 융단과 나머지 식기들은 빼고 다시 재빠르게 집어넣기 시작했다. 전부 꺼냈다가 다시 집어넣었다. 안 가져가도 될 만한 저가의 물건들을 빼자 고가의 물건은 궤짝 두 개에 다 들어갔다. 다만 융단을 넣은 궤짝의 뚜껑이 닫히지 않았다. 몇 개를 빼면 될 텐데 나타샤는 자기 생각대로 했다. 밀어넣기도 하고 위치를 바꾸기도 하고 누르기도 하면서, 자신이 데려온 페탸와 식당 하인에게 뚜껑을 누르라고 하고 자신도 안간힘을 썼다.

"이제 됐어, 나타샤." 소냐가 말했다. "알았어, 네가 맞아, 맨 위의 것 하나만 빼자."

"싫어." 나타샤는 땀이 밴 얼굴에 엉긴 머리칼을 한 손으로 잡고, 다른 손으로 융단을 집어넣은 궤짝을 누르며 외쳤다. "자, 눌러, 페티카, 눌러! 바실리치, 힘껏 눌러!" 그녀는 소리쳤다. 마침내 융단이 눌리며 뚜껑이 닫혔다. 나타샤는 손뼉을 치며 기쁜 나머지 외마디 소리를 지르고 눈물까지 흘렸다. 그러나 그것도 잠시였다. 그녀는 이내 다음 일에 착수했고, 이제는 모두가 그녀를 전적으로 믿었고, 백작도 나탈리야 일리니시나가 자기 명령을 취소했다는 말을 듣고도 별로 화를 내지 않았으며, 하인들도 짐마차에 밧줄을 묶을까요? 이제 충분히 실은 겁니까? 하며 나타샤에게 물었다. 나타샤의 지시 덕분에 일은 순조롭게 진행되어 불필요한 물건들은 남겨지고, 가장 비싼 것들은 단단히 꾸려졌다.

모두가 애를 썼지만 밤이 늦도록 짐을 다 꾸릴 수는 없었다. 백작부인은 잠자리에 들었고, 백작도 출발을 아침으로 연기하고 침실로 물러

갔다.

소냐와 나타샤는 옷도 벗지 않고 소파가 있는 방에서 잤다.

이날 밤 새로운 부상자 한 명이 포바르스카야 거리를 지나 실려오자 문가에 있던 마브라 쿠지미니시나가 그를 집으로 들였다. 마브라 쿠지미니시나가 보기에 그는 꽤 신분이 높은 사람 같았다. 그는 덮개가 씌워지고 앞에 완전히 포장이 드리워진 포장마차에 실려왔다. 마부대에는 마부와 나란히 품위 있는 늙은 시종이 앉아 있었다. 뒤따라온 짐마차에는 군의관과 두 명의 병사가 타고 있었다.

"우리집으로 오세요, 들어오십시오. 주인 나리가 떠나시기 때문에 집이 빕니다."노파는 늙은 시종에게 말했다.

"어쩔 수 없지."시종은 한숨을 쉬며 말했다. "집까지 갈 수도 없을 것 같고! 우리도 모스크바에 집이 있습니다만, 멀기도 하고 지금은 아무도 살지 않아서 말이죠."

"제발 들어오십시오, 주인 나리 집에는 무엇이든 충분하니, 들어오세요."마브라 쿠지미니시나는 말했다. "그런데 상태가 많이 나쁘신가요?"그녀는 덧붙였다.

시종은 손을 내저었다.

"도저히 도착할 수 없을 것 같아! 군의관에게 물어봐야겠어."시종은 마부대에서 내려 짐마차로 다가갔다.

"좋습니다."군의관이 말했다.

시종은 다시 포장마차로 걸어가 안을 들여다보고 고개를 젓더니 마부에게 뜰로 들어가라고 명령했고, 마차는 마브라 쿠지미니시나 옆으로 와서 멈췄다.

"주 예수그리스도여!" 그녀는 말했다.

마브라 쿠지미니시나는 부상자를 집안으로 옮기도록 권했다.

"나리께서는 아무 말씀도 안 하실 테니까……" 그녀는 말했다. 그러나 층층대를 올라가는 것은 피해야 했기에 부상자는 별채로 옮겨져 쇼스 부인이 머물던 방에 뉘었다. 이 부상자는 안드레이 볼콘스키 공작이었다.

15

모스크바 최후의 날이 왔다. 맑게 갠 청명한 가을 날씨였다. 이날은 일요일이었다. 여느 일요일처럼 어느 교회에서나 예배를 알리는 종소리가 울렸다. 앞으로 무엇이 모스크바를 기다리고 있는지 아무도 모르는 것 같았다.

다만 사회의 상태를 가리키는 두 지침만이 모스크바가 처한 상태를 말하고 있었는데, 그것은 우민, 즉 빈민 계층과 물가였다. 직공, 하인, 농민 들이 큰 무리를 이루고 관리, 신학생, 귀족 등이 여기에 섞여들어 이날 아침 트리 고리로 갔다. 그들은 잠시 그곳에서 라스톱친을 기다렸으나 보이지 않자, 드디어 모스크바가 함락될 거라고 확신하고 모스크바 도처의 술집과 선술집으로 흩어졌다. 이날의 물가도 이날의 상태를 가리키고 있었다. 무기와 금, 짐마차, 말 값은 마구 치솟는 반면 지폐와 도회의 생활용품 가격은 곤두박질쳤기 때문에, 정오 무렵이 되자 나사천 같은 비싼 물건은 삯마차 마부와 반반씩 나눠 갖기로 약속을 하고서야 운반해주었고, 농민의 말 한 필이 500루블이나 했으며, 가구나 거울, 청동 제품 같은 것은 거저 주고 있었다.

로스토프가와 같은 유서 깊은 구가舊家에서 나타난 지금까지의 생활 조건의 붕괴는 미약했다. 그날 밤 달아난 하인도 수많은 하인 가운데 세 명뿐이었고, 도난당한 것도 없었고, 물가 면에서도 시골에서 부른 서른 대의 짐마차가 막대한 재산이 되어 많은 이의 부러움을 사고 거액에 양도해달라는 사람까지 있었다. 그뿐만 아니라 전날 밤부터 9월 1일 이른 아침에 걸쳐 이 집에 부상당한 장교들의 종졸이나 하인이 심부름하러 오가고, 로스토프가와 그 이웃집에 수용된 부상자들이 비틀거리며 직접 찾아와 모스크바에서 퇴거할 짐마차를 빌려달라고 로스토프가의 하인들에게 애원하기도 했다. 부탁을 받은 집사는 부상자들을 불쌍히 여기면서도 그 말을 백작에게 전할 수는 없다고 딱 잘라 거절했는데, 남겨지는 부상자들이 가엾기는 하지만 한 대 빌려주면 다시 한 대 빌려주지 않을 수 없게 될 것이고 그러다가는 자기들이 탈 마차까지 주게 될 것이 분명했기 때문이다. 서른 대의 짐마차에 부상자를 전부 태울 수도 없었고, 이런 사회적 재난 속에서 자신과 가족을 생각하지 않을 수도 없었다. 집사는 자기 주인의 입장에서 생각했던 것이다.

1일 아침에 눈을 뜨자 일리야 안드레이치 백작은 새벽녘에야 겨우 잠이 든 부인을 깨우지 않으려고 조용히 침실을 빠져나와, 여느 때와 같이 연보라색 실크 가운을 걸치고 현관으로 나갔다. 뜰에 밧줄을 친 짐마차가 늘어서 있었다. 현관 앞에는 승용마차가 있었다. 집사는 마차 대는 곳 옆에 서서 늙은 종졸과 한쪽 팔에 붕대를 감은 창백한 젊은 장교와 이야기하고 있었다. 백작을 보자 집사는 장교와 종졸을 향해 물러가라는 듯 의미심장하고 엄한 표정을 지었다.

"그래, 채비는 다 됐나, 바실리치?" 하고 백작은 대머리를 문지르며 친절한 눈빛으로 장교와 종졸을 보고 가볍게 고개를 끄덕였다. (백작은 새로운 사람을 좋아했다.)

"당장이라도 말을 채울 수 있습니다, 각하."

"그래 잘됐군, 부인이 일어나면 바로 출발하지! 여러분은 무슨 볼일입니까?" 그는 장교에게 물었다. "우리집에서 묵으셨습니까?" 장교는 가까이 다가갔다. 그의 창백한 얼굴이 돌연 확연하게 빨개졌다.

"백작, 대단히 죄송하지만 부탁드립니다…… 제발…… 댁의 마차 한구석에라도 태워주십시오. 짐은 아무것도 없습니다…… 저는 짐마차도…… 상관없습니다……" 장교가 말을 끝내기도 전에 종졸이 자기 주인을 위해 백작에게 똑같이 간청했다.

"아아! 그래요, 그래요, 그럽시다." 백작은 급히 말했다. "나는 기쁘게 생각합니다. 바실리치, 자네가 준비해주게, 저쪽 짐마차를 한두 대 비워서, 그리고 저쪽 것도…… 그래…… 만약 필요하다면……" 하고 백작은 왠지 모호한 표현으로 명령했다. 그러나 이 순간 장교의 얼굴에 나타난 뜨거운 감사의 빛은 백작의 명령을 확정지어버렸다. 백작이 주위를 둘러보자 안뜰에도, 문 밑에도, 곁채의 창문에도 부상자와 종졸의 모습이 보였다. 그들도 모두 백작을 보고 현관으로 모여들었다.

"각하, 잠깐 화랑 쪽으로 와주시겠습니까, 거기 있는 그림을 어떻게 할까요?" 집사가 말했다. 백작은 부상자들의 부탁을 거절하지 말라고 되풀이하고 집사와 함께 집안으로 들어갔다.

"뭐, 할 수 없지, 뭐든 내려놓게." 그는 누가 자기 말을 들을까봐 두려운 듯 낮고 은밀한 목소리로 덧붙였다.

백작부인은 아홉시에 일어났는데, 전에 백작부인의 하녀였고 지금은 그녀를 위해 헌병대장 역할을 하는 마트료나 티모페예브나가 와서, 마리야 카를로브나가 노발대발하고 있다는 것과 아가씨들의 여름옷을 여기 두고 갈 수는 없다는 것을 예전의 자기 아가씨에게 보고했다. 쇼스 부인이 왜 화를 내느냐고 백작부인이 묻자, 그녀의 트렁크가 짐마차에서 내려지고, 모든 짐마차의 밧줄을 풀어 가재를 내려놓고 부상자들을 태우고 있다고 했는데, 백작부인은 백작이 천성인 단순한 마음에서 그들을 데려가라고 명령했다는 것을 알아챘다. 백작부인은 남편을 불러달라고 일렀다.

"어떻게 된 거예요, 여보, 다시 짐을 내리고 있다고요?"

"알겠지만, *마 셰르*, 당신한테 말하려고 했는데…… *마 셰르*, 백작부인, 그게…… 한 장교가 와서 부상자를 위해 짐마차 몇 대만 내달라고 사정하지 않겠어. 알다시피 그런 물건은 금방 얼마든지 다시 구할 수 있지만, 남겨지는 사람들 마음이 어떨지 생각해봐요!…… 사실 우리 뜰 안에 있고, 그들을 불러들인 것도 우리이고, 장교들도 있고…… 그래서 생각해보니, 정말이지, *마 셰르*, 음, *마 셰르*…… 태워주자는 거요…… 서둘러 갈 데가 있는 것도 아니잖소?……" 백작은 돈 문제에 대해 말할 때처럼 머뭇거리며 말했다. 백작부인은 화랑이니 온실이니 가정극단이니 음악단이니 하며 아이들의 재산을 써야 할 일이 있을 때마다 앞서는 그의 이런 말투에 익숙했기 때문에 이런 말투로 말할 때는 반드시 반대하는 것을 의무처럼 생각하고 있었다.

그녀는 예의 유순하고 슬픔에 찬 표정으로 남편에게 말했다.

"들어봐요, 백작. 당신은 집을 거저 주다시피 남에게 넘겼으면서 이번에는 우리 아이들 재산까지 모두 없애버릴 작정이군요. 당신이 우리 집에는 10만 루블의 가재도구가 있다고 하지 않았나요. 여보, 나는 반대예요, 반대라고요. 마음대로 해요! 부상자에게는 정부가 있어요. 그들도 알아요. 봐요, 앞집 로푸힌가는 이미 그저께 전부 깨끗이 실어냈다고요. 다들 그렇게 하고 있단 말이에요. 우리만 바보 같은 짓을 하고 있어요. 나는 그렇다 해도 아이들만이라도 가엾게 생각해주셔야죠."

백작은 손을 내젓고는 아무 말도 하지 않고 방을 나가버렸다.

"아빠! 무슨 이야기예요?" 아버지를 뒤따라 방으로 들어온 나타샤가 물었다.

"아무것도 아니다! 네가 상관할 일이 아니야!" 백작은 화난 듯이 말했다.

"아니요, 전 다 들었어요!" 나타샤는 말했다. "어머니는 왜 반대하시는 거죠?"

"네가 상관할 일이 아니라니까!" 백작은 소리쳤다. 나타샤는 창가로 물러가서 생각에 잠겼다.

"아빠, 베르그 씨가 왔어요." 그녀는 창밖을 내다보며 말했다.

16

로스토프가의 사위인 베르그는 이미 블라디미르 훈장과 안나 훈장을 단 대령이 되어 여전히 제2군단 사령부 제1과 참모차장이라는 편하고 흡족한 자리를 차지하고 있었다.

그는 9월 1일에 군대에서 모스크바로 왔다.

그는 모스크바에 볼일이 있지 않았지만, 사람들이 모두 휴가를 내고 모스크바로 가서 뭔가 한다는 것을 알자, 그도 집과 가족 문제로 휴가를 낼 필요가 있다고 생각했다.

베르그는 어느 공작의 것과 똑같은 잘 먹인 밤색 말 한 쌍이 끄는 단정한 무개마차를 타고 장인의 집에 도착했다. 그는 안뜰에 늘어선 짐마차를 찬찬히 바라본 뒤 현관 층층대를 오르며 깨끗한 손수건을 꺼내 매듭을 묶었다*.

베르그는 헤엄치는 듯한 급한 걸음걸이로 현관에서 객실로 들어가 백작을 끌어안고, 나타샤와 소냐의 손에 키스하고 곧바로 장모의 건강을 물었다.

"이런 때 건강이 다 뭔가? 자, 어서 이야기나 해보게." 백작은 말했다. "군대는 어떤가? 퇴각중인가, 아니면 아직 전투가 있나?"

"아버님, 오직 영원하신 하느님만이," 베르그는 말했다. "조국의 운명을 결정할 수 있습니다. 군대는 영웅적인 정신에 불타고 있고, 이른바 수뇌들이 지금 회의를 하기 위해 모였습니다. 어떻게 될지 아직은 모릅니다. 하지만 대략적으로 말씀드리자면, 아버님, 26일의 전투에서 러시아 부대, 아니 러시아 부대들이," 그는 고쳐 말했다. "26일의 전투에서 그들이 보여주거나 발휘한 영웅적인 정신과 진정한 고대의 용기는 어떠한 말로도 표현할 수 없을 정도입니다…… 정말입니다, 아버

---

* 볼일을 잊지 않기 위한 표지.

님(그는 자기 앞에서 이 이야기를 한 어느 장군이 했던 대로 가슴을 쳤는데, '러시아 부대'라는 말에서 치지 못하고 조금 늦게 쳤다), 솔직히 말씀드립니다만, 우리 지휘관은 병사들을 몰아대거나 무슨 일을 할 필요가 없었을 뿐만 아니라, 오히려, 저, 저…… 그렇습니다. 그와 같은 용감하고 고대의 무사적인 공명심을 억제했을 뿐입니다" 하고 그는 재빨리 말했다. "바르클라이 드 톨리 장군은 목숨을 걸고 어디서나 군의 선두에 섰죠, 정말입니다. 어쨌든 우리 군단은 산의 사면에 배치되어 있었으니까요. 상상해보십시오!" 베르그는 요즘 며칠 동안 들은 이야기들을 생각나는 대로 말했다. 나타샤는 베르그의 당황한 얼굴에서 눈을 떼지 않고 마치 무슨 문제의 해결이라도 찾으려는 듯 응시하고 있었다.

"러시아 장병들이 발휘한 영웅적인 정신은 상상할 수도 없을 만큼이며, 존엄하고 찬양할 만한 것입니다!" 베르그는 나타샤를 연신 바라보면서 설득하려는 듯 그녀의 집요한 시선에 미소를 보내며 말했다. "'러시아는 모스크바에 있는 것이 아니라 그 아들들의 마음속에 있도다!' 그렇지 않습니까, 아버님?" 베르그는 말했다.

이때 소파가 있는 방에서 백작부인이 지치고 시무룩한 표정으로 나왔다. 베르그는 벌떡 일어나 뛰어가더니 백작부인의 손에 키스하고, 건강을 묻고, 고개를 끄덕여 동정을 보이며 그녀 옆에 섰다.

"네, 어머님, 정말 지금은 모든 러시아인에게 괴롭고 힘든 시대입니다. 하지만 왜 그렇게 걱정하십니까? 아직 떠날 여유는 있습니다……"

"모두 뭘 하고 있는 건지 모르겠어요." 백작부인은 남편을 돌아보며 말했다. "방금 들었는데, 아직 아무 채비도 안 돼 있다던데요. 누군가

지시할 사람이 있어야 해요. 미텐카가 없는 게 유감이에요. 이래서야 끝이 없겠어요!"

백작은 무슨 말을 하려다가 참는 듯했다. 그는 의자에서 일어나 문쪽으로 걸어갔다.

이때 베르그는 코라도 풀려는 듯 손수건을 꺼냈는데, 매듭을 들여다보며 침울하고 의미심장하게 고개를 젓며 생각에 잠겼다.

"그런데 아버님, 큰 청이 하나 있습니다." 그는 말했다.

"음⋯⋯" 백작은 걸음을 멈추며 말했다.

"지금 유수포프의 집 앞을 지나왔습니다만," 베르그는 웃으며 말했다. "낯익은 지배인이 달려나와 뭘 사지 않겠느냐고 묻더군요. 호기심에 들어가 보니, 양복장과 화장대였습니다. 아시겠지만, 베루시카*가 전부터 갖고 싶어하던 것이고 그것 때문에 우리는 다툰 적도 있었습니다. (양복장과 화장대에 대한 이야기를 시작하자 베르그는 살기 좋게 갖춰놓은 자기 집이 떠오른 듯 자기도 모르게 들뜬 어조로 바뀌었다.) 참으로 훌륭한 물건이죠! 앞으로 열리기도 하고 영국식 비밀 서랍도 있습니다. 아시죠? 베로치카**가 전부터 원하던 거라 저는 깜짝 선물을 해주고 싶어졌습니다. 저 안뜰에 농민이 많더군요. 한 사람만 빌려주시겠습니까, 수고비는 충분히 주고⋯⋯"

백작은 얼굴을 찡그리고 기침을 했다.

"백작부인에게 부탁해보게, 나는 지시를 하고 있지 않네."

"곤란하시다면, 괜찮습니다." 베르그는 말했다. "저는 베루시카를

---

* 베라의 애칭.
** 베라의 애칭.

위해 하려고 했던 거니까요."

"아아, 다들 어디로든 가버려, 가버려, 가버리라고!" 노백작이 소리
쳤다. "머리가 어지럽군." 그는 말하고 방을 나갔다.

백작부인은 울기 시작했다.

"네, 네, 어머님, 실로 괴로운 시대입니다!" 베르그는 말했다.

나타샤는 아버지와 같이 나가 무슨 생각에 골몰한 듯 처음에는 아버
지를 따라가다가 이윽고 아래로 달려갔다.

현관 층층대에서는 페탸가 모스크바에서 퇴거하는 하인들의 무장을
지시하고 있었다. 안뜰에는 짐을 실은 마차가 여전히 늘어서 있었다.
그중 두 대는 밧줄이 풀려 있고, 한 대에 종졸의 부축을 받으며 장교가
올라가고 있었다.

"왜 그런지 알아?" 페탸가 나타샤에게 물었다(그녀는 페탸가 부모님
이 다툰 이유에 대해 묻는다는 것을 알았다). 그녀는 대답하지 않았다.

"아버지가 짐마차를 모두 부상자들에게 빌려주시려고 하기 때문이
야." 페탸는 말했다. "바실리치에게 들었어. 내 생각에는……"

"내 생각에는" 하고 나타샤는 갑자기 성난 얼굴을 페탸에게 돌리며
외치다시피 말했다. "내 생각에는, 너무나 추악하고, 너무나 비열하고,
너무나…… 나도 모르겠어! 우리는 독일인이 아니잖아?……" 경련하
는 듯한 흐느낌에 목구멍이 떨렸고, 그녀는 마음이 약해져 쌓인 분노
가 터질까봐 두려운 듯 몸을 돌려 곧장 층층대를 달려올라갔다. 베르
그는 백작부인 옆에 앉아 자못 식구다운 공손한 태도로 그녀를 위로하
고 있었다. 백작이 파이프를 들고 방안을 걸어다니고 있을 때, 갑자기
나타샤가 분노에 일그러진 얼굴로 폭풍처럼 뛰어들어와 빠른 걸음으

로 어머니에게 다가갔다.

"그건 추악해요! 그건 비열해요!" 그녀는 소리쳤다. "그런 분부를 하셨을 리가 없어요."

베르그와 백작부인은 놀라 의아한 듯 그녀를 쳐다보았다. 백작은 창가에서 걸음을 멈추고 귀를 기울였다.

"어머니, 그건 안 돼요, 저기 안뜰을 좀 보세요!" 그녀는 외쳤다. "저 사람들은 남게 돼요!……"

"너 왜 그러니? 저 사람들이라니 누구? 어떡하자는 거니?"

"누구라니요, 부상자들이죠! 그건 안 돼요, 어머니. 그럴 순 없다고요…… 안 돼요, 어머니, 내 사랑, 정말 그러면 안 돼요, 용서하세요, 제발, 내 사랑…… 어머니, 우리가 가져갈 게 뭐가 있겠어요, 저기 안뜰을 좀 보세요…… 어머니!…… 그럴 수는 없는 일이에요……"

백작은 창가에 서서 얼굴을 돌리지 않은 채 나타샤의 말을 듣고 있었다. 그는 갑자기 코를 훌쩍이며 창문 가까이로 갔다.

백작부인은 딸을 힐끗 보고, 어머니 때문에 수치심을 느낀 딸의 얼굴과 흥분한 모습을 보자, 남편이 왜 지금 자기 쪽을 보지 않으려고 하는지 알아채고 당황한 얼굴로 주위를 둘러보았다.

"아아, 네가 원하는 대로 해라! 내가 누굴 방해라도 한단 말이냐!" 그래도 쉽게 굴복하지 않으며 백작부인은 말했다.

"어머니, 내 사랑, 용서하세요!"

하지만 백작부인은 딸을 밀어내고 백작에게 다가갔다.

"여보, 필요한 지시를 내려줘요…… 나는 이런 일은 잘 모르니까." 그녀는 겸연쩍은 듯 눈을 내리깔고 말했다.

"달걀이…… 달걀이 암탉을 가르치는구나……" 백작은 행복한 눈물을 글썽이며 말하고 아내를 껴안았고, 아내는 당황한 얼굴을 남편의 가슴에 감추게 되어 기뻤다.

"아버지, 어머니! 제가 지시해도 될까요? 괜찮죠?" 나타샤는 물었다. "그래도 우리에게 꼭 필요한 것들은 챙길게요!……" 나타샤는 말했다.

백작이 고개를 끄덕이자, 나타샤는 술래잡기라도 하는 것처럼 재빨리 홀에서 현관으로 가 층층대를 달려내려 안뜰로 갔다.

하인들이 나타샤 주위에 모였으나, 백작이 백작부인의 이름으로 짐마차는 모두 부상자에게 제공하고 짐은 창고로 운반하라는 명령을 확인해줄 때까지는 아무도 그녀가 전한 기괴한 명령을 믿지 않았다. 명령을 납득하자 하인들은 기쁜 듯이 부지런히 새 일에 착수했다. 이제는 누구도 그 명령을 이상하게 여기지 않고 오히려 마땅히 그래야 한다고 생각하게 되었는데, 그것은 십오 분 전까지만 해도 부상자를 남겨두고 짐을 싣고 가는 것을 이상하게 여기지 않고 오히려 그래야 한다고 생각했던 것과 똑같았다.

온 집안사람들은 더 빨리 그렇게 하지 않았던 잘못을 보상하기라도 하듯 부상자를 옮기는 새로운 일을 하느라 바빴다. 부상자들은 각자 방에서 나와 창백한 얼굴에 기쁜 빛을 띠며 짐마차를 둘러쌌다. 짐마차가 있다는 소문이 퍼져 다른 집에 있던 부상자들도 로스토프네 안뜰로 모여들기 시작했다. 부상자들 대부분은 짐을 내릴 것 없이 그 위에 태워주기만 해도 좋다고 말했다. 하지만 일단 짐을 내리기 시작했기 때문에 이제 와 그만둘 수는 없었다. 전부 내리든 반을 남기든 마찬가지였다. 안뜰에는 지난밤 애써 쌌던 식기, 청동 제품, 그림, 거울 등을 넣은 궤짝이 그대로 널려 있었지만, 그래도 내릴 수 있는 짐을 찾아 내 한 대라도 더 짐마차를 제공할 수 있게 되었다.

"네 명은 더 태울 수 있습니다." 지배인이 말했다. "제 마차도 내줘야겠습니다. 안 그러면 저 사람들을 어디에 태우겠습니까."

"그럼 내 옷을 실은 마차도 내줘요." 백작부인은 말했다. "두냐샤는 내 마차에 타면 되니까."

그래서 옷을 실었던 마차도 두 집 건너 이웃집에 있는 부상자들에게 보내졌다. 가족들도 하인들도 모두 기뻐하며 생기를 띠었다. 나타샤는 오랜만에 느껴보는 기쁨에 찬 활기에 휩싸여 있었다.

"이건 어디다 잡아맬까요?" 유개마차 뒤쪽의 좁은 마부 발판에 궤짝 하나를 밀어넣으며 하인이 말했다. "짐마차 한 대쯤은 남겨둬야 합니다."

"거긴 뭐가 들었어요?" 나타샤가 물었다.

"백작의 책입니다."

"두고 가요. 바실리치가 치울 테니까. 그런 건 필요 없어요."

짐마차는 사람들로 가득해 페탸가 탈 자리가 마땅치 않았다.

"마부대에 타면 돼요. 괜찮지, 페탸?" 나타샤가 외쳤다.

소냐도 쉬지 않고 일했지만 그녀의 목적은 나타샤의 목적과는 정반대였다. 그녀는 두고 갈 물건들을 챙기면서, 백작부인의 희망대로 목록을 만들며 될 수 있는 한 많이 가져가려고 애쓰고 있었다.

17

한시가 지나자, 짐을 다 실은 승용마차 네 대가 로스토프네 현관 마차 대는 곳에 서 있었다. 부상자들을 태운 짐마차는 잇따라 안뜰을 빠져나갔다.

안드레이 공작을 태운 포장마차는 현관 층층대 옆을 지나갈 때, 현관 앞 마차 대는 곳에 있던 백작부인 전용의 높고 큰 유개마차에서 하녀와 함께 백작부인의 자리를 정돈하던 소냐의 주의를 끌었다.

"저건 누구 마차야?" 소냐가 유개마차 창문으로 몸을 내밀고 물었다.

"어머나, 모르셨어요, 아가씨?" 하녀는 대답했나. "공작이 다치셨는데, 어젯밤 우리집에서 묵으시고 우리와 같이 떠나신대요."

"그래, 어떤 분이야? 이름은?"

"전에 이 댁 약혼자이셨던 그분이요, 볼콘스키 공작!" 하녀는 한숨을 내쉬며 대답했다. "위독하신가봐요."

소냐는 유개마차에서 뛰어나와 백작부인에게 달려갔다. 벌써 여장을 갖추고 숄을 걸치고 모자까지 쓴 백작부인은 문을 닫고 출발 전 기도를 하기 위해 가족들이 모이기를 기다리며 피로한 듯 방안을 거닐고 있었다. 나타샤는 방에 없었다.

"엄마," 소냐는 말했다. "안드레이 공작이 여기 계시대요. 부상으로 위독하시고요. 우리와 함께 떠나신대요."

백작부인은 놀란 듯이 눈을 크게 뜨며 소냐의 손을 잡고 주위를 둘러보았다.

"나타샤는?" 그녀는 물었다.

소냐에게도 백작부인에게도 이 소식은 들은 첫 순간에는 단 하나의 의미밖에 없었다. 나타샤의 기질을 아는 두 사람은 나타샤가 이 소식을 들으면 어떻게 할까 하는 두려움에, 전에 그들이 사랑했던 사람에 대한 동정은 모두 완전히 지워지고 말았다.

"나타샤는 아직 모르지만, 그분은 우리하고 같이 떠나시니까." 소냐는 말했다.

"뭐라고 했니, 위독하다고?"

소냐는 고개를 끄덕였다.

백작부인은 소냐를 안고 울기 시작했다.

'하느님의 뜻은 헤아릴 수가 없다!' 지금 일어나고 있는 모든 일에, 지금까지 숨겨져 사람들 눈에는 보이지 않던 하느님의 전능한 손길이 나타나기 시작한 것을 느끼며 백작부인은 생각했다.

"자, 엄마, 다 준비됐어요. 왜 그러세요?……" 나타샤는 활기찬 얼굴로 방에 뛰어들어와 물었다.

"아무것도 아니다." 백작부인은 말했다. "준비됐으면 떠나자." 백작부인은 당황한 얼굴을 숨기려 손가방 쪽으로 몸을 굽혔다. 소냐는 나타샤를 껴안고 키스했다.

나타샤는 의아한 듯 소냐를 바라보았다.

"왜 그래? 무슨 일 있어?"

"아무것도…… 아냐……"

"나한테 안 좋은 일 같은데?…… 대체 뭐야?" 민감한 나타샤가 물었다.

소냐는 한숨만 내쉴 뿐 아무 말도 하지 않았다. 백작과 페탸와 쇼스 부인과 마브라 쿠지미니시나와 바실리치가 객실에 들어왔고, 문을 닫고 모두 무릎을 꿇고, 서로를 보지 않으며 몇 초간 말없이 가만히 있었다.

먼저 백작이 일어나 크게 한숨을 내쉬고 성상을 향해 성호를 그었다. 모두가 뒤따랐다. 이어 백작은 모스크바에 남는 마브라 쿠지미니시나와 바실리치를 포옹했고, 두 사람이 그의 손을 잡고 어깨에 키스하는 동안 모호하고 부드러운 말을 위로하듯 건네며 그들의 등을 가볍게 두드렸다. 백작부인은 성상들이 있는 방으로 갔고, 소냐가 들어갔을 때 그녀는 벽에 군데군데 남아 있는 성상 앞에 무릎을 꿇고 있었다. (집안의 전통에 따라 가장 귀중한 성상은 가져가기로 했다.)

현관 층층대와 안뜰에서는 떠나는 하인들이 페탸에게 받은 단검과 사브르로 무장하고, 바지 자락을 장화 속에 집어넣고, 혁대와 끈으로 허리를 졸라매고는 남는 사람들과 작별 인사를 나누고 있었다.

여행을 떠날 때 늘 그렇듯 잊은 물건도 있고 잘못 꾸린 짐도 많았기 때문에, 쿠션과 꾸러미를 안은 하녀들이 집안에서 유개마차로 포장마차로 짐마차로 달려가기도 하고 집안으로 되돌아가는 동안 두 시종은 백작부인을 부축해 태우려고 유개마차의 열어놓은 문과 발판 양옆에 한참 서 있었다.

"노상 잊어버리기나 하고!" 백작부인이 말했다. "내가 그렇게 앉을 수 없다는 걸 너도 알잖니." 두냐샤는 실쭉하여 입술을 깨물고 불만스러운 얼굴로 대답도 없이 다시 자리를 손보기 위해 유개마차로 뛰어들어갔다.

"어허, 이 사람들이!" 백작은 고개를 저으며 말했다.

어디를 갈 때면 백작부인은 늘 늙은 마부 예핌을 찾았는데, 그는 높은 마부대에 앉아 뒤에서 무슨 일이 일어나건 돌아보지 않았다. 삼십 년의 경험을 통해 그는 '가자!'라는 말이 떨어지려면 아직 여유가 있고, 또 그 말이 떨어졌다 해도 두 번쯤 더 마차를 멈춰 세우고 잊은 물건을 가져오게 하고 그뒤에도 또 세울 것이며, 백작부인이 몸소 창문에서 얼굴을 내밀고 제발 내리막길은 조심하라고 당부하리라는 것을 잘 알고 있었다. 그것을 잘 알기 때문에 그는 말보다(특히 한 발로 땅을 차기도 하고 연신 재갈을 씹으며 소리를 내는 왼쪽의 밤색 말 소콜*보다) 훨씬 참을성 있게 기다렸다. 마침내 모두가 자리잡고, 발판이 유개마차 안으로 거둬지고, 문이 닫히고, 손궤를 가져오게 하고, 백작부인이 얼굴을 내밀고 늘 하던 말을 했다. 예핌은 천천히 모자를 벗어들고 성호를 그었다. 마차 기수장과 하인들도 모두 뒤따라 했다.

"가자!" 예핌은 모자를 쓰고 말했다. "끌어라!" 마차 기수장이 당겼다. 채에 매인 오른쪽 말이 멍에를 끌어당기자, 높은 스프링이 삐걱거리고 차체가 흔들렸다. 한 하인이 달리면서 마부대에 올라탔다. 저택에서 울퉁불퉁한 포장도로로 나설 때 마차가 크게 흔들렸고, 다른 마차들도 똑같이 흔들리며 마차 행렬은 거리를 달리기 시작했다. 유개마차에, 포장마차에, 짐마차에 탄 사람들은 맞은편 교회를 향해 성호를 그었다. 모스크바에 남는 하인들은 마차 양쪽으로 따라오며 배웅했다.

나타샤는 백작부인과 나란히 유개마차에 앉아 서서히 스쳐가는 남겨지는 불안한 모스크바의 성벽을 바라보며 처음 경험해보는 어떤 기

---

* '매'라는 뜻.

뺨에 두근거리고 있었다. 그녀는 때때로 유개마차 창밖으로 얼굴을 내밀어 뒤를 보기도 하고, 부상자들이 탄 앞서가는 긴 마차 대열을 바라보기도 했다. 거의 선두에 포장을 내린 안드레이 공작의 마차가 보였다. 그 안에 누가 탔는지는 몰랐지만, 자기 집 마차의 범위가 궁금할 때마다 그녀는 그 마차를 눈으로 찾았다. 그녀는 그 마차가 선두라는 것을 알고 있었다.

쿠드리노 거리에 들어서자 니키츠카야, 프레스냐, 포드노빈스코예에서 온 로스토프네와 같은 마차 대열이 모여들어 사도바야부터는 승용마차와 짐마차가 두 줄로 나아가게 되었다.

수하레프 탑을 우회해 갈 때, 마차와 섞어가는 사람들을 호기심 어린 눈으로 바삐 보던 나타샤는 갑자기 기쁨과 놀라움이 섞인 목소리로 외쳤다.

"어머나! 엄마, 소냐, 저기 봐요, 저 사람!"

"누구? 누구?"

"봐요, 틀림없이 베주호프예요!" 나타샤는 유개마차 창밖으로 얼굴을 내밀고, 마부 카프탄을 입고 있지만 걸음걸이나 당당한 태도로 보아 귀족이라는 것을 한눈에 알아볼 수 있는 키가 크고 살찐 남자를 바라보며 말했는데, 그는 허름한 모직 외투를 입은 수염이 없는 누런 얼굴의 노인과 함께 수하레프 탑의 아치 밑으로 다가가고 있었다.

"틀림없이 베주호프예요, 카프탄을 입고 아이 같은 노인과 걸어가고 있어요! 틀림없어요." 나타샤는 말했다. "봐요, 보라니까요!"

"아냐, 그가 아니야. 그런 바보 같은 일이 있을 리 없잖아!"

"엄마." 나타샤가 소리쳤다. "제 목숨을 걸어도 좋아요, 그가 틀림없어요! 전 확신해요. 세워줘요, 세워줘요!"그녀는 외쳤지만 메샨스카야 거리에서 짐마차와 승용마차가 밀려나와 로스토프네에게 어물거리며 다른 마차를 방해하지 말라고 외쳤기 때문에 마부는 마차를 세울 수 없었다.

아까보다 훨씬 멀어지긴 했지만 로스토프가 사람들은 모두 피예르이거나 피예르와 이상하리만치 닮은 남자가 하인 같아 보이는 왜소하고 수염이 없는 노인 옆에서 마부 카프탄을 입은 채 고개를 숙이고 정색한 얼굴로 거리를 걷는 모습을 보았다. 노인은 유개마차에서 사람들이 얼굴을 내밀고 자기 쪽을 보는 것을 알아채자 피예르의 팔꿈치에 공손하게 손을 대고 마차를 가리키며 뭐라고 말했다. 피예르는 노인이 무슨 말을 하는지 한참이나 알아채지 못했다. 그만큼 생각에 골똘한 듯했다. 간신히 상대방의 말을 알아들은 듯 그는 노인이 가리키는 쪽을 바라보았고, 나타샤를 알아본 순간의 첫인상에 이끌려 유개마차로 빠르게 다가갔다. 그러나 열 걸음쯤 걷다 뭔가가 생각난 듯 발을 멈췄다.

유개마차에서 내다보는 나타샤의 얼굴에는 장난기 어린 상냥한 미소가 빛나고 있었다.

"표트르 키릴리치, 이리 오세요! 우린 다 알아봤어요! 깜짝 놀랐어요!"그녀는 그에게 한 손을 내밀며 외쳤다. "어떻게 된 거예요? 왜 그런 옷을 입은 거예요?"

피예르는 그녀가 내민 손을 잡고 걸으면서(마차가 움직이고 있었으므로) 어색하게 키스했다.

"어떻게 된 거예요, 백작?"백작부인은 동정을 띤 놀란 목소리로 물었다.

"뭐요? 뭐 말입니까? 왜냐고요? 그건 묻지 말아주십시오."피예르는 말하고, 그를 향해 기쁨에 찬 눈을 반짝거리며 매력을 발산하는(그는 그녀를 보지 않아도 그것을 느꼈다) 나타샤를 돌아보았다.

"당신은 어떻게 하실 거예요, 모스크바에 남으세요?"피예르는 잠자코 있었다.

"모스크바에?"그는 의아한 듯이 말했다. "그렇습니다, 모스크바에. 안녕히 가십시오."

"아, 나도 남자라면 얼마나 좋을까요, 그렇다면 분명 당신과 함께 남았을 테데. 아, 그러면 얼마나 좋을까요!"나타샤는 말했다. "엄마, 괜찮겠죠, 저도 남고 싶어요."피예르는 나타샤를 멍하니 쳐다보며 무슨 말인가 하려 했지만, 백작부인이 가로막았다.

"전장에 나가셨다죠, 소문이 그렇던데요?"

"네, 그렇습니다."피예르는 대답했다. "내일 또 전투가 있습니다……"하고 말하기 시작했으나 이번에는 나타샤가 가로막았다.

"대체 어떻게 되신 거예요, 백작? 다른 사람이 된 것 같아요……"

"아, 묻지 말아주십시오, 묻지 말아주십시오, 나 자신도 아무것도 모르겠습니다. 내일…… 아, 아닙니다! 안녕히 가십시오, 안녕히 가십시오."그는 말하고 "무서운 시대입니다!"하며 유개마차 곁을 떠나 보도로 걸어갔다.

나타샤는 그러고 나서도 한참 동안 창밖으로 얼굴을 내밀고 피예르에게 다정하면서도 다소 놀리는 듯한 기쁜 미소를 던졌다.

18

피예르는 자기 집에서 사라진 이래 이미 이틀 동안, 죽은 바즈데예프의 빈 아파트에서 지내고 있었다. 그 사연은 다음과 같다.

모스크바로 돌아와 라스톱친 백작을 만난 다음날, 눈을 뜬 피예르는 자신이 어디에 있는지, 사람들이 자신에게 원하는 것이 무엇인지 이해할 수 없었다. 하인이 와서 응접실에서 그를 기다리고 있는 사람들의 이름 중에 옐레나 바실리예브나 백작부인의 편지를 가져온 프랑스인이 있다고 알렸을 때, 그는 갑자기 버릇이 되어버린 혼란과 절망에 휩싸였다. 이제 모든 일이 끝났다. 모든 것이 엉망이 되고, 모든 것이 파괴되고, 옳은 것도 옳지 않은 것도 없고, 앞길에 아무것도 없고, 이런 상태에서 빠져나갈 길도 전혀 없다는 생각이 문득 들었다. 그는 부자연스러운 미소를 띠고 혼잣말을 중얼거리며 무기력한 자세로 소파에 앉기도 하고, 일어나기도 하고, 문가로 걸어가서 문틈으로 응접실을 들여다보기도 하고, 두 손을 저으며 되돌아와 책을 집어들기도 했다. 집사가 다시 와서 백작부인의 편지를 가져온 프랑스인이 잠깐이라도 꼭 만나고 싶어하며, I. A. 바즈데예프의 미망인이 보낸 심부름꾼은 미망인이 시골로 피란하면서 피예르에게 장서를 맡아달라고 부탁한 것을 전하러 왔다고 보고했다.

"아, 그래, 곧 가지…… 아니, 잠깐만…… 아, 가지 말까, 아니, 좋아, 곧 간다고 일러주게." 피예르는 집사에게 말했다.

그러나 집사가 나가자마자 피예르는 탁자 위에 있던 모자를 집어들고 서재의 뒷문으로 나갔다. 복도에는 아무도 없었다. 피예르는 긴 복도를 지나 층층대로 나가 얼굴을 찌푸리고 양손으로 이마를 문지르며 첫 층계참까지 내려갔다. 정문 현관에는 문지기가 서 있었다. 피예르가 내려간 층계참에서부터 다른 층층대가 뒷문으로 통했다. 피예르는 그 층층대로 내려가 뜰로 나갔다. 아무도 그를 보지 못했다. 그러나 문을 나서자마자 거리에서 마차 옆에 서 있던 마부들과 문지기가 주인을 보고 모자를 벗어들었다. 피예르는 자기에게 쏠리는 시선을 느끼자 남의 눈에 띄지 않으려고 덤불 속에 대가리를 감추는 타조처럼 고개를 떨어뜨리고 걸음을 재촉해 거리를 걷기 시작했다.

이날 아침 피예르는 자신이 당면한 일 가운데서 이오시프 알렉세예비치의 장서와 서류를 정리하는 일이 가장 중요한 일처럼 생각되었다.

그는 처음 마주친 삯마차를 잡아타고 바즈데예프의 미망인의 집이 있는 파트리아르시예 프루디*로 가자고 말했다.

모스크바를 떠나려고 사방으로 움직이는 마차 행렬을 바라보기도 하고, 흔들리는 낡은 마차에서 미끄러지지 않기 위해 뚱뚱한 몸을 바로잡기도 하면서 피예르는 마치 학교에서 빠져나온 아이 같은 즐거운 기분을 느끼며 마부와 이야기를 나눴다.

마부는 오늘 크렘린에서 무기 점검이 있었고, 내일은 사람들을 모두 트료흐고르나야 관문 밖으로 내몰아 일대 결전을 벌이게 할 거라고 말했다.

파트리아르시예 프루디에 도착한 피예르는 오랫동안 오지 않았던 바즈데예프의 집을 간신히 찾았다. 그는 쪽문으로 다가갔다. 오 년 전

---

* 연못, 주로 인공 호수를 가리킴.

토르조크에서 이오시프 알렉세예비치를 처음 보았을 때 옆에 있었던 얼굴이 누렇고 수염이 없는 왜소한 노인 게라심이 노크 소리를 듣고 나왔다.

"댁에 계신가?" 피예르는 물었다.

"요즘 상황이 이렇다보니 소피야 다닐로브나께서는 아이들을 데리고 토르조크의 시골로 떠나셨습니다. 각하."

"어쨌든 들어가야겠네, 책을 정리해야 하니까." 피예르는 말했다.

"그럼요, 어서 들어오십시오, 형님께서, 돌아가신 나리의—천국의 평안을 주소서!—형님이신 마카르 알렉세예비치께서 남아 계십니다만, 네, 아시다시피 몹시 쇠약하십니다." 늙은 하인은 말했다.

마카르 알렉세예비치는 이오시프 알렉세예비치의 형인데, 피예르가 알기로 알코올중독자에 반미치광이였다.

"응, 응, 알고 있네. 들어가지, 들어가……" 피예르는 말하고 집안으로 들어갔다. 코가 빨간 대머리 노인이 맨발에 덧신을 신고 가운 차림으로 현관방에 서 있었는데, 피예르를 보자 화가 난 듯 무슨 말인가 중얼거리며 복도로 가버렸다.

"머리가 굉장히 좋은 분이셨는데, 보시다시피 지금은 너무 쇠약해지셔서." 게라심은 말했다. "서재로 가시겠습니까?" 피예르는 고개를 끄덕였다. "서재는 봉인해둔 상태 그대로입니다만, 나리가 오시면 책들을 내드리라는 소피야 다닐로브나의 분부가 있었습니다."

피예르는 은인이 살아 있을 때 가슴 설레며 들어갔던 음침한 서재로 들어갔다. 이오시프 알렉세예비치가 죽은 이래 아무도 손대지 않은 서재는 먼지를 뒤집어써서 더욱 음침해 보였다.

게라심은 덧창문을 하나 열고는 발끝으로 걸어서 나갔다. 피예르는 서재를 한 바퀴 돌아 원고가 있는 책장으로 다가갔고, 전에는 기사단의 가장 귀중한 성물로 간주되었던 것을 집어들었다. 은인이 주석과 설명을 달아놓은 스코틀랜드 조령의 원본이었다. 그는 먼지를 뒤집어쓴 책상 앞에 앉아 원고를 펼쳤다 덮었다 하다가 결국 밀쳐놓고 두 손으로 머리를 감싼 채 생각에 잠겼다.

게라심이 몇 번인가 조심스럽게 서재를 들여다볼 때마다 피예르는 계속 그 자리에 앉아 있었다. 두 시간 이상 지났다. 게라심은 피예르의 주의를 끌려고 일부러 문가에서 소리를 냈다. 피예르는 그 소리를 듣지 못했다.

"마부를 돌려보내도 괜찮겠습니까?"

"아, 그렇지." 피예르는 정신을 차리고 급히 일어서며 말했다. "이보게," 그는 게라심의 코트 단추에 손을 대고 감격에 젖은 눈을 반짝이면서 노인을 내려다보며 말했다. "이보게, 내일 전투가 있다는 걸 알고 있나?……"

"사람들에게 들었습니다." 게라심은 대답했다.

"부탁인데, 내가 누구인지 아무한테도 말하지 말아주게. 그리고 지금부터 내가 말한 대로 해주게……"

"알겠습니다." 게라심은 말했다. "뭘 좀 드시겠습니까?"

"아니, 나는 다른 게 필요하네. 농민이 입는 옷과 권총이 필요해." 피예르는 갑자기 얼굴을 붉히며 말했다.

"알겠습니다." 게라심은 잠깐 생각하고서 대답했다.

피예르는 그날의 나머지 시간을 꼬박 은인의 서재에 혼자 있었는데,

게라심이 듣기로 그는 구석구석을 초조하게 서성이며 혼잣말을 중얼거렸고, 그곳에 준비된 침대에서 밤을 새웠다.

　게라심은 살아오며 기괴한 일을 수없이 보아온 하인의 습관대로, 피예르가 이곳으로 옮겨온 것에도 전혀 놀라지 않았고, 도리어 섬길 주인이 생긴 것이 만족스러운 것 같았다. 그는 그런 것이 왜 필요한지 스스로에게도 묻지 않고 그날 밤중에 카프탄과 모자를 가져다주었고, 요구한 권총은 내일 구해오겠다고 약속했다. 마카르 알렉세예비치는 그날 밤 두 번쯤 덧신을 질질 끌며 문가로 걸어와서 아첨이라도 하는 듯 피예르를 바라보았다. 그러다 피예르가 돌아보면 겸연쩍은 듯한 화난 모습으로 가운을 여미며 급히 물러났다. 피예르는 게라심이 얻어와서 삶아 빤 마부 카프탄을 입고, 권총을 사기 위해 그와 함께 수하레프 탑 근처를 걸어가던 중에 로스토프 일행과 만났던 것이다.

19

　9월 1일 밤 러시아군에게 모스크바를 통과해 랴잔 가도로 퇴각하라는 쿠투조프의 명령이 떨어졌다.

　선두 부대는 밤중에 이동을 개시했다. 밤중에 출발한 부대는 서두르지 않고 천천히 침착하게 퇴각했지만, 새벽녘에 출발한 부대가 도로고밀롭스키 다리 가까이에 이르렀을 때는 많은 아군 부대가 건너편 강가에서 무리지어 급히 다리를 건너오고, 반대쪽 강가에서도 다리와 골목을 메우며 올라오고 있었으며, 뒤쪽에서도 계속 몰려오고 있었다. 까닭 모를 불안과 초조가 부대에 엄습했다. 모든 것이 전방의 다리를 향해, 다리로, 얕은 여울로, 보트로 밀려들었다. 쿠투조프는 뒷길을 돌아 모스크바 강 다른 맞은편으로 가라고 마부에게 명령했다.

9월 2일 오전 열시 무렵 드넓은 도로고밀로보 교외에는 후위 부대만 남아 있었다. 주력은 이미 모스크바 강 맞은편 강가의 모스크바 시 후방으로 물러서 있었다.

이때, 즉 9월 2일 오전 열시, 나폴레옹은 포클론나야 언덕의 자기 군대 사이에 서서 눈앞에 펼쳐진 광경을 바라보고 있었다. 8월 26일부터 9월 2일까지, 즉 보로디노 전투가 벌어지고 적이 모스크바로 들어오기까지의 불안하고 잊을 수 없는 그 일주일간 모스크바는 줄곧 사람들이 감탄할 만큼 보기 드문 가을 날씨를 보이며 낮은 태양은 봄날보다 뜨겁게 내리쬐었고, 맑고 깨끗한 공기 속에서는 모든 것이 눈부시도록 빛났으며, 이 향기로운 공기를 마시면 힘차고 상쾌해지고 밤에도 포근한 날이 많았는데, 그런 어둡고 포근한 밤에는 하늘에 뿌린 듯한 금빛 별이 사람을 놀라게도 하고 기쁘게도 했다.

9월 2일 오전 열시도 그런 날씨였다. 아침 햇살은 마법 같았다. 포클론나야 언덕에서 내려다보이는 모스크바는 강과 정원들, 교회들과 함께 넓게 펼쳐져 햇살 아래 교회의 둥근 지붕들이 별처럼 반짝이며 스스로 삶을 영위하는 것처럼 보였다.

나폴레옹은 지금까지 본 적 없는 형태의 희한한 건축물이 늘어선 기괴한 도시를 보자, 사람들이 자신이 모르는 타인의 생활양식을 볼 때 느끼는 것 같은 어느 정도 부러움과 비슷한 불안한 호기심을 느꼈다. 분명 이 도시는 자체의 생명력으로 살아가는 것처럼 보였다. 먼발치에서 봐도 산 것과 죽은 것은 명백히 분간되는 법이라, 나폴레옹 역시 포클론나야 언덕에서 이 도시의 생명의 고동을 감지하고 이 거대하고 아름다운 육체의 호흡을 느꼈다.

"수많은 교회를 가진 아시아적인 도시, 성스러운 모스크바. 마침내 그 유명한 도시에 왔다. 때가 되었다!" 하고 말하고 나폴레옹은 말에서 내려 모스크바 지도를 자기 앞에 펼치라고 명령하고, 통역 를로르뉴 디드비유를 불렀다. '적에게 점령된 도시는 순결을 잃은 처녀 같다.' 나폴레옹은 생각했다(그가 스몰렌스크에서 투치코프에게 말했듯이). 그리고 이 관점에서 눈앞에 누워 있는, 지금까지 본 적 없는 동방의 미녀를 바라보았다.[15] 불가능하다고 생각되었던 숙원이 마침내 이루어졌다는 것이 스스로 생각해도 이상했다. 그는 맑은 아침 햇살 속에서 도시와 지도를 번갈아보며 이 도시를 상세히 점검했고, 점령했다는 확신은 그를 흥분시키는 동시에 두렵게도 했다.

'그러나 이렇게 될 수밖에 없었던 것이 아닐까?' 그는 생각했다. '바로 저기, 저 도시가 지금 내 발밑에서 자신의 운명을 기다리고 있다. 알렉산드르는 지금 어디 있을까, 무슨 생각을 하고 있을까? 기이하고 아름답고 장엄한 도시! 그리고 얼마나 기이하고 장엄한 순간인가! 나는 그들의 눈에 어떻게 비칠까!' 그는 자기 군대에 대해 생각했다. '이것이 믿음이 얕은 자들에게 내리는 상賞이다.' 그는 측근들, 대오정연하게 다가오는 군대를 보며 생각했다. '내 한마디, 내 움직임 하나로 이 차르*들의 고도는 멸망한다. 나의 자비심은 언제나 패배자에게 관대

---

* 제정러시아의 황제 칭호.

하라고 말한다. 나는 관대하고, 진정으로 위대해야 한다. 그러나 아니다, 내가 모스크바에 있다는 것은 사실이 아니다.' 갑자기 이런 생각이 떠올랐다. '그러나 지금 저렇게 내 발밑에 누워 금빛 둥근 지붕과 십자가를 햇살에 반짝이며 떨고 있지 않은가. 하지만 나는 그녀를 용서해주리라. 야만과 전제의 낡은 기념비에 정의와 자비의 위대한 말을 새겨주리라…… 알렉산드르가 누구보다 이것을 쓰라리게 깨달으리란 것을 나는 잘 알고 있다. (나폴레옹은 이번 사건의 주된 의미가 자신과 알렉산드르의 개인적인 싸움에 있는 것처럼 생각했다.) 크렘린 꼭대기에서─그래, 저것이 크렘린이다. 그렇다─나는 그들에게 정의의 법칙을 가르쳐주고, 참된 문명의 의의를 보여주고, 러시아 귀족 자자손손들로 하여금 정복자의 이름을 사랑으로 기억하게 하리라. 러시아 사절단에게 나는 전쟁 같은 것은 원하지 않았고 지금도 그렇다고, 나는 오로지 그들 궁정의 그릇된 정치와 싸운 데 불과하고, 알렉산드르를 사랑하고 존경하며, 나와 나의 국민을 욕되게 하지 않는 강화 조건이라면 이 모스크바에서 받아들이겠노라고 말해주리라. 나는 내가 존경하는 황제를 모욕하기 위해 승리의 행운을 이용하고 싶지 않다. 귀족들에게도 말하리라. 나는 전쟁을 원하지 않는다고, 내가 원하는 것은 평화와 나의 모든 신민의 안녕이라고. 하지만 그들 앞에 나서면 나는 분명 더욱 고무될 것이고, 언제나처럼 명료하게, 장중하게, 또한 당당하게 말할 것이다. 그런데 내가 정말 모스크바에 있는 걸까? 그렇다, 저것이 모스크바다!'

"러시아 귀족들을 데려오시오." 그는 수행원에게 말했다. 곧 한 장군이 화려한 수행원들을 거느리고 귀족들을 부르러 말을 달려 갔다.

두 시간이 지났다. 나폴레옹은 아침식사를 끝내고 또다시 포클론나야 언덕의 같은 장소로 가서 사절단을 기다리며 서 있었다. 귀족들 앞에서 할 연설은 이미 머릿속에 뚜렷이 짜놓았다. 그 연설은 나폴레옹이 이해하는 존엄과 위엄으로 가득찬 것이었다.

나폴레옹이 모스크바에서 보이려고 마음먹은 관인대도의 태도는 그 자신을 흡족하게 했다. 그는 러시아 고관들과 프랑스 황제의 고관들을 한자리에 불러 차르의 궁전에서 열 집회의 날짜까지 속으로 정해놓고 있었다. 민심을 끌 수 있는 지사도 내심 임명해두었다. 모스크바에 자선 시설이 많다는 것을 알았기 때문에 그런 모든 시설에도 은혜를 베풀기로 결심했다. 아프리카에 갔을 때 부르누스*를 입고 회교 사원에 앉아야 했던 것과 마찬가지로 모스크바에서는 차르처럼 자비로워야 한다고 생각했다. 그리고 러시아인들의 마음을 완전히 사로잡기 위해 *나의 사랑하는 다정하고 가엾은 어머니*라는 표현을 쓰지 않고는 감상적인 기분을 상상할 수 없는 프랑스인답게 그 모든 시설에 큼직하게 *내 사랑하는 어머니에게 바치는 자선원*이라 쓰게 하리라 마음먹었다. 아니, *내 어머니의 집*이라 하자고 혼자 생각했다. '그런데 내가 정말 모스크바에 있는 걸까? 그렇다. 저기 눈앞에 모스크바가 있다. 그런데 이 도시의 사절단은 왜 이렇게 늦는 걸까?' 그는 생각했다.

한편 황제의 막료들 뒤쪽에서 장군들과 원수들 사이에 나직하게 상의하는 흥분한 목소리가 일었다. 사절단을 부르러 갔던 사람들이 돌아와 모스크바는 텅 비었고 주민은 모두 떠났다고 보고했던 것이다. 상

─────────────

* 아랍인이 입는 두건 달린 외투.

의하던 사람들은 창백해지며 동요했다. 그들이 두려웠던 것은 주민들이 모스크바를 포기했다는 것이 아니라(이 일이 아무리 중대하더라도), 이 사실을 어떻게 설명해야 황제를 프랑스인들이 우스꽝스럽다고 일컫는 끔찍한 입장에 세우지 않고, 또 그가 이토록 오랫동안 최고 귀족들을 기다렸던 것이 허사이고 취한의 무리만 남았다는 것을 잘 설명할 수 있을까 하는 것이었다. 누구라도 좋으니 사절을 모아야 한다는 사람이 있는가 하면, 이를 반박하며 신중하고 영리하게 황제에게 마음의 준비를 시킨 뒤 진상을 알려야 한다고 주장하는 사람도 있었다.

"어쨌거나 알려드려야 합니다……" 막료들은 말했다. "그렇지만, 여러분……" 황제가 연신 자신의 관대함을 상상하며 참을성 있게 지도 앞을 거닐고, 이따금 이마에 손을 대고 모스크바 가도를 바라보고, 흡족하고 자랑스러운 미소를 짓는 만큼 사태는 더욱 심각했다.

"그건 불가능합니다……" 그들은 무서운 그 말, 우스꽝스럽다는 한마디를 감히 입 밖에 내지 못하고 어깨를 움츠리며 말했다……

한편 헛된 기다림에 지친 황제는 장엄한 순간도 너무 오랫동안 지속되면 그 위엄을 잃게 된다는 것을 배우 같은 육감으로 느끼고는 손을 들어 신호했다. 신호 포성이 한 발 울리자, 사방에서 모스크바를 포위하고 있던 전군이 트베르스카야, 칼루시스카야, 도로고밀롭스카야 관문 방향으로 움직이기 시작했다. 각 부대는 앞다퉈 달려가며 점점 더 빨리, 평보와 속보로, 그들이 일으킨 먼지구름에 휩싸이고 모두의 외침이 합쳐진 소리로 대기를 울리며 진격했다.

군대의 움직임에 이끌려 나폴레옹도 도로고밀롭스카야 관문까지 함께 갔지만, 거기서 다시 멈춰 말에서 내렸고, 사절단을 기다리며 카메

르콜레시스키 성벽 옆을 오랫동안 거닐었다.

20

모스크바는 실제로 텅 비어 있었다. 아직 이전 인구의 오십분의 일 가량은 남아 있었지만* 텅 비어 있었다. 여왕벌이 없는 생명이 다한 벌 집처럼 모스크바는 비어 있었다.

여왕벌이 없는 벌집에는 이미 생활이라는 것이 없지만, 표면적으로 는 다른 벌집과 마찬가지로 생활하고 있는 것처럼 보인다.

여왕벌이 없는 벌집도 생활이 계속되는 다른 벌집과 마찬가지로 주 위로 꿀벌들이 대낮의 뜨거운 햇살 속을 즐겁게 날아다니고, 멀리까지 꿀 냄새를 풍기고, 꿀벌들 역시 벌집을 드나든다. 그러나 좀더 주의깊 게 들여다보면 그 벌집에는 이미 생활이 없다는 것을 알게 된다. 꿀벌 이 나는 모습도 생활이 있는 벌집과 다르고, 냄새도, 날개 치는 소리도 다른 것을 양봉가는 듣는다. 양봉가가 병든 벌집을 두드려보아도 전과 같이 일제히 일어나던 반응은 없고, 위협하듯 엉덩이를 움츠리고 날쌔 게 날개를 치며 생기 있는 공기 소리를 내던 수만의 꿀벌 소리는 나지 않으며, 텅 빈 벌집 여기저기서 헛되이 울리는 고르지 않은 소리가 날 뿐이다. 벌집 입구에서도 전과 같이 알코올 성분이 있는 꿀과 독소의

---

* 1812년 6월 모스크바의 주민은 19만 8914명이었다. 라스톱친은 쿠투조프에게 나폴레 옹의 모스크바 입성 초기의 주민은 1만이었고, 말기에는 3천에도 미치지 못했다고 보고 했다.

향내가 나지 않고, 또 벌이 가득한 온기도 불어오지 않으며, 꿀 냄새는 공허와 부패의 냄새를 풍길 뿐이다. 벌집 입구에는 방어를 위해 목숨을 걸고 엉덩이를 높이 쳐들고 위험을 알리는 파수벌도 없다. 이제는 그 규칙적이고 조용한 울림도, 물이 끓는 듯한 노동의 기색도 없고 고르지 않은 혼란한 소음만 드문드문 들릴 뿐이다. 머뭇거리며 의뭉스럽게 벌집을 드나드는 것은 온몸이 꿀투성이가 된 허리가 긴 검은 도둑벌뿐이며, 그들은 쏘지 않고 위험에서 도망치려고만 한다. 전에는 먹이를 가지고 왔다가 빈손으로 나갔던 벌들이 이제는 먹이를 가지고 나간다. 양봉가는 벌통 바닥을 열고 벌집 아래쪽을 들여다본다. 서로 발을 감고 끊임없이 노동의 소리를 울리며 밀蠟을 치하고, 덩굴처럼 벌집 밑바닥까지 검고 윤기 나는 벌들이 죽 늘어선 대신, 마르고 졸린 듯한 벌이 벌집 바닥과 벽 여기저기를 멍청히 기어다닐 뿐이다. 깨끗하게 아교풀을 바르고 날개로 쓸어낸 바닥에는 밀 조각과 벌똥과 간신히 발을 꿈지럭거리는 다 죽어가는 벌과 완전히 죽어서 아직 치워지지 않은 벌만 뒹굴고 있다.

양봉가는 뚜껑을 열고 벌집 위쪽을 들여다본다. 벌집의 모든 간격을 촘촘히 메우고 새끼를 따뜻하게 해주던 깨끗한 꿀벌 몇 줄 대신 복잡하고 교묘하게 만들어진 벌집의 구조만 보일 뿐이고, 그것마저도 전만큼 깨끗하지는 않다. 모든 것이 방치되고 더러워져 있다. 도둑―검은벌―들이 슬금슬금 바쁘게 움직이는데도, 말라서 몸도 작아지고 시들어버린 벌집 주인들은 노인처럼 아무런 제지도 하지 않고 아무 희망도 없이 느릿느릿 기어다닌다. 수벌, 말벌, 땅벌, 나비가 날아와 벌집 벽에 마구 부딪친다. 죽은 새끼와 꿀이 든 벌집 사이 어딘가에서 이따금 성난 듯한 날개 소리가 들리고, 또 어딘가에서는 벌 두 마리가 옛 습관과 기억으로 이유도 모르면서 벌집을 청소하며 꿀벌과 땅벌의 주검을 끌어내리려고 힘겹게 애를 쓴다. 또 한쪽에서는 늙은 벌 두 마리가 나른하게 싸우기도 하고, 서로 몸을 닦아주기도 하고, 서로 먹이를 주기도 하는데 사이가 나빠서 그러는지 좋아서 그러는지 자신들도 모른다. 세 번째 구석에서는 또 한 무리가 밀치락달치락하면서 희생자에게 덤벼들어 찔러대기도 하고 눌러 죽이기도 한다. 힘이 빠지거나 피살된 벌은 솜털처럼 가볍게 천천히 사체 더미 위로 떨어진다. 양봉가는 벌집 안을 보기 위해 가운데 있는 봉방蜂房을 두어 개 벌려본다. 전에는 수천 마리가 생식의 최고 신비를 지키면서 서로 등을 맞대고 빈틈없이 새까맣게 밀집해 있었는데, 지금은 원기 없이 반쯤 죽은 상태의 수백 마리가 잠들어 있을 뿐이다. 그들은 지금까지 소중하게 지켜왔으나 지금은 사라져버린 성물聖物 위에 앉아, 자신도 모르는 사이에 거의 모두 죽어 있다. 그들은 부패와 죽음의 냄새를 풍긴다. 그중 겨우 몇 마리는 조금씩 움직이기도 하고, 일어나서 힘없이 날기도 하지만, 적의 손에 앉는다 해도 상대방을 쏘고 죽을 만한 기력도 없으며, 죽은 벌들은 생선 비늘처럼 가볍게 아래로 떨어져 흩어져버린다. 양봉가는 뚜껑을 닫고 벌통에 백묵으로 표시해놓은 뒤 적당한 때가 되면 부수고 태워버린다.

나폴레옹이 피로와 불안으로 인상을 찌푸리고 카메르콜레시스키 성벽 옆을 거닐며 형식적이기는 하지만 그가 꼭 필요하다고 생각하는 예절이 지켜지기를, 사절단이 오기를 기다리고 있던 모스크바는 이렇게 비어 있었다.

모스크바 여기저기에 남은 사람들은 오랜 습관에 따라, 자신이 뭘 하는지도 모르는 채 움직이고 있을 뿐이었다.

모스크바가 텅 비었다는 몹시 신중하고 조심스러운 보고를 받자, 나폴레옹은 보고한 사람을 비난하듯 노려보더니 외면하고 말없이 계속 걸었다.

"마차를 대라." 그는 말했다. 그는 당직 부관과 나란히 유개마차를 타고 교외로 달렸다.

'모스크바가 비어 있다니. 도저히 있을 수 없는 일이다!' 그는 속으로 중얼거렸다.

그는 시내로 가지 않고 도로고밀로프 교외의 여관에 멈췄다.

연극의 대단원은 실패로 끝났다.

21

러시아군은 새벽 두시부터 낮 두시까지 모스크바를 통과하고, 그후 떠나온 마지막 시민들과 부상자들을 이끌고 갔다.

군의 이동 때 가장 큰 혼잡은 카멘니 다리, 모스크보레츠키 다리, 야우스스키 다리에서 일어났다.

크렘린 부근에서 둘로 갈라졌던 군대가 모스크보레츠키 다리와 카멘니 다리에 모이자, 수많은 병사가 정지와 혼잡을 틈타 다리에서 뒤돌아 슬그머니 성 바실리 대성당 옆을 지나 보로비츠키예 문으로 빠져나가 붉은 광장을 향해 언덕길을 올라갔는데, 거기에 가면 힘들이지 않고 남의 물건을 얻을 수 있다고 육감으로 느꼈기 때문이다. 똑같은 군중이 특매품에 모여들듯 고스티니 드보르*의 모든 통로와 골목을 메우고 있었다. 그러나 손님을 끌려는 점원들의 상냥하고 달콤한 목소리는 들리지 않았고, 행상인도, 물건을 사러 나온 색색의 옷차림을 한 여자 손님들도 보이지 않았으며, 보이는 것이라고는 말없이 짐을 가지고 가게에서 나오기도 하고 빈손으로 가게에 들어가기도 하는 총을 들지 않은 병사들의 군복과 외투뿐이었다. 상인들과 점원들은(수는 적었지만) 망연자실한 표정으로 병사들 사이를 걸어다니며, 가게를 열기도 하고 닫기도 하고, 어린 점원들과 물건을 운반하기도 했다. 상가 옆 광장에는 고수들이 집합을 알리는 북을 치고 있었다. 그러나 북소리는 약탈자가 되어버린 병사들을 이전처럼 집합시키지 못할 뿐만 아니라 오히려 북에서 더욱 멀리 달아나게 할 뿐이었다. 병사들 사이로 가게 앞과 거리에 회색 카프탄을 입고 머리를 박박 깎은 자들**이 보였다. 두 장교가 일리인카 거리 모퉁이에 서서 이야기하고 있었는데, 한 사람은 군복에 견장을 달고 바짝 마른 짙은 회색 말을 타고 있고, 또 한 사람은 외투를 입었는데, 도보중이었다. 또다른 장교가 그들에게 말을 달려 왔다.

"무슨 일이 있어도 당장 모두 쫓아버리라는 장군의 명령이다. 대체 이게 무슨 꼴인가! 절반이나 이탈하다니."

"어딜 가나?…… 너희는 어딜 가나?" 그는 총도 없이 외투 자락을 접어올리고 장교 옆을 지나 아케이드 쪽으로 슬그머니 빠져나가려는 세 보병을 보고 소리쳤다. "서라, 이 불한당들아!"

---

* 모스크바에 있는 아케이드. 현재는 백화점이다.
** 죄수들.

"그럼, 당신이 한번 모아보십시오." 다른 장교가 대답했다. "모을 수 없을 겁니다. 그보다는 남은 자들까지 잃지 않게 빨리 전진해야 합니다. 그 수밖에 없습니다!"

"어떻게 전진합니까? 다리 위에서 움직이질 않잖습니까. 아니면 보초선이라도 쳐서 흩어지지 못하게 할까요?"

"어쨌든 저쪽으로 가게! 저자들을 쫓아버려!" 고참 장교가 외쳤다.

견장을 단 장교는 말에서 내려 고수와 이야기하며 아치 밑으로 들어갔다. 몇몇 병사가 떼를 지어 달아났다. 코 옆 양볼에 빨간 여드름이 난 상인이 살찐 얼굴에 침착하고 흔들림이 없는 표정으로 허둥거리면서도 거들먹거리는 걸음걸이로 양손을 내저으며 장교에게 다가왔다.

"나리," 그는 말했다. "제발 도와주십시오. 우리도 보잘것없는 거라면 이러쿵저러쿵하지 않고 기꺼이 내줄 수 있습니다! 제발 와주십시오, 당장 나사천을 가져오겠습니다, 훌륭한 분을 위해서라면 두 필이라도 기꺼이 드리겠습니다! 우리도 알고는 있습니다만, 대체 이게 어떻게 된 일인지, 순 도둑들입니다! 제발 와주십시오! 파수병이라도 세워서 가게 문이라도 닫게 해주십시오……"

상인 몇몇이 장교 주위에 모여들었다.

"어이! 지껄여봐야 소용없어." 그중 엄격한 얼굴의 깡마른 사내가 말했다. "목이 잘렸는데 머리털 아까워 우는 놈이 어디 있나. 마음대로 가져가게 내버려두라고!" 그는 힘차게 손을 내저으며 장교 쪽으로 몸을 반쯤 돌렸다.

"이봐, 이반 시도리치, 잘도 지껄이는군." 처음의 상인이 화를 내며 말했다. "제발 와주십시오, 나리."

"이러니저러니 지껄일 거 없어!" 깡마른 사내가 말했다. "나는 가게가 세 개에, 10만 루블이나 되는 물건을 가지고 있어. 하지만 군대가 없어지는 판에 어떻게 무사하겠나. 아, 정말 답답하군, 하느님의 힘은 인간의 손으로 어떻게 할 수 없는 거야!"

"제발 와주십시오, 나리." 처음의 상인이 허리를 굽히며 말했다. 장교는 망설이며 서 있었고, 얼굴에는 주저하는 빛이 떠올랐다.

"그게 나와 무슨 상관이야!" 그는 난데없이 소리치고 빠른 걸음으로 상가로 다가갔다. 문이 열린 한 가게에서 치고받고 욕하는 소리가 들렸고, 장교가 다가갔을 때 회색 농민 외투를 입은 머리를 박박 깎은 사내가 밖으로 떼밀려나왔다.

사내는 몸을 구부린 상인들과 장교 옆으로 달아났다. 장교는 아직 가게에 있는 병사들을 꾸짖었다. 그러나 이때 모스크보레츠키 다리 쪽에서 대군중의 무서운 외침 소리가 들려오자, 장교는 광장으로 달려갔다.

"무슨 일인가? 무슨 일인가?" 그는 물었지만, 동료는 이미 성 바실리 대성당을 지나 소리가 나는 쪽으로 달려가고 있었다. 장교는 말을 타고 뒤따랐다. 다리로 다가가자, 앞차에서 떼어놓은 대포 두 문, 다리를 걸어가는 보병들, 뒤집힌 짐마차 몇 대, 겁에 질린 몇몇의 얼굴과 웃고 있는 병사들의 얼굴이 눈에 들어왔다. 대포 옆에는 말 두 필을 단 짐마차가 서 있었다. 짐마차 뒤 바퀴 옆에 목줄을 찬 보르조이 사냥개 네 마리가 모여 있었다. 산더미처럼 짐이 쌓인 짐마차 꼭대기에 거꾸로 실은 아이 의자가 있고 그 옆에 한 여자가 앉아 필사적으로 날카로운 비명을 지르며 울고 있었다. 동료들에게 들어보니, 군중의 외침과 여자의 비명은 이 군중과 부딪친 예르몰로프 장군이 병사들이 가게를 약탈하고 피란민 무리가 다리를 막고 있다는 것을 알자 앞차에서 대포를 떼어 다리를 포격하겠다고 위협했기 때문에 일어난 것이었다. 군중이 짐마차를 뒤집어엎고 서로 밀치락달치락 결사적으로 미친듯이 소리를 지르며 다리에서 빠져나갔기 때문에 군대는 간신히 다시 전진할 수 있었다.

22

한편 시내는 텅 비어 있었다. 거리에는 인기척도 거의 없었다. 모든 문과 모든 가게가 닫히고 선술집 부근에서 쓸쓸한 외침과 취한의 노랫소리만 들릴 뿐이었다. 마차를 타고 거리를 지나가는 사람은 없고, 이따금 걸어다니는 사람의 발소리만 들릴 뿐이었다. 포바르스카야 거리는 매우 고요하고 더없이 쓸쓸했다. 로스토프네 넓은 안뜰에는 먹다 남긴 건초와 모여 있던 짐마차의 말들이 남긴 말똥이 흩어져 있을 뿐 사람은 보이지 않았다. 가재가 고스란히 남아 있는 로스토프네 커다란 객실에는 두 하인이 있었다. 문지기 이그나트, 바실리치의 손자로 할아버지와 함께 모스크바에 남게 된 카자크 옷을 입은 심부름꾼 소년 미시카였다. 미시카는 클라비코드 뚜껑을 열고 한 손가락으로 쳤다. 문지기는 양손을 허리에 짚고 기쁜 듯이 싱글거리며 커다란 거울 앞에 서 있었다.

"잘하죠! 네? 이그나트 아저씨!" 소년은 갑자기 두 손으로 건반을 두드리며 말했다.

"이 녀석!" 이그나트는 거울에 비친 자기 얼굴에 번지는 미소를 놀란 듯이 보며 대답했다.

"뻔뻔하다! 정말 뻔뻔해!" 두 사람 뒤에서 조용히 들어온 마브라 쿠지미니시나의 목소리가 울렸다. "뭐야, 떡판 같은 얼굴에 이빨을 드러내고. 이러려고 남았나! 저쪽은 아직도 정리가 안 끝나서 바실리치 혼자 정신이 없는데. 어디 두고보자!"

이그나트는 허리띠를 고쳐 맨 후 미소를 지우고 얌전히 눈을 내리깐 채 방에서 나갔다.

"아주머니, 저도 쪼끔씩 하고 있어요." 소년이 말했다.

"쪼끔씩이라니, 이 장난꾸러기!" 마브라 쿠지미니시나는 손을 번쩍 쳐들며 큰 소리로 말했다. "저리 가서 할아버지한테 사모바르라도 준비해드려."

마브라 쿠지미니시나는 먼지를 털고, 클라비코드 뚜껑을 닫으며 무겁게 한숨을 내쉬고는 객실에서 나와 입구 문을 닫았다.

마브라 쿠지미니시나는 뜰로 나가면서 이제 어디로 갈지, 행랑채에 있는 바실리치한테 가서 차를 마실지, 아니면 창고로 가서 정리를 마저 끝낼지 생각했다.

조용한 거리에서 빠른 발소리가 들렸다. 발소리는 쪽문 앞에서 멈췄고, 쪽문을 열려는지 걸쇠가 흔들렸다.

마브라 쿠지미니시나는 쪽문으로 다가갔다.

"누굴 찾으십니까?"

"백작이요, 일리야 안드레이치 로스토프 백작."

"그런데 당신은 누구십니까?"

"나는 장교입니다. 꼭 뵙고 싶습니다만." 그는 러시아인 특유의 귀족적인 목소리로 말했다.

마브라 쿠지미니시나는 쪽문을 열었다. 열여덟 살쯤 되어 보이고, 로스토프가 사람들을 닮은 얼굴이 둥근 장교가 뜰로 들어섰다.

"떠나셨습니다, 나리. 어제저녁에 떠나셨어요." 마브라 쿠지미니시나는 상냥하게 말했다.

젊은 장교는 들어갈지 말지 망설이는 듯 쪽문가에 선 채 혀를 찼다.

"아아, 이럴 수가!……" 그는 말했다. "어제 왔어야 했는데…… 아이, 낭패다!……"

그동안 마브라 쿠지미니시나는 젊은이의 얼굴에서 보이는 눈에 익은 로스토프 일가의 얼굴 생김새와 그가 걸친 다 찢어진 외투며 해진 장화를 동정 어린 눈으로 유심히 바라보고 있었다.

"백작께는 무슨 일로 오셨습니까?" 그녀는 물었다.

"아 그게…… 할 수 없군요!" 장교는 분한 듯이 이렇게 말하고, 돌아가려는 듯 쪽문에 손을 댔다. 그러나 망설이며 다시 걸음을 멈췄다.

"실은," 그는 갑자기 말했다. "나는 백작의 친척인데, 백작께서 늘 친절히 대해주셨습니다. 그런데 지금 이렇게(그는 선량하고 밝은 미소를 띠며 자기 외투와 장화를 보였다) 전부 누더기가 되고 돈도 한 푼도 없어서 부탁을 좀 드리려고……"

마브라 쿠지미니시나는 끝까지 이야기하게 두지 않았다.

"잠깐만 기다려주십시오, 나리. 일 분만요." 그녀는 말했다. 그리고 장교가 쪽문에서 손을 떼자마자 곧바로 몸을 돌려 노파다운 빠른 걸음으로 뒤뜰의 자기 행랑채로 갔다.

마브라 쿠지미니시나가 자기 방에 다녀오는 동안 장교는 고개 숙여 구멍난 자기 구두를 내려다보며 가벼운 미소를 머금고 뜰 안을 걸어다녔다. '백부를 만나지 못해 참으로 유감이다. 하지만 좋은 할멈이다! 그런데 어디로 달려간 걸까? 연대는 지금쯤 로고시스카야쯤 갔을 텐데, 따라잡으려면 어느 길이 가장 가까울까?' 그동안 젊은 장교는 이런 생각을 했다. 마브라 쿠지미니시나는 겁먹은 듯하면서도 결연한 표정으로 격자무늬 손수건에 뭔가를 싸쥐고 집 모퉁이에서 나왔다. 그녀는 장교 몇 발짝 앞에서 걸음을 멈추고 손수건을 펴더니 25루블짜리 하얀 지폐를 꺼내 재빨리 건넸다.

"각하께서 댁에 계셨다면 친척으로서 당연히 잘해주셨겠지만, 제가 해드릴 수 있는 건…… 이런 때라……" 마브라 쿠지미니시나는 당황해 더듬거렸다. 장교는 사양하지 않고 침착하게 지폐를 받아들고 마브라 쿠지미니시나에게 감사 인사를 했다. "백작께서 댁에 계셨다면," 마브라 쿠지미니시나는 아직도 미안한 듯이 되풀이했다. "그리스도가 함께하시길, 나리! 무사하시길 빕니다" 하고 마브라 쿠지미니시나는 허리를 굽히며 배웅했고, 장교는 자조적인 미소를 지으며 고개를 끄덕이고, 자기 연대를 따라잡기 위해 야우스스키 다리를 향해 텅 빈 거리를 빠르게 달려갔다.

마브라 쿠지미니시나는 생각에 잠긴 듯 고개를 흔들고, 낯선 젊은 장교에게 자기도 모르게 어머니와 같은 사랑과 연민이 솟구치는 것을 느끼며 닫힌 쪽문 앞에서 오랫동안 눈물을 머금고 서 있었다.

23

바르바르카 거리의 아직 다 지어지지 않은 어느 건물 아래층에 있는 술집에서 술 취한 사람들이 떠드는 소리와 노랫소리가 들리고 있었다. 작고 지저분한 방에 있는 탁자 앞 벤치에 열 명쯤 되는 직공이 앉아 있었다. 모두 취하고, 땀에 젖고, 흐릿한 눈에, 입을 크게 벌리며 열심히 노래를 부르고 있었다. 다들 제멋대로 악을 쓰며 극성스럽게 노래했는데, 부르고 싶어서가 아니라 분명 자기들이 술에 취해 놀고 있다는 것을 증명하기 위해 부르는 것 같았다. 그중 깨끗한 푸른색 외투를 입은 키가 큰 금발의 젊은이가 모두를 내려다보며 서 있었다. 날카로운 콧날에 선이 또렷한 그의 얼굴은 끊임없이 움직이는 얄팍하고 짓눌린 듯한 입술과 탁하고 침울하고 움직임 없는 눈만 아니었다면 아름다워 보였을 것이다. 그는 노래하는 사람들을 내려다보며 무언가를 상상하는 듯 팔꿈치까지 소매를 걷어올린 하얀 팔을 그들의 머리 위에서 엄숙하면서도 서툴게 저으면서 때 묻은 손가락을 펼치려고 부자연스럽게 애쓰고 있었다. 그의 외투 소매는 자꾸 흘러내렸고, 그럴 때마다 젊은이는 하얗고 건장한 팔을 드러내는 것에 무슨 중대한 의미라도 있는 듯 또다시 왼손으로 소매를 열심히 걷어올렸다. 노래를 부르던 중, 현관과 현관 층층대 쪽에서 다투고 때리는 소리가 들렸다. 키가 큰 젊은이는 한 손을 휙 저었다.

"그만!" 그는 명령조로 말했다. "싸움이 났다, 여러분!" 그는 계속 옷소매를 걷어올리며 현관 층층대로 나갔다.

직공들도 뒤따라나갔다. 키가 큰 젊은이의 주도로 이날 아침 술집에 모여 있던 직공들은 공장에서 가지고 나온 가죽을 술집 주인에게 주고 술을 얻어 마시고 있었다. 그런데 이웃 대장간의 직공들이 술집에서 소란이 일자 술집을 부수고 있다고 착각해 자기들도 강제로 난입하려 했던 것이다. 현관 층층대에서 싸움이 벌어졌다.

술집 주인은 문가에서 한 대장장이와 맞붙었는데, 직공들이 나왔을 때 대장장이는 주인한테 내던져져 포장도로에 얼굴을 부딪히며 나동 그라졌다.

다른 대장장이가 주인을 가슴으로 밀치며 안으로 뛰어들었다.

소매를 걷어올린 젊은이는 안으로 밀치며 들어오는 대장장이의 얼굴을 후려갈기고 거친 목소리로 외쳤다.

"여러분! 우리 쪽을 때리고 있다!"

이때 쓰러졌던 처음의 대장장이가 바닥에서 일어나 찢어진 얼굴의 피를 훔치더니 울먹이며 소리치기 시작했다.

"사람 살려! 살인이다!…… 사람을 죽였다! 형제들!……"

"아, 어머나, 사람을 죽였다, 사람을 죽였어!" 이웃집 문에서 뛰어나온 여자가 날카로운 비명을 질렀다. 군중이 피 흘리는 대장장이 주위로 모여들었다.

"사람들한테 실컷 뜯어먹고 셔츠까지 뺏더니," 누군가가 주인을 보고 말했다. "사람까지 죽인 거냐? 도둑놈!"

키가 큰 젊은이는 현관 층층대에 서서 이번에는 누구를 상대할지 망설이는 듯 흐릿한 눈으로 술집 주인과 대장장이를 번갈아 보았다.

"살인자!" 별안간 그가 술집 주인에게 소리쳤다. "모두 저놈을 묶어라!"

"나만 묶는 법이 어디 있어!" 술집 주인은 달려드는 사람들을 뿌리치며 외치고 모자를 벗어 바닥에 내던졌다. 신기하게도 이 동작이 왠지 위협처럼 느껴져 술집 주인을 둘러쌌던 직공들은 주저하며 발을 멈췄다.

"이봐, 형제, 규칙이라면 나도 잘 알고 있어. 나는 경찰서장에게 가겠네. 내가 못 갈 거 같나? 아무리 이런 때라도 도둑질은 안 되는 법이야!" 주인은 모자를 주우며 외쳤다.

"그래 가보자, 이놈아! 가보자…… 이놈아!" 키가 큰 젊은이와 술집 주인은 서로 이렇게 되풀이하며 거리를 걷기 시작했다. 피투성이가 된 대장장이도 그들과 나란히 걸어갔다. 직공들과 제삼자들도 떠들어대고 소리치며 뒤따랐다.

마로세이카 거리 모퉁이에 이르자 구두 가게 간판이 보이고, 덧창문이 닫힌 커다란 집 맞은편에 여위고 지칠 대로 지쳐 보이는 스무 명쯤 되는 제화공들이 덧옷에 해진 외투를 걸치고 침울한 얼굴로 서 있었다.

"갚을 건 제대로 갚아야지!" 수염이 듬성듬성 난 여윈 직공이 얼굴을 찌푸리며 말했다. "뭐야, 남의 피를 다 빨아먹고 끝이라니. 우리를 그렇게 부려먹고, 그렇게 일주일이나 부려먹고. 막판이 되니까 혼자 내뺐잖아."

구경꾼들과 피투성이 사내를 보자 지껄이던 직공은 입을 다물었고, 제화공들은 성급한 호기심을 드러내며 걸어가는 군중에 합류했다.

"모두 어딜 가는 건가?"

"어디긴 어디야, 당국에 가지."

"그런데 정말 러시아군이 진 건가?"

"그럼 어떻게 생각했나! 이봐, 사람들 말을 좀 들어보라고."

그들이 주고받는 소리가 들렸다. 술집 주인은 사람이 많아진 틈을 타 군중에서 떨어져 자기 가게로 돌아갔다.

키가 큰 젊은이는 싸움 상대인 술집 주인이 사라진 것도 모르고 드러낸 팔을 내저으며 줄곧 지껄여 모두의 주의를 끌었다. 그들은 자기들의 마음을 차지한 온갖 문제의 해결을 이 사내에게서 얻을 수 있으리라 생각하고 주로 그 옆으로 몰려들었다.

"그 규칙이라는 걸, 규칙을 보여달란 말이야! 당국은 그래서 있는 거잖아! 그렇지 않나, 정교회 형제들?" 키가 큰 젊은이는 보일락 말락 한 미소를 지으며 말했다.

"그자는 당국이 없다고 생각하는 건가? 당국이 없어도 괜찮단 건가? 없으면 약탈하는 놈만 생길 거야."

"대체 왜 쓸데없는 소리를 하나!" 군중 속에서 이런 목소리가 들렸다. "설마 모스크바가 이대로 쉽게 버려지겠어? 네놈 농담을 진짜로 믿었잖아. 우리 군대는 움직이고 있어. 그런데 적들을 들여놓았어! 당국은 그러라고 있는 게 아냐! 이봐 형제, 세상 사람들이 하는 말을 들어보라고."

키가 큰 젊은이를 가리키며 사람들은 말했다.

키타이고로드 성벽 옆에서는 다른 작은 무리가 허름한 모직 외투를 입고 종이를 든 사내를 둘러싸고 있었다.

"포고다, 포고를 읽고 있어! 포고를 읽고 있어!" 군중 속에서 소리가 들리자 모두가 읽고 있는 사람 쪽으로 몰려갔다.

허름한 모직 외투를 입은 사내는 8월 31일자 전단을 읽고 있었다.

군중이 둘러싸자 그는 당황한 듯했지만, 군중을 헤치고 다가선 키가 큰 젊은이가 부탁하자 가볍게 떨리는 음성으로 처음부터 다시 읽기 시작했다.

"나는 내일 아침 일찍 공작 각하에게 가서," 그는 읽었다(공작 각하에게!—키가 큰 젊은이는 입가에 미소를 띠고 눈썹을 찌푸리며 뽐내듯 되뇌었다). "공작 각하와 협의하고, 행동하고, 군을 도와 악당들을 섬멸할 것이다. 그들의 숨통을……" 그는 여기까지 단숨에 읽고 잠시 숨을 돌렸다('봤나?—젊은이는 의기양양하게 외쳤다—그*가 모든 일을 해결해주신다는 거야……') "숨통을 끊어놓고, 그 손님들을 악마한테로 쫓아버리고, 나는 점심때까지 돌아올 것이다. 일에 착수하자, 쳐부수자, 악당들을 쳐부수자, 쳐부수자."

마지막 구절을 읽을 때는 모두가 완전히 침묵했다. 키가 큰 젊은이는 슬픈 듯 고개를 숙였다. 이 마지막 구절은 아무도 이해하지 못한 것 같았다. 특히 "나는 점심때까지 돌아올 것이다"라는 말은 읽는 사람에게도 듣는 사람에게도 실망을 준 것 같았는데, 사람들은 이해할 준비가 충분히 되어 있었지만 너무 단순하고 필요 없다 싶을 만큼 빤하고 누구나 할 수 있는 말이었기 때문에 최고 기관에서 나온 포고로 받아들이기 어려웠던 것이다.

모두가 침울한 침묵 속에 서 있었다. 키가 큰 젊은이는 입술을 달싹거리고 몸을 흔들었다.

"저 사람에게 물어보자!…… 저 사람이 그 사람 아냐?…… 그래,

---

* 라스톱친을 가리킴.

물어보자!…… 아 그래…… 저 사람이 가르쳐줄 거야……" 갑자기 군중 뒷줄에서 이런 목소리가 들렸고, 사람들의 주의는 때마침 광장에 다다른 두 용기병을 거느린 경찰서장*의 무개마차에 집중되었다.

이날 아침 백작의 명령으로 바지선을 불태우러 가서 그 기회를 이용해 거액을 호주머니에 챙겨넣었던 경찰서장은 자기에게 몰려드는 군중을 보자 마부에게 마차를 세우라고 명령했다.

"뭐하는 자들이냐?" 그는 삼삼오오 떼를 지어 머뭇거리며 마차로 다가오는 사람들에게 소리쳤다. "뭐하는 자들이냐? 내가 묻고 있잖아!" 대답을 얻지 못하자 경찰서장은 되풀이했다.

"나리, 이자들은……" 허름한 모직 외투를 입은 하급 관리가 말했다. "나리, 이자들은 백작 각하의 포고에 따라 목숨도 아끼지 않고 봉사하길 바라는 자들이며, 백작 각하가 말씀하신 그런 폭도들이 아닙니다……"

"백작은 떠나신 게 아니다. 여기 계시고, 머지않아 너희에게 명령을 내릴 것이다." 경찰서장이 말했다. "가자!" 그는 마부에게 명령했다. 군중은 경찰서장의 말을 들은 사람들 옆으로 모여 멀어져가는 마차를 바라보았다.

이때 경찰서장은 겁먹은 얼굴로 돌아보며 마부에게 무슨 말인가 했고, 말은 한층 속도를 올려 달렸다.

"속았다, 여러분! 저놈을 쫓아!" 키가 큰 젊은이가 외쳤다. "다들 놓치지 마! 확실한 설명을 들어야 해! 붙잡아!" 몇 사람이 소리쳤고, 군

---

* A. F. 브로케르(1771~1848).

중은 마차를 뒤쫓았다.

군중은 큰 소리로 외치며 경찰서장을 쫓아 루뱐카 쪽으로 갔다.

"왜 나리와 상인은 다 도망치고 우리가 대신 죽어야 하는데? 대체 왜, 우리가 개새끼냐, 우리가!" 이런 목소리가 군중 속에서 더 빈번하게 들렸다.

24

9월 1일 저녁, 라스톱친 백작은 쿠투조프와 만난 뒤 자신이 군사회의에 초대되지도 않았고, 수도 방위에 참가해야 한다는 자신의 제안에 쿠투조프가 아무런 관심도 보이지 않았다는 데 모욕을 느꼈고, 게다가 수도의 평온과 애국적인 기분 같은 것을 이차적인 것도 아니고 전혀 불필요하고 보잘것없는 문제로 생각하는 진중의 새로운 견해에 놀랐으며, 이 모든 것에 모욕을 느끼고 낙담하고 놀란 채 모스크바로 돌아왔다. 백작은 저녁식사 후 옷도 벗지 않고 소파에 누웠다가 열두시가 지나 쿠투조프의 편지를 전하러 온 급사 때문에 깼다. 편지는 군이 모스크바 시외의 랴잔 가도로 퇴각하는데 시중 통과를 위해 경찰을 파견해줄 수 있겠느냐는 내용이었다. 이 소식은 라스톱친에게 새로운 것이 아니었다. 어제 포클론나야의 언덕에서 쿠투조프와 만났을 때는 물론이고, 모스크바에 온 장군들이 하나같이 더이상 전투를 할 수 없다고 말하고, 관유 재산이 백작의 허가 아래 매일 밤 소개되고 주민도 반 이상 떠나버렸던 보로디노 전투 이래 그는 이미 모스크바가 포기되리라는 것을 알고 있었지만, 그럼에도 쿠투조프가 보낸 간단한 편지 형식의 이 소식은, 더구나 간신히 잠든 한밤중에 전달된 이 소식은 그를 놀라고 초조하게 했다.

훗날 라스톱친 백작은 수기에서 당시 자신의 행동을 설명하며, 그때 자신에게는 모스크바의 평온 유지와 주민들의 피란이라는 두 개의 중대한 목적이 있었다고 여러 번 썼다. 만약 이 두 개의 목적을 인정한다면 라스톱친의 모든 행동은 비난받을 여지가 없다. 어째서 모스크바에 있는 성물과 무기와 탄환, 화약, 비축한 식량 등을 반출하지 않았는가? 어째서 수천의 모스크바 주민은 모스크바가 함락되지 않는다는 말에 넘어가 궁지에 빠졌는가? 수도의 평온을 유지하기 위해서, 라고 라스톱친의 설명은 대답한다. 어째서 관청의 불필요한 서류 더미와 레피흐의 기구와 그 밖의 물건들은 반출되었는가? 도시를 비우기 위해서, 라고 라스톱친 백작의 설명은 대답한다. 그저 뭔가가 민중의 평온을 위협했다는 것만 인정된다면, 모든 행동은 정당화되는 것이다.

테러의 모든 공포는 오직 민중의 평온에 대한 배려 때문에 생기는 것이다.

하지만 1812년 라스톱친 백작이 모스크바 민중의 평온을 위해 품었던 공포는 대체 어디서 온 걸까? 시중에 폭동의 조짐을 예측하게 하는 일이 있었을까? 주민들은 떠나고, 퇴각중인 군대는 모스크바를 뒤덮고 있었다. 그랬는데 왜 민중이 폭동을 일으킬 거라고 생각했을까?

모스크바뿐만 아니라 러시아 어디에서도 적의 침입으로 인한 폭동은 일어나지 않았다. 9월 1일과 2일에는 아직 만 명이 넘는 주민이 모스크바에 남아 있었지만, 총사령관의 저택에 모여든, 즉 총사령관에게

군중이 이끌려온 일 외에는 아무 일도 일어나지 않았다. 만약 보로디
노 전투 후 모스크바 포기가 뚜렷해졌을 때, 혹은 적어도 그렇게 보였
을 때 라스톱친이 무기 분배와 전단으로 민심을 동요시키는 대신 온갖
성물과 화약과 탄약과 화폐를 반출할 방법을 모색하고, 수도 포기 사
실을 솔직히 알렸다면, 민중의 동요를 걱정할 필요는 전혀 없었을 것
이다.

　라스톱친은 성격이 불같고 다혈질인데다, 늘 상류 관료사회에서만
교제했기 때문에 애국심은 있지만 자신이 지배하고자 하는 민중에 대
한 이해심은 전혀 없었다. 그는 적군이 스몰렌스크에 침입한 당초부터
자신의 역할을 러시아의 심장―민심의 지도자라고 마음속에 만들어
놓고 있었다. 그는 자신이 모스크바 주민들의 외면적 행동을 지배하고
있다고 생각했을 뿐만 아니라(행정가는 누구나 이렇게 생각한다), 민
중 사이에서는 경멸하는, 그들에게는 잘 이해가 가지 않는 상층부 사
람들의 과격한 말로 쓰인 그 격문과 전단으로 민중의 마음까지도 지배
하고 있다고 생각했다. 라스톱친은 민심의 지도자라는 훌륭한 역할이
아주 마음에 들고 도취되어 있었기 때문에 막상 이 역할에서 물러나
그다지 영웅적 효과도 없이 모스크바를 포기해야 하는 처지가 되자 갑
자기 자신의 지반을 잃고 뭘 어떻게 해야 할지 갈피를 잡지 못했다. 알
고는 있었지만 마지막 순간까지 모스크바 포기를 진심으로 믿지 않았
기 때문에 그것에 관해서는 아무 일도 하지 않았다. 그의 희망과는 반
대로 주민들은 떠나버렸다. 관청 이전도 관리들의 요청에 마지못해 동
의한 것이었다. 그는 자신을 위해 만들어둔 역할에만 골몰했다. 민활
한 상상력이 풍부한 사람이 그렇듯 그는 모스크바가 포기된다는 것을

이미 오래전에 알아챘지만, 이성으로만 알았을 뿐 진심으로 믿지는 않았기 때문에 그의 상상은 새로운 상태로 옮아가지 못했다.

열성적이고 정력적인 모든 활동은(그것이 얼마나 유익한가, 얼마나 민중에게 영향을 미쳤는가는 별개의 문제다) 그가 직접 체험한 감정, 즉 프랑스군에 대한 애국적 증오심, 그리고 자신에 대한 신뢰를 주민들의 마음속에 불러일으키는 것에만 집중되었다.

그러나 사건이 본격적이고, 역사적 규모를 띠고, 프랑스군에 대한 증오심을 말로 표현하는 것만으로는 부족해지자, 전투를 통해서도 그 증오심을 표현할 수 없게 되고, 모스크바 문제만 하더라도 자신의 신뢰가 소용없다는 것이 명백해지며 전 주민이 한 사람처럼 자기 재산을 내던지고 모스크바에서 빠져나가고 이 부정적인 행동으로써 국민감정을 유감없이 드러내자, 라스톱친은 그제야 갑자기 자신의 역할이 무의미하다는 것을 깨달았다. 그는 문득 고독하고, 무력하고, 우스꽝스럽고, 딛고 설 지반도 없는 듯한 기분이 들었다.

잠에서 깨어 쿠투조프의 냉정한 명령조의 편지를 받아든 라스톱친은 자신의 잘못을 깨달을수록 더욱 초조해졌다. 모스크바에는 그의 책임 아래 반드시 반출되어야 할 관유물이 그대로 남아 있었다. 그것을 전부 반출하기는 불가능했다.

'이것은 누구의 책임이고, 누가 이렇게까지 만들었는가?' 그는 생각했다. '물론 나는 아니다. 나는 완전히 준비되어 있었고, 여기서 모스크바를 지키고 있었다! 그런데 그놈들이 사태를 이렇게 만들어버린 것이다! 악당, 배반자!' 그는 이렇게 생각했고, 악당과 배반자가 누구인지 지정할 수 없지만 그것이 누구건 자신을 이토록 허망하고 우스꽝스러운 입장에 빠뜨린 배반자를 찾아내 증오해야 한다고 느꼈다.

그날 밤 라스톱친 백작은 모스크바 각 곳으로부터 몰려오는 사람들에게 밤새도록 지시를 내렸다. 측근들은 백작이 그날 밤처럼 침울하고 초조한 모습을 본 적이 없었다.

'각하, 영지관리국에서 왔습니다. 국장의 지시로 명령을 받으러…… 주교관구 감독국에서, 원로원에서, 대학에서, 양육원에서 사람이 왔습니다, 부주교가 사람을 보내…… 물어볼 일이 있다고 합니다…… 소방대 건은 어떻게 할까요? 교도소장이…… 정신병원장이……' 밤새도록 쉴새없이 백작에게 전해졌다.

모든 질문에 대해 백작은 노기를 띠고 짧은 대답만 주었는데, 이제 그의 지시 같은 건 필요 없고, 그가 열심히 준비해온 것들은 이미 누군가에 의해 파괴되었으므로 이제부터 일어나는 모든 일에 대해서는 그 누군가가 책임질 거라고 말하려는 것 같았다.

"그래, 그 바보에게 이렇게 말해주게." 영지관리국의 질문에 그는 이렇게 대답했다. "남아서 서류라도 지키라고 말이야. 그리고 소방대 건은, 그런데 왜 그렇게 쓸데없는 걸 묻지? 말이 있으면 블라디미르로 가라고 해. 프랑스군에게 남겨줄 수는 없으니까."

"각하, 정신병원장이 와 있는데 어떻게 할까요?"

"뭘 어떡해? 모두 마음대로 떠나면 되지, 그뿐이야…… 미치광이들은 시중에 풀어놓으면 되겠군. 미치광이 군이 지휘하고 있으니, 이 또한 하느님의 뜻이겠지."

감옥의 죄수들은 어떻게 하느냐는 질문에 백작은 화를 내며 교도소장에게 소리쳤다.

"뭐, 당장 없는 2개 대대로 호위라도 해달란 말인가? 풀어주면 그만이야!"

"각하, 정치범 메시코프*와 베레샤긴이 있습니다."

"베레샤긴이라고! 아직도 그놈 목을 매달지 않았나?" 라스톱친은 소리쳤다. "이리 데려와."

25

군대가 이미 모스크바를 통과한 오전 아홉시경에는 더이상 백작의 명령을 받으러 오는 사람도 없었다. 달아날 수 있는 자는 모두 제각기 달아났고, 남은 자도 각자의 일을 스스로 해결했다.

백작은 소콜니키로 가기 위해 마차를 준비하라고 명령하고는 누런 얼굴을 잔뜩 찌푸린 채 팔짱을 끼고 말없이 서재에 앉아 있었다.

행정관이란 무사태평할 때는 통치하는 주민이 모두 자신의 노력에 의해 움직이는 것 같고, 자신은 없어서는 안 될 존재라는 의식 속에서 노고와 노력에 대한 최대의 보상을 느끼는 법이다. 그러므로 역사의 바다가 잠잠할 때는 낡고 작은 배를 타고 국민이라는 큰 배에 삿대를 뻗어 움직이기 때문에 큰 배가 자신의 노력으로 움직인다고 생각하는 것도 무리는 아니다. 그러나 폭풍이 일어 바다가 미친듯이 날뛰고 큰 배가 제 힘으로 움직이기 시작하면, 그런 착각은 하려야 할 수 없게 된

---

* P. A. 메시코프(1780~1812). 러시아 변호사. 베레샤긴이 가지고 있던 나폴레옹의 '포고'를 베껴쓴 죄로 재판에 회부되어 귀족 칭호를 박탈당하고 병사로 강등되었다.

다. 큰 배가 스스로 거대한 독립된 움직임을 시작하고, 움직이는 큰 배에 삿대가 닿지 않는 것을 깨닫는 순간, 위정자는 힘의 근원인 권력자의 지위에서 보잘것없고 쓸모없는 인간으로 전락한다.

라스톱친도 그것을 느꼈기 때문에 초조했다.

군중 때문에 발이 묶였던 경찰서장은 마차가 준비되었다고 알리러 온 부관과 함께 백작의 방으로 들어갔다. 두 사람 모두 창백했고, 경찰서장은 자기 임무 수행에 관한 보고를 마친 뒤, 지금 뜰에 면회를 청하는 많은 군중이 몰려와 있다고 알렸다.

라스톱친은 한마디 대꾸도 없이 일어나더니 화사하고 밝은 객실로 급히 걸어갔고, 발코니 문으로 다가가 손잡이를 잡았지만 곧 손을 떼고 군중이 한눈에 내려다보이는 창가로 갔다. 키가 큰 젊은이가 앞줄에 서서 험상궂은 얼굴로 한 손을 내저으며 지껄이고 있었다. 피투성이가 된 대장장이는 침울한 얼굴로 그 옆에 서 있었다. 닫힌 창문 안으로 웅성거리는 소리가 흘러들었다.

"마차는 준비됐나?" 라스톱친은 창가에서 물러나며 물었다.

"준비됐습니다, 각하." 부관은 대답했다.

라스톱친은 다시 발코니 문으로 다가갔다.

"대체 저자들은 뭘 원하는 건가?" 그는 경찰서장에게 물었다.

"각하, 저들은 각하의 명령에 따라 프랑스군과 싸우기 위해 모였다고 하면서 배반이다 뭐다 하고 떠들어대고 있습니다. 그러나 폭도들이나 다름없습니다, 각하. 저도 간신히 빠져나왔습니다. 각하, 외람된 말씀이오나……"

"물러가게, 자네가 말하지 않아도 나는 내가 할 일을 잘 알아." 라스톱친은 화가 나서 소리쳤다. 그는 군중을 내려다보며 발코니 문가에 서 있었다. '저놈들이 러시아를 이렇게 만들어버렸다! 저놈들이 나를 이렇게 만든 것이다!' 라스톱친은 사태의 책임을 전가할 수 있는 누군가에 대한 억누를 수 없는 분노를 느끼며 이렇게 생각했다. 신경질적인 사람에게 흔한 일이지만, 그는 이미 분노에 사로잡혀 있으면서도 여전히 분노의 대상을 찾고 있었다. '저것이 천민이다, 민중의 찌꺼기.' 그는 군중을 보며 생각했다. '자신들의 무지에 의해 선동된 천민이다. 저들에게는 희생양이 필요하다.' 손을 내젓고 있는 키가 큰 젊은 이를 보면서 그는 문득 이렇게 생각했다. 이런 생각이 떠오른 것은 그 자신에게도 그런 희생양, 즉 분노의 대상이 필요하기 때문이었다.

"마차는 준비됐나?" 그는 다시 한번 물었다.

"준비됐습니다, 각하. 그런데 베레샤긴은 어떻게 하시겠습니까? 현관 앞에서 기다리고 있습니다." 부관은 대답했다.

"아!" 라스톱친은 생각이 떠올라 놀란 듯 외쳤다.

그리고 재빨리 문을 열고 결연한 걸음으로 발코니로 나갔다. 말소리가 멈추고, 모자가 벗겨지고, 모두의 눈이 백작을 향했다.

"안녕하십니까, 여러분!" 백작은 큰 소리로 재빨리 말했다. "와주셔서 고맙습니다. 이제 곧 여러분한테 가겠지만, 그전에 우리는 악당을 처치해야 합니다. 모스크바를 파괴한 악당을 처벌해야 한단 말입니다. 잠깐 기다려주시오!" 백작은 재빨리 문을 닫고 역시 재빨리 방으로 들어갔다.

고무적인 만족스러운 속삭임이 군중 속을 내달렸다. "오, 악당을 전부 처치하신다고 하잖아! 그런데도 넌 저분을 프랑스인이라고 하다니…… 백작이 확실하게 보여주실 모양이다. 일의 매듭이란 것을!"군중은 자신들의 불신을 서로 비난하듯 말했다.

몇 분 뒤 정면 현관에서 한 장교가 다급히 나와 무슨 명령을 내리자, 용기병들이 차렷 자세를 취했다. 호기심에 가득찬 군중은 발코니 아래에서 현관 층층대 쪽으로 몰려갔다. 라스톱친은 화난 듯 빠른 걸음으로 정면 현관 층층대로 나와 누군가를 찾는 듯 주위를 급히 둘러보았다.

"그자는 어디 있나?" 백작이 말한 순간, 길모퉁이에서 두 명의 용기병 사이에 끼여 끌려오는, 목이 가늘고 머리 절반은 깎이고 절반은 아무렇게나 잘려 헝클어진 청년이 보였다. 전에는 말쑥했겠지만 지금은 해진 파란 모직 안감을 댄 여우가죽 외투를 입고, 더러운 죄수용 대마 바지 자락을 닦지도 않은 닳고 얇은 장화 속에 집어넣은 상태였다. 가늘고 약해 보이는 다리에는 무거운 쇠고랑이 매달려 청년의 머뭇거리는 걸음걸이를 더욱 힘들게 하고 있었다.

"아아!" 라스톱친은 여우가죽 외투를 입은 청년에게서 급히 시선을 돌려 현관 맨 아래 층층대를 가리키며 말했다. "그놈을 여기 세워!" 청년은 쇠고랑을 절거덕거리며 그 층층대에 괴로운 듯이 발을 올려놓고, 갑갑한 외투 깃을 손가락으로 매만지며 긴 목을 두어 번 돌리고는 한숨을 내쉬고, 노동을 해보지 않은 가는 두 손을 배 앞에 얌전히 포갰다.

청년이 층층대에 세워지는 동안 몇 초간 침묵이 이어졌다. 한구석에 밀려 있던 뒷줄에서 탄식 소리, 신음 소리, 떼밀고 발을 옮겨 딛는 소리만 들렸다.

라스톱친은 그가 세워지기를 기다리며 찌푸린 얼굴을 한 손으로 문질렀다.

"여러분!" 라스톱친은 쨍쨍 울리는 금속성으로 말했다. "이 베레샤긴이라는 자가 모스크바를 망친 악당이오."

여우가죽 외투를 입은 청년은 배 앞에서 손을 모으고 몸을 약간 구부린 순종적인 자세로 서 있었다. 머리털이 반만 깎여 보기 흉한 젊고 수척한 얼굴은 절망스러운 표정을 띤 채 숙이고 있었다. 백작의 처음 말을 듣자, 그는 천천히 고개를 들어 무슨 말을 하려는 듯, 아니면 그저 상대방의 시선만이라도 잡고 싶은 듯 백작을 바라보았다. 그러나 라스톱친은 그를 보지 않았다. 청년의 가늘고 긴 목에서 푸른색 혈관이 새끼줄처럼 부풀어오르더니 갑자기 얼굴이 빨개졌다.

모두의 눈이 남자에게 쏠렸다. 그는 군중을 바라보았고, 사람들 얼굴에서 알아챈 표정에 힘입은 듯 슬프고 심약한 미소를 짓더니 다시 고개를 떨어뜨리고 층층대 위에서 발의 위치를 바로잡았다.

"이자는 황제와 조국을 배반하고 보나파르트와 내통했고, 모든 러시아인 중 러시아인의 이름을 더럽힌 유일한 자이며, 이자 때문에 모스크바는 멸망에 임박했습니다." 라스톱친은 억양이 없는 날카로운 목소리로 말하다가 문득 눈길을 내리고 여전히 순종적인 자세로 서 있는 베레샤긴을 재빨리 내려다보았다. 마치 이 일별이 그의 마음을 폭발시키기라도 한 듯 그는 한 손을 들며 군중에게 외치듯 말했다. "이자를 마음대로 재판하시오! 나는 이자를 여러분에게 맡깁니다!"

군중은 침묵한 채 서로 더욱 다가서며 밀어댔다. 그들은 이 오염되고 숨막히는 열기 속에서 호흡하며 옴짝달싹 않은 채 버티고 서 있었지만, 뭔지도 모르고 이해할 수도 없는 무서운 것을 기다리는 것이 견디기 힘들었다. 눈앞에서 벌어지는 모든 것을 보고 들은 앞줄 사람들은 놀란 듯 눈을 휘둥그레 뜨고 입을 벌린 채 뒤에서 밀어대는 강한 압력을 견디고 있었다.

"이놈을 때려라!······ 배반자는 죽여서 러시아인의 이름을 더럽히지 못하게 해야 한다!" 라스톱친은 외쳤다. "베어라! 내가 명령한다!" 말을 넘어선 분노의 울림과도 같은 라스톱친의 음성을 듣자 군중은 술렁이며 움직이다가 다시 멈췄다.

"백작!······" 또다시 찾아온 정적의 순간에 겁에 질린 듯한 베레샤긴의 연극조의 목소리가 울렸다. "백작, 우리 위에는 오직 하느님이 계십니다······" 베레샤긴이 고개를 쳐들고 말했고, 가는 목에 굵은 혈관이 다시 부풀고 갑자기 얼굴이 빨개지더니 이내 쓰러졌다. 그는 하려던 말을 끝까지 하지 못했다.

"이놈을 베어라! 명령이다!······" 라스톱친은 순간 베레샤긴처럼 창백해지며 외쳤다.

"칼을 빼라!" 장교는 사브르를 뽑아 들며 용기병들에게 외쳤다.

군중 속에서 더 강력한 물결이 일어나 앞줄까지 밀어닥치자 앞에 있던 사람들은 정면 현관 층층대까지 밀려갔다. 키가 큰 젊은이는 돌처럼 굳은 표정으로 한 손을 치켜든 채 베레샤긴과 나란히 서게 되었다.

"베어라!" 장교가 용기병들에게 속삭이듯 말하자, 한 병사가 증오에 일그러진 얼굴로 베레샤긴의 머리 위로 무딘 날 쪽을 내리쳤다.

"악!" 베레샤긴은 놀라움의 짧은 비명을 지르고, 자신이 왜 이런 일을 당하는지 알 수 없다는 듯 겁먹은 눈으로 사방을 둘러보았다. 똑같은 놀라움과 공포의 신음 소리가 군중 위를 스쳐갔다.

"오오, 하느님!" 누군가의 슬픈 외침 소리가 들렸다.

그러나 베레샤긴은 놀라움의 비명을 내지른 뒤, 고통으로 애끓는 비명을 질렀고, 이 비명은 그를 죽음으로 이끌었다. 그때까지 군중을 억누르고 있었던 극도로 긴장된 인간적인 감정의 둑은 순식간에 터져버렸다. 일단 손을 댄 범죄는 마저 해치워야 했다. 슬픈 탄식은 군중의 미쳐 날뛰는 듯한 포효에 파묻혔다. 배를 부숴버릴 마지막 일곱번째 물결이, 억누를 수 없는 그 마지막 물결이 뒷줄에서 용솟음치며 앞줄로 밀려와 사람들을 넘어뜨리고 모든 것을 집어삼켰다. 한 번 내려친 용기병이 다시 내려치려 했다. 베레샤긴은 공포의 비명을 내지르고 두 손으로 막으며 군중 쪽으로 뛰어들었다. 키가 큰 젊은이는 베레샤긴과 부딪치자 그의 가는 목을 부여잡고 거친 목소리를 지르며, 포효하며 달려드는 사람들 발밑에 그와 얽혀 쓰러졌다.

어떤 사람은 베레샤긴을, 어떤 사람은 키가 큰 젊은이를 때리고 거칠게 잡아당겼다. 짓눌린 사람들의 비명과 키가 큰 젊은이를 구하려고 애쓰는 사람들의 외침은 군중의 분노만 부추길 뿐이었다. 용기병들은 반은 죽다시피 얻어맞고 피투성이가 된 직공을 한참이나 구해내지 못했다. 군중은 일단 손을 댄 일을 끝내려고 몹시 흥분해서 서둘렀지만, 베레샤긴을 때리고 누르고 잡아당기면서도 좀처럼 그의 숨통을 끊지 못했고, 군중이 사방에서 서로 떼밀고, 그를 한가운데에 놓고 한 덩어리로 이쪽저쪽 미는 통에 죽이지도 내던지지도 못하고 있었다.

"도끼로 찍어버리면 어때?…… 깨부숴버려…… 배반자, 그리스도를 팔았어!…… 살아 있어…… 아직 살아 있다니…… 지독한 놈이군. 도끼로 부숴버려!…… 아직도 살아 있나?"

희생양이 더이상 저항하지 못하고, 그 외침이 고른 간격의 길고 목쉰 소리로 변했을 때, 비로소 군중은 피투성이가 되어 쓰러진 시체 옆에서 허둥지둥 비켜나기 시작했다. 누구나 다가가서 일의 결과를 들여다보고, 공포와 비난과 놀라움의 빛을 띠고 밀쳐대며 뒷걸음쳤다.

"오오, 하느님, 인간도 짐승과 다를 게 없구나. 살아 있는 인간들은 어디서 살아가야 한단 말인가!" 하는 목소리가 군중 속에서 들렸다. "아직 이렇게 젊은데…… 분명 상인일 거야. 정말 모진 사람들!…… 이 사람이 아니래…… 분명 이 사람이 아니야…… 오오, 하느님…… 다른 사람을 죽였어, 다 죽어가…… 오, 인간들이란…… 죄가 두렵지도 않나." 아까와 같은 사람들이 이제는 몹시 동정하는 표정으로 얼굴은 피와 먼지로 범벅되어 납빛이고 가늘고 긴 목은 무참히 꺾인 시체를 보며 말하고 있었다.

맡은 일에 충실한 경관은 각하의 저택 뜰에 시체가 있는 것이 보기 흉하다고 생각한 듯 용기병에게 시체를 거리로 끌어내라고 명령했다. 두 용기병이 끔찍하게 변한 두 다리를 잡고 시체를 끌어냈다. 피투성이가 되고, 먼지가 달라붙고, 머리털이 깎인 머리가 긴 목에서 덜렁거리는 시체는 땅바닥에 질질 끌려갔다. 사람들은 시체를 피하려고 한곳으로 몰렸다.

베레샤긴이 쓰러지고 군중이 짐승처럼 포효하며 몰려들어 동요가 일자, 라스톱친은 별안간 창백해지면서 마차가 기다리는 뒤쪽 현관이 아니라 어디로 왜 가는지도 모르는 채 고개를 숙이고 계단 아래층 방으로 통하는 복도를 빠르게 걸어갔다. 백작의 얼굴은 창백했고, 열병이라도 걸린 듯 계속해서 아래턱을 떨고 있었다.

"각하, 이쪽입니다…… 어디 가시려는 겁니까?…… 이쪽으로 오십시오." 뒤에서 겁에 질려 떨리는 목소리가 들렸다. 라스톱친 백작은 대답할 기력도 없이 순순히 돌아와 안내하는 쪽으로 걸어갔다. 뒤쪽 현관에 포장마차가 서 있었다. 포효하는 군중의 아득한 울림이 거기까지 들려왔다. 라스톱친 백작은 허둥지둥 포장마차에 올라, 소콜니키에 있는 별장으로 가라고 명령했다. 마스니츠카야 거리로 나와 이제 군중의 규환 소리가 들리지 않자 백작은 후회되기 시작했다. 그는 부하들 앞에서 보였던 동요와 놀라움을 불만스러운 마음으로 상기했다. '우매한 민중은 두렵다, 그들은 혐오스럽다.' 그는 프랑스어로 생각했다. '그들은 고기를 던져주지 않으면 누그러지지 않는 늑대와 같다.' '백작! 우리 위에는 오직 하느님이 계십니다……' 베레샤긴이 했던 말이 갑자기 떠오르며 등줄기에 불쾌한 오한이 스쳤다. 그러나 이 느낌도 한순간뿐이었고, 라스톱친 백작은 스스로를 비웃듯이 쓴웃음을 지었다. '내게는 다른 의무가 있었던 것이다.' 그는 생각했다. '민중을 달래야 했다. 공공의 복지를 위해 지금까지 많은 희생이 있었고, 앞으로도 있을 것이다.' 그는 자기 가족과 자기의(그에게 맡겨진) 수도에 대한 전반적인 의무에 대해, 또 자기 자신―표도르 바실리예비치 라스톱친으로서가 아니라(표도르 바실리예비치 라스톱친은 공공의 복지를 위해 자신이 희생하고 있다고 생각했다) 총사령관으로서, 권력의 대표자로서, 황제의 전권으로서의 자신에 대해 생각하기 시작했다. '만약 내가 일개 표도르 바실리예비치에 지나지 않는다면, 내 인생의 길도 전혀 다른 모습이 되었을 것이다. 그러나 나는 총사령관으로서 생명과 위엄을 지켜야 했다.'

마차의 부드러운 스프링에 가볍게 흔들리고 군중의 무서운 외침도

더는 들리지 않자 라스톱친은 신체적으로 안정되기 시작했고, 흔히 그
렇듯 신체적인 안정을 찾자 이성은 그를 위해 정신적인 안정의 이유도
만들어주었다. 라스톱친을 안심시킨 사상은 별로 새로운 것도 아니었
다. 개벽 이래 인간들이 서로를 죽이게 된 후로, 이 사상으로 스스로를
안심시키지 않고 동포에 대한 죄를 범한 자는 하나도 없었다. 그 사상
이란 바로 공공의 복지, 즉 가상적인 타인의 복지였다.

격정에 사로잡혀보지 않은 사람은 절대 이 복지라는 것을 모르지만,
죄를 범한 사람은 이 복지가 무엇인지 언제나 안다. 라스톱친도 지금
그것을 알고 있었다.

그는 제 판단으로는 자기의 행위를 비난하지 않았을 뿐만 아니라,
그 호기를 교묘하게 이용해 죄인을 벌하는 동시에 군중을 달랠 수 있
었다는 데서 자기만족의 이유를 찾았다.

'베레샤긴은 재판으로 사형을 선고받았다.' 라스톱친은 생각했다(그
러나 실은 원로원에서 징역형을 언도받았을 뿐이었다). '배반자에 매
국노이므로 처벌할 수밖에 없었고, 나의 조치는 민중을 달래기 위해
희생양을 제공한 동시에 악인을 처벌한 것이므로 일거양득이었다.'

교외 별장에 도착해 가사 정리를 지시하면서 백작은 완전히 안정되
었다.

삼십 분 뒤 백작은 아까의 일은 깨끗이 잊고, 앞으로의 일만 생각하
고 상상하며 소콜니키 들판을 가로질러 마차를 달렸다. 쿠투조프가 있
다는 야우스키 다리를 향해 달리고 있었다. 라스톱친 백작은 쿠투조
프의 기만에 대해 말하려고 분노에 찬 비난을 준비했다. 수도 포기와
러시아의 파멸(라스톱친은 이렇게 생각했다)이 몰고 올 모든 불행에

대한 책임이 늙어빠진 그 머리에 떨어지리라는 것을 그 교활한 궁정의 늙은 여우에게 알려주어야겠다고 생각했다. 라스톱친은 할말을 생각하며 마차 속에서 분노에 차 몸을 떨기도 하고 몸을 돌려 화난 듯이 사방을 둘러보기도 했다.

소콜니키 들판은 황량했다. 들판 끝에 있는 구빈원과 정신병원 근처에 흰옷을 입은 사람들이 모여 있고, 그중 몇몇이 외치기도 하고 두 팔을 휘젓기도 하며 같은 모습으로 쓸쓸히 들을 걸어가는 것이 보일 뿐이었다.

그중 한 사람이 라스톱친 백작의 포장마차 앞길을 가로지르듯 달려왔다. 라스톱친 백작도, 마부도, 용기병들도 모두 막연한 두려움과 호기심을 품고 이 풀려난 미치광이들, 특히 이쪽으로 달려오는 한 사람을 바라보았다.

미치광이는 라스톱친에게서 눈을 떼지 않고 가운 자락을 펄럭이고 길고 야윈 다리를 휘청거리며 목쉰 소리로 외치고 포장마차를 세우라고 신호하며 곧장 달려왔다. 곱슬거리는 턱수염이 듬성듬성한 미치광이의 음울하고 정색한 얼굴은 몹시 앙상하고 누르퉁퉁했다. 마노처럼 검은 눈동자는 샤프란 같은 노란 흰자위 속에서 불안하게 흔들리고 있었다.

"서라! 서! 서라니까!" 그는 찢어지는 듯한 소리로 외치더니, 헐떡거리며 당당한 말투와 몸짓으로 다시 뭐라고 소리쳤다.

그는 포장마차 옆까지 와서 나란히 달리기 시작했다.

"나는 세 번 피살되고, 세 번 살아났다. 놈들은 나를 돌로 치고 십자가에 못박았다…… 나는 살아날 것이다…… 살아날 것이다…… 살아날 것이다. 내 몸은 갈기갈기 찢겼다. 하느님의 왕국은 무너질 것이다…… 나는 하느님의 왕국을 세 번 무너뜨리고 세 번 세울 것이다!" 그는 점점 목소리를 높이며 외쳤다. 라스톱친 백작은 마치 군중이 베레샤긴에게 달려들었을 때처럼 갑자기 창백해졌다. 그는 얼굴을 돌렸다.

"빨리…… 빨리 가!" 그는 떨리는 목소리로 마부에게 소리쳤다.

포장마차는 전속력으로 질주하기 시작했지만, 라스톱친 백작은 그 후로도 한참이나, 뒤로 멀어지던 미치광이의 필사적인 외침이 들리는 것 같았고, 눈앞에는 여우가죽 외투를 입은 배반자의 겁에 질린 피투성이 얼굴이 어른거렸다.

이 기억은 아직 생생한 것이었지만, 라스톱친은 이미 그것이 피가 나도록 자신의 심장 깊숙이 새겨졌다고 느꼈다. 피비린내 나는 이 기억의 흔적이 절대 사라지지 않을 뿐만 아니라, 시간이 갈수록 더 끔찍해지고 더 고통을 주면서 죽을 때까지 마음에 남아 있으리라고 지금 뚜렷이 느꼈던 것이다. 그는 "이놈을 베어라! 모두 죽음으로써 내게 보답하라!"라고 했던 자기 목소리를 들었다. '나는 왜 그런 말을 했을까!'—'나도 모르게 입에서 튀어나왔다! 그런 말은 하지 않아도 됐을 텐데……(그는 생각했다) 그러면 아무 일도 일어나지 않았을 텐데.' 첫 일격을 가한 용기병의 놀란 듯하다가 이어 갑자기 잔인해지던 표정과 여우가죽 외투를 입은 청년이 자기에게 보낸 겁에 질리고 비난하는 듯한 무언의 시선이 떠올랐다…… '하지만 나는 나를 위해 그런 것이 아니다. 그렇게 할 수밖에 없었다. *우매한 민중, 배반자…… 공공의 복지*' 하고 그는 생각했다.

야우스스키 다리 부근에는 아직도 군대가 붐비고 있었다. 날은 무더웠다. 쿠투조프가 지친 듯이 찌푸린 얼굴로 다리 옆 벤치에 앉아 채찍으로 모래를 치고 있을 때, 포장마차 한 대가 요란한 소리를 내며 달려왔다. 장군 제복을 입고 깃털 장식이 달린 모자를 쓴 사내가 화를 내는 것도, 겁을 먹은 것도 아닌 눈동자를 빠르게 굴리며 다가와 프랑스어로 말하기 시작했다. 라스톱친 백작이었다. 그는 쿠투조프에게 자기가 여기에 온 것은 이미 모스크바도 수도도 사라졌고 남은 것은 군대뿐이기 때문이라고 말했다.

"만약 공작 각하께서 싸우지도 않고 모스크바를 포기하는 일은 절대 없다고 말씀하시지 않았다면 사태는 달라졌을 것이고, 이 모든 일도 없었을 겁니다!" 그는 말했다.

쿠투조프는 라스톱친을 바라보며 이해가 되지 않는 듯, 이 순간 상대방의 얼굴에 쓰여 있는 특별한 뭔가를 읽어보려고 노력했다. 라스톱친은 당황해 입을 다물었다. 쿠투조프는 가볍게 고개를 젓고, 라스톱친의 얼굴에서 탐색하는 듯한 눈길을 떼지 않고 나직이 말했다.

"그렇소, 나는 싸우지도 않고 모스크바를 포기하지는 않습니다."

쿠투조프가 다른 생각을 하며 이렇게 말한 것인지, 아니면 무의미하다는 것을 알면서도 짐짓 그렇게 말한 것인지 아무튼 라스톱친 백작은 아무 대답도 하지 않고 쿠투조프 옆에서 서둘러 물러갔다. 그리고 기묘한 일이 일어났다! 오만한 모스크바 총사령관 라스톱친 백작이 채찍을 쥐고 다리 쪽으로 다가가더니 혼잡하게 엉킨 짐마차들을 내몰며 꾸짖기 시작했다.

26

오후 세시가 넘자 뮈라의 부대는 모스크바로 들어갔다. 앞에는 뷔르템베르크의 경기병대가, 뒤에는 막료들을 거느린 나폴리 왕이 직접 말을 몰고 갔다.

아르바트 거리 한가운데 있는 니콜라이 대성당 근처에서 뮈라는 말을 멈추고, 이 도시의 요새 *크렘린**의 상황에 관한 선발대의 보고를 기다렸다.

뮈라 주위에는 모스크바에 남아 있던 주민의 무리가 모여 있었다. 모두 겁먹고 주저하는 눈으로 깃털과 금으로 장식한 긴 머리의 기묘한 사령관을 바라보았다.

"뭐야, 저 사람인가, 저쪽 차르가? 나쁘지 않은데!" 사람들의 나직한 목소리가 들렸다.

통역이 군중 쪽으로 다가갔다.

"모자를 벗어라…… 모자를." 군중 속에서 서로에게 말하는 소리가 났다. 통역은 한 늙은 문지기에게 크렘린까지는 아직 멀었나? 하고 물었다. 문지기는 귀에 선 폴란드식 악센트에 의아한 얼굴로 귀를 기울였는데, 그의 말이 러시아말이 아닌 것 같아 다른 사람 뒤로 숨어버렸다.

뮈라가 통역에게 다가가 러시아군은 어디 있는지 물어보라고 명령했다. 한 러시아인이 무엇을 묻는지 알아챘고, 그러자 몇 사람이 동시에 왁자하게 통역에게 대답했다. 선발대의 프랑스 장교가 뮈라에게 다가

---

* 어원인 크레믈(кремль)은 '도시 속 요새'라는 뜻이다.

와 요새의 문은 닫혀 있고, 분명 거기 복병이 있는 것 같다고 보고했다.

"좋아" 하고 뮈라는 한 막료를 돌아다보며 네 문의 경포$_{輕砲}$를 끌어 내 성문을 포격하라고 명령했다.

뮈라를 뒤따라온 종대에서 포병대가 달려나와 아르바트 광장을 전진했다. 브즈드비젠카 거리의 막다른 곳까지 내려가자 포병대는 멈춰서 광장에 포열을 폈다. 프랑스 장교 몇 명이 포 배열을 지휘하고 망원경으로 크렘린을 바라보았다.

크렘린에서 저녁 기도를 알리는 종이 울리자 프랑스병들은 당황했다. 전투 준비 신호라고 생각했기 때문이다. 보병들이 쿠타피옙스키예 성문 쪽으로 달려갔다. 문에는 통나무와 얇은 널빤지 방패들이 쌓여 있었다. 장교가 부대를 이끌고 문을 향해 달려가려고 했을 때 두 발의 총성이 울렸다. 포 옆에 서 있던 장군이 장교에게 소리쳐 명령했고, 장교와 병사들이 달려 돌아왔다.

문에서 또다시 세 발의 총성이 울렸다.

한 발이 프랑스병의 다리를 스치고, 방패 뒤쪽에서 몇 사람의 이상한 외침 소리도 들렸다. 프랑스 장군, 장교들과 병사들의 얼굴에는 마치 호령이라도 받은 것처럼 지금까지의 쾌활하고 침착했던 표정은 일제히 사라지고 전투와 고통을 각오한 완고하고 집중된 표정이 떠올랐다. 원수에서 일개 병졸에 이르기까지, 그들 모두에게 이곳은 브즈드비젠카 거리도, 모호바야 거리도, 쿠타피옙스키예 성문도, 트로이츠키예 성문도 아니며, 유혈의 전투가 일어날지도 모르는 새로운 전장, 새로운 지형일 뿐이었다. 모두들 그 전투에 대비했다. 성문 안쪽에서 들리던 외침 소리는 잠잠해졌다. 포를 끌어냈다. 포수가 화승에 불을 붙이고 불었다. 장교가 *쏴!* 하고 호령하자, 철통이 울리는 듯한 소리가 잇따라 두 번 울렸다. 성문의 돌이며 통나무며 방패 위에서 산탄이 터졌고, 연기구름 두 개가 광장 위를 흘렀다.

석조의 크렘린을 향한 발포가 멎고 곧바로 프랑스병의 머리 위에서 기괴한 소리가 들렸다. 갈까귀 큰 무리가 성벽 위로 날아올라 시끄럽게 울고 수천의 날개를 치며 하늘을 빙빙 돌기 시작한 것이다. 이 소리와 더불어 문 안에서 누군가가 외치는 소리가 들리더니 연기 속에서 모자도 쓰지 않은 카프탄 차림의 사람 형체가 나타났다. 그는 총을 들고 프랑스병을 겨눴다. *쏴!* 포병 장교가 되풀이하자 한 발의 총성과 두 발의 포성이 동시에 울렸다. 연기가 다시 성문을 뒤덮었다.

방패 뒤쪽에서는 이제 아무것도 움직이지 않았고, 프랑스 보병은 장교와 성문으로 다가갔다. 성문 안에 부상자 셋과 전사자 넷이 쓰러져 있었다. 카프탄을 입은 두 사람이 몸을 낮게 굽히고 성벽을 따라 즈나멘카 쪽으로 달아났다.

"*이것을 치워.*" 장교가 통나무와 시체를 가리키며 말하자, 프랑스병들은 부상자들을 죽이고 시체를 성문 밖으로 내던졌다. 그들이 누구인지는 아무도 알지 못했다. 그들에 대해서는 "*이것을 치워*"라는 말이 있었을 뿐이며, 내던져진 후에는 악취를 풍기지 못하게 치워졌을 뿐이었다. 오직 티에르만이 그들을 기념하기 위해 다음과 같은 웅변적인 구절을 바쳤다. "*이 불행한 자들은 신성한 요새에 침입해, 무기고에서 총을 들고, (이 불행한 자들은) 프랑스군에게 쏘았다. 몇 명이 베어짐으로써 그자들은 크렘린에서 일소되었다.*"

뮈라는 통로가 치워졌다는 보고를 받았다. 입성한 프랑스군은 원로원 광장에 진을 펴기 시작했다. 병사들은 원로원 창밖으로 의자를 내던지고 그것으로 모닥불을 피웠다.

또다른 부대는 크렘린을 통과해 마로세이카, 루뱐카, 포크롭카 등에 배치되었다. 그 밖의 부대는 브즈드비젠카, 즈나멘카, 니콜스카야, 트베르스카야에 배치되었다. 어디를 가나 집주인은 보이지 않았기 때문에 프랑스군은 도시의 민가에 있지만 시중에 진영을 친 기분을 느꼈다.

옷은 해지고 굶주림과 피로에 지친데다 병력은 삼분의 일로 줄었지만, 모스크바에 입성했을 때만 해도 프랑스군은 아직 정연한 질서를 유지하고 있었다. 피로하고 지쳤지만 여전히 위협적이고 두려운 군대였다. 그러나 그것이 군대였던 것은 병사들이 숙사인 민가로 분산되기 전까지였다. 각 연대의 병사들이 호화로운 빈집들로 흩어지자 군대는 완전히 사라지고, 주민도 병사도 아닌 약탈자라는 중간적인 존재가 되고 만 것이다. 오 주 후, 모스크바에서 나갈 때 그들은 이미 편성된 군대가 아니었다. 각자 귀중한 물건이나 필요한 물품들을 멋대로 산더미처럼 들고 와 어깨에 메거나 말에 실은 약탈자 무리에 불과했다. 모스크바에서 나갈 때 이들의 목적은 전처럼 정복이 아니라 약탈한 것들을 어떻게든 지키는 것이었다. 주둥이가 좁은 단지에 손을 넣어 호두를 움켜쥔 원숭이가 모처럼 쥔 것을 지키려고 주먹을 펴지 않으려다 자멸하듯, 프랑스군도 모스크바를 나갈 때 전리품을 떠메고 가다 원숭이가 호두를 쥔 주먹을 펼 수 없는 것처럼 그것들을 포기할 수 없었기 때문에 자멸했다. 프랑스군의 각 연대가 모스크바 시내의 어느 구로 들어가 십 분이 지나면, 병사건 장교건 한 명도 남아 있지 않았다. 집집마다 창문에서는 외투에 각반 차림을 한 사람들이 웃으며 방안을 걸어다니는 모습이 보였고, 저장실이나 지하실에서도 이런 사람들이 제멋대로 식료품을 챙기고, 안뜰에서도 역시 이런 사람들이 창고와 마구간 문을 열거나 부수고, 주방에서 불을 피우고, 소매를 걷어붙인 채 굽고, 반죽하고, 끓이고, 여자와 아이를 위협하기도 하고 웃기기도 하고 달래기도 했다. 이런 사람들이 가게고 집이고 할 것 없이 우글거렸지만, 이미 군대는 없었다.

바로 그날 프랑스군 사령관들은 부대가 시중으로 흩어지는 것을 금지하고, 주민에 대한 폭력과 약탈을 엄금하고, 밤에 점호를 실시한다는 명령을 계속해서 내렸지만, 어떠한 조치를 내려도 그때까지 군대를 이루고 있던 사람들은 편리한 시설과 물건이 넘치는 부유한 텅 빈 시중으로 흘러나갔다. 무리지어 황야를 헤매던 굶주린 가축들이 비옥한 목초지를 만나자마자 미친듯이 사방으로 흩어지듯 군대도 부유한 시중으로 억제하지 못하고 흩어졌던 것이다.

모스크바에는 주민들이 없었으므로 병사들은 모래에 엎질러진 물처럼 그 속으로 빨려들어 가장 처음 발을 들여놓은 크렘린에서 사방팔방 별 모양으로 억제할 수 없이 퍼져갔고, 기병대 병사들은 전 재산을 두고 떠난 상인의 집에 들어가 자기 군마들을 넣고도 남을 만큼 충분한 마구간을 발견하고도 더 좋은 집을 차지하기 위해 줄지어 돌아다녔다. 대개는 몇 채를 차지하고는 누구 것인지 백묵으로 표시해놓았고, 다른 부대와 다투고 격투까지 벌였다. 그들은 방 배치가 끝나기도 전에 시내를 살피러 뛰어나가, 모든 것이 고스란히 남아 있다는 소문을 듣자 귀중품을 거저 얻을 만한 곳으로 달려갔다. 병사들을 제지하기 위해 돌아다니던 지휘관들도 무의식적으로 그들과 똑같은 행동을 하고 있었다. 장군들은 마차를 늘어놓은 가게가 몇 군데 남아 있는 카레트니 랴트*로 몰려가 포장마차와 유개마차를 골랐다. 남아 있던 주민들은 약탈을 면하려는 마음에서 지휘관들을 자기 집으로 초대했다. 물자는 산더미처럼 널려 있었지만, 프랑스군은 아직 알려지지 않고 점령되지 않은 지역에 더 큰 부가 있을 거라 생각했다. 이렇게 모스크바는 더욱더 먼 곳으로까지 그들을 빨아들였다. 마른 땅에 물을 부으면 물도 마른 땅도 사라지는 것처럼, 굶주렸던 군대가 부유하고 거의 텅 빈 도시에 들어가자 군대도 부유한 도시도 사라져버리고, 이내 진창이 생기듯 화재와 약탈이 일어나게 된 것이다.

프랑스인은 모스크바 화재를 *라스톱친의 야만적인 애국심* 탓으로 돌리고, 러시아인은 *프랑스군의 난폭함* 탓으로 돌린다. 그러나 사실 이 화재를 한 개인 혹은 몇 사람의 책임으로 돌릴 만한 의미가 있는 원인은 있지도 않고, 있을 수도 없다. 모스크바가 타버린 것은 시내에 소방 호스가 있느냐 없느냐 하는 것과는 상관없이, 목조 도시가 모두 탈 수밖에 없는 상태에 놓였기 때문에 탔던 것이다. 모스크바가 탄 것은 주민들이 떠나버렸기 때문이고, 그것은 마치 대팻밥 더미에 며칠 동안 계속해서 불똥이 떨어지면 결국 불이 붙는 것과 마찬가지로 피할 수 없는 일이었다. 집주인이 있고 경찰이 있어도 여름이면 거의 매일같이 화재가 끊이지 않는 목조 도시가 주민이 사라진데다, 파이프를 피우고, 원로원 광장에서 원로원의 의자를 부숴 모닥불을 피우고, 하루 두

---

* 마차 마을이라는 의미.

번 음식을 하는 군대에 점령당했으니 불이 나지 않을 수가 없었던 것이다. 평시에도 지방 마을의 민가에 군대가 숙영하면 그 지방 화재 발생 수가 즉시 늘어난다. 하물며 텅 빈 목조 도시에 외국 군대가 주둔했으니 화재 확률이 얼마나 높아졌겠는가? *라스톱친의 야만적인 애국심도, 프랑스인의 난폭함도* 이 경우에는 전혀 죄가 없다. 모스크바가 타버린 것은 파이프와 취사, 모닥불, 집주인이 아니라 적병이라는 거주민의 부주의 때문이었다. 설령 방화가 있었다 하더라도(이것은 매우 의심스러운데, 방화할 이유는 아무에게도 없었고 무엇보다 그것은 귀찮고 위험한 일이므로), 방화가 아니어도 똑같은 일이 일어났을 것이므로 방화를 화재의 원인으로 볼 수는 없다.

프랑스인에게는 라스톱친의 야만적인 행위를 비난하는 것이 아무리 비위에 맞더라도, 러시아인에게는 악당 보나파르트를 비난하거나 혹은 자국민의 손에 용감한 횃불을 들게 했다는 것이 아무리 비위에 맞더라도, 그와 같은 화재의 직접적인 원인은 있을 수 없다는 것을 인정해야만 하며, 그것은 마을이건 공장이건 집이건 주인이 떠나고 남이 들어와 제멋대로 휘젓고 다니며 취사까지 해대면 불타지 않을 수 없기 때문이다. 모스크바가 주민에 의해 불탄 것은 사실이지만, 남아 있던 주민이 아니라 떠나버린 주민에 의한 것이고, 적군에 점령된 모스크바가 베를린이나 빈, 그 밖의 도시들처럼 무사히 보존되지 못한 것은 주민들이 프랑스군에게 빵과 소금과 열쇠를 맡기지 않고 떠나버렸기 때문일 뿐이다.

27

프랑스 병사들은 별 모양으로 퍼지면서 모스크바 전 지역으로 흡수되었고, 9월 2일 저녁 무렵에는 그 흡수 작용이 피예르가 사는 구역까지 도달했다.

최근 이틀 동안 피예르는 평소와 다른 환경 속에서 고독하게 보낸 뒤 광기에 가까운 상태에 빠져 있었다. 그의 온몸은 오직 하나의 상념에 사로잡혀 있었다. 언제 어떻게 이렇게 되었는지는 몰랐지만 그러한 상념에 완전히 사로잡혀 있었기 때문에 과거의 일은 전혀 기억할 수 없고, 현재의 일도 전혀 이해할 수 없을 정도였으며, 보고 듣는 모든 것이 마치 꿈속에서 일어나는 일만 같았다.

피예르가 집을 나온 것은 자신을 둘러싼 생활상의 들끓는 요구와 복잡한 혼란에서 도망치기 위해서였는데, 그때의 그에게는 그것을 풀 만한 힘이 없었다. 그가 고인의 장서와 서류를 정리한다는 구실로 이오시프 알렉세예비치의 아파트로 간 것은 세상의 번고에서 벗어나 평안을 찾고 싶어서였고, 실제로 이오시프 알렉세예비치에 대한 기억은 그의 마음속에서 지금 자신이 끌려들고 있다고 느끼던 불안과 혼란과는 정반대되는 영원하고 조용하고 엄숙한 사색의 세계와 결부되어 있었다. 그는 조용한 피난처를 찾았고 이오시프 알렉세예비치의 서재에서 그것을 발견했다. 서재의 죽음과도 같은 고요 속에서 고인의 먼지 쌓인 책상 앞에 팔꿈치를 괴고 앉으면 최근 며칠의 기억이 조용하고 의미심장하게 꼬리를 물고 떠올랐는데, 특히 보로디노 전투와 그들이라는 이름으로 그의 마음에 새겨진 부류의 사람들이 가진 진실함과 소박함과 힘에 비해 자신은 무력과 허위에 차 있다는 막연한 느낌이 들었다. 게라심이 그를 명상에서 깨웠을 때, 피예르는 당시 예상되고 있었던―그가 아는 한―모스크바의 국민적 방위에 참가해야겠다는 생각이 떠올랐다. 그러기 위해 그는 곧 게라심에게 카프탄과 권총을 구해 달라고 부탁하고, 신분을 숨기고 이오시프 알렉세예비치의 집에 머물고 싶다는 뜻을 알렸다. 그후 고독과 무위 속에 보낸 첫날(피예르는 몇 번이나 프리메이슨의 원고에 집중해보려 했지만 그럴 수 없었다), 자기 이름과 보나파르트의 이름에 신비한 의미가 얽혀 있다는 전에도 생각했었던 상념이 여러 번 막연히 떠올랐으나, *러시아인 베주호프인 그가 야수의 권력에 종지부를 찍게 할 사명을 가지고 있다*는 이 상념은 아무런 이유도 흔적도 없이 그저 뇌리를 스쳐가는 하나의 공상에 지나지 않았다.

카프탄을 사고(이는 다만 모스크바의 국민적 방위에 참가할 목적으로), 로스토프가 사람들을 만나 나타샤에게 "남으시는 건가요? 아, 정말 훌륭해요!"라는 말을 들었을 때, 그의 뇌리에는 설사 모스크바가 점령되더라도 자신은 남아 자신에게 예정된 일을 실행할 수 있다면 정말 훌륭하겠다는 생각이 번득였다.

다음날 그는 몸을 아끼지 않고 무슨 일에서도 그들에게 뒤지지 않으리라는 일념으로 트료흐고르나야 관문 밖으로 가보았다. 모스크바를 방위하는 전투가 없다는 것을 확신하고 집으로 돌아온 그는 이전까지는 그저 가능한 일이라고만 생각했던 것이 이제는 필연적이고 피할 수 없는 것이 되었다고 돌연 느꼈다. 그는 자신이 쓰러지든가, 아니면 그의 생각에 나폴레옹 한 사람으로 인한 온 유럽의 불행을 근절하든가

하기 위해 자기 이름을 숨기고 모스크바에 남아 나폴레옹을 죽여야만 한다고 생각했다.

피예르는 1809년 독일의 한 대학생이 빈에서 보나파르트를 암살하려고 했던 일*을 상세하게 알고 그가 총살당한 것도 잘 알고 있었다. 계획을 실행하는 데 목숨을 거는 위험이 따른다는 사실이 그를 더욱 흥분시켰다.

똑같이 강한 두 가지 감정이 불가항력적으로 피예르를 그 계획으로 이끌고 있었다. 하나는 사회 전체의 불행을 의식한 데서 온 희생과 고통을 구하는 감정으로, 그것은 25일에 모자이스크로 가서 전투가 한창인 전장으로 뛰어들고, 지금처럼 집을 나와 익숙했던 사치와 안락한 생활을 버리고 옷도 벗지 않은 채 딱딱한 소파에 누워 자고 게라심과 같은 음식을 먹을 때의 감정이었고, 또하나는 모든 조건적인 것, 인위적인 것, 인간적인 것, 즉 대다수의 사람들이 지상 최고의 행복으로 여기는 모든 것에 대한 막연한, 러시아인들이 지닌 독특한 경멸감이었다. 그는 이 기묘하고 매혹적인 감정을 슬로보드스키 궁전에서 처음 경험했는데, 부든 권력이든 생명이든 세상 사람들이 그토록 노력해서 이루고 소중하게 지키려는 그 모든 것에 만약 어떤 가치가 있다면, 그것은 다만 그런 것을 모두 내버릴 때 느낄 수 있는 기쁨뿐이라는 것을 그때 홀연히 느꼈던 것이다.

그것은 지원병 신병이 마지막 1코페이카까지 털어서 마실 때의 감정이며, 술꾼이 지갑을 다 털게 된다는 것을 알면서도 아무런 이유 없

---

* 1809년 10월 12일, 상업학교 학생 프리드리히 슈타프스(1792~1809)가 쇤브룬 궁전 앞에서 열리는 근위대 열병식에 참가한 나폴레옹을 암살하려고 했다.

이 거울이나 유리를 깨뜨릴 때의 감정이며, 인간이 (통속적 의미의) 분별없는 짓을 하면서 인간적 조건을 초월한 인생에 대한 최고의 심판이 존재한다고 언명하고 자신의 개인적 권력과 힘을 시험해보려 할 때의 감정이다.

슬로보드스키 궁전에서 그런 감정을 처음 경험한 그날부터 그는 줄곧 그 영향을 받아오다가 이제야 비로소 그것에 대한 충분한 만족을 발견했던 것이다. 게다가 지금까지 이 방향으로 해오던 일들은 그 계획을 지탱하고, 그것을 단념할 가능성을 없애버렸다. 만약 지금 그가 다른 사람들처럼 모스크바를 떠난다면 집을 나온 것도, 카프탄도, 권총도, 모스크바에 남겠다고 로스토프가 사람들에게 공언한 것도 다 무의미해질뿐더러, 그가 한 모든 행동이 멸시를 받고 웃음거리가 되고 말 것이었다(피예르는 이런 것에 민감했다).

피예르의 육체적인 상태는 언제나처럼 정신적인 상태와 일치했다. 익숙지 않은 변변찮은 음식, 요 며칠 마셔댄 보드카, 와인과 시가의 결핍, 갈아입지 않아 더러워진 옷, 짧은 소파에서 침구도 없이 보내며 절반은 잠을 이루지 못한 이틀 밤, 이 모든 것이 피예르를 광기에 가까운 흥분 상태에 빠뜨렸던 것이다.

벌써 오후 한시가 넘어 있었다. 프랑스인들은 이미 모스크바에 입성했다. 피예르는 이것을 알았지만 행동을 개시하는 대신 앞으로 실행할 세세한 사항들을 꼼꼼히 검토하며 자기 계획만 생각하고 있었다. 피예르는 나폴레옹을 습격하는 과정이나 그가 죽는 것은 생생하게 상상할 수 없었으나, 자신의 죽음과 영웅적 용기만은 이상하리만큼 뚜렷하게,

슬픔이 깃든 기쁨을 느끼며 상상할 수 있었다.

'그렇다, 모두를 대신해 나 혼자 해치워야 한다, 그렇지 않으면 죽음이다!' 그는 생각했다. '그렇다, 나는 다가가서…… 불시에…… 권총으로, 아니면 단검으로?' 피예르는 생각했다. '그러나 마찬가지다. 나는 말하리라, 당신을 벌하는 것은 내가 아니라 하느님의 손이다(피예르는 나폴레옹을 죽일 때 할 말을 생각했다). 뭐하느냐, 나를 붙잡아처벌하라.' 피예르는 고개를 숙이고 서글프지만 단호한 표정을 지으며 혼잣말을 계속했다.

피예르가 방 한가운데에 서서 혼자 이런 생각에 잠겨 있을 때, 서재문이 열리더니 전에는 늘 머뭇거리던 마카르 알렉세예비치가 완전히달라진 모습으로 문가에 불쑥 나타났다. 가운 앞가슴이 활짝 벌어져있었다. 얼굴은 뻘겋고 추했다. 분명 취한 것 같았다. 그는 피예르를보고 조금 당황했지만, 피예르의 얼굴에도 당황한 기색이 나타난 것을보자 이내 활기를 띠고 가는 다리로 휘청휘청 방 가운데로 걸어왔다.

"놈들은 겁을 먹었어." 그는 목쉰 소리로 격의 없이 말했다. "나는항복하지 않는다, 하지 않는다고…… 안 그런가, 선생?" 그는 생각에잠겼다가 문득 탁자 위의 권총을 발견하자 뜻밖에 재빠른 동작으로 집어들고 복도로 달려나갔다.

뒤따라간 게라심과 문지기는 현관에서 마카르 알렉세예비치를 붙잡고 권총을 빼앗으려 했다. 피예르는 복도로 나와 동정과 혐오가 엇갈린 감정으로 반미치광이 노인을 바라보았다. 마카르 알렉세예비치는얼굴을 찌푸리며 필사적으로 권총을 쥐고, 무슨 굉장한 일이라도 상상한 듯 목쉰 소리로 외쳤다.

"무기를 들어라! 백병전이다! 거짓말 마라, 뺏길 줄 알고!" 그는 외쳤다.

"제발, 놓으십시오, 제발. 부탁입니다. 놓으십시오, 나리……" 게라심은 조심스럽게 마카르 알렉세예비치의 팔꿈치를 잡고 문 쪽으로 돌려세우려 애쓰며 말했다.

"넌 누구냐? 보나파르트로군!……" 마카르 알렉세예비치는 소리쳤다.

"안 됩니다. 나리. 방으로 돌아가 쉬십시오. 권총은 이리로."

"저리 가, 더러운 노예 놈! 손대지 마! 안 보이나?" 마카르 알렉세예비치는 권총을 휘두르며 소리쳤다. "백병전이다!"

"붙잡아." 게라심이 문지기에게 속삭였다.

마카르 알렉세예비치는 두 팔을 잡혀 문가로 끌려갔다.

현관방은 거칠게 승강이하는 소리와 헐떡이는 취한의 목쉰 소리로 가득찼다.

별안간 현관 층층대 쪽에서 귀를 찌르는 듯한 새로운 여자의 비명이 들리고, 요리사 하녀가 현관으로 뛰어들어왔다.

"그놈들이에요! 여러분!…… 분명 그놈들이에요. 기병이 넷이나!……" 그녀는 외쳤다.

게라심과 문지기는 마카르 알렉세예비치를 놓아주었고, 조용해진 복도에 몇 사람의 손이 입구의 문을 두드리는 소리가 뚜렷이 들렸다.

28

피예르는 자기 계획을 실행할 때까지는 자기 신분도, 프랑스어를 하는 것도 숨겨야 한다고 혼자 결정하고, 프랑스인들이 들어오면 곧 몸을 피할 작정으로 복도의 반쯤 열린 문 옆에 서 있었다. 프랑스인들이 들어왔지만 피예르는 억누를 수 없는 호기심 때문에 문에서 피하지 않았다.

두 명이었다. 하나는 키가 크고 씩씩하고 잘생긴 장교이고, 다른 하나는 병사나 종졸 같은데, 작달막한 키에 볕에 그을린 볼이 야윈 그는 둔한 표정을 짓고 있었다. 장교는 지팡이에 몸을 기대고 절뚝거리며 앞장서서 걸어왔다. 그는 몇 걸음 내딛더니 좋은 집이라고 생각한 듯 발을 멈추고, 문가에 서 있던 병사들을 돌아보며 말을 넣으라고 지휘관다운 큰 목소리로 외쳤다. 그러고는 한쪽 팔꿈치를 높이 들어 멋부린 동작으로 콧수염을 매만지고 모자에 살짝 손을 댔다.

"여러분 안녕하십니까!" 미소를 띠고 주위를 둘러보며 그는 쾌활하게 말했다.

아무도 대답하지 않았다.

"당신이 주인입니까?" 장교는 게라심에게 물었다.

게라심은 놀라며 의심쩍은 눈으로 장교를 보았다.

"숙사입니다, 숙사, 거처요." 장교는 너그럽고 신량한 미소를 짓고 키 작은 남자를 내려다보며 말했다. "프랑스인은 착한 어린아이 같습니다. 뭐 아무튼! 어디 보자! 싸우지 맙시다, 노인장." 두려워서 입도 뻥긋하지 않는 게라심의 어깨를 가볍게 두드리며 그는 덧붙였다.

"아이구! 이 집엔 프랑스어 하는 사람이 아무도 없는 건가?" 그는 주위를 둘러보다 피예르와 눈이 마주치자 덧붙였다. 피예르는 문에서 물러섰다.

장교는 다시 게라심을 향했다. 그는 게라심에게 방을 보여달라고 요구했다.

"주인 없어, 모른다…… 나는 당신……" 게라심은 단어들의 순서를 거꾸로 말해 알아듣게 해보려고 애썼다.

프랑스 장교는 웃으면서 이쪽도 상대의 말이 이해되지 않는다는 것을 알리려는 듯 게라심 앞에서 두 손을 펼쳐 보이더니 피예르가 서 있는 문 쪽으로 절뚝거리며 걸어갔다. 그를 피하기 위해 피예르가 물러가려던 순간, 열려 있던 부엌문에서 마카르 알렉세예비치가 권총을 들고 얼굴을 내밀고 있는 모습이 눈에 들어왔다. 마카르 알렉세예비치는 미치광이 특유의 교활한 눈초리로 프랑스인을 흘끗 보더니 권총을 겨눴다.

"백병전이다!!!" 취한은 권총 방아쇠에 손가락을 걸며 외쳤다. 프랑스 장교가 외침 소리가 나는 쪽을 돌아보는 순간, 피예르는 취한에게 몸을 던졌다. 피예르가 권총을 붙잡아 치켜든 동시에 마카르 알렉세예비치의 손가락은 드디어 방아쇠를 당겼고, 귀가 멀 것 같은 총성이 울리고 화약 연기가 모두를 뒤덮었다. 프랑스인은 창백해지며 문 쪽으로 뛰어갔다.

피예르는 자신이 프랑스어를 하는 것을 숨기려던 것도 잊고 권총을 빼앗아 내던지고 장교에게 달려가 프랑스어로 말했다.

"다치지 않았습니까?" 그가 말했다.

"그런 것 같습니다." 장교는 자기 몸을 만져보며 대답했다. "하지만 아무튼 위험했습니다." 그는 벽에서 떨어진 회반죽 부스러기를 가리키며 덧붙였다. "저자는 누굽니까?" 장교는 피예르를 엄하게 바라보며 물었다.

"아, 이런 일이 일어나서 참으로 유감입니다." 그는 자기의 역할을 까맣게 잊고 재빨리 말했다. "저 사람은 불행한 미치광이죠, 자기가 무슨 짓을 했는지도 모릅니다."

장교는 마카르 알렉세예비치에게 다가가 멱살을 잡았다.

마카르 알렉세예비치는 멍청히 입을 벌리고 마치 조는 사람처럼 벽에 기대어 흔들렸다.

"불한당, 가만두지 않겠다." 장교는 손을 놓으면서 말했다.

"우리는 승리 이후 관대하지만 반역은 용납할 수 없습니다." 그는 어둡고 엄숙한 표정으로 화려하고 정력적인 몸짓을 하며 덧붙였다.

피예르는 계속해서 장교에게 술에 취한 미치광이를 벌하지 말아달라고 프랑스어로 설득했다. 프랑스인은 어두운 표정을 바꾸지 않고 말없이 듣다가 갑자기 미소지으며 피예르를 보았다. 그는 몇 초 동안 말없이 피예르를 바라보았다. 그는 잘생긴 얼굴에 비극적이고 부드러운 표정을 띠기 시작하더니 손을 내밀었다.

"당신은 내 목숨을 구해주었습니다! 당신은 프랑스인이겠죠." 그는 말했다. 프랑스인에게 이 결론은 의심의 여지가 없었다. 위대한 행위를 할 수 있는 것은 프랑스인뿐이며, 더욱이 그를, 즉 제13 경장비 연대 므시외 랑발 대위의 목숨을 구한다는 것은 두말할 것도 없이 가장 위대한 행위였기 때문이다.

그러나 이 결론과 이에 입각한 장교의 확신이 아무리 의심의 여지가 없는 것이라 하더라도, 피예르는 그의 기대를 저버려야 한다고 생각했다.

"나는 러시아인입니다." 피예르는 재빨리 말했다.

"쳇-쳇-쳇, 그런 말은 다른 데 가서 하십시오." 프랑스인은 자기 코앞에서 손가락을 흔들며 미소를 머금고 말했다. "곧 모든 걸 털어놓게 되실 겁니다." 그는 말했다. "동포를 만나니 참으로 기쁩니다. 그런데 이 사내는 어떻게 하는 게 좋을까요?" 그는 이제 마치 형제를 대하는 듯한 어조로 피예르를 보며 넛붙였다. 설사 피예르가 프랑스인이 아니라 하더라도 세계 최고의 칭호를 들은 이상 거절할 수 없을 거라고 생각하는 것이 프랑스 장교의 표정과 어조에서 느껴졌다. 마지막 물음에 대해 피예르는 다시 한번 마카르 알렉세예비치가 어떤 인물인지 설명하고, 그들이 오기 직전에 이 술 취한 미치광이가 장전된 권총을 홈쳤는데 그것을 빼앗을 겨를이 없었다고 말하고 그가 한 짓을 처벌하지 말고 눈감아달라고 부탁했다.

프랑스 장교는 가슴을 펴고 마치 황제처럼 한 손으로 손짓했다.

"당신은 내 목숨을 구해주었습니다. 당신은 프랑스인입니다. 그런 당신이 이 사내를 용서해주라고 하시는 겁니까? 알겠습니다. 이 사내를 데려가라." 목숨을 구해준 공으로 프랑스인으로 승격된 피예르의 팔을 끼고 프랑스 장교는 빠르고 정력적으로 말하며 함께 집안으로 들어갔다.

안뜰에 있던 병사들이 총성을 듣고 현관으로 들어와 무슨 일인지 묻고 범인을 처벌하려는 의지를 드러냈지만, 장교는 엄격하게 그들을 제지했다.

"필요할 때 부르겠다." 그는 말했다. 병사들은 나갔다. 그동안 부엌
을 들여다보고 온 병졸이 장교에게 다가왔다.

"대위님, 부엌에 수프와 양고기 구이가 있습니다." 그는 말했다. "가
져올까요?"

"그래, 와인도." 대위가 말했다.

29

프랑스 장교는 피예르와 함께 집안으로 들어갔다. 피예르는 프랑스
인이 아니라고 한번 더 분명히 말할 필요를 느끼고 그것을 말한 후 나
가고 싶었지만, 프랑스 장교는 들으려고도 하지 않았다. 그는 무척이
나 정중하고 친절하고 선량하고, 게다가 자기 목숨을 구해준 데 대해
진심으로 감사하고 있었기 때문에 피예르도 차마 거절하지 못하고 그
들이 들어간 입구에서 가장 가까운 방에 함께 앉았다. 피예르가 프랑
스인이 아니라고 주장하자, 장교는 어떻게 그런 영광스러운 칭호를 물
리치려 하는지 이해가 가지 않는다는 듯이 어깨를 으쓱하더니, 군이
러시아인 행세를 하고 싶다면 그래도 좋지만, 그래도 여전히 자신은
목숨을 구해준 그와 감사의 마음으로 영원히 연결되어 있다고 말했다.

만약 이 남자에게 타인의 감정을 이해하고 심중을 추측할 수 있는
능력이 조금이라도 있었다면 아마 피예르는 떠날 수 있었겠지만, 자기
이외의 모든 것에 대한 이 남자의 기운 넘치는 둔감함에 피예르는 지

고 말았다.

"프랑스인인지 신분을 숨긴 러시아 공작인지는 모르겠습니다만," 더러워지긴 했지만 좋아 보이는 피예르의 옷과 손에 낀 반지를 보며 프랑스인은 말했다. "당신은 내 생명의 은인이니 나의 우정을 바치겠습니다. 프랑스인은 은혜건 원수건 절대로 잊지 않으니까요. 당신에게 나의 우정을 바치겠습니다. 내가 말할 수 있는 건 이것뿐입니다."

목소리에도 표정에도 몸짓에도 선량함과 고상함(프랑스적인 의미에서)이 넘쳐흐르는 이 프랑스인의 미소에 피예르는 자기도 모르게 미소로 응하며 내민 손을 잡았다.

"나는 9월 7일의 전투*로 레종도뇌르 훈장을 받은, 제13 경장비 연대 소속 랑발 대위입니다." 그는 콧수염 밑 입술을 오므리고 억제할 수 없는 만족의 미소를 띠며 자신을 소개했다. "이번에는 당신의 이름을 알려주십시오. 내가 미치광이의 총알을 맞고 야전병원에 실려가는 대신 이렇게 즐겁게 이야기할 수 있는 영광을 대체 누구와 나누고 있는지 말입니다."

피예르는 이름을 말할 수 없다고 대답했고, 얼굴을 붉힌 채 아무 이름이라도 대고 이름을 밝힐 수 없는 이유를 말하려 했으나 프랑스인이 가로막았다.

"좋습니다." 그는 말했다. "알겠습니다. 당신은 분명 장교이고…… 어쩌면 영관일지도 모르겠군요. 아마 우리를 향해 무기를 들었을 테죠. 하지만 그건 나와 아무 상관이 없습니다. 당신은 내 생명의 은인이

---

* 보로디노 전투를 말함. 구력 8월 26일.

고, 그것으로 충분합니다. 당신을 위해서라면 무슨 일이든 하겠습니다. 당신은 귀족이시죠?" 그는 묻는 어조로 덧붙였다. 피예르는 고개를 떨구었다. "부탁입니다. 이름이 뭡니까? 그 이상은 묻지 않겠습니다. 므시외 피에르라고 했습니까…… 좋습니다. 내가 알고 싶은 건 그것뿐입니다."

양고기 구이와 오믈렛, 사모바르, 보드카, 그리고 러시아식 저장실에서 프랑스인들이 가져온 와인이 나오자, 랑발은 피예르에게 식사를 권하고 허기진 건강한 사람답게 게걸스럽게 급히 먹기 시작했고, 튼튼한 이로 빠르게 씹어대고 연신 입맛을 다시면서 훌륭해, 최고야!를 연발했다. 얼굴은 상기되고 땀으로 젖었다. 배가 고팠던 피예르도 기꺼이 함께 먹었다. 종졸인 모렐이 냄비에 따뜻한 물을 담아 와 레드와인 병을 담갔다. 이미 부엌에서 시음해본 크바스도 한 병 가져왔다. 이 음료는 프랑스인들에게 알려져 이름까지 붙었다. 그들은 크바스를 리모나드 드 코숑(돼지 레모네이드)이라고 불렀는데, 모렐도 부엌에서 발견한 이 돼지 레모네이드를 칭찬했다. 그러나 대위에게는 모스크바를 통과할 때 얻은 와인이 있었기 때문에, 크바스는 모렐에게 주고 보르도 병을 열었다. 그는 냅킨으로 병목을 싸 자기와 피예르의 잔에 따랐다. 허기를 채우고 와인이 들어가자 대위는 더욱 활기를 띠고 식사하는 내내 끊임없이 이야기했다.

"그래요, 친애하는 므시외 피에르, 그 미치광이에게서 나를 구해준 데 대한 감사로 당신에게 보답을 해야겠는데요…… 보시다시피 나는…… 이 몸에 탄환이 박힌 것만으로도 충분합니다. 보십시오(그는 옆구리를 가리켰다), 하나는 바그람에서, 또하나는 스몰렌스크에서 얻었습니다."그는 볼의 흉터를 보였다. "그리고 보시다시피 이쪽 다리도 자유롭지 않습니다. 7일 모스크바 근교의 대전투*에서 얻은 겁니다. 아아, 대단했죠. 볼만했습니다. 정말 불의 홍수였으니까요. 당신네들은 우리를 아주 골탕 먹였으니, 러시아로서도 자랑할 만한 전투였습니다. 그리고 솔직히 말해, 나는 부상을 입긴 했지만 다시 한번 붙어보고 싶은 마음이 들 정도입니다. 그 전투를 보지 못한 사람들이 안됐다고나 할까요."

"나도 거기 있었습니다." 피예르는 말했다.

"설마, 정말입니까? 아, 그렇다면 더욱 좋습니다." 프랑스인은 말했다. "아무튼 당신들은 대단한 적입니다. 그 대각면보를 훌륭히 지켰으니까요. 그래서 우리 군에게 많은 희생을 치르게 했죠. 나는 거기 세 번이나 갔습니다. 지금 당신이 나를 보고 있는 것처럼 그건 확실한 사실입니다. 세 번이나 포대까지 갔지만, 세 번 모두 카드짝처럼 굴러떨어졌죠. 오! 정말 대단했습니다. 므시외 피에르. 당신네 척탄병들은 정말 훌륭했습니다. 나는 그들이 여섯 번이나 대열을 정돈해서 마치 열병식 때처럼 전진해 오는 것을 봤습니다. 굉장한 사람들입니다! 이런 일에 경험이 많은 우리 나폴리 왕도, 브라보! 아, 아아! 우리 병사들과 똑같도다! 하고 외쳤으니까요." 그는 잠시 말을 멈췄다가 미소지으며 말했다. "아니 더 낫죠, 더 낫습니다. 므시외 피에르. 전투에서는 용감하고…… 미인에게는……" 그는 웃으면서 윙크했다. "친절하고. 이것이 프랑스인이죠, 므시외 피에르, 그렇지 않습니까?"

---

* 보로디노 전투를 말함.

대위가 너무도 천진하고 선량하고 쾌활하고 순수한데다 자기만족에 차 있었기 때문에 피예르는 즐겁게 그를 바라보며 자기도 모르게 윙크를 할 뻔했다. '친절하다'는 말은 대위에게 모스크바의 현 상황을 상기시킨 것 같았다.

"그건 그렇고, 말해주십시오, 부녀자들이 모두 모스크바에서 떠났다는 게 사실입니까? 이상합니다! 그들은 뭘 두려워한 겁니까?"

"만약 러시아가 파리에 침입한다면 프랑스 부녀자들도 떠나지 않을까요?" 피예르가 말했다.

"아, 앗, 아!……" 프랑스인은 피예르의 어깨를 가볍게 치며 호탕한 소리로 유쾌하게 웃었다. "아! 한 대 얻어맞았네요." 그는 말했다. "파리 말입니까? 그러나 파리는…… 파리는……"

"파리는 세계의 수도죠……" 피예르는 상대방의 말을 매듭짓듯 말했다.

대위는 피예르를 바라보았다. 그는 이야기 도중 입을 다물고 미소를 머금은 상냥한 눈으로 상대방을 응시하는 버릇이 있었다.

"아, 만약 당신이 자신을 러시아인이라고 하지 않았다면, 나는 당신이 파리지앵이라는 데 내기라도 했을 겁니다. 당신에게는 뭔가가 있습니다, 뭐라고 할까, 그……" 하고 치켜세우고 그는 다시 잠자코 피예르를 바라보았다.

"파리에서 지낸 적이 있습니다, 거기서 여러 해 살았죠." 피예르는 말했다.

"아아, 그럴 줄 알았습니다. 파리!…… 파리를 모르는 사람은 야만인입니다. 파리지앵은 2리외 앞에서도 알아볼 수 있습니다. 파리, 그것은 탈마*이며, 뒤세누아**이며, 포티에***이며, 소르본이며, 가로숫길입니다." 그는 마지막 말이 앞 말에 비해 약한 것을 깨닫고 얼른 덧붙였다. "온 세계에 다만 파리가 있을 뿐입니다. 당신은 파리에 간 적이 있으면서도 여전히 자신을 러시아인이라고 하는군요. 그래요, 그렇다고 해서 당신에 대한 나의 존경이 변하지는 않습니다."

와인을 마신데다 우울한 상념을 품은 고독 속에서 며칠을 보낸 뒤라 피예르는 이 쾌활하고 선량한 남자와 대화하며 자기도 모르게 즐거움을 느끼고 있었다.

"그런데 다시 이야기가 당신네 여성들로 돌아갑니다만, 러시아 여성들은 아주 아름답다고 하더군요. 모처럼 프랑스군이 모스크바에 왔는데 스텝으로 달아나버리다니, 정말 어리석은 생각입니다. 그녀들은 다시없는 기회를 놓친 셈입니다. 당신 나라 무지크****들이야 어쩔 수 없다고 해도, 당신처럼 교양 있는 사람들은 우리에 대해 더 잘 알아주셔야 합니다. 우리는 빈, 베를린, 마드리드, 나폴리, 로마, 바르샤바와 세계의 온갖 수도를 점령해왔습니다…… 물론 그들은 우리를 두려워하지만, 사랑해주기도 합니다. 우리에 대해 더 아는 것은 결코 손해가 아닙니다. 또한 황제도……" 하고 그는 말하려 했으나, 피예르가 가로막았다.

"황제가," 피예르는 되풀이했고, 그의 얼굴에 별안간 쓸쓸하고 당황한 빛이 떠올랐다. "황제가 어떻다는 겁니까?……"

---

* F. J. 탈마(1763~1826). 프랑스 남자 배우.
** C. J. 뒤세누아(1777~1835). 프랑스 여자 배우.
*** Ch. G. 포티에(1775~1838). 프랑스 풍자 작가.
**** 제정러시아 시대 러시아 농민을 뜻함.

"황제 말입니까? 관대, 자애, 정의, 질서, 천재…… 이것이 바로 우리의 황제입니다! 이것은 내가, 이 랑발이 당신에게 말하는 겁니다. 지금은 보시다시피 이렇지만 나도 팔 년 전까지는 황제의 적이었습니다. 내 아버지는 망명한 백작이시죠…… 그러나 그는 나를 정복하고 말았습니다. 내 마음을 사로잡았습니다. 프랑스를 뒤덮은 그의 위대함과 영광에 나는 압도되었습니다. 그가 원하는 것이 무엇인지 알았을 때, 그가 우리를 위해 월계관의 침상을 준비하고 있다는 것을 깨달았을 때, 나는 말입니다. 이것이야말로 황제라고 나 자신에게 말했습니다. 그리고 그에게 내 몸을 바쳤죠. 그래서 지금 보시다시피 이렇습니다! 네, 우리 황제야말로 과거와 현재를 통틀어 가장 위대한 인물입니다."

"황제는 모스크바에 있습니까?" 피예르는 어물거리면서 죄지은 듯한 얼굴로 물었다.

프랑스인은 피예르의 죄지은 듯한 얼굴을 보고 웃음지었다.

"아닙니다, 내일 들어오십니다." 그는 대답하고 자기 이야기를 계속했다.

두 사람의 대화는 문 옆에 있던 몇 사람의 외침 소리와 뷔르템베르크의 경기병들이 대위의 말이 매여 있는 안뜰에 자기 말들을 들이려 한다고 보고하러 뛰어온 모렐에 의해 중단되었다. 다툼이 일어난 주된 원인은 경기병들이 이쪽 말을 이해하지 못하기 때문이었다.

대위는 수석 하사관을 불러, 어느 부대 소속이고 대장은 누구인지, 어째서 이미 사람이 있는 숙사를 점령하려 하는지 엄한 목소리로 따져 물었다. 프랑스어가 서툰 독일인은 처음 두 질문에 대해서는 자기 소속 연대와 연대장의 이름을 댔지만, 마지막 질문은 못 알아들은 듯 독일어에 엉터리 프랑스어를 섞어가며, 자기는 연대의 숙영 담당자인데 연대장이 집이란 집은 전부 점령하라는 명령을 내렸다고 대답했다. 피예르는 독일어를 할 줄 알았기 때문에 독일인의 말을 대위에게 통역해주고, 대위의 말을 뷔르템베르크의 경기병에게 통역해주었다. 상대의 말을 이해하자 독일인은 단념하고 부하 병사를 데리고 떠났다. 대위는 현관 층층대로 나가 큰 소리로 뭔가 지시를 내렸다.

그가 방에 돌아왔을 때 피예르는 두 손으로 머리를 감싸고 여전히 같은 자리에 앉아 있었다. 얼굴에는 고통이 드러나 있었다. 사실 피예르는 괴로워하고 있었다. 대위가 나가고 혼자 남자 피예르는 문득 정신을 차리고 자신의 처지를 의식했다. 모스크바가 점령되었다는 것도, 행복한 승리자들이 모스크바에서 주인 행세를 하고 그에게 보호자처럼 구는 것도 괴로운 일이지만, 이 순간 그를 괴롭히는 것은 그것이 아니었다. 그를 괴롭히는 것은 자신이 무력하다는 의식이었다. 와인 몇 잔과 선량한 이 남자와의 대화로 인해 요 며칠 동안 그 속에 틀어박혀 살았고 또 자신의 목적을 달성하기 위해 필요한 일이었던 여념 없는 우울한 분위기는 날아가버렸다. 권총과 단검과 농민 외투가 준비되어 있고, 나폴레옹의 입성은 내일이었다. 악당을 죽이는 것이 이롭고 가치 있는 일이라는 생각에는 변함이 없었지만, 지금 자신은 그것을 할 수 없다고 느끼고 있었다. 이유는 무엇인가? ―그는 알지 못했지만 아무튼 그 계획을 실행에 옮기지 못하리라는 예감이 들었다. 그는 자신이 무력하다는 의식과 싸웠지만, 이겨낼 수 있을 것 같지 않고, 복수니 살인이니 자기희생이니 하는 지금까지의 어두운 일련의 상념이 처음 맞닥뜨린 인간과 접촉한 동시에 먼지처럼 날아가버린 것을 어렴풋이 느꼈다.

대위는 약간 절뚝거리고 휘파람으로 노래를 부르며 방에 들어왔다.

지금까지 피예르를 유쾌하게 해주던 프랑스인의 수다도 이제는 귀찮아졌다. 휘파람 노랫소리도, 걸음걸이도, 콧수염을 꼬는 손짓도, 이제는 모든 것이 자신에 대한 모욕처럼 느껴졌다.

'지금 나가자, 더이상 이 사람과 말하지 말자.' 피예르는 생각했다. 그러나 이렇게 생각하면서도 여전히 같은 자리에 앉아 있었다. 이상한 무력감이 그를 그 자리에 묶어두어 일어나 나가고 싶었지만 그럴 수가 없었다.

반대로 대위는 기분이 아주 좋은 것 같았다. 그는 두어 번 방안을 거닐었다. 두 눈은 빛나고, 즐거운 회상에 혼자 웃음짓는 듯 콧수염이 가볍게 잡아당겨지며 올라갔다.

"대단한데" 하고 그는 느닷없이 말했다. "뷔르템베르크군의 연대장 대령 말입니다! 독일인이긴 하지만 괜찮은 사내군요. 그러나 독일인이죠."

그는 피예르를 마주보고 앉았다.

"그건 그렇고, 당신은 독일어도 하십니까?"

피예르는 잠자코 그를 바라보았다.

"독일어로 피난소를 뭐라고 합니까?"

"피난소요?" 피예르는 되풀이했다. "*Unterkunft.*"

"뭐라고요?" 대위는 의심스러운 듯 빠르게 되물었다.

"운터쿤프트." 피예르는 되풀이했다.

"옹테르코프*Onterkoff*." 대위는 이렇게 말하고 웃는 눈으로 몇 초쯤 피예르를 바라보았다. "독일인들은 아주 바보 같습니다. 그렇지 않습니까, 므시외 피에르?" 그는 이렇게 결론을 지었다.

"그럼, 이 모스크바산 보르도를 한 병만 더 할까요, 어떻습니까? 모렐, 가서 한 병 데워 와주게. 모렐!" 대위는 명랑하게 소리쳤다.

모렐은 촛불과 와인 한 병을 들고 왔다. 대위는 촛불 빛 아래서 피예르의 혼란스러운 표정을 보고 놀란 듯했다. 랑발은 진심으로 슬픔과 동정의 빛을 띠며 피예르에게 다가가 몸을 굽혀 들여다보았다.

"아 그런데, 우리 분위기가 우울하군요." 그는 피예르의 손을 잡으며 말했다. "혹시 내가 당신을 그렇게 만들었습니까? 아니면 정말 내게 무슨 불쾌한 일이라도," 그는 거푸 물었다. "그게 아니면, 시국 때문입니까?"

피예르는 아무 말도 하지 않고 프랑스인의 눈을 상냥하게 바라보았다. 동정 어린 말이 그는 기뻤다.

"은혜를 입은 건 둘째 치더라도, 나는 당신에게 우정을 느낍니다. 내가 해드릴 일은 없습니까? 뭐든 말만 하십시오. 살아서나 죽어서나 영원히 그러겠습니다. 가슴에 손을 얹고 말합니다." 그는 자기 가슴을 치며 말했다.

"고맙습니다." 피예르는 말했다. 대위는 피난소가 독일어로 뭔지 알았을 때처럼 피예르를 유심히 쳐다보았다. 그의 얼굴이 갑자기 밝아졌다.

"아아! 그럼 우리의 우정을 위해 마셔야겠습니다!" 그는 잔 두 개에 와인을 따르며 명랑하게 소리쳤다. 피예르는 와인이 가득찬 잔을 죽 들이켰다. 랑발도 자기 잔을 비우고 다시 피예르의 손을 잡더니, 생각에 잠긴 듯한 우울한 몸짓으로 탁자에 팔꿈치를 짚었다.

"그렇습니다. 나의 친구여, 이게 운명의 장난이라는 거죠" 하고 그는 입을 열었다. "내가 군인이 되고, 보나파르트에게 봉사하는 용기병 대위가 되리라고 대체 누가 상상했겠습니까. 그를 그 이름으로 불렀는데 말입니다. 그러나 지금 나는 그 사람과 함께 모스크바에 와 있습니다. 당신에게 꼭 말해둬야겠습니다, 친구여." 그는 이제부터 긴 이야기를 시작하려는 사람처럼 쓸쓸하면서도 침착한 목소리로 말을 이었다. "우리 집안은 프랑스에서도 가장 오래된 명문 중 하나입니다."

대위는 프랑스인다운 경쾌하고, 악의 없고, 허심탄회한 어조로 피예르에게 자기 선조의 역사와 자기의 유년 시절과 소년 시절과 청년 시절, 그리고 친척과 재산과 가족 관계에 대해 이야기했다. 물론 그의 이야기에서도 '내 가엾은 어머니'는 중요한 역할을 했다.

"그러나 그런 건 모두 인생의 무대장치에 지나지 않습니다. 본질은 사랑이죠! 사랑! 안 그렇습니까, 므시외 피예르?" 그는 활기를 띠며 말했다. "자, 한 잔 더."

피예르는 또 들이켰고, 세 잔째는 직접 따랐다.

"오! 여자, 여자!" 대위는 촉촉해진 눈으로 피예르를 바라보며 사랑과 자신의 연애 경험을 이야기하기 시작했다. 연애 경험이 많다는 것은 장교의 자신만만하고 잘생긴 얼굴과 여자 이야기를 할 때의 활기 띤 모습만 보아도 쉽사리 믿을 수 있었다. 랑발의 연애 이야기는 전부, 프랑스인들이 유독 그런 사랑에서 사랑의 매력과 정서를 발견하듯 난잡한 특성을 띠었지만, 그럼에도 그가 사랑의 수많은 매력을 오직 자신만 알고 경험한 것처럼 진심으로 확신하며 이야기하고, 또 여자에 대한 묘사가 자못 선정적이었기 때문에 피예르는 호기심에 이끌려 귀를 기울였다.

프랑스인이 그토록 좋아하는 *사랑*은 피예르가 전에 아내에게 경험했던 저속하고 단순한 사랑이 아니었고, 나타샤에게 품었던 자기 혼자 열을 올리는 로맨틱한 사랑도 분명 아니었다(랑발은 이 두 경우를 모두 멸시하면서 전자를 *마부의 사랑*, 후자를 *바보의 사랑*이라고 말했다). 프랑스인이 예찬하는 *사랑*은 주로 여성과의 부자연스러운 관계, 또는 사랑의 감정에 큰 매력을 덧붙여주는 온갖 추악한 것의 조합이었다.

대위는 서른다섯 살의 매력적인 후작부인과 그녀의 딸인 아름답고 순수한 열일곱 살 처녀를 동시에 사랑했었던 인상 깊은 이야기를 했다. 모녀간의 관용 경쟁은 결국 어머니가 자신을 희생해 딸을 애인의 아내로 보내는 것으로 끝났는데, 벌써 오래된 일인데도 대위는 여전히 감격스러워했다. 그리고 그는 남편이 정부 역할을 하고 그(정부)가 남편 역할을 했다는 이야기와, 피난소가 운터쿤프트이고, 남편들이 슈크루트*를 먹고, *젊은 아가씨 머리가 너무 금발*이라는 등 독일에 관련된 추억 가운데 몇 가지 우스운 일화를 이야기했다.

마지막 일화는 아직도 대위의 기억에 생생한 최근 폴란드에서의 일인데, 그는 자기가 구해준 한 폴란드인이(대위의 이야기는 주로 남의 목숨을 구해주었다는 내용이었다) 매력적인 아내(감성으로는 *파리지엔인*)를 자기에게 맡기고 프랑스군에 입대한 이야기를 열띤 표정으로 수선스러운 몸짓을 해가며 말하기 시작했다. 대위는 행복했고, 매력적

---

* 양배추 절임.

인 폴란드 여자는 그와 함께 달아나고 싶어했지만, 언제나 관용으로 행동하는 대위는 남편에게 아내를 돌려보내고는 *나는 전에 당신의 목숨을 구했고, 이번에는 당신의 명예를 구했습니다!*라고 말했다. 대위는 이 말을 되풀이한 뒤 눈을 감고 마치 이 감동적인 추억을 떠올리면서도 자신의 약한 마음을 털어버리려는 듯이 고개를 흔들었다.

늦은 밤이나 와인에 취했을 때 흔히 그렇듯 피예르는 대위의 이야기를 듣고 온전히 이해하면서도 왠지 모르지만 갑자기 떠오른 자신의 추억들을 더듬고 있었다. 연애 이야기를 듣는 동안 그는 불현듯 나타샤에 대한 자신의 사랑이 떠올랐고, 그 사랑의 여러 장면을 공상하면서 내심 그것을 랑발의 이야기와 비교하고 있었다. 피예르는 얼마 전 수하레프 탑 옆에서 사랑하는 대상을 만났던 일을 아주 자세하게 떠올려보았다. 당시 그 만남은 그에게 별 영향을 주지 않았고, 그뒤로 생각한 적도 없었다. 그러나 지금은 그 만남이 아주 의미심장하고 시적인 것처럼 느껴졌다.

"표트르 키릴리치, 이리 오세요. 난 알아봤어요." 그녀가 했던 말이 귓전에 들리고, 그녀의 눈과 미소, 여행모자, 그 모자 밑으로 삐져나온 머리 다발까지 눈에 선했다…… 그리고 마음을 움직이는 감동적인 뭔가가 그 모든 것 속에 있는 것 같았다.

대위는 매력적인 폴란드 여자 이야기를 끝내자, 법적 남편에 대한 질투와 이런 사랑 때문에 자기희생의 감정을 경험해본 적이 있느냐고 물었다.

이 물음에 이끌려 피예르는 고개를 들었고, 그는 자신의 마음을 차지하고 있는 생각을 털어놓아야겠다고 생각하고, 자신은 여자에 대한 사랑을 조금 다르게 생각한다고 운을 뗐다. 그는 지금까지 살아오며 오직 한 여자만을 사랑해왔고 지금도 사랑하지만, 그 여자는 절대 자기 것이 될 수 없다고 말했다.

"*저런!*" 대위는 말했다.

피예르는 아주 젊었을 때부터 그녀를 사랑했지만, 그녀가 너무 어린데다가 자기는 이름도 없는 사생아였기 때문에 감히 생각지도 못했다고 설명했다. 그후 부와 이름을 얻었을 때는, 그녀를 너무나 사랑하고 이 세상에서 가장, 그 자신보다 훨씬 높은 곳에 있는 존재로 그녀를 생각했기 때문에 역시 생가지도 못했다고 말했다. 이야기가 여기까시 이르렀을 때 피예르는 대위를 바라보며, 이런 기분이 이해가 됩니까? 하고 물었다.

대위는 비록 이해되지는 않지만 어쨌든 이야기를 계속해달라는 몸짓을 했다.

"*플라토닉러브, 구름 같군……*" 그는 중얼거렸다. 와인 때문인지, 털어놓고 싶은 욕구 때문인지, 아니면 상대방이 자기가 이야기하는 인물을 모르고 또 알 리도 없다고 생각하기 때문인지, 혹은 이 모든 것이 합쳐진 때문인지 어쨌든 피예르는 말문이 트였다. 그는 촉촉해진 눈으로 먼 곳을 바라보며 잘 돌아가지 않는 혀를 놀려 자신의 결혼, 자신과 가장 가까운 벗에 대한 나타샤의 사랑, 그녀의 변심, 그녀와 자신의 덤덤한 관계 등 모든 것을 털어놓았다. 랑발의 물음에 이끌려 그는 처음에 숨기던 신분과 이름까지 말했다.

피예르의 이야기에서 무엇보다도 대위를 놀라게 한 것은 그가 모스크바에 대저택을 두 채나 가진 대단한 부자라는 것과 그가 모든 것을 포기하고 이름과 신분을 숨긴 채 모스크바에서 떠나지 않고 시내에 머물러 있다는 것이었다.

두 사람은 이미 밤이 깊은 거리로 함께 나섰다. 따뜻하고 밝은 밤이었다. 집 왼편으로 페트롭카 거리가, 모스크바에서 처음 화재가 일어난 그곳이 밝게 보였다. 오른쪽에는 초승달이 높이 떠 있고, 그 반대편에는 피예르가 자신의 사랑과 결부시키던 그 교교한 혜성이 반짝이고 있었다. 문 옆에는 게라심과 요리사 하녀와 두 명의 프랑스병이 서 있었다. 서로 말도 통하지 않는 그들이 웃고 떠드는 소리가 들렸다. 그들은 시내에서 일어난 불을 보고 있었다.

거대한 도시에서 일어난 먼 곳의 작은 불쯤은 별로 무섭지 않았다.

별이 총총한 높은 하늘, 달, 혜성, 화재의 불꽃을 바라보며 피예르는 즐거운 감정을 맛보았다. '그래, 정말 훌륭하다. 그래, 더이상 뭐가 필요하겠는가?!' 그는 생각했다. 그러나 문득 자기의 계획을 상기하자 현기증이 일며 욕지기가 났고, 쓰러지지 않기 위해 담에 기대야 했다.

그는 새로운 친구에게 인사도 하지 않고 휘청거리는 걸음으로 문에서 물러나 자기 방으로 돌아왔고, 소파에 눕자 바로 잠이 들었다.

30

도보와 마차로 피란을 가는 사람들과 퇴각중인 군대는 9월 2일에 처음 일어난 화재의 불꽃을 곳곳에서 갖가지 감정으로 바라보고 있었다.

로스토프가의 마차 행렬은 이날 밤 모스크바에서 20베르스타쯤 떨어진 미티시에 멈춰 있었다. 뒤늦게 9월 1일에야 출발했고, 짐마차와 군대로 도로가 막히고, 잊고 온 것이 많아 가지러 사람을 보내고 하다가 결국 모스크바에서 5베르스타쯤 되는 곳에서 유숙하기로 결정했다. 다음날 아침도 늦게야 출발했고 또 자주 가로막혔기 때문에 볼시예 미티시*까지도 겨우 도착했다. 밤 열시에 로스토프가의 나리들, 그리고 그들과 함께 마차를 타고 가던 부상자들은 이 큰 마을의 농가나 뜰로 분산되었다. 로스토프가의 하인들과 마부들, 부상자들의 종졸들은 주인들의 시중을 들고 나서 야식을 먹고, 말에게 먹이를 준 뒤 현관 층층대로 나갔다.

팔뼈가 부러지는 부상을 입은 라옙스키의 부관이 이웃 농가에서 자면서 심한 통증으로 줄곧 구슬픈 신음 소리를 냈고, 그 소리가 가을밤 어둠 속으로 무섭게 울려퍼졌다. 첫째 날 밤 이 부관은 로스토프가와 같은 집에 묵었고 백작부인이 그의 신음 소리 때문에 잠을 이룰 수 없었다고 푸념한 터라, 미티시에 오자 이 부상자에게서 되도록 멀리 떨어지기 위해 일가는 가장 초라한 농가로 옮겨갔다.

밤의 어둠 속에 서 있던 하인이 말을 매어놓은 곳에 있는 유개마차의 높은 차체 뒤에서 또다른 화재의 불꽃을 발견했다. 이 불꽃은 진작부터 보이고 있었고, 그것이 마모노프 부대 카자크들에 의해 말리예 미티시에서 생긴 화재라는 것을 모두가 알고 있었다.

"이봐, 형제들, 저건 다른 불이야." 한 종졸이 말했다. 모두 불빛 쪽으로 주의를 돌렸다.

---

* 15세기부터 볼시예(큰) 미티시, 말리예(작은) 미티시로 나뉘어 불렸으나 현재는 미티시로 통합되었다.

"그런데 말리예 미티시의 불은 마모노프의 카자크들이 지른 거라고 했잖아."

"보라고! 아니야, 미티시가 아니라 더 앞이야."

"좀 봐, 저긴 분명 모스크바야."

하인들 중 둘이 현관 층층대에서 내려와 유개마차 뒤를 돌아 마차 발판에 앉았다.

"더 왼쪽이야! 나 원, 저기가 미티시라니, 방향이 전혀 달라."

몇 사람이 처음의 두 하인과 합류했다.

"좀 봐, 타고 있어." 한 사람이 말했다. "저기, 여보게들, 저건 분명 모스크바에서 난 불이야, 수셉스카야 아니면 로고시스카야야."

이 말에는 아무도 대꾸하지 않았다. 그리고 일동은 멀리서 타오르는 새 화재의 불꽃을 오랫동안 묵묵히 바라보았다.

백작의 시종(이렇게 불리고 있었다) 다닐로 테렌티이치 노인이 무리로 다가가 미시카에게 소리쳤다.

"뭘 그렇게 신기하게 보고 있어, 얼빠진 놈…… 백작이 부르시는데 아무도 없잖아, 얼른 가서 옷을 치워."

"물 길으러 이제 막 온 거예요." 미시카는 말했다.

"그런데 다닐로 테렌티이치, 어떻게 생각하세요. 아무래도 모스크바에 불이 난 것 같지 않아요?" 한 하인이 말했다.

다닐로 테렌티이치는 아무 말도 하지 않았고, 모두 다시 오랫동안 침묵했다. 불꽃은 더 커지며 흔들거렸다.

"큰일났군!…… 바싹 말라 있는데 바람까지 부니……" 누군가가 말했다.

"좀 봐, 번지고 있어. 아아, 주님! 까마귀까지 보이잖아. 주님, 죄 많은 우리에게 자비를 베풀어주소서."

"십중팔구 곧 끄겠지."

"저걸 누가 끈단 말인가?" 그때까지 묵묵히 있던 다닐로 테렌티이치의 목소리가 들렸다. 그의 목소리는 조용하고 침착했다. "분명 모스크바야, 형제들" 하고 그는 말했다. "백악白堊의 우리 어머니가……" 목소리가 끊기더니 그는 갑자기 늙은이답게 흐느껴 울기 시작했다. 모두가 저멀리 보이는 불꽃의 의미를 이해하기 위해 이 말만 기다리고 있었던 것 같았다. 한숨과 기도 소리, 백작의 늙은 시종이 흐느끼는 소리가 들렸다.

31

시종이 돌아와서 백작에게 모스크바가 불타고 있다고 보고했다. 백작은 가운을 입고 보러 나갔다. 아직 옷을 벗지 않고 있던 소냐와 쇼스 부인도 나왔다. 나타샤와 백작부인만 방에 남았다. (페탸는 이제 가족과 같이 있지 않고 자기 연대와 함께 트로이차*로 떠나고 없었다.)

모스크바 화재 소식을 듣고 백작부인은 울음을 터뜨렸다. 나타샤는 창백한 얼굴로 성상 밑 벤치에(도착한 후로 계속 앉아 있던 그 자리에) 앉아 한곳에 눈을 못박은 채, 아버지의 말에는 전혀 귀를 기울이지 않

---

* 모스크바에서 북쪽으로 약 66킬로미터 떨어진, 러시아정교의 중심지.

왔다. 그녀는 세 집 건너 이웃집에서 들려오는 부관의 끊임없는 신음 소리에 귀기울이고 있었다.

"아아, 정말 무서운 일이야!" 뜰에서 추위에 몸이 언 소냐가 돌아와 두려운 듯이 말했다. "모스크바가 다 타버릴 것 같아. 하늘이 너무나 새빨개! 나타샤, 좀 봐, 이 창문에서도 보여." 소냐는 사촌동생의 기분을 어떻게든 바꿔보려는 듯이 말했다. 그러나 나타샤는 무슨 말을 하는지 모르는 듯 소냐의 얼굴을 힐끔 보더니 다시 난로 한곳을 응시했다. 나타샤가 이런 멍한 상태가 된 것은, 이날 아침 소냐가 무엇 때문인지는 모르지만 백작부인이 경악하고 화를 낼 텐데도 나타샤에게 안드레이 공작이 부상당한 상태로 그들 일행에 끼여 있다는 것을 숨김없이 이야기해줘야겠다고 판단해 말하고 나서부터였다. 백작부인은 그렇게 화내는 모습을 보인 적이 없을 정도로 소냐에게 크게 화를 냈다. 소냐는 울며 용서를 빌었고, 자기 죄를 보상하려는 듯이 줄곧 사촌동생의 비위를 맞추고 있었다.

"봐봐, 나타샤, 무섭게 타고 있어." 소냐는 말했다.

"뭐가 탄다고?" 나타샤는 말했다. "아, 그렇지, 모스크바."

그러고는 퉁명스럽게 굴어서 소냐에게 상처를 주지 않기 위해, 또한 그녀에게서 벗어나기 위해, 분명 아무것도 안 보일 만큼만 창 쪽으로 살짝 고개를 돌리고는 이내 다시 그 자리에 앉았다.

"그러면 보이지 않을 텐데?"

"아냐, 봤어, 정말이야." 그녀는 자신을 가만두라고 애원하는 듯한 목소리로 말했다.

모스크바도, 모스크바의 화재도 나타샤에게는 아무 상관 없는 일이라는 것을 백작부인도 소냐도 잘 알고 있었다.

백작은 다시 칸막이 뒤로 가서 누웠다. 백작부인은 나타샤에게 다가가 딸이 아플 때 곧잘 하던 대로 머리에 손등을 대보고, 열이 있는지 보려고 이마에 입술을 대며 키스했다.

"몸이 얼었구나. 온몸을 떨잖니. 자는 게 좋겠어." 그녀는 말했다.

"자라고요? 네, 알겠어요, 그럴게요. 곧 잘게요." 나타샤는 말했다.

오늘 아침 안드레이 공작이 중상을 입은 몸으로 자기들과 함께 가고 있다는 이야기를 들었을 때 나타샤는 처음 한동안은, 어디로 가지? 왜 다친 거야? 목숨이 위험한 정도야? 만나도 괜찮을까? 하며 이것저것 물었지만, 만나면 안 된다, 중상이지만 목숨에는 지장이 없다 같은 대답을 듣고 물어봐야 빤한 대답만 들으리라 생각하고 입을 다물었다. 그리고 오는 내내, 백작부인도 잘 알고 또 몹시 두려워하는 그 눈을 크게 뜬 얼굴로 꼼짝도 하지 않고 유개마차 한구석에 앉아 있었고, 지금도 같은 자세로 처음 앉았던 벤치에 그대로 앉아 있었다. 백작부인은 그녀가 뭔가를 고민하고 결심하려 한다는 것을, 아니 이미 결심했다는 것을 알았지만 무엇을 결심했는지 알 수 없어 두려웠다.

"나타샤, 내 사랑, 옷을 벗고 내 침대에 누우려무나." (백작부인의 침대에만 침구가 있을 뿐 쇼스 부인과 두 아가씨는 마룻바닥에 건초를 깔고 자야 했다.)

"아니에요, 엄마, 저는 바닥에서 잘게요." 나타샤는 퉁명스럽게 말하고 창가로 걸어가 창문을 열었다. 창문을 열자 부관의 신음 소리가 더욱 뚜렷이 들렸다. 그녀는 습한 밤공기 속으로 얼굴을 내밀었고, 그녀의 가느다란 목이 흐느낌에 떨리며 창틀에 부딪히는 모습이 백작부인에게도 보였다. 신음하는 사람이 안드레이 공작이 아니라는 건 나타샤도 알고 있었다. 그녀는 안드레이 공작이 자기들과 같은 지붕 아래 현관을 사이에 둔 오두막에 누워 있다는 것도 알았지만, 이 끊이지 않는 무서운 신음 소리는 그녀를 눈물짓게 했다. 백작부인과 소냐는 서로를 바라보았다.

"자야지, 내 사랑, 자거라, 얘야." 백작부인은 나타샤의 어깨를 가볍게 어루만지며 말했다. "자, 자거라."

"아, 네…… 곧, 이제 잘게요." 나타샤는 서둘러 옷을 벗고, 치마끈을 잡아떼다시피 풀며 말했다. 그녀는 콥타*로 갈아입은 뒤 마룻바닥에 마련된 잠자리에 무릎을 꿇고 앉아 가늘게 땋은 길지 않은 머리를 어깨 앞으로 내려뜨리고 다시 땋기 시작했다. 가늘고 긴 손가락을 익숙하게 놀려 빠르고 능숙하게 머리를 가르고 땋고 묶었다. 평소의 익숙한 자세대로 머리를 이쪽저쪽으로 돌리고 있었지만, 열병에 걸린 듯 크게 뜬 두 눈은 정면을 골똘히 응시하고 있었다. 잘 준비를 마치자, 나타샤는 문과 가까운 가장자리에 마련된 건초 위에 깔아놓은 시트에 조용히 누웠다.

"나타샤, 가운데로 와서 자." 소냐가 말했다.

"아니야, 여기 있을래" 하고 나타샤는 말했다. "다들 얼른 자요." 그녀는 화난 듯이 덧붙였다. 그리고 베개에 얼굴을 파묻었다.

백작부인도, 쇼스 부인도, 소냐도 서둘러 옷을 벗고 누웠다. 방에는 작은 등불 하나만 켜져 있었다. 그러나 바깥은 2베르스타 앞 말리예 미

---

* 주로 실내에서 입는 여성용 짧은 재킷.

티시에서 일어난 화재 때문에 환했고, 대각선 방향에 있는, 마모노프 연대의 카자크들이 점령한 선술집에서 술에 취한 사람들의 함성이 거리에 어지러이 울려퍼지고, 부관의 신음 소리도 끊임없이 들려왔다.

나타샤는 안팎에서 들리는 소리에 귀를 기울이며 꼼짝도 하지 않았다. 처음에는 어머니의 기도 소리, 한숨 소리, 삐걱거리는 침대 소리, 휘파람 소리 같은 귀에 익은 쇼스 부인의 코 고는 소리, 소냐의 조용한 숨소리가 들려왔다. 잠시 후 백작부인이 나타샤를 불렀다. 나타샤는 대답하지 않았다.

"잠든 것 같아요, 엄마." 소냐가 소리 죽여 말했다. 백작부인은 잠시 잠자코 있다가 다시 한번 불렀지만, 아무도 대답하지 않았다.

잠시 후 나타샤는 어머니의 고른 숨소리를 들었다. 나타샤는 작은 맨발이 담요 밖으로 삐져나와 마룻바닥 위에서 얼어가고 있었는데도 꼼짝도 하지 않았다.

모든 승리를 축복하는 것처럼 어느 틈바구니에서 귀뚜라미가 울기 시작했다. 멀리서 닭이 울자 가까이에 있는 닭도 울었다. 선술집의 소음은 잠잠해지고 부관의 신음 소리만 들릴 뿐이었다. 나타샤는 몸을 일으켰다.

"소냐? 잠들었어? 엄마?" 그녀는 속삭였다. 아무도 대답하지 않았다. 나타샤는 조심스럽게 천천히 일어나 성호를 긋고, 가늘고 유연한 맨발로 지저분하고 차가운 마룻바닥에 섰다. 마룻바닥이 삐걱거렸다. 그녀는 급히 발을 옮겨 새끼고양이처럼 날래게 몇 발짝 달려가 차가운 문손잡이를 잡았다.

무거운 뭔가가 규칙적으로 쿵쿵거리며 작은 집의 벽을 두드리는 것 같았는데, 그것은 두려움에, 불안과 사랑에 찢어질 듯이 뛰는 그녀의 심장 고동이었다.

그녀는 문을 열고 문지방을 넘어 현관의 축축하고 차가운 흙바닥을 밟았다. 사방의 한기가 머리를 맑게 해주었다. 자고 있는 사람을 맨발로 느끼고 그것을 넘어 안드레이 공작이 누워 있는 오두막 문을 열었다. 오두막 안은 어두웠다. 안쪽 구석의 침대에 누군가 누워 있고, 그 옆 벤치에는 촛농이 큰 버섯 모양으로 흘러내린 수지 초가 타고 있었다.

나타샤는 오늘 아침 안드레이 공작이 부상을 입고 자기들과 함께 가고 있다는 이야기를 들었을 때부터 그를 꼭 만나야 한다고 생각했다. 왜 그래야 하는지는 몰랐지만, 괴로운 대면이 되리라는 것은 알았고, 그래서 더더욱 만나야 한다고 마음먹었다.

그녀는 이날 하루를 밤이 되면 그를 만날 수 있다는 희망으로 보냈다. 그러나 막상 그 순간이 되자, 만나는 것이 두려워졌다. 불구가 된 걸까? 예전 모습이 남아 있을까? 끊임없이 신음하는 저 부관처럼 된 걸까? 그래, 분명 그럴 것이다. 그녀의 상상 속에서 그는 그 무서운 신음 소리의 화신이 되어 있었다. 그녀는 한구석에 있는 어렴풋한 형체를 보았고, 담요 아래 세운 무릎을 어깨로 착각해 끔찍하게 변해버린 육체를 상상하고 겁에 질려 발을 멈췄다. 그러나 저항할 수 없는 힘에 이끌려 앞으로 걸어갔다. 그녀는 조심스럽게 한 걸음 또 한 걸음 옮기면서 지저분하게 물건이 흩어진 작은 방 한가운데에 섰다. 성상 밑 벤치에 또 한 사람이 누워 있고(그는 티모힌이었다), 마룻바닥에도 두 사람이 누워 있었다(군의관과 시종이었다).

시종은 몸을 조금 일으키더니 뭐라고 웅얼거렸다. 티모힌은 부상당한 한쪽 다리의 통증으로 잠을 잘 이루지 못하다가 흰 루바시카에 콥타를 걸치고 나이트캡을 쓴 아가씨의 느닷없는 출현에 눈을 동그랗게 뜨고 바라보았다. "왜요, 무슨 일로 오셨습니까?" 잠에 취한 시종이 놀라서 한 말은 나타샤를 누군가가 누워 있는 한구석으로 더욱 빨리 다가서게 했다. 그 육체가 아무리 인간답지 않을 만큼 무섭게 변했더라도 그녀는 그것을 보지 않을 수 없었다. 그녀는 시종 옆을 지나갔고, 초의 다 탄 버섯 같은 것이 떨어지자, 담요 위에 두 손을 내놓고 누워 있는, 그녀가 늘 바라보던 모습 그대로의 안드레이 공작이 눈에 들어왔다.

그는 예전과 똑같았다. 다만 부어서 붉어진 얼굴, 환희에 차서 그녀에게 꽂혀 있는 반짝이는 눈, 무엇보다 루바시카의 열린 깃 밖으로 드러난 아이 같은 섬세한 목은 그녀가 안드레이 공작에게서 한 번도 본 적 없었던 순진한 소년의 모습 같은 느낌을 주었다. 그녀는 그에게 다가가 빠르고 유연하고 젊은이다운 동작으로 무릎을 꿇었다.

그는 빙그레 미소지으며 그녀에게 한 손을 내밀었다.

32

안드레이 공작이 보로디노 전장의 붕대소에서 의식을 회복한 지 벌써 칠 일이 지났다. 그동안 그는 거의 혼수상태에 빠져 있었다. 부상자와 동행한 군의관은 고열과 손상된 장의 염증이 치명적이라고 말했다. 그러나 칠 일 후 그는 빵 한 조각과 차를 만족스럽게 먹었고, 군의관은 그의 열이 전체적으로 내린 것을 알았다. 이날 이른 아침에 그는 의식을 회복했던 것이다. 모스크바를 출발한 첫날은 밤에도 날이 무척 포근해 안드레이 공작은 그대로 포장마차 안에 누워 있었지만, 미티시에서는 마차에서 내려달라고 하고 차를 요구하기도 했다. 그러나 오두막으로 옮겨지는 과정에서 통증으로 크게 신음하다가 다시 의식을 잃고 말았다. 행군용 침대에 눕혀진 뒤에도 그는 오랫동안 눈을 감은 채 꼼짝도 하지 않았다. 그러더니 이윽고 눈을 뜨고 "차는 어떻게 됐나?" 하고 속삭였다. 일상의 사소한 일에 대한 공작의 기억력에 군의관은 매우 놀랐고, 맥을 짚어보고 상태가 좋아진 것을 알고는 놀라면서도 한편으로는 불만을 느꼈다. 군의관이 불만을 느꼈던 것은 오랜 경험에 비춰봤을 때 안드레이 공작은 도저히 살아날 가망이 없고 설령 당장 죽지는 않더라도 얼마 후 한층 더 괴로워하며 죽을 거라고 확신했기 때문이다. 안드레이 공작과 같은 연대 소속의 빨간 코 티모힌 소령도 역시 보로디노 전투에서 다리 부상을 입고 모스크바에서 이 행렬에 끼여 함께 가고 있었다. 군의관, 공작의 시종과 마부, 종졸 두 명이 그들을 따르고 있었다.

안드레이 공작의 차가 나왔다. 그는 꿀꺽꿀꺽 마시며 뭔가를 이해하고 떠올리려는 듯 앞쪽의 문을 열에 들뜬 눈으로 바라보았다.

"이제 됐어. 티모힌 있나?" 그는 물었다. 티모힌은 벤치 위를 기어 다가갔다.

"여기 있습니다, 각하."

"상처는 어떤가?"

"제 상처 말씀입니까? 괜찮습니다. 각하는 어떠십니까?" 안드레이 공작은 뭔가를 떠올리려는 듯 또다시 생각에 잠겼다.

"책을 구할 수 있을까?" 그는 말했다.

"무슨 책 말씀입니까?"

"복음서! 나한테 없어서."

군의관은 구해주겠다고 약속하고, 공작에게 기분이 어떠냐고 물었다. 안드레이 공작은 그의 질문에 마지못해하면서 조리 있게 대답했고, 등 밑에 둥근 쿠션을 받쳐달라고, 안 그러면 누워 있을 때 몹시 아프다고 말했다. 군의관과 시종은 그의 외투를 벗기고 상처에서 풍기는 썩은 살의 악취에 얼굴을 찌푸리며 참혹한 상처를 살펴보기 시작했다. 군의관이 뭔가가 아주 못마땅한 듯이 여느 때와 다른 조치를 한 뒤 부상자를 돌려 눕히자 공작은 다시 신음하며 통증으로 또다시 의식을 잃고 헛소리를 하기 시작했다. 그는 되도록 빨리 그 책을 가져와서 자기 몸 밑에 받쳐달라고 되뇌었다.

"별로 힘든 일도 아니잖나!" 그는 말했다. "나한테 없어, 구해줘, 잠깐이라도 좋으니까 이 밑에 넣어달라고." 그는 가련한 목소리로 말했다.

군의관은 손을 씻으러 현관으로 나갔다.

"에잇, 인정머리도 없다, 정말." 군의관은 손에 물을 끼얹어주는 시종에게 말했다. "잠깐만 놔두면 금세 저런 모양이 되어버린단 말이야. 자네들은 바로 상처 있는 쪽으로 눕혀놨어. 보통 아픈 게 아닐 거야. 그걸 참고 있는 게 놀라울 정도야."

"저희는 똑바로 눕혀드렸습니다, 주 예수그리스도께 맹세합니다." 시종은 말했다.

안드레이 공작은 그때 비로소 자기가 어디에 있고, 자기 몸에 무슨 일이 일어났는지를 이해하고, 자기가 부상을 당했다는 것, 포장마차가 미티시에 멈췄을 때 오두막 안에 들어가게 해달라고 부탁했던 것이 생각났다. 고통으로 또다시 의식을 잃었다가 두번째로 정신을 차리자 오두막 안이었고, 그는 차를 마시며 자신에게 일어난 일을 하나하나 되짚어보았는데, 무엇보다 뚜렷이 떠오른 것은, 붕대소에서 자기가 증오했던 한 사내의 고통을 보고, 행복을 약속하는 새로운 상념이 떠오른 그 순간이었다. 그 상념은 불명확하고 막연했지만, 지금 또다시 그의 마음을 사로잡았다. 그는 지금 자신이 새로운 행복을 포착했고, 그 행복은 복음서와 공통되는 것이라고 생각했다. 그래서 복음서를 구해달라고 했던 것이다. 그러나 상처 위치가 나빠 그는 새로 돌려 눕혀질 때 고통으로 다시 의식을 잃었고, 세번째로 의식을 회복했을 때는 이미 완전히 고요해진 한밤중이었다. 주위의 모든 것이 잠들어 있었다. 다만 귀뚜라미가 현관 한쪽에서 울고, 거리에서 외침 소리와 노랫소리가 들려오고, 바퀴벌레들이 탁자와 성상과 벽을 기어다니고, 커다란 파리가 그의 머리맡에서 심지가 다 타서 커다란 버섯처럼 촛농이 흘러내린 수지 초 주위를 날아다닐 뿐이었다.

그의 정신 상태는 정상이 아니었다. 건강한 사람에게는 여러 가지를 동시에 생각하고 느끼고 기억하면서, 거기서 일련의 사상이나 현상을 선택해 모든 주의를 집중할 수 있는 힘과 능력이 있다. 건강한 사람은 아무리 깊은 생각에 잠겼더라도 들어온 사람에게 인사하기 위해 잠시 생각을 멈췄다가, 또다시 사색으로 돌아올 수 있다. 이런 점에서 안드레이 공작의 정신 상태는 정상이 아니었다. 그의 정신력은 어느 때보다 활발하고 명석했지만, 그의 의지와 관계없이 활동했다. 온갖 상념과 이미지가 동시에 그를 붙잡고 있었다. 때로 그의 상념은 건강했을 때는 절대로 없었던 힘과 명확함과 깊이로 갑자기 활동을 시작했지만, 그 활동이 한창일 때 갑자기 끊어지고 전혀 뜻하지 않았던 이미지로 바뀌어 다시 돌아갈 힘을 잃어버렸다.

'그렇다, 인간에게서 결코 빼앗을 수 없는 새로운 행복이 내 앞에 열린 것이다.' 어둡고 조용한 오두막에 누워 열이 올라 부릅뜬 눈으로 한 곳을 바라보며 그는 생각했다. '물질적인 힘 밖에 있는, 인간에 대한 물질적 외부적 영향 밖에 있는 행복, 오직 영혼만의 행복, 사랑의 행복! 누구나 그것을 이해할 수 있지만, 그것을 의식하고 지시할 수 있는 건 하느님뿐이다. 그러나 하느님은 어떻게 이 법칙을 정하셨을까? 왜 하느님의 아들은?⋯⋯' 갑자기 이 상념의 흐름이 끊기며 나지막한 속삭임이 들렸고(그는 꿈인지 현실인지 분간할 수 없었다), 그 소리는 "이 피치-피치-피치" 하며 줄곧 박자에 맞춰 되풀이되다가 "이 치-치", 그리고 다시 "이 피치-피치-피치", 다시 "이 치-치" 하고 되풀이되었다. 이와 동시에 그 속삭이는 듯한 가락에 맞춰 안드레이 공작은 자기 얼굴 바로 앞에서 미세한 바늘과 나뭇조각으로 기묘한 공중 건물이 지어지는 것을 느꼈다. 그는(무척 힘들었지만) 이 건물이 무너지지 않도록 최대한 균형을 유지해야 한다고 느꼈으나 결국 그것은 무너졌고, 규칙적으로 속삭이는 가락에 맞춰 또다시 서서히 지어지기 시작했다. '올라간다! 올라간다! 마구, 끝없이 올라간다!' 안드레이 공작은 자신에게 말했다. 그는 이 속삭임에 귀를 기울이고, 마구 올라가고 뻗어가는 바늘로 지어지는 건물을 느끼는 동시에 이따금 동그라미에 둘러싸인 촛불 빛을 보기도 하고, 바퀴벌레들이 기어다니는 소리, 베개와 얼굴에 와서 부딪는 파리가 부스럭거리는 소리를 듣기도 했다.

그는 파리가 얼굴에 닿을 때마다 타는 듯한 감각을 느꼈다. 그러면서 동시에 얼굴 위로 뻗어가는 건물에 파리가 정면으로 부딪는데도 건물이 부서지지 않는 것이 이상했다. 그러나 그 밖에 또하나 중요한 것이 있었다. 그것은 문가의 하얀 것이었고, 스핑크스 같은 그것 역시 그를 압박했다.

'그러나 저것은 탁자 위에 있는 내 루바시카인지도 모른다.' 안드레이 공작은 생각했다. '이것은 내 다리, 저것은 문인데, 왜 마구 높이 뻗어가는 거지? 이 피치-피치-피치―이 치-치…… 아아, 이제 그만, 그만둬. 제발 그만둬.' 안드레이 공작은 누군가를 향해 괴로운 듯이 애원했다. 그러자 느닷없이 다시 상념과 이미지가 이상하리만큼 선명하고 강렬하게 떠올랐다.

'그렇다, 사랑이다(그는 다시금 아주 맑아진 머리로 생각했다), 그러나 그것은 무엇을 얻기 위해서도 아니고, 무슨 목적이나 이유가 있는 것도 아닌, 내가 빈사의 순간에 원수를 만나 사랑하게 됐을 때 경험한 사랑이다. 나는 영혼의 본질이자, 대상을 필요로 하지 않는 참된 사랑의 감정을 경험한 것이다. 나는 지금도 그 행복한 감정을 맛보고 있다. 이웃을 사랑하고, 적을 사랑하는 것이다. 모든 것을 사랑하는 것은 모든 것에 나타난 하느님을 사랑하는 것이다. 친한 사람을 사랑하는 것은 인간의 사랑으로 할 수 있지만, 적을 사랑하는 것은 하느님의 사랑으로만 가능하다. 그래서 내가 그 사람을 사랑하고 있다고 느꼈을 때 그런 기쁨을 맛보았던 것이다. 그는 어떻게 됐을까? 살아 있을까?……인간의 사랑은 미움으로 옮아갈 수도 있지만 하느님의 사랑은 변하지 않는다. 어떠한 것도, 죽음도 그것을 파괴할 수 없다. 그것은 영혼의 본질이다. 나는 지금까지 살아오며 얼마나 많은 사람을 미워했던가. 그리고 모든 사람 중에서 그녀만큼 내가 사랑하고 또 미워하던 사람은 없었다.' 그리고 그는 나타샤를 생생하게 떠올렸는데, 이전처럼 자기에게 즐거움을 주는 매력을 지닌 존재로서가 아니라 처음으로 그녀의 영혼 그 자체로 그려보았다. 그는 그녀의 감정, 고통, 수치, 후회를 이해했다. 그는 이제야 비로소 그녀에 대한 거절의 잔인함을, 절연의 냉혹함을 깨달았다. '한 번만 더 그녀를 만날 수 있다면. 한 번만 더, 그 눈을 들여다보고, 말할 수……'

이 피치-피치-쐬지 이 치-치 이-피치-피치─쾅, 파리가 부딪혔다…… 그리고 그의 주의는 갑자기 뭔가 특별한 일이 일어나고 있던 꿈과 현실의 다른 세계로 옮아갔다. 이 세계에서는 여전히 그 건물이 무너지지 않고 지어지고, 여전히 무언가가 뻗어가고, 여전히 빨간 동그라미에 싸여 초가 타고, 여전히 루바시카-스핑크스가 문가에 있었는데, 다른 무언가가 삐걱하더니 신선한 바람이 불어들고, 하얀 스핑크스가 문 앞에 새로이 나타났다. 이 스핑크스의 머리에는 그가 방금 생각했던 나타샤의 창백한 얼굴과 반짝이는 눈이 있었다.

'오오, 이런 끝도 없는 환각은 싫다!' 안드레이 공작은 뇌리에서 그 얼굴을 몰아내려 애쓰며 생각했다. 그러나 그 얼굴은 현실의 힘을 가지고 앞에 서 있었을 뿐만 아니라, 점점 그에게 다가오고 있었다. 안드레이 공작은 그때까지 떠올리던 순수한 상념의 세계로 되돌아가려 했지만 그럴 수 없었고, 환각은 그를 자기의 영역으로 더욱 깊이 끌어들였다. 작게 속삭이는 목소리가 규칙적으로 계속 들려오고, 정체불명의 무언가가 여전히 압박하면서 뻗어가고, 이상한 얼굴이 그의 눈앞에 서 있었다. 안드레이 공작은 정신을 차리려고 안간힘을 다해 몸을 조금 움직였고, 그러자 갑자기 귀가 울리고 눈앞이 캄캄해지면서 그는 마치 물에 빠진 사람처럼 의식을 잃고 말았다. 그가 의식을 회복했을 때, 이제 그에게 열린 새롭고 순수한 하느님의 사랑으로 온 세상의 누구보다도 사랑하고 싶다고 생각했던 그 나타샤가 살아 있는 모습으로 그의 앞에 무릎을 꿇고 있었다. 그는 그것이 정말 살아 있는 나타샤라는 것을 깨달았지만, 놀라지는 않고 고요한 기쁨을 느꼈다. 나타샤는 무릎을 꿇고, 못박힌 듯한 시선으로(그녀는 움직일 수가 없었다) 눈물을 참으며 두려운 듯 그를 바라보고 있었다. 그녀의 얼굴은 창백하고 움직임이 없었다. 그 아래쪽 어딘가가 떨리고 있을 뿐이었다.

안드레이 공작은 마음이 놓인 듯 한숨을 내쉬고 미소지으며 한 손을 내밀었다.

"당신인가?" 그는 말했다. "이렇게 행복할 수가!"

나타샤는 무릎을 꿇은 채 빠르지만 조심스럽게 다가가 가만히 그의 손을 잡고, 얼굴을 숙여 키스하기 시작했다.

"용서해주세요!" 그녀는 고개를 들고 그를 바라보며 속삭이듯 말했다. "나를 용서해주세요!"

"나는 당신을 사랑해요." 안드레이 공작은 말했다.

"용서해주세요……"

"뭘 용서하라는 거죠?" 안드레이 공작은 물었다.

"나를 용서해주세요, 내가 한…… 짓을." 나타샤는 간신히 들리는 목소리로 띄엄띄엄 속삭이듯 말하고, 입술이 닿을 듯 말 듯 더 빈번히 그의 손에 키스하기 시작했다.

"나는 당신을 전보다 더 깊이, 전보다 더 많이 사랑해요." 안드레이 공작은 그녀의 눈을 볼 수 있도록 한 손으로 얼굴을 들며 말했다.

행복의 눈물로 넘치는 눈은 동정 어린 기쁨과 사랑의 빛을 띠고 그를 바라보고 있었다. 그녀의 입술은 부어 있고, 야위고 창백한 얼굴은 추하다기보다 무서웠다. 그러나 안드레이 공작은 그 얼굴이 눈에 들어오지 않았고, 반짝이는 아름다운 눈만 보고 있었다. 그때 뒤에서 목소리가 들렸다.

잠에서 완전히 깬 시종 표트르가 군의관을 깨웠던 것이다. 한쪽 다리의 통증으로 잠을 이루지 못하던 티모힌은 한참 전부터 모든 일을 지켜보고 있었고, 벗은 몸을 시트로 감추려고 애쓰며 벤치 위에 웅크리고 있었다.

"어떻게 된 일입니까?" 군의관은 잠자리에서 몸을 일으키며 말했다. "돌아가주십시오, 아가씨."

이때, 딸이 없어진 것을 알아챈 백작부인이 보낸 하녀가 문을 두드렸다.

나타샤는 꿈을 꾸다 일으켜진 몽유병자처럼 방을 나가 자기 오두막으로 돌아왔고, 흐느끼며 침상 위에 쓰러졌다.

그날부터 로스토프가 사람들이 이동하며 모든 휴게소와 숙박소에 멈출 때마다 나타샤는 부상당한 볼콘스키 곁을 떠나지 않았고, 군의관도 젊은 아가씨가 그토록 강한 의지로, 그토록 부상자를 잘 간호할 줄은 몰랐다고 인정했다.

백작부인은 안드레이 공작이 이동중에 자기 딸의 팔에 안겨 죽을지도 모른다고(군의관 말로는 충분히 있을 수 있는 일이었다) 생각하자 너무나 무서웠지만, 나타샤를 막을 수는 없었다. 부상당한 안드레이 공작과 나타샤의 사이는 갈수록 굳건해졌기 때문에 공작이 완쾌되면 다시 전처럼 약혼 관계로 돌아갈 수 있다는 생각이 들었지만 그것을 입 밖에 내는 사람은 없었는데, 볼콘스키의 생사뿐만 아니라 러시아 전체의 생사와 관련된 해결되지 못한 긴박한 문제가 다른 모든 예상을 가리고 있었기 때문이다.

33

9월 3일 아침, 피예르는 늦게야 눈을 떴다. 머리가 지끈거리고 그대로 입고 잔 옷이 몸을 죄는데다 어젯밤에 뭔가 부끄러운 일을 했다는 막연한 의식이 마음속에 도사리고 있었는데, 부끄러운 일이란 랑발 대위와 나눈 지난밤의 대화였다.

시계는 열한시를 가리키고 있었지만 밖은 유독 흐려 보였다. 피예르는 일어나서 눈을 비비다가, 게라심이 책상에 가져다놓은 총자루에 조각이 새겨진 권총을 발견하자 자신이 지금 어디에 있는지, 그리고 이제 무엇을 해야 하는지가 생각났다.

'이미 늦은 건 아닐까?' 피예르는 생각했다. '아니다, 그는 아마 열두시 이전에는 모스크바에 들어오지 않을 것이다.' 피예르는 눈앞에 닥친 일을 생각하지 않고 조금이라도 빨리 행동하려고 서둘렀다.

피예르는 옷매무새를 매만지고 권총을 들고 나가려 했다. 그러나 그제야 비로소 무기를 들고 거리를 다닐 수는 없다는 생각이 떠올랐다. 커다란 권총을 헐렁한 카프탄 밑에 숨기는 건 어려웠다. 허리띠에 끼우거나 겨드랑이에 넣어보아도 눈에 띄지 않게 감출 수는 없었다. 게다가 총알도 장전되어 있지 않았는데, 그럴 겨를이 없었던 것이다. '어차피 마찬가지다. 단검으로 하자.' 그는 속으로 중얼거렸는데, 전에 이 계획의 실행에 대해 검토할 때 1809년에 나폴레옹을 살해하려 했던 대학생이 실패했던 주원인이 단검으로 죽이려 한 데 있었다고 혼자 여러 번 단정했었다. 그러나 피예르는 마치 그의 중요한 목적이 계획의 실행이 아니라 그 계획을 포기하지 않고 실행하기 위해 모든 노력을 다하고 있다는 것을 스스로에게 보여주는 데 있는 것처럼, 수하레프 탑 옆에서 권총과 같이 구입했던 녹색 칼집에 든 칼날의 이가 빠진 무딘 단검을 급히 잡아 조끼 밑에 감췄다.

카프탄 위에 허리띠를 매고 모자를 푹 눌러쓴 피예르는 대위가 알아채지 못하도록 발소리를 죽여 조심조심 복도로 빠져나와 거리로 나섰다.

어젯밤 그가 무관심하게 바라보았던 화재는 하룻밤 사이에 크게 번져 있었다. 모스크바는 이미 사방에서 불타고 있었다. 카레트니 랴트, 자모스크보레치예*, 고스티니 드보르, 포바르스카야, 모스크바 강의 바지선, 도로고밀롭스키 다리 옆 장작 시장 등이 동시에 불길에 휩싸여 있었다.

피예르는 골목길을 빠져나가 포바르스카야 거리로, 거기서 아르바트 광장의 니콜라이 대성당으로 나가기로 했다. 오래전부터 그는 마

---

* 모스크바 남쪽에 위치한 번화가.

음속으로 이 성당 부근을 계획 실행 장소로 정해두고 있었다. 대부분의 집은 문빗장이 걸려 있었다. 거리도 골목길도 괴괴했다. 공기는 탄내와 연기 냄새로 가득했다. 이따금 불안하고 겁에 질린 낯을 한 러시아인들, 도시가 아니라 야영지의 차림새로 거리 한복판을 걸어가는 프랑스인들을 만났는데, 그들은 모두 놀란 눈으로 피예르를 바라보았다. 러시아인들이 피예르를 유심히 바라본 것은 큰 키와 비대한 몸과 뭔가 골똘히 생각하는 듯한 고민에 찬 어두운 표정 외에도 그가 어떤 신분의 사람인지 짐작이 가지 않기 때문이었다. 프랑스인들이 놀란 눈으로 그를 바라본 것은, 주로 프랑스인들을 두려워하거나 호기심에 찬 눈으로 보는 다른 러시아인과는 달리 피예르가 그들에게 조금도 주의를 돌리지 않기 때문이었다. 어느 집 문가에서, 말이 통하지 않는 러시아인들에게 뭔가를 설명하던 세 명의 프랑스인이 피예르를 불러세우고는, 프랑스어를 할 줄 압니까? 하고 물었다.

피예르는 고개를 젓고 지나쳤다. 또다른 골목에서는 녹색 탄약함 옆에 서 있던 보초가 고함을 질렀는데, 피예르는 되풀이한 위협적인 고함소리와 총을 집어드는 소리를 듣고서야 거리 저쪽으로 돌아가야 한다는 것을 알아챘다. 그는 주위의 어떤 것도 보거나 듣지 못했다. 그는 초조와 공포를 느끼며, 자기와는 아무 인연도 없는 것처럼 느껴지는 두려운 계획을 가슴에 품고, 또 그것이 사라져버리지 않을까 걱정하며―어젯밤의 경험에서 배웠듯이―걸어갔다. 그러나 피예르는 그 계획을 무사히 예정된 장소까지 품고 갈 운명이 아니었다. 설사 도중에 아무런 장애가 없었다 하더라도 그의 계획은 이미 실행될 수 없었는데, 나폴레옹은 네 시간도 전에 도로고밀로보 교외에서 아르바트 광장을 거쳐 크렘린으로 갔고, 지금은 크렘린 궁전의 황제 서재에 앉아 더없이 침울한 기분으로 진화와 약탈 제지, 민심의 안정 등 즉각 강구해야 할 문제에 대해 상세하고 세부적인 명령을 내리고 있었기 때문이다. 하지만 피예르는 그것을 모른 채 눈앞에 닥친 일에만 온 정신을 빼앗겨, 불가능한 일을 계획한 사람이 그렇듯 일의 곤란함보다 그 일이 그의 본성과 맞지 않는 것에 괴로워하고 있었고, 결정적인 순간에 마음이 약해져 결국 자긍심을 잃게 되지 않을까 하는 초조함에 시달리고 있었다.

그는 주위의 것을 아무것도 보지도 듣지도 않았지만, 본능적으로 길을 판단해 포바르스카야 거리로 나가는 골목을 틀리지 않고 찾아갔다.

포바르스카야 거리에 가까워질수록 화재 연기는 더욱 심해지고 화염으로 뜨거울 정도였다. 이따금 지붕 밑에서 불길이 혀를 날름거렸다. 거리에서 만나는 사람이 점점 더 많아지고, 그들의 표정에 떠오른 불안도 점점 더 짙어졌다. 피예르는 주위에서 예사롭지 않은 일이 일어나고 있다고 느끼면서도 자신이 화재가 난 곳으로 다가가고 있는 것은 뚜렷이 알지 못했다. 한쪽은 포바르스카야 거리에 면하고 한쪽은 그루진스키 공작 집 뜰에 면한 넓은 공터 사이의 좁은 길을 빠져나갈 때, 피예르는 갑자기 옆에서 절망적인 여자의 울음소리를 들었다. 그는 꿈에서 깨어난 것처럼 걸음을 멈추고 고개를 들었다.

먼지를 뒤집어쓴 길가의 마른 풀 위에 깃털 이불, 사모바르, 성상, 궤짝 등의 세간이 산더미처럼 쌓여 있었다. 궤짝들 옆의 땅바닥에는 검은 망토에 나이트캡을 쓴, 야위고 뻐드렁니가 난 나이든 여자가 앉아 있었다. 그녀는 몸을 떨고 중얼거리며 울고 있었다. 열 살과 열두 살쯤 되어 보이는 두 계집아이가 더러워진 짧은 옷에 망토를 입고, 창백한 얼굴에 잔뜩 겁먹은 표정으로 어머니를 바라보고 있었다. 외투를 입고 남의 커다란 모자를 쓴 일곱 살쯤 되어 보이는 막내아들은 나이든 유모에게 안겨 울고 있었다. 하녀로 보이는 꾀죄죄한 여자는 맨발로 궤짝 위에 앉아 불에 타 희끄무레해진 땋은 머리를 풀어 냄새를 맡아보며 잡아 뜯고 있었다. 바퀴 모양의 볼수염을 기르고 몸집이 작고 등이 구부정한 남편은 약식 제복을 입고, 반듯이 쓴 제모 밑으로 단정히 빗어 붙인 귀밑털을 드러낸 채 화석처럼 굳은 얼굴로, 쌓아놓은 궤짝을 치우고 그 밑에서 옷을 끄집어내고 있었다.

여자는 피예르를 보자 덤벼들다시피 발밑에 몸을 던졌다.

"나리, 정교도 나리, 살려주십시오, 도와주십시오, 누가 좀 도와주세요, 나리!……" 그녀는 울부짖으며 호소했다. "계집아이가!…… 딸이!…… 막내딸이 남아 있어요!…… 타죽습니다! 오오오오! 이런 꼴을 보이려고 너를 애지중지 길렀던 말이냐…… 오오오오!"

"그만해, 마리야 니콜라예브나" 하고 남편이 분명 남 앞에서 체면을 차리려는 듯 아내에게 작은 목소리로 말했다. "분명 누이가 데려갔을 거야, 아니면 어딜 갔겠어!" 그는 덧붙였다.

"목석 같은 인간! 악당!" 여자는 갑자기 울음을 그치고 표독스럽게 외쳤다. "인정머리 없는 인간, 제 자식이 가엾지도 않은 거야. 남 같으면 불속에라도 들어가서 구했을 거야. 이런 목석 같은 인간은 인간도 아니고 아비도 아니야. 당신은 지체 높은 분이시죠?" 여자는 흐느끼며 피예르에게 빠르게 말했다. "이웃집 불이 우리집으로 번졌습니다. 하녀애가 불이야 소리치길래 급히 짐을 챙겨서 입은 옷 그대로 뛰어나왔는데…… 가지고 나온 것이 겨우 이겁니다…… 성상하고 시집올 때 가져온 침구뿐. 다른 건 전부 잃었습니다. 아이들을 찾아보니 카테치카가 보이지 않았어요. 오, 하느님! 오오오!……" 그녀는 또다시 흐느끼기 시작했다. "우리 귀여운 딸이 타죽습니다! 타죽습니다!"

"그래, 그 아이는 대체 어디, 어디에 있습니까?" 피예르는 물었다. 여자는 관심을 보이는 그의 얼굴을 보자 그가 자기를 도와줄 것 같다고 생각했다.

"나리! 아버지!" 여자는 그의 다리에 매달려서 외쳤다. "은인이여, 제발 제 미음민이라도 가라앉혀주십시오…… 아니스카, 가, 이 뻔뻔한 것아, 얼른 안내해드려." 그녀는 화난 듯이 입을 벌려 뻐드렁니를 더욱 드러내며 하녀에게 소리쳤다.

"안내해라, 안내해, 내가…… 내가…… 내가 해주지." 피예르는 헐떡이는 목소리로 다급히 말했다.

꾀죄죄한 하녀는 궤짝 뒤에서 나와 머리를 묶으며 한숨을 내쉬더니 뭉툭한 맨발로 앞장서서 좁은 길을 걷기 시작했다. 피예르는 긴 실신 상태에 있다가 갑자기 의식이 돌아온 듯한 기분이 들었다. 그는 고개를 더 높이 들었고, 삶의 빛으로 눈을 반짝이며 빠른 걸음으로 하녀를 따라가다가 앞질러 포바르스카야 거리로 나섰다. 거리는 온통 검은 연기로 뒤덮여 있었다. 그 구름 속에서 불길의 혀가 치솟았다. 군중이 큰 덩어리가 되어 불 앞에서 우왕좌왕하며 웅성거리고 있었다. 거리 한복판에서는 프랑스 장군이 서서 그를 둘러싼 사람들에게 무언가 말하고 있었다. 피예르가 하녀와 장군이 있는 곳으로 다가서려 하자, 프랑스 병사들이 막아섰다.

"그쪽으로는 갈 수 없다." 그들이 소리쳤다.

"이쪽이에요, 아저씨!" 소녀가 외쳤다. "골목에서 니쿨린네 마당으로 지나가요."

피예르는 방향을 바꿔 이따금 겅중거리며 그녀를 뒤따라갔다. 그녀는 거리를 가로질러 달려가서 왼쪽 골목으로 꺾어 두서너 집을 지나 오른쪽 문으로 들어갔다.

"저기, 다 왔어요" 하며 소녀는 마당으로 뛰어가더니 판자로 된 울타리의 쪽문을 열고, 활활 뜨겁게 불타고 있는 목조의 작은 딴채를 가리켰다. 한쪽은 이미 내려앉고 다른 한쪽은 한창 타고 있었으며, 창문 틈과 지붕 밑에서 불꽃이 마구 치솟고 있었다.

쪽문으로 들어서자 열기가 밀려왔고, 피예르는 자기도 모르게 발을 멈췄다.

"어디냐, 어느 집이냐?" 그는 물었다.

"아아아!" 소녀는 곁채를 가리키며 울기 시작했다. "저기요, 저게 우리집이었어요. 타죽었어요. 눈에 넣어도 안 아플 우리 아기씨 카테치카는 타죽은 거예요, 내 보물, 아아!" 불을 보자 아니스카는 자기 감정을 드러내야 한다고 느꼈는지 이렇게 소리치기 시작했다.

피예르는 곁채 쪽으로 가려다 너무 뜨거워서 자기도 모르게 주위를 한 바퀴 돌아 지붕 한쪽이 타기 시작한 큰 집 옆으로 갔는데, 그 언저리에 프랑스인들이 무리지어 있었다. 처음에 피예르는 뭔가를 든 이 프랑스인들이 뭘 하고 있는지 알아채지 못했는데, 한 프랑스인이 무딘 단검으로 농민을 때리면서 그가 입은 여우가죽 외투를 빼앗으려 하는 모습을 보고 이것이 약탈이란 것을 어렴풋이 알아챘지만, 그런 생각에 잠길 겨를이 없었다.

 벽과 천장이 갈라지며 울리는 우지직 소리, 쉭쉭대는 불길 소리, 군중의 활기찬 외침 소리, 때로는 시커멓게 뭉치고 때로는 불꽃을 반짝이며 밝게 날아올라 너울거리는 연기구름, 커다란 붉은 곡식 다발처럼 타오르기도 하고 금빛 비늘처럼 반짝이며 벽을 기어오르기도 하는 불길, 열과 연기와 재빠른 움직임은 누구나 화재 현장을 보면 그렇듯 피예르에게 큰 자극을 주었다. 이 자극이 유난히 강렬했던 것은, 이 화재를 보자 지금까지 그의 마음을 어지럽히던 생각에서 해방되는 느낌이 들었기 때문이다. 그는 자신이 젊고, 활기차고, 민첩하고, 결단력 있는 사람이라고 느끼고 있었다. 그가 본채에서 곁채로 돌아들어가 아직 타서 내려앉지 않은 쪽으로 달려들려고 했을 때, 머리 위에서 몇 사람이 외치는 소리가 들리더니 뒤이어 뭔가 무거운 것이 옆으로 떨어지는 소리가 들렸다.

 피예르가 돌아보니, 본채의 창문에서 한 무리의 프랑스인들이 귀금속이 가득한 장롱 서랍을 내던지는 모습이 보였다. 아래 서 있던 프랑스 병사들이 서랍으로 달려들었다.

 "뭐야, 대체 여긴 뭐하러 왔나?" 한 프랑스인이 피예르에게 소리쳤다.

 "집안에 어린애가 있어. 못 봤나?" 피예르는 물었다.

 "어이, 뭐라고 지껄이는 거야? 얼른 꺼져." 여러 사람의 목소리가 들렸고, 한 병사는 피예르가 서랍에 든 은과 청동을 뺏을까봐 걱정되는지 위협하듯 그에게 다가섰다.

 "어린애라고?" 한 프랑스인이 위에서 외쳤다. "뜰에서 누군가가 우는 소리를 들었어. 그애가 저 사람 자식인가보군. 인정이 있어야지, 이

586

사람들아……"

"그게 어딘가? 어딘가?" 피예르는 소리쳤다.

"여기야! 여기!" 창가의 프랑스인이 집 뒤쪽의 안뜰을 가리키며 소리쳤다. "기다려, 지금 내려갈 테니까."

그리고 정말 잠시 후에 볼에 얼룩 같은 것이 있는 검은 눈의 젊은 프랑스인이 셔츠 바람으로 아래층 창문에서 뛰어나와 피예르의 어깨를 두드리고는 함께 뜰 쪽으로 달려갔다.

"이봐 서둘러, 모두들." 그가 동료들에게 소리쳤다. "뜨거워진다."

집 뒤쪽의 모래가 깔린 좁은 길로 달려나가자 프랑스인은 피예르의 손을 잡아당기며 둥근 공터를 가리켰다. 벤치 아래 분홍색 옷을 입은 세 살쯤 된 계집아이가 쓰러져 있었다.

"저기 네 아들이 있잖아. 아, 계집아이로군, 그럼 더 좋지." 프랑스인이 말했다. "잘 가게, 뚱보 친구. 인정이 있어야지, 우리도 언젠가는 죽을 몸이니까." 볼에 얼룩 같은 것이 있는 프랑스인이 말하고 동료들 쪽으로 다시 달려갔다.

피예르는 기쁨에 숨을 헐떡이며 계집아이에게 달려가 안으려고 했다. 그러나 제 어머니를 닮은 듯 선병질의 낯가림이 있는 까다로워 보이는 계집아이는 낯선 사람을 보자 소리를 지르며 벗어나려고 했다. 그러나 피예르는 잡아서 안아들었고, 계집아이는 앙칼진 소리로 필사적으로 울어대며 조그마한 손으로 피예르의 손을 잡아떼려고도 하고 침 흘린 입으로 그의 손을 물려고도 했다. 피예르는 조그만 동물을 만졌을 때 느끼는 것과 비슷한 두려움과 혐오감에 휩싸였다. 그래도 그는 어린아이를 내동댕이치지는 않으려고 자제하면서 본채 쪽으로 달려 돌아갔다. 그러나 이미 같은 길로는 돌아갈 수 없었고, 하녀 아니스카도 보이지 않았기에 피예르는 연민과 혐오가 뒤얽힌 감정을 느끼며, 괴롭게 울어대는 눈물에 젖은 계집아이를 되도록 부드럽게 다독여 다른 길을 찾아 뜰을 가로질렀다.

34

피예르가 그 짐을 안고 안뜰과 골목을 뛰어다니다 거우 포바르스카야 거리 모퉁이에 있는 그루진스키 공작의 집 뜰로 돌아왔을 때, 첫 순간에는 자신이 이 어린애를 찾으러 나선 곳이 어디였는지 찾을 수 없었다. 그만큼 그곳에는 집에서 꺼내온 세간과 사람들로 꽉 들어차 있었다. 세간을 들고 불을 피해 나온 러시아인 가족들 이외에도, 갖가지 복장의 프랑스 병사가 여러 명 있었다. 피예르는 그들에게는 주의를 기울이지 않았다. 그 관리 가족을 찾아 얼른 어머니에게 딸을 건네고 다시 서둘러 누군가를 구하러 가고 싶었다. 그는 아직도 자신이 서둘러 해야 할 일이 많다고 느끼고 있었다. 뛰어다닌데다가 화재의 열기까지 더해져 몸이 더없이 달아오른 피예르는 이때, 아까 어린애를 구하러 달려갔을 때 이상으로 자신의 강한 젊음과 활기와 결단력을 느끼고 있었다. 계집아이는 이제 울음을 그치고 피예르의 팔에 안겨 조그마한 두 손으로 그의 카프탄을 붙잡고, 새끼 야생 짐승처럼 사방을 둘러보고 있었다. 피예르는 이따금 계집아이를 들여다보고 살짝 미소지었다. 그는 놀란 듯한 작고 나약한 그 얼굴에서 감동적이리만큼 순진하고 천사 같은 뭔가를 발견한 것 같았다.

　아까 갔던 그곳에는 이미 관리도, 그의 아내도 없었다. 피예르는 마주치는 사람마다 얼굴을 들여다보며 군중 사이를 빠르게 걸어다녔다. 그러다 자기도 모르게 문득 그루지야인 아니면 아르메니아인으로 보이는 가족에게 눈길이 끌렸는데, 새 외투를 입고 새 장화를 신은 동방풍으로 잘생긴 노인과 그와 같은 타입의 늙은 여자, 그리고 젊은 여자로 이루어진 가족이었다. 초승달같이 뚜렷한 검은 눈썹, 특이하고 부드러운 붉은 빛이 감도는 아름답고 갸름한 얼굴, 그러나 무표정한 젊은 여자는 피예르가 보기에는 동방적인 미의 극치로 보였다. 아무렇게나 흩어져 있는 짐들과 군중 속에서 값비싼 새틴 망토에 밝은 보라색 플라토크로 머리를 감싸고 있는 그녀의 모습은 눈 위에 던져진 섬세한 온실 식물을 연상시켰다. 그녀는 늙은 여자 뒤쪽의 짐들에 앉아 속눈썹이 길고 눈꼬리가 긴 검고 커다란 눈으로 골똘히 땅바닥을 내려다보고 있었다. 그녀는 분명 자신의 미모를 알고, 그것을 두려워하는 것 같았다. 그녀의 얼굴이 피예르에게 강한 인상을 주었기 때문에, 그는 담장을 따라 서둘러 뛰면서도 몇 번이나 그쪽을 돌아보았다. 담장 끝까지 갔는데도 역시 찾는 사람이 보이지 않자, 피예르는 주위를 두리번거리며 발을 멈췄다.

　어린아이를 안은 피예르의 모습은 전보다 더욱 사람들의 눈길을 끌어서 그의 주위에 러시아인 남녀들이 모여들었다.

　"여보세요, 누굴 잃어버린 겁니까? 당신은 귀족 아닌가요? 이 아이는 누구 아이예요?" 사람들이 그에게 물었다.

　피예르는 아까 여기서 아이들을 데리고 앉아 있던 검은 망토를 입은 여자의 아이라고 대답하고, 그녀를 모르는지, 어디로 갔는지 물었다.

"얘는 안페로프의 아이 같은데." 늙은 부제가 곰보 아낙에게 말했다. "주여, 우리를 불쌍히 여기소서. 주여, 우리를 불쌍히 여기소서." 그는 버릇인 낮은 목소리로 덧붙였다.

"안페로프네라고요!" 여자가 말했다. "안페로프네는 벌써 아침에 떠났을걸요. 얘는 마리야 니콜라예브나 아니면 이바노바의 아이예요."

"이분은 그냥 여자라고 하셨잖아, 마리야 니콜라예브나는 귀부인이야." 하인인 듯한 사람이 말했다.

"그 여자를 아나, 뻐드렁니가 있는 마른 여자야." 피예르는 말했다.

"그럼 역시 마리야 니콜라예브나예요. 늑대들이 밀려오자 뜰 쪽으로 갔어요." 아낙은 프랑스 병사들을 가리키며 말했다.

"오, 주여, 우리를 불쌍히 여기소서." 부제는 또 덧붙였다.

"저쪽으로 가보세요. 거기 있을 겁니다. 그 여자가 틀림없어요. 애타게 슬퍼하며 울고 있었으니까요." 아낙이 또 말했다. "역시 그 여자예요. 여기 이쪽이요."

그러나 피예르는 아낙의 말을 듣고 있지 않았다. 이미 몇 초 동안 눈도 깜빡이지 않은 채, 대여섯 걸음 앞에서 일어나고 있는 일을 지켜보고 있었다. 그는 아르메니아인 가족과 그들 옆으로 다가가는 두 프랑스 병사를 보고 있었다. 한 병사는 몸집이 작고 건들건들해 보였는데, 푸른 외투 위에 허리띠 대신 새끼줄을 묶고 있었다. 머리에는 실내모를 썼지만 발은 맨발이었다. 피예르에게 특히 충격을 준 것은 키가 크고, 등이 굽고, 금발에 야위고 동작이 느린, 바보 같은 표정을 한 또다른 병사였다. 그는 조잡한 나사 외투에 파란색 바지를 입고, 구멍난 커다란 기병 장화를 신고 있었다. 푸른 외투를 입고 몸집이 작은 맨발의 프랑스 병사가 아르메니아인 가족에게 다가가 뭐라고 말하더니 갑자기 노인의 다리를 붙잡았다. 노인은 이내 다급히 구두를 벗기 시작했다. 조잡한 나사 외투를 입은 다른 병사는 아르메니아인 여자 앞에서 걸음을 멈추더니 두 손을 호주머니에 넣은 채 그녀를 보았다.

"받아, 이 아이를 받아." 피예르는 계집아이를 아낙에게 내밀며 다급히 명령하듯이 말했다. "그 사람들에게 데려다줘, 알겠지!" 그는 울기 시작한 계집아이를 땅바닥에 내려놓으며 외치다시피 소리치고 다시 프랑스인들과 아르메니아인 가족을 보았다. 노인은 맨발로 앉아 있었다. 몸집이 작은 프랑스인은 노인의 구두를 나머지 한 짝까지 벗게 하더니 두 짝을 마주 쳤다. 노인은 울며 무슨 말인가 했지만, 피예르는 힐끗 일별했을 뿐 그의 주의는 온통 외투 차림의 프랑스인에게 쏠려 있었는데, 그 프랑스 병사는 천천히 몸을 흔들며 젊은 여자에게 다가가 호주머니에서 두 손을 빼더니 그녀의 목덜미를 잡았다.

아르메니아 미녀는 긴 속눈썹을 내리뜬 채 여전히 꼼짝도 하지 않고, 마치 병사가 그녀에게 하는 짓을 보지도 않고 아무것도 느끼지 않는 듯이 앉아 있었다.

피예르가 프랑스인들 몇 걸음 앞까지 달려가는 사이, 외투를 입은 키가 큰 약탈병은 이미 아르메니아 미녀의 목걸이를 목에서 뜯어냈고, 젊은 여자는 두 손으로 목을 감싸며 날카롭게 소리를 질렀다.

"그 여자를 놔줘!" 키가 크고 등이 굽은 병사의 어깨를 잡고 내동댕이치면서 피예르는 분노에 차 갈라진 목소리로 외쳤다. 쓰러진 병사는 일어나서 도망쳤다. 그러나 그의 동지가 구두를 내던지고 단검을 빼어

들고 위협하듯 피예르에게 달려들었다.

"*이봐, 바보 같은 짓은 그만둬!*" 피예르는 소리쳤다.

피예르는 아무 생각도 나지 않고, 자신의 힘이 열 배는 세진 듯한 감격과 유사한 광기에 사로잡혀 있었다. 그는 맨발의 프랑스인에게 달려가서 상대방이 칼을 미처 꺼내기도 전에 이미 다리를 쳐서 넘어뜨리고 주먹으로 마구 때렸다. 둘러싼 군중이 가세하는 함성이 들렸고, 동시에 거리 모퉁이에서 프랑스 창기병의 기마 순찰대가 나타났다. 창기병들은 피예르와 프랑스인 쪽으로 말을 달려 와 두 사람을 포위했다. 피예르는 그후에 일어난 일을 전혀 기억하지 못했다. 그가 기억하는 것은 자기가 누군가를 때리고 자기도 얻어맞았다는 것뿐이었고, 정신을 차려보니 두 손이 묶인 채 프랑스 병사들에 둘러싸여 몸수색을 당하고 있었다는 것뿐이었다.

"*이놈은 단검을 가지고 있습니다, 중위님.*" 피예르가 알아들은 첫마디였다.

"*아, 무기인가!*" 장교는 말하고 피예르와 함께 붙잡힌 맨발의 병사를 돌아보았다.

"*좋아, 너는 군법회의에서 이 모든 걸 빠짐없이 말해야 한다.*" 장교는 말하고 다시 피예르를 향해 돌아섰다. "*프랑스어를 할 수 있나?*"

피예르는 충혈된 눈으로 주위를 둘러볼 뿐 아무 대꾸도 하지 않았다. 그의 얼굴빛이 몹시 험상궂게 보였는지 장교가 나직이 무슨 말인가 하자, 창기병 네 명이 대열에서 나와 피예르 양쪽에 섰다.

"*프랑스어를 할 수 있나?*" 장교는 그에게서 조금 떨어져서 다시 물었다. "*통역을 데려와.*" 대열 뒤에서 러시아 문관복을 입은 몸집이 작은 남자가 말을 몰고 나왔다. 피예르는 그의 옷차림과 말투로 곧 그가 모스크바 어느 가게에 있던 프랑스인이라는 것을 알아챘다.

"이자는 평민 같지 않습니다." 통역은 피예르를 보며 말했다.

"오, 오오! 이자가 방화범이로군." 장교는 말했다. "누군지 물어봐." 그는 덧붙였다.

"너는 누구냐?" 통역이 물었다. "대장에게 이름, 대답해" 하고 그는 말했다.

"*내가 누군지 말할 수 없다. 나는 너희의 포로다. 나를 데려가라.*" 피예르는 느닷없이 프랑스어로 말했다.

"*아, 아!*" 장교는 얼굴을 찌푸리고 말했다. "*가자!*"

창기병 주위에 군중이 모여 있었다. 기병 척후대가 움직이기 시작하자 피예르 가까이에 서 있던, 계집아이를 안은 그 곰보 아낙이 다가섰다.

"이봐요. 당신은 어디로 끌려가는 거예요?" 그녀는 말했다. "만약 그 사람들 아이가 아니면 이 계집아이를 대체 누구한테 넘기란 말이에요!" 아낙이 말했다.

"*이 여자가 뭐라는 건가?*" 장교가 물었다.

피예르는 마치 술에 취한 기분이었다. 자기가 구한 계집아이를 보자 이 흥분 상태는 더 심해졌다.

"*이 여자가 뭐라고 했느냐고?*" 피예르는 말했다. "*이 여자는 내가 방금 불속에서 구한 내 딸을 데려온 거요.*" 그는 말했다. "*안녕!*" 그는 어째서 이런 의미도 없는 거짓말이 튀어나왔는지 알지 못한 채, 단호하고 엄숙한 걸음걸이로 프랑스인들 사이에 끼어 걷기 시작했다.

이 프랑스군 기병 척후대는 뒤로넬*의 명령으로 약탈을 저지하기 위해, 특히 이날 프랑스군 간부들의 공통된 의견이었던 이번 화재의 방화범을 체포하기 위해 온갖 거리로 파견된 부대들 중 하나였다. 그들은 거리거리를 돌며 수상한 러시아인 다섯 명, 즉 점원 한 명, 신학생두 명, 농민 한 명, 하인 한 명과 약탈병들을 붙잡았다. 모든 용의자 중에서 가장 의심받은 사람은 피예르였고, 이번에 새로이 영창으로 쓰게된 주봅스키 성벽 위의 커다란 집으로 끌려가 모두 유치될 때도 피예르만은 엄중한 감시 아래 독방으로 들어갔다.

(4권으로 이어집니다)

---

* A. J. A. 뒤로넬(1771~1849). 당시 모스크바 도시경비를 맡은 프랑스 사령관.

3권

제1부

1) 나폴레옹은 두번째 퇴위 뒤 세인트헬레나 섬에서 유배 생활을 하는 몇 년 동안 구술로 회고록을 남겼고, 이를 기록한 비서 라스 카즈 백작(1766~1842)은 그가 죽자 1823년 파리에서 『세인트헬레나의 회상』이라는 제목으로 출간했다. 톨스토이는 이 책을 나폴레옹의 개성을 특징적으로 묘사하도록 돕는 "가장 귀한 자료"로 삼았고, 집필을 할 때 광범위하게 활용했다.

2) 프랑스와의 전쟁 전야인 1809년 4월 1일 오스트리아는 알렉산드르 1세와 비밀 협상을 하고, 러시아로부터 사실상 중립을 지키겠다는 동의를 얻어냈다. 빈과 페테르부르크에 보존된 슈바르첸베르크 공작과 알렉산드르 1세의 협상 기록은 공식적인 조약을 대신했다. 그래서 러시아는 오스트리아에 선전포고를 했으나 적극적인 군사행동은 취하지 않았다.

3) 1806~1812년에 걸친 러시아-터키 장기전은 루스추크 근교에서 쿠투조프의 러시아군이 결정적으로 승리하고 그의 외교적 수완 덕에 1812년 5월 부카레스트 조약 조인으로 끝났다. 조약에 따라 서그루지아와 베사라비아는 러시아에 합병되고 몰다비아와 왈라키아는 터키에 종속되었다.

4) 프로이센의 대신인 하인리히 슈타인(1757~1831)은 클라우제비츠, 그리고 다른 장교들과 함께 1806년 프로이센 패배 뒤 독일군 부흥 계획을 세웠다. 그는 1807년 프로이센 정부의 수반으로서 진보적 부르주아적 개혁을 시행했으나 1808년 나폴레옹의 강력한 요구로 퇴임하고 1812년 5월 알렉산드르 1세의 초청으로 러시아에 갔다. G. M. 아름펠트(1757~1814)는 스웨덴 장군이자 정치가로, 1810년 스웨덴군을 떠나 러시아 국적을 얻고 알렉산드르 1세의 최측근이자 스칸디나비아 문제에 영향력 있는 조언자가 되었고, 러시아-스웨덴 동맹을 지지했다. F. F. 빈친게로데는 러시아와 오스트리아의 군사 활동가로 1797년부터 러시아군에 종사했고, 1809년 오스트리아-프랑스 전쟁에 참전했다. L. L. 베니히센은 1773년 파

벨 1세 시해 때부터 가담했다. 그의 군단은 1807년 프리들란트 근교에서 격파되었다. 그는 책동으로 군에서 출세했다.

5) 러시아, 프로이센, 오스트리아 사이에서 세 번이나 분할되었던 폴란드를 말한다. 마지막 두 차례의 분할(1793년, 1795년)은 반프랑스동맹 강화의 명목으로 행해졌다. 1810년 프랑스는 러시아와 페테르부르크 협정을 맺으며 폴란드왕국을 앞으로 절대 부흥시키지 않겠다고 약속했다.

6) 바르클라이 드 톨리는 1809년 5월, 1808~1809년의 러시아-스웨덴 전쟁으로 핀란드가 러시아에 합병된 뒤 초대 핀란드 총독이 되었고, 러시아제국의 일원으로서의 핀란드의 자치 조령을 승인한 그들 의회의 결의를 지지했다. 그는 총독과 핀란드군 총사령관의 직무를 러시아 육군대신에 임명된 1810년 1월 전까지 수행했다.

7) 러시아 시인 V. A. 주콥스키(1783~1852)가 「러시아 병사 진지의 소리꾼」(1812)의 소재로 쓰기도 한 라옙스키 부자의 이야기는 나중에 본인에 의해 사실이 아닌 것으로 밝혀졌다. 당시 라옙스키의 부관이었던 K. N. 바튜시코프가 남긴 글에 의하면 "모두 페테르부르크 사람들이 지어낸" 이야기였으나, 그 일로 라옙스키는 리믈랴닌 훈장을 받았다.

8) 이 예언은 실제로 전쟁의 전 시기에 걸쳐 러시아 귀족 사회에 떠돌았다. "사람들은 히브리의 계수법에 따라 나폴레옹의 이름을 숫자화해 「요한계시록」에 666으로 예언된 짐승(반그리스도교)을 찾아냈고, 또 「요한계시록」의 다른 부분에 42라는 숫자가 이 짐승의 권세의 한계로 나와 있었으므로 나폴레옹이 태어난 지 사십삼 년 되는 1812년에 그가 몰락할 거라고 믿었다."(M. I. 보그다노비치, 『1812년 조국전쟁사』, 상트페테르부르크, 1859)

9) B. M. 예이헨바움(1886~1959)은 A. 랴잔체프(1807~1889)의 『1812년 모스크바에 체류한 프랑스인들에 대한 목격자의 회고록』(모스크바출판사, 1862)에서 비슷한 에피소드를 발견했다. "민중이 모인 것을 알고 궁전 발코니에서 창밖을 바라보던 황제는 시종에게 과일 바구니를 가져오게 해 사람들에게 손수 과일을 던져주기 시작했다." 톨스토이가 이를 참조해 과일을 비스킷으로 바꿔 묘사한 듯하다.

제2부

10) 티에르의 『집정시대와 제국의 역사 14』에 실린 글. 후에 이 일화에 대해 N. N.

구셰프는 1938년『문학신문』에 발표한「『전쟁과 평화』의 역사적 진실」에서 다음과 같이 언급했다. "티에르는 뱌지마에서 차료보-자이미셰로 이동하던 중 러시아 포로 둘을 잡았다는 일화를 당시에는 발표되지 않았던 페테르부르크 주재 프랑스 대사 콜랭쿠르의 회고록에서 차용했다. (…) 콜랭쿠르는 러시아 카자크가 나폴레옹을 보고 느꼈던 인상에 대해서는 쓰지 않고 포로 두 명(흑인 요리사 플라토프와 러시아군 후위에서 낙오한 카자크)이 잡혔다고만 썼다."

11) 공작이 죽은 날짜(8월 15일)와 쓰러진 날짜(8월 10일경) 사이의 서술에는 시간상의 오류가 있다. 즉 스몰렌스크가 포격을 당했던 8월 5일에 그는 건재했고, 15일에는 이미 사망했기 때문에 "삼 주쯤 누워 지냈다"는 표현은 오류다.

12) 톨스토이는 역사 자료의 비판적 분석에 만족하지 않았다. 그는 1867년 9월, 보로디노 전장을 살피기 위해 길을 나섰고, 동행한 그의 처남 스테판 베르스는 이렇게 회상했다. "레프 니콜라예비치는 이틀 동안, 반세기 전 10만 명이 넘는 인간들이 죽고, 지금은 금빛 명문이 새겨진 화려한 묘비가 아름다움을 뽐내는 그곳을 걷거나 말을 타고 돌아다녔다. 그는 그곳에서 장편소설『전쟁과 평화』속 전투 장면을 구상했다. 그는 전투 때 나폴레옹이 어디에 서 있고 쿠투조프가 어디에 서 있었을지 같은 것을 내게 설명했지만 나는 당시 그 작업의 중요성을 전혀 인식하지 못했다. (…) 나는 우리가 둘러보았던 그곳에서 조국전쟁 시기를 살았고 전투를 목격한 사람을 찾았던 것을 지금도 기억한다. 보로디노로 가는 도중 누군가 우리에게 보로디노 벌판의 묘비를 지키는 사람이 보로디노 전투에 참가했던 자이며, 그 전공으로 관리인이 되었다고 알려주었다. 그러나 노인은 우리가 찾아가기 몇 달 전 사망했고, 레프 니콜라예비치는 이를 못내 아쉬워했다."(『동시대인들 회상 속의 L. N. 톨스토이 1』, 모스크바, 예술문학출판사, 1978)

13) 나폴레옹이 승리를 거둔 주요 전투 지역을 열거했다. 1796년 5월 10일, 이탈리아 로디 시 근교 전투에서 나폴레옹은 난공불락이던 아다 강 다리를 점령하고 오스트리아군 후위를 궤멸시켰다. 1800년 6월 14일, 이탈리아의 마렝고 마을 부근에서 처음에는 멜라스(1729~1806)의 오스트리아군에 패했으나 프랑스군 재편 후 승리를 거뒀다. 1809년 7월 5~6일, 오스트리아의 바그람 마을 주변에서 육탄전으로 적군의 전선을 돌파하고 승리했다. 오스트리아는 휴전을 제의했다.

14) 1814~1815년의 빈회의는 나폴레옹의 프랑스 동맹국(러시아, 오스트리아, 영국, 프로이센)에 관련 조건을 밀어붙였다. 신성동맹(군주동맹)은 1815년 9월 26일 파리에서 알렉산드르 1세, 오스트리아의 프란츠 1세, 프로이센의 프리드리히 빌헬름 3세에 의해 조인되고 그후 유럽의 다른 군주들로부터 지지를 받았다.

제3부

15) 이 소설의 식자용 원고에는 유럽의 수도들과 도시의 정의를 비교하며 모스크바
에 대해 고찰한 흥미로운 내용이 있었다. "모스크바는 '그녀', 즉 여성이다. 이것
은 모두가 느끼는 것이다. 파리, 베를린, 런던, 특히 페테르부르크는 '그', 즉 남
성이다. 프랑스어 ville, 독일어 Stadt는 여성이고, 러시아어 gorod는 남성이지
만, 모스크바는 여성이다. 그녀는 어머니다. 그녀는 수난자이고 순교자다. 그녀
는 고통을 견뎌왔고 앞으로도 견뎌낼 것이다. 그녀는 생명을 낳는 어머니요, 그
렇기에 온순하고 의연하다. 러시아인들은 누구나 그녀를 어머니라고 느끼고, 외
국인들도 누구나(나폴레옹도 그렇다) 그녀는 여성이고 모욕할 수 없는 존재라
고 느낀다."

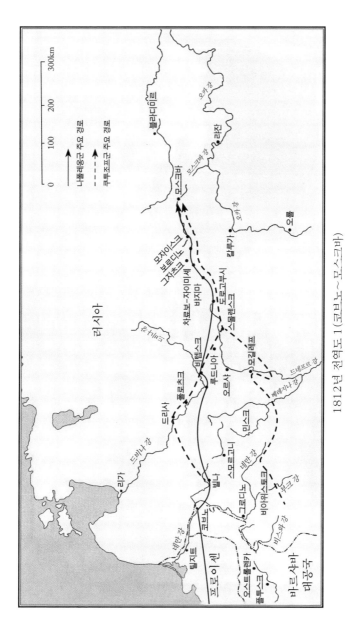

1812년 전역도 1(코브노~모스크바)

문학동네 세계문학전집 발간에 부쳐

세계문학은 국민문학 혹은 지역문학을 떠나 존재하는 문학이 아니지만 그것들의 총합도 아니다. 세계문학이라는 용어에는 그 나름의 언어와 전통을 갖고 있는 국민문학이나 지역문학의 존재를 인정하면서 그것을 넘어서는 문학의 보편적 질서에 대한 관념이 새겨져 있다. 그 용어를 처음 고안한 19세기 유럽인들은 유럽문학을 중심으로 그 질서를 구축했지만 풍부한 국민문학의 전통을 가지고 있는 현대의 문학 강국들은 나름의 방식으로 세계문학을 이해하면서 정전(正典)의 목록을 작성하고 또 수정한다.

한국에서도 세계문학 관념은 우리 사회와 문화의 변화 속에서 거듭 수정돼왔다. 어느 시기에는 제국 일본의 교양주의를 반영한 세계문학 관념이, 어느 시기에는 제3세계 민족주의에 동조한 세계문학 관념이 출현했고, 그러한 관념을 실천한 전집물이 출판됐다. 21세기 한국에 새로운 세계문학전집이 필요하다는 것은 명백하다. 우리의 지성과 감성의 기준에 부합하는 세계문학을 다시 구상할 때가 되었다.

문학동네 세계문학전집은 범세계적으로 통용되는 고전에 대한 상식을 존중하면서도 지난 반세기 동안 해외 주요 언어권에서 창작과 연구의 진전에 따라 일어난 정전의 변동을 고려하여 편성되었다. 그래서 불멸의 명작은 물론 동시대 세계의 중요한 정치·문화적 실천에 영감을 준 새로운 작품들을 두루 포함시켰다.

창립 이후 지금까지 한국문학 및 번역문학 출판에서 가장 전문적이고 생산적인 그룹을 대표해온 문학동네가 그간 축적한 문학 출판 경험을 바탕으로 새로운 세계문학전집을 펴낸다. 인류가 무지와 몽매의 어둠 속을 방황하면서도 끝내 길을 잃지 않은 것은 세계문학사의 하늘에 떠 있는 빛나는 별들이 길잡이가 되어주었기 때문이다. 우리가 자부심과 사명감 속에서 그리게 될 이 새로운 별자리가 독자들의 관심과 애정에 힘입어 우리 모두의 뿌듯한 자산이 되기를 소망한다.

문학동네 세계문학전집 편집위원
민은경, 박유하, 변현태, 송병선, 이재룡, 홍길표, 남진우, 황종연

지은이 **레프 톨스토이**
1828년 러시아 툴라 지방의 야스나야 폴랴나에서 태어났다. 1852년 「유년 시절」을 발표하면서
작가로서의 첫발을 내디뎠다. 1862년 결혼한 뒤, 『전쟁과 평화』『안나 카레니나』『부활』 등 대
작을 집필하며 세계적인 작가로서 명성을 얻었다. 1910년 방랑길에 나섰다가 아스타포보 역
(현재 톨스토이 역)에서 숨을 거두었다.

옮긴이 **박형규**
고려대학교 노어노문학과 교수, 한국러시아문학회 초대회장, 러시아연방 주도 국제러시아어문
학교원협회(MAPRYAL) 상임위원을 역임했고, 한국러시아문학회 고문, 러시아연방 국립톨스
토이박물관 '벗들의 모임' 명예회원으로 활동했다. 국제러시아어문학교원협회에서 푸시킨 메달
을 수상하고 러시아연방국가훈장 우호훈장(학술 부문)을 수훈했다. 지은 책으로『러시아문학의
세계』『러시아문학의 이해』(공저) 등이 있고, 옮긴 책으로『안나 카레니나』『부활』『인생독본』
『닥터 지바고』『죄와 벌』『백치』 외 다수가 있다.

세계문학전집 147
전쟁과 평화 3
ⓒ 박형규 2017

1판 1쇄 2017년 8월 17일
1판 8쇄 2024년 2월 1일

지은이 레프 톨스토이 | 옮긴이 박형규

책임편집 김혜정 | 편집 원예지 황정숙 이종현 오동규 | 모니터링 이희연
디자인 김현우 이원경 | 저작권 박지영 형소진 최은진 서연주 오서영
마케팅 정민호 서지화 한민아 이민경 안남영 왕지경 황승현 김혜원 김하연 김예진
브랜딩 함유지 함근아 고보미 박민재 김희숙 박다솔 조다현 정승민 배진성
제작 강신은 김동욱 이순호 | 제작처 영신사

펴낸곳 (주)문학동네 | 펴낸이 김소영
출판등록 1993년 10월 22일 제2003-000045호
주소 10881 경기도 파주시 회동길 210
전자우편 foret@munhak.com | 대표전화 031) 955-8888 | 팩스 031) 955-8855
문의전화 031) 955-2696(마케팅) 031) 955-1904(편집)
문학동네카페 http://cafe.naver.com/mhdn
인스타그램 @munhakdongne | 트위터 @munhakdongne
북클럽문학동네 http://bookclubmunhak.com

ISBN 978-89-546-4640-6 04890
        978-89-546-0901-2 (세트)

www.munhak.com

● 문학동네 세계문학전집은 계속 출간됩니다